ANNA LANE

Love, decoded

Anna Lane

LOVE decoded

Roman

LYX

LYX in der Bastei Lübbe AG

NACHHALTIG PRODUZIERT

Die Bastei Lübbe AG verfolgt eine nachhaltige Buchproduktion. Wir verwenden Papiere aus nachhaltiger Forstwirtschaft und verzichten darauf, Bücher einzeln in Folie zu verpacken. Wir stellen unsere Bücher in Deutschland und Europa (EU) her und arbeiten mit den Druckereien kontinuierlich an einer positiven Ökobilanz.

FSC www.fsc.org
MIX
Papier | Fördert gute Waldnutzung
FSC® C014496

Textredaktion: Tatjana Weichel, Wortfinesse
Umschlaggestaltung: © Cigdem Bilge unter Verwendung von
Motiven von © Shutterstock (Bolbik / Motion Footage Factory / Pogorelova Olga / Kotkoa / Begin Again Studio / Ople Witsanu / your / OKing / Kindlena)
Satz: Greiner & Reichel, Köln
Gesetzt aus der Adobe Caslon
Druck und Verarbeitung: GGP Media GmbH, Pößneck

Printed in Germany
ISBN 978-3-7363-2350-6

1 3 5 7 6 4 2

Weitere Informationen unter:
lyx-verlag.de
luebbe.de | lesejury.de

Liebe Leser:innen,

dieses Buch enthält Elemente, die triggern können.
Deshalb findet ihr auf Seite 473 einen Contenthinweis.

Wir wünschen uns für euch alle
das bestmögliche Leseerlebnis.

Eure Anna und euer LYX-Verlag

Für Alex, der das Gegenteil eines Geistes ist.
Thank you for everything.

Playlist

Woman – Harry Styles
I Did Something Bad – Taylor Swift
Lavender Haze – Taylor Swift
Broken Mirror – Elderbrook
Boys – Charli XCX
Figure You Out – VOILÀ
Lose Control – MEDUZA, Becky Hill, Goodboys
my boy – Billie Eilish
Mastermind – Taylor Swift
Vigilante Shit – Taylor Swift
Lost In Yesterday – Tame Impala
I Don't Know Why – Imagine Dragons
Voodoo – Art of Sleeping
Love Is Madness (feat. Halsey) – Thirty Seconds To Mars, Halsey
I Walk The Line – Halsey
Stone – Jaymes Young
Woman Woman – AWOLNATION
Anti-Hero – Taylor Swift
Ghostkeeper – Klangkarussell, GIVVEN

Ghosting (Nomen)

Das plötzliche Beenden eines Kontakts oder einer Beziehung durch Abbruch jeglicher Kommunikation und ohne zu erklären, warum.

Oder:

Lässt Herzen zerbröseln wie den letzten Oreo-Keks in der Packung, überschüttet Selbstvertrauen mit Benzin und steckt es lichterloh in Brand, macht Bridget Jones' *All By Myself*-Interpretation zu siebenhundertzweiunddreißig Prozent nachvollziehbar.

1

Emmy

If catastrophe calls, don't pick up

»Wunderschön, Emmy. Schöner gehts nicht. Richtig … sexy.«

Jonathan beugt sich über mich, während er durch die bunten Zeilen Code am Screen meines Macs scrollt und dabei so intensiv auf den Bildschirm starrt, als hätte er eine *Star-Wars*-Graphic-Novel vor sich. Der Duft seines herben Aftershaves nebelt mich genauso penetrant ein wie der Filterkaffeegeruch, der von der Küchenzeile neben Max' Büro zu unseren aneinandergereihten Schreibtischen wabert.

»Deine Vorlage war schon beinahe perfekt, ich hab bei der Fehlersuche nur Überflüssiges herausgenommen.«

Ich rücke etwas von ihm ab, was meinen Corgi Mochi den Kopf heben lässt, bevor er die Schnauze wieder auf die weißbraunen Pfoten legt und erneut unter dem Tisch eindöst.

»Unsere Teamleiterin ist nicht umsonst *die* Bug-Queen aka Jedi-Meisterin. Sie dominiert unsere Software und garantiert auch bald den Rest der Welt«, sagt TJ, ohne dabei den Blick von seinem Bildschirm zu nehmen. Ein abschätziges Augenbrauenheben kassiert er trotzdem von mir. »Irgendjemand muss ja die Fehler ausmerzen, die du in den Code streust.

Glücklicherweise bin dieser Jemand nicht ich.« Jetzt lächelt er Jon an, sein Zahnlücken-Grinsen genauso weiß wie die gebleichten, langen Haare.

»Tim-Jannik!«, warne ich, doch sein Gesichtsausdruck wird davon nur schelmischer. Es bereitet ihm höllischen Spaß, Jon auf die Palme zu bringen. Ich gebe ihnen einen Monat bis zum ersten Date. Der Chaot und der Perfektionist – Romantik findet auch außerhalb unserer Dating-App ihre Wege.

TJ zwinkert mir zu, während Jon sich mit einem Seufzen wieder an seinen Platz mir gegenüber fallen lässt und sich die Kapuze seines schwarzen Hoodies über den Kopf schiebt.

Ich sehe zwischen meinen Teammitgliedern hin und her. »Fehler passieren. Euch, mir – der Code ist nur so gut wie die Person, die ihn schreibt. *rdently* läuft so reibungslos, weil wir als Team zusammenhalten und einander Feedback geben. Mach dir keinen Kopf, Jon, und lass dir mehr Zeit beim Programmieren. Eine App zu coden ist kein Sprint, sondern ein Marathon.« *Bis zum Mittelpunkt der Erde und wieder zurück*, aber das behalte ich für mich. Soweit ich das beurteilen kann, machen wir alle gerne unseren Job – und das mit Leidenschaft. Eine Tatsache, die gut zu dem Namen der App passt, die sich von dem englischen Wort *ardently* – leidenschaftlich – ableitet.

»Max hat mit seinen Klischee-Ansprachen schon auf dich abgefärbt«, murrt Chris, womit er nur zur Hälfte recht hat. Wenn man in dem Psychotherapie-Haushalt meiner Eltern aufwächst, werden positive Affirmationen zum *Default Setting*.

Überrascht sehen die anderen zu ihm – normalerweise hält sich unser ältestes Team-Mitglied aus den meisten Gesprächen heraus. Selbst in Meetings bleibt er stumm, bis ihm eine direkte Frage gestellt wird. Bei meinem Jobantritt vor einem Jahr konnte ich sein Verhalten nicht einordnen. Nicht alle Typen können damit umgehen, eine Teamleiterin vor die Nase gesetzt zu bekommen, die halb so alt wie sie selbst und blond – *copy and paste* erschrockenes Emoji – ist. Während meines Studiums musste ich tagtäglich beweisen, dass das Beherrschen von Programmiersprachen nicht an den Besitz männlicher Geschlechtsorgane geknüpft ist.

Chris ist glücklicherweise keines dieser Arschlöcher, die Frauen in Technikberufen belächeln würden. Abgesehen davon: Er lächelt *nie*.

»Emmys Ansprachen halten die Motivation hoch – außerdem haben die beiden doch recht, bei uns läuft's wie geschmiert. Wie viele App-Updates haben wir diesen Monat schon rausgebracht?« TJ überkreuzt Daumen und Zeigefinger zu einem Herzen und grinst uns an. »Zwei?«

»Heute lade ich das dritte Update hoch, TJ«, bestätige ich. Für Mitte September gar nicht übel, damit liegen wir schon vor dem eigentlichen Zeitplan, der vier Updates im ganzen Monat vorsieht.

Ich sehe zu dem verglasten Büro in der hinteren Ecke des Dachgeschosses, das wir mit unserem Start-up erst vor ein paar Monaten bezogen haben. Max' dunkler Schopf ist über den Tisch gebeugt, die offenen Haare verbergen seine attraktiven Züge. Schnell wende ich mich ab.

Jon wirft einen Blick über die Schulter. »Gerade wirkt Max nicht mehr so gechillt«, flüstert er. »Genauer gesagt, seit Vanessa weg ist.«

TJ murrt zustimmend, Chris hat sich schon wieder ausgeklinkt und streicht sich über den Vollbart, völlig in seine Arbeit versunken. Bevor sich das Gespräch weiter in Richtung Büroklatsch entwickeln kann, sage ich: »Das mit Vanessa ist Max' Privatsache. Logisch, dass er gestresst wirkt. Seitdem arbeitet er doppelt so viel.« Sicherlich kriegt er kaum mehr als vier Stunden Schlaf pro Nacht, denn nach der Trennung hat er auch Vanessas Marketing-Aufgaben übernommen. Der Zeitstempel seiner Nachrichten in der Task-Management-Software überführt ihn regelmäßig.

»Was sie abgezogen hat, war echt nicht okay.«

»TJ«, warne ich erneut. Ich sollte mir ein Schild mit seinem Namen besorgen, das ich wortlos hochhalten kann, sobald er über die Stränge schlägt.

»Jaja, heilige Emmy.« Er verdreht die Augen, aber immerhin tut er das mit einem freundschaftlichen Lächeln.

Ich strecke ihm die Zunge raus.

Eine Heilige? Wenn du wüsstest. Auch in so eine Rolle bin ich schon geschlüpft, denke ich nur und werfe Max erneut einen kurzen Blick zu. Jetzt starrt er auf den PC, die Augenringe über die paar Meter Distanz deutlich sichtbar. Normalerweise hat der *rdently*-CEO einen lockeren Spruch auf den Lippen und kommt auch mal mit einem Sixpack Bier für den späten After-Work-Drink durch die Tür. Jetzt sieht er nur mehr fertig aus.

Die anderen widmen sich wieder ihrer Arbeit. Sie kennen die Zero-Bullshit-Philosophie, die ich im Job fahre, Klatsch eingeschlossen. Ein notwendiger Ausgleich zu dem Mount Everest an Halbwahrheiten, der sich mein Privatleben schimpft.

Ich update auf die neueste *rdently*-Version in den App-Stores, bei der wir ein paar Fehler behoben haben, ehe ich auf die Zeit am Screen schiele. Wie kann es bitte schon achtzehn Uhr sein? Jeder Arbeitstag ist vollgepackt mit Aufgaben, die mich das Zeitgefühl vergessen lassen. Ein freudiges Kribbeln breitet sich in mir aus, als ich an meinen Plan für heute Abend denke: Nichtstun. Null Aufträge. Keine Fake Dates. Nur das Sofa, Mochi, eine große Portion Pasta, und ich.

Ich packe die Hundefutter-Box ein und lege einem müden Mochi das Geschirr um. Dabei blickt er mich vorwurfsvoll an, weil ich ihn aus dem Schlaf gerissen habe – er benimmt sich, als hätte *er* neuneinhalb Stunden am PC gehangen. Typisch, was für ein Faulpelz.

Ich stehe auf und sehe in die Runde. »Macht nicht mehr zu lange, okay? Heute haben wir vier Meetings durchgedrückt, das war intensiv.« TJ und Jon nicken. Ob Chris mich gehört hat, bleibt ein Rätsel.

Bevor ich nach Mochis Leine greifen kann, steckt Max den Kopf aus der offenen Glastür. »Emmy, hast du 'ne Minute?«

»Klar.« Ich sperre den Computerbildschirm und begutachte mich für eine Millisekunde im spiegelnden, schwarzen Screen. Dank der Tonne Gel, die ich heute Morgen verwendet habe, sind meine sonst wilden langen Locken weiterhin zu ordentlichen Boxerzöpfen geflochten.

Ich rücke den fliederfarbenen, flauschigen Bucket Hat etwas zurecht und streiche mir auf dem Weg zum Büro ein paar violette Pulloverflusen vom Faltenrock. Max beobachtet mich beim Näherkommen, mustert mein Outfit von oben bis unten. Er mag Röcke, das weiß ich. Vanessa hat immer welche getragen, aber der enge Bleistiftschnitt ist nicht mein Stil.

Einer liegt ja in deinem Schrank, du könntest doch mal ausprobieren, den zu stylen – halt, stopp.

Das war eine Rolle, weise ich die Stimme in meinem Kopf zurecht. Business-Emmy, die Kommentare zum Leitzins locker in ein Gespräch einfließen lassen kann, nicht *ich* – die leider etwas tollpatschige, Corgis und die Farbe Lila liebende Original-Emmy. Das habe ich mir geschworen: Dass ich ich selbst bleibe, in meinem *echten* Leben.

Ich fühle eine Berührung am Bein. Mochi klebt an mir, noch immer nicht ganz wach, und sieht mit seinem treuherzigsten Blick zu mir hoch. »Bin gleich wieder da, Mo. Sitz.«

Max ist kein Hunde-Mensch, aber er wollte mich unbedingt im Team haben. Mochi mitnehmen zu können war meine Bedingung. Der Corgi antwortet mir mit einem Gähnen, ehe er sich auf den flauschigen Hintern sinken lässt.

Ich mache einen großen Schritt über ein Kabel, das mir schon mehrere Male zum Verhängnis geworden ist, und trete in Max' Büro. »Konntest du dir meine Notizen bereits ansehen? Ich hatte gestern Abend ein paar Eingebungen, wie wir die App durch positive Psychologie verbessern könnten.« Zugegebenermaßen hat mir Papa die Idee bei unserem letzten Telefonat geliefert, aber der steht ja nicht auf der *rdently*-Gehaltsliste.

»Noch nicht. Schließ die Tür bitte hinter dir.«

Okay, das ist ernst. Max' Tür ist immer offen, solange er nicht mit Investierenden oder Melanie, unserer Buchhalterin in Berlin, spricht.

Er seufzt ergeben und lehnt sich im Stuhl zurück, wartet, bis ich ihm gegenüber Platz genommen habe. Mit einem müden Blick streicht er sich die welligen, braunen Haare aus dem Gesicht und knotet sie mit dem Haargummi, den er immer ums Handgelenk trägt, zu einem Man Bun. Sein linker Bizeps versucht alles, um meine Aufmerksamkeit auf sich zu ziehen – und fast, *fast* gebe ich nach. Aber ich bleibe professionell. Immerhin sitzt mein Chef vor mir. Auch, wenn der schon einigermaßen heiß ist.

»Es ist schon Feierabend, also komme ich gleich auf den Punkt: Die Download-Zahlen unserer App stagnieren, Emmy, aber das weißt du ja. In Zeiten wie diesen klingt Stagnation für die Investierenden nur leider nach Rückwärtsfahren. Einen Berg runter.«

Ich öffne den Mund, um ihm zu versichern, dass die neuen Features bei der Zielgruppe garantiert einschlagen werden, aber er gibt mir gar nicht die Chance dazu. »Und – das ist das Wichtigste – das liegt nicht an eurer Arbeit. Ihr seid tolle

Entwickler. *Du* bist grandios in deinem Job und wie du dieses Team führst.«

Dieses Kompliment wärmt mir das Herz und die Wangen. »Danke. Wir stehen alle hinter dieser App.«

»Das weiß ich. Deshalb brauchen wir großartiges Marketing für ein großartiges Produkt wie dieses. Ich dachte, ich kann das schultern, nachdem …« Er hält inne und lehnt sich im Stuhl vor, sein schwarzes T-Shirt mit dem Firmenlogo – ein geschwungenes R mit Herz, entworfen von meiner besten Freundin und höllisch guten, freischaffenden Grafikdesignerin Kimberly – spannt ihm dabei über der Brust.

Eine Sekunde lang lässt er seinen Blick über das Chaos auf seinem Schreibtisch schweifen, ehe er mich wieder eindringlich ansieht. »Alleine kann ich das nicht liefern. Wir brauchen einen Experten, der uns schnell Exposure und einen Haufen PR bringt. Lukas will bis Ende des Jahres einen saftigen Anstieg in Downloads sehen, sonst siehts mit der nächsten Investitionsrunde im Frühjahr schlecht aus.«

»Oh.« Lukas ist eine Business-Koryphäe, unser größter Geldgeber und ein wirklich anstrengender Typ, einer der Sorte *höher, weiter, schneller*. »Kann ich etwas tun?«

»Deswegen wollte ich mit dir sprechen. Morgen fängt unser neuer CMO an.« Er bemerkt meinen überraschten Blick. »Mega kurzfristig, ich weiß. Ich fliege heute Nacht nach Paris, das heißt, du müsstest ihm die Einführung in eure Arbeit geben, bis ich übermorgen wieder im Office bin. Ist das okay?«

Ich nicke. Auch, wenn das Timing nicht gerade großartig ist. Aber es hilft alles nichts, Max wurde schon vor Monaten eingeladen, Speaker auf einer Konferenz in der französischen Hauptstadt zu sein.

Er sieht mich mit einem Welpenblick an, in dem die Bitte steht, nicht böse zu sein. Wie könnte ich auch? So was passiert.

Hin und wieder frage ich mich trotzdem, ob er weiß, welche Wirkung dieser verständnisvolle und treuherzige Gesichtsausdruck hat.

»Natürlich, das ist absolut kein Problem.« Ich nicke und zwinge mich zu einem Lächeln.

Max atmet erleichtert aus. Es kommt häufiger vor, dass er hastig agiert. Viele Entscheidungen bespricht er jedoch mit mir. Einen neuen *Chief Marketing Officer*, kurz CMO, einzustellen, klingt definitiv auch nach etwas, was man dem *Chief Technology Officer* gegenüber erwähnen könnte. Aber das hat er ja jetzt. Im Nachhinein.

Max atmet aus und lässt sich gegen die lederne Stuhllehne sinken. »Danke, Emmy. Keine Ahnung, was ich ohne dich machen würde.«

Ich will fragen, ob es noch etwas gibt, das ich wissen oder tun sollte, da klingelt Max' iPhone.

»Lukas. Ich hab schon genug zu tun, Alter«, murmelt er. Sein Finger schwebt über dem grünen Telefon-Symbol, dann sieht er mich mit warmem Blick an. »Gib mir gerne per Mail einen Statusbericht, wie es läuft, okay? Aja: Mochi wird sich freuen. Er kriegt Gesellschaft.« Max verzieht die Lippen, als würde *ihn* diese Neuigkeit definitiv nicht glücklich machen. Dann nimmt er das Gespräch an.

Er lächelt mich verabschiedend an, und ich schenke ihm ein schmallippiges Grinsen zurück. Leise schließe ich die Tür hinter mir. So wie ich Lukas kenne, kaut er Max mindestens eine Stunde lang ein Ohr ab.

Mochi liegt auf dem Rücken und lässt sich ausgiebig von TJ am Bauch kraulen. Ich ziehe die Jacke über und schultere meine Tasche, während das Gewicht der Blicke meines Teams auf mir lastet.

»Du siehst mittelmäßig happy aus.« TJ sieht aus der Hocke

zu mir hoch. Die Pailletten auf seinem T-Shirt glitzern im Deckenlicht. »Hat er meinen *Pyjama-Freitag* abgelehnt?«

Erst jetzt spüre ich den verkniffenen Zug um meine Mundwinkel und glätte meine Mimik. »Sweatpants im Office gehen in Ordnung, aber ich habe keine Lust, jemanden von euch in einem Ninja-Turtles-Pyjama zu sehen. Schon wieder.«

Jon protestiert. »Das war nur ein Mal! Ich hatte verschlafen und dann vergessen, dass –«

»Morgen kriegen wir einen neuen CMO.«

TJ und Jon wechseln wortlos einen Blick. Laut des dramatischen TJs hat Vanessa die Position mit Darth-Vader-Vibes besudelt, wodurch sie nur mehr von Arschlöchern angenommen werden kann. Hoffentlich ist diese Vorhersage bloß Schwachsinn. Obwohl ... Er hat einen sechsten Sinn dafür, wann die Kaffeemaschine wieder zu streiken beginnt.

»Wen?«, fragt Chris, ohne vom Bildschirm aufzusehen.

Ich verziehe die Lippen. Wie kann man vergessen, nach dem Namen des neuen Mitarbeiters zu fragen? Manchmal habe ich keine Ahnung, was Max während des Networking-Events, bei dem wir uns kennengelernt haben, an mir beeindruckt hat. »Schätze, das werden wir morgen sehen.« Ich bemühe mich um ein neutrales Lächeln. Innerlich nagt die Neugierde an mir wie ein hungriger Goldhamster.

Als die Mutmaßungen losgehen, wer es sein könnte – ein berüchtigter LinkedIn-Marketing-Guru liegt dabei auf Platz eins –, mache ich mich mit Mochi auf dem Arm aus dem Staub.

»Und, Emmy?«

Ich fahre herum, während vor mir der Aufzug aufgleitet. Max steckt den Kopf aus dem Büro, die Hand über das Telefon gelegt. »Lass dich nicht von ihm unterkriegen, ja?«

2

Emmy

Always there for a friend of mine

Noch im Aufzug sende ich eine WhatsApp-Nachricht an Max: *Wen dürfen wir morgen erwarten?* Grinsende Katze. Nachdenklicher Smiley. Rakete.

Nervöse Emmy.

Lass dich nicht von ihm unterkriegen, ja?

Von wem? Das klingt ja fast so, als läge TJ mit seiner Prophezeiung richtig. Emmy gegen Darth Vader? Würde nicht gut für mich ausgehen, so viel steht fest.

Zwei Stunden später habe ich noch immer keine Antwort erhalten. Wahrscheinlich ist er auf dem Weg zum Flughafen oder hat vergessen, zurückzuschreiben. Wäre nicht das erste Mal. Die zwei blauen Haken helfen mir nicht dabei, weniger nachzugrübeln.

Ich hänge mit einem Teller aufgewärmter Pasta mit Supermarkt-Tomatensoße auf der Couch herum. Netflix läuft gedämpft im Hintergrund, während ich mich zum hundertsten Mal frage, wie Max das gemeint haben könnte. Ich scrolle durch verschiedenste Apps, Instagram, LinkedIn, sehe aber nicht wirklich hin.

Gerade, als ich das iPhone zur Seite legen und in meiner liebsten, koreanischen Romance-Serie versinken will, grinst mich Kim vom Display an. Ich hebe ab.

»Emily!« Die letzte Silbe meines Namens schießt eine Oktave nach oben, als sie meinen Namen zwitschert. Sie klingt etwas aufgekratzt, als hätte sie fünf Espressi hintereinander geext. Wäre keine Überraschung.

»Kimberlyyy!«, singe ich in unserer Standard-Begrüßung zurück, die mich jedes Mal zum Grinsen bringt, obwohl wir uns schon anderthalb Jahre lang kennen. Dass unsere beiden Namen mit *ly* enden, amüsiert mich noch immer mehr, als es vermutlich sollte. Mich hat Mama nach einer der *Brontë*-Schwestern benannt, Kims Mutter hat den Namen ihrer zukünftigen Tochter im Aufzug eines New Yorker Luxushotels aufgeschnappt – von Vornamen-Büchern halten unsere Eltern scheinbar gleich wenig.

»Hi!«, sagt Kim jetzt, und ich fühle mich durch das Telefon umarmt. »Es gibt News! Und keine guten. Leider. Haha.«

Ich setze mich auf. »Oh-oh. Sind deine Lieblingsreiswaffeln im Supermarkt wieder alle?«

»Gott, nein. Nach dieser Beinahe-Apokalypse letzten Monat habe ich mir einen Vorrat angelegt, der bis in mein hohes Alter reicht. Ich meine, hallo? Hat ganz München plötzlich rausgefunden, dass Reiswaffeln mit Joghurtglasur absolut geil sind? Diese Sache ist … auch unangenehm.« Sie holt Luft. »Er ghostet mich. *Mich* – kannst du dir das vorstellen?«

»Wer?« Am Fußende der Couch hebt Mochi den Kopf und rollt sich auf den Rücken, damit ich seinen Bauch kraule. Ein zufriedenes Grummeln entfährt ihm, als meine Hand in seinem weichen Fell versinkt.

»Dieser hotte Typ.«

»Der von letzter Woche? Socken-beim-Sex-Adam? Ich

dachte, den fandest du doch nicht so gut.« Kim verliebt sich in zweiundneunzig Prozent ihrer Dates schon in den ersten fünf Minuten, hat allerdings auch harte Knock-out-Kriterien. Dass er die Sneakersocken beim Herummachen angelassen hat, hat der fehlenden Connection zwischen den beiden auch nicht gerade geholfen.

»Urgh, erinnere mich nicht an *den*. Der hat sich disqualifiziert, als er meinte, online nach Second-Hand Luxushandtaschen zu stöbern, wäre ein – Anführungszeichen – *Akt der Verzweiflung*. Klar, dass einer dieser Finance-Bros denkt, Grafikerin wäre kein richtiger Beruf, und ich mir deswegen nur Fälschungen und trockenes Brot leisten könnte. Dabei zahle ich einfach nur fett Miete, die sogar einen Justus Aurelius zum Weinen bringen würde.« Das Augenverdrehen schwingt durch die Leitung. »Leon meine ich. Hast du mir bei unserem Gespräch am Montag nicht zugehört?«

»Doch, mit Sicherheit, aber …« Ich seufze. Kim ist meine beste Freundin, aber manchmal verliere ich die Übersicht oder vergesse, was sie erzählt hat. Vage erinnere ich mich an die gemeinsame Gassirunde letztens, aber mein Kopf war voll mit einem Datenbankproblem, das ich erst nach zwei Tagen lösen konnte. So viel dazu, dass ich die *rdently*-Software dominiere.

Jetzt klingt Kim ungeduldig, ihr Modus Operandi, den sie nur beim Feiern oder notgedrungen während unserer halbjährlichen Spa-Tage ablegt. »Leon, du weißt schon. Groß. Dunkelhaarig. Brille. Trainiert. Sexy, auf eine James-Dean-Harvey-Specter-Art. Scharfer Anzugtyp. *Der* Leon.«

Jetzt fällt der Groschen. »Ah, scharfer Anzugtyp! Jep, bin dabei.«

War klar, dass Kim eine Verbindung zu ihrer Lieblingsserie *Suits* herstellt. Sie liebt Typen mit Krawatte und teuren

Designerhemden. Wahrscheinlich verstehen wir uns so blendend, weil wir die gleiche Art von Cocktails (Gin mit vier Ausrufezeichen) lieben, aber auf verschiedene Kerle stehen. Sie ist die Amanda zu meiner Iris, die Wednesday zu meiner Enid, selbst wenn ich sie noch nicht dazu überreden konnte, *The Holiday* oder das Netflix-Remake der *Addams Family* mit mir anzuschauen. »Er ghostet dich?«, hake ich nach. Mit diesem Thema kenne ich mich leider viel zu gut aus.

Ich streiche über Mos Segelohren, während am Ende der Leitung eine Tastatur klappert. Kim ist echt gut im Multitasken, ein Skill, den sie mir erst beibringen muss.

»Also«, fängt sie an, etwas im Hintergrund rattert, »wir haben uns gegenseitig auf eurer wundervollen App geherzt. Und … Oh, verdammt, eine Patrone ist leer.« Sie grummelt. Es raschelt. »Einen Augenblick … So, bin wieder bei dir. Leon hatte diesen wortkargen Vibe, bei dem mir ganz … Du weißt schon. Wir haben uns vorgestern in einem Lokal in der Innenstadt getroffen. Und er war so scharf wie erwartet. Zum Schluss hab ich ihn gefragt, ob wir uns heute wiedersehen, bevor ich übers Wochenende zu meinen Eltern nach Passau fahre. Er meinte, dass er da schon Pläne hat. Du weißt aber: Ein Nein stecke ich nur schwer weg, deshalb wollte ich ihn abends anschreiben und fragen, ob ich nicht einfach mitkommen kann. Aber er war weg.« Traurigkeit und Ärger mischen sich in ihre Erzählung, die in einem Seufzen endet.

»Wie, weg?«

»Na, weg von *rdently*. Nicht mehr da. Puff.«

»Er hat sein Profil gelöscht«, mutmaße ich und kraule Mochi am Kopf. »Hast du seine Nummer?«

Kim beginnt zu kauen. Ich halte das iPhone etwas vom Ohr weg, bis sie fertig ist. »Irgendwann killt deine Reiswaffelsucht noch mein Trommelfell.«

Sie ignoriert den Kommentar. »Keine Nummer, leider. Aber … hör mir erst zu … er hat mir von einem Pub namens *Green Ivy* erzählt, das jeden Mittwoch eine Craft-Beer-Nacht veranstaltet, bei der es auch … tadaa … Snakebites mit Johannisbeersirup geben soll.« Ein schmatzendes Geräusch füllt die Leitung, als würde sie sich über die Lippen lecken. Noch ein Getränk, das wir beide lieben – obwohl es mehr als einmal der Grund für einen Schwips bei einer unserer Pubcrawls war. »Das hat sich total gut angehört, deshalb habe ich gegoogelt – die nächste findet *jetzt gerade* statt. Ich schätze mal, Leon ist dort. Nicht, dass ich mir was davon erhoffe, aber …« Sie stockt. Stille. Eine Sekunde, zwei, drei. »Wortlos abhauen geht gar nicht.« Tiefes Durchatmen. »Deshalb habe ich überlegt, heute Abend in genau dieses Lokal zu gehen.«

Meine linke Braue schießt in die Höhe. Sämtliche Alarmglocken schrillen, Red Flags wehen durch mein Blickfeld, als ich vorsichtig nachfrage: »Willst du wirklich jemanden wiedersehen, der sich einfach so verzieht?« Nicht selten das Rezept für eine Katastrophe.

Sie überlegt kurz. »Mein Gehirn sagt Nein, mein Ego sagt Nein, mein gesunder Menschenverstand sagt Nein. Mein Stolz allerdings schreit FUCK JA!« Ihr Brüllen lässt Mochi in die Höhe fahren. Er blickt sich erschrocken um, dann lässt er den flauschigen Kopf wieder auf die Couch sinken. »Ganz ehrlich? Ihm soll alles aus dem Gesicht fallen, wenn er mich entdeckt.« Jetzt klingt sie richtig trotzig. »Denn damit rechnet so einer sicher nicht.«

Kim ist die willensstärkste Frau, die ich kenne. Es gibt nichts, das ich ihr ausreden könnte, falls sie es insgeheim doch tun möchte.

»Du klingst, als fändest du es eine gute Idee, nachzusehen, was er treibt.«

»Du kennst mich zu gut, Emmylein.«

»Was erhoffst du dir davon?«

»Verrechnest du diese Therapiesitzung?«

Ich grinse. »Zum doppelten Stundentarif.«

Das bringt Kim zum Lachen. »Das, was du mir schon mal gegeben hast und wofür nun andere Frauen bei meiner besten Freundin Schlange stehen: das Warum. Ich will wissen, wieso er nicht einfach schreiben konnte: Sorry, passte nicht.« Eine kurze Pause folgt. »Ich frage mich ernsthaft: Warum glaubst du, ghosten Männer?«

»Jeder Mensch kann ghosten und geghostet werden. Das beschränkt sich nicht nur auf Kerle.« Ich grüble darüber nach, was ich von betroffenen Frauen und den jeweiligen Fake Dates gelernt habe: »Zusammengefasst: Für viele ist ein Tschüss schwerer als ein Hallo, aus ganz unterschiedlichen Gründen. Manche haben Angst vor der Reaktion, scheuen sich vor Bindung und Verantwortung. Andere sind einfach ausgemachte Arschlöcher, die nicht genug Eier haben, um zu ihren eigenen Entscheidungen zu stehen. Aber jeder verdient ein Warum, das ist das Mindestmaß an Respekt, wenn du mich fragst.«

Sie zieht die Luft ein. »Genau! Und ich verdiene dieses Mindestmaß, oder? Aber die Sache ist … Was, wenn Leon echt eines dieser *Arschlöcher* ist, die sich nicht verabschieden *und* mehrere Frauen am Start haben? Oder noch schlimmer: Wenn ich dieses schlechte Remake der Daniel-Situation nicht so gut wegstecke, wie ich dachte? Oder ich mich dabei blamiere? Mein Ego könnte mir das nie verzeihen.« Ein angestrengtes Schlucken dringt an meine Ohren. »Deshalb will ich nicht ins *Green Ivy* gehen. Ich möchte, dass *du* hingehst. Bitte. Mit einer Schmalspurversion deines üblichen Services, ohne Vorbereitung, ohne Konversation, ohne eine deiner Rollen. Mehr verlange ich gar nicht. Aber wenn er wirklich heute da ist, will ich wissen, ob er es mit einer anderen Frau ist.« Sie schluckt hörbar.

»Kim.« Ihr Name hinterlässt einen schalen Geschmack auf meinen Lippen.

»*Emmy*. Ich würde dich nicht bitten, wenn es mich nicht«, sie schluckt hörbar, »so fies an Daniel erinnern würde. Was mache ich falsch? Habe ich echt so ein scheiß Gespür für Männer? Da, jetzt ist es raus! Das damalige Verhalten meines Ex-Freunds beeinflusst noch immer meine Beziehung zu Männern«, zischt sie, und ich frage mich, ob ihr das erst jetzt klar geworden ist. »Dafür würde er sich garantiert selbst auf die Schulter klopfen.«

Am liebsten möchte ich sie an mich ziehen und lange umarmen. Daniel hat ihr das Herz gebrochen. Eine andere Frau gedatet, als sie zusammen waren.

Während mein Ventil für Herzschmerz und schlechte Dating-Erfahrungen seit Langem anonyme Artikel auf dem *rdently*-Blog sind, hat Kim die Sache mit Daniel in sich vergraben, sobald sie das Warum hatte. Weil Verliebtsein häufig mit Unsicherheit einhergeht, kommen alte Erinnerungen gerne zu den unpassendsten Zeitpunkten aus ihrem Versteck.

»Ich weiß, Leon und ich hatten nur ein Date. Aber ich verstehe nicht, warum er mich sitzen gelassen hat. Was ihn gestört hat. Und ob ich echt immer den gleichen Typ Mann anziehe.« Sie holt tief Luft. »Ich will es einfach nur wissen, verstehst du?«

Ja. Das tue ich. Für alle Frauen war es bisher wichtig, die Wahrheit zu wissen, um damit abschließen zu können.

Das mit Daniel war alles andere als okay. Das einzig Gute an Kims Erlebnis mit ihm ist, dass es uns zusammengebracht hat. Ich sollte ihm für ihr *Hi, ich habe deinen Artikel über Ghosting gelesen und mich SO darin wiedergefunden – hast du schon mal daran gedacht, Frauen IRL zu helfen? Ich date einen Typ namens Daniel …* dankbar sein. Irgendetwas an Kims Verzweiflung hat mich dieser abenteuerlichen Idee zustimmen lassen, Daniel über *rdently* zu kontaktieren und zu einem Date zu überreden. Kim hat mir sämtliche Details geliefert – Vorlieben, Hobbys, Traumfrau – und ich bin in meine erste Rolle geschlüpft, *Business-Emmy*.

Ich schließe die Augen. In der Erinnerung an Daniel sitzen wir uns gegenüber: Ich warte, bewundere wie von Kim aufgetragen sein Wissen, verwickle ihn in ein Gespräch über Kryptowährungen, das ich unglaublich souverän navigiere. Alles ist Fake, ich bin Fake, aber mein Körper summt, das Adrenalin weckt mich auf, auf, auf. Dann, klammheimlich, steuere *ich* die Konversation. Sachte, neue Themen. Liebe. Dating. Ein unverfänglicher Kommentar zu Ghosting. Daniels Grinsen wird wächsern, kleiner. Mein Lächeln wird selbstsicherer, es fühlt sich so verdammt gut an. Weil ich bald bei dem *Warum* angekommen bin, das er Kim nie gegeben hat. *Wieso hast du diese andere Frau getroffen? Warum hast du dich nie mehr bei Kim gemeldet und entschuldigt? Ist dir bewusst, dass eine kurze Antwort ein ganzes halbes Jahr an Schmerz hätte verhindern können?*

»Bitte«, fleht Kim und reißt mich damit aus diesen Gedanken.

Ich blinzle. Schweige, und Kim mit mir. Sie braucht Techno-Musik, um zu denken, ich brauche Stille.

»Du kennst meine Regel: Normalerweise gehe ich nur mit einem Kerl pro Frau aus«, antworte ich schließlich. Eine Notwendigkeit, um genug Abstand zu den verschiedenen Emmy-Versionen wahren zu können, die ich bei den Fake Dates auspacke. Ich will mich nicht darin verheddern. Niemals.

»*Normalerweise* hilfst du damit aber auch nicht deiner besten Freundin aus. Bitte, Emmy. Und im Grunde gehst du nicht mit ihm aus. Du musst auch gar nicht mit ihm reden, ich will nur wissen, ob er allein da ist.«

Ich sage nichts. Max' Hundeblick, Kims weicher Tonfall.

Immer bin ich die einzige Rettung, die es gibt. Ich helfe anderen Menschen gerne, eine Eigenschaft, die manchmal extrem anstrengend ist – wie in Momenten wie diesem. Ich reibe mir über das Gesicht. Atme lange aus. Kann bereits fühlen, wie der eiserne Griff um diesen Grundsatz abzurutschen beginnt.

»Dein Angebot heißt doch *Broken Hearts Ghosting Service*. Mein Herz ist gebrochen, und ich wurde geghostet. Doppelcheck.«

»So hast du das immer genannt. Ich nenne es, die Wahrheit herausfinden. Das kann ich für dich tun, aber dein Herz ist nicht gebrochen. Oder täusche ich mich?« Mein Tonfall ist standhafter als mein Gewissen.

»Nein, eher angeknackst, weil es schon wieder nicht geklappt hat mit einem Mann. Er ist hot, also *muy-caliente*-hot, aber … Wenn er mich so offensichtlich nicht will, will ich ihn zehnmal nicht.« Sie schnaubt. Isst noch eine Reiswaffel.

Theoretisch habe ich heute nichts mehr vor, außer mit Mochi auf der Couch zu kuscheln und dabei Netflix zu schauen. Ich will mich selbst erwürgen. »Hast du ein Foto von ihm?«

Kreischen am anderen Ende der Leitung. »Klar, du kennst mich doch! Ich mache von allen *rdently*-Hotties Screenshots. Eine Sekunde – hab's dir auf WhatsApp geschickt.«

Wie schnell kann man bereuen, dass man etwas zugesagt hat? Ich: in weniger als einer Nanosekunde.

»Sieht er nicht supergut aus?«

Keine Ahnung, ich werde ihn mir später ansehen. Jetzt muss ich mich erst mal davon abhalten, den Kopf gegen die Wand zu schlagen.

»Hat er gesagt, wann das Event da losgeht?« Ich google nach der Adresse. In zwanzig Minuten zu Fuß erreichbar, in der Nähe des Alten Botanischen Gartens.

»Nein.«

»Ich kann frühestens in einer halben Stunde dort sein.« Ich drücke mich vom Sofa in die Höhe, klemme das iPhone zwischen Ohr und Schulter und falte die Kuscheldecke. *Bis bald, alte Freundin*, denke ich und hänge sie über eine Armlehne meiner hellbeigen Couch, auf der lilafarbene Kissen verteilt sind. »Du bist eine der wenigen Menschen, für die ich noch einmal meinen Pyjama ausziehe, sobald ich ihn anhabe. Darauf kannst du dir was einbilden.«

»Eine Ehre. Ich teile mir das gern mit deinem *future boyfriend*«, sagt sie mit einem Lächeln, das ich klar durch die Leitung höre. Jetzt ist es an mir, die Augen zu verdrehen. »Wann warst du zum letzten Mal auf einem Date, Emily?«

»Letzten Freitag.« Das war ein richtig unreflektierter Typ, toxisch hoch zehn. Ich schüttle mich und bin froh, dass sich meine »Kundin« mit meinen Informationen über die verkorkste Beziehung seiner Eltern und den daraus resultierenden Bindungsängsten bereits aus dem Liebeskummer graben konnte. Ein gutes Gefühl, jemandem dabei geholfen zu haben, das eigene Herz zu reparieren – auch wenn meine Mittel moralisch nicht gerade unbedenklich sind. Nachdem ich im August drei Aufträge hintereinander hatte, war ich nun froh, mal etwas Ruhe zu haben.

»Nicht für den Service. Eines für dich. Mit einem Typen, den *du* magst.«

Im Schlafzimmer schlüpfe ich aus den Kuschelsocken, auf die kleine Corgis gedruckt sind, und kicke sie neben das weiße Gestell des Himmelbetts. So lange ich kann, zögere ich das Beantworten dieser Frage hinaus.

»Letzten Dezember.« Das ist fast zehn Monate her.

»Vermisst du das nicht?«

»Was? Geghostet zu werden?« Das Universum hat ein Gespür für Ironie, das muss man ihm lassen. Warum ich so gut darin bin, die Beziehungen anderer zu navigieren, wenn ich selbst – rein technisch gesehen – noch nie eine richtige hatte, bleibt ein Rätsel.

»Verliebt zu sein.« Eine kurze Pause. »Was ist eigentlich mit Max? Der sieht dich doch an wie ein Bonbon, das er gerne auspacken würde, das hab ich gesehen.« Keine Ahnung, wie oft sie mir das seit dem gemeinsamen Meeting zum Logodesign schon gesagt hat. Irgendwann habe ich aufgehört, mitzuzählen.

Das mit Max … Ich betrachte mich selbst in den Spiegeltüren des Kleiderschranks. Den zerzausten Haarknoten – aka Feierabendlook – auf meinem Kopf, den zerknitterten Pyjama, an dem ein paar Flusen von der Wolldecke hängen. Ob er mich gut findet? *Gut genug*, um noch mal was mit einer seiner Angestellten anzufangen, nachdem das mit Vanessa so fundamental schiefgelaufen ist? Will *ich* das überhaupt?

Meine Kehle wird trocken, dann wende ich mich ab. »Ich lege jetzt auf. Null Versprechen, dass ich diesen Typen auch wirklich zu Gesicht kriege. *Null.*«

Kim bedankt sich noch mal überschwänglich und verabschiedet sich mit tausend Küsschen durch das Telefon.

Immer wieder, Emmy. Du lässt dich immer wieder zu irgendwelchen absurden Ideen überreden. Ich tippe mit dem Fuß auf den weißen Flauschteppich vor dem Bett, während das Foto in Kims WhatsApp-Verlauf lädt.

Dieser Leon ist definitiv ihr Typ. Dunkle Haare, die etwas zu lang sind, um noch als kurz zu gelten, aus dem kantigen Gesicht gestrichen. Die schwarze Brille auf der Nase wirft Schatten auf seine kräftigen Wangenknochen. Er lächelt nicht. Seine

Lippen – okay. Nicht übel, ähnlich voll wie die von Max. Alles an dem Foto – der Hemdkragen samt dunkelblauer Krawatte, der neutrale Hintergrund, die gute Belichtung – schreit nach Business-Headshot. Wer zur Hölle verwendet ein Foto, das perfekt auf der Homepage einer Anwaltskanzlei aussehen würde, bei einer Dating-App? Vermutlich ist er einer der Typen, die die Hürden in ihrem Alltag auf LinkedIn zu einem weltbewegenden Learning aufbauschen oder bei Restaurantbesuchen einen Monolog über ihr NFT-Portfolio halten.

Es sollte nicht zu schwer sein, ihn im *Green Ivy* ausfindig zu machen. Der Pub hat auf Google nicht sonderlich groß gewirkt.

Nach einem Blick aus dem Fenster – Schmuddelwetter, juhu – werfe ich den Flanell-Pyjama auf das Bett und ziehe mir ein rosa Oversize-Pulloverkleid über. Bevor ich das Haus mit einem Regenschirm bewaffnet verlasse, fülle ich noch mal Mochis Futterschale auf, über die er sich sogleich gierig hermacht.

Draußen empfängt mich ein Regenschwall, der meine Laune so rapide sinken lässt wie ein mehrstündiges Software-Update. Der aufbrausende Wind ist genauso grimmig wie die Intention, es einfach hinter mich zu bringen. Mit einem Fluchen setze ich einen Fuß vor den anderen und fühle mich dabei wie die Ghostbusters, als ich auf Geisterjagd gehe.

3

Emmy

I wish I'd kept my mouth shut

Ich hätte ein Taxi nehmen sollen. Besser noch, mich von Kim *persönlich* kutschieren lassen. Der Regenschirm hat auf halbem Weg das Zeitliche gesegnet, und alles an mir ist klitschnass – Trenchcoat, Blümchen-Converse, Strumpfhose. Nur die Kapuze hat ihren Job gemacht und meine Haare zumindest ansatzweise trocken gehalten.

Während ich aus dem Mantel schlüpfe und meine wirre Mähne durchwuschle, lasse ich den Blick durch das lauschige Lokal schweifen. Zu der draußen angepriesenen *Craft Beer Night* sind einige Leute gekommen, die sich in den gemütlichen Nischen angeregt unterhalten. Eine Kellnerin huscht flink zwischen den schwarzen Holzstühlen hin und her, ihre Bewegungen unterlegt von der irischen Live-Musik der Band. Nicht die Szene, in der ich mir jemanden wie CEO-Leon vorstellen würde.

»Willkommen, *lass!*«, grüßt mich der Barkeeper, als würden wir uns schon ewig kennen.

Lass? Ich drehe mich um, aber da ist niemand, den er meinen könnte. Er sieht die Verwirrung und schenkt mir ein breites

Grinsen aus seinem Stoppelbart. »Irischer Slang für Mädchen und junge Frauen wie dich«, sagt er mit einem kaum merklichen Akzent. »Hast du reserviert?«

Ich schüttle den Kopf, während ich mich auf die Zehenspitzen stelle und in den Nebenraum schiele. Da sind eine Gruppe Frauen, scheinbar auf einem Junggesellinnenabschied, ein paar Pärchen und ein großer Tisch mit Männern in Anzügen und gelockerten Krawatten. Vielleicht mein Jackpot?

»Heute ist alles voll, sorry. Aber hier an der Bar ist noch frei.« Er klopft auf den blitzblank geputzten Tresen vor sich, an dem nur ein Typ mit einem halbleeren Glas Bier sitzt, den Kopf über ein Buch gebeugt.

Mit einem Nicken platziere ich den Mantel auf der Lehne und hänge mir die kleine Umhängetasche um, ehe ich mich setze und die Getränkekarte studiere. Die Optionen sind endlos.

»Unsere heutigen Specials: Honigbier aus Kilkenny, dunkles Malz aus Dublin oder Snakebite mit hausgemachtem Johannisbeer-Sirup. Softdrinks haben wir auch, frisch aus Irland importiert.«

Der Barkeeper wartet auf meine Bestellung, was mich beim Durchsehen der Karte etwas stresst. »Snakebite«, sage ich schließlich, ohne weiter nachzudenken. Johannisbeeren sind immer gut.

Mein Blick gleitet an dem breitschultrigen Typen neben mir vorbei, der mir halb den Rücken zudreht. Auf der anderen Seite des Raums sehe ich die Tür zum WC. Obwohl ich daheim auf der Toilette war, gleite ich vom Barhocker und schlängle mich zwischen den Stühlen hindurch. Das gedämpfte Licht macht es schwierig, Gesichter im Detail auszumachen, aber auch bei den Anzugträgern scheint Leon nicht dabei zu sein. Ich gehe kurz aufs Klo, um mir die klamm-kalten Hände zu waschen. Kaum bin ich zurück, landet schon ein großes Glas mit einer violett-rötlichen Flüssigkeit samt Schaumkrone vor mir. Eine kleine Schale mit Nüssen folgt, die mir der Barkeeper mit einem Zwinkern zuschiebt. Ich bedanke mich und nehme einen Schluck, mein Mund von der fruchtigen Note sofort erfüllt.

»Hat dich dein Date versetzt?«, fragt der Kerl hinter dem Tresen, nachdem er mich einige Zeit lang dabei betrachtet hat, wie ich die Gäste im Nebenraum beobachte.

»Nope. Kein Date«, sage ich und trinke mehr von dem Snakebite. War ja klar, dass das kommt. Auch wenn der Typ nett scheint – Frauen, die ohne Begleitung Restaurants, Cafés oder Bars besuchen, sind für viele noch immer ein Novum. »Man kann ja auch allein ausgehen. Auf ein …«, ich drehe das Glas in der Hand, »Bier.«

»Dann bist du wie der hier.« Mein Gesprächspartner nickt in Richtung des Barnachbarn. »Der gehört auch zum Typus Einsiedlerkrebs.«

Die Schultern des besagten Kerls sinken einmal langsam auf und ab. Dann schlägt er das Buch fester als notwendig zu. Sein Blick fängt den des Barkeepers auf.

Heilige Sch–

»Versuch ja nicht, mich schon wieder zu verkuppeln, Brad. Mein Ernst.«

Dann dreht er sich zu mir.

Groß.

Dunkelhaarig.

Keine Brille.

Definitiv trainiert.

Laut Kim sexy, auf eine James-Dean-Harvey-Specter-Art.

Bekannt als scharfer Anzugtyp, obwohl er besser tätowierter T-Shirt-Typ heißen sollte. Mein Herz schlägt schneller, wohl so überrumpelt wie ich von Leons Nähe. *Beruhig dich mal*, warne ich das Organ in meiner Brust, das etwas zu aufgebracht reagiert. *Kim findet diesen Typen gut. Nicht du.*

So viel zu *nicht mit ihm reden*.

»Nichts für ungut«, sagt Leon mit tiefer Stimme. Und dann … dreht er sich wieder weg, trinkt den letzten Schluck und öffnet sein Buch.

Der Barkeeper hebt ergeben die Hände und verschwindet murmelnd durch eine Tür hinter der Bar.

»Alles okay«, flüstere ich und werfe mir eine halbe Handvoll Erdnüsse in den Mund. Während ich kaue, gehe ich im Kopf meine Möglichkeiten durch. Erstens: Ich trinke in Ruhe aus und verschwinde nach Hause. Leon ist allein da, punkt, aus, Job erledigt. Zweitens: Ich tue, was ich immer tue – Antworten finden. Kim hat das doch verdient, nicht?

Eine adrenalingeladene Neugierde kitzelt an dem Vorsatz, mich schnellstmöglich aus dem Staub zu machen. Was, wenn ich bleiben würde?

Eine grottenschlechte Idee. Oder? Ich fahre mir über das Gesicht, lasse die Hände danach auf den Tisch fallen.

Und stoße dabei versehentlich den Snakebite um.

Dritte Möglichkeit: Leon und Leons Buch vollsauen.

»Shit«, zischt er und schnappt sich eine Serviette aus dem Halter, der zwischen uns steht, um die Flüssigkeit aufzusaugen, das tropfende Buch in der anderen Hand. »Was war das denn? Hat dich das halbe Glas schon so betrunken gemacht, dass du deine Gliedmaßen nicht mehr kontrollieren kannst?«

Ich stelle das Glas auf, bevor es vom Tresen rollen kann, die Finger klebrig. »Was? Nein! Es tut mir leid, ich … Das war ein Unfall.« Das Buch wellt sich und hat genau wie das T-Shirt eine ordentliche Ladung des Getränks abgekriegt. Der schwarze Stoff klebt an seinen wohldefinierten Bauchmuskeln. *Schnell wegsehen, Emmy. An ihm ist nichts heiß. Er ist nur ein Arschloch, das deine beste Freundin geghostet hat.*

Ich ziehe ein paar der dünnen Papierservietten aus dem Halter, um den Rest davon abzuhalten, sich weiter auszubreiten.

»Tollpatschig«, knurrt Leon und begutachtet das fleckige Papier, ehe er damit weitermacht, das T-Shirt abzutupfen.

»Sorry.« Ich reibe die Holzfläche vor ihm trocken, mittlerweile bestimmt knallrot im Gesicht.

Brad kommt wieder durch die Tür zum Lager und pfeift durch die Zähne. »Kinder, kaum lass ich euch einen Moment alleine …«

Leon stiert geradeaus, die Mundwinkel gekräuselt, als Brad nach meinen kläglichen Reinigungsversuchen mit einem feuchten Geschirrtuch über die klebrige Oberfläche wischt und einen kleinen Behälter mit Feuchttüchern vor uns abstellt. Dankbar verwende ich eines davon, um meine Fingerspitzen zu säubern.

»Kann ich dir ein Bier ausgeben? Als Wiedergutmachung?« Ich setze ein freundliches Lächeln auf, in der Hoffnung, diesen suboptimalen Gesprächsstart herumreißen zu können.

»Danke, ich passe.«

»Was?« Brad schüttelt den Kopf und wirft sich das Geschirrtuch über die Schulter, bevor ich überhaupt dazu komme, den Mund zu öffnen. »Diese hübsche Lady will dir ein Getränk ausgeben und du sagst Nein? Du unromantischer Vogel, dir ist echt nicht mehr zu helfen.«

Hitze kriecht erneut in meine Wangen. »Das ist kein …«

Brad setzt ein neues Glas Bier und einen vollen Snakebite auf dem Tresen ab. »Geht aufs Haus.« Er zwinkert mir zu. Und zu Leon: »Benimm dich gefälligst und bedank dich bei ihr.«

»Für einen Drink, den du ihr gerade kostenfrei überlassen hast? Ich bin nicht taub, weißt du? Und echt schlechtes Businessmodell, einfach Drinks zu verschenken, Brad. Nur mal so am Rande.« Leons Augenbraue wandert rauf, die Mundwinkel nach unten. Er sieht verdammt genervt aus.

»Klar bist du taub. Hier drinnen.« Brian klopft sich auf die Brust und nimmt mit einem weiteren Kopfschütteln ein paar Bierkisten vom Boden. »Also?«

Leon räuspert sich und dreht sich auf dem Hocker wieder ansatzweise in meine Richtung. »Vielen Dank«, er sieht mich fragend an.

»Emmy.«

Er verzieht die Lippen. »Vielen Dank, Emmy, dass du mir dieses Bier *spendiert* und mich vollgesaut hast.« Säuerlicher könnte seine Stimme gar nicht sein.

Langsam fängt er an, *mir* auf den Senkel zu gehen. Ich hebe mein Glas und schenke ihm ein süßes Lächeln. »Gern geschehen. Auf diesen wunderschönen Münchner Abend und Unfälle, die einfach mal passieren können.«

Seine blauen Augen verengen sich zu Schlitzen, ehe er das Bier an die vollen Lippen hebt und mich über den Rand hinweg taxiert.

Ich senke den Blick ins Glas und trinke selbst ein paar Schlucke. Natürlich könnte ich gehen, aber eigentlich habe ich mich schon längst entschieden. Leon scheint ein ausgemachtes Arschloch zu sein. Schade, dass das Innere nicht mit dem Äußeren übereinstimmt. Vielleicht steckt auch mehr dahinter, wer weiß, aber das ist sein Problem und nicht das von Kim. Deswegen bleibe ich hier – um ihr später beruhigend davon berichten zu können, dass dieser Typ einen weiteren Gedanken nicht wert ist.

Im Nebenraum fließt die fröhliche Fiedelmusik in eine

wehmütige Melodie, die eine perfekte Öffnung für eine Konversation bietet. Unauffällig schiele ich zu Leon. Lockere Kleidung, die sich trotzdem um die Muskeln seiner breiten Schultern schmiegt. Schwarze Tinte auf samtiger Haut. Geometrische Formen zwischen Vögeln im Flug und geschwungenen Worten, die ich aus kürzerer Distanz sehen müsste, um sie entziffern zu können. Sein linker Arm ist voll davon, auf dem rechten ist kein einziges Tattoo sichtbar.

Wahrscheinlich hat er bei dem Date ein langärmeliges Hemd getragen, ansonsten hätte Kim auf dem Absatz kehrtgemacht. Sie hasst Tätowierungen. Ich hingegen liebe es, wenn Menschen Geschichten damit erzählen, die sie für ewig bei sich tragen wollen.

»Ist es gut?« Ich ziehe die Ärmel des Hoodie-Kleids über die Finger und schließe sie um das Getränk, deute nur mit dem Kopf auf den Business-Ratgeber.

Fast gebe ich den Versuch, mit ihm reden zu wollen, auf, weil er ewig nicht reagiert, doch dann lässt er sich mit einem Seufzen zurück gegen die Lehne sinken.

»Ja. Gelesen?«

»Würde ich dann fragen, ob es was taugt?«

Er zuckt mit den Schultern. »Was liest du denn so? Wenn du nicht gerade damit beschäftigt bist, das geschriebene Wort in Alkohol zu ertränken.«

Ha, witzig. Ich muss mich davon abhalten, nicht die Augen zu verdrehen. »Mal so, mal so.« Mein Leseverhalten ist stimmungsabhängig. Hauptsache, die Charaktere finden die Liebe, wenn ich schon kein Glück damit habe.

Darauf erhalte ich keine Antwort. Nur gelangweiltes Starren.

»Hast du vor, ein Unternehmen zu gründen oder bist du einfach nur interessiert?« So improvisiert bin ich schon lange nicht mehr an diese Sache herangegangen. Normalerweise bereite ich mich mindestens eine Woche auf ein Date vor.

Seine Züge verhärten sich. »Das war ernst gemeint vorhin.«

»Was?«

»Dass ich nicht verkuppelt werden will.«

Warum gehst du dann auf Dates, schreit eine Stimme in mir – aber diese Frage kann ich nicht stellen. Noch nicht. Wenn ich jetzt damit anfange, explodiert das Universum – und Leons Geduld.

»Dann sind wir schon zu zweit. Das hier«, mein Finger mit dem lila-lackierten Nagel wirbelt zwischen uns her, »nennt sich Small Talk. Vielleicht ist dir das Konzept fremd: Zwei Menschen unterhalten sich über Belangloses, um sich die Zeit zu vertreiben oder eine Verbindung aufzubauen.«

»Also *willst* du eine Verbindung zu mir aufbauen, Emmy.« Sein Mundwinkel zuckt. Perfekt, er macht sich über mich lustig.

Er leidet definitiv unter selektivem Gehör.

Tief durchatmen, mit solchen Nervensägen hast du es ja schon mehrfach zu tun gehabt.

»Vielleicht will ich nur mein Getränk trinken und mich nett unterhalten?« Meine Stimme wird leiser, als ein paar Leute ihre Mäntel aus der Garderobe neben der Bar holen.

»Vielleicht will ich nur mein Getränk trinken und in Ruhe mein Buch lesen?« Er schüttelt den Kopf und nimmt seine Lektüre vom Tresen. »War … interessant, dich kennenzulernen, Emmy. Da hinten ist gerade ein Platz frei geworden, der nach einer Oase der Ruhe aussieht, wenn du verstehst.«

Direkt neben der Band? Ja, klar.

»Und wie ich verstehe, Leon«, murmle ich ins Glas, während ich meinen Kopf nach einer Möglichkeit durchforste, das Gespräch nicht abreißen zu lassen. Aber was soll ich machen? Auf seinen Schoß springen, damit er nicht aufstehen kann?

Sein scharfer Blick durchzuckt mich so unerwartet, dass ich mich beinahe verschlucke.

»Woher kennst du meinen Namen?«, zischt er und tritt einen Schritt näher an mich heran.

Oh, verdammt. *Schnell denken, Emmy.* »Brad hat ihn vorher erwähnt.«

»Hat er nicht.«

»Doch.« Ich exe den Rest des Snakebites. Die Kohlensäure-Ladung bringt meinen Bauch zum Rumoren.

»Ich bin mir verdammt sicher, dass das nicht der Fall war.«

Das Schlucken ist plötzlich ziemlich anstrengend. *Was zur Hölle ist los mit dir? Krieg dich in den Griff, du musstest doch schon öfter in solchen Situationen improvisieren*, rüge ich mich selbst. Aber Leons Nähe … so wie er dasteht, Buch in der Hand und Arme verschränkt, kann ich mich aktuell an kein einziges meiner Fake Dates erinnern.

Und das ist schlecht.

Verdammt schlecht.

Im Sitzen hat er nicht so groß ausgesehen. Nun ragt er bedrohlich über mir in die Höhe, fixiert mich.

Ich schnipse einen Zehner auf den Tresen. Dann bin ich auch schon auf den Beinen und reiße den Mantel von der Lehne, um hineinzuschlüpfen.

»Emmy?« Leon klingt ungeduldig, doch ich höre ihm nur halb zu, weil ich feststecke. Mein Armband muss sich in der Fütterung verhakt haben. Ich kann mich keinen Zentimeter mehr bewegen. Dann flüchte ich eben wie ein einarmiger Bandit.

»Hey, warte mal«, sagt Leon hinter mir. Er dreht mich an der Schulter herum, genau in dem Moment, in dem sich das

Armband löst und die Hand durch den Ärmel rutscht. Mein Ellenbogen kollidiert hart mit seiner Magengrube.

Panik und Scham springen wie kleine Stromschläge durch meinen Körper. *Nein, nein, nein!*

Leon steht leicht nach vorne über gebeugt, eine Hand auf der Magengegend. »So verdammt tollpatschig«, presst er hervor.

»Das wollte ich nicht, Leon.« Ich muss meine Klappe halten, dringend. »Sorry. Echt! Ist alles okay?«

Leon nickt und richtet sich langsam wieder auf. Seine Finger reiben über die Stelle, während er mich mit verengten Augen beobachtet. »Emmy. Antwort.«

Ich gehe im Zeitlupentempo rückwärts in Richtung Tür. Nur nicht das Raubtier aufschrecken.

Genauso vorsichtig winke ich Brad zu, der summend aus dem Lagerraum kommt und mitten in der Bewegung einfriert.

»Snakebite war lecker. Danke, Brad! Der Rest ist Trinkgeld.«

»Was zur Hölle soll –«, Leon macht einen Schritt auf mich zu, aber ich bin schon aus der Tür.

Keine fünf Minuten lang muss ich im Regen an der Straße entlanglaufen, bis ein Taxi an mir vorbeifährt, das ich aufhalte. Meinen schrottigen Regenschirm habe ich natürlich im Lokal vergessen.

Kaum habe ich mich völlig durchgeweicht auf den Rücksitz fallen gelassen, atme ich tief durch. Die Scham revoltiert tief in meiner Magengrube.

Was für ein arrogantes Arschloch! Ich schlage mir die Hände vors Gesicht. Kim wird mich diese Peinlichkeit nicht vergessen lassen. Ich seufze, dann grummle ich. Was für eine unüberlegte Aktion. Dass ich mich zu so etwas habe überreden lassen, ist meine eigene Schuld.

»Hast du was gesagt?«, will die Fahrerin wissen, aber ich schüttle nur den Kopf und ziehe den feuchten Mantel enger um mich. Mein Herz springt, betrunken und absolut peinlich berührt von dieser Begegnung, fast aus meiner Brust und ich bin einfach nur froh, diesen Typen nie, nie, nie, nie wieder sehen zu müssen.

4

Emmy

In life, you'll always meet more than once

Der große Cappuccino wärmt meine Finger durch den Pappbecher hindurch, während ich ein Gähnen unterdrücke. Die Aufzugtür gleitet hinter mir zu, und ich drücke nach dem Scannen meiner Schlüsselkarte auf den Knopf für die vierte Etage. Mochi streckt sich und hebt den Kopf, um mich mit müdem Blick anzusehen. Ich beuge mich vorsichtig vor – diesmal ohne irgendetwas zu verschütten – und kraule ihn hinter den Ohren, bevor ich den Karabinerhaken der Leine löse.

Nach dem gestrigen Gespräch mit Kim, bei dem sie amüsiert und beruhigt geklungen hat, konnte ich lange nicht einschlafen. Zwar war Leon offensichtlich allein im Pub, aber das Warum konnte ich Kim nicht verschaffen – etwas, das sie trotzdem weiterhin beschäftigen wird, das konnte ich an ihrem Tonfall hören. Dass Leon mich so aus dem Konzept gebracht hat, dass ich mich wie eine blutige Anfängerin verhalten habe, nagt noch immer an mir. Kein Gelächter, das ich für meine regelmäßigen Kabel-Stolper-Unfälle ernte, ist mir so lange im Gedächtnis geblieben wie Leons grimmiges Starren, dessen Intensität mir selbst jetzt noch einen Schauer über den Rücken laufen lässt. Meistens kann ich über mich selbst schmunzeln, aber heute ist mir absolut nicht danach zumute. Glücklicherweise bietet der Berg an To-dos, der am Vormittag auf mich wartet, ausreichend Ablenkung.

Die Türen des Aufzugs gleiten auf. Das Licht ist an, wahrscheinlich hat einer der anderen gestern vergessen, es auszumachen. Kaum haben wir den Fahrstuhl verlassen, erstarrt Mochi und beginnt, wie wild zu bellen. Dann prescht er aus meinem Blickfeld.

»Hey!« Ich haste hinterher. Heißer Kaffee schwappt durch die Trinköffnung über meine Finger.

Ich fluche leise. Aber der Schmerz ist vergessen, sobald ich sehe, wer auf meinem Platz sitzt. Nicht unter oder neben dem Tisch, wie es Mochi immer tut, sondern *auf* dem Stuhl. Ein riesiger schwarzer Schäferhund sieht mit schiefgelegtem Kopf auf Mo herab, der ein Kläffkonzert hinlegt. Vom Besitzer – unserem neuen Mitarbeiter? – keine Spur.

Das andere Tier bemerkt mich und hüpft mit unglaublicher Leichtfüßigkeit von dem Bürosessel. Mochi ist derweil mit einem Knurren zur Seite gewichen, doch nicht so mutig, wie er sich aufführt. »Sitz«, sage ich zu ihm und sehe mich noch mal um.

Beide Hunde setzen sich zeitgleich auf ihre Hinterteile, der Schäferhund grummelt und lässt sich weiter zu Boden gleiten, bis er auf dem Rücken liegt, die Augen halb geschlossen. Ich stelle den Becher ab und lasse mich auf die Hacken sinken, um den Neuankömmling zu streicheln. Bei fremden Hunden bin ich üblicherweise vorsichtig, aber der hier bettelt so offensichtlich, dass ich nicht anders kann.

Mochi, total eifersüchtig, brummt leise vor sich hin.

»Hi, du Schöne«, flüstere ich und streichle den weichen Bauch der Schäferhündin, die sogar in Rückenlage träge mit dem Schwanz wedelt. So schnell sie sich in die kuschelige Position gerollt hat, ist sie nach ein paar Streicheleinheiten wieder auf den Beinen und drängt sich so fest gegen mich, dass ich das Gleichgewicht verliere. Mit einem Lachen falle ich auf den Po.

Mochi hat genug gesehen und marschiert auf uns zu, erneut aus vollster Seele kläffend. »Ganz ruhig, Mo.« Ich strecke meine Hand nach dem Corgi aus, aber er hält Abstand. Wetten, dass er den Rest des Tages schmollt? »Das ist eine ganz Liebe.« Ich kraule die schwarze Riesin am Hals. »Hat dich dein Besitzer vergessen?«

Was mich dazu führt: Warum hat unser neuer Mitarbeiter eine der Schlüsselkarten, die man braucht, um in das oberste Stockwerk fahren zu können? Ich hatte gedacht, dass mir Max eine zur Übergabe auf den Tisch legen würde, aber das scheint er selbst übernommen zu haben. Danke für die Info. Nicht.

Die Schäferhündin ist drauf und dran, mir meinen flauschigen lila Lieblingshut vom Kopf zu ziehen. Ich kann sie mit einem Lachen gerade noch davon abhalten. Mochi läuft in Kreisen um uns herum, unsicher, ob er mich vor diesem Biest verteidigen soll. Das leise *Ding* des Fahrstuhls kriege ich nur am Rande mit.

»Frida. Aus.«

Die männliche Stimme lässt sowohl Frida als auch mich erstarren, doch im Gegensatz zu mir schafft die Hündin es wenigstens, sich nach einer Sekunde aufrecht hinzusetzen. Halb auf dem hellen Holzboden liegend, wird mir gleichzeitig heiß und kalt. Diese Stimme … Hoffentlich tut sich der Erdboden unter mir auf.

Das darf nicht wahr sein. Das darf bitte nicht wahr sein.

Dann: ein Räuspern.

Diesmal schieße ich in die Höhe. Ich muss jedes Quäntchen an Willenskraft aufbringen, um nicht zu schreien.

Drei, zwei, eins. Ich will mich nicht umdrehen, aber ich tue es trotzdem.

Leons Blick hängt an dem Hut, der mir dank Frida schief auf dem Kopf sitzt, ehe er zu meinem Gesicht gleitet. Eine Sekunde lang weiten sich seine Augen hinter den Brillengläsern, dann verbirgt er die Überraschung wieder hinter einer Maske der Belanglosigkeit.

»*Du*«, sagt er und verschränkt die Arme vor der Brust. Der Anzug spannt dabei über seinen breiten Schultern. Max hätte ihm wenigstens mitteilen können, dass bei uns ein legerer Dresscode angesagt ist.

Mir fehlen die Worte. Die Erinnerung an gestern Abend flammt in mir auf. Ich öffne den Mund, dann schließe ich ihn wieder. Bald ist mein Trenchcoat durchgeschwitzt. Der Schal um meinen Hals hat sich schon längst in eine Boa constrictor verwandelt.

»Du arbeitest hier?« Er legt eine theatralische Pause ein. »Emmy?«

Mehr als ein Nicken bringe ich nicht zustande. Etwas streift mein Bein. Mochi drückt sich an mich, von Leon eingeschüchtert. Da sind wir schon zwei.

Ich hebe ihn hoch, sein Gewicht und das warme Fell erden mich auf eine Art, die mich endlich den Mund öffnen lässt. »Ich schätze, du bist unser neuer CMO?« *Oder doch ein Einbrecher? Bitte, lass Leon ein Einbrecher sein.*

Leon seufzt und nickt dann, sichtlich unglücklich darüber, dass ich tatsächlich hier arbeite.

»Man hat mir gesagt, ich kriege eine Einführung.« Er sieht sich um. »Wann kommt er?«

»Wer?« Ich drücke Mochi an mich. So langsam wird er schwer, aber er ist mein Anker, der mich vorm Ausflippen bewahrt.

Kim wird mir das garantiert nicht abkaufen.

»Der CTO.«

Dieser Kommentar entlockt mir ein Schnauben. Die Scham verpufft augenblicklich, und ich straffe die Schultern, klammere mich an den Ärger. Er ist tausendmal besser, als weiter über gestern Abend nachzugrübeln. »*Sie* steht vor dir.«

Leon macht ein *WTF*-Gesicht.

Ich nehme Mochi auf den linken Arm und strecke mit erhobenem Kinn meine Hand aus. »Emily Graf. Chief Technology Officer von *rdently*. Willkommen bei unserem Start-up.«

Ein Wimpernschlag vergeht, dann tritt Leon vor und schüttelt kurz und äußerst effizient meine Hand. Seine Haut ist weich, und der feste, wärmende Griff prickelt an meinen Fingern. Laut Kim ist ein Handschlag direkt abhängig von der Selbstsicherheit eines Menschen. Ein Wunder, dass meine Finger nicht in einem Schraubstock landen. Stattdessen war diese Berührung … angenehm.

Leon schenkt mir ein knappes Nicken, seine Miene weiterhin unlesbar. »Es tut mir leid, dass ich angenommen habe, dass der CTO ein Mann ist. Mein Bruder hat immer nur von *dem* CTO gesprochen.«

»Passiert häufiger. Leider.« Mein bitteres Lächeln zerkrümelt. »*Dein Bruder?*«

Leon wirft mir einen komischen Blick zu. »Maximilian?«

»Max ist dein Bruder?« Bald ist meine Stimme so hoch, dass nur mehr Mochi und Frida sie hören können.

»Vetternwirtschaft bringt noch immer die besten Resultate.« Er räuspert sich. »Nicht ernst gemeint.«

»Oh.« Keine Ahnung, was ich dazu sagen soll.

»Ich wollte mich beruflich verändern, und Max hat mir Vanessas Position angeboten. Max ist der Redner in unserer

Familie, ich der Zahlenmensch. So einen braucht ihr gerade, hat er gesagt.«

Ich nicke. Noch immer habe ich nicht verdaut, dass Leon und Max verwandt sind. Brüder. Je länger wir uns gegenüberstehen, desto mehr Ähnlichkeiten sehe ich zwischen den beiden, aber da ist nichts von Max' Wärme. Alles an Leon schreit nach Distanz – seine aufrechte Haltung, sein analytischer Blick, die Lippen, die kein Lächeln tragen.

Mit einer Handbewegung lockt er Frida zu sich. Seine Finger streichen abwesend über ihren Kopf, die andere Hand verschwindet in der Tasche seiner dunkelblauen Anzughose. »Was *war* das?«

»Hm?« Mochi beginnt zu strampeln, weil ihn die Umarmung langsam zerquetscht. Ich setze ihn ab.

»Muss ich meine Frage von gestern wirklich wiederholen?« Leon seufzt, reibt sich über das Gesicht.

Oh, klar, *dieses* Thema. »Brad hat dich beim Namen genannt.« Ich zucke so nonchalant mit den Schultern, wie ich kann. »Woher sollte ich ihn denn sonst kennen?«

Leon zieht eine Braue nach oben und sieht mich lange an. Ohne etwas zu sagen. Dann lässt er die Frage fallen, das sehe ich. Zu viel verschwendete Energie, keine logischere Erklärung als meine.

Groß machen, Schultern zurück, Selbstbewusstsein vortäuschen – Kims Erfolgsrezept. »Ich würde sagen, wir lassen den gestrigen Abend hinter uns«, schlage ich vor.

»Nichts lieber als das.« Jetzt sieht er amüsiert aus. Grübchen zeichnen sich unter dem Bartschatten ab – sie sind das einzige Merkmal, bei dem sich Kims und mein Geschmack überlappen. Jemand, der so grimmig ist wie Leon, sollte kein Recht auf sexy Grübchen haben. Die sind definitiv an ihn verschwendet – immerhin weiß er ja nicht mal, wie man richtig lächelt. Ich muss mich davon abhalten, eine finstere Miene aufzusetzen.

»Gut.« Ein Schwall an Luft verlässt meine Lungen.

»*Sehr* gut.«

Ich streife endlich die Jacke ab, hänge sie über meine Stuhllehne. Lasse mir Zeit damit, Mochis Wasserschale aufzufüllen. Frida macht sich gierig darüber her, obwohl Leon bei seiner Ankunft schon zwei gefüllte Näpfe für sie an die Wand gestellt hat. Mochi sitzt grummelnd in der Ecke. *I feel you*, denke ich.

Ein Knacken ertönt, dann füllt ein sanftes, elektronisches Summen den Raum. »Perfekt, sie haben die Klimaanlage repariert.«

Ich ziehe eine Augenbraue nach oben und sehe Leon an, als ich meinen Laptop vom Tisch nehme.

»Deshalb war ich vorhin nicht da. Die stickige Luft hat mich fast erschlagen, als ich hier rein bin.«

Stickig? Es gibt Fenster, die man öffnen kann. Ein unangenehmer Luftzug füllt den Raum und erinnert mich daran, wieso sich bis jetzt niemand die Mühe gemacht hat, das Problem beim Portier zu melden.

»Okay.« Ich versuche, meine schlechte Laune zu verbergen, und schnappe mir den Schal wieder, den ich vorhin ebenfalls über die Stuhllehne gehängt habe. »Sollen wir mit der Einführung beginnen?«

5

Emmy

Fünf Jahre zuvor: Noah
Unbeantwortete Nachrichten: eine

Ich bin in dich verliebt.

Die Worte schaffen es nicht, aus meinem Mund zu entwischen.

Wenn du in einer Vorlesung neben mir sitzt, kann ich mich nicht mehr konzentrieren.

Noah küsst mich gierig, nur die Wand hinter mir hält mich aufrecht, lässt meine Knie nicht einknicken. Sein Körper, *alles* an ihm, ist gegen mich gepresst. Ein wohliges Seufzen entwischt mir, doch es geht verloren. In seinen Berührungen. In uns.

»Verdammt, Emmy.« Seine Stimme ist rau, als er sich von mir löst, um nach Luft zu schnappen. Kaum ist da Raum zwischen uns, wenn auch nur ein winziger, prasseln die Geräusche vor seinem Zimmer im Studentenwohnheim auf mich ein. David Guetta. Beer Pong. Gelächter. Die Party auf dem Gang, von der wir uns verdrückt haben, schaukelt sich langsam zu ihrem Höhepunkt auf. Wir haben es nicht mal zum Bett geschafft. Kaum war die Tür zu, sind wir übereinander hergefallen.

Ich grinse ihn an, meine Finger in seinen blonden, kurzen Haaren vergraben. Seit wir in unserem ersten Jahr an der Uni zusammen an einem Gruppenprojekt gearbeitet haben, setzt mein Herz aus, sobald Noah einen Hörsaal betritt. Wenn er mir so wie vorhin auf einer Party begegnet und mich mit seinem Tausend-Watt-Lächeln angrinst, bin ich verloren. Aber so geht es den meisten Mädels in unserem Studiengang – zu oft fällt sein Name in geflüsterten Gesprächen auf der Damentoilette, seine hochgewachsene Statur ist häufig das Ziel sehnsüchtiger Blicke. Es gibt Geschichten über ihn, viele davon. Doch die Gerüchte, dass er etwas mit einer Studienanfängerin am Laufen hat, sind genau das – Gerüchte. Als ich ihn vorhin gefragt habe, ob er allein hier ist, war seine Antwort *immer*. Nie hatte ich gedacht, dass ein einziges Wort meine Seele derart zum Tanzen bringen kann.

»Du bist ein verdammt guter Küsser«, entfährt es mir, und kaum sind die Worte draußen, schieße ich ein nervöses Kichern nach. Wenn er nur noch einen Zentimeter von mir abrückt, klatsche ich auf den Boden wie zu lange gekochte Spaghetti. Alles in mir ist weich und warm – nicht nur von den zwei Gin Tonics, die mir Noah vorhin spendiert hat.

»Ach ja?« Er lehnt sich wieder vor, seine Zunge leckt über meine Unterlippe. Langsam. Selbstsicher. Es ist die süßeste aller Torturen, dass er sich wenige Momente später erneut von mir löst.

»Mhm«, seufze ich. Ich wusste, dass da etwas zwischen uns ist. Seine Blicke in den letzten Wochen waren … intensiv. Seine Nachrichten neckisch und voller Erwartung.

Ich bin in dich verliebt. Das zu sagen wäre zu krass, oder? Aber was, wenn es ihm genauso geht? Kaum, dass ich den Mund öffnen und mich davon überraschen lassen kann, welche Worte er formt, kommt Noah mir zuvor.

»Wie gefällt dir dein neuer Job?«, raunt er, als er meinen Hals entlang küsst.

Ein quietschender Laut entfährt mir. Wir machen herum, und er will Small Talk? Die Stelle als studentische Hilfskraft für einen Erstsemesterkurs könnte mich momentan nicht weniger interessieren.

»Gut.« Ich vergrabe die Hände fester in seinem Haar, als seine Lippen den Ansatz meiner Brüste erreichen. Ich stöhne sanft, während meine Gedanken immer weiter in Richtung Bett driften. Ich will das hier. Mit ihm. Ob ich gut darin bin? Mein völlig tollpatschiges erstes Mal nach einer Party ist ewig her. Es wird Zeit, eine schönere Erinnerung an Sex zu erschaffen.

»Ich wusste, dass du den Job kriegst. Du bist die Schlauste im gesamten Jahrgang.«

Ein kehliger Laut entfährt mir. Momentan kann ich mich nur auf seine Berührungen konzentrieren, und was sie in mir auslösen. Tief in der Magengrube züngelt eine Hitze, entfacht von seinem Atem auf meiner Haut, die ich schon lange nicht mehr gefühlt habe.

»Du bist sicherlich gnadenlos. Aber fair, oder? Das bist du doch immer.« Er lacht gegen meine Haut.

Wieso redet er immer weiter und noch dazu solchen Quatsch? Mir fällt eine bessere Beschäftigung für seine Lippen ein. Vielleicht ist er betrunkener als gedacht, auch wenn ich bei unseren Gesprächen vorhin nicht den Eindruck hatte.

Sein Atem kitzelt mich bis ins Mark. »Oder bist du … böse, Emmy? Zu mir?«

Wenn du willst, dann …

»Zu ihnen?«

Was zur Hölle? Ich schlage die Augen auf, die irgendwann zugeklappt sind, und starre die Zimmerdecke an. Seine Lippen an meinem Hals sind nun nicht mehr elektrisierend.

»Für manche Studierenden ist es nicht so einfach, weißt du? Niemand hilft ihnen, und für sie könnten ein, zwei Klausurfragen schon den Unterschied machen.«

Ich erstarre zu Eis, kann nicht mal mehr atmen. Wieso holt Noah sich keinen Gefrierbrand, wenn er mich berührt? »Welchen Unterschied?«

Er rückt von mir ab. Ich sehe in seine funkelnden Augen und versuche, seine feuchten, geschwollenen Lippen zu ignorieren. »Du bist doch anders als diese schnöseligen Hilfskräfte, Emmy. Du hilfst den Leuten, du bist eine von den Netten.« Ein charmantes Lächeln, das an mir abprallt.

Eine von den Netten.

Was bin ich jetzt? Lieb oder *böse*?

»Eine Freundin hat Angst, durch den Kurs zu rasseln. Du greifst anderen immer unter die Arme, vielleicht auch ihr? Du könntest ihr Nachhilfe geben, natürlich bezahlt, oder Tipps, was in der Klausur dranko-«

Eine Freundin?

Ich schiebe ihn von mir weg, ein schmutziges Gefühl klebt an meiner Haut. Mit zittrigen Fingern ziehe ich den Träger meines BHs wieder über die Schulter.

Die Straßenlaternen draußen tauchen den Raum in ein milchiges Halbdunkel.

»Ich dachte, du magst mich.« Meine Stimme ist kaum mehr als ein Flüstern. »Dabei willst du nur, dass ich deiner Freundin«, ich betone das letzte Wort durch zusammengebissene Zähne hindurch, »helfe, die Klausur zu bestehen, und ihr die Fragen zustecke.« Ich kann es nicht fassen. Mit einem Ruck nehme ich meine Tasche vom Boden, die irgendwann neben unseren Füßen gelandet ist.

»Ich mag dich, Emmy. Aber –«

»Weiß sie, dass du mir die Zunge in den Hals gesteckt hast,

um ihr den Lernaufwand zu ersparen? Wie ritterlich von dir!«

»So ist das nicht, ich –«

Tränen laufen über meine Wangen, während sich die Scham wie ein Felsbrocken in meinen Magen legt. »Wie ist es dann, Noah? Sag's mir.«

»Ich verlasse sie!« Er fährt sich durch die Haare. »Fuck, ich empfinde etwas für dich! Aber die Dinge sind kompliziert, okay? Ihre Eltern haben sich gerade getrennt, und sie muss das ganz allein durchstehen, weil ihr Bruder vor einem Jahr nach Südamerika ausgewandert ist. Die Uni ist brutal, das weißt du. Das packt sie nicht. Nicht jetzt.«

Sie.

Er kann nicht einmal ihren Namen sagen.

»Ich empfinde etwas für dich«, wiederholt er, diesmal sanft. Bittend.

Die Worte, die ich mir so lange gewünscht und erträumt habe, treiben mir die Übelkeit in den Magen. *Ich empfinde auch etwas für dich, Noah. Abscheu.* Aber das sage ich nicht. Stattdessen presse ich die Lippen aufeinander. Nie hatte ich geglaubt, dass ein Herz so wehtun kann.

Mit einem Schluchzen reiße ich die Tür auf und laufe den Gang hinunter, zwänge mich durch die Feiernden. Ich will nur raus hier.

Auf dem Heimweg schreibe ich ihm eine lange Nachricht. Lade meine Gefühle ab, weil ich in diesem Moment nicht für mich behalten kann, was in mir vorgeht.

Verpacke jedes Sandkorn an Schmerz, jede Träne, jede zerstörte Hoffnung. Warte auf eine Reaktion. Ein Tag vergeht. Eine Woche. Ein Monat. Ein Semester.

Ich erhalte keine Entschuldigung.

Er antwortet mir nicht.

6

Leon

On how to sell things that
you wouldn't buy yourself

»Kurz gesagt: Wir wollen die digitale Experience so greifbar wie möglich machen. Den Quartalsplan für die geplanten technischen Änderungen habe ich dir ja vorhin schon per Mail geschickt.« Emmys Blick nimmt einen verträumten Ausdruck an. »Wir haben ein paar richtig coole Sachen in der Pipeline. Damit helfen wir dem Zufall in Sachen Liebe ordentlich nach.«

Ich weiß nicht, was Emmy gerade vor Augen hat, aber alles, was *ich* sehe, ist ein überladenes Produkt und ein fehlender Marketing-Funnel. Viele Start-ups mit Fokus auf ihr Produkt haben dieses Problem. Zumindest die Mission stimmt – wenn man daran interessiert ist, verzweifelte Singles zur Zielgruppe zu zählen.

Und Zufälle?

Kann ich drauf verzichten.

Vor zwei Monaten habe ich *rein zufällig* meine Verlobte mit meinem besten Freund im Bett erwischt.

Gestern hatte ich *rein zufällig* die schrägste Begegnung jemals, die sich heute – und ab sofort täglich, shit – fortsetzt.

Diese Zufälle können mich mal – und die Liebe sowieso.

Ich scrolle durch die Dashboards, die mir mein Chaot von Bruder erst freigegeben hat, als ich ihn vorhin dreimal hintereinander angerufen habe. Die Kosten für die Gewinnung neuer App-Nutzenden sind aktuell und historisch ein Albtraum. Vanessa hat zu viel Geld in den Sand gesetzt. Kohle, die uns im Marketing-Budget nun fehlt und die ich jetzt wettmachen muss, damit die Investierenden nicht den Stecker ziehen. *Fuck my life.*

Ich lege das iPad vor mir auf den Tisch. Emmy wartet geduldig auf eine Reaktion. Ihr weißer Schal verschluckt den Großteil ihrer Mähne. Ein etwas strengerer Dresscode würde die Credibility dieses Produkts sicher pushen. Wenigstens scheint sie etwas draufzuhaben und ist zweihundertmal organisierter als Max. Eine Kombination, mit der ich arbeiten kann.

»Ich habe eine Frage«, sage ich, nachdem ich lange überlegt habe.

Emmy ist sauer, das sehe ich ihr an. Gekräuselte Nase, starrer Kiefer, ein falsches Lächeln.

Ich lege es nicht darauf an. Nicht absichtlich.

Mein Nacken brennt von den Blicken des restlichen Teams, das garantiert jedem Wort lauscht. Warum zur Hölle hat Max ein Office gemietet, das keinen Meetingraum hat? Nichts gegen diese Offene-Türen-Philosophie, aber nicht jedes Gespräch ist für alle Ohren bestimmt. Sein Büro hat er natürlich abgesperrt, dorthin hätten wir uns für dieses Meeting zurückziehen sollen. Jetzt führen wir diese Konversation an meinem Platz in der hinteren Ecke des Raums.

»Schieß los.« Emmy zieht die Ärmel des Pullovers über die schlanken Hände. Das hat sie gestern schon gemacht, und ich frage mich, warum sie das tut. Will sie sich verstecken? Sollte sie nicht. Ich bin jetzt schon beeindruckt von ihrem Wissen und der freundlichen Autorität, die sie ihrem Team entgegenbringt. Auch, wenn ich ihr das nicht zeige.

Ich stütze die Ellenbogen auf die Tischplatte. »Wie sollen wir uns das alles leisten?«

Sie bleibt stumm, ihr Blick zuckt kurz an mir vorbei.

»Du kennst die Zahlen?«, hake ich nach. Mir ist bewusst, dass ich diese Diskussion schärfer als beabsichtigt und außerhalb meines eigentlichen Aufgabenbereichs führe, aber wir alle wollen doch, dass diese Firma langfristig existiert. Max hätte schon viel eher klare Worte finden sollen. Unangenehm liegt ihm allerdings nicht. Dafür bin ich wohl nun da.

»Ja, *ich* kenne sie.« Emmys grauer Blick ist warnend, ehe er erneut sekundenschnell hinter mich zuckt.

Okay, einen Gang zurückschalten.

Panik im Team ist das Letzte, das wir brauchen können. Wenn sich jemand von ihnen einen anderen Job suchen würde – Asse in Softwareentwicklung sind so gefragt wie Gold –, müssten wir einen Ersatz finden. Und das würde teuer werden.

Langsam wird es durch die surrenden Rechner heiß hier drin, keine Ahnung, wie sie es ohne Klimaanlage ausgehalten haben. Es ist hart, mir nicht die Ärmel hochzukrempeln. In der Vergangenheit haben die Tattoos – oder Jugendsünden, wie Mutter sie gerne nennt – schon mehrmals meine Autorität untergraben, als Bruder des CEOs kann ich mir das nicht leisten. Bei Start-ups wird das vermutlich nicht so eng gesehen, aber die abschätzigen Blicke einiger Vorgesetzten sind mir trotzdem im Gedächtnis geblieben.

Ich schlage einen versöhnlicheren Ton an. »Eher früher als später brauchen wir eine neue Finanzspritze. Was ich von Max gehört habe, ist unser größter Investor willens, uns die zu geben, falls die Zahlen stimmen. Ich werde mir die Features ansehen und schauen, welche wir priorisieren sollten.«

»Das haben wir schon gemacht – basierend auf Feedback und anonymisierten Daten unserer Userschaft. Max hatte für den Pitch noch keine Zeit, aber ein Meeting ist für morgen angesetzt, wenn er zurück ist.« Emmys Tonfall ist trocken.

Ich bin der Arsch, der die Arbeit von anderen hinterfragt, das ist mir klar. »Wir müssen uns das Budget mit Max zusammen ansehen. Wenn er mehr Geld für Marketingausnahmen ausgeben will, bleibt weniger für andere Dinge.« Die Entwicklung von Features, beispielsweise.

Emmy versteht, auch ohne, dass ich es ausspreche. Sie weiß, was sie tut, kein Zweifel. Das Team hat sie definitiv besser im Griff als ihren Hund, der mich jedes Mal anknurrt, wenn ich ihn ansehe. Frida hingegen liebt Emmy, weiß der Geier, warum. Diese presst die Lippen aufeinander, ihr Gesichtsausdruck immer resignierter. Mit verschränkten Armen starrt sie mich an.

Unsere gestrige Begegnung schießt mir durch den Kopf. Ihr Versuch, Small Talk zu machen. Ihre Kleidung – die immer aussieht, als wäre sie in einen Pastellfarbtopf gefallen – ist definitiv süßer als der Blick, den sie mir gerade zuwirft. Die wilden Locken wirken wie von einer stürmischen Briste zerzaust. Die vollen, rosafarben geschminkten Lippen …

Ich räuspere mich, weil sie nicht reagiert. »Ich habe ein paar Inputs aus Marketingsicht, die spannend sein könnten.« Ich bemühe mich, bescheiden zu klingen, obwohl ich genau weiß, welche Maßnahmen üblicherweise einschlagen. »Ein paar Dinge sind mir außerdem beim Benutzen der App aufgefallen.«

»Welche?« Entgegen ihrem Tonfall sieht Emmy nicht überrascht aus. Wie nennen die Developer das noch gleich, wenn jemand das eigene Produkt verwendet? *Dogfooding*? Keine Ahnung, woher der Begriff kommt, aber ich bin fertig mit dem Hundefutter. Ein Date über *rdently* sollte vorläufig ausreichen.

Max hat mich dazu gedrängt und nachher versucht, mich auszuquetschen. Aber keine Chance, dass ich diese völlig vergeudeten drei Stunden noch mal aufleben lasse.

»Wie wäre es, wenn ich dir einfach eine kurze Liste schicke? Ich verschriftliche meine Eindrücke gerne. Das macht es leichter, sie später nachzuvollziehen.«

Emmy nickt und bedankt sich. Ich kann sehen, dass ihr eine Frage auf der Zunge brennt, darum blicke ich sie abwartend an. »Ja?«

»Wie war die … Experience generell? Die App? Das … Date?« Sie beißt sich auf die Lippe. »Falls du nicht darüber sprechen willst, ist das natürlich in Ordnung. Ich bin nur interessiert. Aus der Business-Perspektive.« Dann schiebt sie ein einseitiges Lächeln hinterher. »Ein Vögelchen hat mir gezwitschert, dass du nicht verkuppelt werden willst. Das Verwenden einer Dating-App macht doch Ähnliches, oder?«

»Passable Ladezeit, niederschwellige Anmeldung, tolle Animationen. Die App ist gut. Nicht perfekt, aber gut.« Nähere Infos erhält sie dann in dem Dokument, das ich am Nachmittag vorbereiten werde. »Das Date? Fernab von beidem.«

»Ist der Funke nicht übergesprungen?« Ihre Stimme ist nun sanfter als vorhin. Versöhnlich. Emmy spiegelt meine Körperhaltung, gelockerte Arme, schiefgelegter Kopf. Ob unbewusst oder absichtlich, kann ich nicht sagen. Das Grau ihrer Augen strahlt, freundlich, einladend. Verschwörerisch. Einen Moment lang reißt sie mich aus diesem Raum, aus den abgefuckten Erinnerungen an mein nicht existierendes Liebesleben, den Schmerzfragmenten, die sich jetzt tief in die Eingeweide bohren. Emmys Aufmerksamkeit und Interesse sind so ehrlich, ungeteilt, einnehmend. *Da.* Plötzlich ist es nicht mehr absurd, dass ihr Team und mein Hund völlig vernarrt in sie sind.

Frida niest und rollt sich dann neben mir auf den Rücken.

Der Augenblick ist vorbei. Ich setze mich aufrechter hin, lasse die Arme auf die Tischplatte sinken. Emmy ist wieder Emmy. Der – die – am merkwürdigsten angezogene CTO Deutschlands. Nicht mehr, nicht weniger. Der Abstand zwischen uns ist zurück. Erleichtert atme ich durch.

Ich zucke mit den Schultern. Das Date war zu fünfzig Prozent Business, zu fünfzig Prozent für Max, der mich permanent zu *mehr Spaß* überreden will. Etwas, dem ich nie hätte nachgeben sollen. Vor allem, weil Max und ich nicht gänzlich die gleiche Vorstellung von Vergnügen haben. »Romantik ist nicht mein Ding. Funken genauso wenig«, antworte ich ihr also endlich.

Emmy sieht mich an, als hätte ich ihr ins Gesicht gespuckt. Es ist totenstill – sogar das Tastaturgeklapper bleibt aus. Ich drehe mich nicht um.

»Soll das ein Scherz sein?« Emmy starrt mich an.

Ihr scharfer Tonfall lässt mich die linke Augenbraue in die Höhe ziehen. »Nope.«

Sie nimmt den Schlapphut vom Kopf und lässt ihn zwischen uns auf den Tisch fallen, stützt sich auf ihren Unterarmen auf dem weißen Holz ab. »Glaubst du an *rdently*?«, fragt sie mich dann. »Unabhängig von Max.«

Ich nicke.

»Wie kannst du an das Business glauben, aber nicht an den Sinn dahinter, an das Ziel?« Ihre Augen weiten sich immer mehr. Wenn ich jetzt das Falsche sage, schleift sie mich garantiert zum nächsten Exorzisten.

»Ich glaube an das Modell. Die«, ich hole tief Luft, »Liebe verkauft sich immer. Du kennst doch den Ausspruch *sex sells*, oder? Auf die eine oder andere Art ist das das Gleiche. Ihr verkauft das Potenzial auf Nähe zu einem anderen Menschen. Genau wie Sex-Shops. Oder Porno-Websites.«

Emmys Mund klappt auf. Nur mit Mühe kann sie ihn wieder schließen. Gestern hätte mir diese Sprachlosigkeit gut in den Kram gepasst. Jetzt ist sie irritierend.

»Vergleichst du uns gerade mit Plattformen, auf denen Menschen Orgasmen vortäuschen, die Lust von Frauen häufig völlig unterrepräsentiert ist und es normalisiert wird, hemmungslos mit dem Postboten zu schlafen, sobald er ein Paket abliefert?« Bei den letzten drei Wörtern wird ihre Stimme ein paar Oktaven höher.

Nicht lustig, Leon, unpassende Situation. Fuck, ich muss mir das Grinsen hart verkneifen.

»Nein«, sage ich mit Nachdruck, als ich sicher bin, dass mir meine Gesichtszüge nicht entgleiten. »Ich wollte nur ausführen, dass das Geschäft mit der Liebe ein einträgliches ist. Wenn es richtig angegangen wird.«

Jemand summt die Darth-Vader-Melodie hinter mir.

»*Das Geschäft mit der Liebe*«, wiederholt Emmy, ehe sie wild den Kopf schüttelt. Ihre blonde Mähne löst sich aus dem Schal und wirbelt dabei um ihre Schultern. »Mit einer einzigen Sache hast du recht: Wir verkaufen Potenzial. Auf Romantik. Verliebtsein. Einen neuen Lieblingsmenschen zu finden.« Sie reckt das Kinn vor, trotzig nach dem überwundenen Schock meiner Worte. »Vielleicht liegt dir etwas an dieser Firma, weil dein Bruder der CEO ist. Vielleicht deshalb, weil dir dieses Geschäft mit der Liebe, wie du es nennst, eine dicke Brieftasche bescheren kann.«

Unwahrscheinlich, aber das behalte ich für mich. Bei Startups wird man selten reich, sofern sie sich nicht zu einem Einhorn entwickeln.

»Aber wie soll jemand, der nicht an die Liebe glaubt, sie überzeugend vermarkten können? Auch, wenn er vielleicht hinter dem Medium, über die sie transportiert wird, steht?«

Emmys eiserner Blick rührt etwas in mir.

Bewunderung? Möglich.

Verdammt, sich mit einem gleichgestellten Kollegen, der dazu Bruder des Chefs ist, anzulegen, zeugt von ihrem Glauben in diese Firma. Wenige hätten den Mund aufgemacht, obwohl sie sollten.

»Indem er verdammt gut in seinem Job ist.«

Sie starrt mich an. Ihre Miene lockt ihren Corgi aus seiner Ecke. Er watschelt zur linken Seite meines Stuhls und imitiert Emmys starre Haltung. Fast bringt mich diese Androhung, die keine ist, zum Lachen.

Ich verschränke die Arme vor der Brust, lasse mich zurück gegen die Stuhllehne sinken, die etwas zu klein für meinen Rücken ist. Vanessas altes Mobiliar, laut Emmy.

»Zwei Jahre lang habe ich das Online-Marketing für einen Salamiproduzenten übernommen, obwohl ich zu der Zeit Vegetarier war. Ich kann Dinge verkaufen, die ich nicht mag oder die mir nicht wichtig sind, weil am Ende immer nur eines zählt: Dass ich mich in die Zielgruppe hineinversetzen kann und weiß, was sie will.«

Wenn Blicke Blitze schießen könnten, wäre ich schon längst gegrillt.

»Kaum glaube ich, ich habe den schlechtesten aller Vergleiche gehört, bringst du *rdently* und Salami zusammen ins Spiel.«

»Das bin ich – *overdelivering.*« Ich neige leicht das Kinn, wie um einen Dank anzunehmen, den ich nicht bekommen habe.

Emmy kräuselt die Nase. Mit einem Ruck zieht sie sich wieder den Hut über und steht auf. »Wir werden sehen, *Leon*. Ich freue mich auf deine Notizen.«

Noch nie hat sich jemand weniger auf meine Notizen gefreut.

Ohne einen Blick zurück lässt sie mich allein und fällt mit Mochi auf ihren Platz. Ich klappe meinen Laptop auf und beobachte Emmy unter gesenkten Wimpern hindurch.

Nach ein paar Sekunden taut sie in der Nähe der anderen Kollegen auf. Die würden nie etwas sagen, wenn ich in Hörweite sitze, klar, aber ihre Scherze über die Aktivitäten des kommenden Wochenendes lockern Emmys gesamte Miene. Ihr Lächeln ist bei ihnen nicht mehr zurückhaltend, sondern unbeschwert.

Alles an ihr entspannt sich, ihre schlanken Schultern, die vollen Lippen. Die Ärmel ihres Pullovers schiebt sie etwas nach oben, was ein kleines Tattoo an ihrem Handgelenk entblößt.

Ich sehe zu meinen Händen auf der Tastatur, die Ärmel liegen eng um die Gelenke. Kein Tropfen Tinte sichtbar.

Ich fokussiere mich wieder auf die Liste der Marketing-Kampagnen vor mir, die ich Max morgen vorschlagen werde. Emmy wird garantiert nicht glücklich sein.

Jetzt lacht sie, der helle Laut zieht meinen Blick erneut an, und … hält ihn fest. Sie und TJ geben sich ein High-Five, dessen Grund ich überhört habe. Ich atme lange aus und konzentriere mich auf Fridas leises Schnarchen neben mir.

Wann zur Hölle bin ich zu jemandem geworden, der andere runterzieht? In dessen Gegenwart sich Resignation und potenzielle Mordgelüste bemerkbar machen?

Ich beginne zu tippen, etwas fester als nötig.

Die Antwort darauf kenne ich doch schon längst.

7

Emmy

Good intentions get you nowhere, girl

Der Weg zur Hölle ist gepflastert mit guten Vorsätzen. Oder wie lautet das Sprichwort noch gleich? Ein einziges pixelgroßes Quäntchen meiner Selbstbeherrschung ist übrig. Nicht mehr lange, bevor dieser letzte Überrest verpufft.

Das kann jetzt nicht wahr sein, denke ich. Der Ärger rollt sich in meinem Magen zusammen wie eine Katze. Leons Worte verlieren ihre Bedeutung, während ich dasitze und meine Gesichtszüge in eine neutrale Form presse, es wenigstens *versuche*.

Mister Ich-weiß-alles-besser zerlegt unsere monatelange Arbeit, als hätte ein mittelmäßig begabter Praktikant sie erledigt, und aus einer gottgleichen Gnade heraus erbarmt er sich, sie zum Besseren zu drehen.

Ich bin kritikfähig, wir alle sind das. Aber der kühle und wie ich finde, ultraarrogante Blick, den mir Leon mehrmals pointiert im Laufe seines Monologs zuwirft, lässt mich Rot sehen. Ich weiß nicht, was schlimmer ist: Sein aggressives Feilschen um das Firmenbudget oder Max' Passivität.

Nach einem Jahrhundert holt Leon endlich Luft, und ich springe in diese winzige Pause, weil sie meine einzige Chance sein könnte, überhaupt zu Wort zu kommen. »Lass mich das gerne zusammenfassen«, sage ich und schenke ihm ein zuckersüßes Lächeln, das er mit einer gehobenen Augenbraue über den Rand seiner Kaffeetasse quittiert. »Du willst mehr Marketingbudget, weil deine Vorgängerin«, Max zuliebe spare ich Vanessas Namen aus, »zu viel von dem Geld verbraucht hat, das für dieses Quartal veranschlagt war.«

Leon nickt und öffnet den Mund, doch ich spreche einfach weiter. Er hatte seinen Auftritt. »Und du schlägst vor, das Budget von der App-Entwicklung abzuziehen. Dreißig Prozent.« Diese Zahl kommt mir nur durch zusammengepresste Zähne über die Lippen. »Obwohl du selbst gesagt hast, dass Werbekampagnen auf den gängigen Social-Media-Plattformen aktuell teuer sind und ihre Wirkung verloren haben. Für mich heißt das: Weniger Features, die uns immer weiter von der Konkurrenz abheben, und mehr Werbemaßnahmen, die vielleicht oder vielleicht auch nicht den gewünschten Effekt erzielen.«

»*rdently* wäre kein Start-up, wenn nicht immer ein gewisses Restrisiko bleiben würde. Egal, ob Features oder Werbung«, entgegnet Leon seelenruhig. Er sitzt zurückgelehnt im Stuhl, eine Hand um den Kaffeebecher, als hätte er schon gewonnen.

Max studiert weiterhin den Quartalsplan auf dem großen Monitor, der an der hinteren Wand des Büros hängt.

Ich verschränke die Arme und liefere mir ein Blickduell mit Leon, den wie immer der Anblick meiner Hutauswahl zu amüsieren scheint. Alles in mir will ihm die weiße Baskenmütze mit aufgenähten Glitzersteinen ins Gesicht schleudern. Unter dem massiven Haarknoten, den ich heute im Nacken trage, ist es viel zu heiß. Je länger wir uns anstarren, desto mehr sinkt die Hitze seiner Aufmerksamkeit in den Rest meines Körpers. Unter den hellgrauen Cord-Overall bis zu den lila Turnschuhen mit winzigen, weißen Herzen. Nicht mehr lange, und ich stecke das gesamte Büro in Brand.

»So wie ich das sehe«, Max erlöst uns, »habt ihr beide recht. Werbekampagnen auf Plattformen zu schalten, die immer seltener gute Performance bringen, ist sinnlos.«

Wenigstens einer, der bei Verstand ist! Ich atme erleichtert aus und spiegle Leons Haltung – entspannt, aber selbstbewusst. Er bemerkt das sofort und verzieht die Lippen. Ich blinzle ein paarmal unschuldig.

»Das wäre nur die Spitze des Eisbergs. Ich bin gerade dabei, ein paar Offline-Konzepte zu erarbeiten«, entgegnet er.

Max nickt bei Leons Worten und grinst ihn an. »Auf die ich mich freue. Die werden Bombe.« Jetzt richtet Max den Blick auf mich, fährt sich durch die offenen Haare, die nur eine Nuance heller sind als Leons. »Genau wie die Features. Aber wenn diese niemand zu Gesicht bekommt, helfen sie uns wenig.«

Seine Worte sind ein Schlag in die Magengrube. Er hat recht, *zum Teil*, dennoch fühle ich mich bei dem vertrauten Blick, den die beiden Männer mir gegenüber austauschen, außen vor. Sie sitzen auf derselben Seite – nicht nur wortwörtlich.

Unter dem Tisch ballen sich meine Hände zu Fäusten. Das iPhone vibriert in meiner Hosentasche, doch ich wende den Blick nicht von den beiden ab.

»Sammle deine Ideen und schick sie mir bis heute Nachmittag zu.« Am liebsten würde ich ihn schütteln. Er und ich haben perfekt zusammengearbeitet, am selben Strang gezogen. Jetzt muss ich mir diese Position teilen. Ich atme tief ein und aus. *An sich ist das doch nichts Schlechtes*, beruhige ich mich. *Unterschiedliche Sichtweisen bedeuten mehr Wege zum Erfolg.* Das weiß ich. *Natürlich* weiß ich das, und dennoch löst Leons Verhalten etwas in mir aus, das ich seit der Unizeit nicht mehr gefühlt habe: Machtlosigkeit.

Max fährt fort: »Dann schaue ich, wie wir einen Mittelweg finden können.« Mit diesen Worten entlässt uns Max in die Mittagspause. Leon bleibt im Büro sitzen und redet kaum hörbar auf Max ein.

Ich drehe mich nicht nach den leisen Worten um. Diese Genugtuung gebe ich Leon nicht. Ein schwerer Blick verfolgt mich bis zu meinem Platz, und ich bin mir zu neunundneunzig Prozent – mehr als die dreißig Prozent, die aus der Entwicklung abgezogen werden sollen, haha – sicher, welcher der Brüder mir nachsieht.

Die Plätze des Teams sind verwaist, wahrscheinlich sind sie zum Supermarkt um die Ecke unterwegs. TJ hat vorhin gefragt, ob ich etwas möchte, aber ich habe dankend abgelehnt.

Ich nestle das iPhone aus der winzigen Tasche. Eine *rdently*-Notification poppt auf.

Hi, ghostgirl – du hast meiner Freundin Jenny vor einem halben Jahr mit einem Typen namens Theo geholfen. Ich wurde auch geghostet und will dich fragen, ob du in deinem Business (kann man das so sagen, auf mich wirkst du eher wie Jeanne d'Arc – sorry, französische Kultur und Geschichte sind mein Ding), noch Zeit für ein Fake Date hast, und falls ja, hilfst du mir?

Ich tippe auf das Profil der jungen Frau namens Claudia, die mir vor weniger als fünf Minuten geschrieben hat. Sie lächelt mir von ihrem Profilbild entgegen, auf dem sie vor dem Eiffelturm steht, das Haar zerzaust vom Wind.

Im letzten Monat war ich auf mehreren Fake Dates, was ziemlich zeitaufwändig war. Ich würde mich gerade echt über eine Pause freuen. Aber wenn ich Claudia kein Warum besorge, wer dann?

Hinter mir rührt sich etwas im Büro, und ich stecke das Telefon weg, mache eine mentale Notiz, ihr zurückzuschreiben, sobald ich nach Hause komme. Augenblicklich frage ich mich, wer ihr wohl das Herz gebrochen hat – meine Finger kribbeln, weil ich ihr diese und noch viele weitere Fragen stellen will. *Was ist passiert? Was hat dich an ihm fasziniert? Wie hat er sich verhalten? Wann hat er damit begonnen, dich zu ghosten?*

Später! Darum muss ich mich später kümmern – und vor allem nicht hier, im Office.

Was ich jetzt brauche: Frischluft.

Ich mache Mochi unter meinem Schreibtisch ausfindig, wo er sich vor Frida versteckt, und schnalle ihm das Geschirr um. Das Klicken des Karabinerhakens lockt den Schäferhund an, der bis eben neben Leons Tisch ein Nickerchen gemacht hat.

»Du musst leider hierbleiben, Süße«, sage ich zu dem wunderschönen Tier und vergrabe die freie Hand in dem weichen, schwarzen Fell.

»Frida, wir gehen später.« Leon bleibt neben mir stehen. Ich versuche, den angenehmen herben Duft seines Aftershaves zu ignorieren. Auf einen Fingerwink trottet der Hund artig an seine Seite. Mochi könnte sich in Sachen Gehorsam einiges abschauen.

Ich nicke Leon zu, und er geht an mir vorbei zu seinem Platz, dreht mir wortlos den Rücken zu. Die Anspannung liegt dick in der – dank des Mitarbeiters des Monats – klimatisierten Luft, die mir zusätzlich zur Hitze des Ärgers eine Gänsehaut unter dem Overall beschert. Ich nehme Mochi auf den Arm, sobald ich in die Jacke geschlüpft bin, und verkrümle mich in Richtung Aufzug.

»Warte, ich komm mit!«

Max joggt mit seiner Lederjacke in der Hand in unsere Richtung und grinst mich breit an, als die Aufzugtür hinter uns zugleitet. Er lehnt sich an mir vorbei, um den Knopf ins Erdgeschoss zu drücken, und ich atme sein leicht süßliches Aftershave ein. Definitiv nicht so gut wie das von Leon. Warte, warum fällt mir das überhaupt auf?

Max zwinkert mir zu, ehe er Mochi einen kühleren Blick zuwirft. Dieser knurrt als Antwort so leise, dass nur ich es hören kann.

Auf der Straße kann sich Max erste Worte abringen. »Leon ist nicht das umgänglichste Mitglied unserer Familie, aber er meint es nicht böse. Er ist effizient und ist es gewöhnt, zu pushen, bis er kriegt, was er will.« Max zieht seine Jacke über sein dünnes T-Shirt. Ich fröstle in dem Wollmantel, den ich heute Morgen wegen der niedrigen Temperaturen übergezogen habe. Das Béret verdeckt meine Ohren leider nicht, auch die Haare halten den nass-kalten Wind nicht ab.

»Wohin gehen wir?«

Normalerweise ist mein erster Anlaufpunkt der Hundepark, der in der Mittagspause immer gut besucht ist. Aber ich will Max nicht in die Ohnmacht treiben, also deute ich mit dem Kopf in die andere Richtung. Mochi, mittlerweile am Boden, sträubt sich kurz, watschelt dann jedoch hinter uns her. Ein Spaziergang zum Hofgarten muss es heute tun.

Ich weiß, warum Max das macht. Den Ärger konnte ich scheinbar doch nicht so gut verdecken wie gedacht. Das einzige Mal, dass Max auf eine Gassi-Runde mitgekommen ist, war, als Chris mir während des allerersten Meetings die kalte – oder wortkarge – Schulter gezeigt hat, und ich keine Ahnung hatte, wie ich damit umgehen sollte.

»Ich soll mich nicht unterkriegen lassen, was?« Den säuerlichen Unterton kann ich nicht gänzlich aus der Stimme halten.

»Keiner der motivierendsten Ratschläge, sorry.« Max lacht leise, und die Gänsehaut, die sich diesmal auf meine Arme legt, ist keine unangenehme.

Wir überqueren die Straße, laufen vorbei am Odeonsplatz. Mochis Schritte werden immer schneller, als er erkennt, wohin wir gehen. Wenig später läuft er uns voraus.

»Lass mich ehrlich zu dir sein.« Max seufzt, und ich sehe zu ihm rüber. Er weicht einem Paar mit Kinderwagen aus, wobei seine Finger die meinen streifen.

Die Kehle wird mir trocken, und ich starre auf Mochis flauschiges Hinterteil. Schnell, schneller, mein Herzschlag.

»Ich hatte etwas Schiss davor, euch zu sagen, dass ich Leon eingestellt habe. Die Trennung mit Vanessa war schwierig, und am Ende haben wir nur noch gestritten, was ihr ja mitgekriegt habt.« Er verzieht das Gesicht.

Oh, das haben wir. Wenn schon vor dem ersten Kaffee die Fetzen fliegen und Privates mit ins Büro genommen wird, kann man das schwer vergessen. *Einen Flirt*, das hat Vanessa Max genannt und die Teekanne so fest auf der Küchenanrichte abgestellt, dass der Henkel abgebrochen ist. Nicht nur für Max peinlich. Es ist schlimm, im Zentrum des Sturms zu sitzen und so zu tun, als kriege man von den Möbeln und Autos nichts mit, die einem um die Ohren fliegen.

»Leon weiß, dass wir nur außerhalb des Büros Brüder sind. Bei *rdently* ist er mein Angestellter.«

»Und, funktioniert diese Trennung gut?«, frage ich, bevor ich mich selbst stoppen kann. *Neugierig, Emmy, viel zu neugierig. Du bist hier bei keinem deiner Fake Dates.*

Doch Max lacht nur, ein freundlicher Laut, der seine braunen Augen zum Glänzen bringt. »Leon ist ziemlich selbstbewusst und hat ein intaktes Ego.«

Ach, echt?

»Nichts bringt ihn aus der Fassung. Fast nichts.« Das Lächeln fällt in sich zusammen. Nur eine Sekunde lang, dann breitet es sich wieder auf seinem attraktiven Gesicht aus. Diesmal erreicht es jedoch seine Augen nicht. »Nach seinem Studium ist er in Dublin geblieben, weil …« Max räuspert sich. »Aber ich glaube, er ist froh, zurück zu sein. Ich bin es. Er ist mein Lieblingsbruder.«

Jetzt schießen meine Brauen in die Höhe. »Du hast mehrere?«

»Nur den einen. Aber er ist der beste große Bruder, den man haben kann. Ein Blick von ihm und die anderen Jungs haben sich während der ganzen Grundschulzeit nicht mehr an mich rangetraut.« Grinsend schüttelt er den Kopf.

Sich den finsteren Gesichtsausdruck bei Mini-Leon vorzustellen, fällt mir nicht schwer. Bis jetzt hatte ich mich nicht gefragt, wer von beiden der Ältere ist. Aber es passt – der unbeschwerte, jüngere Max und der ernste, beschützende Leon.

»Ist er wegen des Jobs hergezogen?« Die ganze Sache muss sehr abrupt gewesen sein.

»Ja.« Ein Wort, in dem mehr mitschwingt, als Max mich wissen lassen möchte.

Asphalt wechselt zu knirschendem Kies unter unseren Füßen, während wir zwischen den blumenlosen Gartenbeeten hindurchspazieren. Im Frühling und im Sommer ist der Rasen von farbenprächtigen Blüten gesäumt, an denen Mochi leidenschaftlich gerne schnuppert. Im Zentrum der Anlage erwartet uns der Dianatempel mit seiner grünen Kuppel.

Schweigend spazieren wir darauf zu, Mochi trabt voraus. Das mit Vanessa ist noch nicht so lange her, Leon müsste Irland und seinen alten Job in kürzester Zeit verlassen haben. Wer lässt sein ganzes Leben zurück, um einen Job anzutreten, den er genauso gut im Homeoffice und aus einem anderen Land hätte erledigen können? Diese Frage tanzt mir auf der Zunge herum, doch ich schlucke sie hinunter. Ich habe keine Ahnung, warum ich mich eigentlich für Leons Vergangenheit interessiere. Vermutlich, weil jede Information Kim dabei helfen könnte, die Wahrheit über das missglückte Date herauszubekommen. Ja. Das muss es sein. Max' knappe Antwort hat mir allerdings klargemacht, dass wir dieses Thema nicht weiter vertiefen werden.

Wir bleiben unter dem offenen Tempel stehen, als sich Mochi – völlig außer Atem – auf das Hinterteil sinken lässt. Mein Blick schweift hoch zur hölzernen Kuppel und zu den in Stein gemeißelten Ornamenten. Ich liebe es, wenn Menschen schöne Dinge kreieren. Etwas aus dem Nichts erschaffen, bauen, schreiben, formen, entwickeln. Einen Teil von sich nach außen kehren, sichtbar für alle anderen verewigen. Das Abbild ihres Muts, ein Geschenk, das sie sich selbst machen.

Darum liebe ich es, zu programmieren. Ich erschaffe etwas, entscheide, wie die Säulen aussehen, welcher Stoff das Fundament umwebt, was es *kann*.

Eine leichte Berührung an meiner Schulter lässt mich den Blick senken. Max ist jetzt nah, keine zwanzig Zentimeter von mir entfernt. Das Gewicht seiner Finger ruht immer noch auf dem weichen Stoff meines Mantels. »Emmy.«

So hat er meinen Namen noch nie ausgesprochen. Als hätte jemand ein köstliches Stück Schokolade auf seiner Zunge platziert. Ich kann mich nicht bewegen, nicht atmen, mich nicht um Mochi kümmern, der anfängt, leise knurrend an der Leine zu ziehen. *Das … Max flirtet gerade mit mir, oder? Was wäre die Alternative? Eine nette Geste?*

»Du bist die beste Mitarbeiterin, die ich habe. Lass dir von niemandem, nicht mal von Leon, das Gefühl geben, es wäre anders. Okay?«

Ich nicke.

»Was hältst du davon, wenn du heute Abend zu mir kommst? Auf ein Glas Wein.« Er lächelt mich an. »Oder zwei. Als Dankeschön für deine Arbeit und deine … Freundschaft. Außer, du hast schon was anderes an diesem Freitag vor?« Zwinkern.

»Das wäre nett.« Was ich eigentlich fragen will: Warum lädst du mich ein? Aus Nettigkeit oder … ist das etwa ein Date?

Dann würde er das vermutlich so nennen, meldet sich eine Stimme in mir. *Willst du außerdem echt diese Art Angestellte sein, die sich von ihrem Chef um den Finger wickeln lässt?*

Klar, theoretisch stehe ich auf Max' Gehaltsliste, aber im letzten Jahr sind wir gute Freunde geworden. Er weiß, welches Gericht vom Asiaten er für mich bestellen muss, wenn wir kurz vor einem Feature-Launch wieder gemeinsame Nachtschicht schieben. Ein Kommentar à la *mehr wow* in den Designdateien reicht, und ich weiß, dass er kräftigere Farben und ausgefallenere Animationen will. Hat er bemerkt, wie unglaublich gut unser Draht zueinander ist? Will er ihn vertiefen? Oder nur Zeit mit mir verbringen – als Freunde?

»Alles klar«, raunt Max und wir setzen uns erneut in Bewegung. Das Braun seiner Augen funkelt gegen den grauen Himmel.

Er schenkt mir ein Lächeln, das mich automatisch zurückgrinsen lässt. »Wir hätten das schon viel früher machen sollen, Emmy.«

Und so, wie er mich ansieht, wird mir klar, dass es definitiv *mehr* als ein Treffen unter Freunden ist.

8

Emmy

Vier Jahre zuvor: Kai
Unbeantwortete Nachrichten: vier

Die Schmetterlinge tanzen in meinem Bauch. Ein wildes, aufgeregtes Gefühl lässt sie auf leichten Flügeln dahingleiten, das stärker wird, je länger Kai mich ansieht. Wir sind zwischen den Sommertagen gefangen. Nicht mehr Nacht, noch nicht Morgen. Warme Juli-Luft umhüllt uns, während wir langsam in Richtung meiner Wohnung spazieren, der Himmel in einen rötlichen Schimmer getaucht.

»Was denkst du gerade?«, fragt er mich, die geschwungenen Lippen dabei sanft an meinem Ohr. Ich weiß nicht, wann er mir den Arm um die Schultern gelegt und mich dicht an sich herangezogen hat. Seine grünen Augen lassen mich alles vergessen, alles, sogar den letzten Kuss, den ich vor rund einem Jahr bekommen habe.

Noah. Jede gemeinsame Vorlesung hat das Erlebte wieder hochgewirbelt. Für ihn existierte ich nicht mehr, das hat sein Verhalten klargemacht. Meine Gefühle sind in der Leere verhallt, und es hat lange gedauert, das zu akzeptieren. Keine Antwort, keine Entschuldigung zu erhalten.

Ich dränge mich näher an Kai, schiebe die Nervosität weg.

Heute werde ich Kai küssen, und es wird wunderschön, das verrät mir das Knistern in meinem gesamten Körper.

Eine neue Erinnerung.

»Dass ich mich auf einem ersten Date noch nie so wohl gefühlt habe.« Ich grinse ihn an, völlig hypnotisiert von den honigfarbenen Sprenkeln in seinen Augen, die gleiche Farbe wie seine Haare, seine Sommersprossen.

»Das solltest du auf allen Dates. Auf dem ersten, dem zweiten, dem dritten … und in den Nächten danach«, sagt er, sein Flüstern kitzelt meinen Nacken.

Die Nächte …

»Hier wohne ich.« Ich deute zu dem Studentenwohnheim vor uns, und wir machen halt. Mit einem Seufzen drücke ich mich an Kai, meine Hände haben längst den Weg um seine Taille gefunden. Das wollten sie schon, seit er nach wochenlangem Hin-und-Herschreiben auf Tinder in das Restaurant spaziert ist, das größte Lächeln auf den Lippen, das ich je gesehen habe.

Kai ist ein wahnsinnig sympathischer Mensch. Bei ihm fühle ich mich sicher, gehalten, gesehen. Als ich den Kopf von seiner Brust hebe, um ihn anzublicken, spiegelt sich etwas anderes in den grünen Iriden. Langsam gleiten seine Augen zu meinen Lippen und lassen sich Zeit damit, auch den Rest meines Gesichts zu erkunden. Die Wärme der Finger auf meiner Haut wandert über den Rücken nach oben, bis hin zu meinem Nacken, vergräbt sich in meinen Haaren.

Ich zähle Herzschläge und Sommersprossen, als er sich vorlehnt, um mich zu küssen. Genieße das schneller werdende Pochen, das weiterhin von dem Gefühl der Sicherheit umwoben wird. Seine Lippen berühren sanft die meinen, und ich schließe die Augen. Lächle, weil sein Atem kitzelt. Lächle ein bisschen mehr in den Kuss hinein, in das luftige Gefühl, das sich in mir ausbreitet. *So sollte es sich anfühlen, verliebt zu sein. Zu vertrauen.* Ein Gefühl, das mir Noah genommen hat, zusammen mit einer Menge anderer Dinge.

Hör auf, an ihn zu denken. Dieser Arsch ist Vergangenheit.

Ich küsse Kai zurück, schlinge die Arme um seinen Hals, während ich mich dem Zauber des Augenblicks hingebe. Nach einiger Zeit lösen wir uns voneinander. Der Hunger in Kais Augen überrascht mich, weil er so konträr zu dem Frieden ist, der sich soeben in mir ausgebreitet hat.

Dieses Wollen kämpft sich in die nächste, stürmische Berührung seines Mundes. Da ist nichts mehr von der Bedächtigkeit übrig. Rohes Verlangen zieht an meinen Lippen und entlockt mir ein Japsen. Fahrige Hände drücken mich fester an ihn, und ich versuche mich dem Tempo anzupassen, das plötzlich auf hundertachtzig ist. Die Schmetterlinge in meinem Bauch flattern aufgescheucht umher, sehnen sich wie ich nach der Sanftheit der Lippen, die mich jetzt verschlingen.

Das wolltest du doch, oder? Du hast dir doch gewünscht, dass er dich küsst.

Das habe ich.

Aber nicht *so*.

Die Härte an meinem Bauch lässt mich zurückzucken. Einen großen Schritt voneinander entfernt atmen wir beide heftig.

»Verdammt, Emily«, keucht Kai. Seine Erektion ist sogar durch die schwarze Jeans sichtbar. »Sollen wir zu dir hoch, ja?«

Er durchmisst die Distanz, platziert eine Hand an meiner Wange. »Ich brauche dich, Emmy. Ich brauche *es*.«

Mein ganzer Körper bäumt sich gegen diese Worte auf. Nachdem ich bereit war, mit Noah zu schlafen, und mich die Gefühle für ihn so geblendet haben … Ich schlucke den Stein in meiner Kehle hinunter, versuche es, doch anstatt zu verschwinden, zerbröselt er zu kratzigen Kieselsteinen. Ich will Nähe, die nicht zu *nah* ist. Zu hundert Prozent vertrauen können. Ich will gehalten und geküsst werden ohne …

Ohne Sex.

Da ist kein pulsierendes Verlangen, kein Instinkt, der mir ein *okay, lass uns hochgehen* auf die Zunge legt.

Die Schmetterlinge – weg.

Ich räuspere mich. »Es ist wunderschön mit dir, Kai. Aber das geht mir zu schnell.« Die Worte fühlen sich pelzig an, obwohl alles an ihnen wahr ist. Aber sie sind nicht das, was ich in einer Situation wie dieser sagen sollte, oder?

»Zu schnell?« Kais Hand fällt zu seiner Seite, wandert in die Hosentasche. Er nickt ein Mal, der Gesichtsausdruck plötzlich unlesbar.

»Ich würde dich gerne besser kennenlernen, bevor wir miteinander schlafen.«

Wieder ein Nicken. Die Sonne zieht am Horizont, das Orange des Tages isst sich mittlerweile an Kais rötlichem Haar satt.

»Hast du morgen«, ich korrigiere mich selbst mit einem schmalen Lächeln, »*heute* Abend schon was vor? Wir könnten zu der neuen Rooftop-Bar, die hier in der Nähe vor Kurzem eröffnet hat.«

»Klar. Warum nicht.« Kais Grinsen erreicht seine Augen nicht. Mit meiner Abfuhr scheint er nicht gerechnet zu haben.

Nervosität macht sich in mir breit, dort, wo vorhin die Schmetterlinge wild umhergeflattert sind. Sollte ich mich entschuldigen? Nein. »Bist du okay?« Die nächstbeste Alternative.

»Sicher, Emily. Nur hundemüde. Es ist«, er sieht auf die Armbanduhr, »vier Uhr morgens. Ich muss dringend pennen. Aber ich rufe dich später an, okay?«

Der Kuss, den er mir als Abschied auf die Stirn drückt, trägt nur einen Hauch Leichtigkeit mit sich. Ich sehe Kai nach, bis er um die Ecke gebogen ist. Er dreht sich kein einziges Mal um.

Ich gehe hoch in mein Studentenheimzimmer. Falle völlig erschöpft auf das Bett, und sofort klappen mir die Augen zu. Nachdem ich ein paar Stunden unruhig geschlafen und immer wieder mein Smartphone auf Nachrichten überprüft habe, bin ich um achtzehn Uhr fertig mit Warten.

Danke für den wunderschönen Abend gestern, schreibe ich ihm und schicke die Selfies, die wir bei unserem Spaziergang gemacht haben.

Zwei Stunden später habe ich keine Antwort erhalten. Diesmal frage ich ihn, ob er gut nach Hause gekommen ist.

Dann: *Wann willst du dich heute treffen?*

Keine Reaktion, nur unsere lächelnden Gesichter auf den Fotos, die ich mir immer wieder ansehe und mich dabei frage, ob er mir antworten würde, wenn ich mit ihm geschlafen hätte. Drei Tage später lösche ich die Bilder, danach seine Nummer. Ich höre nie wieder etwas von Kai.

9

Emmy

Painting the picture

Es ist ein Ritual.

Eines, das mich für ein paar Stunden vergessen lässt, wer Emily Graf ist, und sich nur darauf fokussiert, wer sie sein kann. Ein Aus-der-Haut-Schlüpfen und Sich-neu-Erfinden, um zu werden, wer ich sein *muss*.

Diesmal für den blonden, tätowierten Mann, der mir von meinem iPhone-Screen entgegengrinst. Claudia hat mir soeben den Link zu seinem Profil geschickt und neben dem vollen Namen auch endlich mehr über ihn verraten – gut so, denn auf *rdently* ist er nur eine Hülle ohne Inhalt, die darauf verzichtet hat, mehr als nur eine Handvoll Fotos hochzuladen. Kein Mann vieler Worte also, der sich lieber auf die Wirkung eines heißen Sixpack-Selfies verlässt. Nur ein einziges Foto zeigt sein Gesicht. Das arrogante Grinsen, das manchen vielleicht gefallen mag, aber mich jetzt gerade die Nase kräuseln lässt. Die zerwuschelten Haare. Der gierige Ausdruck in seinen Augen, der mehr nimmt, als er gibt.

Laurent ist absolut nicht mein Typ, aber das muss er auch nicht sein. Es reicht, wenn ich zu seinem werde.

Eine neue Nachricht von Claudia poppt auf, übertönt das sanfte Vogelgezwitscher, das aus dem kleinen Lautsprecher auf meinem Bücherregal kommt.

Unter meine letzte Frage *Wie würdest du Laurent beschreiben?* hat sie geantwortet:

Uff. Er ist einfach heiß??? Exzentrisch, dominant, leidenschaftlich. Künstler durch und durch, aber so geerdet im Hier und Jetzt. Richtig intensiv. Falls du weißt, was ich damit meine?

»Noch nicht«, murmle ich und werfe einen Blick auf die Uhr am Screen. Drei Stunden bleiben mir bis zu dem Treffen – Date, oh mein Gott – mit Max.

Das Gespräch im Park sitzt mir weiterhin in der Magengrube. Genau wie das verwirrte Gefühl, das es hinterlässt. Ich meine: Max *ist* scharf. So scharf, dass ich mir wünschte, dass da mehr zwischen uns wäre? Eine Frage, die ich wegwische, weil ich die Antwort darauf nicht kenne, und mich stattdessen lieber auf die vor mir liegende Aufgabe konzentriere.

»Aber ich bin dabei, es herauszufinden«, sage ich zu Claudias Chatfenster. Mit ihrer subjektiven Einschätzung von Laurents Charakter im Hinterkopf mache ich mich deshalb auf die erste Station meiner Suche: die Untiefen des *world wide webs*.

Während ich nun nach Laurents Namen google, trabt Mochi zu mir. Er beschwert sich mit einem Ich-habe-Hunger-füttere-mich-JETZT-Mensch-Grummeln, das viel zu groß für seinen kleinen Körper ist, darüber, noch keinen Nachmittagssnack in Form von Leckerlis gekriegt zu haben.

»Später, Mo«, sage ich zu ihm und hoffe, ein wenig Gekraule hinter den Ohren kann ihn gnädig stimmen. Er stellt sich auf die Hinterbeine, zu faul, um selbst auf das Sofa zu hüpfen. Grummelt weiter. Mit einem Seufzen hebe ich ihn hoch, und er setzt sich neben mich, um mich zu beobachten, einen abschätzigen Blick aufgesetzt.

»Spar dir deinen bombastischen Seitenblick«, sage ich zu ihm und ziehe beide Brauen in die Höhe. »Ich helfe Claudia. Ich weiß, dass ich mich in einer moralischen Grauzone bewege. Bitte kein Judgement, okay?«

Er grummelt wieder, dann legt er die Schnauze auf den Pfoten ab, um ein wenig zu dösen.

Ich streichle ihn, ehe ich mich wieder dem PC auf meinem Schoß zuwende. Es dauert ein paar Minuten, bis ich mich durch genug Laurent Richards gegraben habe, um eine erste Spur von ihm zu finden.

Dann, ein Treffer: Die Website der Punkband, in der er spielt. Von da sind es nur mehr wenige Klicks auf sein öffentliches Instagram-Profil, durch das ich scrolle. Dort gibt er sich als missverstandener Musiker, der nur für seine Gitarre und poetische Lyrics lebt, die zugegebenermaßen nicht mal so schlecht sind.

In seiner Abonniert-Liste finden sich hauptsächlich attraktive Frauen, darunter auch Claudia, und Dutzende Rockbands. Ich verenge die Augen, forme mit dem Mund eine Schnute, während ich überlege. Vielleicht hat er einfach nur vergessen, ihrem Account zu entfolgen – oder er will weiterhin sehen, was sie so macht. Vielleicht, um wieder in ihrem Leben aufzutauchen, wenn es ihm erneut in den Kram passt? »Du siehst zwar aus wie ein Fuckboy«, sage ich zum Ziel meines nächsten Fake Dates. »Aber bist du auch einer?«

Mein Bauchgefühl sagt: ja. Er gibt sich zu sehr als aufmerksamkeitssuchend, um nicht zumindest eine Tendenz in diese Richtung aufzuweisen. Aber ich wäre keine Fakten-und-Zahlen-liebende Software-Entwicklerin, wenn ich mich nicht auf mehr als nur meinen persönlichen Eindruck und Geschmack verlassen würde.

Ich finde seinen alten Facebook-Account, auf dem sich

nicht viel holen lässt, weil er auf privat gestellt ist. Dann über einen Kommentar unter einem Low-Budget-Musikvideo seiner Band auch einen YouTube-Kanal mit Aufnahmen, in denen er berühmte Songs covert. Andere Social-Media-Accounts. Komme sogar bis zu seinem alten Abitur-Foto, bevor ich entscheide, vorerst genug Informationen gesammelt zu haben – ich weiß zumindest oberflächlich, wer dieser Mann ist. Was ich nicht weiß: wieso er Claudia geghostet hat.

Noch nicht, flüstert eine Stimme, die an meinen Nervenenden kitzelt und das Adrenalin in meinen Zellen zu einem ersten, trägen Tanz verführt. Es ist kein unangenehmes Gefühl. Vor allem, weil mein eigenes Herz nicht auf dem Spiel steht. Der einzige Grund, wieso der Ghosting Service funktioniert.

Ich empfinde nichts. Aber ich weiß, mit welchen Emotionen man Geister in die Falle lockt.

Jetzt ist es Zeit, mir eine Identität zu bauen. Neue E-Mail-Adresse. Neuer *rdently*-Account. Ein Prozess, den meine Finger wie von selbst befolgen. Mein Gehirn ist erst wieder gefragt, als ich von der App gebeten werde, das Profil mit Informationen zu füllen.

»Hm.« Ich überlege einen Moment. Tippe währenddessen mit dem Flauschsocken-Fuß auf den Boden. Neben mir schnarcht Mochi leise. »Musik ist vertonte Poesie?« Nein. Zu sehr auf die Nase gebunden. Hört sich nach einer Lebe-Liebe-Lache-Emmy an, die völlig okay ist, aber die Laurent sicher abschrecken würde. Ich gehe zurück zu seinem Spotify-Profil und höre in ein paar der eher nischigen Rockbands in seinen Playlists rein, bis ich gefunden habe, wonach ich suche. »*Deine Poesie schreibe ich mir unter die Haut, aber du weißt, wie man Knochen bleich wäscht*«, tippe ich und zitiere damit ein deutsches Rock-Duo, das ich bereits über ein Cover auf Laurents

Instagram-Profil entdeckt habe. »Beste Lyrics jemals«, füge ich hinzu und kann mir dabei ein schmales Lächeln nicht verkneifen. Erster Köder: ausgeworfen.

Den Rest des Profils lasse ich blank. Bis auf das Foto, das noch fehlt. Behutsam erhebe ich mich von der Couch, um Mochi nicht zu wecken. Im Schlafzimmer streife ich das kuschelige lila Sweatshirt über meinen Kopf, das ich nach der Arbeit übergezogen habe, und lasse es auf die Decke fallen. Nehme das mitgebrachte iPhone vom Bett, wo ich es keine fünf Sekunden zuvor abgelegt hatte, und durchsuche Pinterest nach *rockstar* girlfriend *aesthetic*. Dass Laurent keinen Bock hat, sich das Rampenlicht zu teilen, wird durch den Insta-Feed, der nur aus Selfies besteht, eindeutig.

Ich scrolle, krame parallel in einer Schublade nach einem schwarzen Bralette-BH, dessen Spitze um die Brust hin von einer zweiten Stoffschicht überzogen ist. Blümchen-BH weg, Bralette an.

Finde passend dazu ein altes, weißes T-Shirt, bei dem ich schon mehrmals überlegt habe, es als Putzlappen zu verwenden, und reiße den fransigen Ausschnitt eine Spur weiter ein. Dabei fühle ich mich wie der Hulk und muss einen Moment lang grinsen, ehe ich mir das Teil auch überziehe. Dann: Haare nach oben. Dunkler Lippenstift. Spiegel. Selfie. Um mysteriös zu bleiben, nicht vom ganzen Gesicht, nein. Nur die untere Hälfte, ein verhextes Lächeln, eine sexy Pose der Schultern, die meine Schlüsselbeine zur Geltung bringt.

»Nope. Langweilig«, sage ich nach einem schnellen Blick auf die Fotos, die ich soeben geknipst habe, und lehne mich nach vorn, um einen Lippenstift-Kuss auf den Spiegel zu drücken. Ist das schon Kunst? Keine Ahnung, aber dieses Selfie sieht eindeutig besser, *poetischer* aus als das letzte. Zweiter Köder: *check*.

Ich schere mich nicht darum, das Outfit zu wechseln, als ich zurück in das Wohnzimmer gehe, wo Mochi noch immer schläft. Bald muss ich mich ohnehin für das Treffen mit Max fertigmachen.

In Gedanken durchlaufe ich bereits erste Gesprächsfetzen. Mein Auftreten, falls es zu einem Date kommt. Der Hüftschwung, die Selbstsicherheit dieser Emmy gefällt mir – noch kenne ich ihren Namen nicht, aber sie weiß, was sie will.

Ich lade das Foto hoch.

Und dann …

Nur noch ein Schritt.

Mein Finger schwebt über dem kleinen Herz auf Laurents Profil. Eine Berührung des Screens, und ich setze den Vorgang in Bewegung, der Claudia ihr Warum liefern soll.

Ich schlucke, bewege die Hand über dem iPhone noch nicht. Mein Hals ist trocken, wie immer, wenn ich eine neue Identität erstelle. Jede Faser meines Körpers surrt vor Elektrizität. Eine Mischung aus Nervosität, flauem Magengefühl und … Macht. Mein Herz pocht ein wenig fester, ein wenig schneller, das einzige Zeugnis davon, dass mich dieses Unterfangen doch nicht gänzlich kalt lässt.

Ich atme tief ein und wieder aus, ehe ich auf das kleine Herz-Icon drücke. Es gibt kein Zurück mehr. »Welcher Geist bist du, Laurent?«, flüstere ich dem Screen entgegen. »Und welches Warum trägst du in dir?«

10

Leon

On how to charm people that give you a hard time

»Du könntest deinen Arsch von der Theke schwingen und mir das Olivenöl vom Tisch holen.«

Max versteht meinen Blick, aber fischt noch eine Tomatenspalte aus dem Salat und steckt sie in den Mund. Er verdreht die Augen, gleitet dann von seinem Platz auf der Theke und tut, wozu ich ihn aufgefordert habe. Die letzten eineinhalb Stunden hat er mich mit Geschichten aus dem *rdently*-Arbeitsalltag unterhalten. Um davon abzulenken, dass er bei der Zubereitung des Essens noch keinen Finger gerührt hat.

Entweder wird der heutige Abend die reinste Katastrophe oder das Erdbeer-Tiramisu im Kühlschrank glättet die Wogen zwischen Emmy und mir. Der Süßkram und Max, dessen Apartment ich als neutrales Territorium zwischengeschaltet habe. Mich hat fast der Schlag getroffen, als er mir erzählt hat, dass Emmy einem Treffen zugestimmt hat. Dabei dachte ich, dass sie lieber ihre Hutkollektion in Brand stecken würde. Wäre die Einladung direkt von mir gekommen … Ich habe gesehen, wie schnell Emmy verschwinden kann.

»Ist die von dir?« Ich nehme meinem Bruder die bunt-gestreifte Keramikflasche ab und gebe ein, zwei Teelöffel davon in das Dressing, das ich gerade zubereite. Links von mir blubbert das Weißweinrisotto gemächlich neben der Pfanne mit den Hühnerstreifen vor sich hin.

»Vanessa«, antwortet mir Max schmallippig und lehnt sich wieder gegen den Tresen seiner schlecht bestückten Hochglanzküche. Er hatte nur eine Flasche Dessertwein zu Hause, und ich musste zum nächstgelegenen Supermarkt joggen, um den wichtigsten Bestandteil des Hauptgerichts zu kaufen. Wundert mich daher kein Stück, dass das Olivenöl nicht von ihm stammt.

»Du hast mir nie im Detail gesagt, was genau passiert ist. Einen Tag erzählst du mir, ihr hättet endlich einen Trip zu mir nach Dublin geplant, und kurz darauf …« Obwohl Max und Vanessa ein gutes Jahr ein Paar waren, haben die beiden es nie gemeinsam nach Irland geschafft, und ich war so mit Arbeit und den Vorbereitungen für die … egal. Auch bei mir hatte es nie gepasst.

»Vanessas Eifersucht. Das war los.« Er streicht sich die Haare aus dem Gesicht, bindet sie im Nacken zu einem Knoten zusammen.

Ich rühre um und sage nichts. Bei schwierigen Themen braucht Max Zeit, um in seinen üblichen Redefluss zu kommen. Gut, dass ich gerne schweige.

»Sie fand es nicht gut, dass ich so häufig unterwegs war. Bei Konferenzen, Workshops, du weißt ja, wie das ist.«

Stimmt. Ich war ebenfalls oft weg, was meine Ex-Verlobte Laura aber nicht zu stören schien, immerhin wollte sie genau das für mich: Eine Beförderung, mir einen Namen machen. Kyle hingegen … Null Plan, ob sich *mein bester Freund* schon aus dem fast mittellosen Musikerleben, das er seit unserer Unizeit führt, herausgegraben hat. Mit Lauras Einfluss mehr als wahrscheinlich. Ich beiße die Zähne zusammen. Den brennenden Schmerz drücke ich tief nach unten, bis die Flamme erstickt.

»Und dass ich mich so gut mit den weiblichen Teilnehmerinnen verstanden habe. Genau wie mit«, er macht eine Pause und verzieht das Gesicht, »Emmy.« Er schnappt sich eine Olive des Salates. Anstatt sie sich in den Mund zu stecken, dreht er sie zwischen den Fingern hin und her.

»Lass das«, murre ich und stelle die Schüssel außer Reichweite, doch er reagiert nicht darauf.

»Irgendwann hat mich Vanessa dann vor die Wahl gestellt: Entweder Emmy geht oder sie selbst. Die Arbeitsleistung und das ganze Drama haben die Entscheidung nicht schwer gemacht.« Er zuckt mit den Schultern, sieht nicht sonderlich mitgenommen aus. Eher peinlich berührt.

Das hat man davon, wenn man sich mit Kolleginnen einlässt: einen großen Haufen Drama. »Hat das Team was davon mitgekriegt? Emmy?«

Max seufzt. »Sie hat mir im Office genug an den Kopf geworfen, aber nicht das mit der Eifersucht. Diese Blöße hätte sie sich nie gegeben.«

»Tut mir leid, dass das so gelaufen ist.« Keine Ahnung, ob ich ihm das schon mal gesagt habe.

»Gleichfalls.« Max' Hand landet auf meiner Schulter. »Laura hat dir die Stirn geboten. Es hat immer gewirkt, als wäre sie dein perfektes Pendant. Ich dachte, sie ist eine der Guten.« Jetzt lacht er auf, der Laut ungewohnt bitter für meinen lebensfrohen Bruder.

Wer ist schon wirklich gut? Den Blick weiterhin auf das Risotto gerichtet, kann ich ihm nicht mehr als ein knappes Nicken anbieten. Die meisten Leute lieben Laura. Alle anderen respektieren sie, kaum dass sie einen Fuß in einen Raum setzt. Eine Präsenz, die mich so sehr eingenommen hat, dass ich nach vielen geteilten Jahren nicht mehr weiß, wo meine eigenen Interessen anfangen und ihr Einfluss aufhört.

Fuck, Mom hat geweint, als ich ihr von unserer Verlobung erzählt habe. Ein logischer, nächster Schritt, wenn man schon fünf Jahre zusammen ist. Da waren Laura und ich uns einig, obwohl sie es eine Spur mehr wollte als ich. Von mir aus hätten wir weiterhin einfach so zusammenwohnen können. Man tut viel für die Menschen, die man liebt. Fast ironisch, dass sie diejenige war, die fremdgegangen ist.

Unvermittelt fragt Max: »Hast du Mom von deinem *rdently*-Date erzählt?« Er ist noch immer sauer, dass ich mich nicht von ihm habe ausquetschen lassen. Aber über Frauengeschichten rede ich nicht. Bruder hin oder her.

»Warum sollte ich?«

Max verdreht die Augen. »Damit sie keine Angst mehr davor hat, dass du allein stirbst und Frida dich auffrisst, weil ihre einzige Futterquelle versiegt ist.«

Ich werfe einen Blick auf das Hühnchen, dann auf die Uhr an meinem Handgelenk. Alles fast fertig. Emmy sollte auch jeden Moment da sein.

»Uncool.« Ja, Frida hat nur noch mich. Laura wollte sie nach der Trennung unbedingt behalten, aber ich war schon immer die Hauptbezugsperson der Hündin. »Das Date war bloß Mittel zum Zweck, um die App zu testen und zu sehen, ob die Matches treffsicher sind. Und weil du mich so dermaßen dazu genötigt hast, du Vollpfosten.« Dass ich auch zu denen zähle, weil ich nicht nur meine Zeit, sondern auch die dieser Kimberly verschwendet habe, wird mir in diesem Moment schmerzhaft klar. Ein Fehler, den ich kein zweites Mal machen werde, immerhin habe ich mein privates Profil bereits gelöscht.

Er macht eine vulgäre Geste, und ich reiße lachend das Geschirrtuch von meiner Schulter, um ihm damit eine zu verpassen, doch die Türklingel lässt mich innehalten.

Max und ich sehen uns an. Er nickt. »Machst du grad auf?«

Komisch, aber okay. Der will doch wieder nur eine Olive aus dem Salat stibitzen. Mit einem Seufzen lasse ich das Geschirrtuch auf die Anrichte aus dunklem Stein fallen. »Sieh zu, dass nichts anbrennt.«

»Viel Glück«, säuselt Max, und ich überlege, ob ich ihn nicht wenigstens ein paar Sekunden lang in den Schwitzkasten nehmen soll. Das hat ihm während meiner Zeit in Dublin eindeutig gefehlt. Ich meine: Was zur Hölle soll dieser Kommentar? Emmy wird mich schon nicht gleich mit Haut und Haar fressen, sobald ich die Tür öffne.

Stattdessen mache ich auf dem Weg zur Tür kurz vor dem Spiegel über Max' Garderobe halt und streiche mir ein paar Haarsträhnen aus dem Gesicht. Die Brille habe ich gegen Kontaktlinsen eingetauscht, damit mir die Gläser beim Kochen nicht ständig anlaufen. Genau wie im Pub trage ich ein dunkles T-Shirt, das meine Tattoos nicht versteckt. Heute Abend bin ich einfach nur ich und nicht der Typ in Hemd und Sakko, der Emmy in der Arbeit fordert – Max hat mir außerdem dazu geraten, leger aufzutreten. *Emmy mag keine Anzugschnösel* waren seine genauen Worte. Und ich will sie nicht allein mit meinem Outfit auf die Palme bringen.

Mit einem tiefen Ausatmen lege ich die Hand um die Türklinke und ziehe sie auf, ein gelassenes Lächeln auf den Lippen.

Das wenige Sekunden später in sich zusammenfällt.

Scheiße ... Emmy sieht ... Sie sieht echt heiß aus. Der Minirock aus Leder schmiegt sich um ihre Hüften, ihre lila Bluse legt sich eng um ihre Taille. Ihre offene Mähne rahmt ihr Gesicht dabei ein wie schimmernde Goldfäden.

Das Hallo auf meinen Lippen erstirbt, und die Trockenheit in der Kehle lässt das Atmen zur Herausforderung werden.

Das ist kein Aufzug für ein Essen unter Freunden.

Das ist ein Outfit, das man bei einem Date trägt, und sie hat es für heute ausgewählt, weil –

Fuck. Fuck, fuck, fuck, fuck.

Emmys Augen weiten sich, als sie realisiert, wer vor ihr steht. Die Finger, die die Flasche Wein halten, jetzt farblos.

Auf *diese* Emmy war ich nicht vorbereitet. Scheinbar genauso wenig wie sie auf mich. Wut zerstört meine gelassene Haltung und macht mich starr.

Max hat ihr nicht gesagt, dass ich hier sein werde.

Dieser Arsch.

11

Emmy

A lesser evil is still an evil

Max hat es mir nicht gesagt.

Er hat mir nicht gesagt, dass Leon hier sein wird.

Jetzt, unter dessen starrem Blick, fühle ich mich lächerlich. Der Rock ist zu kurz, die Lieblingsschnürbluse zu freizügig, und das Make-up, das ich aus einem Taylor-Swift-YouTube-Tutorial nachgemalt habe, zu schwer, zu unpassend für ein … Arbeitsessen.

Kein Date.

Ich will im Boden versinken.

Kein Wunsch, der mir erfüllt wird.

Nach einem Augenblick absoluten Grauens bringe ich meine Gesichtszüge wieder unter Kontrolle. Am liebsten würde ich heulen, aber ich lächle.

Die Fake Dates waren ein gutes Training dafür.

Ich räuspere mich. »Hi. Danke für die Einladung.« Die Weinflasche ramme ich quasi in Leons Hände, während ich den Mantel über meinem Arm an mich presse. Versuche, dieses völlig falsche Outfit zu verstecken.

Leon tritt zur Seite und hält dabei die Tür offen. Er nimmt

mir die Jacke ab, und weg ist sie, geparkt auf einem Kleiderhaken in der Garderobe aus Nussholz. Tiefes Ein- und Ausatmen.

Kims Stimme flüstert mir ins Ohr: *Own it.* Steh dazu. Erst jetzt sehe ich Leon zum ersten Mal seit meiner Ankunft richtig in die Augen. Jede Faser meines Körpers kribbelt dabei, aber ich widerstehe dem Drang, mich zu verstecken.

»Er hat dir nicht gesagt, dass ich hier sein würde, oder?«, fragt er mich vorsichtig, die Stimme kaum mehr als ein Flüstern.

Ich schüttle den Kopf. Unter dem sanft-goldenen Licht der Deckenlampe funkeln die hellen Flecken um Leons Iriden. Sie sind mir noch nie zuvor aufgefallen, wie Schaumkronen, die über ein stürmisches Meer ziehen.

»Sorry«, sagt er schlicht, dann fällt sein Blick auf das Etikett des Weins. »Aber gut für mich – das ist meine Lieblingsmarke.« Er schluckt hart. »Du siehst …«

Max' Stimme unterbricht ihn. »Steht doch nicht ewig im Flur rum, das Essen wird kalt!«

Ich wende mich von Leon ab und gehe der Stimme nach. Max wartet in der offenen Wohnküche, in der unsere letzte Firmenfeier stattgefunden hat, mit zwei vollen Tellern auf uns. Auf einem dritten platziert er einen Klecks Risotto, dem ein paar Streifen Fleisch folgen. Eine Schüssel mit buntem Salat steht bereits auf dem Tisch.

»Wow, das sieht ja lecker aus, Max!«, sage ich mit so viel Begeisterung, wie ich kann, Leons stille Präsenz im Rücken. Ich hatte keine Ahnung, dass Max so gut kochen kann. Der Duft des Risottos breitet sich im Loft aus. Mein Magen antwortet mit einem leisen Knurren. Den ganzen Nachmittag war ich so in der Arbeit versunken, dass ich tatsächlich vergessen habe, mein mitgebrachtes Sandwich zu essen. Würde mich nicht wundern, wenn TJ es von dem traurigen Dasein im

Büro-Kühlschrank erlöst hätte, nachdem ich vor ihm Feierabend gemacht habe.

Max reagiert darauf nicht. Sein Blick gleitet hinter mich, ehe er sich wieder fokussiert. »Du siehst gut aus, Emmy! Bist du später noch unterwegs?«

Da, eine Rettungsleine – ich reiße sie dankbar an mich. »Ja. Ja, ich treffe mich später noch mit K-«, diese Bombe lasse ich jetzt besser nicht platzen, »mit Freundinnen. In einer … Bar.« Keine Ahnung, ob Leon schon herausgefunden hat, dass Kim und ich befreundet sind. Falls ja, lässt er sich nichts anmerken. Wenn nicht, bin ich die Allerletzte, die es ihm beichten wird.

Leon geht an mir vorbei und stellt die Flasche Rotwein ab. »Emmy hat uns das gute Zeug mitgebracht«, sagt er zu Max, der nun den dritten Teller auf den Tisch stellt.

»Wär doch nicht nötig gewesen. Du musst dich nicht beim Chef einschleimen, das weißt du, oder? Du stehst schon hoch im Kurs bei diesem Typen.« Max grinst mich an und deutet mir, mich zu setzen.

Aber nicht so hoch im Kurs, um mich auf ein echtes Date einzuladen. Bei dem Gedanken kriecht mir die Hitze in die Wangen.

Dann sitze ich am Tisch – links von mir Max, Leon gegenüber –, und ich frage mich, was das soll. Ein Vermittlungsversuch? Will Max, dass Leon und ich uns kennenlernen, damit wir uns besser verstehen? Oder wird das hier eine Intervention?

Der letzte Gedanke lässt mich nervös lächeln, als ich eine Gabel Risotto in meinen Mund stecke. Der cremige Geschmack bringt mich dazu, wohlig aufzuseufzen.

Die Blicke von Max und Leon schießen zu mir, und ich sage mit vorgehaltener Hand: »So lecker.«

»Gut, dass es dir schmeckt.« Leon lächelt mich an. Er senkt den Blick auf das Glas Wein vor ihm, das Max noch eingeschenkt hat. Eine winzige Sekunde lang, in der er nicht mehr der Leon ist, der eine Kunst daraus macht, mich auf die Palme zu bringen. Die kantigen Züge sanft, die blauen Augen mehr Regenwetter als Ozean. In Form gegossene Schönheit, Härte und etwas, das ich nicht deuten kann, bis er mich ansieht: Schmerz.

Die Antwort meines Herzschlags … Er flattert. Wie ein zaghaftes Winken, das sagt, *ich habe dich hier noch nie gesehen, aber du kommst mir bekannt vor.*.Zwar kenne ich Leon zu wenig, um zu wissen, was in ihm vorgeht, doch in diesem Moment, in dieser Sekunde zwischen zwei Wimpernschlägen, scheinen wir uns ähnlicher, als ich es vielleicht wahrhaben möchte.

Ich schlucke angestrengt. Leon wendet sich ab. Von Kopf bis Fuß fühle ich mich plötzlich klitschnass, weil ich ein wenig zu tief in das Blau seiner Augen eingetaucht bin.

Ich höre Max' Nachahmung von Lukas mit nur einem Ohr zu, während ich mich zwinge, einen Bissen nach dem anderen zu essen und zu kauen. Am liebsten würde ich den ganzen Teller wie ein Staubsauger inhalieren. Ich hatte keine Ahnung, wie sehr ich gutes Essen vermisse – der Zombie-Apokalypse-Vorrat an Tiefkühlgerichten in meiner Gefriertruhe ist bequem, aber langweilig. Doch ich benehme mich und genieße nebenher den Wein, den Max großzügig nachschenkt.

»Bist du fertig?«

»Hm?« Ich sehe von Max wieder zu Leon, der aufgestanden ist, die Hand nach meinem Teller ausgestreckt. Der Rest des Lächelns, das mir Max mit einer Anekdote von der Konferenz in Paris entlockt hat, sitzt noch auf meinen Lippen.

Leons Blick ist intensiv, als er auf mich herabsieht. »Kann ich ihn schon haben?« Mit dem Kinn deutet er auf das Geschirr aus dunkler Keramik, dessen Erdtöne perfekt zur monochromen Einrichtung von Max' Apartment passen.

»Danke. Es war wirklich köstlich«, sage ich zu Max, der mich breit angrinst, ehe sein Blick in Richtung Leon schwimmt. Dass die beiden verwandt sind, war noch nie so deutlich wie jetzt.

Ich folge seinem Blick und sehe einen Leon, der sich erlaubt, endlich locker zu sein – kein Jackett, kein Hemd, keine Brille. Nur der leicht grimmige Gesichtsausdruck ist dort, wo er hingehört. An den Rest könnte ich mich gewöhnen. Die Tattoos auf seiner gebräunten Haut, die dunkle Jeans, das schwarze T-Shirt, das seine blauen Augen strahlen lässt. Diese Kombination ist weniger einschüchternd als der Typ, der die Arbeit des gesamten Teams zerrissen hat.

Ich schlucke, dann nicke ich. Leon macht doch bloß seinen Job, oder? Wir alle wollen nur das Beste für *rdently* und wenn ich ehrlich bin, fühlt es sich gut an, nicht mehr einen so großen Anteil der Entscheidungsverantwortung zu tragen. Ein Drittel reicht aus, zumindest finde ich das in diesem Moment. Vielleicht ist das zweite Glas Wein daran schuld. Wer weiß? Eines mehr, und Leon und ich sind beste Freunde.

Ich nehme die Salatschüssel und schiebe den Stuhl zurück.

»Du musst nicht helfen, Emmy«, meint Max, aber ich schüttle nur den Kopf.

»Mache ich doch gerne.« Ich bereue die Entscheidung, sobald ich auf den Beinen bin. Trinkfestigkeit zählt nicht zu den Fähigkeiten, die es auf meinen Lebenslauf schaffen. Zwei Gläser Rotwein fühlen sich an wie eine sanfte Karussellfahrt, die langsam an Geschwindigkeit aufnimmt.

So gerade und zielstrebig ich kann, gehe ich zu der Kücheninsel, an der Leon hantiert. Max bleibt, wo er ist, ich öffne den Geschirrspüler an der Küchenzeile.

Mein neuer Lieblingskollege beobachtet mich mit einer hochgezogenen Augenbraue. »Woher weißt du, wo sich der

Geschirrspüler befindet? Max weiß das doch nicht mal selbst«, fügt er leise hinzu. Sein Bruder – mein Chef, zur Erinnerung – steckt vermutlich in einem Tunnel aus E-Mails und Benachrichtigungen, die den Seitenhieb wohl gänzlich ausblenden.

»Letztes Jahr hat unsere Weihnachtsfeier hier stattgefunden. Es waren sogar ein DJ und ein Barkeeper da.« Die Schüssel ist mittlerweile verstaut, das Besteck sortiere ich noch kurz ein. Damals war die Situation zwischen ihm und Vanessa schon angespannt, und insgeheim war das gesamte Team eine Spur erleichtert, dass sie an diesem Abend wegen einer Grippe daheim bleiben musste. TJ hat die besten Moves ausgepackt, und sogar Chris ist nach ein paar Bier aufgetaut. Und Max …

Er hat mich nach Liedwünschen gefragt, unserer Buchhalterin Melanie, die extra aus Berlin angereist war, und mir Nachschub von der aufgebauten Getränkebar geholt … Es war, als hätte er den exklusivsten Münchner Club für uns gebucht.

Ich richte mich auf und werfe einen Blick über meine Schulter. Max ist in sein iPhone vertieft. Seine Miene ist unlesbar. Er könnte eine E-Mail von Lukas lesen oder sich ein lustiges Katzenvideo ansehen, ich würde nicht zu deuten wissen, was davon der Fall ist.

»Danke, Emmy.« Leon lächelt mich an. »Aber ich kann das machen.« Er nickt in Richtung des Tellerstapels, nach dem ich greife.

Ich winke ab. »Könnte ich ein Glas Leitungswasser haben?« Der Schwindel lässt zwar langsam nach, aber ich hätte nichts dagegen, ihn noch etwas flinker aus meinem Körper zu waschen.

»Klar doch.« Leon dreht sich zur Anrichte um. Die Muskeln seiner trainierten Arme bewegen sich sichtbar unter dem T-Shirt, als er eine Schranktür öffnet, um ein Glas herauszunehmen.

Er sollte das öfter tragen. Es steht ihm. Gut sogar.

»Lust auf Dessert?«, fragt er über die Schulter hinweg, und ich wende mich rasch ab.

Du kleine Spannerin, schimpft meine innere Stimme mit mir, während ich den High-Tech-Geschirrspüler weiter befülle. *Kim hat recht, du solltest wieder daten, wenn dich schon der Anblick eines trainierten Typen hibbelig macht.*

Nicht irgendeines Typen.

Leon.

Ich will laut aufstöhnen. Stattdessen zwinge ich ein »Mhm« hervor.

Was ist los mit mir? Ich sollte keinen der Brüder attraktiv finden. Nicht meinen Boss. Nicht den Typen, der meine beste Freundin geghostet hat. Rotwein und ich sind scheinbar keine gute Kombination.

Der Geschirrspüler ist an, und ich lehne mich gegen die Anrichte, beobachte Leon bei seinen Handgriffen. Er nimmt eine Glasform aus dem Kühlschrank, und ich bin verliebt, noch ehe er sie auf der Arbeitsfläche abstellt.

»Tiramisu?« Schwindel weg, Desserthunger da.

Sofort stehe ich neben Leon, der sich diesmal das Grinsen nicht verkneifen kann.

»Mit Erdbeeren.« Das Abziehen der schützenden Klarsichtfolie ist das erotischste Geräusch, das ich seit Langem gehört habe. »Ein Rezept unserer Mutter. Es war harte Arbeit, ihr die Geheimzutat zu entlocken.« Er verdreht die Augen. »Man müsste denken, sie liebt ihren ältesten Sohn mehr als gut gehütete Küchenenigmen.«

»Ich liebe Erdbeeren«, seufze ich und sehe Leon beim Anschneiden zu.

»Irgendwie habe ich mir das gedacht.« Sein Lächeln wird breiter, zieht den Bartschatten auseinander. Auf diese Art habe ich ihn noch nie lächeln gesehen. Da sind sie wieder, die verflixten Grübchen. »Kannst du mir mal die Kuchenteller reichen, bitte?«

Ich strecke mich, um den kleinen Stapel neben der Spüle zu erreichen, ehe ich sie vor Leon platziere. »Warte«, jetzt schießen meine Augen zu ihm. »*Du* hast gekocht?«

Sein Schulterzucken muss mir wohl als Antwort reichen.

Max bemerkt die hochgezogene Braue nicht, die ihm gelten soll. Keine Ahnung, ob das ein Spiel zwischen den Brüdern ist, aber ich würde jedes Gericht verteidigen, das ich gekocht habe. Würde meine kleine Schwester Mia mein Essen für ihres ausgeben, hätte ich definitiv ein Wörtchen mit ihr zu reden.

»Danke«, sage ich schlicht, die Mundwinkel nach oben gezogen.

»Ich bin nicht immer ein Arsch«, murrt Leon, der den Dank mit einem kurzen Nicken annimmt. »Zumindest nicht in der Küche.« Die nächsten Worte kosten ihn einen tiefen Atemzug. »Sorry, dass ich so … aggressiv in meiner Vorgehensweise war. Bin. Was auch immer. Ich wollte dich nicht einschüchtern oder dir deine Mühe oder dein Können absprechen. Ich bin es gewöhnt, unter Druck zu arbeiten und diesen auch an andere weiterzugeben, um die bestmöglichen Ergebnisse zu erzielen.«

Die Sätze, die seine vollen Lippen formen, passen zu dem Anzug-Leon, aber nicht zu dem tätowierten Typen mit einer Tortenschaufel in der Hand vor mir.

Letzterer ist mir lieber.

»Du bist kein Arsch.« Ich folge seinen Bewegungen. Wir können einander nicht ansehen. Aber hey, wenn auf diese Art ein menschliches Gespräch auf Augenhöhe möglich ist, starre ich weiterhin gerne auf seine langen Finger. »Wir alle machen nur unseren Job, und Max, *wir*, können glücklich sein, jemanden zu haben, der sich so reinhängt.« Das meine ich ernst.

Leon scheint das zu spüren. Sein Blick sucht nun den meinen, und als wir uns ansehen, jagt ein kleiner Stromstoß durch meinen Körper.

»Du machst gute Arbeit, Emmy.«

»Danke, Leon. Ich bin gespannt auf deine weiteren Ideen.«

Etwas in seinem Blick wirkt amüsiert. Die Worte, die darin liegen, will er gerade aussprechen, als Max ihn unterbricht.

»Na endlich«, stöhnt er und klatscht in die Hände. »Jetzt haben wir uns alle lieb, oder? War doch gar nicht so schwer.« Er legt das iPhone auf dem Tisch ab und schlendert zu uns herüber, bleibt dabei auf meiner anderen Seite stehen. Toll, ich bin die Füllung im Falk-Brüder-Sandwich. Max' süßliches Aftershave überlagert Leons angenehmen Zitrus-Geruch, und ich trete einen großen Schritt zurück.

Diese Duftwolke hat mich schon beim Essen eingenebelt, meinem Schwips tut sie jetzt garantiert nicht gut. Ich greife nach dem Glas Wasser, das Leon auf der Anrichte abgestellt hat, und leere es in einem Zug.

Max klopft Leon auf die Schulter und kassiert dafür einen Schlag in die Rippen. Mit einem Knurren stürzt mein Chef sich auf seinen Bruder, der ihm ausweicht. Die beiden rangeln miteinander, bis Leon Max im Schwitzkasten hat. Der Anblick seines hochroten Kopfs bringt mich zum Lachen. Doch Leon ist es, der den Laut in meinem Hals versiegen lässt. Der losgelöste Ausdruck, das Spielerische in dem Kräuseln seiner Mundwinkel, verleiht ihm eine Sanftheit, die ich nicht für möglich gehalten hatte.

Das ist der Typ, der deine beste Freundin geghostet hat, erinnere ich mich erneut. *Allein deshalb werdet ihr nie Freunde.*

Anstatt dabei zuzusehen, wie Max sich aus dem festen Griff um seinen Hals zu winden versucht, schnappe ich mir die befüllten Teller mit dem köstlich aussehenden Nachtisch und trage zwei davon zum Tisch. »Ihr könnt ja weiterspielen, aber keine Garantie, dass eure Portionen von mir verschont bleiben«, zwitschere ich unschuldig, als der letzte Dessertteller an seinem Platz steht.

Meine Androhung scheucht die beiden an den Tisch. Max' Man-Bun ist zur Hälfte aus dem Haargummi entwischt. Leon bemerkt, dass er ebenfalls etwas zerknittert aussieht, und streicht sich die abstehenden Haare aus dem Gesicht.

»Also«, ich dehne das Wort ein, zwei Sekunden. »Da Leon und ich länger als fünf Minuten zusammen am Tisch sitzen können, ohne uns zu zerfleischen …« Damit öffne ich den Raum für den eigentlichen Grund dieses Treffens.

Die Brüder wechseln einen pointierten Blick.

Wenn sie sich jetzt ein High Five geben, verschwende ich das Tiramisu an ihr Gesicht.

Keine Ahnung, ob mir gefällt, was sie mir gleich sagen werden.

»Willst du nicht erst was von deinem Tiramisu essen?«, fragt Max und verzieht dabei das Gesicht. Sein Lachen endet in einem gekünstelten Hustenanfall.

Die Gabel, die schon auf dem Weg zu dieser cremigen Herrlichkeit war, landet wieder auf dem gräulichen Platzdeckchen.

Max weiß, dass Hühnchen mit Reis mein Lieblingsgericht beim Asiaten ist. Er hat es oft genug für mich bestellt. Letzten Sommer hat er mich wegen der Erdbeer-Obsession aufgezogen, die vergleichbar mit Kims Verlangen nach Reiswaffeln ist. Leon hat Stunden in der Küche verbracht, um ein Menü nach diesen Vorlieben zu zaubern.

»Wieso komme ich mir wie bei einem Bestechungsbesuch vor?« Ich verenge meine Augen zu Schlitzen.

Die beiden kommunizieren stumm, wie nur Geschwister es

können. Plötzlich finde ich es nicht mehr so toll, mir die Verantwortung zu teilen. Erneut bin ich außen vor.

»Ich brauche deine Hilfe.« Leons Augen liegen nach dem kurzen Blickwechsel fest auf mir. Max lehnt sich zurück, sichtlich froh, sich aus der Schusslinie nehmen zu können.

Meine rechte Braue zuckt. »Wenn es um Organhandel geht, bin ich raus«, scherze ich, mein Tonfall kann die Anspannung nicht verbergen.

Max legt mir beruhigend eine Hand auf den Arm. Leon verfolgt diese Geste mit zusammengepressten Lippen.

»Du würdest dich kaum mit dem da«, Max deutet auf seinen Bruder, »anlegen, wenn dir die Firma und ihr Erfolg nicht wichtig wäre. *Unser* Erfolg. Du bist verdammt gut in deinem Beruf. Die beste Software-Entwicklerin und autodidaktische Motion-Designerin, die mir je über den Weg gelaufen ist.«

In der Tasche neben mir ertönt ein leises *Ping*. Der Nachrichtenton meiner *rdently*-App. Ich bin gespannt, ob Laurent angebissen hat. Die Recherche hat ausreichend viel hergegeben – glücklicherweise, das war bei anderen Fake Dates nicht so. Was meine Arbeit um einiges erschwert, weil das Risiko, jemanden absolut falsch einzuschätzen, dadurch größer ist.

Die beiden lassen sich aber davon nicht ablenken. »Du hattest heute im Meeting völlig recht: Wir dürfen nicht noch mehr Budget verschwenden. Uns rein auf Online-Werbung zu fokussieren ist zu riskant. Deswegen haben wir uns entschieden«, Max atmet tief ein, während Leon ermutigend nickt, »offline unsere Community aufzubauen. Den Start soll ein Dating-Event machen, das seinesgleichen sucht.«

Ein *Wir*, das mich ausschließt.

Unter dem Tisch krallen sich meine Finger in den Saum des Rocks, das Material butterweich von der Hitze meines Körpers. »Welche Rolle spiele ich dabei? Die neuen Features …«

»Sind wichtig, aber ohne zahlende Community …« Max macht eine Geste, die gut zu einem implodierenden Universum passt.

Ich klappe den Mund auf – und wieder zu.

Leons Anspannung reflektiert die Verwirrung, die von mir ausgeht. Setzt sich in den verschränkten Armen vor seiner trainierten Brust fest, in dem finsteren Gesichtsausdruck. Obwohl er scheinbar genauso wenig Bock darauf hat wie ich, nimmt er den Faden auf. »Max und ich sind uns bewusst, dass ich das allein nicht hinkriege. Mir fehlt …«, wenn er noch unglücklicher drein guckt, nehme ich Reißaus, »Romantik. Das Gespür und«, tiefes Einatmen, »die Leidenschaft für die Liebe. Ich brauche bei der Organisation jemanden an meiner Seite, der das Auge dafür hat. *Dich*, Emmy.«

Bin ich bei der versteckten Kamera? Ich lache auf, aber niemand lacht mit mir mit. »Ich bin Informatikerin, falls ihr das beide vergessen habt. Mit einem Arbeitspensum, das schon ohne zusätzliche Aufgaben schwer zu bewältigen ist.«

Max hebt die Hände. »Ich weiß, ich weiß. In den letzten Monaten habe ich dich als Krücke benutzt, als Gewissen, Google-Kalender, als meine Sekretärin *und* meine CTO. Dafür bin ich dir unendlich dankbar, Emmy. Das alles hat ein Ende, wenn wir die nächste Investitionsrunde eingesackt und mehr Budget für weitere Teammitglieder haben. Jedoch will uns Lukas das nur geben, wenn wir ein steiles Wachstum hinlegen. Am besten gestern.« Er bemerkt meinen abschätzigen Blick. »Niemand kennt dieses Produkt so gut wie du. Scheiße, nicht mal ich weiß, welche Emmy-Magie du genau in den Code streust, aber es wirkt. Deswegen brauchen wir einen Funken davon auch bei diesem Event. Hilf Leon, eine Location zu finden, die Leute dazu bringt, sich zu verlieben. In andere Leute. In *rdently*.«

Chris würde bei *dieser* Ansprache garantiert wortlos die Augen verdrehen. Ich sitze nur da und weiß nicht, was ich sagen soll.

Alles in mir sträubt sich dagegen, den Fokus von dem, was ich liebe, abzuziehen. Dass ich eng mit Leon zusammenarbeiten würde, ist trotz unserer momentanen Waffenruhe kein attraktiver Bonus.

Abwartend beobachten die beiden mich. Dankbar, dass sie mich in Ruhe denken lassen, zwinge ich meine Finger aus ihrer verkrampften Haltung.

»Du weißt«, fängt Max nach gut einer Minute Stille an, »dass nach der kommenden Investitionsrunde ein dicker Bonus für das gesamte Team drin ist, falls wir sie kriegen. Deiner ist noch massiver als der der anderen, weil du es verdienst.« Er unterstreicht die Dringlichkeit der Worte mit einem eifrigen Kopfnicken. »Was willst du sonst noch?«

»Alle Features, die wir geplant haben. Ich will sie implementiert sehen.« Die Worte rutschen mir einfach so raus, und in dem Moment weiß ich, dass ich Ja sagen werde.

Weil ich Max – und *rdently* – nicht im Stich lasse.

»Sobald wir den Vertrag mit Lukas unterschrieben haben, hast du freie Hand. Ich vertraue dir, Emmy.«

»Wann soll ich diese Aufgabe erledigen?« Meine Überstunden explodieren ohnehin schon. Irgendwann summieren sie sich zu einem jahrelangen Urlaub auf den Malediven.

»Während der Arbeitszeit natürlich«, sagt Max zur gleichen Zeit, als Leon murrt: »Ich fange morgen an, nach Locations zu suchen.«

Morgen. Samstag.

»Aber kein Stress«, fügt er hinzu. »Ich kann ohne dich starten.«

Meine Antwort brennt mir auf der Zunge. Stattdessen lasse

ich mich zurücksinken und nehme einen großen Bissen vom Tiramisu. Die Sahne ist dabei, zu schmelzen, aber die Süße der Erdbeeren unterlegt die dämmernde Gewissheit mit einer fruchtigen Note: Sie brauchen mich. Niemanden sonst könnten sie so schnell einarbeiten. Außerdem: Uns fehlt das Geld für Freelance-Event-Planer oder neue Mitarbeiter. Nach der Hilflosigkeit vorhin habe ich wieder festen Boden unter den Füßen.

»Welchen Bonus du auch immer für mich geplant hast: Ich will fünf Prozent mehr.« Ich betrachte die Gabel ausgiebig, wohlwissend, dass ich die beiden auf die Folter spanne. Beide Blicke liegen auf mir, das spüre ich. »Und einen Urlaubstag pro Jahr mehr. Nein, streich das.« Ich lege den Kopf schief. »Meine angesammelten Überstunden reichen bis zum Ruhestand.«

Das lässt Max das Gesicht verziehen, und Leon schießt ihm einen *gutes Mitarbeiter-Management, Bruder*-Blick zu.

»Eine funktionierende Kaffeemaschine. Vollautomat. Und – das werde ich garantiert bereuen – TJs Pyjama-Freitag einmal im Monat.«

»Muss das sein?«, fragt Max, die Mundwinkel nach unten gezogen.

»Hey, alles für das Team, oder?« Ich klimpere mit den Wimpern. Ich weiß, dass Max zustimmen wird, bevor er eine Ahnung davon hat. Er tut so, als müsse er schwer überlegen, aber er hat keine andere Wahl. Selbst Leons ungeduldiges Getrommel auf den Armlehnen drängt ihn zu einer Antwort.

Ich richte mich auf, lasse den Firmenchef dabei nicht aus den Augen. Ein Hochgefühl jagt durch jeden Zentimeter an Haut, kribbelt in meinen Fingerspitzen. So machtvoll fühle ich mich sonst nur auf den Fake Dates. In der Sekunde, in der meine Falle zuschnappt. Die mir das Warum liefert, die Erleuchtung, die Antwort, die die Kraft hat, Herzen zu reparieren.

Das Gewicht von Leons Aufmerksamkeit zieht meinen Blick zu ihm. Etwas Anerkennendes liegt in seinen Augen, gepaart mit einem Hauch Belustigung. *Du spielst dein Spiel gut,* scheinen sie zu flüstern.

Kein Spiel, antworte ich still zurück, *nur eine Frau, die weiß, was sie will.*

Jetzt stehe ich wirklich zu mir, zu den Worten, meinem aufreizenden Outfit.

Und Leon ... Er nickt, eine sanfte Bewegung, die so schnell vorbei ist, dass ich sie mir möglicherweise eingebildet habe. Wir sehen uns sogar noch an, als Max »Na gut« seufzt.

Dann mache ich mich über das Dessert her, der Geschmack meiner Standhaftigkeit fast so süß wie jener der Erdbeeren.

12

Emmy

Dreieinhalb Jahre zuvor: Tom
Unbeantwortete Nachrichten: zwei

»Ein guter Jahrgang, findest du nicht?« Tom zwinkert mir über den Rand seines Glases zu.

Ich kenne mich mit Wein nicht aus, aber ich tue ihm den Gefallen und nicke trotzdem. Der letzte Schluck läuft fruchtig-herb meine Kehle hinunter. Alkoholische Getränke haben für mich für gewöhnlich nur zwei Geschmacksrichtungen: Hangover und kein Hangover. Das Lächeln verkneife ich mir.

Vermutlich hätte ein Typ in meinem Alter diesen Scherz witzig gefunden, aber Tom ist … reif. Steht mit beiden Beinen fest im Leben, hat sich mit seinen zweiunddreißig Jahren bereits einen Namen als Lehrender an einer Münchner Hochschule gemacht. Würde er an meiner Uni arbeiten, hätte ich nie den Nerv gehabt, ihn über Tinder anzuschreiben, denn jetzt, während er mir gegenübersitzt, bin ich etwas eingeschüchtert.

Jede seiner Bewegungen strahlt Selbstsicherheit aus. Die entspannten Schultern, das Lächeln, als ich versuche, zu bezahlen und er abwinkt. Die Rechnung des Luxus-Restaurants, von dem aus man ganz München überblicken kann, würde einen Krater in mein Monatsbudget reißen, das ich in den kommenden Tagen wohl mit Nudeln und Tomatensoße aus der Dose hätte stopfen müssen. Nie hätte ich von ihm erwartet, dass er den Betrag für das Steak mit Süßkartoffelpommes und getrüffeltem Brokkoli übernimmt.

»Das Essen war echt lecker, danke für die Einladung«, sage ich und ziehe den Mantel enger um mich, den er gerade über meine Schultern drapiert hat.

»Ich komme gern hierher, die kochen echt gut. Und kein Problem – ich war schließlich auch mal Student. Ich weiß, dass das Geld da nicht locker sitzt.« Er streicht sich das Haar aus der Stirn, einige Nuancen heller als mein sattes Strohblond.

Hitze schießt mir in die Wangen, und ich winke ab. Sieht er nur das in mir? Eine Studentin? Was ist mit der jungen Frau, die ich bin?

Diesmal entscheide ich, wie das Date endet. Zu meinen Bedingungen. Scheiß auf Kai und Noah und all die Jungs in meinem Alter, die nicht wissen, was sie mit ihrem überschüssigen Testosteron anstellen sollen.

Tom ist respektvoll, hält mir sogar die Tür auf, als wir vom Restaurant in Richtung Fahrstuhl gehen. Und genau das brauche ich: Respekt. Transparenz. Jemanden, der sein eigenes Leben im Griff und eine klare Ahnung davon hat, was er will. Wenn ich das nicht bei gleichaltrigen Typen finde, die mit Feiern und Kursen beschäftigt sind, dann vielleicht bei einem Mann wie Tom.

Ich laufe vor ihm, fühle seinen Blick auf mir. Schwinge die Hüften ein wenig ausladender als sonst. Mit voller Absicht habe ich heute eines der engsten Kleider gewählt, die ich besitze. Hauptsächlich, um mir mehr Selbstvertrauen zu schenken, aber dass mein Date mich darin heiß finden würde, war ein netter Pluspunkt bei der Auswahl.

Ich drücke die Aufzugtaste, als sich Toms Hand auf meinen Lendenbereich legt und er mich durch die sich öffnenden Türen schiebt. Von dort breitet sich ein Prickeln durch meinen gesamten Körper aus, und ich weiß, was ich will.

Noch bevor einer von uns den Knopf ins Erdgeschoss drücken kann, liegt mein Mund auf dem von Tom. Die Muskeln seines Torsos verhärten sich, während meine Hände darüber gleiten. Zu den Bauchmuskeln, die ich wie Granit selbst unter dem Anzugjackett fühlen kann.

Es dauert eine Sekunde, bis mir ein wichtiges Detail auffällt.

Toms Lippen bewegen sich nur zögerlich. Fast … widerwillig.

Ich löse mich von ihm, sehe ihm in die Augen. Wir sind ungefähr gleich groß, zumindest, wenn es um die Körpergröße geht.

»Was soll das?«, fragt er mich, reibt sich über den Mund.

Kalt-heiße Scham rauscht durch meine Adern. »I-Ich dachte, dass …« Die Worte stolpern aus mir, ohne einen Sinn zu ergeben.

Er ignoriert das Gestammel, sein Blick scharf auf meinen heißen Wangen. »Was dachtest du?« Tom verzieht die Lippen. »Dass wir erst essen gehen und dann gemeinsam in die Kiste springen?«

»Ich dachte, dass du mich auch küssen willst«, presse ich hastig hervor. »Und … vielleicht … naja.« Ich werde knallrot im Gesicht.

Sein Gesicht verrät mir: Er wollte es nicht.

»Du bist ein nettes Mädchen, Emily. Aber ich wollte dir gerade sagen, dass ich mir das mit uns nicht vorstellen kann. Bevor du über mich hergefallen bist.« Er lacht. »Verdammt, vor fünf Jahren hätte ich dich direkt mit zu mir genommen. Glaub mir, es ist auch jetzt verdammt schwer, Nein zu sagen.« Seine Augen rutschen zu meinen Brüsten. »Aber ich brauche jemanden, mit dem ich auf einer Wellenlänge bin. Eine Frau, mit der ich die Zukunft planen kann. Du bist jung, *zu* jung.«

Warum bist du dann mit mir ausgegangen? Ich schlucke den Felsen in meinem Rachen hinunter. Versuche es zumindest, das Krächzen in der Stimme unüberhörbar: »Okay, zwischen uns liegen fast zehn Jahre, aber ich will Stabilität. Ich will …«

Ein bitteres Lachen entfährt Tom, als er sich die Krawatte richtet. »Du weißt doch gar nicht, was du willst. Mädels … Entschuldigung … *Frauen* in deinem Alter wissen das doch nie, glaub mir, damit hab ich Erfahrung.« Damit drückt er die Taste zum Erdgeschoss.

Wir setzen uns in Bewegung. Ich zähle die Sekunden, bis wir unten angekommen sind – fünfundzwanzig sind es –, und folge Tom aus dem Aufzug.

»Du bist schlau, Emily. Du machst deinen Weg in dieser Welt, daran besteht gar kein Zweifel. Es war nett, mich mit dir zu unterhalten.« Tom bleibt vor seinem Audi, der direkt vor dem Eingangsbereich des Hotels geparkt ist, stehen. »Sorry, dass ich deine Zeit verschwendet habe.«

Damit steigt er in den Wagen. Ohne einen Blick zurück. Ohne mich ausreden zu lassen. Ich sehe ihm nach, bis er an der Ampel abbiegt und verschwindet. Blinzle. Die plötzliche Nässe, die an meinen Wangen hinab perlt, überrascht mich. So klein habe ich mich schon lange nicht mehr gefühlt.

Ich schluchze auf, nur ein Mal, bevor ich meine Züge unter Kontrolle bringe. Strecke das Gesicht in die kühle Frühlingsluft, lasse die Tränen von ihr trocknen. Dann rufe ich mir ein Taxi.

München rauscht an mir vorbei, als ich auf der Rückbank des VWs Tinder lösche. Bumble folgt.

Dann öffne ich Toms WhatsApp-Verlauf. *Ich weiß, was ich will*, schreibe ich. *Eine Chance.*

Es überrascht mich nicht, dass keine halbe Stunde später zwei blaue Haken neben der Nachricht auftauchen.

Und es überrascht mich noch weniger, dass ich keine Antwort erhalte.

13

Emmy

Some things are not as they seem:
they are worse

»Ich kann nicht glauben, dass du an einem Samstag arbeitest. *Freiwillig.*« Kim schnaubt. »Du solltest dafür einen fetten Bonus kriegen. Und einen gleichwertig dicken Kuss von Max.«

»Kim!«, zische ich, obwohl ihre Stimme nur in meinem Ohr sitzt und sie niemand außerhalb der Airpods hören kann. Mochi zieht mit heraushängender Zunge an der Leine, hat seine Energie im Hundepark scheinbar nicht vollständig aufgebraucht. Er wäre eindeutig weniger enthusiastisch, wenn er wüsste, wohin wir auf dem Weg sind.

Ich stoppe vor dem Café, in dem ich eben war, fasse die Leine fester und balanciere die zwei Kaffee zum Mitnehmen in dem kleinen Halter aus Pappe. Ich schicke einen dankbaren Blick zum Himmel – würde es jetzt regnen, hätte ich eine Hand zu wenig. Ich kann nur beten, dass mir der Henkel meiner Tasche nicht über die Schulter nach unten rutscht.

»Schade, dass das gestern kein Date war. Das ist schon längst überfällig.« Kim seufzt, doch der Laut geht im Klappern der Tastatur unter.

»Sitzt du gerade am Laptop?«

»Wann sitze ich nicht am Laptop? Manchmal glaube ich, das Teil ist an mir festgewachsen. Oder ich an ihm. Halt dich bloß fern von der Selbstständigkeit, wenn du das Wort *Wochenende* nicht aus deinem Vokabular streichen willst.« Doppelmoral? Kann Kim gut.

Aber ha! Mein Ablenkungsversuch war erfolgreich. Mit einem Grinsen setze ich mich in Bewegung, froh, dem Max-Thema vorerst entkommen zu sein. »Du liebst das doch, die Freiheit und alles drum herum.«

»Natürlich.« Ein Raunen entfährt ihr. »Irgendwie muss ich meinen Hang zum Masochismus doch befriedigen.«

Ich lache und bleibe an einer Ecke stehen, um zu sehen, in welche Straße ich einbiegen muss. Selten bin ich in diesem Viertel unterwegs. Nur im Sommer komme ich manchmal mit Kim her, um an der Isar einen Sundowner zu trinken und dabei zuzusehen, wie der Fluss in allen Facetten des Abendlichts schimmert. Den Gärtnerplatz im Rücken wende ich mich nach rechts.

Das iPhone vibriert in meiner Jackentasche. Mit Daumen und Zeigefinger der Hand, in der ich auch Mochis Leine halte, ziehe ich es heraus. Eine übermütige Bewegung des Hundes, und ich kann mich mit einem geschrotteten Display auf zum nächsten Apple-Store machen. Mit verzogenen Lippen sehe ich auf das Smartphone. »Ich muss Schluss machen, Kim. Mia ruft gerade an.« Tiefes Einatmen. »Ich update dich, okay?«

»Danke«, sagt Kim, ihre Stimme voller Wärme, ehe sie hinzufügt: »Falls er dich auf die Palme bringt, Liebes: Lass es wie einen Unfall aussehen.«

Ein Laut entfährt mir, halb Grunzen, halb Lachen: »Ich werde mein Bestes versuchen.«

Ich habe genau zwei Sekunden, ehe ich das nächste Gespräch annehme. »Hi, Mia.«

»Hallo, Emmimi!«, zwitschert meine kleine Schwester ins Telefon. »Wie geht's dir? Du hast nicht auf die Einladung in unserem Gruppenchat reagiert. Kommst du morgen?«

Was? Das winzige Datum auf dem Display jagt mir einen eiskalten Schauer über den Rücken. *Oh, verdammt.*

»Klar komme ich«, gebe ich so fröhlich wie möglich durch zusammengebissene Zähne zurück. »Ich würde mir deine Baby-Party um nichts auf der Welt entgehen lassen.«

Das entlockt Mia ein helles Lachen. »Du bist eine grottenschlechte Lügnerin«, säuselt sie ins Telefon, ehe sie es etwas von sich weghält. »Nein, Georg-Schatz, die Luftballongirlande kommt dort hin!«

»Ich freue mich auf dich, Georg und mein zukünftiges Patenkind.« Das ist die Wahrheit, größtenteils. Nur auf das Tamtam könnte ich verzichten.

Genauer gesagt: auf Mias Freundinnen. Manche davon kenne ich schon seit meiner Schulzeit. Fast alle sind in einer scheinbar glücklichen Beziehung und auf dem Weg zur Verlobung, bereits verheiratet oder Mutter. Und dann bin da ich. Die, die auf geheime Fake Dates geht. Bei den meisten falle ich unter die Kategorie *karrieregeil-weil-beziehungslos* oder *beziehungslos-weil-karrieregeil*, da bin ich mir selbst noch nicht so ganz sicher. Die neugierigen Fragen und gut gemeinten – *copy and paste Augenverdrehen* – Ratschläge höre ich jetzt schon.

»Wie süß du bist. Ich nehme an, du möchtest gerne neben mir und Georg sitzen?«

Ein erleichtertes Schnauben entfährt mir. »Das wäre super.« Mias Freund und Partner in der Psychotherapie-Praxis meiner Eltern ist einer der liebsten Menschen, den ich kenne, und einer der wenigen, der mich nicht über potenzielle Dates ausquetscht. Mia könnte sich etwas Diskretion von ihm abschauen.

Ein Auto hupt neben mir, und Mochi fährt zusammen, drängt sich gegen meine Beine, sodass ich beinahe stolpere. Ein leiser Fluch entfährt mir. Würde mir gerade noch fehlen, mit zwei dampfenden Kaffeebechern in der Hand auf die Nase zu fliegen. Damit kenne ich mich aus.

»Wird erledigt!«, tönt es aus den AirPods. »Nina bringt übrigens ihren neuen Freund mit.«

»Oh. Schön.« Streiche: *Fast* alle bei der Baby-Party sind in einer Beziehung. *Alle* ist wohl richtig, wenn sich Georgs Schwester nun auch einen Kerl geangelt hat.

Ich sollte mir gleich einen Sticker auf die Stirn kleben: Einziger Single im Raum.

»Bist du unterwegs?«

»Yep.« Soll ich lügen und sagen, dass ich auf einem Spaziergang bin? Nein. Schon anstrengend genug, das auf den Dates durchziehen zu müssen. »Ich bin auf dem Weg zu einem Kollegen. Bevor du mir jetzt wieder mit der Wichtigkeit einer gesunden Work-Life-Balance kommst: Es ist für ein dringendes Projekt, und manchmal muss ich einfach am Wochenende arbeiten, damit es an den Wochentagen nicht ganz so stressig ist. Aber ich weiß, dass das nicht gerade gesund ist – nur, um dir den TEDTalk zu ersparen.«

»Solange dir das bewusst ist, ist es ja okay, auch wenn ich finde, du solltest samstags lieber in einem Blumenfeld frohlocken, aber … Von welchem Kollegen sprechen wir denn?«, will sie wissen, und ich schwöre, dass ich sie durch die Leitung mit ihren Augenbrauen wackeln höre.

»Es gibt einen neuen. Der Bruder von Max, um genau zu sein.«

»Max ist ein Hübscher, zumindest wirkt er so auf den Fotos, die du manchmal aus dem Office schickst. Sieht sein Bruder denn ebenfalls gut aus? Ist er auch so nett?«

Ich höre, wie sie aufgeregt nach Luft schnappt, und antworte schnell, bevor sie auf irgendwelche Ideen kommen kann: »*Nein*, null Romantik-Potenzial.« Ich? Völlig immun gegen Leons kantige Gesichtszüge und dieses Lächeln, das ihm besser steht, als es sollte. Aber ich kann mir *durchaus* vorstellen, dass Leon anderen Frauen wie Kim ein Seufzen entlockt.

Mia stöhnt, aber selbst dieser Laut ist lieblich. Ich sehe sie vor mir, auf der Couch sitzend wie eine vor Zufriedenheit strahlende Hauskatze, die Hand über ihren runden Bauch streichelnd.

Ich komme vor einem grauen Backsteinhaus zu stehen. Die Adresse, die mir Leon gestern gegeben hat.

»Dann viel Spaß mit Mr. Null-Romantik-Potenzial«, kichert Mia. Wir verabschieden uns.

Ich nehme die AirPods aus den Ohren und verstaue sie mit der Hülle in meiner Jackentasche. Der Kaffee, ein Versuch, diesmal auf dem richtigen Fuß zu starten, wird langsam schwer. »Mochi, komm.« Vorsichtig zupfe ich an der Leine und öffne dabei das Tor zum winzigen Vorgarten, der mit Efeu überwachsen ist. Der Corgi schnuppert interessiert an dem Gartenzaun. Als hätte er realisiert, wo wir sind und wen wir gleich treffen werden, knurrt er leise. Ich verdrehe die Augen und zupfe erneut an der Leine, doch Mochi markiert erst einmal in Seelenruhe den Rasen.

»Wenn du das da drinnen machst, gibt's Hundebraten«, murmle ich leise, bevor ich klingle.

Wenig später ertönt ein mechanisches Summen, gefolgt von einem rauschenden *zweiter Stock*. Ich drücke die Tür mit der Schulter auf.

Leon lehnt an der Tür, die Tattoos durch die hochgeschobenen Ärmel seines grauen Strickpullovers voll sichtbar. *Ich bin so was von immun*, sage ich mir selbst bei diesem Anblick und ignoriere das Herz, das wohl vom Treppensteigen in einen ungesunden Sprint ausgebrochen ist. Ich drücke ihm den Kaffee in die Hände.

»Wusste nicht, welche Leon-Version ich heute erlebe – Anzugtyp oder T-Shirt-und-Tattoos«, begrüße ich ihn nett. »Mit Zucker und Sahne, also süß«, zuerst deute ich auf das linke Trinkgefäß, dann auf das rechte, »oder so schwarz, dass der Abgrund zurückstarrt, wenn man zu lange in den Becher guckt.«

Leon kann sich das Grinsen nicht verkneifen. »Du hättest nichts mitbringen müssen.« Mit dem Kopf deutet er hinter sich. »Im Gegensatz zum *rdently*-Office besitze ich eine funktionierende Kaffeemaschine.«

»Glaub mir, kein Gerät kommt an die magischen Finger eines Baristas ran.«

Belustigung flammt in seinem Blick auf, ehe er sie zurückdimmen kann. »Ich nehme dich beim Wort«, grinst Leon und tritt zur Seite.

So war das nicht … Ich räuspere mich, völlig im Klaren darüber, dass meine Wangen vor Hitze brennen.

Die Schuhe lasse ich neben seinen Riesentretern, abgelaufene Converse, die ich noch nie an ihm gesehen habe, auf der Türmatte stehen. Mochi schnüffelt auch hier in Spielfilmlänge herum, benimmt sich aber ausnahmsweise. Umzugsboxen säumen die Wände, bloß der Bereich um das dunkelgraue Sofa scheint vollständig eingerichtet zu sein. Eine Lampe steht auf dem niedrigen Couchtisch, auf dem sich die Bücher türmen.

Nur ein winziger Platz wurde für den Laptop freigeschaufelt. Vermutlich wäre es klüger gewesen, wenn wir uns im Büro getroffen hätten, aber samstags ist das Reinigungspersonal im gesamten Gebäude am Werk, und Leon wollte niemanden stören.

Bücher, so viele Bücher. In dem riesigen, weißen Regal, das die sonst kahle Wand neben der Couch säumt. Auf dem Fensterbrett, halb versteckt von grauen Vorhängen. Mein Blick bleibt an dem Baum vor dem winzigen Balkon hängen, der vom Wohnzimmer auf die schmale Straße hinter dem Haus rausgeht. Die goldwerdenden Blätter leuchten im kühlen Spätseptemberlicht, frisch und unbeschwert vom Regen der letzten Tage.

»Sorry für das Chaos. Bin noch nicht dazu gekommen, alle Kisten auszupacken.« Er beugt sich vor und stellt einen der Bücherstapel vom Tisch auf den Boden. »Die meisten Möbel kommen erst in einem Monat an. Ich hatte nicht genug Zeit, das besser zu planen.«

Den Umzug. Max' Worte hallen in meinem Kopf wider. Ich will nachhaken, lasse es aber. Es geht mich nichts an, warum Leon hergezogen ist.

Ich winke ab und setze mich auf den Platz, den er mir anbietet. Mochi läuft aufgeregt im Raum umher und beschnüffelt alles. Immer mal wieder knurrt er leise, als würde Frida hinter der nächsten Ecke lauern.

»Er mag andere Hunde nicht sonderlich, oder?«, fragt Leon, während er sich in einen gemütlichen Stuhl zu meiner Rechten fallen lässt und anschließend die Deckel der beiden Kaffeebecher abnimmt, um zu sehen, was drin ist. Ich hätte den iMac darauf verwettet, dass er zum schwarzen greift, doch stattdessen deutet er auf den anderen und fragt: »Willst du den?«

Nach meinem Kopfschütteln leckt er etwas zerlaufene Sahne von der Innenseite des Kaffeedeckels. Eine schnelle Bewegung, die mich dazu bringt, Mochi genau zu beobachten.

»Nein. Er kann es nicht leiden, wenn ein Hund längere Beine hat als er. Meistens ist Mochi der Kleinste im Raum, aber sein Ego bleibt immer das größte.«

Das entlockt ihm ein schmales Grinsen. »Willst du Milch?«, fragt er mich, doch ich lehne ab, während er seinen Becher näher begutachtet. »Wer ist Hannah, und warum steht ihre Nummer hier drauf?«

Ich kräusle die Augenbrauen und warte, bis Leon das Pappgefäß umdreht. Ein zwinkernder Smiley grinst mir neben dem Namen und der darunter stehenden Telefonnummer entgegen. Die Barista muss das draufgekritzelt haben, während ich nach meiner Bestellung ins Gespräch mit Kim vertieft war.

Oh. »Sie ist tatsächlich ziemlich süß. Obwohl ich nicht sicher bin, dass sie an *dir* interessiert wäre, wenn sie ihre Nummer auf *meine* Bestellung gekritzelt hat.« Grinsend nehme ich den anderen Becher. »Aber vielleicht hat sie eine nette Kollegin?«

»Sorry, ich brauche keine Dating-Hilfe. Schon genug, dass Max den Kuppler spielen will.« Leon verdreht die Augen. Eine Geste, die das darauffolgende Grinsen zum Strahlen bringt. Diese Grübchen …

Ich verschlucke mich am Kaffee, fange mich aber relativ schnell. »Ich stehe auf Männer. Daher hat sie leider trotz dieser süßen Geste kein Glück bei mir.«

Er öffnet den Mund, klappt ihn wieder zu. Eine Frage brennt in seinem Blick. »Frida pennt im Schlafzimmer. Denkst du, es ist in Ordnung, sie rauszulassen?«

Diese war es nicht. Aber okay.

»Mach ruhig. Mochi muss sich an sie gewöhnen.« Ich rufe den Corgi zu mir.

Leon verschwindet aus meinem Blickfeld. Eine Tür, vermutlich die vorhin geschlossene gegenüber der Küche, wird geöffnet. Fridas herzhaftes Gähnen lässt Mochi zusammenfahren, die Segelohren angelegt.

»Bleib«, sage ich zu Mochi, als der Schäferhund Leon auf dem Fuß folgt. Sie lässt sich von mir am Kopf kraulen und schnuppert mit einem verschlafenen Ausdruck an Mochi. Direkt verliert sie ihr Interesse und legt sich auf den Teppich, was auch dafür sorgt, dass mein Hund sich entspannt.

Waffenstillstand. Wie im Office.

Leon sinkt in den Stuhl, in dem er bereits vorhin Platz genommen hat.

»Also«, beginne ich, nachdem die Hundesache nun geklärt ist, und ziehe mein Tablet aus der Tasche. »Gestern Abend habe ich ein Pinterest-Board angelegt. Potenzielle Vibes, die sich gut auf dem Event machen würden, als Inspiration für unsere Suche.«

Ich klicke auf das rote Logo und öffne meine Sammlung. Auf dem Tisch ist kein Platz mehr, deshalb halte ich es so, dass Leon den Screen sehen kann. Dabei lehnt er sich mit den Ellenbogen auf den Oberschenkeln vor. Im Augenwinkel sehe ich, wie sich sein Bizeps gegen das Zopfmuster des Pullovers drückt.

Langsam, damit er sich die Bilder ansehen kann, scrolle ich durch die Galerie. Von romantisch über sexy-edgy ist alles dabei.

»Das hast du gestern noch gemacht?« Er sieht mich an, Erstaunen lässt seine Stimme rau werden.

»Ja.« Ich habe zu viel Freizeit.

»Aber du bist doch erst um elf weitergezogen. Wie lange warst du denn noch auf?«

Was? Aja. Angeblich bin ich gestern mit Freundinnen weitergezogen. »Nicht so lange. Du weißt doch, wie das ist.« Stattdessen war ich hellwach, aufgedreht von dem Gespräch mit

Max, kribbelig aufgrund von Leons nachklingender Präsenz. Hell und dunkel, laut und still, offenherzig und … präsent, beobachtend, analysierend. Fokussiert. Die Energie der beiden Brüder, die geteilten Lachen, haben es unmöglich gemacht, zur Ruhe zu kommen. Also habe ich die Zeit zum Brainstormen verwendet, den Rest meines selbstsicheren Auftritts pulsierend im Blut.

»Wohl wahr«, entgegnet Leon. »Wenn die Ideen fließen, hält mich auch kein Wochenende auf.«

Ich grinse und deute auf das Pinterest-Board, ohne auf seinen Kommentar einzugehen. Kerzen strahlen auf den Bildern, tauchen die dunklen Räume in weiches, romantisches Licht. »Das gefällt mir am besten. Es ist … warm. Ein sicherer Hafen. Wie die Liebe.«

Als hätte ich ihm eine reingehauen, lässt sich Leon zurückfallen und sagt kein Wort.

Ich drehe das iPad wieder zu mir. Findet er das Moodboard lächerlich? Null Ahnung, wie Leute mit Marketing-Jobs Inspiration finden. Pinterest schien mir ein guter Startpunkt zu sein. Irritiert schaue ich zu ihm. »Das sind nur Ideen. Wir müssen nicht –«

Leon schneidet mir das Wort ab, indem er aufspringt. Frida hebt nur kurz den Kopf, doch Mochi hüpft direkt mit.

»Pst«, mache ich, und er setzt sich wieder hin.

Leon nicht.

Fahrig fährt er sich durch seine Haare. »Können wir das weniger wie eine Scheißhochzeit aussehen lassen?« Er dreht sich zu mir um, und die schimmernde Amüsiertheit der letzten Minuten ist komplett aus seinen Augen verschwunden. Zurück bleibt nur ein undurchdringbares Blau, das mich zu verschlucken droht, sollte ich nur eine Sekunde länger hinsehen.

Als hätte ich mir das Erdbeer-Tiramisu gestern, die Scherze

und die nur für Sekunden sichtbare Zerbrechlichkeit in seiner Miene einfach eingebildet.

»Ich hatte gesagt, dass Romantik nicht mein Ding ist.« Die Worte rollen so hart wie Felsen von seinen Lippen.

»Ich kann mich vage daran erinnern. Pornos, oder was war dein Vergleich?«, setze ich hinzu, doch mein Grinsen bleibt schmal.

Er brummt etwas, das ich nicht verstehe. »Ganz ehrlich, Emmy: Wir wollen ihnen Liebe verkaufen, aber Sex wird das Erste sein, woran sie denken. Dazu braucht es keine Kerzen und Herzluftballons.«

»Vielleicht ist einfacher, mit jemandem zu schlafen, anstatt eine Herzenspartnerschaft zu finden. Doch genau das ist der Sinn dieses Events: Ihnen bei Letzterem unter die Arme zu greifen.«

Leons Braue zuckt in die Höhe, der Blick nun flammend. »Man kann auch Sex haben und sich dann verlieben, Emmy. Oder man hat einfach nur das: hoffentlich *verdammt guten Sex*.«

Ich lasse mich von der Intensität seiner Aufmerksamkeit nicht beirren, die mir entgegenschlägt – anders als der Funken Wärme in meinen Wangen. »Du hast recht. Und jede Person sollte machen, womit sie sich wohlfühlt, das steht außer Frage. Aber wenn wir nicht alle Facetten der Liebe, eben auch Wohlfühlen und Romantik, miteinbeziehen, dann sendet das ein falsches Bild zu *rdently*«, sage ich mit Nachdruck. »Weil wir alle Definitionen von Nähe anbieten wollen, und nicht nur die, die eine Stunde lang schwitzend zwischen Bettlaken stattfindet.«

Seine Antwort: Schweigen.

Meine Mundwinkel gehen auf Talfahrt.

Noch mehr Stille. Ich frage mich, ob er etwas sagen würde, wenn ich einfach aufstehen und gehen würde. Die Sache ist:

Ich bin schlecht darin, die Klappe zu halten. Irgendetwas nagt an Leon, das kann ich ihm ansehen. »Wenn es etwas gibt, worüber du –«

»Nein.« Rau. Ein Schutzwall.

Ich atme tief ein und muss dem Drang widerstehen, vor mich hin zu plappern, um die Stille zu füllen. Mittlerweile ist der Blick meines Kollegen in Richtung Fenster gewandert. Nur ein Zucken an seiner Schläfe verrät mir, dass es hinter der eisernen Oberfläche brodelt. Welchen Kampf er auch immer mit sich austrägt: Er verliert.

Ob gegen sich selbst oder das, was er einfach nicht aussprechen kann, weiß ich nicht.

»Okay, fuck«, Leon reibt sich über die Stirn, ehe er meinen abwartenden Blick wieder auffängt. »Ich hasse es, darüber zu reden, aber … meine Freundin in Dublin«, sein Gesicht zerknautscht, »Ex-Freundin, Ex-Verlobte, was auch immer, hat mich ein paar Monate vor unserer Hochzeit beschissen. Ich habe sie mit meinem besten Freund im Bett erwischt. Seitdem«, er schiebt ein bitteres Lachen ein, »seitdem kotzt mich jeder Funken Romantik an. Genau wie jedes verdammte Date, zu dem mich Max zwingt.«

Mittlerweile kann er mich nicht mehr ansehen.

Davon hat Max gesprochen. Ich dachte, dass sich Leon von nichts aus der Ruhe bringen lässt – scheinbar ist die Liebe jedoch verdammt gut darin, ihn aus der Reserve zu locken. Eine Erkenntnis, eine Antwort, die Puzzlestücke an ihren Platz im *Warum* leitet. Nicht das ganze Bild, das ist mir klar, aber ein Anfang. Leon tut sich schwer mit der Liebe – völlig verständlich nach einem Erlebnis wie diesem.

War das Date mit Kim also nur ein To-do für ihn?

Und Max … Wut auf meinen Boss macht sich breit. Warum lässt er Leon nicht um seine Beziehung trauern? Als wäre dessen Ex-Verlobte kaum mehr als ein aufgelöster *rdently*-Match. Was ich nicht verstehe: Wenn Leon erlebt hat, wie sehr die Liebe und die Zeit, die man dadurch verliert, ihr nachzutrauern, weh tun können, wieso ghostet er dann? Keine Ahnung, wo ich diese Antworten finden soll. Definitiv nicht in seinen unergründlichen Zügen.

»Ich will kein Mitleid. Aber vielleicht kannst du meine Handlungen oder Einstellung dadurch besser verstehen.« Er hebt eine Schulter. »In den letzten Monaten war alles etwas … viel.«

Die Tat seiner Ex, der Umzug, der Job bei *rdently*. Ein Fingerschnipsen, ein völlig neues Leben. »Welches Datum?«, frage ich sanft, bevor ich mich zurückhalten kann.

Sein Kiefer verkrampft sich, und ich bereue, dass ich gefragt habe.

»Am achtundzwanzigsten September hätten wir geheiratet.«

Seine Antwort reißt ein Loch in meinen Magen. Kommende Woche. Samstag. Meine Finger kribbeln, wollen nach ihm greifen. Doch ich bleibe starr. Er will kein Mitleid. Sympathie sieht verdammt ähnlich aus. Ich suche nach den richtigen Worten, um die Situation aufzulockern.

Bevor ich sie finden kann, durchbohren mich seine Augen erneut. Jede Emotion darin ist verschwunden, erneut eingeschlossen hinter stählernen Mauern.

»Was ist mit dir?«

Ich lege den Kopf schief. Ein abrupter Themenwechsel, mein Lieblingsmanöver.

»Du liebst doch Romantik, oder? Gibt es keinen Mann in deinem Leben?« Die Frage ist vorsichtig, wohl kalkuliert.

Worauf spielt er an? Auf das gestrige Outfit? Bevor die Hitze in meine Wangen schießen kann, antworte ich: »Den gibt es.«

Leons Brauen wandern in die Höhe, bis unter die Strähnen, die ihm in die Stirn fallen.

»Er ist sehr«, ich ziehe eine Schnute, als müsste ich angestrengt überlegen, »dominant. Etwas eingebildet, aber da stehe ich drauf. Kann er sich auch leisten, bei seinem verdammt süßen Hintern. Ach ja, und er ist ungefähr so groß.« Ich halte die Hände gut dreißig Zentimeter auseinander.

Leon kneift die Lieder zusammen, stützt sich auf der Lehne seines Stuhls ab. »Du meinst seinen ...«

Was? Nein! Oh Gott ... Scham zerrt an dem Scherz, der so was von nach hinten losgegangen ist. »Mochi! Ich spreche von Mochi.« Ich vergrabe das Gesicht in den Händen. *Was ist los mit dir, Emmy?*

Blaue Augen erwarten mich mit funkelnder Amüsiertheit, als ich aus meinem Versteck auftauche.

Erst einen Wimpernschlag später verstehe ich, dass Leon mich nur verarscht hat. Dachte nicht, dass er das in sich hat.

»Du!«, zische ich. TJ hätte schon längst ein Kissen ins Gesicht kassiert.

Leons Lachen, ein rauer, leiser Laut mit Gänsehaut-Potenzial, treibt mir einen Schauer über den Körper, den ich bestmöglich unterdrücke.

Er nickt in Richtung iPad, das jetzt auf meinen Knien liegt. »Zurück zur Arbeit: Da sind ein paar tolle Ideen dabei. Nicht das mit den Kerzen, das ist ein brandschutztechnischer Albtraum. Aber es darf nicht zu süß werden, okay?«

»Okay«, sage ich und muss mich davon abhalten, die Augen zu verdrehen. »Keine Kerzen. Aber Rosen, vielleicht?«

»Willst du den Teilnehmenden auch noch gleich ein romantisches Schaumbad einlassen?«, hält Leon dagegen.

»Natürlich nicht.« Jetzt bemühe ich mich nicht mehr, mein Gesicht in Zaum zu halten, sondern ziehe eine Schnute.

»Aber du musst zugeben, dass Erdbeeren in Schokolade getunkt …«

Leon stöhnt auf und schneidet mir damit das Wort ab. »Da diese Diskussion noch länger dauern wird, schaue ich lieber mal, ob ich in der Küche einen ordentlichen Snack finde. Salzbrezeln klingen gut?«

Ich atme lange aus, dann nicke ich und sehe ihm dabei zu, wie er mit einem halb-amüsierten, halb-irritierten Gesichtsausdruck den Raum verlässt.

Und alles, was ich mich frage, ist:

Max, du chaotischer Arsch, wieso hast du den unromantischsten Mann der Welt gebeten, uns zu helfen?

14

Emmy

When love is love, is love, isn't love

»Nope, die haben kein Wochenende mehr frei.« Leon atmet lange aus und schiebt das iPhone in die Tasche seiner Jeans.

»Verdammt. Zehn Locations und schon neun Absagen? Wie sollen wir denn noch was Passendes finden?« Der Wind trägt meine Worte vom Gehsteig über die Straße, an der wir zum Hundepark entlanglaufen. Den ganzen Vormittag haben wir nach Orten für das Event gesucht, nach Lokalen, Fabrikhallen. Die Ausbeute: reichlich.

Einige haben wir erreicht, andere angemailt, bei noch anderen müssen wir bald mal vorbeifahren, weil sie sich nicht gemeldet haben.

Immerhin: Nach einer Stunde anstrengender Diskussion und noch einem verdammt guten Kaffee aus Leons Vollautomaten haben wir uns auf einen Kompromiss geeinigt. Fünfundsiebzig Prozent Romantik, fünfundzwanzig Prozent Sex. Damit kann ich leben.

Trotzdem werde ich versuchen, Leon die eine oder andere in Schokolade getunkte Erdbeere unterzujubeln.

»Hat Max öfter diese Blitzideen?« Leon reibt sich über die

Augen. »Ein Event in knapp einem Monat auf die Beine zu stellen kann nur ihm einfallen.«

Ich zucke mit den Schultern. »In Start-ups muss man schnell agieren.«

Leon nickt und schiebt die Hände in die Hosentaschen. Im Gegensatz zu Mochi hält sich Frida eng an seiner Seite. »Es war übrigens gut, dass du dich gestern nicht von ihm hast überfahren lassen.«

Ein überraschtes Lachen entfährt mir. »Finde ich auch.«

»Manche hätten die zusätzliche Arbeit akzeptiert, ohne sich zu trauen, nach mehr Gehalt zu fragen.« Sein Mundwinkel kräuselt sich. »Das mit dem Pyjama-Tag hättest du allerdings sein lassen können.«

Ich grinse ihn an und atme tief die schwere Spätsommerluft ein, die sich schon nach Herbst anfühlt und vom Regen genauso riecht. »Vor deinem ersten Arbeitstag hat Max etwas Ähnliches zu mir gesagt. Dass ich mich von dir nicht unterkriegen lassen soll.« Zwar ist Leons Schutzwall seit dem Gespräch über seine Ex-Verlobte nicht zur Gänze verschwunden, aber je tiefer wir in der Eventplanung versinken, desto lockerer wird er. Das hier ist nicht Büro-Leon, aber auch nicht der Mann von gestern, der seinen Bruder mühelos in den Schwitzkasten genommen hat. Wer immer dieser Leon ist, ich kann ihn eigentlich gut leiden. Wie viele Nuancen seiner Persönlichkeit er wohl noch versteckt?

Leon deutet nach links, und wir bleiben an einem Zebrastreifen stehen. Auf der anderen Straßenseite tollen ein paar Hunde in einem eingezäunten Gehege umher, die Besitzer sind auf den zahlreichen Bänken um die Grünfläche verteilt, die Jacken eng um die Körper geschlungen.

»Dich kann niemand unterkriegen.« Leon zieht einen Mundwinkel nach oben. »Nicht mal ich.«

Das bringt mich zum Schmunzeln. »Wenn du wüsstest.«

Die Ampel wechselt auf Grün. Sobald wir den Park erreicht haben, lasse ich Mochi von der Leine und setze ich mich auf eine der freien Bänke. Auch Frida darf loslaufen und sucht sich einen Mops zum Spielen. Nur widerwillig watschelt der Corgi zu einem kleinen Podest, auf das eine hundegerechte Leiter führt.

Der Park ist in unterschiedliche Bereiche aufgeteilt – ein großes Stück Rasen, ein Agility-Areal mit Hindernissen und eine Sandgrube. Und ich weiß, dass ich später fünfmal hintereinander die Wohnung saugen werde, weil Mochi überall Sandkörner verteilt.

»Welche Location haben wir noch auf der Liste?«, fragt Leon. Ich ziehe mein Telefon aus der Umhängetasche und entsperre den Bildschirm. Er lehnt sich zu mir, um einen besseren Blick auf das Google-Drive-Dokument zu erhaschen, das wir vorhin gemeinsam angelegt haben. Als die Seite lädt, poppt eine neue Notification auf.

Laurents *rdently*-Nachricht fängt mit *Bonjour, babe* an. So schnell ich kann, wische ich sie weg. Darum kümmere ich mich später. Er hat sich schließlich auch ordentlich Zeit gelassen, mir zu schreiben.

Leon rückt wieder von mir ab, um mir die nötige Privatsphäre zu geben. »Willst du erst antworten?«, sagt er, die Stimme ein Spiegelbild seines neutralen Gesichtsausdrucks.

»Nein, mach ich später«, gebe ich so fröhlich wie möglich zurück.

Von der Seite wirft er mir einen Blick zu, den ich nicht deuten kann. »Soso. Du lässt ihn also zappeln?«

»Ach, und du hast noch nie jemanden warten lassen?«, schieße ich zurück, bevor ich mich davon abhalten kann.

»Absichtlich? Nein. Verschwendete Zeit. Ineffizient.« Er

zuckt mit den Schultern. Das Blau seiner Augen Ton in Ton mit dem Himmel über uns. »Wenn ich etwas will, sorge ich dafür, dass ich es kriege.«

Ein Satz, der genauso gut von Kim hätte stammen können. *Und unabsichtlich, was ist damit?*

Ich wende mich ab, warte, bis das Dokument lädt. Was, wenn genau das der Knackpunkt ist, und nicht nur die schreckliche Situation mit seiner Ex? Dass Kim und er sich zu ähnlich sind? Reine Spekulation. Solange ich weiter um den heißen Brei herumtänzle, kriegt Kim nie ihre Antworten. *Mach schon, Emmy.* »Fährst du gut damit?«

»Womit?«

»Beim ersten Date mit offenen Karten zu spielen.«

»Üblicherweise.« Er neigt den Kopf.

»Trotzdem hast du dich von Max zu dem letzten Date überreden lassen, oder? War es … zu früh?« Ich spiegle seine Haltung, lasse dabei meine Gesichtszüge neutral. Etwas sanfter füge ich hinzu: »Wenn du keine Lust auf Romantik hast, warum bist du dann hingegangen?« Ich spiele mit dem Feuer, das ist mir klar. Sollte er mir gleich an den Kopf werfen, dass er von meiner Freundschaft zu Kim weiß, schnappe ich mir Mochi und nehme Reißaus.

»Eine verdammt gute Frage, oder?« Leon hebt die Schultern. Ich hole Luft, doch er schneidet mir das Wort ab, ohne mir auch nur einen winzigen Seitenblick zuzuwerfen. »Reden wir über etwas anderes.«

Eine klare Ansage, der ich nicht widerspreche.

Stattdessen halte ich ihm das Display hin. »Der Raiman-Keller. Dort war ich vor«, ich versuche nachzurechnen, komme aber nicht weit, »einem Jahrtausend feiern. Während meiner Nieten-Phase, die ich lieber verdrängen würde.« Ich schüttle mich.

»Was, du warst nicht immer Team *My Little Pony*?«

Mein Starren brennt wie Feuer.

»Hey, wenn du in meinem nicht existierenden Dating-Leben herumstochern darfst, will ich wissen, was es mit den Pastellfarben auf sich hat.«

»Pastell war … ist meine Rebellion.«

»Gegen was?« Seine rechte Braue schießt nach oben.

»All die Leute, die mich jemals unterschätzt haben.« Ich recke das Kinn hoch, das Smartphone in meiner Hand mittlerweile vergessen.

»Ich bin gespannt.« Leon dreht sich weiter zu mir, einen Arm über die Lehne der Bank gelegt.

Ich streichle einem vorbeilaufenden Pudel, der neugierig an meinen Sneakern schnuppert, über das Fell. Dann ist er auch schon wieder weg.

»*Zuckerpüppchen wie Sie schaffen es nicht mal durch das erste Semester.*« Ich kralle mich an mein Telefon. »Ich solle doch lieber Mode studieren gehen, hat einer der Gast-Professoren gesagt. Vor versammeltem Hörsaal, weil ich eine seiner Fragen nicht richtig beantwortet habe.« Ein bitteres Lachen entfährt mir, und ich schließe die Augen. Die Scham und der Zorn dieses Moments sind noch in meinen Knochen gespeichert. Schultern, die sich klein machen. Haare, die einen Vorhang zwischen mir und den halb belustigten, halb empörten Blicken der Kommilitonen bilden.

»Sexistisches Arschloch«, zischt Leon. »Fuck, Emmy, das tut mir leid.«

»Ich will kein Mitleid«, wiederhole ich seine Worte von vorhin und schlage die Augen auf. »Es war immer hart, eine der wenigen Frauen im Informatik-Studium zu sein. Ich habe mich versteckt, um niemandes Aufmerksamkeit auf mich zu ziehen, um den Kommentaren von ein paar meiner Mitstudenten zu entgehen. Irgendwann bestanden meine Standard-Outfits aus Oversize-Pullovern und Baggy-Jeans – bis ich meinen Elle-Woods-Moment hatte.«

Fast erwarte ich, dass ich erklären muss, wer das ist, aber Leon nickt auffordernd. Jemand hat *Natürlich blond* gesehen. Interessant. »Dieser Professor hat mir klar gemacht, dass die Leute immer über mich sagen oder denken werden, was sie wollen. Egal, ob ich scheitere oder gewinne, nett zu ihnen bin oder das größte Scheusal. Ich habe mir vorgenommen, ich selbst zu bleiben, bedingungslos, und besser als sie alle zu werden. Und voilà: Beste des Jahrgangs.« Ich tätschle den lila Hut. »Auf meine Art.«

Leon pfeift leise. Der offene Reißverschluss seiner Biker-Jacke klimpert, als er sich nach vorne lehnt und mir kurz auf die Schulter klopft. »Du solltest die Dinge nie anders machen«, sagt er. »Zu wissen, wie man sich selbst treu bleibt, ist ein verdammtes Privileg.«

Ich nicke. Leon ahnt nicht, dass ich mich auf regelmäßiger Basis von mir selbst entfremde. Um anderen zu helfen. Um ihnen das zu bringen, was ich nie hatte – eine Antwort.

Mit einem Blinzeln wende ich mich von seinem anerkennenden Blick ab. Das Räuspern vertreibt das raue Gefühl in meinem Hals nur mäßig. »Sollen wir bei der letzten Location nachfragen?«

Leon nickt, sein iPhone bereits in der Hand. Google verrät uns die Nummer. Er ruft an und erklärt den Sachverhalt, gibt mir ein Daumen hoch. »Sie haben noch Kapazitäten frei? Perfekt. Und die Kosten?« Kurze Pause. »Ein ungefährer Richtwert tut's auch, bis Sie das Angebot fertig haben.« Plötzlich ist Leons Rücken pfeilgerade. »Wie viel?« Er schluckt. »Lässt sich da was am Preis machen?« Nach einem tiefen Einatmen verabschiedet er sich und legt mit einem gemurmelten Fluch auf.

»Teuer?«

»Nein, ein vernünftiger Preis. Der nur leider meilenweit außerhalb unseres Budgets liegt.« Er fährt sich durch die Haare, worauf eine lockere Strähne etwas über seine Stirn nach unten gleitet.

»Dieses Marketing-Zeug ist anstrengender als gedacht«, seufze ich. »Dabei sah es bei *Emily in Paris* so easy aus.«

Dafür ernte ich ein Murren.

Einige Zeit lang sitzen wir nur da und beobachten die Hunde, die durch den Park laufen. Frida hat besonders einen Dackel ins Herz geschlossen, der laut hechelnd versucht, auf der Grünfläche mit ihr Schritt zu halten. Mochi hat sich am Rand des Podests hingelegt, von wo aus er auf alle hinabsehen kann.

»Was«, ich lege den Kopf schief und ziehe eine Schnute, während mein Blick durch den Park gleitet, »wenn wir ohne Riesensaal auskommen würden? Genau das haben wir doch vorhin diskutiert: Die Leute erwarten unterschiedliche Dinge vom Event, von *rdently*. Was, wenn es verschiedene Bereiche gäbe, die auf den einzelnen Facetten basieren?«

»Sprich weiter.« Leons Augen schnellen zu mir.

»Liebe ist subjektiv«, fasse ich unser Gespräch von vorhin zusammen. »Für die einen bedeutet sie Romantik. Für die anderen Nähe, Freundschaft, Sinnlichkeit, Sex.« Das letzte Wort fängt meine Stimme und lässt sie ein paar Sekunden lang nicht mehr los. »Genau das ist uns bei *rdently* so wichtig – Menschen mit den gleichen Erwartungen zu matchen. Das Event sollte jede Definition von Liebe inkludieren.« Ich ziehe die Jacke enger um mich. Allmählich kriecht mir die Septemberkälte bis unter die Kleidung.

»Mit unterschiedlichen Räumen für unterschiedliche Zwecke«, schlussfolgert Leon. Seine Augen verfolgen meine Hände, die nun meine Arme reiben. »Was uns von der Suche nach einer großen Halle entbinden würde, die entweder alle gebucht oder sauteuer sind.« Er lässt sich gegen die Lehne sinken, nun beide Arme lässig darüber drapiert. Seine rechte Hand baumelt irgendwo hinter mir, doch das scheint er gar nicht zu merken. »Limitierter Einlass. Es muss kein großes Ding sein. Exklusivität reicht völlig, wenn wir die richtigen Leute reinkriegen. Ein Bekannter von mir ist DJ in Dublin, ich könnte ihn fragen, ob er Zeit hat. Charles hat immer davon gesprochen, dass er sich München ansehen will.«

Leon schenkt mir ein breites Grinsen, das ich so an ihm noch nicht gesehen habe. Egal, auf welche Art er lächelt – jede davon steht ihm. »Das könnte richtig gut werden.«

Kurz darauf wird das Lächeln kleiner. Kaum merklich, aber nun spiegelt sich etwas in seinen Zügen, das ich gut kenne: alter Schmerz. Der aufwallt und abebbt wie die Gezeiten. Sich zurückzieht, sodass man für eine Minute lang glaubt, alles wäre erträglich. Bis man von der Sturmflut erneut umgerissen wird.

Leon und die Liebe … können sie je wieder Freunde werden? Oder zumindest nicht auf ewig Todfeinde bleiben?

»Hebt uns doch von Porno-Websites ab, oder?«, zwitschere ich und tue dabei so, als wäre mir die krümelnde Fassade nicht aufgefallen.

Ein tiefes Seufzen. »Wirst du mich das jemals vergessen lassen?«

»Nö.« Ich stecke meine eiskalten Finger in die Taschen.

Er beobachtet diese Bewegung, zieht die Brauen zusammen. »Komm, gehen wir wieder zurück zur Wohnung. Max killt mich, wenn du erfrierst.«

Ich verdrehe die Augen. Beim Aufstehen sind meine Glieder steif, und ich muss sie erst ausschütteln, um mich in Bewegung setzen zu können. Sobald wir die Hunde eingesammelt haben, machen wir uns auf den Weg. Zuvor war ich so in

Gedanken versunken, dass ich meine Umgebung nicht wahrgenommen habe.

Jetzt ist etwas Leichtes in mir, das mich die kleinen Läden und Cafés sehen lässt. Ein Blumengeschäft mit Trögen davor, gefüllt mit Schnittblumen. Ich bleibe vor den satt-strahlenden Farben stehen, die so gar nicht zu diesem grauen Tag passen. Chrysanthemen in Pink und Lila, so prächtig, dass ich das iPhone zücke, um ein Foto davon zu knipsen.

»Meine Lieblingsblumen«, sage ich über die Schulter zu Leon, der mich mit den Händen in den Hosentaschen beobachtet.

Ein paar Meter weiter entdecke ich das Schaufenster eines Spielzeugladens. Gehäkelte Plüschtiere sitzen auf der sandfarbenen Ausstattung, dazwischen Puzzles aus Holz und winzige Turnschuhe.

»Halt mal, bitte.« Ich drücke Leon Mochis Leine in die Hand. Bevor er was sagen kann, bin ich schon im Geschäft. Ein paar Minuten später komme ich mit einer Papiertüte aus dem Laden.

Ich hole das Plüschtier aus der Tasche und halte es Mochi vor die Nase. Mein Hund fängt sofort zu schnüffeln an.

»Corgi-Fanatikerin?«, fragt Leon und beobachtet mich mit hochgezogener Augenbraue dabei, wie ich das Geschenk wieder einpacke.

»*Enthusiastin* ist das richtige Wort.« Bin ich ein bisschen stolz auf diesen superniedlichen Einkauf? Möglich. »Meine kleine Schwester ist schwanger, und als Patentante ist es wohl meine Aufgabe, ein guter Einfluss zu sein und von Anfang an klarzumachen, welche Hunde am süßesten sind.« Frida legt den Kopf schief. »Da gehörst du natürlich auch dazu.« Ich lächle sie an. Als Antwort zieht sie ihre Lefzen hoch, was wie ein zuckerniedliches Grinsen aussieht.

»Hast du eine große Familie?«, fragt Leon, während wir unseren Spaziergang fortsetzen.

Ich schüttle den Kopf. »Meine Eltern waren beide Einzelkinder. Da sind nur sie, meine Schwester Mia, ihr Freund Georg und ich.« Die Lippen kräuseln sich wie von selbst. »Dafür kommen zur morgigen Baby-Party Mias fünftausend Freundinnen. Alle vergeben und scheinbar überglücklich.« Ein bitterer Unterton hat sich in meine Stimme geschlichen. »Auf einer Skala von eins bis verheiratet mit Haus und Kindern liege ich auf minus fünfzig.«

»Wünschst du dir das denn?« Leon verzieht das Gesicht. »Sorry, das ist eine persönliche Frage.«

Ich sehe ihn von der Seite an. Wenn man es mit *diesem* Leon zu tun hat, sind die Gespräche angenehmer als erwartet. Da ist zwar immer noch eine gewisse Härte in seinen Zügen, eine Wand, die jede Emotion dimmt, aber weniger kühl. Vielleicht stürzt sie ein, wenn man lange genug an dieser unsichtbaren Mauer kratzt. Und dann? Könnte man aus den Trümmern eine Brücke bauen. Einen Weg, der Leon zeigt, wie man liebt? Wie man sich lieben lässt?

Ich verdränge diese Gedanken. Das ist nicht meine Aufgabe. Die Zeit wird auch seine Wunden heilen.

»Nein.« Ich wende mich ab. »Noch nicht.«

»Dann solltest du dich auch nicht schlecht fühlen.« Er beobachtet ein paar Autos, die an uns vorbeifahren. »Nicht jedes Lebenskonzept passt zu jeder Person, und nicht zum exakt selben Zeitpunkt.«

Ob er wohl von seiner Verlobung spricht? Ehrlicherweise kann ich ihn mir leichter als ewigen Bachelor oder – wie Brad ihn bezeichnet hat – Einsiedlerkrebs vorstellen als einen … Ehemann.

»Was?« Leon hat mein zerknautschtes Gesicht bemerkt.

»Theoretisch weiß ich das. Aber die Beziehung meiner Eltern und auch die meiner Schwester sind so perfekt, dass …« Meine Schultern fallen nach unten. »Es ist nervig, allein auftauchen zu müssen.«

Leon schweigt. Da, schon wieder eine Frage in seinem Blick, die er abwürgt. Als hätte er davor Angst, Menschen besser kennenzulernen. Oder sich selbst. »Verständlich.« Mehr sagt er dazu nicht.

Die folgende Stille dauert an, bis wir das Wohnhaus erreicht haben. Ich gehe hinter ihm die Treppen rauf, Mochi auf dem Arm. Beobachte Leons starke Schultern, seine aufrechte Haltung. Den Schmerz, den er in sich gefangen hält – von außen ist er unsichtbar. Gut versteckt unter der Selbstsicherheit, den steinernen Gesichtszügen, der kontrollierten Aura, die ihn permanent umhüllt. Etwas an diesem Anblick berührt mich.

Vielleicht ist Leon keiner meiner üblichen Geister, denke ich und versuche, das plötzlich aufgeregte Pochen in der Brust zu ignorieren. *Vielleicht ist er ein Felsbrocken, bei dem die Liebe nichts anders tun kann, als sich die Zähne auszubeißen.*

15

Leon

On how to forgive things
that are … – oh, fuck it

Schweiß läuft meinen nackten Torso hinab, versickert im Bund der grauen Sweatpants. Jede Körperfaser schreit, als ich mich ein letztes Mal aus dem Liegestütz nach oben presse und auf den Hacken lande.

»Fuck«, zische ich. Lange hatte ich keinen Bock auf ein Workout. Meine Kondition verflucht mich dafür. Hilft nicht, dass ich gestern mit Max und ein paar seiner Kumpels noch auf ein Bier war.

Das Brennen in den Muskeln entzündet einen Schwall an Schimpfwörtern, raubt mir den Atem, obwohl ich endlich aufrecht stehe. Der Regen prasselt heftig gegen die Fensterscheibe. Das Stakkato der Tropfen ertränkt die aggressive Melodie aus den Lautsprechern des Laptops. Grottenschlechte Sound-Qualität. Ich mache mir eine mentale Notiz, bald auf die Suche nach guten Boxen zu gehen.

Eines der gekippten Fenster wird vom Wind mit einem Donnern zugebrettert, und ich schließe die restlichen im Schlafzimmer. Gut, dass ich mit Frida schon draußen war. In den nächsten Stunden setze ich garantiert keinen Fuß vor die Tür.

Die Hündin döst auf dem Teppich vor den Umzugsboxen, aus denen ich täglich meine Kleidung fische, und hebt nicht mal den Kopf, als ich an ihr vorbei ins Bad gehe. Die Hose landet auf dem Boden, gefolgt von den Boxershorts. Das Neonlicht vom Vormieter brennt mir in den Augen, ich steige in die Dusche und stelle den Temperaturregler auf eiskalt.

Nur mit einem Zischen ertrage ich den Wasserschwall. Aber die Kälte ist gut. Sie macht es schwierig, mich auf irgendetwas anderes zu konzentrieren. Nachzudenken. Allein das ist die fünf Minuten Polareis wert. Wenn ich ehrlich bin, ist mir verdammt langweilig. Beinahe sehne ich mich zurück zu dem gestrigen Tag mit Emmy. Ihr Parfumduft hängt noch in meiner Wohnung, das letzte Überbleibsel der Stunden, die viel zu schnell vorbei waren. Wer weiß, vielleicht werden sie und ich doch noch Freunde.

Bei diesem Gedanken blitzen verschiedene Emmy-Versionen, Gesichter und Outfits in mir auf. *Freunde, was?* Ich seufze und schüttle gleichzeitig den Kopf. *Was zur Hölle?*

Nachdem ich mich abgetrocknet habe und in ein frisches Paar Jogginghosen und einen Hoodie mit Zipper geschlüpft bin, mache ich mir einen Kaffee. Er ist echt besser als der, den Emmy mitgebracht hat, aber die Geste war süß.

Auf dem Sofa sitzend lasse ich den Blick durch das halbeingerichtete Zimmer schweifen. Ich kann nicht mal die Umzugskisten weiter auspacken, weil mir Stauraum fehlt. Gut, dass Mom und Dad ein paar meiner alten Möbelstücke in der Garage aufgehoben haben. Beim Umzug für das Studium nach Dublin musste ich die sperrigsten Dinge zurücklassen.

Ein Stöhnen entfährt mir, als ich an das gestrige Abendessen mit meinen Eltern und Max zurückdenke. Das viele Essen hat das Workout nötig gemacht. Aber meine Eltern sind froh, dass ich nun wieder in Deutschland bin, auch wenn sie wegen des Grunds besorgt sind. Zwar sagen sie das nicht, aber das kann ich spüren. Ich bin kein rohes Ei, das habe ich auch Mom gesagt. Leider sieht mein Grübeln von außen verdächtig nach angeknackster Eierschale … oder einem gebrochenen Herzen aus.

Eine Disziplin, in die ich mich mit knarzender Hintergrundmusik stürze. Wenn mir schon vorher langweilig war, ist mir nun noch langweiliger. Meine Gedanken führen in eine Richtung, die mich wieder eine eiskalte Dusche herbeisehnen lässt. Ich brauche eine Alternative. Netflix? Nicht am Vormittag.

Klar, arbeiten wäre eine Möglichkeit, doch Emmy und ich haben gestern ausgemacht, morgen ein weiteres Mal über die Locations zu gehen, die unserer neuen Idee entsprechen. Wie viele Sonntage habe ich außerdem schon damit verbracht, vor dem Computer zu hängen? Nur, um die Woche darauf noch mal so viel Arbeit draufgeschaufelt zu kriegen. Man ist nie fertig. Wie hasse ich das. Wie liebe ich das.

Meine Gedanken driften zu meiner Kollegin. Ob Emmy schon bei der Party ihrer Schwester ist? Hoffentlich gehen sie ihr nicht zu sehr auf die Nerven. Würden mich Leute wegen meines Beziehungsstatus belagern, wäre ich spätestens nach einer Stunde streichfähig.

Ich trommle auf den Oberschenkeln herum, starre dabei die Decke an. Fast hätte ich mich angeboten. Als Begleitung. Weil ich seit Kurzem hautnah spüre, wie es ist, ständig zu Dates und nicht vorhandenen Partnerschaften ausgefragt zu werden. Das würde ich ihr gerne ersparen. Quatsch, nicht nur Emmy. Allen Leuten. Natürlich. *Allen.*

Ein irrationaler Gedanke. Der mich dennoch zum iPhone auf dem Bücherstapel schielen lässt, der vom Couchtisch in gefährliche Höhen ragt.

Ich sollte ihr nicht schreiben. Es ist Sonntag. Wir sind Kollegen. Mehr nicht. Allein deswegen sollte ich sie schon in Ruhe lassen, nachdem sie ihren Samstag für *rdently* und mich geopfert hat. Während wir uns eine Pizza vom Italiener die Straße runter geteilt haben, hat sie mich mit Geschichten aus dem Büro unterhalten. Jons Pyjama-Unfall, TJs prophetische Fähigkeiten. Mit glitzernden Augen hat sie mir von ihrem Team berichtet, und fuck, das war ein gutes Gefühl, sie so zu sehen.

Locker. Bei *mir*. Scheinbar habe ich den letzten Funken Menschlichkeit noch nicht verloren, der fähig zu einer normalen Konversation ist. Es wird … einfacher. Hätte sie mich vor ein paar Wochen getroffen, hätte ich ihren Ansichten über die Liebe keine Minute zuhören können, ohne ihr vor die Füße zu kotzen.

Der Gedanke lässt mich das Gesicht verziehen.

Ich sollte ihr nicht schreiben. Echt nicht.

Aber ich tue es trotzdem. Tippe eine Nachricht, die ich wieder lösche. *Wie geht es dir heute? War cool, dass du gestern hier warst. Mochi und du könnt jederzeit vorbeikommen.* Zu persönlich. Und viel zu nett. Nächster Versuch.

Leon: *Wie läuft's? Schon im Kreuzfeuer?*

Es dauert nicht mal eine Minute, bis sie mir antwortet.

Emmy: *Du rettest mich gerade von einem TED Talk mit dem Thema »Wie kriegt Emmy mehr Dates«.*
Leon: *Die wissen aber schon, dass du bei einer Dating-App arbeitest?*
Emmy: *Yep.*
Leon: *Vielleicht brauchen sie eine Erinnerung daran?*

Emmy: *Ich könnte mir das* rdently-*Logo einfach auf die Stirn tätowieren :) … Was gibt's? Warum schreibst du?*

Ich sinke zurück gegen die Sofalehne, lege das iPhone kurz auf meiner nackten Brust ab. Der offene Reißverschluss kratzt über die Rippen. Klar, ich könnte jetzt irgendwas vorschieben, was mit der Arbeit zu tun hat. Oder ich erspare uns beiden den Bullshit.

Leon: *Mir ist langweilig. Was macht man an einem verregneten Sonntag in München?*
Emmy: *Auf Baby-Partys gehen. Falls das nichts für dich ist: TJ und Jon zocken manchmal gemeinsam. Eine Runde* Assasin's Creed *schlägt meine momentane Beschäftigung bei Weitem. Was Chris gerne macht, weiß ich nicht. Ein Mann, ein Mysterium.*
Leon: Assasin's Creed*? Wusste gar nicht, dass du zu der brutalen Sorte gehörst.*
Emmy: *Du weißt doch, was mit Leuten passiert, die mich unterschätzen. Ich schlage sie mit lila Flauschhüten in die Flucht, also aufgepasst.*

Ich grinse. Kann mir aber durchaus vorstellen, wie Emmy mit eingeklemmter Zunge neben ihren Teamkollegen sitzt und sie mit ihrem Ehrgeiz schlägt. Ein heimtückischer Cupcake, das ist Emmy. Frida trabt zu mir, aus ihrem Tiefschlaf erwacht, und macht es sich zu meiner Linken auf dem Sofa bequem.

Leon: *An der Kaffeemaschine werde ich ab jetzt lieber zweimal über die Schulter blicken.*

Zwei blaue Haken erscheinen. Fünf Minuten vergehen, zwanzig, dreißig.

Manchmal habe ich keinen blassen Schimmer mehr, wie man eine Konversation führt. Oder … Small Talk. Der Gedanke bringt mich zum Schmunzeln, und ich mache den gewellten Rücken des Buchs auf dem Couchtisch aus, das Emmy im *Green Ivy* unabsichtlich vollgesaut hat. Nicht mein bester Abend und schon gar nicht meine beste Laune. Mit einem verkniffenen Gesichtsausdruck angle ich das Buch aus dem Stapel und lese dort weiter, wo ich aufgehört habe. Mir fehlen nur wenige Seiten. Zwei Sätze später unterbricht mich der Benachrichtigungston.

Emmy: *Sorry, meine Schwester hat gerade das Geschlecht verraten – ich kriege eine Nichte! Kann gar nicht erwarten, welche Persönlichkeit und Genderidentität diese Mini-Person entwickelt. Endlich kann ich mein Coole-Tante-Gen ausleben – zumindest, wenn ich jemals das Glitzerkonfetti loswerde. Du müsstest sehen, wie viel davon in meinen Haaren hängt. Alles ist silbern.* Jetzt *bin ich ein echtes* My Little Pony.

Herzen in allen Regenbogenfarben und ein Einhorn-Emoji folgen, das mich zum Grinsen bringt. Bevor ich sie beglückwünschen kann, schickt sie ein Foto.

Emmy: *Das brauchen wir UNBEDINGT!!!!*

Ich vergrößere das Bild einer riesigen, silbernen Girlande aus herzförmigen Ballons, die über geschwungene Doppeltüren drapiert ist und einen guten Teil der Aussicht in den dahinterliegenden Garten verdeckt. *Sie gibt nicht auf bei der Romantik.* Das gibt einen Daumen hoch von mir.

Leon: *Wenn du die alle aufbläst?*
Emmy: *Deal.*
Emmy: *Schon eine Beschäftigung gefunden?*
Leon: *Ich lese.*
Emmy: *Was denn?*
Leon: *Der Ratgeber, der dir zum Opfer gefallen ist. Er ist noch immer traumatisiert. Emmy Graf, Programmiererin und Buchkillerin. Klingt doch gut, dieser Jobtitel.*
Emmy: *Pff, das meiste hast du doch abgekriegt, kann also nicht so schlimm sein. Das geschriebene Wort soll keinen auf Mimose machen. Und:* Chief Technology Officer *und Buchkillerin, wenn ich bitten darf.*

Ich halte das Buch in die Höhe und schieße ein Foto von dem gewellten Papier. Raus an Emmy.

Leon: *Du solltest dich definitiv bei dem Autor entschuldigen.*
Emmy: *Ich werde ihm eine Nachricht per Brieftaube zukommen lassen, versprochen. Aber wenn er nur halb so stur wie du ist und nicht mal einen Entschuldigungsdrink akzeptiert, kann ich auch nix machen.*
Leon: *Den hab ich verdient.*

Ich atme tief ein. Dann tippe ich weiter.

Leon: *Sorry dafür.*
Emmy: *Ist okay. War ein Vorgeschmack auf deine sonnige Persönlichkeit.*
Emmy: *:)*

Ich verdrehe die Augen und beginne zu tippen. Ein Anruf mit irischer Vorwahl unterbricht mich. Hoffentlich der Spediteur, der eine meiner Bücherkisten verschlampt hat. Besser wär's für ihn, dass er sich endlich bei mir meldet. Aber an einem Sonntag? Ich hebe ab.

»Leon Falk«, melde ich mich.

»Hi.«

Die Vertrautheit der Stimme lässt mich in die Höhe fahren. Jeder Muskel brüllt bei dieser Bewegung, aber ich achte nicht darauf.

»Laura.« Ich atme tief durch. »Was willst du?«

»Leg nicht auf, bitte«, fleht sie, ihr Ton vorsichtig. Der irische Akzent ist in den vergangenen Monaten schwerer geworden. Keine Ahnung, warum sie sich überhaupt noch Mühe gibt, Deutsch mit mir zu sprechen. Die Zeiten, in denen ich das süß fand, sind lange vorbei.

»Habe ich mich nicht klar genug ausgedrückt? Ich will nichts mehr von dir hören.« Die letzten Worte presse ich durch zusammengebissene Zähne hindurch.

»Ich … *wir* wollen wissen, wie es dir geht.«

»Wenn du mir jetzt mit Kyle anfängst, leg ich direkt auf. Komm zur Sache.« Mein Herz rattert, und ich bin hellwach, elektrisiert, aber auf eine ungesunde, schmutzige Art – wie bei einer Nachtschicht nach einem langen Arbeitstag, fünfzehn Energydrinks intus.

»Sorry. I-Ich wollte nicht …« Laura atmet tief ein, ein trauriger Laut. »Du darfst nicht glauben, ich hätte es vergessen«, flüstert sie dann ins Telefon. »Das Datum.«

Achtundzwanzigster September.

Der Tag, an dem wir auf der Geburtstagsfeier meines WG-Kollegen zusammengekommen sind.

Der Tag, an dem ich Jahre später um ihre Hand angehalten hab.

Der Tag, an dem wir dieses Jahr hätten heiraten sollen.

Ginge es nach mir, könnte man das Datum aus jedem existierenden Kalender brennen.

»Ich wusste nicht … Du hast dich bei keinem unserer Freunde gemeldet, bist einfach verschwunden. *Wohin* bist du verschwunden?«

»Treibt dich dein schlechtes Gewissen so weit, dass du mir nachtelefonierst?«

»Max wollte nicht …«

Ich reiße die Augen auf. Ein bitteres Lachen entfährt mir. Stiere die Wand an, das verdammte Sofa, Frida. Meine Hündin trabt zu mir. Zweifellos merkt sie, dass ich aufgebracht bin. Nicht nur mit mir hat Laura durch ihre Aktion schlussgemacht.

»Lass meinen Bruder in Ruhe.« Ich presse die Zähne zusammen, die folgenden Worte wie Säure auf der Zunge: »Lass *mich* in Ruhe.«

Statt einer der spitzen Antworten, die Lauras Markenzeichen als Juristin sind, seufzt sie. »Wir haben uns nie wirklich ausgesprochen, Leon. Du hast dichtgemacht, und ich verstehe das. Glaub aber keine Sekunde lang«, ihre Stimme beinahe so dünn wie meine Geduld, »dass ich dich nicht geliebt habe. Und ich wollte nur wissen, ob …«

Hitze rauscht durch meine Adern. Ein Brodeln, bevor ich explodiere.

»Wenn *das* Liebe ist«, spucke ich aus und schneide ihr damit das Wort ab, die Wut wie Gift in meinem Blutkreislauf, »will ich sie nicht.«

Dann lege ich auf.

16

Leon

On how to be the asshole
that everyone thinks you are

Gesicht. Haare. Zigarette.

In dieser Reihenfolge scannt Max mich, bevor das Lächeln auf seinen Zügen stirbt. »Hey, alles gut?«, fragt er vorsichtig. Dabei sieht er den Bulldozer doch schon auf ihn zuschlittern. Er tut nichts dagegen.

Ich nehme einen tiefen Zug von der Zigarette, ohne ihn aus den Augen zu lassen. Fuck, keine Ahnung, wie ich während des Studiums täglich rauchen konnte. Jetzt schmecken sie nur mehr widerlich.

»Du hast es mir nicht gesagt.« Kein Warum. Keine Frage. Frida gefällt das hier nicht, sie sitzt nahe bei mir.

Max' Hand schließt sich enger um den Riemen des Rucksacks, der über seiner linken Schulter hängt. Sekundenschnell zuckt sein Blick zur Tür ins Firmengebäude neben mir.

»Wann hat sie dich angerufen?« Ich verenge die Lider. Der Qualm beißt, und mit einem letzten Zug rauche ich den Zigarettenstummel tot, bevor ich den winzigen Überrest in den Aschenbecher über dem Abfalleimer werfe.

Max öffnet den Mund, um sich rauszuwinden, doch er sieht mir an, dass ich seinen Bullshit gerade echt nicht ertrage. »Gestern früh.« Er fährt sich durch die offenen Haare, die ihm bis zu den Schultern hängen. »Ich hab noch gepennt, den Hangover von Samstag auskurieren. Wäre ich wach – und nüchtern – gewesen, hätte ich nicht abgehoben. Ehrlich.«

»Aha.«

Wenn man Max lässt, schaufelt er sich sein eigenes Grab.

»Ich hab's vergessen, okay? Sie wollte auch nix Weltbewegendes wissen. Nur, was du machst und wo du bist.« Ein hohles Lachen dringt aus seiner Kehle. »Mann, hast du ihr nicht mal gesagt, dass du wieder zurück nach München gehst?«

»Sie hat kein Anrecht mehr darauf, zu erfahren, was ich treibe, seitdem sie es mit Kyle getrieben hat.« Ich presse die Kiefer zusammen. »Wie hättest du das gefunden, wenn ich hinter deinem Rücken mit Vanessa lockeren Small Talk mache?«

Ich weiß ja, warum ich Geschwätz hasse.

Max' Kopf zuckt in die Höhe. »Wenigstens habe ich mich mit ihr ausgesprochen.«

»Abschiedssex kann man kaum Aussprache nennen.«

»Du kannst so ein Wichser sein, wenn du willst.«

Die Zigarettenschachtel, die ich in der Jackentasche umklammere, flüstert *Komm, noch eine.* Sie landet im Müll. Diesen Mist will ich nicht brauchen. »Erzähl mir was Neues.« Ich betrachte Max mit einer Eiseskälte in den Adern. »Verheimliche mir Scheiß wie diesen nie wieder.«

Damit drehe ich mich um, reiße die Tür zum Gebäude auf. Ich laufe mit Frida die Stufen hoch, Max nimmt den Aufzug. Ich muss mich abregen. All die ungesagten Worte brennen mir auf der Zunge, doch ich schlucke jedes davon hinunter.

Nicht daran denken.

Nicht daran denken.

Nicht daran denken.

Wenn ich alle Emotionen ignoriere, verschwinden sie irgendwann. Worte machen die Pein unerträglich. Schmerz kann totgeschwiegen werden – zumindest rede ich mir das ein.

Max kommt zur gleichen Zeit im Büro an, stampft wortlos an mir vorbei. Im Office kann er sich gerade so ein *Morgen* abringen.

»Hi, Max«, grüßt Emmy, die wie TJ bereits auf ihrem Platz sitzt und von ihrem Getippe aufsieht. Sie schenkt ihm ein breites Lächeln, das er ignoriert.

Ihre Augen schießen zu mir, analysieren den grimmigen Gesichtsausdruck. »Hi«, sagt sie dann. Es hört sich wie eine Frage an.

Mit einem knappen Nicken drehe ich ihr den Rücken zu und gehe zu meinem Tisch. Als ich merke, dass Frida bei Emmy um Streicheleinheiten bettelt, ordere ich sie mit einem kurzen Pfiff zu mir. Ich falle auf den Arbeitsplatz, pfeffere das Zeug aus dem Rucksack etwas härter als notwendig auf die Holzplatte.

»Ähm …« Emmy kommt näher und bleibt vor meinem Platz stehen, ihre Hände streichen über den hellgrünen Stoff ihres Seidenkleids um ihre Hüften. Die Ärmel des weißen Cardigans dabei über die Finger gezogen. »Alles okay?« Sie sieht hinter sich, wo Max zur Kaffeemaschine geht.

»Heute nicht, Bro«, warnt ihn TJ, was meinen Bruder allerdings nicht davon abhält, mehrmals auf den Knopf des Teils zu drücken. Nichts passiert. Er flucht, dann verzieht er sich wieder in sein Büro und setzt sich die Kopfhörer auf.

»Nicht nur die Elektronik macht heute Zicken«, murmelt TJ, ehe er sich wieder der Arbeit widmet.

Max hätte sich einfach nur entschuldigen müssen. Aber so ist mein kleiner Bruder – nicht gewöhnt, Ärger zu kriegen, noch weniger gewöhnt, welchen auszubaden.

»Klar.« Das Knurren widerlegt die Antwort auf Emmys Frage.

»Oh, okay.« Emmy lächelt schwach. »Du hast gestern nicht mehr geantwortet«, hakt sie mit sanfter Stimme nach.

»Passiert.«

Emmy schluckt angestrengt, und augenblicklich bereue ich meinen scharfen Tonfall. Fast erwarte ich, dass sie zurück zu ihrem Platz geht, doch sie bleibt stehen.

Ein Funken dankbarer Wärme durchzuckt mich. Angenehm im Gegensatz zu dem sengenden Ärger in mir, weil sie nicht gleich das Weite sucht. Selbst, wenn es besser für sie wäre.

»Was ist der Plan heute?«, will sie nun wissen.

»Locations ansehen.« Emmy kann nichts für die miese Stimmung, deshalb füge ich ruhiger hinzu: »Ich mach das allein.«

Keine Erklärung, warum.

In Emmys hellen Augen liegt Protest, aber sie hält sich zurück. Dann dreht sie sich mit einem knappen Nicken um, verabschiedet sich zu ihrem Schreibtisch. Wenn sie so über die Tastatur gebeugt sitzt, verschwindet sie hinter dem gigantischen Monitor aus meinem Sichtfeld. Mochi, der neben ihrem Platz einen auf Toastbrot macht, schießt mir einen finsteren Blick zu. Manchmal glaube ich, die kleine Wurst versteht jedes verdammte Wort.

Das Surren der Rechner nervt mich nach einer Viertelstunde, und ich sehe durch das Fenster nach draußen. Die Stadt macht sich über meine angepisste Stimmung lustig, tränkt die Dächer und Gebäude auf der Straßenseite gegenüber in warmes Spätsommerlicht. Fick dich, Max. Fick dich, München.

Ich halte es nicht mehr aus. Kann die Locations doch jetzt schon abklappern, die ich trotz der Absprache mit Emmy am Sonntagnachmittag aufgetan habe, weil ich mich nach dem

Telefongespräch dringend ablenken musste. Dabei will ich keine Gesellschaft. Auch, wenn sie ein besseres Gespür hat, das ist durch ihr Pinterest-Board klar geworden.

Ich schnappe mein iPhone vom Tisch, klappe den Laptop zu. »Ich bin in zwei, drei Stunden wieder da«, sage ich zu niemand Bestimmten.

Emmy reagiert nicht.

Klasse, noch jemand, den ich verärgert habe. Bei ihr werde ich mich später entschuldigen. Max kann da lange drauf warten.

»Kannst du auf Frida aufpassen, Emmy?« Ich seufze. »Bitte?«

Emmy lehnt sich zur Seite, weiterhin halb in ihrem Versteck. »Natürlich«, sagt sie sanft.

Ich neige den Kopf und tätschle Fridas Rücken, bringe sie dazu, sich hinzusetzen. »Danke.«

»Wo willst du hin?«, bellt Max aus seinem Büro, bevor ich den Aufzug erreiche.

Es ist harte Arbeit, nicht die Augen zu verdrehen. Unser Konflikt hat im Büro nichts zu suchen. »Meinen Job machen«, antworte ich deshalb seelenruhig. Dann bin ich auch schon weg.

17

Emmy

Taking one for the team

»Das ist der beste Tag meines Lebens!« TJ schlürft genüsslich an seiner zehnten Tasse Espresso und streichelt dabei liebevoll die neue Kaffeemaschine, mit der Max heute Morgen ins Büro gekommen ist. »Du hast meinem Leben gefehlt«, säuselt unser Frontend-Entwickler und schiebt die andere Hand in die Tasche seiner Pyjamahose, auf der Einhörner von Wolke zu Wolke hüpfen. Die perfekte Kombination zu seinem Iron-Maiden-Shirt.

»Wie hast du Max denn *dazu* gekriegt?« Jon zupft an dem losen, blauen Flanell-Stoff seines Schlafanzugs. Weit und breit keine Ninja Turtles, Gott sei Dank.

Ich zucke mit den Schultern und rücke die seidige, pinke Schlafmaske etwas zurecht, die mir ständig in die Stirn rutscht. Definitiv kein würdiger Ersatz für meinen flauschigen Lieblingshut, aber da mich keine zehn Pferde dazu kriegen, im Pyjama durch das Office zu tänzeln, eine angemessene Alternative. An den kuscheligen Frottee-Stoff, den ich zugeknotet über einem rosa Kleid mit Blümchenmuster trage, könnte ich mich allerdings gewöhnen. Heute Morgen war es echt hart, etwas

Schlafanzugartiges zu finden, das noch halbwegs bürotauglich ist. »Wir hatten ein Gespräch.«

»Scheint ja gefruchtet zu haben«, murmelt Jon, den Blick eine Winzigkeit zu lange auf TJ geheftet, der weiterhin an der Küchenzeile lehnt.

»Unsere Emily gibt eben alles für ihr Team«, strahlt TJ und schiebt mir im Vorbeigehen die Maske über die Augen. Mein warnendes Fauchen bringt Jon dazu, lauthals loszulachen. Chris trägt nichts zur Konversation bei. Wie üblich. Leon und er werden garantiert bald beste Freunde, so wenig wie die *rdently*-Marketingabteilung diese Woche von sich gegeben hat.

Ich schiebe das Teil wieder aus dem Gesicht und ziehe ein paar verirrte Strähnen unter dem recht straffen Gummiband hervor, wo sie sich verfangen haben.

Sogar Max und Chris tragen Pyjama-Oberteile. Auch Melanie hat uns im heutigen Zoom-Call in einem kuscheligen Hoodie empfangen. Der Einzige, der sich nicht an den heutigen Freitagsdresscode gehalten hat: Leon.

Oh, Wunder.

Er hat eine seiner Launen, hat mich Max am Montag nach dessen Abgang beruhigt. Von der Anspannung zwischen den beiden konnte mich dieser Kommentar trotzdem nicht ablenken. Leon hat seine Wochenend-Version kein einziges Mal durchscheinen lassen. Möglicherweise habe ich mir diesen aufmerksamen, witzigen Mann nur eingebildet. Der verstummte WhatsApp-Verlauf spricht allerdings dagegen. Leon ist ein Typ multipler Persönlichkeiten. Oder wie Kim es bezeichnet hat: *facettenreich*.

Die letzten vier Tage hat Anzug-Leon wie verbissen am Laptop gearbeitet. Keine Ahnung, wie man so laut und aggressiv tippen kann.

»Emmy.«

Mein Name lässt mich zusammenzucken. Die verschwommenen Zeilen Code kriegen ihren Fokus zurück. Leon sieht auf mich herab. »Hast du gehört, was ich gesagt habe?«

TJ kichert leise neben mir. Wo ist das Schild, wenn ich es brauche?

»Nein.«

Er schickt einen pointierten Blick in Richtung Max' Büro. »Zeit für ein kurzes Meeting?« Er schiebt die Hände in die Taschen der Hose. Heute trägt er einen schicken, dunkelgrauen Anzug, darunter ein weißes Hemd.

Ein Statement, während wir alle in Pyjamas herumsitzen.

Ich grummle, weder Zustimmung noch Absage, und erhebe mich. Mochi pennt unter dem Tisch, Frida nur einen Meter von ihm entfernt, ausgestreckt inmitten des Gangs.

Leon schließt die Bürotür hinter uns. Keine Sekunde später: »Ich brauche mehr Budget.«

Max sinkt mit einem Seufzen gegen die Stuhllehne.

»Nein, Leon. Das ist nicht drin.« Er gestikuliert zu meinen Teamkollegen. TJ versucht nicht mal, seine Neugier zu verbergen. Erst, als er meinen Blick auffängt, wendet er sich mit einem entschuldigenden Zahnlücken-Grinsen ab.

»Wenn wir noch mehr Geld von den Entwicklern abzweigen, coden die bald im Fred-Feuerstein-Style auf Gesteinsbrocken.«

»Zehn Prozent«, hält Leon ungerührt dagegen, auf den Stuhl auf der anderen Seite von Max' Tisch gestützt. Es ist ein Wunder, dass der Bizeps den Anzugstoff noch nicht gesprengt hat.

»Nein.«

»Acht Prozent. Für die mega Location, die ich gefunden habe.«

Er. Nicht *wir*. Klar, er war auf einem Solotrip die ganze Woche. Teamwork? Fehlanzeige.

»Leon«, fängt Max mit einem Seufzen in der Stimme an.

»Das ist nicht drin. Und hatten wir nicht besprochen, dass du Emmy einbindest?«

»Ich …«

Wer hätte das gedacht – Leon kann tatsächlich unbehaglich aussehen.

Max starrt seinen Bruder an.

Der stiert zurück.

Ich bin hier überflüssig.

Als sich das Blickduell in die Länge zieht, schalte ich mich mit einem Räuspern ein: »Leon und ich haben den ganzen Samstag gearbeitet. Er hat sich bereit erklärt, das Scouting zu übernehmen, damit ich wenigstens einen Teil meiner Tasks erledigen kann.« Warum lüge ich Max an? Leon hat die Aufgabe an sich gerissen. Trotz mehrmaligen Nachfragens hat er mich abgewürgt. Manche Leute kann man nicht zu ihrem Glück – oder zur Teamarbeit – zwingen.

Aber ich bin nicht wie er. Ich stehe bei Max zu hundert Prozent hinter meinem Team. Und ich vertraue Leon. Das Budget wird seinen Grund haben, auch wenn es mir Bauchschmerzen macht.

Leon schießt mir einen überraschten Blick zu. Ob da Dankbarkeit in seinen blauen Augen liegt, kann ich nicht deuten. »Wir sollten uns die Location gemeinsam ansehen. Hast du heute Abend Zeit?«

Ich schüttle den Kopf. »Sorry. Morgen?« Das Date mit Laurent findet später statt. Ich bin heilfroh, wenn dieser Tanz vorbei ist – die ausgedehnten Pausen zwischen den Nachrichten, sein Spiel, das ich mit Claudias Hilfe vom ersten Augenblick an durchschaut habe. Er ist einer der Typen, für die Sex der Jackpot ist und denen selbst die drei magischen Worte *ich liebe dich* nicht zu schade dafür sind, ihn zu knacken. Die Frage bleibt nur: *Warum*?

Leons Gesichtsausdruck wird wächsern. Er schluckt einmal. »Pass auf, ich geb dir die Adresse, und du siehst dir die Location an, wenn es dir passt, okay? Es ist ein Speakeasy-Club Schrägstrich Bar, sollte also am Wochenende offen sein.«

»Machen wir's so: Wenn Emmy die Location gut findet, kriegst du mehr Budget.« Dabei sieht Max mich an. Nicht seinen Bruder.

Ich ziehe scharf die Luft ein.

»Das ist …« Leon kommt zu dem gleichen Ergebnis wie ich.

Wenn ich die Location befürworte, wird Budget von der Entwicklung abgezogen. *rdently?* Potenziell gerettet. Mein Team? Potenziell angepisst.

»Unfair? Eine Zwickmühle?« Max schüttelt den Kopf. »Wir ziehen alle am gleichen Strang. Auch wenn das Budget für einen von euch knapper wird, sind wir trotzdem ein Team. Eine Firma.« Er lehnt sich zurück, lässt den Blick zwischen Leon und mir hin- und herwandern. »Emmys moralischer Kompass zeigt pfeilgerade nach Norden. Stimmt euch ab, *sie* entscheidet, und dann sagt mir, was ihr vorhabt. Die Zeit drängt, vergesst das nicht.«

Max weiß, dass ich mein Team in Schutz nehme und gegen jede Gefahr kämpfe, die TJ, Jon und Chris den Spaß an der Arbeit kosten könnte. Aber dieser Deal bindet mir die Hände.

Und *Moral?* Max hat doch keine Ahnung, dass mein innerer Kompass durchdreht, weil ich mitten im Bermuda-Dreieck feststecke.

Ich öffne den Mund, aber Leon kommt mir zuvor: »Und was machst *du?* Solltest du solche Entscheidungen nicht lieber selbst treffen, anstatt sie zu delegieren?«

So direkt hat er seinen Bruder noch nie infrage gestellt.

Falls das Blickduell zwischen den beiden einen gigantischen Wirbelsturm durch das Büro jagt, wäre ich nicht überrascht.

Schade, dass ich nicht durch Wände gehen kann. Jetzt wäre der ideale Zeitpunkt, um klammheimlich durch das Glas hinter mir zu verschwinden.

Max erhebt sich aus dem ergonomischen Bürostuhl. Er ist etwas kleiner als Leon, aber die Grimmigkeit in seiner Miene macht der seines großen Bruders Konkurrenz. »Emmy will einen Bonus. Den wird sie kriegen, doch es ist nie nur Kohle. Mehr Geld, mehr Verantwortung.« Jetzt zucken seine braunen Augen zu mir. So kühl habe ich sie noch nie gesehen.

Anstatt mich von dieser Kälte niederdrücken zu lassen, hebe ich das Kinn.

»Du willst mir doch zeigen, dass das Geld dieser Firma und mein Vertrauen gut in dich investiert sind, oder?« Dieser letzte Satz rollt so tief und rau von seinen Lippen, als wären nur wir beide im Büro. Als hätten wir nicht die Blicke der anderen im Nacken, als würde sich Leon Rücken nicht gerade merklich versteifen.

»Natürlich.« Überrascht, dass meine Stimme keinen Abgang hingelegt hat, atme ich flach ein.

Ich kann dabei zusehen, wie die Kälte aus Max' Gesichtszügen weicht. Dann zwinkert er mir zu. Eine Geste, die mir in der Vergangenheit des Öfteren Schmetterlinge im Bauch beschert hat. Doch jetzt? Jetzt prallt sie an mir ab. Es war nicht in Ordnung, dass Max mir nicht davon berichtet hat, dass Leon beim Abendessen sein würde. Noch weniger okay ist es, dass ich mich durch seine Worte so fühle, als würde ich mich nicht genug für die Firma einsetzen.

Leons Blick wiegt schwer auf meinen Schultern. Irgendwie habe ich das Gefühl, dass er dasselbe denkt.

»Gut, dass wir das geklärt haben.« Er klappt den Laptop zu, verstaut ihn in dem Rucksack und nimmt seine Jacke vom Haken.

Ich sehe ihm dabei zu.

Leon sieht mir dabei zu, wie ich Max zusehe.

»Ich muss zu einem Mittagessen mit Lukas.« Unser CEO seufzt. »Erwartet mich heute besser nicht mehr. Kann dauern.«

»In diesem Pyjama-Outfit?«

Max flucht. »Verdammt. Was würde ich ohne dich machen, Emmy?« Damit ist er auch schon aus der Tür.

Ich löse den Blick von dem Luftloch, das Max hinterlassen hat, und treffe auf Leons Aufmerksamkeit, die weiterhin auf mir liegt.

»Sorry.« Mehr sagt er nicht, ehe er sich abwendet und aus dem Büro in Richtung seines Platzes geht.

Ich folge ihm. Vermeide die Blicke des Teams. Tue so, als wäre alles gut. Nur ein normales Gespräch mit Max. Ich lasse mir Zeit, mich wieder einzurichten, die Gedanken zu sortieren.

»Okay, ich sage jetzt das, was wir alle bereits wissen.« TJ stiert in meine Richtung, kann mich aber erst mit einem Fingerschnipsen in den Augenwinkeln dazu bringen, ihn anzusehen. »Die Tür zu Max' Büro ist nicht besonders schalldicht.«

Alle Blicke auf mir kann ich mich nicht mehr exklusiv mit etwas auf meinem Monitor beschäftigen. TJ rollt mit dem Schreibtischstuhl näher an meinen heran und legt mir die Hand auf den Arm. »Was ist los, holde Emmy?«

Ich betrachte meine Teamkollegen der Reihe nach, Leon eine stille Präsenz im Hintergrund. Eine Zero-Bullshit-Philosophie. Das habe ich doch, oder? Jeder hier sollte wissen, was im Gange ist. Max hat das Event gegenüber den anderen bis jetzt größtenteils totgeschwiegen, und ich verstehe, dass ich nun die Aufgabe habe, transparent zu sein.

Keine Ahnung, was ich ihnen sagen soll.

Bis ich zu Leon sehe.

Er nickt mir zu, der Ausdruck auf seinem Gesicht weniger grimmig als zuvor. Nicht grimmig … Entschlossen. Für mich. Für mein Rückgrat, für all das Vertrauen, das ich in dieses Team habe.

Also atme ich tief ein und erzähle ihnen alles.

Lukas' Anforderungen, die Zusammenarbeit mit Leon, die Entscheidung, die mir Max umgehängt hat wie einen Felsbrocken.

Leon hält sich weiterhin bedeckt, doch ich weiß, dass er jedem meiner Worte lauscht. Selbst dem tiefen Atemzug, den ich danach tätige.

»Also keine neuen Computer, wie letzten Monat besprochen?« TJ sieht mich mit gespitzten Lippen an.

Meine Mundwinkel gehen nach unten. »Wahrscheinlich nicht, leider.«

Er zuckt mit den Schultern. »Okay.«

»Okay?«

»Ja, okay«, sagt Jon mit einem kurzen Nicken. »Wir haben eine neue Kaffeemaschine. Solange wir noch Geld für ein paar Kilo Bohnen zusammenkratzen können, ist doch alles gut.«

»Ich habe euch gerade gesagt, dass wir möglicherweise das Budget kappen müssen, ohne Garantie, dass dieses Start-up nächstes Jahr um diese Zeit noch existiert, und ihr findet das *okay?*« Mit aufgerissenen Augen blicke ich von Jon zu TJ und wieder zurück.

Ein geteilter Blick zwischen den beiden. Dann ein weiteres Schulterzucken zur gleichen Zeit.

TJ legt den Kopf schief. »Du musst mit der imperialen Marketing-Abteilung zusammenarbeiten, du kriegst von uns allen am meisten ab.«

Die imperiale Marketing-Abteilung meldet sich zu Wort. »Wie in *Star Wars?*«

TJ reckt den Kopf und schenkt Leon das schönste Zahnlückengrinsen.

»Max hätte uns das selbst sagen sollen«, schaltet sich Chris ein. Ich hatte mich schon gefragt, ob er dazu eine Meinung hat. »Gut, dass du genug Mut hast, um Klartext zu reden.« Er brummt. »Erinnerst mich immer an meine Tochter dabei.« Dann fixiert er die Schlafmaske auf meinem Kopf. »Komische Hutwahl und alles.«

Mein Mund klappt auf, und ich muss mich zurückhalten, um nicht zu quietschen: *Tochter?!* Und: Sie liebt Kopfbedeckungen? Ich muss sie unbedingt kennenlernen.

Die anderen hatten scheinbar genauso wenig Plan, dass Chris Kinder hat, wenn ich mir die überraschten Gesichter so ansehe. Doch unser ältestes Team-Mitglied hat seiner Ansicht nach genug in diese Konversation investiert und tippt schon wieder stumm vor sich hin.

Tränen brennen unter meinen Lidern, gerührt von Jons und TJs Worten und Chris' … Gefühlsausbruch. »Ich hatte echt Angst, dass ihr …«

»Was, das Schiff verlassen?« TJ gluckst. »Wo sonst könnte ich im Pyjama bei der Arbeit auftauchen, ohne vor der Personalabteilung zu landen?« Er schüttelt den Kopf und tätschelt erneut meine Hand. »Ich weiß, du magst es nicht, wenn dich jemand als unser Boss bezeichnet. Aber das bist du. Ein verdammt guter noch dazu. Und wäre das nicht der Fall, wärst du immerhin noch öfter unfreiwillig witzig.« TJ nickt Richtung Kabel, und Jon lacht lauthals auf: »Oh ja, *das* war große Unterhaltung.«

Ich verdrehe die Augen und wische mir mit einem Grinsen die Tränen weg.

»*Was* war große Unterhaltung?« Ohne dass ich es bemerkt habe, ist Leon näher gekommen und steht jetzt zu meiner

Rechten. Seine Augen tragen ein Danke für die Lüge bei Max in sich.

Jon mustert ihn, ehe er zu seinem Gegenüber sieht.

»Schnapp dir einen Stuhl«, fängt TJ an, sein Lächeln nun frech, »und setz dich zu uns, Anakin Skywalker.«

18

Emmy

Zwei Jahre zuvor: Marco
Unbeantwortete Nachrichten: zweiundzwanzig

»Marco … mehr«, flüstere ich, unsere schwitzenden Körper dicht aneinandergedrängt. Meine Hüften rollen gegen Marcos Becken, jagen den zweiten Orgasmus des heutigen Abends. Dieses Date verdient hundert von zehn Punkten, genau wie die zwei, die wir bereits hatten.

»Verdammt, Emmy«, knurrt der Mann unter mir, stößt härter zu. Die gierigen Bewegungen wirbeln mich binnen Sekunden über den Abgrund, und ich stöhne laut.

Marco kommt, pulsiert in mir. Zieht meinen verflüssigten Körper für eine Minute lang enger an sich, bevor er mich vorsichtig von sich schiebt. Er lässt mich mit einem Kuss auf die feuchte Stirn auf dem Ledersofa zurück, um das Kondom im Badezimmer zu entsorgen.

Ich berühre meinen geschwollenen Mund, die gestohlenen Küsse köstlich wie bittersüße Schokolade. Es kostet mich all meine verbleibende Kraft, mich zur Seite zu drehen und langsam aufzustehen. Die rohe Wucht der Orgasmen macht mich noch schwindelig, als ich zur Küche tapse, in der Marco nun hantiert.

Ich lehne mich gegen den Türrahmen.

»Sieh dich an«, sagt er, nachdem er sich zu mir umgedreht hat, ein Glas Wasser in der Hand. Das Handtuch, das er mittlerweile um seine Mitte geschlungen hat, macht mir meine eigene Nacktheit bewusst. Doch ehe ich die Arme vor der Brust verschränken oder die zerzauste Mähne über die Schultern streichen kann, zieht mich Marco mit sich auf einen der Küchenstühle, der Geruch von unseren halb leer gegessenen Tellern Spaghetti noch in der Luft.

Hitze schießt in meine Wangen.

So hat es vorhin begonnen. Ich. Auf ihm.

Seinem Lächeln nach zu urteilen denkt Marco das Gleiche. Er reicht mir das Glas, und ich trinke einen Schluck, ehe ich es auf dem Tisch abstelle. »Verstecke dich nie. Diesen schönen und – sorry für den schrecklichen Ausdruck – *geilen* Körper.«

Ich lache, ein glockenheller Laut, den ich so nicht von mir kenne. Wir küssen uns wieder, langsam, müde. Dann ziehe ich mich an, wir essen die mittlerweile kalten Nudeln auf. Knüpfen an das Gespräch vor dem Funken an, der uns beide in Brand gesetzt hat, als hätten wir es gerade nicht eine Stunde lang auf seiner Couch getrieben.

»Du könntest morgen zu mir kommen«, sage ich zwischen zwei Bissen, die erkaltete Tomatensoße umspielt sämig meine Geschmacksknospen. »Ich bin gerade von einer Kurzzeit-WG in meine erste eigene Wohnung umgezogen.« Keine Ahnung, vielleicht habe ich ihm das bereits erzählt. Mein Gehirn ist so vollgepumpt mit Endorphinen und Oxytocin, dass ich aktuell nicht mal mehr links von rechts unterscheiden könnte. »Ich habe auch ein paar Möbel, die einer Einweihung bedürfen.«

Marco nickt, sein Blick nun müde. Garantiert habe ich mit dem spontanen Vorschlag auf ein Treffen den Schlaf-Wach-Rhythmus des Krankenpflegers durcheinandergebracht. Also esse ich auf und verabschiede ich mich. Schenke ihm einen Kuss, ein Lächeln, das voller Versprechen für unser nächstes Treffen ist.

Marco lächelt zurück.

Er reagiert auf keine meiner folgenden Nachrichten.

19

Emmy

All the shady stuff I'm up to

Marco war der beste Sex, den ich bisher hatte.

Und der letzte.

Was es umso schwieriger macht, diese sinnliche Seite von mir wiederzuentdecken, während ich mich für das Date mit Laurent fertig mache.

Schwungvoll öffne ich beide Schranktüren, die rechte quietscht dabei wie ein Horror-Soundeffekt in einem Low-Budget-Gruselfilm.

Die Ausgelassenheit, die den Rest des Arbeitstages begleitet hat, und die stille Freude, Leon endlich in das Team integriert zu sehen (wenn auch auf meine Kosten, TJ war unnötig ausführlich in der Beschreibung des Kabel-Stolper-Unfalls), verschwinden, je mehr Kleidungsstücke ich ausziehe.

Wie bei einer Zeremonie lege ich zuerst den Hut in die vorgesehene Schublade. Dann lasse ich das Pyjama-Oberteil im Wäschekorb verschwinden, hänge das Trägerkleid auf einen Bügel. Unterwäsche und Strumpfhose gleiten zu Boden, ehe ich das Bündel neben den Schlafanzug stopfe.

Nach einer schnellen Dusche stehe ich grübelnd vor dem

Schrank, der neben dem Himmelbett den Großteil des Schlafzimmers einnimmt. Die Rollläden sind zu, nur der warme Schein der Lichterketten erhellt meine Haut, als ich Kleidungsstück nach Kleidungsstück betrachte, das in diesem Teil des Schranks hängt.

Blazer mit dazugehörigem Bleistiftrock.

Latzhose.

Ein Häschen-Kostüm, das ich auf einem Karnevalsdate getragen habe.

Hippie-Kleid.

Ein gerade geschnittener, schwarzer Anzug, bei dem ich eine Sekunde lang verweile.

Leder. Glitzer. Bio-Baumwolle. Seide, lilafarbener Satin.

Jede Identität aneinandergereiht wie Seiten eines Romans. Eine Biografie der Lügen. Eingebunden in Halbwahrheiten.

Zuerst finde ich nicht, was ich suche, bis ich durch die gefüllten Schubladen wühle. Schlüpfe in einen schwarzen Push-up-BH und die dazugehörige Panty. Zwischendurch werfe ich einen Blick auf das Foto, das mir Laurent heute geschickt hat. Ein Verschnitt zwischen Machine Gun Kelly und Liam Hemsworth. Arme und Hals voller Tattoos, grässliche Totenköpfe neben nackten Frauen. Selbsternannter Rockstar durch und durch.

Die Bilder, die ich ihm gesendet habe, waren bescheiden. Meine Nachrichten dagegen neckisch, und das hat ihn angemacht, ihn schneller als gehofft anbeißen lassen, obwohl mein Account ansonsten wenig preisgibt.

Die *rdently*-Userschaft kann sich genau wie bei anderen Dating-Apps durch das »Angebot« swipen. Dabei sehen sie nur das, was diese Person nach außen hin sichtbar machen möchte – beispielsweise Bilder, Sprachnachrichten, längere Beschreibungen. Ein Feature, das auf die guten Privatsphäre-Einstellungen der App einzahlt.

Der Blog ist allerdings nicht sichtbar mit dem Profil verlinkt, sondern co-existent zu den Datingprofilen – weshalb wir uns auch dazu entschieden haben, die Möglichkeit eines Pseudonyms anzubieten, um es attraktiver zu machen, sich auch auf diese Art mitzuteilen. Die Blogartikel schreibe ich als *ghostgirl*, doch auf meinem Profil steht Emily. Wenn also jemand einen Blogartikel gut findet, kann in einer einzige Nachricht darauf reagiert werden.

Bei der Implementation dieser Sperre hatten Max und ich eine hitzige Diskussion, ob eine Eintrittsbarriere zu den Accounts die Leute abschrecken würde, Kontakt miteinander aufzunehmen. Im Gegenteil – es macht die Menschen rasend. Dieses Fragment Persönlichkeit treibt die Neugier an den Rande des Wahnsinns. *Mir* gibt es eine Möglichkeit, zu sein, wer ich gerade sein möchte. Eine Tatsache, deren moralische Verwerflichkeit mich schon die eine oder andere schlaflose Nacht gekostet hat. Was mir darüber häufig, aber nie gänzlich hinweghilft: die Nachrichten der Frauen, denen es durch die Kenntnis des Warums besser geht. Die heilen können, weil ich ihnen eine Antwort verschaffe, die sie ansonsten nicht gekriegt hätten.

Ich betrachte das auf dem Bett ausgebreitete Outfit, das ich mittlerweile herausgesucht habe. Nehme den engen und sehr kurzen Lederrock von der weißen Decke, um ihn mir an die Hüften zu halten.

Nicht heute.

Ich darf nicht aussehen, als würde ich es … ihn zu sehr wollen. Laurent steht auf Mysterien, hat Claudia gesagt.

Also muss ich zu einem werden.

Von den ausgesuchten Teilen schlüpfe ich letztlich nur in den Body aus Spitze, der um die Brust von einem undurchsichtigen Stoff durchsetzt ist. Sicherheitsnadeln säumen den Ausschnitt, dazwischen clever platzierte, silberne Perlen, die das Auge sofort zu dem tiefen V locken.

Ich hole den Anzug aus dem Schrank, schlüpfe in die Hose, dann in das Oversize-Jackett. »Da fehlt noch was«, murmle ich und krame in einer Schachtel nach einem Geschirr aus schwarzem Leder, das ich fünfzig Prozent günstiger bei einem Erotik-Online-Shop zusätzlich zu einem Vibrator bestellt habe. Von dem Taillengürtel laufen zwei Träger nach oben, die ich über die Schultern des Jacketts schiebe.

Ein Paar passender Stilettos stelle ich neben Mochi ab, der auf dem Teppich im Flur döst.

Zu *Tous les mêmes* von Stromae glätte ich im Bad meine Haare, was gefühlte hundert Stunden dauert, und befestige mit einer Spange einen Teil der Strähnen zu einem kleinen Knoten auf meinem Hinterkopf.

Als Nächstes google ich nach einem Grunge-Make-up-Tutorial und werde schnell fündig. Scharfe Konturen. Dunkelbrauner, leicht verwischter Lidschatten. Kajal auf der Wasserlinie, Cateye, dunkelroter Lippenstift.

Als ich fertig bin, blickt mir ein fremder Mensch aus dem Spiegel entgegen. Jemand, der in Berlin oder Paris wohnt, täglich mit einer anderen Person schläft, stilsicher jedes Outfit zu einem Knaller kombiniert und montags auf Techno-Raves geht.

Ich schüchtere mich selbst ein.

Und finde diese Version von mir megaheiß.

Sexy Grunge-Emmy. Da, ein passender Name für diese neue Maske.

Nach einem letzten prüfenden Blick in den Spiegel öffne ich die *rdently*-App. Kommentarlos knipse ich ein Bild von mir. Meine linke Gesichtshälfte, ein winziger Mundwinkel, nur die

Andeutung dessen, was ich trage. Nie das ganze Gesicht. Niemals ein Lächeln.

Laurent öffnet das Bild binnen weniger Sekunden. *Warte an der Bar auf mich. Genieße die Musik.*

Ich verdrehe die Augen. So kryptisch kommuniziert er schon die ganze Zeit mit mir. Ob die Liebe dafür, zwischen den Zeilen zu lesen und dabei heftig zu flirten, von seinem Dasein als Musiker kommt?

»Werden wir sehen«, seufze ich und suche im Internet nach der Adresse, die mir Leon vorhin geschickt hat. Die Speakeasy-Bar liegt nur eine Straße von dem Club entfernt, in dem ich Laurent treffe. Je nachdem wie lange diese Sache dauert, könnte ich sie mir auf dem Heimweg ansehen.

Den viel zu dünnen Ledermantel um mich geschlungen danke ich dem Universum dafür, dass es mich und meine unsoliden High Heels heute vor strömendem Regen bewahrt. Die kühle Nachtluft streichelt meinen Hals entlang bis zum Ausschnitt wie ein Liebhaber, treibt mir eine Gänsehaut über die Arme. Ich widerstehe der Versuchung, zurück zur Wohnung zu laufen, um mir doch noch einen meiner kuscheligen Schals zu holen. Aber dieser Version von mir ist nicht kalt.

Niemals.

Ich straffe die Schultern und lasse die Hände zur Seite baumeln, den Blick geradeaus gerichtet. Ignoriere die gelallten Anmachsprüche einer Gruppe Männer, die in der U-Bahn ein Trinkspiel daraus gemacht haben, bei jeder Lautsprecherdurchsage einen großen Schluck aus ihren Bierdosen zu trinken. Froh, dem Alkoholgestank an der Fraunhoferstraße zu entkommen, laufe ich die Stufen aus der Station nach oben.

Frischluft schlägt mir zusammen mit Gelächter und Zigarettenrauch entgegen. Der Tabakgeruch erinnert mich an Leon, den Nachklang davon hat er am Montag mit sich herumgetragen wie seinen grimmigen Gesichtsausdruck. Ob er raucht?

Der Freitagabend lockt die Leute aus ihren gemütlichen Wohnungen auf die Gehsteige, manche trotzen dem kühlen Wind auf den Sitzgarnituren vor den vielen Cafés und Bars, ein Glas Aperol-Spritz oder Wein in den Händen. Gruppen, die sich vor Restaurants versammelt haben, teilen sich, als ich zielstrebig und mit erhobenem Blick näher komme. Gewähren mir Durchlass, ohne dass ich danach fragen muss. Ich sehe geradeaus, habe ein Ziel, ein nicht lächelndes Gesicht.

Badass, würde Kim mit einem Blick auf das Outfit sagen. Ich fühle dieses Wort bei jedem Schritt.

»Hey, Puppe.« Der Türsteher vor dem *Five Faint* mustert mich von oben bis unten, ein laszives Grinsen zieht dabei die fleischigen Wangen auseinander. Ich reagiere nicht, warte, bis mir die Tür geöffnet wird. »Eintritt kannst du drinnen zahlen«, murrt der Riesentyp mit Stiernacken, wenig erfreut, keine Reaktion zu bekommen.

Dann fällt die Tür hinter mir zu. Ein markerschütterndes Gitarrensolo reißt mich beinahe von den Stöckelschuhen. Die tätowierte junge Frau an der Garderobe grinst, weil ich von der schmetternden Lautstärke getroffen zusammenfahre. Noch trennt mich eine schwarze Schwingtür von der kreischenden Meute in der Bar, die lauthals die samtige Stimme des Sängers begleitet. Keine Ahnung, wie mein Trommelfell später die kürzere Distanz zur Live-Band überleben soll.

Ich zahle den horrenden Eintritt von zwanzig Euro, gebe den Mantel ab und quetsche das Papierzettelchen mit der Garderobennummer neben das iPhone in die schwarze Clutch.

Wilder Applaus wirft ein Echo von den schwarzgestrichenen Wänden, als ich in den kleinen Saal trete. Hunderte Flaschen reihen sich an den Regalen der Bar aneinander, die Flüssigkeiten darin werden von den Lichtblitzen der Bühne zum Glitzern gebracht. Whiskey, teurer Vodka, Rum, Alkohol in Giftgrün, Hellblau und Rot. Labels, die ich nicht entziffern kann, während ich mich neben eine Gruppe Teenagerinnen in Crop-Tops und zwei Typen quetsche, froh, einen freien Hocker in der Nähe der Bühne ergattert zu haben.

Ich bin drauf und dran, in der kurzen Pause zwischen zwei Liedern einen Gin Tonic bei dem sichtlich genervten Barkeeper zu bestellen, ehe ich den Mund zuklappe.

Diese Emmy trinkt … Whiskey mit Eis.

»Jim, Jack oder Jameson?«, schreit mich der Barkeeper an, ohne auch nur einmal in meine Richtung zu sehen.

»Jameson. Vier Centiliter«, brülle ich über den harten Rock-Beat hinweg, die verführerische Melodie des Basses ertränkt die Hälfte meiner Worte.

Nicht mal eine Minute später halte ich das schwere Glas in den Händen und scanne die tanzende Masse. Lack und schwarzes Leder sind der gängige Dresscode, Feiernde und Servicepersonal eingeschlossen.

Laurents blonder Schopf ist nirgendwo zu sehen. Ich schiele nicht auf die Uhr des iPhones in meiner Clutch. Dieser Emmy ist es egal, wie spät es ist.

Das ruhige Intro der nächsten Melodie verführt die Feiernden zu einer Pause. Wo vorher auf und ab gesprungen wurde, wogen Körper in einem sanften Rhythmus. Die Deckenscheinwerfer gleiten über die Menge, über mich.

»*And I set my eyes on you, even if your man doesn't want me to.*«

Die kratzige Stimme des Sängers reißt meinen Blick von den Menschen um mich, nimmt ihn gefangen. Dunkle Augen sind auf mein Gesicht fixiert, das Lächeln listig. »*Are you the monster under my bed or my muse?*«

Ich unterdrücke meine Überraschung. Mit keinem Wort hat

Laurent erwähnt, dass *er* heute auf der Bühne stehen würde. Deshalb hat er mir gesagt, ich soll an der Bar warten. Um sicherzugehen, dass ich ihn bemerke. Still verfluche ich mich, nicht selbst eins und eins zusammengezählt zu haben. Ein Spiel, um Frauen zu verführen. So siegessicher wie Laurent mich mustert, der Tonfall ein rauer Hauch auf jedem Zentimeter Haut, scheint er oft zu gewinnen.

Ein paar Mädels kreischen, als er sich beim Singen den ausgeleierten Kragen des schwarzen T-Shirts etwas nach unten zieht, die Sonnenbräune seiner Brust ein goldenes Schimmern im Scheinwerferlicht.

Ich recke das Kinn, erwidere das Grinsen nicht. Die Musik nimmt mich – die richtige Emmy – gefangen, jede Strophe doppelt so poetisch und eine Spur mehrdeutiger als die vorherige. Es kostet mich jedes Quäntchen an Willensstärke, mich nicht zu dem Lied zu bewegen, die Karten nicht auf den Tisch zu legen. Aber ich bleibe unberührt. Drei weitere Songs und eine Zugabe lang, bis sich die Menge nach dem Ende des Konzerts ausdünnt und ich endlich wieder freier atmen kann. Die meisten Leute verziehen sich nach draußen oder in einen Nebenraum, den ich zuvor nicht bemerkt habe.

Ich bleibe, wo ich bin.

Laurent ist verschwunden, aber er wird zu mir kommen, kein Zweifel. Also drehe ich mich zur Bar, bestelle den nächsten Drink und studiere die Flaschen in den weitläufigen Regalen. Irgendjemand macht eine generische Rock-Playlist an, und die Gespräche um mich herum werden mit verworrenen Gitarren-Soli unterlegt.

Keine Ahnung, wie lange ich auf dem Barhocker sitze und winzige Schlucke von dem Whiskey trinke. Es könnten zwei Minuten oder eine halbe Stunde gewesen sein. Und dann …

Dann spüre ich ihn, bevor ich ihn sehe.

Den Blick, den er nun auf meinen Hinterkopf gerichtet hat. Die Hand, die sich neben meinem Körper an der Bar aufstützt. Ich werfe den tätowierten Knöcheln und fetten Siegelringen kaum mehr als einen Seitenblick zu.

»Emily«, raunt Laurent, sein französischer Akzent genauso seidig wie auf der Bühne. Der intime Tonfall überzieht meinen Nacken mit einer Gänsehaut. »Hat dir die Show gefallen?«

Oh, Laurent. Die Show startet doch erst.

Jetzt schiele ich über die Schulter. Er ist nah, sein Gesicht kaum fünfzehn Zentimeter entfernt. Ich spüre seinen Atem an meiner Wange. »Du warst okay.«

Er.

Nicht die Show.

Laurent hat Claudia nach tausenden Liebesbekundungen, gesäuselten Versprechungen und mehreren gemeinsamen Nächten abserviert. Er verdient jemanden, der sein Selbstvertrauen zumindest fragmentweise demontiert.

Ein träges Lächeln zieht die vollen Lippen auseinander. Mit der freien Hand schiebt er eine Haarsträhne hinter mein Ohr, als hätte er nie etwas anderes getan. Den Effekt dieser Geste schließe ich tief in mir drinnen ein.

Laurent ist gut. Verdammt gut. Und genau das ist das Problem mit den Spielern: Sie sind zu selbstsicher und verliebt in die Idee, endlich herausgefordert zu werden, um am Ende doch zu gewinnen. Die meisten kann selbst ein vorgehaltener Spiegel nicht bekehren. Ein gestohlenes Warum muss mir deshalb reichen.

Das winzige Grinsen, das ich ihm nun schenke, hält so viel Wärme wie die gesamte Antarktis.

»Ich wusste es schon von der ersten Nachricht an.« Er spricht nicht weiter, lässt mich warten. Auf eine Erklärung, die nicht kommt.

Ich tue ihm den Gefallen: »Was?«

Er ordert ebenfalls einen Whiskey, bevor er mich erneut ansieht. »Dass du meine nächste Muse sein wirst. Oder ein Albtraum, von dem ich mich nicht mehr erhole.«

Jetzt wird das Lächeln auf meinen dunkel geschminkten Lippen echt und zerknittert auch nicht, als er mir die Hand auf die Hüfte legt. »Oh, du *wirst* Songs über mich schreiben.« Das Adrenalin in meinen Adern elektrisiert jedes Wort. »Auf die eine oder andere Art.«

20

Leon

On how to not feel things
that you don't want to feel

»Hasst du mich noch?«

Max lehnt im Türrahmen meiner Wohnung und hält ein Sixpack hoch.

Ich ziehe eine Braue nach oben, eine Hand weiterhin am Türknauf.

Mit einem gespielten Augenverdrehen wedelt er dann mit der mitgebrachten Vodka-Flasche in der anderen Hand vor meinem Gesicht herum.

»Ich hasse dich nicht«, antworte ich. »Ich verabscheue dich nur.«

Dafür ernte ich Gelächter und einen weichen Schlag mit dem Ellenbogen in die Magengrube, als Max an mir vorbeigeht und im Flur aus den Schuhen schlüpft. Im Wohnzimmer macht er einen Bogen um Frida, die ausgestreckt vor dem Sofa liegt. »Wir brauchen einen Flaschenöffner. Und Gläser für den Vodka.«

»Ist das Bier gekühlt?«, frage ich mit einem Nicken auf die Flaschen nach.

»Beleidige mich nicht.« Max schüttelt den Kopf und macht es sich auf der Couch gemütlich, seine Mitbringsel auf dem frei geräumten Tisch davor abgestellt.

Ich gehe in die Küche und kehre mit zwei Gläsern zurück. Binnen Sekunden hat Max das Bier geöffnet. Wir beide trinken aus den Flaschen.

Max beäugt den Laptop auf dem niedrigen Holztisch. »Es ist Freitagabend, Alter. Machst du auch mal was, was dir Spaß macht?«

»Tu ich doch.«

Er klappt den Mund auf, dann wieder zu. Nach einem großen Schluck antwortet er: »Vergiss es. Du hast keine Hobbys.«

Ich gehe mit Frida laufen, trainiere, lese. Arbeite. Was man eben so macht.

»Ist das die Speakeasy-Bar?« Max beäugt den geöffneten Grundriss des Lokals, das ich ausgesucht habe. Hoffentlich hat Emmy bald Zeit, sich die Location anzusehen. Jeder vergangene Tag bedeutet zusätzlichen Stress.

»Warum bist du hier?« Ich lehne mich in dem Stuhl zurück.

»Small Talk.« Er zuckt mit den Achseln.

»Kein Scheiß?« Den Versuch zu lächeln bringe ich nur halbherzig über die Bühne.

Max' Gesicht wird ernst, und er sinkt mit einem Seufzen tiefer in die weichen Kissen. »Morgen ist der Tag.«

»Ich weiß.«

»Und ich will nicht, dass du das Ganze nur ansatzweise nüchtern ertragen musst.« Er lässt den Blick durch den Raum schweifen. »Zwischen all den Umzugskisten, die vollgepackt mit Vergangenheit sind.«

Ich beäuge die Kartonstapel. So hatte ich das noch gar nicht gesehen. *Vielen Dank.*

Max sucht meinen Blick. Seinen Augen sind braun wie die

unseres Vaters. Das Blau meiner habe ich von Mom geerbt. »Wie geht es dir, Leon?«

Keine Ahnung, wann er mich das das letzte Mal gefragt hat. Weiß ich deshalb keine Antwort darauf? »Das ist das Leben, schätze ich.«

»Das Leben kann ein Riesenwichser sein.«

Ein winziger Tropfen läuft an der Flasche entlang, bis er auf meinen Daumen trifft. »Was du nicht sagst.« Ich leere das halbe Bier, um den bitteren Geschmack in meiner Kehle runterzuspülen. Erfolglos.

»Woah, mach mal halblang! Wenn du dir jetzt schon einen Rausch antrinkst, kriege ich dich nicht mehr vom Sofa. Das würde dem großen Masterplan im Weg stehen.«

Diesmal ziehe ich beide Brauen bis unter den Haaransatz. »Der wäre?«

»Bier. Steak. Longdrinks.« Seine Lippen kräuseln sich, während er die Stufen des Plans an den Fingern abzählt. Ein weiterer schnappt in die Höhe. »Frauen.«

Klang gar nicht so übel. Bis jetzt. »Ich passe.«

»Okay, dann eben keine Ladys. Aber der Tisch im Restaurant ist gebucht. Wir müssen in einer halben Stunde dort sein, also raus aus dem Schmuddellook.«

Ich sehe an mir hinab, zu dem schwarzen Hoodie und dem Paar grauer Sweatpants, die ich trage. Ob Max' Hemd mit dem wirren, aufgedruckten Muster besser ist, lässt sich bestreiten. Ich stehe auf.

»Die Location, die du für unser Event vorgeschlagen hast, ist doch in der Baaderstraße, oder?«

»Yep«, rufe ich aus dem Schlafzimmer, während ich mich durch den Inhalt der Kleiderboxen grabe.

»Das Restaurant ist in der Nähe. Ich bin neugierig. Lass uns einen Abstecher dahin machen. Bartour?«

Ich gebe einen zustimmenden Laut von mir, während ich aus den Sachen schlüpfe. Die ganze Woche habe ich damit zugebracht, das lauernde Datum zu ignorieren – genau wie das dreckige Gefühl, das der Anruf meiner Ex-Verlobten in mir ausgelöst hat. Das verkorkste Liebesgeständnis, das sie durch das Telefon gemurmelt hat, taucht diese Vorstellung in schreiendes Rot. Ich hatte gehofft, dass ich mich besser fühle, wenn ich Max, Emmy und meine Eltern und deren potenzielle Fragen nach meinem Wohlbefinden meide. Fehlanzeige. Ich fühle mich genauso beschissen wie letzten Sonntag. Vielleicht ist es also gut, dass Max mich dazu zwingt, meine Taktik zu ändern und aus dem Schneckenhaus zu kriechen.

Ich stecke schon halb in dem schwarzen T-Shirt, das ich vorhin herausgesucht habe, als ich es mir anders überlege. Mit verkrampftem Kiefer stapfe ich zur Kleiderstange, dem einzigen Möbelstück neben dem Bett, auf der ein paar Anzüge und andere Klamotten, die ich häufig trage, hängen. Der Stoff des schwarzen Hemdes gleitet wie Seide über meine Haut. Ich schließe alle Knöpfe bis auf die zwei oberen, ehe ich die Ärmel hochkremple. Dann fische ich eine dunkelgraue, zerrissene Jeans aus einer der Boxen. Laura hat sie gehasst, mich immer dazu gedrängt, *etwas Richtiges* zu tragen. *Aber lass die Ärmel unten*, höre ich ihre Stimme. Spüre den hellrosa lackierten Nagel, der über meine Brust unter dem Hemd kratzt. *Du siehst so schick aus ohne die Tattoos.*

Meine Chefs in Dublin haben das genauso gesehen. Von Mom will ich gar nicht anfangen. Aber es ist völlig egal, was die anderen wollen.

Bis Max vor meiner Tür aufgetaucht ist, war mir selbst nicht bewusst, was ich heute – an diesem Wochenende – brauche. Daheimsitzen gehört nicht dazu, das macht die dumpfe Vorfreude auf ein ordentliches Abendessen klar.

Mein Bruder empfängt mich mit einem Pfeifen. »Bist du sicher, dass du's nicht mit den Mädels versuchen willst? Dieser Aufzug bringt dir garantiert einen guten Riss. Mist, ich hätte auch das T-Shirt mit dem tiefen V-Ausschnitt anziehen sollen. Mädels stehen auf ordentliche Pecs. Wer bin ich, ihnen solche zu verwehren?« Er klopft sich auf die Brust.

»Du kannst sie alle haben«, sage ich und floppe wieder in den Stuhl neben dem Sofa.

»Danke für deine Großzügigkeit.« Max rollt die Augen.

Es tut gut, über Belangloses zu sprechen. Die heutige Sache mit Emmy brennt mir auf der Zunge, aber jetzt ist nicht der richtige Zeitpunkt, um ihn für dieses arschige Verhalten an den Pranger zu stellen. Morgen brauche ich garantiert etwas, auf das ich meinen Ärger fokussieren kann. Max kennt mich gut genug, um es mir nicht nachzutragen. Nicht am achtundzwanzigsten September.

Fuck … Wäre heute tatsächlich mein letzter Abend als Junggeselle? Das kann ich mir nicht vorstellen.

Nicht mehr.

Ein verdammt erleichternder Gedanke.

Wir trinken jeder zwei Bier, lassen den Vodka stehen. Frida pennt weiter, noch immer völlig fertig von dem gemeinsamen Lauf vorhin. Sie hebt nicht mal den Kopf, als ich gehe.

Im Steakhouse bestelle ich das größte Stück Fleisch, das ich jemals gesehen habe – medium-rare, genau wie das von Max. Er besteht darauf, jede Beilage einmal zu ordern. Eine gute Idee, denn die Portionen sind im Gegenteil zu dem Rib-Eye-Steak auf meinem Teller winzig.

»Wenn ich eine Kartoffel wäre«, fängt Max an, nachdem wir die Hälfte der Steaks inhaliert und die dritte Runde Drinks bestellt haben, »dann wäre ich diese Kartoffel.« Er hält eine schmale Fritte hoch, die mit etwas Trüffelsalz bedeckt ist.

»Kommt hin«, sage ich und kann mir das Grinsen nicht verkneifen. »Eure Pecs sehen sich zum Verwechseln ähnlich. Ihr habt wohl was gemeinsam.«

Max flucht leise und wirft das Teil nach mir. Es landet mitten in meinem Gesicht, weil ich völlig unvorbereitet war. »Du bist so ein Arsch.« Er lacht, und ich stimme mit ein, während ich die Pommes vom Tischtuch nehme und mir in den Mund schiebe.

»Also, warum genau kannst du dich mit einer frittierten Knolle identifizieren?« Mein Grinsen wird noch breiter. »Mal vom Charakter abgesehen?«

Anstatt sich zu beschweren, zuckt Max' Hand blitzschnell über den Tisch zu meinem Getränk. Bevor ich ihn aufhalten kann, leert er den Rest des Whiskey Sour in einem Zug. »Hey, das ist meiner!«

Mit einem wohligen Seufzen stellt er das Glas vor mir ab, nur die Eiswürfel sind übrig. »Weil sie *geil* ist. Ich meine: Trüffelsalz?«

»Das ist deine große Conclusio?«, frage ich ihn und ziehe eine Augenbraue nach oben, doch kann mir ein leises Lachen nicht verkneifen. Mann, ich hatte ja keine Ahnung, wie sehr ich das hier vermisst habe, während ich in Dublin war. Kyle und ich haben uns gut verstanden, aber wir hatten nie diesen besonderen Draht zueinander. Zwar gab es zwischen Max und mir wie in jeder Familie hin und wieder Reibereien, während wir miteinander aufgewachsen sind, aber er ist mein Bruder. Mein bester Freund. Es fühlt sich gut an, wieder in seiner Nähe zu sein. Und noch besser, mal einfach nur Schwachsinn zu labern und mich ablenken zu lassen. Die Hitze in meinem Nacken, ausgelöst vom Alkohol, hilft dabei.

»Wenn ich mich nicht geil finde, wer dann?«, fragt er und steckt sich einen Bissen Steak in den Mund.

»Darauf würde ich ja anstoßen, aber jemand hat meinen Drink geleert«, entgegne ich mit einem pointierten Blick in Richtung Glas.

»Was für eine Schande.« Max' Lächeln ist verschmitzt. »Ich denke, dass es Zeit für die nächste Runde wird.«

Ich stimme ihm zu. Der Rest des Abends vergeht schnell, beinahe etwas zu schnell. Max' Scherze mit dem Oberkellner treiben mir mehr als einmal die Tränen in die Augen. Manchmal vergesse ich, warum er sich solche Mühe gibt, mich abzulenken. Wenn es mir wieder einfällt, trinke ich einen großen Schluck. Mein Bruder versucht, mitzuhalten. Sein Rausch kickt schneller, ich bin von den jahrelangen Pubcrawls und Guinness-Pints abgehärtet.

Wir essen jeden Teller leer, kein Molekül bleibt von dem Kartoffelgratin, den Trüffelpommes, den Saucen und den unterschiedlichen Gemüsesorten übrig, aber ich protestiere gegen Max' Vorschlag, uns ein Dessert zu teilen. Die Alternative, ein Glas Schnaps, nehme ich nach der schweren Mahlzeit jedoch gerne an.

Er übernimmt trotz meiner Einwände die Rechnung, legt zwinkernd ein angeberisches Trinkgeld drauf, für das sich die junge Kellnerin tausendfach bedankt. Bevor wir aus der Tür raus sind, hält sie uns auf und drückt Max etwas in die Hand, das er sich erst auf der Straße ansieht. Eine Telefonnummer, hastig auf eine Serviette gekritzelt.

Max grinst mich nur an und steckt sie in die Innentasche seiner Jacke. Wäre ich nicht dabei gewesen, hätte er sich mit dem Flirten nicht zurückgehalten. Das schätze ich. Der kleinste Funken Romantik würde mir heute garantiert einen allergischen Schock bescheren.

»Warst du überhaupt schon mal aus in München, seit du wieder hier bist?«

Ich werfe ihm einen Blick von der Seite zu. »Im *Green Ivy*. Einmal davon mit dir. Hat dir der Alkohol jetzt auch die letzte Gehirnzelle weggebrannt?«

Max holt aus, um mir einen Hieb in die Rippen zu verpassen, aber ich weiche aus. Betrunken ist seine Augen-Hand-Koordination noch erbärmlicher. »Das *Green Ivy* zählt doch nicht.«

Das sollte er besser nicht Brad sagen, einer der ersten Menschen, die ich in Dublin kennengelernt habe. Nicht mal einen Schritt hatte ich in sein Lokal gesetzt, bevor er mich als Münchner entlarvt hatte. Vor zwei Jahren ist er dann zurück nach Deutschland gezogen, um das Pub seines Vaters zu übernehmen. So trifft man sich wieder.

»Das da«, er deutet auf ein dunkles Schild über einer unscheinbaren Tür, »ist eine Bar, in der du gewesen sein solltest. Verdammt gute Drinks haben die da.« Ohne auf meine Reaktion zu warten, stapft er in Richtung Türsteher, der ihn mit einer hochgezogenen Braue einlässt. Ich lächle gequält, folge Max nach drinnen.

»Wolltest du dir nicht die Eventlocation ansehen?«

»Das nennt sich *einen Abstecher machen*, Bruderherz.« Er zerrt die Lederjacke von seinem Körper, nimmt mir meine ab, klatscht dann einen Fünfziger auf den Tresen. Er zwinkert mir über die Schulter hinweg zu.

Alter.

Die junge Frau nimmt die Jacken wortlos und händigt ihm eine Nummer aus, die ich ihm aus der Hand schnappe und in meiner eigenen Brieftasche verstaue.

Wäre nicht das erste Mal, dass er den kleinen Zettel verschlampt. Manchmal frage ich mich, wie der Chaot es geschafft hat, *rdently* noch nicht in den Sand zu setzen.

Die Antwort darauf: Emmy.

Augenblicklich driften meine Gedanken zu ihr. Was macht

sie heute Abend? Ob sie ausgeht? Ist sie mit Freunden unterwegs oder vielleicht auf einer *rdently*-Verabredung? Irgendein Typ hatte sie doch im Hundepark angeschrieben. Ich ignoriere das flaue Gefühl, das dieser Gedanke in mir auslöst.

Mein Blick bleibt an den breiten Schultern vor mir hängen, als wir durch die Schwingtüren in die Bar treten. Das Outfit, das sie bei unserem Essen getragen hat … Hat sie es für Max angezogen oder für den Abend mit ihren Freundinnen oder einfach nur für sich selbst?

Meine Kehle wird trocken.

Der Old Fashioned, den mir Max Minuten später in die Hand drückt, vertreibt die Hitze in meiner Brust nur bedingt.

Ihr selbstbewusster Klamottenstil. Jedes ihrer Lächeln. Die Achtung ihres Teams. Wie sie mit den Menschen umgeht. Mit Tieren.

Laura hatte nie Probleme, sich Dinge zu nehmen.

Emmy hingegen … gibt.

Fuck. Hör auf damit, Leon. Das ist der Alkohol. Aber ich kann mich selbst nicht anlügen – noch bin ich halbwegs nüchtern.

Ein Schluck, noch einer, noch einer. Ich leere das Glas. Öffne den Mund, um Max zu fragen, ob er und Emmy … Null Plan, was ich wissen will. Ob ich überhaupt irgendetwas über meine Kollegin in Erfahrung bringen möchte.

Fuck, nein.

Ich klappe den Mund zu.

»Wenn du diese Geschwindigkeit vorlegst, sollten wir uns besser einen Platz suchen, bevor du umkippst«, sagt er nach einem schnellen Blick zu mir, ehe er erneut eine Gruppe Frauen an der Bar gegenüber mustert. Neben uns stehen ein paar Typen, lässig an den Tresen gelehnt, die dasselbe tun.

Ich zucke mit den Schultern, völlig im Klaren darüber, dass ich *cockblocke*. Max scheint das nicht groß zu stören, als er mir einen weiteren Old Fashioned und sich selbst einen zweiten Whiskey Sour bestellt, durch meinen Drink vorhin wohl auf den Geschmack gekommen. Nach einem kräftigen Schluck nickt er in Richtung Nebenraum, ich folge ihm. Würde mich nicht wundern, wenn wir hier versumpfen.

Unsichtbare Projektoren werfen Musikvideos in Schwarz-Weiß an die Wände, begleitet von dem dazugehörigen Song aus den großen Lautsprechern, die an den dunklen Mauern hängen.

»Geil, oder?«, brüllt mir Max über den Lärm hinweg zu.

Dieses Lokal ist abgefuckt, aber nicht auf eine ungepflegte Art. Jede zerlumpte Couch wurde strategisch platziert, um die Grunge-Aura zu unterstreichen.

Max scannt den prall gefüllten Sitzbereich nach freien Plätzen, die Augen dabei zu Schlitzen verengt. Das Lichterflackern blendet uns, und ich hebe eine Hand, um mich von dem grellen Weiß abzuschirmen. Ich betrachte die Sofas und dazugehörigen, niedrigen Tische, die auf zwei Etagen aufgeteilt sind. Die meisten Sitzgelegenheiten sind besetzt. Ich wende mich zu Max, um ihm vorzuschlagen, zurück in den Hauptraum zu gehen und …

Mein Blick bleibt an einer wunderschönen Frau hängen.

Ihre seidigen, glatten Haare streichen über ihre nackte Schulter, dort, wo ihr Anzugblazer etwas nach unten gerutscht ist. Die schimmernde Haut zieht nicht nur meinen Blick an, sondern auch die volltätowierte Hand des Typen, der einen Arm über die Rückenlehne gehängt hat. Das Gesicht zu einem selbstsicheren Grinsen verzogen flüstert er ihr etwas ins Ohr.

Mit dem nächsten Atemzug friere ich ein.

Verdammt, das kann nicht sein. Oder? Ich quetsche die Lider noch weiter zusammen, diesmal nicht, weil ich geblendet bin.

Beinahe hätte ich Emmy nicht erkannt. Meine Hände ballen sich zu Fäusten.

Gerade lehnt sie sich vor, um an dem Getränk zu nippen. Dem Kerl neben ihr entgeht nicht, dass sein Griff dabei von ihr rutscht. Er legt die Finger auf ihre Knie. Emmy trinkt einen weiteren Schluck, so etwas wie Genervtheit auf dem Gesicht, die Nanosekunden später einem kalkulierenden Grinsen weicht.

»Alter, ist das unsere Emmy?«, bellt Max direkt an meinem Ohr und lässt mich zusammenfahren.

»Nicht *unsere*.« Ich nicke zu einem Tisch etwas abseits, der soeben frei geworden ist. »Sollen wir uns setzen oder abhauen?«

Max ignoriert meine Frage, lässt sich in einen tiefen Lounge-Stuhl sinken. Ich falle auf den dunkelgrünen Samtbezug des Sofas zu seiner Linken.

Erste Reihe fußfrei bei Emmys Date. Klasse.

»Hoffentlich nicht seine«, brummt Max.

»Emmy ist ihre eigene Person.« Ich trinke einen Schluck. »Ich denke, wir sollten gehen.« Und uns die Peinlichkeit ersparen, entdeckt zu werden. Noch hat sie uns durch Nirvanas *Smells Like Teen Spirit* nicht erspäht, aber es ist nur eine Frage der Zeit, bis die Lichtreflexe sich beruhigen.

Bis dahin …

Ich kann den Blick nicht von ihr abwenden.

»Ich dachte immer, Emmy ist keine von denen«, sagt Max schließlich.

»Was meinst du?«

»Na, eine der Frauen, die sich für Männer verbiegen.«

Ich ziehe eine Braue nach oben. Mir ist klar, was er meint. Ihr Outfit … so heiß es ist, es passt nicht zu den üblichen Blümchen-Converse, genau so wenig wie der gelangweilte Gesichtsausdruck und die kühle Aufmerksamkeit, die sie dem Möchtegern-Cobain zuteilwerden lässt.

»Vielleicht verbiegt sie sich nicht«, überlege ich. »Vielleicht kennen wir einfach nicht alle Seiten ihres Charakters.«

»Dieses Eisengel-Ding steht ihr nicht.«

Max stiert sie an, saugt jeder ihrer Bewegungen auf.

Ich rolle die Schultern, wende mich von ihm ab. »Du solltest nicht so über Angestellte reden. Oder Frauen im Allgemeinen.« Ich lehne mich zurück, lege das rechte Schienbein auf dem anderen Knie ab. Die Flüssigkeit in meinem Glas wirbelt hin und her, leckt an den Eiswürfeln, während ich den Blick von Emmy zwinge. Stattdessen starre ich die Wand an, die Videoausschnitte, die in einem Stroboskop-Tempo über die dunkle Mauer flackern.

»Nein, Emmy ist mehr als das«, korrigiert er sich selbst.

Ich räuspere mich. Haben er und sie … Max hat nie gesagt, ob was zwischen ihnen passiert ist, seit Vanessa weg ist.

»Sie ist meine Freundin.«

Die Luft bleibt mir im Hals stecken. Jetzt sehe ich ihn an.

»*Eine* Freundin«, berichtigt er mit einem komischen Blick. »Die mir den Rücken freihält und sicherstellt, dass ich *rdently* nicht an die Wand fahre.«

Jetzt kann ich nicht anders. »Und trotzdem bringst du sie in unangenehme Situationen.«

»Ach, das!« Max winkt ab, als wäre das heute in der Arbeit nicht der Rede wert. »Manchmal muss ich sie pushen – und dich auch. Was glaubst du, warum ich wollte, dass du mit ihr zusammenarbeitest? Es ist jetzt, was? Zwei, drei Monate her, seit Laura diesen Scheiß abgezogen hat. Wenn man Angst davor hat, wieder aufs Pferd zu steigen, sollte man zuerst ein Pony versuchen.«

»Emmy ist das Pony in deiner Gleichung? *What the fuck*, Max?«

»Du sollst ja nix mit ihr anfangen. Aber harmlose Dosen Weiblichkeit tun dir gut, um dich wieder auf Kurs zu bringen.«

»Das Wort *misogyn* sagt dir was?«, frage ich nach, angespannt. Ich stiere Max an. Er braucht ein Glas Wasser.

Ins Gesicht.

»Und das Wort *Metapher* sagt *dir* was?«, schießt er zurück, der Glanz in seinen Augen fiebrig.

Weder ist Emmy harmlos noch ein verficktes Pony. Was mir selbst noch mal deutlich macht, dass ich sie wohl nicht als eine bunte Spielfigur bezeichnen sollte.

Ich trinke einen kräftigen Schluck, um nicht mit Max reden zu müssen, der erneut die Getränkekarte studiert.

Emmys Blick schweift von ihrem Date über die Plätze, durch die grellen Lichtblitze sieht sie uns wohl nicht.

Spürt sie mein Starren?

Das Streicheln der Hand, die ihren Oberschenkel entlang immer weiter nach oben kriecht, lässt ihre Aufmerksamkeit wieder zu dem Typen schnellen. Sie legt ihre Finger auf seine, schiebt sie zurück zu ihrem Knie, während sie mit ihm spricht. Die Gesichtszüge sorgfältig arrangiert, schreit ihr Körper dennoch nach Abstand.

Meine Knöchel um den Drink sind weiß, die beiden weiterhin im Blick. Bedrängt er sie? Emmys Körpersprache verwirrt mich. Noch mehr, während sie sich näher zu ihm lehnt und etwas in sein Ohr wispert.

Er lächelt. Emmy spiegelt ihn.

Mit einem Seufzen sinke ich wieder in die tiefe Lehne zurück und reiße Max die Getränkekarte aus der Hand.

»Alkoholfrei für dich?«, frage ich Max.

»Ich dachte, du wolltest weg?«

Schulterzucken. »Die Cocktails sind gut. Eine Runde noch.«

21

Emmy

Play pretend, but make it surreal

Laurents Atem kitzelt meinen Hals. Die süßen Worte, die das Verlangen in dem rauen Tonfall umspinnen, gleiten wie Honig an jedem Zentimeter Haut hinab.

Du faszinierst mich.

Du personifizierst die Muse, nach der ich schon so lange suche. Aber dein Lächeln … voller scharfer Zähne. Willst du mich etwa beißen, Emily?

Wäre mein Herz kein abgefucktes Wrack … fuck, ich denke, ich könnte dich lieben.

Verdammt.

Dieses wehmütige Stolpern in seiner Stimme klingt, als würde er die zersplitterten Einzelteile seines *wichtigsten* Organs direkt auf der Zunge tragen – obwohl das vermutlich nicht das Herz ist, von dem er in poetischer Verworrenheit zwischen den Schlucken Mojito vor sich hin monologisiert.

Laurent ist gut, auch wenn er dick aufträgt und ich am liebsten hin und wieder die Augen verdrehen würde. Die weiche, verwundbare Emmy in mir kratzt an den Wänden des Käfigs, in den ich sie geschlossen habe. *Ich könnte dich auch gernhaben,* kreischt sie, *ich werde dich bekehren, bis du etwas für mich empfindest.*

Klassisches Bad-Boy-Syndrom.

Ich stelle mir bei jedem gesäuselten Wort Claudia vor. Ein einziges Foto hat sie mir von sich und Laurent geschickt, eine rothaarige Schönheit, die wahrlich eine Muse sein könnte. Sehe sie vor mir, frisch getrennt. Laurent, erpicht darauf, *ihre Wunden zu heilen.* Der Draht, den sie – zwei frankophile Musikliebhaber – zueinander haben, seidig zwischen ihnen. Natürlich. Ungezwungen. Das erste *ich liebe dich*, in dem Claudia endlich ein Gefühl von Heimat findet. Weil sie von einem Mann mit all ihren merkwürdigen Angewohnheiten und Fehlern akzeptiert wird.

Das zweite *ich liebe dich.*

Das dritte, das vierte, das fünfte. Die Nächte dazwischen. Aufgeheizt, elektrisiert, richtig. Claudia hat sich noch nie so verbunden gefühlt, war noch nie so verliebt in jemanden, den sie erst einen Monat kennt.

Bis sie eines Morgens zur Uni hastet und dabei ihre Jacke bei ihm vergisst, völlig liebestrunken von dem sinnlichen Sex und den gemeinsamen Zukunftsplänen, die sie nachts um zwei auf ein Notenblatt gekritzelt haben.

Nach dem letzten Kurs des Tages fährt sie zu ihm. Aber er öffnet ihr die Tür nicht mehr.

Keine Nachricht.

Nichts.

Laurent zupft eine unsichtbare Fluse vom Ärmel meines Sakkos. »Hörst du mir zu?«, fragt er, sichtlich irritiert von dem starren Blick, mit dem ich die tanzenden Sprenkel an den Wänden beobachtet habe. Es ist ein komisches Gefühl – auf einem Podest zu sitzen und von allen gesehen zu werden, während die Videoprojektionen es unmöglich machen, weiter als bis zur obersten Stufe zu gucken. Laurents Stammplatz, hat er mir vorhin erzählt, als wir von der Bar in den Nebenraum gewechselt sind, er eins der Podeste mit den kleinen Sofas ansteuerte und neue Drinks orderte. Eine kleine Bühne für die After-Show-Party, wohl, um jede seiner Errungenschaften wie einen neuen Pokal auszustellen.

»Nein«, sage ich wahrheitsgemäß. Sexy Grunge-Emmy ist eine Kein-Bullshit-Emmy, und das mag ich an ihr.

Laurents Grinsen fällt eine Sekunde lang in sich zusammen, ehe er sich fängt. »Wenn ich dich langweile, kann ich dich auf andere Art unterhalten.«

Claudia hat mich beschworen, ihn schwafeln zu lassen. Das Gelaber nicht groß zu kommentieren. Interesse ermüdet Laurent. Außer, es kommt von ihm.

»Das hast du dir noch nicht verdient«, raune ich und trinke das Glas leer. Er nimmt es und platziert es auf dem niedrigen Tisch vor uns. Seine Augen funkeln, als er meine Hand in seine nimmt. Warm. Trocken. Rau von den Saiten eines Instruments.

»Temperamentvoll«, schnurrt er. »Ich mag das.«

Ich ignoriere diesen Kommentar, schicke einen pointierten Blick zu unseren Händen. »Was passiert üblicherweise, wenn du eine … Muse triffst.«

»Du meinst, die seltenen Male?«

Ach, komm schon.

Ich sehe fest in die dunklen Iriden, die langsam zu dem perlendurchsetzten Ausschnitt kriechen.

»Ich halte sie fest«, raunt er schlicht und betont die Bedeutung seiner Worte, indem er kurz meine Hand drückt.

Ihn reden zu lassen hat mir wichtige Details geliefert. Man muss nicht nur darauf achten, was die Leute sagen, sondern auch wie oft sie von etwas sprechen. Was ich bei den *seltenen* –

haha – Fake Dates gelernt habe: Themen, die das eigene Herz halten und die Seele berühren, werden entweder zerredet oder totgeschwiegen.

Und Laurents Obsession mit seinen sogenannten Musen … Irgendetwas steckt dahinter. Ob das etwas mit Claudia und generell seiner Beziehung zu Frauen zu tun hat, kann ich noch nicht deuten.

»Wozu?« Die Frage liegt sanft auf den Lippen. Laurents Blick folgt jeder Bewegung meines Mundes. »Ich habe gelernt, dass Vögel zu singen aufhören, wenn man sie in einen Käfig sperrt. Ist das nicht das Inspirierende an ihnen? Sie fliegen zu sehen, obwohl man es selbst nicht kann?« Ich lege eine Pause ein. »Sie nicht … festzuhalten?«

»Gesprochen wie eine wahre Poetin. Eine Künstlerin.« Einer seiner Finger kreist träge auf meinem Handrücken.

Am liebsten würde ich den Arm wegziehen, als er sich noch näher zu mir lehnt. Ein unangenehmes Kribbeln kriecht über meine Wirbelsäule. Ich lasse mich durchaus von den Männern berühren, wenn ich sie fake date – zuerst wollte ich das nicht, aber mir wurde sehr schnell klar, dass physische Nähe Vertrautheit schafft. Die Hemmschwelle zu den Geheimnissen, die sie in sich tragen, sinkt. Doch nie erlaube ich ihnen, mich intim zu berühren, nie ziehe ich Kleidung aus. Und niemals küsse ich diese Typen. Eine der Regeln, über die ich nicht einmal nachgedacht habe, aber die von Anfang an klar war. Meine Lippen küssen nur die Menschen, die ich liebe, die ich will. Es ist genug, wenn Lügen über sie gleiten – aber ich muss niemandem die Zunge in den Hals stecken.

»Du hast mir noch nicht erzählt, womit du arbeitest.«

Ich sehe ihn ein paar Sekunden aus gesenkten Wimpern an. Denke an Sex, Sinnlichkeit, Hitze und lege jedes Quäntchen davon in meinen Tonfall. »Unsere … Beziehung ist doch für uns beide spannender, wenn ich ein Mysterium bleibe. Wenigstens ein kleines bisschen länger, oder?«

Damit habe ich ihn.

Das aufflackernde Verlangen in seinen Augen überzieht meinen gesamten Körper mit einer Gänsehaut der schlechten Sorte, und ich bete, dass er es nicht bemerkt. Garantiert würde es ihn nur weiter anstacheln, mir näherzukommen. Aber er ist so auf mich fixiert, auf dieses Netz aus Lügen und Halbwahrheiten, in das ich ihn mit jedem kühlen Lächeln, jedem abwesenden Blick gelockt habe, dass er die klamme Kälte meiner Haut nicht bemerkt.

»Du hast meine Frage nicht beantwortet«, flüstere ich, als wären nur wir beide im Raum. Und mit der Wand aus Scheinwerferlicht und Videoprojektionen um uns herum fühlt es sich tatsächlich so an. Die Schemen, die sich unterhalb des Podests bewegen – kaum mehr als ein Schattenspiel.

»Jede Muse brennt irgendwann aus.« Er leckt sich über die Lippen, während er auf meine starrt. »Sie hören auf, mich zu inspirieren. Dann lasse ich sie gehen.« Er schüttelt sachte den Kopf. »*Dich* würde ich nie gehen lassen.«

Glaubt er, was er da sagt? Merkt er denn nicht, dass er Hoffnungen mit solchen Worten sät? Welches Kaliber in Aussagen wie diesen steckt?

Ich bin angekommen, das spüre ich. Das ist der Kern. Das *Warum*.

Adrenalin schießt durch meine Adern. Ein paar sorgfältig platzierte Fragen noch, dann habe ich ihn geknackt. In wenigen Minuten kann ich ihren Namen fallen lassen wie eine Bombe und dabei zuschauen, welcher Teil von ihm in Stücke gerissen wird.

Claudia, bald bekommst du dein Warum. Aber mach dir nichts draus. Er ist so gut, viele wären auf seine Zuckerworte reingefal-

len. Und jetzt geh, vergiss ihn, gib einem netten Typen die Chance seines Lebens, dich kennenzulernen und zu lieben.

Mit einem tiefen Einatmen fixiere ich ihn, meine Miene emotionslos. »Lässt du sie wirklich gehen, Laurent? Oder sperrst du sie aus deinem Herzen aus, bevor sie wissen, wie ihnen geschieht?«

»Du kennst mich zu gut«, flüstert er mit rauer Stimme, lehnt sich immer näher zu mir.

»Stimmt das denn?«, frage ich ihn. Er checkt nicht mal, dass ich ihn schon längst am Haken habe. Glaubt, dass er diese Situation, dieses Gespräch lenkt, nur, weil ich seine Hand auf meinem Knie toleriere.

»Baby«, fängt er jetzt an, leckt sich über die Lippen. »Wir zwei sind aus dem gleichen Holz gemacht, das kann ich spüren. Fuck. Wir gehören einfach zusammen.«

Jetzt ist er da: Der Zeitpunkt, um die Bombe platzen zu lassen. Doch ich lasse ihn nicht sehen, dass die Bitterkeit laut in mir jubelt, als ich in unverändertem Tonfall sage: »Hast du das auch zu Claudia gesagt?«

Er blinzelt. Einen Moment lang fällt sogar das arrogante Grinsen aus seinem Gesicht und zerscheppert am klebrigen Boden des Lokals. Ein Lichtreflex erhellt die Überraschung in seinem Gesicht. Keinen Moment später kitzelt ein weiteres, kurzes Leuchten den Ärger aus seinen markanten Zügen. »Warum zur Hölle fängst du jetzt mit der an? Kennst du die Bitch?« Er lehnt sich noch ein Stück näher zu mir.

Ich ignoriere seine Frage. Versuche, seine Alkoholfahne nicht einzuatmen. »Warum hast du sie geghostet? Hast du das Interesse verloren, konnte sie dich nicht mehr *inspirieren*, so wie du es nennst?«

Etwas flackert in seinen Augen. Und ich weiß, dass er diese Fragen nicht beantworten wird, noch bevor er den Mund aufmacht: »Die ist mir scheißegal, Emily, weil sie dir nicht das Wasser reichen kann. Du bist, was ich brauche. Fuck, was ich *will.*« Er befeuchtet erneut die Lippen, lehnt sich noch ein Stück weit vor – was will er, auf meinen Schoß kriechen? »Und du willst mich. Das habe ich genau gesehen.«

»Nein«, erwidere ich mit fester Stimme und lege richtiges Eis in meinen Blick. »Ich will dich nicht, Laurent, da irrst du dich.«

»Du willst mich«, wiederholt er, als hätte ich ihm nicht gerade das Gegenteil gesagt.

Und dann verpasse ich den Moment, in dem er mir zu nahe kommt.

Plötzlich ist mein linker Arm zwischen uns eingeklemmt, weil er unsere Hände auf das Sofa heruntergedrückt hat.

»Nein«, sage ich, aber das Wort verliert seine Form in den geteilten Atemzügen. Den Rücken nun in die Kissen gepresst, kann ich ihm nicht mehr ausweichen. »Nein«, wiederhole ich lauter, aber Laurent grinst nur, leckt sich über die Lippen.

Will der mich verarschen?

»Vergiss es. Ich will dich nicht küssen. Lass mich los.«

Ich bin fast erstarrt vor Schock. Mein Körper erinnert sich, wie er aus so einer Situation herauskommen würde, befiehlt mir brüllend, mich zu bewegen, diesem angehenden Kuss zu entfliehen, bäumt sich gegen Laurents erdrückendes Gewicht auf, ich –

Schatten preschen durch die Lichtsprenkel hindurch, verzerren sie. Mein Herz kreischt, pocht heftig, angetrieben von der Angst und dann …

Ist Laurent verschwunden.

Nein, nicht ganz.

Er steht, Hände nun lose an den Seiten hängend.

Leon – ich muss zweimal hinsehen, weil ich garantiert träume – hält ihn am T-Shirt, seine Nase nicht mal fünf Zentimeter von Laurent entfernt.

»Hi, Emmy«, raunt er, ohne den Blickkontakt abzubrechen.

Ein Räuspern. Max steht hinter ihm, hebt die Hand.

Sie sind beide hier und ich …

Die Musik hat gewechselt, ist leiser geworden, und die Lichter … Ich sehe an Max vorbei, die aufgerissenen Augen. Köpfe, die sich zueinander neigen, um zu tuscheln.

»Kennst du den, Emily?«, fragt Laurent, nun die Hände erhoben. »Wir hatten doch nur Spaß«, säuselt er in Richtung Leon. Das Lächeln, das er auf sein Gesicht schiebt, bleibt nicht dort.

Leon ist beinahe einen Kopf größer als er. Unter diesem sengenden Blick würde sich nicht mal Sylvester Stallone bewegen. »Hattest du Spaß, Emmy?«, fragt er mich, wobei er Laurent ein klein wenig näher zu sich zieht.

All diese Blicke auf mir …

Das Blut in meinen Adern kocht, friert ein, kocht, friert ein. Ich senke den Kopf. Dann schüttle ich ihn.

»Gibt's ein Problem hier?« Die Stimme des Türstehers lässt mich das Gesicht verziehen. Er sieht zuerst mich an, dann Laurent und Leon. Ein schweres Seufzen entfährt ihm. »Nicht schon wieder, verdammt.« Er schiebt Leon zur Seite, dessen Griff von Laurents Kragen rutscht. »Letztes Mal konntest du dich auf ein Missverständnis rausreden, Alter. Fuck, Consent, *Consent* ist das Zauberwort, du Arsch. Du kannst Frauen nicht einfach so auf die Pelle rücken, egal, wie geil du gerade bist.«

Und das von dem Türsteher, der mich vorher mit *Puppe* begrüßt hat. Vor einer versammelten Menge sehen die eigenen Werte doch gleich anders aus. Mein Magen schlägt einen Salto.

Leon durchmisst die Distanz zu mir und reicht mir die Hand, zieht mich von der niedrigen Couch hoch. Das Schlimme an dieser Situation: Sie ist mir nicht zum ersten Mal passiert. Nicht immer bleiben die Kerle anständig, aber bis jetzt hat ein Nein gereicht.

»Bist du okay?«, raunt er mir zu, die blauen Augen ein Tsunami, der ganze Kontinente unter sich begräbt.

Ich kann weder nicken noch verneinen. »Wieso seid ihr hier?«

Max steht immer noch an der gleichen Stelle, völlig gefangen in der Diskussion zwischen dem Türsteher und Laurent.

Mein Date – bei dem Gedanken wird mir übel – zeigt auf mich, wutentbrannt. Ich höre nur Wortfetzen. »… dachte … Moment … Ich liebe … heim gehen … scheiße noch mal.« Er kickt gegen den Tisch, und Leon zieht mich etwas hinter sich und aus Laurents Blickfeld.

»Das musste dich ja irgendwann einholen«, brüllt der Türsteher. »Wir gehen zum Chef. Wärst du hier nicht gebucht, würde ich dich sofort mit einem Arschtritt aus dem Laden werfen!«

Laurent sieht mich an.

Flehend.

Wenn ich nicht die Erste bin …

Meine Maske, aber auch ich – die Original-Emmy – werfe Laurent einen eiskalten Blick zu, als er vom Türsteher aus dem Raum geschoben wird. Dann, erst dann, erlaube ich mir, eine Emotion zu zeigen.

»Verdammt«, zische ich. Ein Zittern befällt meine Beine, bahnt sich den Weg bis in die Fingerspitzen. Ich sehe zuerst Leon an, der mich besorgt mustert, und dann Max. »Danke.« So gut es geht, zwinge ich meinen alarmierten Körper zur Ruhe. Ganz gelingt mir das allerdings nicht.

Meine Gedanken rasen. Zwar habe ich nicht das vollständige Warum, aber ich habe ein *Darum* für Claudia. *Darum solltest du ihn vergessen. Jetzt sofort.*

»Solche Typen kotzen mich dermaßen an.« Leon stößt ein paar Flüche aus, ehe er den Geldbeutel aus der hinteren Jeanstasche zieht. »Wie viele Drinks hatten wir?«, ruft er über die Schulter hinweg.

Max hebt die Hand mit ausgestreckten Fingern. »Und zwei Shots.«

Sieben Drinks.

Ich schließe die Augen, atme tief durch, zähle die weiterhin rasenden Herzschläge.

Haben sie etwa *alles* mitangesehen? Am liebsten würde ich auf der Stelle aus diesem Outfit schlüpfen und meine übliche Pastellkleidung überwerfen, um mich wohler zu fühlen.

Was hätte ich getan, wenn Leon nicht eingegriffen hätte? Mich von ihm küssen lassen?

Ein eiskalter Schauer schüttelt mich.

»Und du?«

Ich blinzle, jetzt blickt Leon mich an. Ungeduldig, mit arbeitenden Kiefern.

»Drei. Glaube ich.«

Er nickt kurz, dann drückt er einer Kellnerin hundertfünfzig Euro in die Finger. Sie blickt ihn verdutzt an, aber Leon winkt nur ab und führt mich schon zwischen den Tischen vom Podest nach unten, die Hand auf meinen Lendenbereich gelegt. Max flankiert die andere Seite.

Mit jedem Schritt zwischen den beiden Brüdern kann ich freier atmen. Wir sind schon fast aus dem Raum, als jemand hinter uns stöhnt: »Immer diese Weiber. Zuerst anheizen und dann bitchy sein, wenn man es ihnen hart besorgen will.«

Ein Schauder jagt durch alle Gliedmaßen, presst den nächsten Atemzug aus meinen Lungen. Ich will raus. Einfach raus hier. Beschleunige meinen Schritt, doch die Jungs … Beide bleiben stehen.

Leon dreht sich nach der Stimme um, zu den zwei Typen, die ich von der Bühnenperformance wiedererkenne.

Max bewegt sich, steht nun so nah bei mir, dass nicht mal mehr ein Blatt Papier zwischen uns passen würde. »Komm schon, Alter«, warnt er.

»Was hast du gesagt?« Leons Worte sind so gefährlich ruhig, dass sie beinahe in der aufschäumenden Rock-Melodie untergehen. Das bedrohliche Funkeln in seinem Blick ist genug, um mich einen Schritt nach vorn machen zu lassen.

»Lass es.« Ich fasse seinen Arm, ziehe ihn weg. Die süffisant grinsenden Gesichter der beiden Kerle ignoriere ich bestmöglich. Leon lässt es nur widerstrebend geschehen, noch immer einen wilden Ausdruck in den Augen.

Max übernimmt das mit den Jacken und geht zur Garderobe, während ich Leon nach draußen schiebe.

Die kühle Nachtluft beschert mir einen Schauer, der mich aus dem Schock holt.

»So ein verdammter Wichser«, knurrt Leon und lehnt sich an die Hausmauer, reibt sich über das Gesicht. Durch die fahrige Bewegung stehen seine Haare wirr vom Kopf ab. »Bist du okay?«, setzt er hinzu, die Augen nun beruhigendes Meeresrauschen. Die Weichheit seiner Worte raubt der nächtlichen Kälte den Biss.

»Ja, ich denke schon. Ich bin froh, dass ihr da wart. Dass … du da bist«, wage ich zu sagen, denn es ist nichts als die Wahrheit.

Leon, er …

»Shit, und ich erst«, raunt er und stößt sich von der Wand ab, die Hände jetzt tief in den Hosentaschen vergraben. Nachdem er mich ein paar Sekunden lang aus der Distanz beobachtet hat, tritt er zögerlich an mich heran. So nahe, dass ich den Kopf leicht in den Nacken legen muss, um ihm ins Gesicht sehen zu können. Der wilde Blick, der mich dort erwartet, bringt mein

Herz zum Stolpern. Dieses Mal beschleunigt sich das Pochen in meiner Brust nicht, weil ich Angst habe, sondern, sondern –

Leon öffnet den Mund, schließt ihn wieder. Sein schneller Atem kaum mehr als durchsichtige Wolken in der kalten Nachtluft. Er schluckt angestrengt, und mein Blick zuckt zu seinem Hals, dem Ansatz seiner breiten, angespannten Schultern. Meine Fingerspitzen kribbeln. Ein Gefühl der … Sicherheit legt sich über mich, lockert den Knoten in meiner Magengrube. In diesem Moment könnte ich mich nicht gehaltener fühlen, wenn Leon mich umarmen würde.

»Ich –«, fängt Leon an, und ich sehe ihm erneut in die wolkenverhangenen Augen, völlig planlos, welche Worte folgen werden. Unsere Blicke verhaken sich ineinander, und …

Die Tür wird von innen aufgerissen. Max kommt mit unseren Jacken beladen aus dem Club, und als mein Blick von ihm zu Leon zurückkehrt, ist dieser bereits einen Schritt nach hinten getreten.

Das Gefühl von Sicherheit hat er mitgenommen.

Max reicht eine der Lederjacken Leon, ehe er mir in den Mantel hilft. Leon hält währenddessen meinen Blick, wortlos.

Max bleibt vor mir stehen und mustert mich mit gesenkten Augenbrauen, murmelt etwas, das ich nicht verstehe. Dann wirft er plötzlich die Arme um mich, drückt mich so fest an sich, dass er mir die Luft aus den Lungen presst. »Es gibt so viele Scheißkerle auf dieser Welt.«

Stimmt. Und auch über diesen hier werde ich einen Blogbeitrag schreiben, um das Geschehene zu verarbeiten.

So schnell, wie dieser Gefühlsausbruch gekommen ist, hält er mich von sich weg, ein krakeliges Grinsen auf den Lippen.

»Leider«, wispere ich, für einen Moment gerührt über Max' Unbeholfenheit. Mein Blick zuckt zu Leon, der sich abgewendet hat und die vorbeifahrenden Autos beobachtet.

»Was jetzt?«, fragt er, ohne uns anzusehen. »Soll ich dir ein Taxi rufen? Ein Uber? Ich bin saumüde und viel zu nüchtern. Wir könnten uns eins teilen.«

»Ne«, schaltet sich Max dazwischen, hängt einen seiner schweren Arme um meine Schultern.

So viel Körperkontakt. *Zu* viel Körperkontakt?

Das Gefühl von Laurents überwältigender Nähe schießt in jede Faser, so ganz anders als die von Leon, aber ich presse es dorthin zurück, wo es hergekommen ist – in die Magengrube. Das ist Max. Mein Freund Max, mein Chef Max.

»Emmy sollte jetzt nicht allein daheim sein, oder?« Max zwinkert mir zu, doch diesmal löst diese Geste kein Schmetterlingsflattern in meinem Bauch aus. »Wir waren gerade auf dem Weg zu diesem Speakeasy-Dings. Sollen wir es uns gemeinsam ansehen? Keine Ahnung, wie es euch geht, aber ich will diesen Abend auf positive Weise enden lassen.«

»Sie wäre nicht –«, fängt Leon an, stoppt sich dann selbst. »Ich passe.« Für einen Moment schwebt ein Ausdruck auf seinem Gesicht, den ich kenne. Dieser alte Schmerz, der so schwer greifbar ist. Doch ich weiß nicht, was in ihm vorgeht.

Max stupst mich an, ein hoffnungsvolles Lächeln aufgesetzt. »Na, was sagst du?«

Die Aufmerksamkeit beider Brüder liegt auf mir.

Keine Ahnung, was die klügere Wahl ist. An Schlaf ist definitiv nicht zu denken, aber eine heiße Tasse Kakao auf der Couch, frisch geduscht … oder ein Drink, und eine nette, vertraute Unterhaltung?

Ich sehe von Max zu Leon, dessen Miene nun unlesbar ist. *Ich sollte nach Hause,* sagt mein Körper. *Ich sollte mich ablenken,* verlangt mein Gehirn. Was also? »Vielleicht … ein Getränk?« Ganz sicher bin ich mir mit dieser Entscheidung nicht.

»*Whoop*, das ist meine Emmy! Kampfgeist wie eine Löwin«,

jubelt Max und hakt sich bei mir unter, um mich ein paar Schritte die Straße runter zu ziehen. Doch ich stemme meine Hacken in den Boden und blicke über die Schulter zu Leon.

»Geht ruhig«, sagt dieser. »Ich bin müde und hab keinen Bock mehr auf Alkohol.« Seine Gesichtszüge sind nun völlig emotionslos, doch die Augen betrügen ihn. Sie verraten mir, dass er gerade ein wenig *zu viel* fühlt.

»Wir werden dich vermissen, Bruderherz«, entgegnet Max übertrieben gut drauf und zieht an meinem Arm.

»Leon«, flüstere ich, doch ich denke nicht, dass er seinen Namen auf meinen Lippen hört. Er winkt ein vorbeifahrendes Taxi zu sich und lässt sich mit einem letzten Nicken in unsere Richtung auf die Rückbank fallen.

Erst, als er die Tür hinter sich geschlossen hat, fängt er meinen Blick auf.

Ich forme das Wort *Danke* mit den Lippen. Zuerst bin ich nicht sicher, ob er weiß, was ich meine, doch dann neigt er kaum merklich den Kopf.

Sein intensiver Blick verwandelt diese *Gern-geschehen*-Geste in ein pulsbeschleunigendes *für dich, immer*.

Aber vermutlich bilde ich mir das nur ein. Oder?

Darüber grüble ich noch nach, als das Taxi losfährt. Und ich höre nicht damit auf, bis Max und ich bei der Bar angekommen sind.

22

Emmy

Be careful what you wish for,
you just might get it in the end

»Hat dir schon mal jemand gesagt«, Max leckt sich etwas Schaum von der Oberlippe und stellt anschließend das Bier auf dem Tisch zwischen uns ab, »dass man dir dein schlechtes Gewissen an der Nasenspitze ansehen kann?«

»Was?«, sage ich und kräusle besagte Nase.

»Da!« Er zeigt auf mein Gesicht. »Genau davon rede ich. Du bist ein offenes Buch, Emmy.«

Am liebsten hätte ich laut und bitter aufgelacht. Max hat doch keine Ahnung. Aber ich bin zu müde, um ihm mehr als ein schwaches Murren zu schenken.

Mit einer Sache hat er allerdings recht: Ich *habe* ein schlechtes Gewissen.

Leons Abgang war … kühl, um es nett auszudrücken – obwohl sein Blick brennend heiß war, als wir uns durch die Fensterscheibe des Taxis angesehen haben. Ein Prickeln überzieht meine Haut. Ich fühle mich dreckig, und mit Max hier zu sein – dem falschen Bruder? – macht es nicht besser.

Aber sollte es das nicht?

Mit ihm in einer lauschigen Nische der *Secret Starlight Bar* zu sitzen ist das Intimste, was wir je gemeinsam unternommen haben.

Aber alles, woran ich denken kann, ist Leons letzter Blick.

Ein Seufzen entfährt mir. Das Koffein der Cola, die ich mir bestellt habe, kitzelt meine Nervenenden. »Wir hätten Leon dazu überreden sollen, mitzukommen.«

»Ach was«, widerspricht Max. »Den kann man sowieso zu nichts kriegen, was er nicht machen möchte. Es ist nur …« Er dreht das Glas zwischen den Fingern hin und her, begutachtet die allmählich verschwindende Schaumkrone ausgiebig. »Dieses Wochenende ist nicht gerade leicht für ihn. Er hat dir doch erzählt, dass er verlobt war, oder? Zumindest hat er das gesagt.« Kopfschütteln. »Wie du ihn dazu gekriegt hast, keine Ahnung. Aber das ist typisch du, Emmy. Du bringst die Leute zum Reden, weil du ihnen aufrichtig zuhörst.«

Dieses Wochenende?

Ich schließe eine Sekunde lang die Augen.

Morgen ist der achtundzwanzigste September. Verdammt, wie konnte ich das vergessen? Ich bin nicht die Einzige, die gerade nicht allein sein sollte. Wollte er sich deswegen das Taxi mit mir teilen? Seine Wohnung liegt in der entgegengesetzten Richtung. Wäre er durch ganz München gefahren, um mich sicher abzuliefern? Um mehr Zeit zum Reden zu haben? Oder einfach nur, um etwas länger nicht allein zu sein?

Und ich hab es nicht geschnallt?

Meine Schultern sinken herab, von einem unsichtbaren Gewicht niedergedrückt. Freunde vergessen so was nicht. *Ich* vergesse so etwas nicht.

»Unternehmt ihr morgen etwas?«, frage ich vorsichtig.

Max zuckt mit den Schultern. »Keine Ahnung, ob er das will.«

»Hast du ihn gefragt?«

Seine rechte Braue schießt in die Höhe. Er löst die Hand von dem Bierglas und tippt auf meinen um die Cola geschlungenen Handrücken. »Wird das ein Verhör? Ich komme mit meinem Bruder schon klar. Er ist erwachsen.«

Ich interpretiere das als ein *Nein,* lasse das Thema jedoch ruhen.

»Und, was sagst du zu dieser Location?«, fragt er dann, sieht sich um.

»Wie findest *du* sie?«

»Ich habe dich zuerst gefragt.« Er trinkt einen Schluck. »Also?«

Ich lasse den Blick durch den lauschigen Raum mit den hohen Wänden schweifen, nur einer von vielen neben der kleinen Halle im Zentrum. Jeder Bereich hat seine eigene Identität und damit einzigartiges Potenzial, gestaltet zu werden.

»Leon hat ein gutes Auge.« Getoppt mit einer ordentlichen Portion Vorstellungskraft, das muss man ihm lassen. »Die *Secret Starlight Bar* ist perfekt.«

Tschüss, neue Macs. Ich könnte in diesem Augenblick nicht dankbarer für mein Team und dessen Unterstützung sein.

»Für *rdently*?«

Ich schüttle den Kopf. »Für die vielen verschiedenen Facetten der Liebe.« Ich lehne mich etwas in dem gepolsterten Samt zurück, um zu der kleinen, gut beleuchteten Bühne zu spähen, die glücklicherweise weniger verrucht als Laurents Habitat aussieht. Ideen aus dem Pinterest-Board rattern durch meinen Kopf. »Es geht nicht um uns, sondern um die Community.«

Das entlockt Max ein Grunzen. »Du bist so 'ne Romantikerin.«

Er sagt das, als wäre es etwas Schlechtes.

Wir mustern uns gegenseitig. Nach jedem Welpenblick habe

ich mich gefragt, wie es wohl wäre, mit Max auszugehen. Nur, um in diesem Moment festzustellen, dass ich lieber zu Hause wäre. Oder zumindest mit jemand anderem hier.

Max will Spaß, das hat er viermal auf dem Weg hierher betont. Mir war nicht klar, dass dazu gehört, den Vorfall mit Laurent und den beschissenen Tag, den Leon morgen – *heute* – durchstehen muss, totzuschweigen. Zur Hälfte schiebe ich dieses Verhalten auf Max' abklingenden Rausch, doch die andere Hälfte ist einfach … Max.

Jetzt nimmt er das iPhone in die Hand, textet jemandem mit einem halben Grinsen auf dem Gesicht. Mein gemurmeltes »Ich geh mich noch mal umsehen« nickt er kurz ab.

Ich schlängle mich mit meinem Glas in der Hand zwischen einigen anderen Gästen an den Stehtischen hindurch zum Hauptraum. Als ich außer Sichtweite bin, zücke ich mein iPhone.

Bist du gut nach Hause gekommen?

Bevor ich darüber nachdenken kann, ob diese Nachricht zu privat ist, drücke ich auf Senden. Leere den Rest der Cola und gebe das Glas an der fulminanten Bar ab, an deren Wand Zighunderte Mosaiksteinchen befestigt sind, die das Licht der winzigen Glühbirnen im Schriftzug zum Schillern bringen.

Dieser Ort ist … ein Platz der Vielfalt. Zwei Anzugträger und eine wunderschöne Frau in einem schicken Etuikleid sitzen neben einem Punk-Pärchen an der Bar, an einem der Ecktische lacht eine Gruppe Jugendlicher mit Regenbogenarmbändern. Jeder der Gäste ein einzelner, schillernder Stein, der diesen Ort ausmacht. Nicht nur, weil man den Türcode durch ein paar Hinweise auf der Website erraten muss, sondern weil die gesamte Energie so verdammt einladend wirkt, dass ich am liebsten hier einziehen würde.

Die Kellnerin in einem weißen Hemd und einer schwarzen Fliege lächelt mir über den Tresen hinweg zu. »Möchtest du noch was?«

Ich lehne dankend ab. Ein paar Sekunden später steht dennoch ein Shot mit einer rosa Wolke als Zuckerwatte darauf vor mir. »Alkoholfreier Erdbeerlikör. Du sieht aus, als könntest du etwas Süßes vertragen.« Sie zwinkert mir zu.

Ich lächle sie breit an, kippe den Shot und lasse mich von der Zuckerexplosion auf der Zunge einen Moment lang fortwirbeln. Ein Elderbrook-Song träufelt aus versteckten Lautsprechern auf die gut gelaunten Gäste, als ich weiter durch die Räume schlendere. Hin und wieder bleibe ich stehen, um Fotos zu machen. Eine gute Ablenkung, um nicht mehr an Laurent zu denken.

Geheimnisvoll. Glamourös durch die warmen Goldtöne, das hölzerne Schwarz. Samt. Weiche, strahlende Stoffe und Unbeschwertheit. Lichterketten über Holzbalken drapiert wie die ersten Sterne am Abendhimmel. Ein Ort, an dem man die Zeit vergessen kann. Ein Platz für die richtige Emmy, die bereits schockverliebt in das Interieur ist.

Als Max meine Schulter antippt, bin ich mit dem Betrachten einer Wand im hintersten und dunkelsten Raum beschäftigt. Nur wenige Leute sitzen in den gepolsterten Nischen, davon einige eng umschlungene Pärchen, die sich gegenseitig anscheinend Intimitäten in die Ohren flüstern. *Sinnlichkeit.* Das hier wäre der perfekte Bereich dafür.

»Was siehst du dir da an?«

Das Halbdunkel macht es schwierig, jeden Buchstaben zu erkennen. »Ich weiß nicht so genau«, gebe ich zurück.

»Das ist ein Liebesbrief«, kommt es von hinten.

Die Kellnerin, die mir den Erdbeerlikör geschenkt hat, steht neben uns, zwei leere Gläser auf dem Tablett. »Ein Liebesbrief von meinem Urgroßvater an meine Urgroßmutter.« Sie legt den Kopf schief, der kupferrote Pferdeschwanz schwingt dabei über ihre zarte Schulter. »Er hatte eine Bar in Amerika. Bei einem Urlaub in Berlin hat er sie kennengelernt und geschwängert. Ein Riesenskandal war das damals. Das da«, sie zeigt auf ein paar Buchstaben, die so sehr ineinanderfließen, dass ich sie kaum entziffern kann, »ist meine liebste Stelle. *Wir sind an der Liebe betrunken, oder nicht? Trinken wir nicht jeden Schluck davon, gierig, bis ein Leben ohne uns keinen Sinn mehr ergibt? Bis nichts mehr Bedeutung hat ohne ein Wir.*«

Die Worte ziehen an der Seele, ergreifen mein Herz mit einer ungeahnten Wucht. Da hängt plötzlich etwas an meinen Wimpern, das ich rasch wegblinzle. Ein Verlangen nach einem … *Verlangen* wie diesem macht sich in mir breit, zerquetscht beinahe mein Herz.

»Er ist im Zweiten Weltkrieg gefallen, und sie haben sich nie wiedergesehen. Oma sagt, ihre Mutter ist über diesen Verlust nie hinweggekommen. Über diese Intensität ihrer kurzen Liebe«, fügt die Kellnerin – scheinbar die Besitzerin – hinzu. Nach ein paar Sekunden Stille wendet sie sich Max zu: »Du bist Leon Falks Bruder, oder? Der *rdently*-CEO?«

Max' zustimmendes Brummen verliert sich im Rauschen des Pulses durch meine Adern. *Das ist Liebe*, denke ich, während ich mir den Text nochmals durchlese. *Nicht, dass ich etwas derart Magisches schon mal erlebt hätte.*

Dieser Gedanke sticht. Rührt an dem Wunsch tief in mir, gehalten zu werden, jemanden so innig zu kennen, wie ich ansonsten nur mich selbst verstehe. Dieses Wollen sperre ich weg, verstaue es in meinem Gedächtnis, um den alten Schmerz nicht wieder aus der Reserve zu locken.

Ich bin noch nicht richtig aus der Tragik und der Schönheit der Worte aufgetaucht, die mein Herz voller Empathie schmerzen lassen, drehe mich aber trotzdem zu den beiden um.

»Was hat mich verraten?«, fragt er die Kellnerin.

»Ihr seht euch ähnlich«, sagt sie und zieht eine Schnute. »Außerdem verwende ich eure Dating-App leidenschaftlich gerne. Meine beste Freundin Leyla hat sie mir empfohlen. Ich bin übrigens Maya.«

Spricht sie von der Leyla, der ich vor einem halben Jahr mit einem ghostenden Typen geholfen habe? Wie viele Frauen mit diesem Namen es wohl bei unserer App gibt?

Ich gebe mich gelassen, fühle mich allerdings irgendwie … ertappt. Keine der Frauen weiß, wie ich aussehe. Bei gemeinsamen Chats mit den … Kundinnen halte ich meine Identität bestmöglich unter Verschluss. *Niemand erkennt dich*, beschwichtige ich mein nervös pochendes Herz.

»Das gefällt mir«, sagt Max und zwinkert ihr zu.

Maya nickt. »Die Vorschläge sind richtig, richtig gut, und die Privatsphäre-Einstellungen machen es zu einem sichereren Platz als andere Dating-Apps. Und glaubt mir, ich habe sie alle durch.« Jetzt verdreht sie die Augen. »Kommt Leon auch? Er wollte sich noch mal wegen der Miete bei mir melden. Er war sehr … effizient.«

»Das glaube ich gerne, aber wir haben nur kurz vorbeigeschaut, um uns die Location anzusehen«, erwidert Max, ehe er auf mich deutet und meine Sprachlosigkeit für eine Vorstellung nutzt: »Das ist übrigens Emily. Unsere Top-Entwicklerin und seit ungefähr einer Woche auch Eventplanerin, wie's aussieht. Sie arbeitet mit Leon zusammen.«

»Schön, deinen Namen zu kennen, Emily«, sagt Maya mit einem Grinsen in meine Richtung.

Max lässt sich erklären, welche Anpassungen im Lokal möglich wären. Dabei gibt Maya Max ein Bier aus und mir einen zweiten alkoholfreien Candy-Cotton-Shot. Kurz nach Mitternacht verabschieden wir uns von Maya, die uns hinterher winkt. Mein Kopf brummt, randvoll mit den Ereignissen dieses Abends und den Informationen, die Maya mit einem ansteckenden Enthusiasmus heruntergebrettert hat.

»Hammer-Location«, befindet Max, während wir draußen auf das Uber warten, das ich gerufen habe. Er läuft lieber. Dass es einige Kilometer bis zu seiner Wohnung in Maxvorstadt sind, scheint ihm egal zu sein.

Ich gebe ihm recht. »Ich spreche mit Leon. Wir sollten sie schnellstmöglich buchen, damit wir mit der Werbung und dem restlichen Planen beginnen können.« Zögern. Das Gewicht des schweigenden iPhones in meiner Jackentasche wiegt plötzlich tonnenschwer.

Max tritt an mich heran, das Paisley-Muster seines Seidenhemds leuchtet unter der Straßenlaterne durch den geöffneten Reißverschluss seiner Lederjacke hindurch.

»Du hast da noch etwas Zuckerwatte, Emmy«, murmelt er, anstatt die Frage zu beantworten, und deutet auf seinen linken Mundwinkel.

Ich reibe mir übers Gesicht. »Weg?«

»Falsche Seite.« Dann hebt er seine Hand an meine Wange. Die Fingerspitze seines Daumens gleitet federleicht am Rand meiner Oberlippe entlang. Langsam, Millimeter für Millimeter, Sekunde für Sekunde. »Jetzt.«

Sein Blick wird samtig, die Hand verweilt ein, zwei, drei Momente auf meiner erhitzten Haut, bevor er sie wieder in die Hosentasche schiebt. Mein gesamter Körper ist in Alarmbereitschaft, aber mein Gehirn arbeitet im Schneckentempo. Max …

Das Uber fährt vor, dann sitze ich schon mit einem schwachen Winken auf der Rückbank, Tür zu, Gurt an. Die Verwirrung habe ich natürlich nicht am Bordstein stehen lassen.

Ich lege eine Hand dorthin, wo er mich vor wenigen Sekunden berührt hat, und sehe aus dem Fenster. Max ist verschwunden. Erst im Rückspiegel erkenne ich seine dunkle Gestalt. Zielstrebig läuft er die Straße runter, weg von mir, in die entgegengesetzte Richtung seiner Wohnung.

Er dreht sich nicht um, und als der Wagen in eine Nebengasse einbiegt, verliere ich ihn endgültig aus dem Blick. Mit zittrigen Händen ahme ich seine Berührung nach, den Druck seiner Fingerkuppen, die träge Bewegung seines Daumens. Und warte auf ein Schmetterlingsflattern in der Magengrube, die ganze Fahrt lang.

23

Leon

On how to not choke
on truthful words

Hunderunde?

Ein Wort, nachdem ich ihre Nachricht von letzter Nacht ignoriert habe. Emmy gibt echt nicht auf, oder?

Ich hänge die dunkelgraue Regenjacke ins Bad und schüttle die Haare aus. Tropfen perlen an meinem Gesicht herab, als ich mich vorbeuge, um Frida mit einem weichen Mikrofasertuch abzureiben. Ein wohliges Brummen entfährt ihr dabei. Das benutzte Handtuch versenke ich nach ein paar weiteren Streicheleinheiten im Wäschekorb.

Das iPhone in meiner Hosentasche – glücklicherweise nicht vollständig vom Sturm eingeweicht – vibriert erneut, und ich sehe nach, wer mir geschrieben hat. Selber Chat, genau wie vor fünfzehn Minuten. Ein Corgi-GIF. Mein Magen verkrampft – aus mehreren Gründen.

Nicht genug, dass mich meine Mutter heute schon mit hunderten Anrufen belagert hat. Jetzt auch noch Emmy. Ich hätte definitiv die Klappe halten sollen, anstatt ihr von Laura zu erzählen.

Nein, das stimmt nicht. Es tat gut, den Grund für mein Verhalten zu teilen. Ich verziehe das Gesicht. Diese Sache gestern … Fuck, zu sehen, wie der Typ Emmy auf die Pelle rückt, hat mich so verdammt wütend gemacht. Und der Ausdruck in ihren Augen danach, draußen, vor dem Lokal … Genauso einnehmend wie das unbändige Bedürfnis, sie an mich zu ziehen.

Ich schüttle dieses Gefühl ab. Was klar ist: Dass Emmy keine Ruhe geben wird, bis ich ihr antworte. Also beginne ich zu tippen.

Leon: *Ich war gerade mit Frida draußen. Außerdem: Das Wetter ist mega beschissen, falls du noch nicht aus dem Fenster gesehen hast.*
Emmy: *Yay, du lebst! Hast du heute was vor? Ansonsten könnte ich vorbeikommen. Gamen? Bridget Jones?*

Die Armada an fröhlichen Emojis, die Emmy hinterherschickt, macht es deutlich, dass sie gecheckt hat, welches Datum heute ist.

Leon: *Kein Fernseher.*
Emmy: *Hm, okay. Ich habe gerade gebacken.*

Ein Statement, das ich ignorieren könnte. Es wäre unkomplizierter, mich heute auf der Couch zu vergraben, eine Pizza zu bestellen und die Zeit totzuschlagen. So zu tun, als würde mich dieses Datum kaltlassen.

Ich trommle auf den Rändern des iPhones herum. Schiele zu Frida, die es sich jetzt in ihrem neuen Korb neben dem Bücherregal, das am Donnerstag angekommen ist, gemütlich macht.

Es ist easy, mit Emmy zu reden. Zeit mit ihr zu verbringen, wenn wir nicht auf unterschiedlichen Seiten einer Budgetdiskussion stehen. Sie ist unbeschwert, auf eine Art, die mir weder Laura noch ich selbst je liefern konnten. Was nicht so easy ist: Mir einzureden, dass ich sie nicht sehen *will*.

Emmy: *Drei Sorten Kekse. DREI!*

Ich zögere. Einen Moment nur, dann beginne ich, zu tippen.

Leon: *Hundekekse?*

Emmy schickt ein Emoji, das die Augen verdreht.

Ich grinse, gehe vom Flur ins Schlafzimmer, um die Jeans gegen eine Jogginghose zu tauschen, das iPhone immer in Reichweite.

Emmy: *Wenn ich die einmal mache, will Mochi nie wieder normales Hundefutter. Also nein, es sind Menschenkekse. Matcha-Schoki, Orange-Schoki, Triple-Schoki.*
Leon: *Ich erkenne ein Muster.*
Emmy: *Horrordate-Bewältigung. Ehe mir eingefallen ist, dass ich nur ein Gefrierfach habe. Das mit Tiefkühlzeugs beladen ist. Ich brauche also Unterstützung dabei, Kekse zu futtern. Kennst du jemanden, der sich diesem Task gewachsen sieht?*

Ich schicke ein Krümelmonster-GIF. Ein Grinsen zupft an meinem Mundwinkel.

Emmy: *Wusste gar nicht, dass du das Konzept Humor begreifst.*

Darauf entfährt mir ein bellendes Lachen, das mich selbst überrascht, und ich warte auf die nächste Nachricht, die sie soeben tippt.

Emmy: *Falls du das möchtest, könntest du mich einladen, und wir essen die Kekse gemeinsam. Solltest du lieber allein sein wollen, ist das völlig in Ordnung. Nur, um das noch mal deutlich zu machen.*
Leon: *Effizient. Endlich mal jemand, der auf den Punkt kommt.*
Emmy: *Ich wusste, das würdest du verstehen.*
Leon: *Du bist jederzeit willkommen. Und noch willkommener, wenn du Milch für die Kekse mitbringst.*
Emmy: *Willkommener ist kein Wort.*
Leon: *Google es.*

Eine Dreiviertelstunde später läutet die Türglocke. Kaum dass Emmy Mochi, einen nassen Regenschirm und eine vollbeladene Einkaufstüte bis nach oben geschleppt hat, schnaubt sie: »Es *ist* ein Wort.«

Ich grinse selbstgefällig. »Sag ich doch.«

Jetzt verdreht sie die Augen, die Wangen rosa vor Anstrengung. »Mit dieser Attitüde staubst du keinen einzigen Keks ab.«

Da ist sie wieder: die Emmy, die ich kenne. Komplett mit lila Plüschhut auf dem Kopf. Nicht diese Fremde von gestern, die mit Max mitgegangen ist. Heute früh hat er mich angerufen, auf dem Heimweg von der Kellnerin aus dem Steakhouse. Dafür, dass er Emmy nach dieser Erfahrung nicht nach Hause gebracht hat, würde ich ihm gerne eine verpassen.

Emmy drückt mir die Tasche in die Hand und setzt den strampelnden Mochi ab, der mit einem abschätzigen Gesichtsausdruck zu mir hochguckt und sich kurz von Emmy mit einem mitgebrachten Tuch abreiben lässt. Dann schnuppert er an meinen Socken und an der Sweatpants, die ich angelassen habe. Meine Kollegin ist legere Kleidung ja gewöhnt. Heute habe ich außerdem keinen Bock drauf, mich für irgendjemanden zu bemühen.

»Wie's aussieht, hast du ohnehin den gesamten Supermarkt gekauft.« Ich erspähe einen Karton Milch, Sojasoße, eine Gurke, verschiedenfarbige Paprika, Udon-Nudeln, eine Tupperdose mit selbst gebackenen Keksen. »Danke für die Milch und die anderen Sachen, aber du hättest nicht so viel mitbringen müssen.«

Emmy hängt ihre Tasche auf einen Garderobenhaken, gefolgt von dem Trenchcoat, den sie bei unserer allerersten Begegnung ebenfalls getragen hat. Ich trete zur Seite und lasse sie in den Flur. Der Anblick ihrer Blümchen-Converse neben meinen ledernen Anzugschuhen bringt mich zum Schmunzeln.

»Sagt der, der gestern meine Drinks bezahlt hat.« Sie zuckt mit den Schultern. »Du hast keinen Fernseher. Ich war nicht sicher, ob du einen Kühlschrank besitzt.«

»Der ist ja wohl überlebenswichtig.«

»Ein Fernseher auch«, zwitschert sie und nimmt mir die Tasche ab, bereit, sich auf den Weg in die Küche zu machen.

Bevor ich checke, was ich da eigentlich tue, schnellt meine Hand vor.

Emmy starrt die Finger an, die jetzt auf ihrem rechten Oberarm liegen. Ihr Blick gleitet zu meinem, eine stumme Frage darin.

Du musst das hier nicht tun. Ich schlucke hart. »Danke, dass du hier bist.«

Sie blinzelt. »Das machen Freunde so.« Ein winziges Lächeln legt sich um ihre vollen rosa Lippen. »Oder zumindest

Kollegen, die entscheiden, sich heute mal nicht an die Gurgel zu gehen.«

Freunde …

Solche habe ich nicht. Nicht in München. Max zählt nicht, der ist blutsverwandt. Die Leute, mit denen ich als Teenager um die Häuser gezogen bin, sind jetzt Fremde. Das habe ich bei der Tour mit Max und ein paar seiner Kumpels gemerkt, die ich theoretisch schon mein ganzes Leben lang kenne.

Meine Kehle wird eng. Ich lasse die Hand sinken. »Der Kühlschrank ist da hinten«, krächze ich. *Fuck, Leon, was ist los mit dir?*

Nach einem Moment des Zögerns geht Emmy vor. Gemeinsam verstauen wir die Lebensmittel, kurz von Frida unterbrochen, die sich ihre Begrüßung bei Emmy abholt.

»Wann wusstest du, dass du einen Hund willst?«

Ich greife nach den Gläsern in dem offenen Regal über der Küchenzeile. »Ich wollte keinen.« *Small Talk? Na, geht doch, Leon.*

Fertig damit, die Kekse auf dem Teller zu platzieren, legt Emmy den Kopf schief und lehnt sich mit der Hüfte an die Anrichte.

Diesmal spiegele ich *ihre* Haltung, den Blick auf Frida gerichtet, die unter dem Küchentisch döst.

»Meine …« Nur ein tiefer Atemzug trägt meine Stimme über dieses Wort. »… Laura, meine Ex-Verlobte, wollte Frida. Hat mich monatelang bearbeitet. Ich wollte keinen Hund. Eines Tages bin ich von der Arbeit heimgekommen, und da war sie.« Ich nicke in Richtung des mittlerweile gigantischen Schäferhunds, benannt nach Lauras Lieblingskünstlerin Frida Kahlo. Die Erinnerung an das winzige, schwarze Bündel, das mich an diesem Abend mit wedelndem Schwanz überfallen hat, bringt mich zum Grinsen. »Zuerst war ich stocksauer und dann Hals über Kopf in ihre Knopfaugen verliebt. Laura wollte Frida oder fand zumindest die Vorstellung, einen Welpen zu besitzen, gut, aber seit diesem allerersten Abend gehört sie zu mir.«

»Die besten Dinge im Leben finden einen. Egal, ob man will oder nicht.« Emmys Lächeln ist sanft.

»War das bei dir und Mochi auch so?«

Das bringt sie dazu, lauthals aufzulachen. »Gott, nein. Eigentlich wollte ich eine Golden-Retriever-Hündin aus einem Tierheim holen, mit einer Persönlichkeit wie ein Engel.« Emmys Augen strahlen, als sie zurückdenkt. »Gerade, als ich dort angekommen bin, hat die Familie, die Mochi adoptiert hat, ihn zurückgebracht. Sie wollten einen braven Schoßhund, und Mochi war ein ausgemachter Teufelsbraten. Wenn du glaubst, sein Ego ist *jetzt* groß, hättest du ihn als Welpen sehen müssen.«

»Er war also schwierig?«

»Erziehungsresistent.« Ein schmales Lächeln ziert ihren Mund, als sie die Kekse zu einer Blume anordnet. »Manchmal hatte ich das Gefühl, ich wäre sein Haustier und nicht umgekehrt.«

Ich lege den Kopf schief, verschränke die Arme. »Hat sich daran was geändert?«

»Ich bin mir nicht so sicher«, murmelt Emmy. »Jedenfalls hatte ich Mitleid. Ich wollte eigentlich keinen Corgi, weil sie zuchtbedingt eher anfällig für Gesundheitsbeschwerden sind. Aber ich wollte ihm helfen, und die Tierheimleiterin hatte schon mehrere Leute auf der Liste, die an der Golden-Retriever-Hündin interessiert waren. Deshalb habe ich Mochi mitgenommen.«

»Und, hast du es bereut?«, will ich wissen, obwohl ich die Antwort bereits kenne.

»Keine Sekunde lang. Nicht mal, als er mich einen Monat lang pünktlich um zwei Uhr morgens mit einem Bellkonzert geweckt hat, das mir nicht nur einmal Beschwerden von meinen Nachbarn eingebracht hat. Mittlerweile sind wir ein gutes Team.« Sie sieht Mochi an, die Zuneigung in ihren Augen funkelnd. Dann wendet sie sich mir zu, nimmt den vollbeladenen Teller. »Sollen wir vielleicht ins Wohnzimmer gehen?«

Ich nicke und folge Emmy mit zwei Gläsern Milch und überlasse ihr die Couch, auf der sie es sich so gemütlich macht, als wäre sie hier zu Hause. Sie schnappt sich einen Matcha-Keks und knabbert daran, studiert zeitgleich die Bücherstapel, die nicht ins neue Regal gepasst haben, und nun auf dem Boden neben dem Couchtisch stehen.

»Hast du die alle gelesen?«, fragt sie und deutet auf die Ausgabe von *Thinking, Fast and Slow.*

»Nicht so viele, wie ich gerne hätte«, antworte ich mit einem Schulterzucken.

»Zu wenig Freizeit?«

»Zu viel Arbeit«, kontere ich. Die Eventplanung ist nur ein kleiner Teil. Den gestrigen Tag habe ich damit verbracht, die Abermillionen Werbegrafiken zu sichten, die in unserer Dropbox liegen. Vanessa hat sich nie die Mühe gemacht, sie zu sortieren. Um das Event zu einem Hype werden zu lassen, müssen wir auf Social Media ordentlich rausbrettern.

»Du solltest dich beim Chef beschweren. Sag ihm, dass du eine Assistentin brauchst.«

»Hab doch eine«, schieße ich zurück und stecke mir einen der Schoko-Kekse in den Mund. Shit, ist das lecker.

Und Emmy …

Sie streckt mir tatsächlich die Zunge raus, ehe sie weiter unschuldig an dem Keks knabbert.

Ein überraschter Laut entfährt mir, der in einem gefälschten Hustenanfall untergeht. Wann hat mir jemand zum letzten Mal die Zunge gezeigt? Im Kindergarten? Nicht, dass ich diese Geste bei Emmy zum ersten Mal gesehen hätte. Üblicherweise ist sie jedoch an TJ gerichtet. Doch egal, wie sehr er sie pusht, Jon sie mit Fragen aus dem Arbeitsfluss reißt oder Chris sie auf eine Antwort warten lässt ... Emmy wirkt nie angepisst, bewahrt immer ihre engelsgleiche Geduld.

Ich habe Konzernvorstände schon wegen der Frage, welchen Kaffee sie gerne hätten, überschnappen sehen. Nach unten treten, den Boss raushängen lassen und dann die Arbeit der Mitarbeiter als die eigene ausgeben. Fuck, was hasse ich Menschen, die so sind.

Emmy ist keine von denen. Die lockere Dynamik des gesamten Teams ist ihr Werk. So, wie mein Bruder von Konferenz zu Konferenz jettet und mit diesem Lukas in sauteuren Lokalen diniert, um Geschäftliches zu besprechen, hat er ihr den Großteil der guten Arbeitsatmosphäre zu verdanken.

Ich schnappe mir einen weiteren Keks, drehe ihn zwischen den Fingern hin und her. Auf der einen Seite ist er leicht angekokelt, aber ich schiebe mir trotzdem das ganze Teil in den Mund. Kaue. Schon als Kind konnte Max sich aus den harten Aufgaben herauswinden. Wenn ich ihn dann so wie gestern über Emmy sprechen höre, die quasi die ganze Firma zusammenhält, will ich ihn am liebsten zur Sau machen.

Mein Blick zuckt zu ihr. Sie beobachtet die beiden Hunde, die auf den unterschiedlichen Enden des grauen Couchteppichs liegen.

Ich schlucke, greife nach dem nächsten Keks. »Die sind verdammt lecker.«

»Freut mich, dass sie dir schmecken«, erwidert Emmy. Mit jeder anderen Person wäre es eine Qual, hier zu sitzen und nach Gesprächsthemen suchen zu müssen. Aber mit ihr ... Ich sinke tiefer in die Stuhllehne, strecke die Beine aus, bis sie halb unter dem Tisch zwischen uns verschwinden.

»Trotzdem bleibe ich dabei, dass du zu viel eingekauft hast.«

Sie zuckt mit den Schultern. »Ich wusste nicht, ob du heute Lust hast, einkaufen zu gehen. Und weil ich mir nicht sicher war, was du gerne magst ...« Sie lässt das Ende des Satzes in der Luft hängen. »Bist du aktuell Vegetarier?«

Das Steak, das ich gestern inhaliert habe, ploppt vor meinem inneren Auge auf. »Nope. Schon länger nicht mehr.«

Sie legt den Kopf schief. »Was hat dich umgestimmt?«

Ich verziehe das Gesicht. »Die Arbeit.«

»Bei dieser Salami-Firma?«

Ein Brummen entfährt mir, als ich mich vorlehne, um einen Schluck kalte Milch von dem Glas auf dem Couchtisch zu trinken.

»Welch ein Wunder«, murmelt Emmy.

»Ich hätte kommen sehen können, dass es bei jedem Geschäftsessen und in der Cafeteria vor allem Fleischprodukte gibt. Irgendwann habe ich aufgegeben, dagegenzuhalten, weil es anders bequemer war.«

»Warum hast du dich überhaupt *beworben?*« Sie schlägt ein Bein unter sich und zieht dabei die Ärmel des Kleids über die Finger. »Für mich wäre das ein ... Interessenskonflikt.«

Gestern war keine Spur von dieser Geste zu sehen. Genauso wenig wie von der gelockten Mähne, die mit ein paar glänzenden Spangen aus dem Gesicht gehalten wird. Die Sommersprossen, die hoch auf ihren Wangenknochen sitzen, fallen mir jetzt zum ersten Mal auf.

Willst du wirklich damit anfangen, Leon? Heute?

»Einer der Vorstandsmitglieder war Lauras Vater. Ich wollte nie für diese Firma arbeiten, aber sie hat mich dazu überredet und ihren Vater dazu gebracht, mir ein saftiges Gehalt anzubieten. *Obszön* trifft es eher. Dublin ist nicht das günstigste Pflaster, und der Job, den ich davor hatte, Eventplaner in einem kleinen Musikclub, hat nicht genug abgeworfen. Sie wollte mehr, und ich … Ich wollte ihr mehr geben.«

Emmy räuspert sich, nimmt ihr eigenes Glas in die Hand, dreht es zwischen den Fingern hin und her. »Sag mir, wenn ich zu weit gehe oder falls du nicht darüber sprechen willst, aber … dieses Verhalten war übergriffig, findest du nicht?«

War es das? »Oder praktisch veranlagt.«

»Oder das«, stimmt Emmy zu, obwohl sie sich nicht überzeugt anhört. »Ich habe Erfahrung damit«, beginnt sie vorsichtig, den Blick weiterhin auf das Glas geheftet, »für Leute da zu sein. Aber anderen Menschen zu helfen heißt nicht automatisch, damit auch sich selbst zu helfen. Manchmal gibt man, ohne etwas dafür zurückzukriegen, und das ist okay, solange es nicht zur Gewohnheit wird. Wir verdienen die Unterstützung und das Verständnis anderer. Und unsere eigene.«

Null Plan, was ich darauf sagen soll. Sie hat mit allem recht.

Ob Laura und Kyle sich gerade über mich lustig machen, über diesen Tag? Ob er ihr zeigt, was sie an ihm hat? In dem Bett, das sie und ich an einem verregneten Abend zusammen ausgesucht haben? An dem Tag, an dem wir die Zusage für unsere Traumwohnung erhalten haben und –

Nein.

Sei ehrlich zu dir, Leon. Das war Lauras Wunschapartment. So war das ständig mit ihr. Immer ihres, niemals deins.

Ich lege den Kopf gegen die Lehne des Stuhls und schließe die Augen. Atme aus, bis meine Lungen schreien. Akzeptiere das Aufflackern des Schmerzes. Dabei kann ich nicht mal sicher sagen, dass ich dieses alte Leben vermisse. Teile davon, klar. Die Menschen, Dublin. Das fehlt mir. Laura und Kyle existieren für mich nicht mehr, und was nicht existiert, sollte man auch nicht betrauern.

Ich blinzle, betrachte Emmy unter gesenkten Wimpern hervor. Die verschwundenen Hände, so konträr zu der entspannten Haltung ihres Körpers, als könnte sie nie alles von sich zeigen. Als wäre da immer etwas, das sie verstecken will. Auch sie wurde schon verletzt, das sehe ich ihr an.

Erneut klappe ich die Augen zu. *Ich vermisse den alten Leon*, gestehe ich mir selbst ein. Früher konnte ich lachen. Verdammt, ich war Max ähnlicher, als ich zugeben möchte. Irgendwann war ich so nahe an Laura und so weit weg von meinem Selbst, dass nur die Härte übrig geblieben ist. Alles in mir zieht sich zusammen.

Emmy sollte gehen. Diesen Tag mit jemanden verbringen, der keine fette, schwarze Regenwolke hinter sich herzieht.

Aber das will ich nicht.

Ich will, dass sie hierbleibt. Und das ist fast so schwer zu ertragen wie die Gewissheit, doch nicht gänzlich okay zu sein.

»Du solltest Wandkalender-Texterin werden«, raune ich, schlucke danach den harten Brocken im Rachen runter. »Hat dir das schon mal jemand gesagt?«

»Du hast ja keine Ahnung«, lacht sie, der Laut trägt eine Spur Bitterkeit in sich. »Meine Familie würde sich freuen, dass ihre Schule nicht spurlos an mir vorbeigegangen ist.«

Als ich ihr einen fragenden Blick zuwerfe, erklärt sie: »Alles Psychotherapeuten. Außer mir, das schwarze Schaf.«

»Wohl eher das lilafarbene.«

Sie grinst kurz. »Das Software-Engineer-Klischee vom permanent abgedunkelten Raum und dem *World-of-Warcraft*-Hoodie wollte einfach nicht bei mir greifen.«

»Warum hast du dich denn entschieden, nicht denselben Weg zu gehen?«

»Schwarz steht mir nicht.«

Ich habe das Outfit gestern gesehen. Das ist die größte Lüge aller Zeiten. »Die Psychotherapie, meinte ich.« Ich schlage die Augen auf.

Beim Überlegen verzieht sie die Lippen zu einer Schnute. »Ich denke, dass mich die Probleme anderer Menschen zu sehr mitnehmen würden, weil ich mich nicht gut genug abgrenzen könnte.« Sie atmet tief ein. »Ups, laut ausgesprochen hört sich das echt schrecklich an.« Mit einem Flüstern setzt sie hinzu: »Nicht, dass ich diese Sache mit dem Helfen nicht magisch anziehen würde.«

»Ich kenne da diesen brillanten Kalenderspruch: *Anderen Menschen zu helfen heißt nicht automatisch, damit auch sich selbst zu helfen.* Solltest du dir aufschreiben«, zitiere ich Emmy.

Dafür kassiere ich einen gespielt finsteren Blick.

»Hast du noch mehr Weisheiten auf Lager?«

Emmy verdreht die Augen. »Glaub mir, ich könnte ganze Selbsthilferatgeber damit füllen, und meiner Mutter ordentlich Konkurrenz machen.«

»Sie ist Autorin?«

Emmy nickt, die Mundwinkel kräuseln sich dabei nach unten. Nur eine Sekunde lang, dann ist ihre Miene wieder neutral. »Eine renommierte Paartherapeutin. Jedes Buch, das sie schreibt, geht weg wie warme Semmeln. Ihre Ehe mit meinem Vater ist ein Paradebeispiel. Mia, meine kleine Schwester, hat ihr Händchen für glückliche Beziehungen geerbt.«

Halt die Klappe, Leon. »Und du?«

Arsch.

»Muss ich nach dem *rdently*-Date gestern noch darauf antworten?« Ein gepeinigter Ausdruck tritt in ihre Augen.

»Tut mir leid, dass du das durchmachen musstest. Wie geht es dir?«

Emmy atmet tief ein. »Es geht. Wenn ich an den gestrigen Abend denke, würde ich mich am liebsten in die Badewanne legen und nie wieder rauskommen. Ich … ärgere mich über mich selbst. Weil ich es nicht habe kommen sehen. Er hat mein Nein einfach ignoriert.« Ein hilfloses Schulterzucken folgt. »Ich habe mich noch gar nicht richtig dafür bedankt, dass du …« Sie gestikuliert zu sich selbst, ehe sie sich räuspert.

Doch, das hat sie, aber vermutlich hat sie es in der Aufregung einfach vergessen. Ich taxiere sie. Meine Finger krallen sich in das Holz der Armlehnen, als ich an diesen Arsch denke. »Das ist nicht deine Schuld, Emmy. Wie du gesagt hast: Er hat dein Nein ignoriert, deine Grenze überschritten. Er ist das Problem. Nicht du, nicht deine Angst.« Ich presse den Kiefer aufeinander. »Einzuschreiten, wenn man so etwas mitansieht, ist das Allermindeste.« Sanfter setze ich hinzu: »Freunde helfen einander, schon vergessen?« Diese Worte stoßen etwas in mir an. Ich wende den Blick von ihrem gerührten Gesichtsausdruck ab und picke ein Hundehaar von der Armlehne des Stuhls. »Der war ohnehin nicht gut genug für dich«, presse ich hervor, ohne aufzusehen. Bevor ich mich selbst aufhalten kann, füge ich hinzu: »Wie der Großteil der Typen.« *Was wäre mit mir?* Eine Frage, die ich sofort wieder vergesse.

Aus den Augenwinkeln sehe ich, wie Emmy den Kopf bewegt. Kein Nicken, aber auch kein Nein. Sie schüttelt sich. »Gut genug? Viele Menschen treten aus einem bestimmten Grund in unser Leben, belassen wir es einfach dabei. Die wenigsten können einer anderen Person hundertprozentig alles geben, was sie braucht.« Sie zieht die Lippen nach unten. »Manche liefern nicht mal ein Prozent ab.«

»Entweder es passt, oder eben nicht«, entgegne ich schulterzuckend.

Laura und ich? Nope. Dieser Arsch und Emmy? Definitiv

kein Match. Auch *rdently* mit seinen ausgezeichneten Privatsphäre-Einstellungen und dem Algorithmus, der mit jedem eingegangenen oder aufgelösten Match mitlernt, macht Fehler.

»So einfach ist das nicht«, hält sie dagegen.

»Aber es sollte so einfach sein«, schieße ich zurück, schärfer als beabsichtigt. Heute, mehr als an allen anderen Tagen, sollte ich die Themen Dating und Liebe meiden. Klappt ja prima.

Emmy öffnet den Mund, einen Protest auf den Lippen, ehe sie ihn wieder schließt. »*Let's agree to disagree*«, murmelt sie mit einem Schulterzucken.

Ich würde meine gesamten Aktien darauf verwetten, dass Emmy die Welt durch die rosarote Brille sieht. Alles. Jeden. Auch mich?

Wir könnten stundenlang über die Liebe diskutieren, so viel steht fest. Emmy ist eine Romantikerin. In meinem Umfeld gab es bis jetzt nur Praktikabilität gepaart mit wilder Entschlossenheit, etwas, das ich verdammt heiß fand. Diese Effizienz und die Eindeutigkeit, mit der Laura bei unserer allerersten Begegnung erklärt hat, dass sie und ich ein Paar werden sollten. Kein Fluff, kein Getänzel um den heißen Brei, kein –

»Max und ich haben uns übrigens die Location angesehen. Du hast ein gutes Auge, sie ist großartig«, fügt Emmy hinzu. »Es wäre schön gewesen, wenn du mitgekommen wärst.«

Ich hebe eine Schulter. »Die Nacht war für mich vorbei. Kein Ding.« Für mich ist es eines. Weil ich gehofft hatte, Emmy zu Hause abliefern zu können. Sie in Sicherheit zu wissen, was natürlich ein völlig irrationaler Gedanke ist.

»Ich weiß. Ich hätte auch …«

Ihr eigenes Magenknurren unterbricht sie.

»Hungrig?«, frage ich und bin froh, durch das Geräusch dem Denken zu entkommen.

»Immer«, entgegnet sie mit einem schwachen Lächeln.

»Sollen wir zuerst was kochen und dann mit den Hunden raus?«

»Du musst nicht …«

»Was?«, frage ich, bereit, mich aus dem Stuhl hochzudrücken.

»Du kannst mir sagen, wenn ich gehen soll, weil du allein sein willst. Ich wollte nur, dass du was zu essen daheim hast.« Ihre Finger wirbeln in einer wegwerfenden Geste durch die Luft, das goldene Armband rutscht an ihrem zarten Handgelenk hinab.

Ich sehe sie ernst an, weil ich meine, was ich nun sage: »Ich würde mich freuen, wenn du hierbleibst.« Damit überrasche ich uns beide.

Das vorsichtige Lächeln, das sie mir darauf schenkt, sprengt mir eine Last von der Brust, von der ich nicht wusste, dass sie überhaupt da ist.

Während wir in der Küche stehen und Emmy meine Wohnung mit fröhlichem Geplapper füllt, kann ich nicht anders, als sie zu beobachten. An den Tresen gelehnt schneidet sie die mitgebrachten Frühlingszwiebeln in kleine Ringe, ich schäle derweil den Tofu aus der Verpackung. Die Erinnerung an Mini-Mochi, wie sie ihn nennt, macht ihre Züge weich. Ich lache, wenn sie mit großen Augen von gestohlenen Socken und Schnarcheinheiten erzählt. Sie tut alles, um mich abzulenken, und dafür bin ich dankbar.

Stunden später stehen wir vor der Haustüre auf dem Gehsteig, mit vollen Mägen und vom abendlichen Wind durchfrorenen Gliedern. Frida sitzt zu meiner Linken, Mochi nicht mal zwanzig Zentimeter daneben.

»Mochi und ich werden dann mal …«, fängt sie an, deutet über die Schulter in Richtung U-Bahn-Haltestelle.

Ich schiebe die Hände in die Hosentaschen, nicke. Keine

tausend Worte können ausdrücken, wie dankbar ich für ihre Zeit bin. Für die Ablenkung, für … Emmy.

Nie hatte ich gedacht, dass dieser Tag gut werden könnte. Seitdem ich Laura und Kyle zusammen erwischt habe, hat mich dieses Datum bei jedem meiner Schritte wie ein Schatten begleitet. Hat über allem wie ein Damoklesschwert gehangen und mich nie vergessen lassen, warum ich wieder in der alten Heimat wohne, warum ich für Max arbeite.

Dieser Tag mit Emmy hat mich daran erinnert, dass ich verdammt gerne in München bin und es genug Eindrücke gibt, die auf mich warten.

Ich blicke auf ihre lächelnden, vollen Lippen und kratze mich am Hinterkopf.

Genug *Potenzial.*

Anstatt auf eine Reaktion zu warten, tritt sie an mich heran und legt die Arme um meine starren Schultern.

Eine Sekunde später umarme ich sie zurück. Der Stoff ihres Huts kitzelt meinen Hals, lange Haarsträhnen tanzen über die Hände, die nun an ihrer Taille liegen. Da ist noch immer ein Raum zwischen uns, plakatiert mit dem Label *Kollegen-und-Freunde*. Schon seit gestern Abend wollte ich sie in meine Arme schließen. Jetzt, wo uns keine Distanz mehr trennt, weiß ich: Es ist nicht nah genug.

Für einen irrsinnigen Moment wünsche ich mir, diese Entfernung wäre weg. Ihr Körper an meinem. Die Wärme ihrer Haut unter meinen Fingern. Meine Lippen auf ihren. Ein so derart klares Verlangen, das mich bis in die Knochen trifft.

Ich lasse die Arme sinken, trete einen Schritt zurück, der den notwendigen Abstand zwischen uns bringt. Der Erdbeerduft ihrer Haare ist mir eindeutig zu Kopf gestiegen. Was ihre Geste mit mir macht, versuche ich zu ignorieren.

Emmys Wangen strahlen in einem sanften Pink. Plötzlich

findet sie einen der Knöpfe an ihrem Trenchcoat mega interessant. »Hoffentlich war dieser Tag nicht allzu schlimm für dich.« Erst jetzt sieht sie mich an.

Was immer sie in meinem Gesicht liest, lässt ihre Hände wieder in den Ärmeln verschwinden.

»Dank dir«, raune ich und schlucke angestrengt. »Du hast deinen ganzen Samstag für mich verschwendet«, stelle ich mit einem Blick in den Himmel fest. Nicht mehr lange, und die Straßenlaternen gehen an. Das Funkeln in Emmys Augen würde ich sogar in absoluter Finsternis sehen können.

»Nicht verschwendet. *Investiert.*«

Darauf lache ich, leise. Ich wünschte, wir wären weiter voneinander entfernt. Ich wünschte, wir wären uns näher.

Emmy schüttelt sich kurz. Ist ihr kalt?

»Und, ist der ROI passabel?«, frage ich, die Stimme brüchig, weil ich mich darauf konzentrieren muss, einen klaren Gedanken zu fassen. *Return on Investment*, eine der wichtigsten Business-Kennzahlen und ein Indikator dafür, ob sich eine Investition rentiert hat.

»Mehr als das«, antwortet sie, das folgende Grinsen erhellt die Trübheit um uns.

Dieser Tag hat sich nicht nur für mich bezahlt gemacht, was mich mehr erleichtert, als es vermutlich sollte. »Damit können wir arbeiten, oder?«

Emmy legt den Kopf schief. Sie blickt mich prüfend an, und ich frage mich, was sie denkt. Was sie sieht – die Hunde, mich in der Sweatpants und ausgelatschten Turnschuhen, der krasse Unterschied zu dem Menschen, der ihr Montagfrüh begegnen wird.

»Definitiv«, entgegnet sie und wendet sich mit einem kurzen Winken ab, um in Richtung U-Bahn zu laufen. Mochi trabt neben ihr her. Keiner der beiden blickt zurück.

»Komm«, sage ich leise zu Frida, die die Ohren hängen lässt, als Emmy um die nächste Ecke biegt und sie aus unserem Blickfeld verschwindet.

Zurück in der Wohnung pennt Frida sofort auf dem Wohnzimmerteppich weg. Meine Klamotten landen im Wäschekorb im Schlafzimmer, dann gehe ich ins Bad. Stütze mich am Waschbecken ab und werfe mir einen langen Blick im Spiegel zu. »Fuck«, presse ich hervor, und mein Gegenüber weiß genau, was ich da verfluche.

Diese Umarmung und alles, was sie in mir auslöst, was sie mich wollen lässt … Die Knöchel drohen durch die Haut zu bersten, während ich mich an den Rand des Waschbeckens klammere. Emmys Geruch, der noch immer in der Wohnung hängt, macht die Erinnerung an ihre Wärme wieder lebendig. Daran, wie verdammt einfach es ist, mit ihr zu reden. Die Zeit zu vergessen, wenn diese Lippen ein Wort nach dem anderen formen.

Ich ziehe scharf die Luft ein. Muss nicht an meinem nackten Körper herabblicken, um die Auswirkung dieser Gedanken zu sehen. Ich spüre es – das pulsierende Verlangen, das Ziehen in meinen Fingern, weil ich sie berühren *will.*

Verdammt verzweifelt, Leon. Heute ist ein schwieriger Tag, klar, dass du das willst. Dass du jemanden *willst.*

»Shit«, fluche ich, schüttle zusammen mit dem Spiegel-Leon den Kopf. Dann steige ich mit hartem Schwanz in die Dusche, lasse das eiskalte Wasser auf mich regnen. An die Wand gestützt halte ich den eisigen Nadeln auf der Haut stand, zehn Sekunden, zwanzig Sekunden lang, ehe sich meine Finger um die Erektion schließen.

Dann erlaube ich mir, an sie zu denken.

Wenige Momente später komme ich.

24

Emmy

Eineinhalb Jahre zuvor

Die Flasche Rotwein, die ich vorhin feierlich auf den Namen Ryan getauft habe, findet, es ist eine gute Idee, sich völlig betrunken bei einer Dating-Plattform anzumelden. Selbstverständlich bei einer, auf der man noch nie war. Dabei wissen er und ich genau, dass die Schnittmenge zwischen Tinder, Bumble und Co. riesig ist. Aber wer weiß? Vielleicht zieht diese Hipster-App *rdently*, die bereits kurz nach Launch einen tausendköpfigen Pool von Datingwilligen verspricht, die Traummänner an, die nichts mit den großen Namen der Dating-Apps zu tun haben wollen.

Ryan bleibt geduldig in meiner Nähe, bis ich jeden Satz des Anmeldeprozederes zweimal gelesen habe, um ihn zu verstehen, und dann endlich – *endlich* – vor einem leeren Account sitze.

»Und jetzt?«, frage ich Ryan, strecke die Hand nach ihm aus.

Aber er antwortet nicht.

Von einer halb leeren Rotweinflasche kann man wohl nicht mehr erwarten.

»Das will ich«, seufze ich, und beobachte Ryans Namensvetter Mr Gosling, der in meinem Fernseher gerade leidenschaftlich Rachel McAdams küsst. Die Worte bluten ineinander, werden unverständlich für meine eigenen Ohren. »Aber manchmal kriegt man eben nicht alles, was man will, oder? So ist das bei uns Menschen. Wir kriegen das, was wir *verdienen.*« Ein bitterer Laut entfährt mir, dann setze ich Ryan für einen kräftigen Schluck an die Lippen. Und noch einen. Und noch einen. »Ich verdiene es anscheinend, von Typ Nummer zehn geghostet zu werden. *Zehn*, Mochi, verstehst du, wie absurd diese Zahl ist? Ich sollte ein Jubiläum feiern. Party für alle!«

Ich lache wieder, diesmal geht das Geräusch in einem Schluchzen unter. Zuerst Marco und jetzt Fred, die absolut liebsten Männer, die ich je in meinem Leben getroffen habe. Alles war gut. Zumindest dachte ich das. Ich war so verdammt vorsichtig, habe nicht zu viel und nicht zu wenig von mir verraten, war aufmerksam, spielerisch, *vorsichtig, vorsichtig, vorsichtig*. Ich habe mein Herz schon so oft verschenkt und es Wochen später im Briefkasten mit dem Label *Zustellversuch fehlgeschlagen* wiederentdeckt. Daher war es irrsinnig schwer, mich auf Fred einzulassen. Auf seine liebe Art, das erste Date im Zoo, das eines der schönsten und lustigsten war, das ich je hatte.

Dann … puff.

Weg. Wie Marco. Wie alle anderen.

Und morgen …

Ich drücke die Lider zusammen, lasse den Tränen freien Lauf. Fred war aufgeregt, morgen endlich meine Eltern kennenzulernen. Nach drei Wochen haben wir zwar noch kein offizielles Schild an die Sache zwischen uns getackert, aber wenn jemand *dazu* bereit ist …

Dass er sich seit Montag nicht mehr bei mir meldet und mir nicht mal die Tür öffnet, obwohl ich höre, dass er daheim ist, damit habe ich nicht gerechnet. Aber das ist die Liebe – unberechenbar wie ein wildes Tier, von dem man glaubt, man könne es kontrollieren. Spoiler: Es beißt dann zu, wenn man es am wenigsten erwartet.

Halb blind von den Tränen drücke ich mich vom Küchentisch in die Höhe und sammle Mochi ein, um mit ihm auf der Couch zu kuscheln. Er rebelliert, akzeptiert jedoch sein Schicksal, als ich in sein Fell schluchze, das iPhone weiterhin in der Hand.

Eine Benachrichtigung poppt auf. Mama. Ich drücke sie weg. Vom Screen lächeln mir Mia und eine glücklichere Emmy entgegen, die den Arm um sie gelegt hat. Meine süße Schwester mit ihrem perfekten Freund, der sie ansieht, als wäre sie jedes Juwel der Welt wert. Ein Blick, den ich von unseren Eltern kenne.

Warum ist die Liebe so unkompliziert und eindeutig für sie, während ich nicht mal dafür sorgen kann, dass ein Typ auf meine Nachrichten antwortet? *Was an mir ist so schwierig zu lieben?*

Eine Frage, deren Antwort ich nicht kenne. Das Einzige, was ich tun kann, ist, mir jedes Quäntchen Schmerz aus der Seele zu weinen. »Warum«, seufze ich, meine Stimme nach ein paar Minuten kaum mehr als ein hohles Krächzen. »Warum, Mochi, werde ich geghostet? Wieso können Kerle nicht sagen, was sie wirklich denken oder wollen oder was sie sich von mir wünschen. Warum ist die einzige Reaktion *keine* Reaktion?«

Heute hat mich das Alleinsein völlig unvorbereitet getroffen. Die leere Wohnung, diese absolute Stille, die niemand mit Geplauder oder Geschirrklappern oder dem Vorspann einer neuen Netflix-Serie füllt. Die Abwesenheit von Nähe zu einem Menschen, gehalten und geliebt zu werden und die andere Person selbst auf Händen zu tragen. Warum kann ich nicht haben, was so vielen Leuten unangestrengt in den Schoß zu fallen scheint?

Irgendwann versiegen die Tränen, und Mochi entwischt meinem Würgegriff. Ryan lächelt mich verführerisch vom Küchentisch an, doch diesmal gewinnt der Kühlschrank. Eine übrig gebliebene Portion Pasta landet in der Mikrowelle, und fünf Minuten später sitze ich mit lauwarmer Spaghetti Bolognese und einer Dose Cola wieder auf dem Sofa, eingepackt in eine Kuscheldecke.

Ich habe keine Lust, mich durch das Männer-Angebot zu scrollen, weshalb ich durch die anderen Funktionen der *rdently*-App wische. Einige Dinge müssten verbessert werden, aber das Design, die Anonymität und die Freiheit, sich selbst auszudrücken, stechen jetzt schon heraus. Zusätzlich gibt es ein Community-Forum mit Blog-Funktion. Frage-und-Antwort-Sektionen, Artikel von Personen, die die App verwenden. Ein schöner Gedanke eigentlich – zu wissen, dass man in dieser digitalen Welt nicht isoliert ist. Dass man vielleicht nicht gleich jemanden findet, aber zumindest nicht alleine auf der Suche ist.

Ich scrolle durch ein paar Blogartikel, manche anonym und die anderen unter Pseudonym oder Klarnamen veröffentlicht. Einige der Dating-Geschichten und Gedanken bringen mich zum Lachen, weitere an den Rand des nächsten Heulkrampfs.

Für viele scheinen die Zeilen ein Ventil zu sein, ihre Erfahrungen mit der Liebe zu verarbeiten – egal, ob positiv oder negativ, hoffnungsvoll oder schwarzmalerisch. *Das niederzuschreiben, was man fühlt, gibt Dingen einen Platz außerhalb des eigenen Verstandes,* hat Papa mal zu mir gesagt, als ich ihn völlig verzweifelt wegen einer Klausur und der inkludierten Versagensangst angerufen habe. *Du leistest Großartiges, und dein brillanter Kopf verdient mal eine Pause. Gib sie ihm. Das Papier kann etwas von der Last übernehmen.*

Ich blinzle. Damals habe ich Seite um Seite gefüllt, mich über den arroganten Professor und Noah ausgelassen. Habe jeden Funken Zukunftsunsicherheit in das karierte Papier gesteckt. Mittlerweile ist dieses Schreiben ein festes Ritual geworden, sobald mich die Endphase an der Uni und generell das Leben zu überfordern drohen. Noch nie habe ich diese emotionalen Worte mit jemanden geteilt. Was, wenn …

Ich schiele auf den Screen. Niemand würde erfahren, dass ich die Verfasserin der Texte bin. Ich würde ja keine Namen nennen, weder meinen noch den meiner schlechten Lebensentscheidungen.

Ich nehme einen weiteren Schluck Cola, schiele zu Ryan. »Soll ich?«

Er bleibt stumm.

So eine Flasche.

Dann hole ich tief Luft und beginne zu tippen, mittlerweile nüchtern genug, um vollständige Sätze formen zu können. *Manchmal glaube ich, ich bin ein Geist.*

Das fühlt sich … gut an. Oder zumindest nicht merkwürdig.

Weil mich Männer an irgendeinem Punkt immer zu verlieren scheinen. Sie sich an einem Tag mit einem Lächeln im Gesicht bei mir verabschieden, um sich am Morgen darauf nicht mehr an mich zu erinnern.

Oder vielleicht sind sie die Geister, immerhin haben sie es mir meilenweit voraus, zu verschwinden. Ich wünschte nur, sie würden meine Gefühle für sie mitnehmen. Das Erlebte, die Nähe, die Hoffnung. Ich wünschte, sie würden mir stattdessen eine Antwort dalassen.

Ein Warum als Tausch für die unerwiderten Emotionen.

Ein fairer Deal, oder?

Ich verliere mich in den Worten. Veröffentliche einen, dann zwei Artikel. Nach einer Packung Gummibärchen schreibe ich den dritten. Verewige Noah und Marco und alle anderen auf dieser Plattform, verpacke sie in den Schmerz. Dabei spare ich Namen und Orte aus, lege dafür jedes Molekül Liebeskummer in die Texte.

Ich schreibe und schreibe und schreibe, ehe ich auf die Uhr sehe und mich der Zeiger in die Höhe fahren lässt. Draußen ist es stockdunkel, die Nachtluft hat den Raum durch das gekippte Fenster hindurch mit Kälte gefüllt. Doch das Adrenalin wärmt mich von innen heraus, bis ich im Bett bin, in die Decke eingehüllt. Ob der Schwindel von dem Rausch der Ehrlichkeit oder vom Überrest des Alkohols kommt, kann ich nicht deuten, doch es dauert eine Ewigkeit, bis ich endlich einschlafe.

Stunden später wache ich mit pochenden Kopfschmerzen auf. Aus dem Bett rollen, Aspirin, einen hungrigen Mochi füttern, duschen. Jede dieser Tätigkeiten gleicht einem Kraftakt, und mehr als einmal verfluche ich Ryan. Dann mache ich mich an das Unausweichliche: das Treffen mit meinen Eltern absagen, um Fragen zu vermeiden, die ich gerade nicht beantworten möchte.

Als ich mein Smartphone einschalte, überrollt mich die Flut an Notifications. Alles Kommentare auf die Texte, die ich gestern veröffentlicht und bis gerade eben vergessen hatte.

Was zur …

Ich scrolle mich durch die Worte, die meisten lieb, wenige gemein.

Deine Geschichten haben mich tief beeindruckt! So fühle ich mich auch gerade. Danke, dass du mir gezeigt hast, dass ich nicht alleine bin!

Kann mich jemand kneifen? Ich scrolle weiter nach unten.

Vergiss die Kerle. Minus tausend Eier.

Marcos Bericht hat die meiste Aufmerksamkeit erhalten. Eine grimmige Befriedigung macht sich in mir breit, weil in den Kommentaren das gleiche Unverständnis herrscht.

Ich lege das Smartphone auf den Tisch, atme tief durch. Warmes Licht schimmert durch die Scheibe, taucht die hellen Möbel in samtige, weiche Sonnenstrahlen. Davon eingehüllt trete ich an das gekippte Fenster, schließe einen Moment lang die Augen. Vogelgezwitscher unterlegt von Straßenlärm driftet durch meine Lieblingsstadt, meine Heimat. Etwas in mir kommt dabei zur Ruhe. Zum ersten Mal seit langer Zeit. Die Last der Worte, die ich in mir eingesperrt hatte, ist weg. Von manchen Dates habe ich Mia erzählt, aber bis auf tröstenden Zuspruch und ein paar standardpsychologische Ratschläge, die ich von Mama und Papa kenne, konnte sie mir nicht viel mitgeben.

Das Warum kann mir niemand liefern.

Nur die Typen, die mich ghosten, und aus denen eine Antwort herauszukitzeln … Ich hätte bessere Erfolgschancen in einem Boxkampf.

Dann beschließe ich: Dieser Samstag ist zu schön, um ihn mit Grübeln zu verbringen. Ich schlüpfe in meine Jacke und lege dem Corgi das Geschirr um.

Ich trete hinaus auf die Straße, der Sturm des gestrigen Abends nur ein liebkosender Luftzug. Meine Schritte sind leicht, beschwingt, die Welt ist ein bisschen farbenfroher als an den vorigen Morgen. *An einem anderen Tag werde ich wieder an Männer denken*, beschließe ich und atme tief ein. *Aber nicht heute.*

25

Leon

On how to win the game,
by not playing it

Sturmläuten. Das schrille Ringen der Glocke sprengt meinen Schädel, als ich mich von der Matratze drücke. Auf dem Weg zur Wohnungstür stolpere ich über Frida, die es sich auf dem Vorleger neben dem Bett gemütlich gemacht hat. »Fuck, ich komm ja schon«, schimpfe ich und reiße im Vorbeigehen die Sweatpants vom Boden, die ich mir halb blind überziehe.

»Ja?«, belle ich in die Gegensprechanlage.

Max' Lachen dringt durch den Lautsprecher. »Guten Morgen, Sonnenschein. Schön, dass du dich gestern scheinbar nicht ins Koma gesoffen hast. Mach auf.«

»Alter, es ist Sonntagmorgen. Muss das sein?«, knurre ich. An Wochentagen bin ich um fünf hellwach, aber sonntags will ich so lange wie möglich pennen.

»Lass mich rein, es schüttet. Wenn du nicht aufmachst, muss *ich* Moms Apfelkuchen verdrücken.«

Mein Finger trifft den Schalter, ehe er den Satz zu Ende sprechen kann. Ohne mit der Wimper zu zucken, würde er das tun, und es wäre nicht das erste Mal.

Wenige Sekunden später steht er auf der Matte. »Mom wollte dir den Kuchen gestern Abend eigentlich vorbeibringen. Ich habe ihr gesagt, dass du vermutlich lieber alleine sein willst, nachdem du jeden meiner Anrufe ignoriert hast.«

Ignoriert? Stimmt nicht ganz, ich war beschäftigt. Mit Emmy. Und dem Chaos in meinem Kopf.

»Danke«, antworte ich und nehme ihm die Tüte mit einer von Moms Plastikdosen ab. Ich öffne sie und inhaliere den buttrigen Duft der Streusel. Mein Magen knurrt, obwohl ich mich gestern Abend noch mit den Überresten von Emmys Keksen und der übrig gebliebenen Tofu-Nudel-Portion vollgestopft habe.

Ich deute mit dem Kopf in den Flur und schließe die Tür hinter Max. »Warum bist du zu dieser unheiligen Uhrzeit so verdammt gut gelaunt?«, murre ich und reibe mir den Schlaf aus den Augen. »Solltest du sonntags nicht in Selbstmitleid und Größenwahn ertrinken oder was ihr CEOs so macht?«

Er pfeffert die New-Balance-Sneaker in die Ecke. »Das nennt sich Lebensfreude, Bruderherz. Kann ich dir nur empfehlen.«

»Du hattest gestern Sex, oder?«, frage ich seufzend, ohne wirklich eine Antwort zu wollen.

»Lebensfreude«, singt er mit einem unerträglich fetten Lächeln.

Was auch immer.

Eine Sache, die ich an München hasse: Die unangemeldeten Besuche meines Bruders. Er ist jetzt schon so oft einfach hereingeschneit und hat dabei den Kühlschrank geplündert und meine Bar leer getrunken. Dass er selbst Drinks mitbringt, ist eine Seltenheit. Ich kann nur beten, dass er die versteckten Rotweinflaschen nicht findet. Dann werde ich ihn nie wieder los.

Der Pulli, der unter Max' Lederjacke zum Vorschein kommt,

ist total verwaschen und sieht aus, hätte er ihn schon ein Jahrhundert lang getragen. Der Anblick lässt mich den Mund verziehen.

»Warum habe ich das Gefühl, diesen Hoodie zu kennen?« Ich schlurfe hinter Max in die Küche, wo er sich an der Kaffeemaschine zu schaffen macht.

»Weil es einer von dir ist. Den hast du hiergelassen, als du nach Dublin gezogen bist.« Er dreht sich nicht mal um, das Achselzucken unbedarft.

Ich will gar nicht wissen, was er außerdem eingesackt hat. Aber eigentlich ist das völlig egal. Aus den Sachen bin ich in vielerlei Hinsicht schon herausgewachsen.

Mit verschränkten Armen lehne ich mich an die Kühlschranktür und beobachte meinen Bruder. Die Haare, beinahe so dunkel wie meine, die er jetzt zu einem Knoten gebunden am Hinterkopf trägt. Die kräftigen Schultern. Er ist kein kleiner Junge mehr, obwohl er in meinem Kopf noch immer der Knirps ist, der von den größeren Kindern wegen seiner vorlauten Klappe verdroschen wird. Während ich weg war, ist er erwachsen geworden, und ich habe es verpasst.

Eine Abreibung verdient er nach wie vor.

»Ich sollte dir auch einen Vollautomaten wie den im Büro schenken.« Er trommelt mit den Fingern auf der Arbeitsfläche herum. »Das dauert ja ewig.«

»Ich mag meine Siebträgermaschine, danke.«

»Teufelsteil ist der richtige Begriff.«

»Wenn du gekommen bist, um meine Küchengeräte zu mobben, kannst du dich gleich wieder verziehen. Ich bin zu müde für diesen Scheiß.« Die letzten Worte werden von einem herzhaften Gähnen verzerrt. Beim Lesen gestern Abend ist mir das Buch voll aufs Gesicht gefallen, weil ich einfach eingepennt bin. Gut, dass Max das nicht mitangesehen hat. Er hätte sich totgelacht. »Was mich dazu führt: Was genau willst du hier? Den Kuchen hast du schon abgeliefert.«

Er wirft mir ein Grinsen über die Schulter hinweg zu.

Ein leises Fluchen entwischt mir. »Ich teile nicht mit dir. Geh zu Mom, die fällt garantiert auf dein armseliges Gebettel rein.«

»Hab's bereits versucht. Aber sie braucht den Rest für die Pokerrunde mit ihren Freundinnen heute Nachmittag.«

Wenn unsere Mutter in ihrer Rolle als personifiziertes Zentrum jeder Party aufgeht, verkriecht sich Dad häufig in seiner Werkstatt. Auch als Rentner schätzt er weiterhin ein unaufgeregtes Leben, das hängt ihm wohl von seinem Job als Buchhalter nach. Mom hingegen liebt den Trubel des Friseursalons, den sie leitet.

Max bereitet für uns beide einen Cappuccino zu, meinen hält er mir hin. Ich nehme ihm die Tasse ab und setze sie an die Lippen. Das erste Nippen bringt mich fast zum Würgen.

»Fuck, ist der stark.« Er hat eindeutig an der Milch gespart.

»Den brauch ich. Larissa hat mich lange wachgehalten.«

»Die Kellnerin?«

Sein süffisantes Grinsen ist Antwort genug.

»Magst du sie?«, frage ich und beobachte ihn dabei, wie er in den Schubladen der Küchenzeile nach etwas kramt. Vermutlich sucht er eine Gabel für den Kuchen.

»Den Sex mag ich«, meint er abwesend. Jetzt zieht er die richtige Lade auf. »Ha!«

Bevor er sich über meinen Apfelkuchen hermachen kann, schnappe ich mir die Dose und ein Messer, mit dem ich den Kuchen auf einen Teller schiebe und halbiere. Okay, es sind eher siebzig und dreißig Prozent, aber egal. Max kriegt das kleinere Stück, damit muss er sich zufriedengeben. Für diesen Akt der Nächstenliebe kriege ich nicht mal ein Dankeschön.

»Findet sie das auch?«

»Klar.« Diskussion erledigt. *Ladies and Gentlemen*, mein Bruder, der selbsternannte Romantiker in der Familie.

Was immer er macht und mit wem, geht mich aber natürlich nichts an. Glücklicherweise.

»Couch?«, fragt er, und ich nicke, folge ihm mit dem Kuchenteller und der Kaffeetasse in den Händen in den Flur.

Im Türrahmen zum Wohnzimmer bleibt er so abrupt stehen, dass ich fast in ihn reinkrache.

»Was –«, fluche ich, aber Max fährt herum, die Augen verengt. Dann atmet er laut durch die Nase ein. Schnuppert.

»Ich war's nicht«, sage ich und hebe entschuldigend die Arme, obwohl ich selbst nichts rieche. »Frida verträgt nicht jedes Futter so gut.«

»Emmy.« Mehr sagt er nicht.

Ich warte, meine Mimik eine glatte Maske.

»Diese Kombination aus Erdbeer-Shampoo und Parfum würde ich überall wiedererkennen. Sie war hier.«

Was zum … Ist Max ein verdammter Bluthund? Kann ich es leugnen? *Sollte* ich es leugnen? Mein Bruder starrt mich abschätzig an.

»Gestern.« Mit einem Schulterzucken drücke ich mich an ihm vorbei, mein Tonfall betont gelassen.

»Am Tag deiner nonexistenten Hochzeit.« Er folgt mir zur Couch, setzt sich links von mir hin. »Emmy war wieder Emmy und wollte dich aufheitern, was? Außer …« Er schürzt die Lippen. »Ihr habt doch nichts am Laufen, oder?«

Ich schüttle den Kopf. »Entspann dich. Außerdem willst du doch eh nichts von ihr«, weiche ich aus. Als was hat er sie noch gleich bezeichnet, ein Pony? Ich trinke einen Schluck, verstecke meine säuerliche Miene hinter der Tasse. Die Details seines Privatlebens gehen mich null an. Umgekehrt ist es allerdings genauso. Möglicherweise braucht mein Bruder eine Erinnerung.

»Stimmt.« Er räuspert sich. »Aber manchmal bin ich mir nicht sicher, ob sie das auch weiß.«

»Wie meinst du das?«

Er zuckt nur mit den Schultern. »Sie fährt auf meinen Hundeblick ab.« Max verschlingt seinen Großteil des Kuchenstücks in nur einem Bissen.

»Wie. Meinst. Du. Das?«, formuliere ich meine Frage deutlicher.

»Naja, du hast sie ja erlebt – sie ist keine von denen, die zu allem Ja sagt, was ich von mir gebe. Hin und wieder meinen Charme anzuwerfen hilft, zu kriegen, was ich brauche. Was *rdently* braucht.«

»Also … was? Flirtest du mit ihr, um sie die vermutlich völlig berechtigten Einwände vergessen zu lassen, die die Firma nach vorne bringen würden?«

Max' Haltung verkrampft sich, ehe er mich mit kühlem Blick ansieht. »Du vergisst, dass ich der CEO bin. Am Ende zählt *mein* Wort, weil *ich* den Kopf hinhalten muss.« Er pausiert. »Manchmal ist es wichtig, dass alle an einem Strang ziehen, auch wenn sie nicht zu tausend Prozent von meiner Entscheidung überzeugt sind.«

Mit einem Ruck meiner verkrampften Hand um die Tasse trinke ich den Rest des widerlichen Gebräus aus und schüttle mich. Und dann, weil ich nicht anders kann: »Das ist völlig daneben, Max, genau wie der Kommentar mit dem Pony. Komme da nicht drauf klar.«

Jetzt stöhnt er auf. »Das mit dem Pony war nicht in Ordnung, sorry. Keiner meiner Glanzmomente, geb ich zu.«

»Ich wusste ja, dass du ein Arschloch sein kannst. Aber das mit dem Welpenblick ist absolut der Höhepunkt.«

»Weil sie meine Angestellte ist?«

»Auch. Aber vor allem, weil sie ein Mensch ist. Sie ist großartig in ihrem Job. Wenn sie etwas zu sagen hat und Einwände an dich heranträgt, solltest du sie dir verdammt noch mal anhören und sie ernst nehmen.« Mittlerweile massakriere ich das Kuchenstück.

»Und ich dachte, du kannst sie nicht leiden.«

Jetzt schießt mein Blick zu ihm.

»Also *habt* ihr gevögelt?«

»Fuck. Natürlich nicht«, fluche ich, starre die weiße Zimmerdecke an und lege die Gabel nieder.

»Okay.« Er hört sich nicht gerade überzeugt an, aber das ist mir egal. Geht ihn ja sowieso nichts an. Und wenn wir Sex hätten …

Der Gedanke macht mir die Stimme heißer, als ich sage: »Lass sie einfach ihre Arbeit machen, und spar dir diese Masche.«

»Sprechen wir noch über *rdently*? Oder geht es schon um dich?« Max grinst. »Sag mir einfach, wenn du auf sie stehst. Ein Wort genügt, Leon«, fügt er etwas sanfter hinzu.

Das Arschloch mir gegenüber verwandelt sich zurück in meinen kleinen Bruder, der immer das Glück hatte, jemanden an der Seite zu haben, der gut im Problemlösen ist. Meine Eltern. Mich. Emmy.

Mein Magen verkrampft sich. »Es geht doch gar nicht um mich, Alter, du raffst es nicht«, presse ich durch die Zähne hervor. Ich atme tief aus und ein. »Emmy ist empathisch und romantisch. Lass ihr …«, die nächsten Worte kosten mich Überwindung, »diesen Zauber. Du bist ihr verdammter Chef. *Du* solltest nicht der Kerl sein, der ihren Glauben an die Liebe zerstört, weil er sie benutzt – nur weil du zu faul für die nötige Selbstreflexion als Führungskraft bist.«

Dieser Kommentar sitzt, das sehe ich Max an. Lange Zeit erhalte ich keine Antwort.

Grimmige Befriedigung macht sich in mir breit. Nur weil er bindungsunfähig und mein Verhältnis zur Liebe völlig abgefuckt ist, heißt das nicht, dass andere keine richtige Chance verdienen.

Dieser Gedanke überrascht mich, dieses Bedürfnis, jemanden zu verteidigen, den ich erst kurz kenne. Meine Kehle wird staubtrocken. *Verdammt, Emmy wird doch nicht etwa mit ihrer naiven Sicht auf die Liebe auf dich abfärben?*

»So hatte ich das noch nicht gesehen«, gibt Max nach einiger Zeit zu.

»Gern geschehen«, knurre ich.

»Okay.« Max atmet schwallartig aus. Keine Ahnung, ob er diese Charme-Tour auch bereut. »Ich halte mich zurück.«

»Gut.«

»Du weißt echt, wie man die Stimmung killt.«

»Dafür bin ich da.«

Max verdreht die Augen. »Sicher, dass du nichts von ihr willst?«

»Alter.«

Fuck. Ich presse die Kiefer aufeinander. Zwinge die Atmung, langsam und unauffällig zu bleiben, während mein Herz gegen die Rippen donnert. Max beobachtet mich mit durchdringendem Blick, als würde er mich glatt durchschauen.

Ich will keine Beziehung. Nicht nach dem Loch, das die letzte in mein Leben gerissen hat. Lange war ich stumpf, habe die Emotionen um mich herum nur wie durch Watte gefühlt – gedämpft, surreal, nichts, das jemals an mich herankommen könnte. Doch Emmy hat mit ihrer Empathie einen Weg durch diesen schützenden Wall zwischen der Außenwelt und mir gegraben. Plötzlich sind da wieder … Dinge, die ich sehr lange nicht mehr gefühlt habe. Interesse. Nähe. Beschützerinstinkt. Vorstellungen, die ich nicht haben sollte – Emmy auf mir, keuchend. Das Bild, das mich gestern in der Dusche über den Abgrund getrieben hat. Aber will ich mehr?

So viel mehr?

So wie gestern habe ich mich lange nicht von jemanden halten lassen. Ich habe Laura geliebt. Wirklich. Wir hatten gute Zeiten zusammen, Spaß, haben uns gegenseitig zu Erfolgen und Höchstleistungen angespornt. Bis sie mit Kyle ins Bett gestiegen ist. Etwas, das ich nicht mal als Fehler bezeichnen kann, weil sie sogar in dem Moment, als ich sie erwischt habe, zu der Situation gestanden hat. Sie tut nichts, was sie nicht tun will. Typisch Laura eben.

Doch … Emmys Umarmung hat mir gezeigt, was mir all die Jahre in Dublin gefehlt hat. Eine leise Form der Nähe. Eine, die nichts von den Dächern schreien muss, um ehrlich und liebevoll und da zu sein.

Emmy ist … süß.

Und etwas in mir sehnt sich nach einem verdammten Zuckerschock.

Schlag dir das aus dem Kopf.

Die Wände rücken näher. Kriechen Zentimeter für Zentimeter auf mich zu. Frischluft, das brauche ich jetzt. »Ich sollte mit Frida raus«, räuspere ich mich und werfe Max einen kontrollierten Blick zu. »Willst du mit?«

»Ne, kein Bock.« Er nickt in Richtung Fenster. Draußen geht wieder mal die Welt unter, und ich war so in meinem Kopf, dass ich es nicht bemerkt habe. »Ich penne einfach so lange.« Damit boxt er ein Kissen zurecht und streckt sich auf der Couch aus, die Hände unter dem Kopf, direkt nachdem ich aufgestanden bin. »Falls du bei einer Tanke vorbeikommst: Ich hab Bock auf Snickers.«

Von mir aus kann die Sintflut über mich hereinstürzen, aber ich muss mich bewegen, um diesen Druck auf der Brust abzuschütteln.

Max schnarcht leise, als ich endlich angezogen bin und Frida aufgeweckt habe. Verschlafen folgt sie mir die Treppen runter, akzeptiert den Regen mit gutmütiger Gleichgültigkeit. Meine beschichtete Jacke hält nur einen Bruchteil der schweren Tropfen ab. In dicken Perlen laufen sie über mein Gesicht, der grimmige Ausdruck darauf bringt mir irritierte Blicke der wenigen Passanten ein, die sich genau wie ich durch den peitschenden Wind kämpfen.

Frida drängt sich gegen meine Beine, hält mit mir Schritt. Ein paar Blocks später lichtet sich der Regen zu einem Nieseln. Das Wetter hat den Hundepark geleert. Meine Hündin stört das nicht, sie prescht von einer Zaunecke zur anderen und vermeidet die Schlammpfützen, genau, wie ich es ihr antrainiert habe. Mit hechelnder Zunge trabt sie zu einem der Büsche und beschnuppert ihn.

Ich schließe die Augen und strecke das Gesicht gen Himmel. Atme tief durch, konzentriere mich auf die feinen Nieseltropfen und wie wohltuend kühl sie sich auf meiner heißen Haut anfühlen. Münchens Geräusche fließen an mir vorbei. Straßenlärm, entfernte Schritte, hier und da Wortfetzen. Meine Socken sind in den Sneakern komplett durchgeweicht, die Hose ist nicht weniger nass.

Bin ich dermaßen verzweifelt, dass mein Gehirn irgendwelche Gefühle auf Emmy projiziert? Muss so sein. Die Alternative ist undenkbar. Verdammt, mein Herz ist so zersplittert, dass nicht mal eine Tube Sekundenkleber es zusammenhalten könnte.

Daher tue ich, was ich am besten kann: Ich würge meine Sympathie für Emmy ab. Fertig.

Als Frida und ich wieder durch die Wohnungstür gehen, habe ich mich im Griff.

Max schnarcht noch immer. Das Snickers landet auf seiner Brust und lässt ihn in die Höhe fahren. »Was zur – «, knurrt er, ehe er zurück in das zerknautschte Kissen fällt.

Einige Zeit später, während ich Frida trockenrubble, meldet er sich wieder. »Dein Handy vibriert«, ruft er aus dem Wohnzimmer. »Es ist Emmy.«

Ich friere mitten in der Bewegung ein. Frida spitzt die Ohren, alarmiert von meiner plötzlichen Stille. Mit einem tiefen Durchatmen stehe ich aus der Hocke auf, sage »Na, lauf« zu ihr und gehe langsam ins Wohnzimmer. Max beobachtet mich, während ich das iPhone vom Couchtisch nehme, auf dem ich es gestern Abend liegen gelassen habe.

Mein Daumen schwebt über dem roten Telefonsymbol. Sie jetzt wegzudrücken beschert mir nur unangenehme Fragen. *Was soll's.*

»Hi, Emmy.«

Max beobachtet mich ganz genau.

Ich drehe ihm den Rücken zu.

»Hey, sorry für die Störung. Wie geht's dir?« Ihre glockenhelle Stimme legt sich wie Samt über meine aufgerauten Nervenenden.

»Alles klar soweit. Max ist gerade da und belagert mein Sofa.« Ich schicke einen pointierten Blick über die Schulter, bevor ich mich an das Fensterbrett lehne. Ein paar gelbe Blätter segeln von dem Baum vor meiner Wohnung auf den Boden.

»Geschwisterzeit?«

»Scheinbar.«

»Schick ihm liebe Grüße von mir!« Etwas raschelt. »Warum ich anrufe: Ich habe mein Armband irgendwo verloren. Könntest du bei dir in der Wohnung nachsehen, ob du es zufällig findest? Ein kleiner Anhänger befindet sich daran, ein Pfotenabdruck.«

»Klar, ich sehe gleich nach.« Ohne Max einen einzigen Blick zuzuwerfen, gehe ich in die Küche und inspiziere die Böden. Auch im Flur: nichts.

Emmy atmet laut aus. »Danke.« Zögern. »Gestern war schön. Trotz allem.«

Die Kehle wird mir eng. Ihr Besuch gestern war mehr als schön. Er war notwendig, um diesem Datum die Macht zu nehmen, mich für immer im Griff zu haben. Dafür bin ich Emmy auf ewig dankbar. Die Erinnerung an ihre Nähe, an das knallpinke Kleid und ihre Mähne, in der ich einfach nur meine Hände vergraben will … Ich räuspere mich. »Sollte ich das Armband finden, sende ich dir eine WhatsApp-Nachricht.«

Wir verabschieden uns, danach lege ich auf.

»Ich soll dir liebe Grüße ausrichten«, sage ich, ziehe Max' Beine von der Couch und schiebe meine rechte Hand zwischen die Polster.

»Klar.«

Sein Tonfall gefällt mir nicht.

Gestern war schön. Trotz allem.

»Was wollte sie?« Max beobachtet mich.

»Sie hat ein Armband verloren und wollte wissen, ob es vielleicht bei mir ist.«

Meine Hände gleiten unter den rauen Stoff der Kissen, auch hier keine Spur von dem Schmuckstück.

»Vielleicht hat sie gar nichts verloren und wollte nur eine Ausrede, um sich bei dir zu melden«, mutmaßt Max, wieder halb im Sofa versunken. Am liebsten würde ich ihn bei der Kapuze packen und schütteln, damit er mit diesen bescheuerten Aussagen aufhört. Doch jede Antwort würde ihn aufstacheln, weshalb ich stumm bleibe und weitersuche. Wenig später bin ich auf den Knien, der Arm steckt zwischen Couch und Boden. Ich taste an den schwarzen Metallbeinen entlang, als sich meine Finger um eine dünne Kette schließen.

»Na endlich«, schnaufe ich und halte das goldene Armband in die Höhe. Komplett mit Pfoten-Anhänger.

»Doch kein Versuch, dich anzugraben. Sorry, Bruder.« Max zuckt mit den Schultern.

Mittlerweile bin ich von seinen Bemerkungen mehr als genervt. »Hast du keine Kumpels, die du belagern kannst?«, frage ich und richte mich auf, ziehe das Smartphone aus der Hosentasche. Dann überlege ich es mir anders und gehe ins Schlafzimmer, wo Frida es sich auf dem Bettvorleger gemütlich gemacht hat.

»Das wird ihr gefallen«, murmle ich und drapiere die Kette über Fridas ausgestreckte Pfote.

Gefunden, tippe ich und hänge das Bild an die WhatsApp-Nachricht an. Ich begutachte das Foto. Dann zerfällt das Lächeln, das sich auf meine Lippen geschlichen hat.

Du gibst dir bei diesem Scheiß ganz schön viel Mühe. Was zur Hölle ist mit dir los, Leon?

Ich weiß es doch auch nicht.

Mein Telefon verschwindet wieder in der Hosentasche. Ich werfe keinen Blick darauf, als es vibriert. Einmal, zweimal.

»Ich muss dich rauswerfen, Max.«

»Was? Warum?« Er hängt noch immer auf der Couch, jetzt das eigene Smartphone in der Hand, auf den Fußball-Clip darauf fixiert.

»Ich haue mich aufs Ohr. Du hast mich vorhin aus dem Tiefschlaf gerissen, ich bin hundemüde.«

»Komm schon, du kannst doch nicht nach zwei Stunden wieder ins Bett gehen?«

»Ich bin achtundzwanzig. Ich kann alles machen, was ich will.«

Max flucht, rappelt sich aber auf die Beine. »Mom hat dir ihre Gastfreundschaft definitiv nicht vererbt.«

Ich verziehe das Gesicht. »Du bist nicht mein Gast, du bist mein Bruder. Für dich gelten die angebrachten Formen der Höflichkeit nicht.« Mit hochgezogenen Brauen halte ich Max seine Jacke hin. »Spätestens, seit du mein Auto zu Schrott gefahren hast.«

Mein Bruder stöhnt laut auf. »Dafür habe ich mich schon trillionenmal entschuldigt. Irgendwann musst du diese graue Rostlaube gedanklich zu Grabe tragen.«

Mein Mundwinkel zuckt. Damit kriege ich ihn doch immer wieder dran. Mitten im Winter hat er sich das Auto geborgt, auf das ich ewig gespart habe und das während meiner Zeit in Dublin in der Garage unserer Eltern geparkt war. Er war zu schnell unterwegs, Eisplatte, das wars. Noch immer bin ich froh, dass Max heil davongekommen ist. Der halbwüchsige Baum, in den er reingeschlittert ist, hatte weniger Glück.

»Wir sehen uns morgen, Chef«, sage ich und schiebe ihn aus der Tür. Max macht eine vulgäre Geste, bevor ich ihn aussperre.

Mit einem Kopfschütteln gehe ich ins Wohnzimmer und reiße alle Fenster auf, um Emmys Erdbeerduft endgültig loszuwerden. An jedem anderen Tag hätte ich gern mit Max gechillt, aber heute …

Als die Zimmertemperatur ein unangenehmes Level erreicht hat und es nach nassem Laub riecht, schließe ich die Fenster wieder. Mittlerweile nieselt es nicht mehr, obwohl München weiterhin von einer grauen Wolkendecke überspannt wird. Wer weiß, wie lange dieses regenfreie Zeitfenster anhält.

Zum zweiten Mal heute schlüpfe ich in Jeans – ein neues Paar aus der Kleiderbox, die anderen sind durchgeweicht – und werfe mir die Lederjacke über.

Diesmal laufe ich in die entgegengesetzte Richtung, vorbei am Gärtnerplatz mit seinen Boutiquen, Restaurants und Delikatessenläden. Hin und wieder bleibe ich vor den Geschäften und Cafés stehen, um die Schaufenster oder die Speisekarten zu studieren – etwas, das ich mir schon länger vorgenommen habe. In Dublin hatte ich meine Fixpunkte. Lieblingspubs, von Touristen unentdeckte Geheimtipps. Der Barista im *Cold Cold Brew* kannte mich beim Namen, genau wie meine übliche Bestellung: zwei Cappuccini, einer davon mit extra viel Schaum.

Cafés habe ich bisher so gut es geht gemieden. Verdammt armselig, dieser Respekt davor, eine jahrelang passende Bestellung ändern zu müssen.

Das Schaufenster eines italienischen Delikatessengeschäfts wirft mir zwischen hängenden Salamis ein verkniffenes Gesicht zurück.

Gleich nebenan ist ein Hundesalon, dessen Preisliste ich mir kurz ansehe, ehe ich zum nächsten Geschäft wandere. Ein Juwelier mit ausgefallenen Kreationen und Accessoires. Ketten, Ringe und Armreife springen mir in allen Formen und Farben entgegen, dazwischen Sternzeichen-Anhänger aus Silber, Buchstaben und schimmernde Steine. Ich bin dabei, mich abzuwenden, als mir ein kleiner Anhänger ganz außen ins Auge springt. Ich trete an die Glasscheibe heran, um mir das winzige, goldene Teil auf der Marmorplatte näher anzusehen, und muss laut auflachen.

Alles an dem Ding schreit *Emmy*. Im langen Körper des Corgis ist ein funkelnder, lilafarbener Stein eingefasst. Nicht mal fünfzig Euro kostet der Anhänger, dann kann es sich kaum um Echtgold handeln. Ah, da. Das kleine Schild daneben verrät mir: vergoldetes Sterling-Silber. Sie würde das Teil lieben, und ich kann mir das Funkeln in ihren Augen nur allzu gut vorstellen, wenn sie –

Als ich checke, in welche Richtung meine Gedanken wandern, seufze ich und wende mich ab. Ich bin froh, als ich endlich am Gehweg neben der Isar entlanglaufe.

Der Anhänger …

Max' Worte hallen in meinem Kopf wider. Meine Reaktion auf seine Frage, ob ich etwas von Emmy will – eine glatte Lüge. Seit dieser Typ in der Bar sie bedrängt hat, vergeht keine Stunde, ohne dass ich an sie denke. An ihr Lächeln, an die klugen Dinge, die sie sagt, ihre aufmerksame Art. Ihren Körper. Die Vorstellung von meinen Händen auf ihrer Haut mehr als ein willkommener Tagtraum. Die Frage, wie ihre Lippen sich auf meinen anfühlen würden, berauschend.

Dieses Verlangen, diese Gedanken, verwirren mich. Fuck, heißt das etwa, dass ich heile? Dass ich verzweifelt bin? Oder etwas, das ich noch weniger wahrhaben will?

26

Emmy

Scary things have hearts too

»Elijah hat mich schon wieder aus dem Rennen gekickt. Kannst du das glauben? Was macht der Typ? Bietet er einen Lapdance an, um die Design-Jobs zu kriegen?« Kim knurrt in die Leitung und hört sich dabei wie Mochi an einem schlechten Tag an. »Der Typ und seine Poloshirts tauchen bei allen Ausschreibungen auf, bei denen ich pitche. So ein Stalker.« Sie atmet ins Telefon, das Geräusch knisternd in meinen Kopfhörern.

»Woher weißt du denn, dass er den Auftrag gekriegt hat?«, frage ich und nehme die Stufen zum Büro, anstatt den Aufzug zu rufen und eine abgekappte Verbindung zu riskieren. Die Treppe ist für Mochi zu steil, und ich schwinge ihn in meine Arme, zusammen mit der mit Keksen befüllten Umhängetasche eine Herausforderung.

»Weil er es mir gesagt hat!« Kims Erzrivale zieht wirklich alle Register, um sie zu erzürnen.

»Angeber.«

Sie atmet tief aus. »Der schlimmste von allen!«

»Mhm.«

»Sag mal, was hechelst du denn so?«, fragt sie, ihre Stimme unterlegt von Tastaturklackern.

»Ich laufe die Treppe zum Büro hoch.«

»Absichtlich?«

»Könnte man so sagen«, murre ich und verdrehe dabei die Augen.

»Wie war dein Aufmunterungsversuch bei deinem neuen Lieblingsarbeitskollegen?«, will Kim wissen, ihre Stimme vorsichtig.

»Anfangs war er etwas grumpy, aber das hat sich dann gelegt. Wir hatten echt Spaß zusammen.« Ich schüttle den Kopf. »Dachte nicht, dass ich das jemals sagen würde.« Hoffentlich hat er an mein Lieblingsarmband gedacht, dessen Fehlen mir gestern einen kurzen Herzinfarkt beschert hat.

Ich beiße mir auf die Unterlippe. Hin- und hergerissen, Leons Privatsphäre zu respektieren und dem Wunsch, meiner besten Freundin zu erzählen, was mich beschäftigt, sage ich vorsichtig: »Er war … froh, glaube ich, nicht allein zu sein.«

»Du erzählst mir echt nicht, was ihn so zugerichtet hat, oder?«, hakt Kim nach.

»Damit würde ich mich nicht wohlfühlen. Du weißt, dass ich nicht gerne über das Privatleben anderer rede.« Das kennt sie ja schon von den Frauen, die mich kontaktieren. Die Details, die sie mir anvertrauen, erzähle ich Kim nicht.

Irgendwie habe ich das Gefühl, sie hört mir eh nicht zu, und just in dem Moment, schreit sie kurz auf.

»Das darf doch nicht wahr sein! Elijah hat mir gerade noch mal auf LinkedIn geschrieben.« Ein bitteres, abgehacktes Lachen folgt. Leon ist scheinbar längst vergessen. »*Sorry, Kim, dass ich dich auch bei der Gutmann-Ausschreibung übertrumpft habe – die Zusage ist gerade in meine Inbox geflattert.*«

Mit einem Ächzen halte ich inne. Ich hätte frühstücken sollen. Nicht mehr lange, und ich sehe von dem Gepäck in meinen Armen Sternchen. »Deswegen schreibt er dich an? Um dir diese Info aufs Auge zu drücken? Von Integrität hält er wohl nicht viel, und Teamplayer scheint er auch keiner zu sein. Aber das klingt irgendwie, als würde er auf dich stehen.«

»Was?«, brüllt Kim, und ich zucke zusammen, halte auf dem Treppenabsatz im dritten Stock inne.

»Naja, du scheinst ihm nicht egal zu sein. Ansonsten würde er sich nicht die Mühe machen, dich zu ärgern.« Ich festige den Griff um Mochi und erklimme die letzten Stufen, heftig nach Luft japsend.

»Das hat ihm schon in der Schule Spaß gemacht. Also nein, der steht sicher nicht auf mich, er ist einfach nur ein Arsch.« Sie schnaubt, der Tonfall ist bitter. »Er rüstet sich ja gerne mit seiner Big Dick Energy, als wäre sie ein Panzer.«

Zeit für einen Themenwechsel. Elijah bringt Kim mit einer weltrekordverdächtigen Verlässlichkeit auf die Palme.

»Ich muss jetzt aufhören«, ächze ich und setze Mochi ab, bevor ich den Schlüssel aus der Jackentasche fische und aufsperre. Mit der Schulter drücke ich die Tür auf. »Ärgere dich nicht zu sehr, okay? Big Dick oder nicht.«

Leon friert wenige Schritte von der Küchenzeile entfernt ein, verschluckt sich hustend an seinem Kaffee. Die folgende Reaktion: eine hochgezogene Augenbraue.

Ich murmle irgendetwas, und Kim legt mit einem Lachen auf.

»Schönen Montagmorgen«, sagt Leon mit einer Miene, unter der Amüsiertheit durchschimmert.

Ich schlucke. »Das war … eine Freundin. Mit, äh, Männerproblemen.«

»Wegen seines Penis?«, fragt Leon nach, jetzt ein dreckiges Grübchen-Grinsen auf dem Gesicht, das ich noch nie an ihm gesehen habe. Ich bleibe dabei: Jede Art von Lächeln steht ihm.

Mein Herz stolpert. Seine Meeresaugen fangen es auf.

Eigentlich hatte ich um diese Uhrzeit – montags ist meist niemand vor neun, halb zehn im Office – auf ein wenig Ruhe gehofft, um Jons Code durchzugehen, bei dem sich wieder mal ein Bug eingeschlichen hat, den er in seiner Ungeduld nicht findet. Ich wünschte, ich könnte mich aus dieser Konversation per Command-X-Shortcut entfernen, aber auch irgendwie … nicht.

»Wegen seines Selbstbewusstseins, das definitiv zu aufgeschwollen ist – Peniswitz nicht beabsichtigt.« Mein gepeinigter Gesichtsausdruck ist so zerknautscht, dass mir nach zehn Sekunden sämtliche Kiefermuskeln wehtun. Ich klammere mich an Mochis Leine. »Anderes Gesprächsthema?«

»Du hast damit angefangen.« Er zuckt mit den Schultern. Endlich, *endlich* verbeißt er sich das Grinsen. Dann deutet er mit dem Kinn auf meinen Tisch. »Ich habe dir dein Armband mitgebracht. Es war unter der Couch, warum auch immer.«

Ich lächle ihn an, garantiert knallrot im Gesicht. »Danke!« Mit so viel Würde, wie ich aufbringen kann, gehe ich an ihm vorbei. Ich lade mein Zeug ab und helfe Mochi aus dem Geschirr. Nachdem er die Leine losgeworden ist, läuft er in Richtung Frida, die unter Leons Tisch liegt. Einen guten Meter von ihr entfernt hält er inne, begutachtet sie und floppt dann auf sein flauschiges Hinterteil.

Leon beobachtet mich, während er an seinem Kaffee nippt, und macht keine Anstalten, sich wieder hinter den aufgeklappten Laptop zu klemmen. Stattdessen lehnt er sich an die Küchenzeile, die Arme verschränkt.

Erst nachdem ich Jacke und Schal ausgezogen habe, begutachte ich die kleine weiße Box auf meinem Tisch. »Du hättest das Armband nicht verpacken müssen.«

»Willst du sie nicht aufmachen?«, fragt Leon, als ich drauf und dran bin, die kleine Box in den Rucksack zu stecken.

»Ich vertraue darauf, dass du keine Armbandsammlung zu Hause und mir das falsche eingepackt hast«, sage ich und grinse ihn an. Sein ernstes Gesicht bringt mein eigenes Lächeln zum Wanken. »Oder … ich sehe nach, was drin ist?«

Er hebt kurz die Augenbrauen, also öffne ich die Box.

Auf schwarzem Samt ist mein Armband gebettet, der lilafarbene Stein des Anhängers funkelt, als sich das Deckenlicht in ihm fängt und den Rest des goldenen Mini-Corgis zum Strahlen bringt. Feine Linien sind in den flachen Anhänger graviert, verleihen dem Hund Augen, Ohren, eine Schnauze und gemustertes Fell. Die perfekte Ergänzung zu der kleinen Pfote, die mir Mia zum letzten Geburtstag geschenkt hat.

Mit großen Augen sehe ich von der Schachtel auf, direkt in Leons abwartendes Gesicht. Tausende Emotionsfacetten spiegeln sich in seinen blauen Iriden.

»Er ist wunderschön.« Vorsichtig nehme ich das Armband aus der Schachtel. »Wieso …«

»Weil du für mich da warst, als ich nicht mal wusste, dass ich mir das wünsche.« Schlicht. Unkompliziert.

Das ist es doch, oder?

Sein Blick ist jedoch *alles andere* als unkompliziert.

»Du musst mir dafür nichts schenken. Ich hab das gern gemacht.« Hitze kriecht mir den Nacken runter, sammelt sich in meinem Brustkorb. Dort, wo das Herz ein bisschen schneller als zuvor schlägt.

»Das weiß ich.« Er zuckt mit den Schultern, eine konträre Geste zu der Intensität seiner Miene. »Aber ich habe das Gefühl, dass sich die Menschen, die du unterstützt, nicht oft genug bei dir bedanken. Für die Zeit und Energie, die du gibst.«

Ich öffne den Mund, klappe ihn wieder zu. Sogar die Worte auf meiner Zunge sind verlegen.

»Soll ich dir helfen, es anzulegen?«, fragt Leon, und ich nicke. Momentan vertraue ich weder den Lippen noch meinen Fingern. Ein feines Zittern hat alles an mir fest im Griff.

Ich vergesse, wie man atmet, als er die Kaffeetasse auf Chris' Tisch abstellt und näher kommt. Jeden Schritt setzt er behutsam.

Er nimmt mir das feingliedrige Goldbändchen ab, an dem jetzt zwei Anhänger baumeln. Behutsam legt er es mir um, seine warmen Finger arbeiten an meiner Haut daran, den winzigen Verschluss einzuhaken. Der Ärmel seines dunkelblauen Anzugs streift meine Handfläche wie eine sanfte Brise. Ich beobachte ihn bei diesen sicheren Bewegungen, atme sein frisches Aftershave tief ein.

»Da, bitte.« Leons raue Stimme entflammt die Gänsehaut erneut. Seine linke Hand liegt weiterhin um das Handgelenk, ein stetiger, warmer Druck, der mich davon abhält, Abstand zu nehmen. Dann, ganz langsam, dreht er meine Handfläche nach oben und inspiziert das kleine Tattoo wenige Zentimeter darunter. Die einzelne, schwarze Linie, die sich zu einem Bild schlingt – Mochi und ich, unsere Silhouetten, meine Hand in seinem Fell. Die einzige Tinte, die ich unter der Haut trage.

»Dein Tattoo ist mir schon im *Green Ivy* aufgefallen.« Sein Daumen streicht darüber und bringt meinen Puls zum Erschaudern. »Seitdem habe ich mich gefragt, was es ist.«

Ich sollte meine Hand zurückziehen. Distanz zwischen uns bringen. Weil das hier zu viel ist. Der Anhänger, alles. Weil es zu viel sein *sollte* …

Das Problem? Ich will nicht. Ich genieße die Berührung, das unverhoffte Quäntchen Nähe und alles, was ich dabei fühle. Obwohl ein Großteil davon total unangebracht ist, weil –

Das *Ding* des Aufzugs lässt mich quasi aus Leons Nähe springen. In Sekundenschnelle sitze ich vor meinem Mac, doch Leon hat keinen Stress, die Kaffeetasse von Chris' Schreibtisch zu fischen. Sein Blick brennt auf mir, das Gefühl von seiner Haut an meiner weiterhin präsent, als Max durch die Aufzugtüren stampft.

Er hält sofort inne und beäugt uns, das Smartphone in der Hand. Auf seinem Drei-Tage-Regenwetter-Gesicht braut sich ein Gewitter zusammen. »Meine zwei Chiefs, natürlich wie immer die Ersten im Office«, sagt er lächelnd, doch es sieht eher wie ein Zähnefletschen aus.

»Jemand muss den Laden am Laufen halten«, erwidert Leon nüchtern. Dann wirft er mir einen Blick von der Seite zu, zwinkert.

Keine Ahnung, was ich mit diesem Zwinkern anfangen soll. Es in meiner Erinnerung aufheben? Oder es schnellstmöglich vergessen?

»Alles gut hier?«, fragt mich Max. »Du siehst aus, als hätte Leon dir gerade von seiner peinlich großen Briefmarkensammlung vorgeschwärmt.« Der Scherz geht im verkniffenen Zug seiner Lippen unter.

Ich zwinge mich dazu, zu blinzeln. »Briefmarkensammlung?«

»Mein großer Bruder war schon mit zehn ein seltsamer Nerd. Wann immer wir mit unseren Eltern in Urlaub gefahren sind, wollte er als Souvenir eine Briefmarke.«

»Sagt der, der bis fünfzehn mit einem Teddy geschlafen hat.«

Max verdreht die Augen. »Uncool, Bruder«, knurrt er. »Ihr seht angespannt aus, dabei hatte ich wenigstens hier auf lockerere Stimmung gehofft. Lukas hat mir eben schon eine halbstündige Standpauke gehalten. Wir müssen dieses Event schneller auf die Beine stellen.«

Wir?

Leon und ich.

Er scheint dasselbe zu denken, wenn ich das Hochziehen seiner Braue richtig deute. »Wir arbeiten dran«, gibt Leon knapp zurück, verschränkt die Arme, den halbvollen Kaffeebecher in der Hand.

»Ich weiß. Aber ich brauche euren vollen Fokus darauf. Das heißt, dass ich dir die Social-Media-Werbung abnehme, Leon.«

Der sieht wenig glücklich darüber aus, protestiert jedoch nicht. Max macht sich auf den Weg zur Küchenzeile.

Ich fahre den Mac hoch und öffne die Online-Entwickler-Plattform GitHub, um mir Jons Code zu Gemüte zu führen.

»Und, Emmy?«

Ich drehe mich zu ihm um. Mein Boss greift nach einer Tasse und bugsiert sie unter den Tropf des Vollautomaten. »Das gilt auch für dich: Lass die Software Software sein. Das Event hat oberste Prio.«

»Aber diese Woche stehen viele Bug-Fixes an und –«

»Nichts *und*«, fährt Max dazwischen.

»Wir tun bereits unser Bestes. So schnell und so gut wir können.« Ich atme tief ein. *Komm schon, du schaffst das, biete ihm die Stirn.* »Jon braucht später meine Hilfe, was hoffentlich maximal eine Stunde dauert, und das Meeting gleich mache ich auch mit. *Dann* fokussiere ich mich auf das Event. Okay?«

Seine Augenbrauen zucken nach oben, dann marschiert er mit einem kurzen Nicken in sein Büro und schließt die Tür hinter sich. Diesmal telefoniert er mit niemandem, will aber klar seine Ruhe haben.

Ich schließe die Lider und atme tief durch. Als ich sie wieder öffne, empfängt mich Leons nachdenklicher Gesichtsausdruck, der sofort in eine Mischung aus Neutralität und Neugierde umschlägt. Millimeter für Millimeter biegt sich sein rechter Mundwinkel nach oben.

Dann sieht er wieder auf den Laptop vor ihm, seine Augen vom schwarzen Rand der Brille verdeckt. Das vorsichtige Lächeln bleibt, wo es ist. Was mich ebenfalls mit einem Grinsen an die Arbeit gehen lässt.

Die beiden Hunde schlafen, und bald ist es nur mehr ihr synchrones, leises Schnarchen, das das Büro füllt.

Zumindest bis TJ eintrudelt, der mir von dem Wochenende bei seiner ziemlich vergesslichen Großmutter erzählt. Wenig später stößt Chris dazu, der sich überraschenderweise zu einem gemurmelten *Guten Morgen* hinreißen lässt.

Ich kann ja sagen, was ich will, aber dieser Montag ist eine wilde Achterbahnfahrt.

Knapp zwei Minuten vor dem Abstimmungsmeeting, das wir Entwickler jeden Montag veranstalten, um uns gemeinsam auf die kommenden Tage vorzubereiten, schlurft Jon durch die Aufzugtüren. Das Hemd ist falsch zugeknöpft, und er sieht aus wie nach einer *World-of-Warcraft*-Nachtschicht.

»Müde?«, frage ich und verbeiße mir das Grinsen.

Als Antwort gähnt Jon ausgiebig und schafft es gerade noch so, auf den Bürostuhl zu plumpsen.

»Dude, du trägst deine Jacke falsch herum«, macht ihn TJ aufmerksam.

Jon schaut an sich runter, verdreht die Augen und zieht sie richtig herum an, eine eher grimmige Miene aufgesetzt. Ich spare mir eine Bemerkung zu den Knöpfen und teile stattdessen eine Runde Kaffee aus, den wir alle brauchen, ehe es an die Besprechung geht. Chris fasst die Backend-Tasks in nur wenigen Worten zusammen, während TJ die aktuellen Frontend-Aufgaben bis ins kleinste Detail präsentiert und damit

Jon die Chance nimmt, etwas beizusteuern. Der sieht ohnehin nicht so aus, als hätte er groß Lust drauf. TJ wirft ihm immer wieder pointierte Blicke zu, doch er gibt es irgendwann auf, eine Reaktion aus Jon herauszukitzeln. Gemeinsam sehen wir uns die Timeline für die kommenden Wochen an und diskutieren, wie wir die Dinge am besten angehen – oder besser *mein Team*: Ich erkläre ihnen, dass mein Fokus aktuell auf dem Event liegt – noch mehr als zuvor –, und wir besprechen, wer welche Aufgaben übernimmt und was wir zeitlich nach hinten pushen können.

Sie sehen nicht begeistert aus.

»Es ist die eine Sache, weniger Cash für unsere Projekte zu kriegen. Aber du bist die größte Ressource, die wir haben, Emmy.« TJ zieht eine Schnute. »Unser Meister Yoda, ohne die Falten und mit besserer Frise.«

»Ach, Quatsch. Ihr kriegt die Arbeit ja auch während meiner Urlaube hin.« Ich studiere das Whiteboard, das ich von seinem Platz an der Wand hinter Chris zu meinem Schreibtisch gerollt habe.

»Urlaube?« TJ streicht sich über die gebleichten Haare. »Du meinst das eine Wellness-Wochenende und die paar Tage zu Weihnachten, an denen sowieso keiner von uns gearbeitet hat?« Er schüttelt wild den Kopf, was seine Frisur in Unordnung bringt. »Unsere Software-Queen wir brauchen.«

Jon studiert seinen Screen. Chris starrt auf meine krakeligen Buchstaben auf dem Whiteboard.

»Nur temporär es ist«, antworte ich TJ im Yoda-Style. »Nimm es als Challenge. Ich bin im Notfall da, aber ihr kriegt das auch als Trio hin, selbst wenn ein paar meiner Aufgaben zu euren dazukommen. Es wird stressig, und das sehe ich, bitte denkt immer daran, okay? Ich schätze eure Arbeit wirklich sehr, hoffentlich wisst ihr das.«

Sie nicken. Nur TJ zieht eine Schnute, und mir wird bewusst, wie sehr sich das Team darauf verlässt, dass ich auch zwischen ihnen der Zuckerguss bin, der sie zusammen- und bei Laune hält. Und wie ich TJ bei Laune halte, weiß ich: »Ihr könnt mich jederzeit ansprechen, und ich helfe euch, aber ich muss mich auf das andere Projekt konzentrieren. Wenn du mir helfen möchtest, könntest du die Tickets übernehmen?«

TJs Augen leuchten auf. Er umkreist die Organisation unserer Tasks – genannt Tickets – schon länger wie ein Geier. Seine Augen funkeln genauso wie der silberne Zebra-Druck auf seinem T-Shirt.

»Yes!«, ruft er und jubelt, die Arme in die Höhe geworfen.

Jon verdreht die Augen. »Was zur verfickten Hölle«, murmelt er, doch TJ ist so gehyped, dass er es in seiner Euphorie gar nicht mitkriegt.

Okay, das ist genug. So gehen wir hier miteinander nicht um.

Nach Ende des Meetings sucht Leon meinen Blick, doch ich gebe ihm ein Zeichen. *Gleich*. Dann schlendere ich um Chris' Platz herum und stelle mich neben Jon, der direkt zu mir aufsieht.

»Hast du kurz Zeit?«, frage ich mit einem freundlichen Lächeln. Ich habe noch nie mit jemandem aus dem Team schimpfen müssen. Meine Geheimwaffe ist Empathie und ein privates Gespräch.

Jon nickt knapp, und ich ignoriere TJ, dessen Blick uns bis ins Treppenhaus verfolgt. Ich schließe die schwere Tür hinter uns und plumpse auf die oberste Stufe. Jon macht keine Anstalten, sich neben mich zu setzen, bis ich auf den leeren Platz klopfe.

Im Schneckentempo folgt er meiner Aufforderung. »Was?«, fragt er etwas forscher als notwendig.

»Was ist los, Jon?«, will ich mit sanfter Stimme von ihm wissen. »Und sag mir jetzt nicht, dass alles in Ordnung ist.«

Den Mund, den er zu einem Protest geöffnet hatte, klappt er wieder zu. Dann bleibt er still.

Aber er hat die Rechnung ohne meine Geduld gemacht. Wir können gerne den ganzen Tag hier sitzen.

Jon lässt die Arme über die Knie hängen, eine nachdenkliche Miene aufgesetzt. Ich gebe ihm eine Minute, zähle die Sekunden runter. Sechzig davon später noch immer nichts.

Nach einem tiefen Atemzug breche ich die Stille zwischen uns. »Ich spüre, dass du angespannt bist. Ist es irgendwas, wobei ich dir helfen kann? Du musst nicht darüber sprechen, wenn du nicht möchtest. Aber ich bin für dich da – als Teammitglied und als Freundin. Das weißt du, ja?« Jon starrt geradeaus, also begutachte ich die kahlen, weißen Wände des Flurs und die grauen Stufen, die nach unten in die anderen Stockwerke führen.

»TJ hat unrecht«, sagt er ein paar Augenblicke später. »Du wärst eher Grogu als Yoda.«

Ich platziere die Hand auf der Brust und schniefe gespielt. »Weil ich so süß bin?« *The Mandalorian* haben wir vor Monaten zusammen als Team nach Feierabend gesuchtet. Grogu war mit Abstand das Beste an der Serie.

»Das auch, aber weil du so empathisch bist und immer direkt checkst, wo du helfen musst.« Jon seufzt, jetzt sieht er mich endlich an. »Er hat es vergessen.«

»Was?« Klar, dass von TJ die Rede ist – obwohl der nie etwas vergisst, dafür sorgt sein penibel sortierter Kalender.

»Unser erstes Date«, erwidert Jon kleinlaut. Dann weiten sich seine Augen. »Oh, shit, keine Ahnung, ob ich das sagen sollte. Ist das ein Problem?«

Das bringt mich zum Lachen. »Dass ihr euch datet?« Ich

kann nur den Kopf schütteln. »Wir sind nicht in Amerika, wo man so was bei der Personalverwaltung melden muss. Macht das, was euch guttut.« Ich knuffe ihn. »Hast du ihm gesagt, warum du sauer bist?«

Jon reibt sich über das stoppelige Kinn. »Nicht so direkt.«

»Also nein.«

Er wirft mir einen langen Seitenblick zu. »Du bist gruselig.«

»Ich bin ja auch ein grüner Alien mit spitzen Ohren«, gebe ich mit einem Grinsen zurück.

»Es ist … Letzte Woche Montag, da hat er mich gefragt: Hey, Jonny, willst du nächsten Freitag was trinken gehen? Und dann hat er mich versetzt. Ich bin so sauer. Immerhin ist es TJ, der vergisst doch nie etwas.«

»*Nächsten* Freitag?« Ich lege den Kopf schief. »Sicher, dass er nicht den Freitag in dieser Woche gemeint hat?«

»Hä, warum?«

»Es gibt einen Unterschied zwischen *diesen* Freitag und *nächsten* Freitag.«

Jon vergräbt das Gesicht in den Händen. »Echt jetzt?«

»Echt jetzt.« Ich stehe auf. »Klär das mit ihm. Egal, was seine Antwort ist: Sprecht euch aus, das tut immer gut.« Dann nehme ich seinen Arm und ziehe ihn mit auf die Beine.

Wieder zurück im Büro geht Jon schnurstracks auf seinen Platz zu, anstatt TJ an der Kaffeemaschine abzufangen, und ich seufze innerlich. Als er jedoch das iPhone zückt und wild darauf herumtippt, wage ich es doch noch, auf ein Happy End zu hoffen.

Zu meiner Linken ertönt ein leises *Plopp,* das beinahe im Rauschen und Krachen des Vollautomaten untergeht. TJ zieht sein Smartphone aus der Hosentasche und schnappt nach Luft. Er wirbelt herum, wirft Jon eine Kusshand zu, ehe er nickt. »Klar steht das noch! Und Asiatisch klingt total gut.«

Dann hätten wir das ja geklärt.

Ich fülle mein Wasserglas auf und mache mich in das Gefilde der imperialen Marketingabteilung auf.

Mochi liegt nun keine zehn Zentimeter von Frida entfernt und sieht verschlafen zu mir hoch, als ich ihn mit dem Fuß antippe. »Hey, du Süßer. Bin ich nicht mehr cool genug, um mit mir abzuhängen?«, frage ich den Corgi.

Mochi blickt zu mir hoch, dann entfährt ihm ein Laut, der nach einem Hüsteln klingt. Er toppt das Ganze noch mit einem bombastischen Seitenblick, der sagt: Verzieh dich, du bist mega-peinlich.

»Na, vielen Dank auch«, murmle ich und stemme die Hände in die Seiten, als Mochi und ich uns ein Blickduell liefern. Dann beginnt er zu hecheln. Ich strecke ihm daraufhin ebenfalls die Zunge raus.

Nach ein paar Sekunden vereinnahmt ein tiefer Laut meine Aufmerksamkeit. Eine Gänsehaut huscht über meine Arme.

Leon … lacht.

Laut und rau. Ein Geräusch, das mein Herz zum Singen bringt. Ich schlucke.

Irgendwo hinter mir murmelt TJ: »Was zur Hölle? Darth Vader zeigt Gefühle?« Zustimmendes Gemurmel folgt. Jon. Eine Tastatur klappert unterdies weiter, sicherlich die von Chris.

»Ihr beide seid wie füreinander geschaffen«, sagt Leon und schüttelt den Kopf, fängt meinen Blick auf.

Ich mag, wie seine Augen glänzen.

Ich mag es ein klein wenig *zu sehr*.

Sie bringen *mich* zum Glänzen.

»Es heißt ja, dass man sich dem eigenen Haustier immer mehr angleicht, oder?«, frage ich mit neckischer Stimme.

»Nicht andersrum?«, will er wissen, noch immer grinsend.

»Gegen Mochis Attitüde kommt nicht mal meine eiserne Willenskraft an.«

Leon mustert mich noch einen Augenblick, dann wendet er den Blick von mir ab und nickt in Richtung des PCs. »Die Location ist übrigens gebucht. Jetzt müssen wir nur noch sehen, was möglich ist.« Er hebt eine Schulter. »Ich werde die Besitzerin anrufen und fragen, wann wir eine Begehung machen können. Da solltest du am besten auch dabei sein.«

Ich nicke. »Maya war supernett.«

Leon legt irritiert den Kopf schief, ehe ihm ein Licht aufgeht. »Es freut mich, dass dir die Location gefallen hat.« Er nimmt sein Telefon vom Tisch, das ordentlich neben dem Laptop liegt, und wählt Mayas Nummer. Leons multiple Identitäten machen sich nicht nur beim Kleidungsstil bemerkbar. Der Schreibtisch ist im Gegensatz zu dem Tischchen vor seiner Couch penibel aufgeräumt. Ich bin gespannt, wie seine Wohnung aussieht, wenn sie fertig eingerichtet ist.

Emmy, warnt eine Stimme in mir, die ich am liebsten ausblenden würde. Sie ist der raue Klang meiner kombinierten schlechten Erfahrungen. *Leon ist Liebeszyniker* UND *ein Kollege. Brauchst du einen weiteren Grund, um endlich wieder klar im Kopf zu werden?*

Das mit dem Armband …

Einfach nur eine nette Geste. Interpretiere nichts hinein, das du später bereuen wirst.

Ich wende mich ab und sehe aus dem Fenster, während Leon mit Maya spricht. Blende dabei seine Worte aus, mustere den grauen Himmel draußen. Versuche mein Bestes, das warme Gefühl in der Magengrube zu ignorieren, als ich seine Aufmerksamkeit auf mir spüre.

Herrgott, Emmy, reiß dich zusammen! Da ist ein Kerl mal nett zu dir, und schon bist du ein bisschen verknallt in ihn.

Dieser Gedanke lässt mich innerlich winseln. Mein Atem beschlägt in einem ungesunden Tempo die Scheibe vor mir. Ertränkt meinen eigenen Herzschlag in einem ohrenbetäubenden Rauschen.

So ist das nicht.

So ist das nicht, oder?

Mein Mund wird staubtrocken, und ich husche in Richtung Küchenzeile, wo ich ein riesiges Glas Wasser in einem Zug leere. Ich muss mit Kim sprechen. Schnellstmöglich.

Mit zittrigen Fingern fülle ich das Glas ein weiteres Mal, diesmal nippe ich in Zeitlupentempo daran. Ich drehe es hin und her, konzentriere mich auf die Lichtfragmente, die sich in den winzigen Edelsteinen auf meinen Ringen brechen. *Das ist normale Zuneigung, Emmy. Du hast doch den Rest deiner Kollegen auch richtig gern. Denk dir nichts dabei.*

Als hätte mir dieses Mantra schon jemals geholfen, nicht mehr über etwas nachzugrübeln.

Das Räuspern in meinem Rücken lässt mich zusammenfahren. In aller Schnelle male ich ein Lächeln auf mein Gesicht, das sich völlig falsch und heuchlerisch und unsicher und verdreht anfühlt.

Leon schiebt die Hände in die Hosentaschen. »Wir sollen so in einer Stunde da sein. Hast du Zeit?«

Ich nicke, vertraue meiner Stimme nicht.

»Sollen wir vorher noch kurz mit den Hunden raus?«

»Das kann ich machen«, bietet sich TJ an. »Ich bin der weltbeste Hundesitter!«

Leon sieht zu mir, und ich nicke erneut, heilfroh über die Ablenkung. »TJs Mutter hat zwölf Dackel, der weiß, was er tut.«

»Zwölf?« Leons Augen werden groß.

»Ich bin Einzelkind.« TJ zuckt mit den Schultern. »Mams

hat es nie verkraftet, dass ich den Schwarzwald zum Studieren verlassen hab. Jedes Mal, wenn ich sie besuche, hat sie einen Neuen.«

»Dackel?« Leon kratzt sich am Hinterkopf.

»Ehemann.« TJ lächelt säuerlich. »Der neue Dackel kommt danach, wenn die Partnerschaft mal wieder den Bach runter gegangen ist.«

»Was macht die mit denen, wenn sie in den Urlaub will?«, murmelt Leon leise.

Ich verkneife mir das Grinsen.

»Meine Tante hat einen Bauernhof, die kriegt die dann einfach aufs Auge gedrückt. Jedenfalls bin ich schon mehrmals mit meinen *Geschwistern*«, TJ verdreht die Augen, »Gassi gegangen. Wenn ihr mir die Leinen gebt, kann ich endlich mein Cooler-großer-Bruder-Gen ausleben.«

»Du bist der epischste Dog-Sitter!« Ich werfe TJ eine Kusshand zu. »Also, danke fürs Angebot, aber ich denke, wir können die beiden einfach mitnehmen.«

TJ zuckt mit den Schultern. »Auch gut.«

Ich lächle ihn dankbar an, Leon und ich schlüpfen in die Jacken und leinen die Hunde an, die bei unserem Aufbruch direkt schon bereitstanden.

Die Spiegel im Inneren des Aufzugs brüllen mir von allen Seiten entgegen, wie gut wir zusammen aussehen. Dass Leons dunkle Ausstrahlung perfekt mein eigenes Licht ergänzt, aus Sonne und Nacht einen … einen ganzen Tag werden lässt. Ich wende den Blick ab, und vier Stockwerke später habe ich meine Contenance wiedergefunden.

Es mag sein, dass sein Geschenk mehr bedeutet, vielleicht aber auch nicht. Und es mag auch sein, dass mich der private Leon anzieht, aber jetzt und hier hat das nichts zu suchen. Wir haben ein Event zu planen.

Auch wenn es ziemlich schwierig ist, nicht daran zu denken, wie wohl ich mich in seiner Nähe fühle. Sein Verhalten, sein Lachen, seine Struktur und Ehrlichkeit … das alles löst was in mir aus. So was wie … Geborgenheit. Als könnte ich alle Masken fallen lassen, um ganz ich selbst zu sein.

Etwas, das bei meinem Geheimnis viel zu verlockend wirkt.

»Wollen wir noch kurz was essen?«

»Ja, klar, gern!« Dann lächle ich zurück. Schiebe die Nervosität so weit von mir weg wie möglich und bestätige mir innerlich, dass jetzt nicht meine Gefühle im Vordergrund stehen. Später … später werde ich mit Kim darüber sprechen.

»Dann lass uns eine Station früher aussteigen. Wir haben viel vor heute, ein voller Magen kann nicht schaden.« Er und Frida gehen vor mir die Stufen zur U-Bahn-Station *Universität* runter, ich folge mit Mochi. »Ich habe gestern einen Laden entdeckt, den ich unbedingt ausprobieren will.«

In der U-Bahn lässt sich Leon auf den Platz mir gegenüber fallen. »Ist so eine Art Salatbar, die auch Wraps haben.«

»Klingt gut«, sage ich und lächle ihn an. »Ich habe in den letzten Wochen so viel Pizza und aufgewärmte Pasta gegessen, dass ich mich wie ein gigantisches Kohlenhydrat fühle. Ein guter Salat wäre genau mein Ding jetzt.«

Er lächelt beruhigt ob seiner Essensauswahl, dann räuspert er sich. »Ich glaube, ich habe dir das noch nicht so direkt gesagt, aber … Ich finde es cool, dass wir *zusammen* an diesem Projekt arbeiten. Auch, wenn es technisch gesehen nicht zu deinen Aufgaben zählt.«

»Da hast du recht. *Technisch* gesehen gehört Marketing nicht zu meinen Aufgaben als Chief *Technology* Officer«, grinse ich, und Leon muss wegen seiner eigenen Wortwahl schmunzeln.

Wärme durchflutet mich. Und Dankbarkeit. Weil es sich nach dem holprigen Start endlich so anfühlt, als wären Leon und ich bei einander angekommen. In diesem Moment ist mir das Geschenk, das er mir gemacht hat, oder sein attraktives Äußeres völlig egal, als ich ergänze: »Es macht auch Spaß, mit dir zu arbeiten, Leon. Du hast krass viel drauf. Und …« Mein Tonfall wird eine Nuance kratziger, ohne dass ich etwas dagegen tun kann. »Ich fühle mich wohl.« *Bei dir.* »In unserem Zweierteam.«

Leons Blick funkelt, und schnell wende ich den Blick ab, sehe zu den beiden Hunden. Mochi sitzt an meine Beine gepresst, eine Pfote keinen Millimeter neben der von Frida platziert. Natürlich spinnt sich die Romantikerin in mir das zusammen, doch beinahe wirkt es so, als wären die beiden kurz vorm Händchenhalten. Total niedlich.

»Wir sind doch eher ein Quartett, oder?«, fragt Leon, der meine Aufmerksamkeit verfolgt hat. Seine Augen leuchten, das Blau ein Meer voller Möglichkeiten.

»Stimmt. Warum Mochi sich dann nicht an der Miete beteiligt, ist mir leider völlig unklar«, sage ich, und Leon lacht. Etwas in mir jubelt, weil ich es endlich schaffe, dass Mr Grumpy immer öfter lockerer wird. Macht mich ein kleines bisschen stolz, weil es wohl ein Zeichen dafür ist, dass sich Leon auch bei mir wohlfühlt.

Hätte mir an Leons erstem Tag in der Firma jemand gesagt, dass wir heute hier sitzen würden und uns über eine enge Zusammenarbeit freuen würden, hätte ich es nicht geglaubt.

Aber jetzt?

Jetzt kann ich mir das ziemlich gut vorstellen.

Ihn. Mich.

Uns.

In einem Team. Lachend bei einem Frühstück. Draußen mit den Hunden. Händchenhaltend. Bei einer innigen Umarmung, einem Kuss, Haut an … Haut.

Diese Erkenntnis durchfährt mich wie ein Schlag, als ich Leon betrachte, der nun aus dem Fenster sieht. *Ich bin in ihn verliebt*, denke ich. Lasse diese Möglichkeit, dieses Potenzial erstmals zu, weil ich mich nicht mehr dagegen wehren kann.

Doch was, wenn ich mich auch gar nicht mehr dagegen wehren *will*?

27

Leon

On how to not know what to feel

Das mit dem Anhänger war eine Scheißidee. Dabei dachte ich, dass das eine nette Geste wäre, um danke zu sagen. Entgegen aller vorherigen Entschlüsse.

Wie immer fingert Emmy an dem Teil herum, als sei es zu ihrem Anker geworden – oder zu etwas, das sie am liebsten augenblicklich loswerden würde, weil nun etwas von mir dranhängt und ihr das Gewicht dieser Geste zu schwer wird.

Emmy betreibt mühevoll Small Talk mit mir, während die Hunde neben uns ein Schläfchen einlegen. Das hier ist … anders als Samstag. Anders als die Fahrt hierher, bei der sie noch locker gewirkt hat. *Ich fühle mich wohl*, das waren ihre Worte, die sich tiefer in mein Herz gegraben haben, als ich je geahnt hätte.

Was, wenn das nicht solche Geschenke beinhaltet? Wenn wohlfühlen eben nur wohlfühlen ist und sie sich fragt, was das sollte?

Ich merke, dass ich unsicher werde, mir wünsche, dass sie ihre Meinung über mich und unsere Zusammenarbeit nicht mehr infrage stellt. Nie mehr.

»War es zu viel?«, unterbreche ich den Monolog darüber, wie

bescheuert das Wetter zurzeit ist. Ich halte es nicht mehr aus. Effizient kann ich.

Emmy starrt mich an, die pinken Lippen leicht geöffnet. »Was?«, fragt sie mit ruhiger Stimme, wendet sich dem halb aufgegessenen Falafel-Wrap zu, und pickt an der Serviette herum.

»Der Anhänger.« Mein Kiefer arbeitet.

»Er ist wunderschön.« Emmy streicht über den kleinen Stein, ein schmales Lächeln auf den Lippen. Gezwungen. Mein Arsch. Wann habe ich sie zum letzten Mal so zurückhaltend erlebt?

An meinem allerersten Tag bei *rdently*. Als ich sie noch für die schrägste junge Frau gehalten habe und sie mich für ein Arschloch.

»Das habe ich nicht gefragt«, gebe ich zurück, mein Ton schärfer als beabsichtigt. »Bin ich dir damit zu nahegetreten?«

»Mit Schmuck? Unmöglich.« Sie hebt eine hellbraune Augenbraue, ein Funkeln in dem Schiefergrau ihrer Iris. »Außer du ziehst jetzt einen Verlobungsring aus der Tasche. *Das* würde mich dann doch etwas überraschen.«

»Keine Angst.« Ich schlucke. »Den Fehler mit dem Verlobungsring mache ich kein zweites Mal.«

Emmy erstarrt, die Wangen unter den aufgerissenen Augen mit einem Fingerschnippen knallrot. »D-das habe ich nicht so gemeint, Leon. Ein total unsensibler Vergleich. Es tut mir leid.«

»Beantworte meine Frage.« Ich lehne mich gegen die Plastiklehne, sehe sie direkt an. Wenn ich jetzt nicht auf eine Antwort beharre, geht der Scheiß hier den Rest des Tages weiter. Und das braucht keiner von uns. »Bitte«, füge ich etwas versöhnlicher hinzu.

»Es war … unerwartet.« Sie fängt meinen Blick auf, obwohl es ihr sichtlich schwerfällt, die Grimmigkeit zu ertragen, die ich wohl ausstrahle. »Aber eine schöne Überraschung«, fügt

Emmy behutsam hinzu. »Ich liebe es, Menschen zu helfen. Für sie da zu sein«, gibt sie zu. »Das Leben wäre viel einfacher, wenn man sich nur um sich selbst kümmern würde, aber so war ich noch nie. So wollte ich nie sein, obwohl es anstrengend wird, wenn die Leute sich daran gewöhnen, dass sie sich auf mich verlassen können.« Sie atmet aus, ehe sie leise hinzufügt. »Was ich sagen will: Der Anhänger ist perfekt«, haucht sie und berührt ihn dabei leicht. »Eine Erinnerung daran, dass ich jemandem in einer schwierigen Situation helfen konnte. Aber wir freunden uns an, Leon. Du musst mir nichts dafür geben, dir Gesellschaft zu leisten. Das machen Freunde einfach.« Sie hebt eine Schulter, lässt sie wieder sinken.

Ich mustere Emmy lange. Verliere mich in dem blonden Chaos ihrer Locken, in dem offenen Blick, den sie mir zuwirft. Ihr Körper in dem flauschigen Cardigan, das eng anliegende Kleid darunter. Der Ansatz des Tattoos an ihrem Handgelenk, das ich heute zum ersten Mal aus der Nähe gesehen habe.

Freunde.

Ich denke über die Bedeutung dieses Wortes nach.

Denke an Kyle. An Max. An … Gespräche. Leichtigkeit. Ausgehen. Unbeschwertheit.

Fuck.

»Okay«, sage ich, weil mir nichts Intelligenteres einfällt. »Danke.«

»Nicht dafür.« Sie schenkt mir ein befreites, breites Lächeln.

Und mit diesem Lächeln checke ich, warum mir dieses verdammte Wort in diesem Moment so auf den Sack geht.

Warum es wehtut, obwohl sie was echt Nettes gesagt hat.

Ich mag Emmy. Mehr als ich sollte. Mehr als gut für mich ist. Mehr als nur als Freunde. *Viel mehr.*

Meine Lungen verkrampfen sich. Mit einem Mal fällt mir das Atmen schwer. »Isst du das noch?«, frage ich Emmy, und drehe mich nach ihrem Kopfschütteln zu dem schlaksigen Kellner, der gerade an uns vorbeigeht. »Die Rechnung, bitte.«

Emmy kramt in ihrer Tasche, doch ich schüttle den Kopf. »*rdently* zahlt.« Bei dieser Kamikaze-Event-Organisation haben wir uns einen Wrap verdient. Genau wie einen Besuch bei einem Stressbewältigungskurs. »Spesenabrechnung.« Damit lege ich meine Kreditkarte auf das Gerät, das der Kellner nach Ewigkeiten an unseren Tisch bringt.

»War alles in Ordnung?«, fragt er.

»Es war wirklich lecker, nur etwas viel«, meint sie mit einem Nicken zu dem übrigen Drittel des Wraps.

Wäre ich ihr Freund, hätte ich ihr den Rest ihrer Portion vom Teller geklaut und mich mit einem Kuss bedankt. Schade um den guten Wrap.

Aber fuck.

Ihr Freund. Bin ich bescheuert? Warum denke ich so was?

Freund*e*.

Ein verfluchter Buchstabe, der den ganzen Unterschied macht.

28

Leon

On how to ignore
when your heart is racing

»Ich freue mich total, dass ihr uns gebucht habt, das klingt nach einem richtig coolen Event.« Maya grinst uns mit wackelnden Augenbrauen an, als wir nach der Begrüßung und einem Kaffee mit der Lokalbesichtigung loslegen.

Sie führt uns herum und wirft mit so vielen Zahlen und verschiedenen Einrichtungsmöglichkeiten um sich, dass mein Gehirn raucht. Hundert Leute gehen dort rein, siebzig in den Nebenraum, da können die Tische raus, diese Trennwand kann man für zusätzlichen Platz öffnen. Beamer, Pop-up-Bars, DJ-Sets, geschätzte Kosten, Rabatte, Zulieferer, Technik, Brandschutz. Vierhundert Leute passen in die Location. Die kriegen wir, dafür sorge ich. Ich sauge jedes Detail auf, speichere die Infos in meinen Gehirnwindungen und verdränge damit alle Gedanken an Emmy oder die Situation, in der ich mich auf einmal wiederfinde. Das muss warten. Jetzt brauch ich meinen Intellekt, damit Max und *rdently* bekommen, was sie brauchen, um diesen Lukas zu überzeugen.

»Was ist mit dem Innenhof?«, fragt Emmy, als wir wieder an

der Bar stehen und Maya auf einem ausgedruckten Grundriss herumkritzelt. »Gehört der zur Location?«

Maya nickt. »Im Sommer haben wir dort auch eine Bar aufgebaut.«

»Wäre das jetzt auch möglich?«, hake ich nach. Je mehr Leute wir reinkriegen, desto besser. Obwohl das beschissene Wetter ein großes Risiko darstellt. Niemand ist gerne draußen, wenn München wieder eine Schlechtwetterlaune hat.

Maya wiegt den Kopf, doch Emmy kommt ihr zuvor. »Das Event soll exklusiv sein? Vierhundert Menschen, die sich über die App für ein Ticket bewerben und hoffen, eines durch den Zufallsgenerator zu kriegen …« Emmy zieht eine Schnute. »Ich denke, es wäre besser, denen gleich am Anfang einen Wow-Moment zu liefern, anstatt noch eine Bar hinzuklatschen.«

»Woran denkst du?«, frage ich und zwinge mich dazu, in ihre Richtung zu blicken. Fuck, wie hart es geworden ist, sie anzusehen.

Ein verschwörerisches Lächeln kriecht auf ihre Lippen, das meinen Magen hüpfen lässt. »Kommt mal mit.«

Das stählerne Grau des Himmels lässt mich kurz die Augen zusammenkneifen, sobald wir in den Innenhof treten. Nur durch ein großes Tor zugänglich liegt er isoliert zwischen den fensterlosen Wänden von zwei Häusern. Ein paar Blätter wiegen sich auf dem weißen Granitboden, hier drinnen kaum berührt von dem kühlen Luftzug außerhalb dieses Verstecks. Ein Baum steht einsam in der Mitte, kahl.

»Was ist das Schönste an der Liebe?«, fragt Emmy und streckt die Arme aus.

Ich antworte nicht.

Maya sieht auch recht ratlos aus. »Nicht allein zu sein?«

Emmy wiegt den Kopf. »Man sollte nicht mit jemandem zusammen sein, nur um sich nicht einsam zu fühlen, oder? Aber guter Gedanke. Für mich wäre es allerdings etwas anderes: das Licht, das die Person in mir entzündet. Der Funke. Die Wärme, die man nur gemeinsam fühlen kann. Ein Lauffeuer der Leidenschaft.« Sie sieht mich an.

Für einen Wimpernschlag verhaken sich unsere Blicke, und ich fühle, was sie fühlt. Sehe das Event durch ihre Augen. Emmy hat ein Glitzern in sich, ein Strahlen, dem ich mich nicht nur deshalb nicht entziehen kann, weil ich auf sie stehe.

Sondern weil sie verdammt gut in ihrem Job ist.

Ich habe Max darauf aufmerksam gemacht. Ich sollte ihr auch vertrauen.

Und als würde ich ihr das nur dadurch mitteilen, dass ich nicht mehr wegsehen kann, befeuchtet sie ihre Lippen mit ihrer Zungenspitze und spricht weiter.

Nur für mich.

»Würde man für all die wunderbaren Augenblicke, die die Liebe einem schenkt, ein Licht entzünden, hätte man am Ende ein strahlendes Meer.«

»Ein Dach aus Lichterketten«, wirft Maya ein, und ihr leises, begeistertes Quieken durchbricht die Magie. Beide wenden wir uns ihr zu. »Das ist machbar! Wir haben reichlich Stromanschlüsse.«

»Was meinst du, Leon?«, fragt Emmy leise und zieht unsicher ihre Nase kraus. Die Vorsicht in ihrem Gesicht ist offensichtlich. Sie weiß, dass ich in der letzten Stunde auf Distanz gegangen bin, so aufmerksam ist sie. Doch je länger sie mich betrachtet, desto weicher wird ihr Blick. Diese Sanftheit trifft mich wie ein Tritt in die Magengrube. Es ist das, genau das.

Es ist egal, wie heiß ich sie finde.

Es ist egal, wie schräg sie sich kleidet und wie ekelhaft süß sie mit ihrem Hund umgeht.

Ihre Weichheit, ihre Empathie. Sie sieht mich.

Und ich kann nichts dagegen tun.

»Damit kann ich leben«, antworte ich mit rauer Stimme.

Emmys Augen blitzen überrascht auf, erneut wendet sie sich Maya zu. »Sollen wir wieder reingehen? Es ist doch recht frisch«, fragt sie, und die Barbesitzerin läuft vor uns zurück in das Lokal. Ich folge den beiden.

Ich würde mich gern dagegen wehren, etwas bei ihrem Anblick zu fühlen.

Aber wem mache ich etwas vor? Dafür ist es verdammt noch mal längst zu spät.

Maya verschwindet in einem Raum hinter der Bar, Emmy bleibt vor mir am Tresen stehen. Eine wahnwitzige Sekunde lang frage ich mich, was passieren würde, wenn ich näher an sie herantreten würde – bis sich ihr Rücken an meine Brust schmiegt, ihre Haare meine Oberarme und meinen Hals kitzeln würden.

Nur ein Gedanke. Eine Wunschvorstellung. Ich kann meinen Körper trotzdem nicht rechtzeitig davon abhalten, ihr zu folgen, kann nicht widerstehen.

Doch ich mache lediglich einen Schritt nach vorne, bis ich knapp hinter ihr stehe und ihr Erdbeerduft zu mir weht. Sie dreht den Kopf zu mir, die Augen groß und grau, die Lippen leicht geöffnet.

Mein Herz rast. Das Schlucken gleicht einem Kraftakt, als sie meinen Blick gefangen nimmt. Nur eine Sekunde lang, dann gleitet ihrer über mein Gesicht bis zu meinem Mund. Zumindest vermute ich das. Ich wende mich ab, bevor ich sicher sein kann, beuge mich an ihr vorbei und ziehe den Plan mit dem Grundriss des Lokals näher an mich heran.

»Wenn wir das machen, dann richtig«, erkläre ich mit rauer Stimme die Überraschung, die ich Emmy eben bereitet habe, weil ich den Lichterketten zugestimmt habe. Ich bringe den nötigen Abstand zwischen uns, setze mich auf einen der Barhocker. Maya kommt mit drei Gläsern Wasser zurück und überredet uns zu einer Runde Kaffee. Emmy bleibt neben mir stehen, noch immer zu nah und trotzdem nicht nah genug, als ich auf dem Papier herumkritzle. »Lasst uns nicht nur horizontal denken. Vertikal.« Ich markiere die Stellen, wo wir Verlängerungskabel brauchen.

»Lichtervorhänge?« Emmy ist sichtlich entzückt von dieser Idee und setzt sich neben mich. Sie lehnt sich vor, eine Haarsträhne streift dabei meinen Oberarm und bringt mich zum Erschaudern.

Unwillkürlich sehe ich zu ihr, das Lächeln auf ihren Lippen ein Magnet für meinen Blick. »Du wolltest doch ein Lichtermeer, oder?«

Auf der anderen Seite des Tresens klatscht Maya in die Hände. »Ich sehe das schon vor mir. Ein Eingang perfekt für TikTok und Instagram! Exorbitante Reichweite? *Cha-ching*!« Ihr aufgeregtes Grinsen steckt Emmy an, ihr Strahlen so breit, dass es mir in den Augen wehtut.

»Meine Tante verleiht Hochzeitsdekoration, die hat letzten Winter eine Trauung ausgerichtet, bei der sie ungelogen hundert Lichterketten in der Location installiert hat. Soll ich sie fragen, ob sie das auch für euch machen würde?«

»Klar, könntest du sie gleich anrufen?«, fragt Emmy. »Dann wissen wir Bescheid.«

»Gute Idee, gebt mir zwei Minuten!« Kaum hat sie diese Worte ausgesprochen, verschwindet Maya in dem Büro hinter der Bar.

»Alles ok bei dir?«, fragt Emmy leise, kaum dass wir allein sind. Mit ihrem Zeigefinger tippt sie auf meinen linken Handrücken. Der Griff um die Espressotasse, die mir Maya gegeben hat, verstärkt sich.

Wenn du mich so ansiehst wie vorhin, bin ich gefährlich nahe dran, dich um einen Kuss zu bitten.

»Dieses Gerede von Liebe ist nicht leicht«, lüge ich und hebe den Blick. Das warme Licht der Deckenlampen, die Maya vorhin angemacht hat, lässt Emmys Haare wie flüssiges Gold wirken, das ihre schlanken Schultern entlang nach unten tropft.

Shit.

Ich lehne mich zurück und verschränke die Arme.

»Es tut mir leid, wenn es zu viel für dich ist.«

»Es ist ... nicht nur das.«

»Was denn noch?«, will sie wissen, den Kopf jetzt geneigt, die grauen Augen einige Nuancen dunkler durch den Schatten, der über ihrem Gesicht liegt.

Ich zucke mit den Schultern. »Romantik wird überbewertet, dazu stehe ich. Aber für dieses Event brauchen wir sie nun mal, also werde ich das schon aushalten.«

»Warst du schon immer der Meinung?« Emmy lehnt sich nach vorne, ihr Blick intensiv. »Dass Romantik nichts für dich ist.«

Mein Herzschlag beschleunigt sich. Eine Sekunde vergeht. Zwei. »Nein.«

Ich war nie einer der Typen, der Rosenblätter in der Wohnung verteilt. Aber ich weiß, wie es sich anfühlt, jemandem nahe sein zu wollen, auf alle Arten, die es gibt. Mit Mühe versuche ich dieser Erinnerung nachzuspüren, diesem Gefühl. Es ist so lange her, dass ich derart ... hungrig nach dieser Art von Nähe war.

Emmy mustert mich. Nicht urteilend, nur nachdenklich. »Ich hoffe, dass du irgendwann irgendjemanden findest, der dich daran erinnert.«

»Woran?« Ich kann nichts dagegen tun, dass mir die Stimme bricht.

»Dass die Liebe ein Geschenk ist. Dass Romantik die Welt ein wenig bunter färbt, wärmer, strahlender macht.« Ihr Tonfall gleicht einem Flüstern. »Dein Schmerz beschützt dich vor Enttäuschungen, Leon. Aber er nimmt dir gleichzeitig die Möglichkeit, dich fallen zu lassen. Du darfst keine Angst davor haben, aufgefangen zu werden.«

Wut kocht in mir hoch. Emmy glaubt, über meinen Schmerz urteilen zu können? Sie hat nicht erlebt, was ich erlebt habe. Jede meiner Fasern ist bis zum Zerbersten angespannt, und ich suche nach Worten, die nicht kommen, weil –

Sie recht hat.

Diese Erkenntnis lässt den Ärger implodieren, bis er verpufft.

Ich weiß es doch.

Ich weiß, wie unklug es ist, mein ganzes Leben wegen einer – zugegeben verdammt miesen – Erfahrung zu verteufeln. Vielleicht gebe ich der Liebe früher oder später wieder Raum in meinem Leben. Aber definitiv nicht jetzt. Jetzt steht die Angst Hand in Hand mit ihr, dass es wieder passiert. Dass ich vertraue und mich irre. Dass ich liebe und betrogen werde.

Dass ich mich habe blenden lassen, vom Alltag, vom Job, von Laura – und ich habe es nicht kommen sehen.

Und ich weiß noch immer nicht, warum sie es getan hat.

Was das verdammte Problem war.

»Ich habe keine Angst«, lüge ich. »Aber um sich fallen zu lassen, muss man doch vertrauen, oder? Der Person, die verspricht, einen aufzufangen? In dieser Hinsicht habe ich fucking schmerzhaft gelernt, Emmy, dass ich mich nur auf mich selbst verlassen kann.« Ich schlucke angestrengt. »Glaubst du, dass deine Kitsch-Zitate irgendetwas an meiner Vergangenheit ändern können? Du hast mit jedem deiner Worte recht. Das willst du doch hören, oder? Aber das heißt nicht, dass sie meine Einstellung zur Liebe wieder hinbiegen.«

Ihr Zusammenzucken löst grimmige Befriedigung aus. Das Grau ihrer Iriden wird unlesbar. Ich habe sie vor den Kopf gestoßen, so wie mich meine Gefühle für sie in die Magengrube gekickt haben.

»Ich wollte dir nie zu nahe treten, Leon.« Emmy Stimme ist rau. »Und noch weniger will ich dir deinen Schmerz absprechen. So hintergangen zu werden …« Sie schüttelt den Kopf. »Du hast allen Grund, wütend und verletzt zu sein. Es ist gesund, diese Emotionen nicht zu vergraben.«

Ich reibe mir über das Gesicht. Nur Emmy könnte ich anpissen, und sie wäre weiterhin lieb und verständnisvoll.

Sie holt tief Luft. »Wenn du darüber reden möchtest, bin ich immer für dich da. Freunde, du erinnerst dich?« Da, ein winziges Lächeln, das einen Großteil des Ärgers verpuffen lässt. »Aber gib nicht der Liebe die Schuld daran, wenn ein Mensch dich betrügt.« Kopfschütteln. »Nicht die Romantik hat dich hintergangen. Laura hat sich dazu entschieden, mit deinem besten Freund zu schlafen. Sei sauer auf sie. Aber nicht auf alles andere.«

Ich schlucke heftig, doch der Kloß in meinem Hals will sich nicht lösen.

Darauf kann ich nichts sagen. Ich mustere Emmy. Diese sanfte junge Frau, die dem Eis in mir nicht nur standhält, sondern es zum Schmelzen bringt.

Erst als Maya sich wieder zu uns setzt und mit aufgeregter Miene erzählt, dass uns ihre Tante die Lichterketten zu einem Spottpreis vermietet, bekomme ich den nötigen emotionalen Abstand und kann mich wieder aufs Business konzentrieren.

Dennoch fällt es mir schwer, nicht darüber nachzudenken, was sie gesagt hat.

29

Emmy

A heart that's beating a little faster

Die Aufgaben, die für das Event zu erledigen sind, werden mich garantiert bis zum Ruhestand beschäftigen. Lichterketten, check. Aber der Rest? Videoinstallationen, die meine selbst erlernten Skills als Motion Designerin verlangen. Auch die App muss angepasst werden. Wir brauchen ein Pop-up, über das sich die Leute um ein Ticket bewerben können. Werbung, Dekoration, Bühnenprogramm. Content-Creator-Einladungen. Die Farbcodes der Armbänder, die die Interessen der Teilnehmenden und deren Begleitpersonen festhalten sollen – Freundschaft, Romantik, große Liebe, One-Night-Stands, bereits in einer Beziehung.

Überstunden? Unvermeidbar. Deshalb habe ich Mochi zu meinen Eltern verfrachtet.

Papa musste sich schwer zurückhalten, nichts zu meiner aktuellen Arbeitssituation zu sagen. Mochi hat er mit einem Nicken akzeptiert, das sich in ein unglückliches Stirnrunzeln verwandelt hat, als ich seine Einladung zum Abendessen ausschlagen wollte. Seine berühmten Spaghetti Bolognese lasse ich mir üblicherweise nicht entgehen. Also habe ich mit ihnen gegessen, mich von Mochi verabschiedet und erledige die eine Sache, die noch zwischen mir und einem ungebrochenen Fokus steht.

Dumpfe Techno-Musik empfängt mich keine zwei Schritte ins Treppenhaus des Neubaus, in dem Kim lebt. Wie halten ihre Nachbarn das aus? Selbst jetzt, um einundzwanzig Uhr, gibt sich Kim die volle Berghain-Dröhnung. Nicht überraschend, dass sie mein Sturmklingeln an der Haustüre nicht mitgekriegt hat. Wäre nicht just in dem Moment jemand rausgekommen, würde ich immer noch draußen warten und im kühlen Nachtwind mit der Tüte vom Chinesen auf dem Arm zittern.

Ich erreiche ihr Apartment und klingle erneut. Der Beat ertränkt das Geräusch. Dann stelle ich die Tüte ab und wummere mit beiden Händen gegen das weiße Holz. Keine Reaktion. »Das darf doch nicht wahr sein«, murre ich. Mit einem Seufzen verdrehe ich die Augen, halb verführt, die zwanzig Mini-Frühlingsrollen selbst aufzuessen, und Kim nur den leeren Plastikbehälter auf dem Fußabtreter zu hinterlassen. Leider hab ich wenig Hunger, und besser macht es die Sache ja auch nicht. Also ziehe ich mein Handy aus der Hose und mache ein Selfie von mir und der Tasche. Auf meinen letzten Anruf hat sie nicht reagiert, also bin ich theoretisch ohne Einladung aufgetaucht. Praktisch hat die Instagram-Story zu ihrem aktuellen Projekt, die sie vor zehn Minuten hochgeladen hat, sie überführt. Zusammen mit der ohrenbetäubenden Musik eine abgeschlossene Beweisführung: Kim ist im Arbeitsfluss und will von niemandem gestört werden.

Hoffentlich guckt sie auf ihr Smartphone, bevor ich hier draußen vergammle. Fünf Minuten gebe ihr noch, bis ich abmarschiere und ihre Lieblingsgerichte mitnehme.

Doch dann erwische ich die Pause zwischen zwei Beats und

hämmere erneut, und keine zehn Sekunden später schwingt die Tür auf.

»Oh! Was machst du denn hier?«

Ich hebe die Hand, winke. »Darf ich rein? Ich hab eine wohlsortierte Auswahl an Schmalzgebackenem und Nudeln mitgebracht.«

Kims Augen werden groß, sie verschränkt die Arme vor ihrem Oversize-T-Shirt, das in einem schwarzen Korsettkleid verschwindet. Die grau-weiß-geringelten Kuschelsocken an ihren Füßen brechen kein bisschen mit dem Sexappeal ihres Outfits. »Was hast du angestellt?« Ihr Bob wippt hin und her, als sie mich von oben bis unten und von links nach rechts mustert.

»Gar nichts?«, antworte ich einen Tick zu defensiv, obwohl es ja stimmt.

Kim schnappt mir die Tüte aus den Händen und fischt nach einer der Styroporboxen. »Zwanzig Frühlingsrollen? Mädel, was hast du verbrochen? Leon eine Treppe runtergeschubst oder ihm angetrunken im Las-Vegas-Style das Ja-Wort gegeben?« Sie zieht mich in den Flur, ehe die Wohnungstür hinter mir zuknallt.

Ich weiß nicht, was ich darauf sagen soll. »Leon geht es gut.« Zumindest glaube ich das. Sicher bin ich mir nicht.

»Warum hast du dann einen ganzen Monatsvorrat an Kohlehydraten mitgebracht?«

Wir gehen in die Küche, die mehr Takeaway-Bestellungen als gekochte Mahlzeiten gesehen hat.

Mein Schulterzucken fühlt sich nicht so lässig an wie gehofft. »Jemanden mit Essen zu überhäufen ist meine Sprache der Liebe.« Das, und ich brauche unbedingt Comfort Food.

Kaum sind die Worte draußen, kribbelt Hitze in meinen Wangen. Weil ich mich daran erinnere, vor wessen Tür ich zuletzt mit einer Supermarkt-Tüte aufgetaucht bin.

»Na dann«, sagt Kim und schiebt eine Schale mit Reiswaffeln an den Rand des Küchentischs, verteilt die mitgebrachten Gerichte auf dem schwarzen Holz. »Ich hab dich auch lieb, Emmy.« Damit drückt sie mir im Vorbeigehen einen Schmatzer auf die Wange, um die Teller aus dem Küchenschrank zu holen.

»Ich muss mit dir über etwas sprechen, Kim«, sage ich leise, und sie wirft mir einen Blick über ihre Schulter zu.

»Worüber denn?«

Ich presse die Lippen aufeinander, denke nach. Keine Sekunde später stürzt es aus mir heraus. »Leon ist ultranett zu mir und dann wieder super abweisend, und er hat mir heute Morgen einen Armbandanhänger geschenkt, um sich dafür zu bedanken, dass ich an einem schwierigen Tag für ihn da war, und das finde ich nett von einem Kollegen, einem *Kollegen*, richtig? Richtig, Kim? Und vorhin hat er mich auf eine Art angesehen, als ob, als ob …« Der Schwall an Worten versiegt so schnell wie er aus mir herausgebrochen ist. *Und ich? Ich habe es genossen, dass er mich auf diese Art angeblickt hat.* Mein Herz hämmert gegen meine Knochen, springt wie ein Flummi zwischen der Wirbelsäule und dem Brustkorb hin und her. »Du hast mich auf Leon angesetzt. Du warst interessiert an ihm, und nicht nur deshalb ist es mir wichtig, mit dir darüber zu sprechen, was gerade abgeht«, schiebe ich mit zittriger Stimme hinterher. Ich fühle mich leichter. Ein kleines bisschen freier. Trotzdem beobachte ich jede von Kims Regungen.

Sie steht noch immer am Schrank, eine Hand erhoben, um das Geschirr von seinem Platz zu nehmen. »Wow.« Mit nervtötender Langsamkeit nimmt sie zwei Teller und setzt sich zu mir an den Tisch. »Das musste wohl raus.«

Meine Zunge ist so trocken, als wäre ich einen Marathon ohne einen einzigen Schluck Wasser gerannt. Ich strecke die

Hand über die Platte, und Kim inspiziert den winzigen Corgi mit dem schillernden lila Stein darauf.

»Das bist so du, Emmy«, sagt Kim und wirft mir ein sanftes Lächeln zu.

Ich ziehe den Arm zurück, augenblicklich übermannt von dem schlechten Gewissen. »Sorry.«

»Wofür?«, fragt Kim, deren Blick eine Sekunde länger an meinem Arm hängt. Dann beginnt sie, das Essen zu verteilen. »Weil dich Leon ganz offensichtlich gut findet?«

Mein Atem setzt aus. Ich bin nicht gänzlich so überrascht, wie ich sein sollte, nachdem mir Kim das bestätigt, was sich mein Unterbewusstsein bereits zusammengereimt hat. Aber tut er das *wirklich?* Nach all dem Gerede darüber, wie sehr er Romantik hasst?

»*Du* fandest ihn gut«, sage ich und atme tief ein.

Zähle die Chiliflocken in der Süß-Sauer-Soße auf meinem Teller. Fünfzehn sind es.

»Emmy.« Die Sanftheit in ihrer Stimme lässt mich den Blick heben, direkt zu den grünen Augen meiner besten Freundin. Sie streckt die Hand nach mir aus. Wackelt mit den schwarzmanikürten Nägeln, bis meine Finger ihre umschließen. Dann erzähle ich ihr alles.

Während Kim meinen Ausführungen lauscht, isst sie ihre Portion leer. Am Ende sitze ich noch vor sieben der zehn Frühlingsrollen, doch die vertragen sich gerade nicht mehr mit Papas Bolognese und den ausgesprochenen Worten.

»Keine Ahnung, wie das passiert ist. Ich war nur … ich«, schließe ich.

Kim legt den Kopf schief, betrachtet mich lange. So grüblerisch habe ich sie schon seit einer Ewigkeit nicht mehr gesehen. »Ich denke, genau das ist der springende Punkt. Dass du *du* bist und nicht ich und genauso wenig keine andere Frau auf diesem Planeten.« Ein Seufzen entfährt ihr, und sie greift zu der Schale mit den Mini-Reiswaffeln, beginnt, an einer zu knabbern. »Es ehrt dich, dass du Leons Vergangenheit nicht mal vor mir ausbreitest, sondern nur erzählst, was ich wissen muss, um weitermachen zu können. Ganz ehrlich, ich bin schon ein bisschen froh, dass es nicht allein an mir lag, dass er keinen Bock auf ein weiteres Date hatte, sondern er sich überhaupt nur Max zuliebe darauf eingelassen hat.« Sie pausiert. »Einzelheiten muss ich nicht wissen. Und genau das zeichnet dich aus – dir kann man vertrauen, Emmy. Du bist lieb und fürsorglich und klug und verdammt heiß noch dazu, ein Gesamtpaket, das man nicht *nicht* lieben kann.« Ein Kopfschütteln folgt. »Ich kann kühl sein, das weiß ich. Intensiv, forsch, viel zu geradeheraus, und ich nehme mir, was ich will. Das hat mich schon weit gebracht. Aber niemand hat gesagt, dass ich damit in jedem Lebensbereich gut fahre. Vielleicht braucht Leon keine Kim in seinem Leben, weil er schon mal eine hatte. Oder selbst eine ist, was weiß ich. Aber eine Emmy?« Sie lächelt, diesmal glitzert etwas in ihren Augen, das beim nächsten Wimpernschlag fort ist. »Jemanden wie dich sollte jede Person an ihrer Seite haben.« Sie sieht mich ernst und offen an, drückt meine Hand. »Danke, Emmy. Dass du die beste Freundin und Weggefährtin bist, die man sich wünschen kann.« Kim quetscht sich auf die Bank neben mich, bevor sie mich in eine feste Umarmung zieht. »Ich hab dich so lieb, Emily«, flüstert sie.

Ich lehne mich an Kim, nehme einen tiefen Atemzug, lasse mich von dem Pfirsichduft ihres Shampoos beruhigen. »Ich dich auch. Vielen Dank für deine lieben Worte«, nuschle ich gegen die Kuhle ihres Halses.

Kim tätschelt meinen Rücken, ehe sie etwas von mir abrückt. »Also?«, will sie wissen, die Brauen nach oben gezogen.

»Also was?«

»Das klang alles nicht so, als wären Leons Gefühle einseitig.«

Anders gefragt: *Empfindest du auch etwas für Leon?*

Mein Mund klappt auf, dann schließt er sich wieder. Ein zweiter Anlauf. »Leon ist ein toller Typ, aber er knabbert noch hart an seiner Vergangenheit.«

Das bringt Kim dazu, die Augen zu verdrehen. »Das ist keine Antwort.«

Recht hat sie. Trotzdem bleibe ich stumm.

»Jeder Mensch hat eine Vergangenheit. Die Frage ist, ob du denkst, dass er sie überwindet. Sei ehrlich: Willst du Leon daten?«

»Ich weiß es nicht«, gestehe ich. Bei unserem Kennenlernen war Leon eine personifizierte *Red Flag*. Mittlerweile kenne ich ihn besser, aber da sind so viele Seiten, die er nicht durchscheinen lässt. Und seine Launen sind schwer erträglich. Dass ich manchmal ahne, warum er so ist, macht das aber nicht wett. Er ist so oft unnahbar, dass ich nicht weiß, ob ich zu ihm durchdringen kann. Und will. »Ich … ich mag ihn.«

Kim schüttelt den Kopf, ein mildes Lächeln auf den rot geschminkten Lippen. »Die Frage stellt sich nicht. Nur die, wie sehr.«

»Ich weiß es nicht«, wiederhole ich. »Er hat dich geghostet. Das geht gar nicht.« Selbst wenn er das Date nur Max zuliebe eingegangen ist – er hätte Kim oder jeder anderen Frau eine Absage erteilen müssen, statt sie kommentarlos abzuservieren.

»Ja, das war tatsächlich nicht in Ordnung.« Sie seufzt, lässt sich gegen die gepolsterte Lehne der Bank sinken, den Blick gen Deckenlampe gerichtet. »Aber«, die nächsten Silben kommen nur langsam, »manchmal muss man etwas hinter sich lassen. Dabei hast du mir geholfen, Emmy, weil du ins *Green Ivy* gefahren bist und mir berichtet hast, dass er nicht mit einer anderen dort und das Ganze für ihn nur ein To-do war. Was natürlich nicht löst, dass ich entweder ein schlechtes Händchen für Männer habe oder einfach nur noch nicht dem Richtigen begegnet bin. Aber … Das ist *mein* Thema.« Sie atmet tief ein. »Mach dir ebenfalls dieses Geschenk, Emmy. Schau, wie sich deine Gefühle entwickeln. Rede mit ihm, sei ehrlich. Sollte es für euch beide passen … Verdammt, Emmy, leb in den Moment hinein und genieße dich und ihn und *euch.*« Jetzt ist es an ihr, mit den Schultern zu zucken. »Und wenn es sich nicht ergibt, dann eben nicht. Aber gib dir diese Chance.« Kims feuriges Zugeständnis treibt mir erneut die Tränen in die Augen. »Jeder Mensch hat die Kraft, einen anderen zu brechen. Nur wenige können jemanden wieder zusammensetzen. Du bist eine von diesen Personen.«

Ich brauche einen Moment, um zu realisieren, was das alles bedeutet. Wenn ich wollte … ich *könnte* sehen, wohin sich das mit Leon entwickelt. Ob da überhaupt etwas zwischen uns existiert.

»Grüble nicht so viel.« Sie legt den Kopf schief. »Seitdem wir befreundet sind, hattest du niemanden wirklich richtig, richtig, richtig gern. Nicht mal Max, ansonsten hättest du dich ihm schon genähert, so mutig bist du, das weiß ich.«

An dieser Mutmaßung kann ich nicht rütteln. Sie schließt etwas in mir auf, das ich lange selbst nicht deuten konnte – mein Zögern. Der Drang, Max näherzukommen, war zwar vorhanden, jedoch nicht groß genug. Vor ein paar Wochen hätte ich sehr viel für ein Date mit ihm gegeben, doch jetzt? Wenn ich an ihn denke, ist da weiterhin Zuneigung, klar, aber dieselbe empfinde ich für den Rest des Teams.

Aber wenn ich an Leon denke … ich sehe ihn vor mir: Mit seiner Hündin, nass vom Regen … den Anzugtypen im Job, den T-Shirt-Boy mit seiner Verletzlichkeit. Die Leichtigkeit, die manchmal zwischen uns herrscht. Die Ernsthaftigkeit, mit der er Dinge angeht.

Leon ist kein Spieler, kein Betrüger.

Vielleicht ist er eine Chance. Denn auch wenn ich an die Liebe glaube, an Romantik und Dates – vertrauen tue ich ihr schon lange nicht mehr.

Eine Erkenntnis, die mich innerlich zum Schmunzeln bringt – habe ich Leon nicht erst vor Kurzem gesagt, dass man sich in die großen Gefühle fallen lassen muss? Dabei fehlt mir selbst die nötige Portion Mut dafür.

Zumindest hat sie das bis jetzt.

Ich atme tief ein und wieder aus. »Du hast recht«, sage ich also zu Kim, und zum ersten Mal seit Gesprächsbeginn kann sich ein herzliches Lächeln auf meinem Gesicht ausbreiten. »Auch ich habe eine Chance verdient.«

30

Emmy

My mind is a peach:
juicier than I want it to be

Jeder Wimpernschlag fühlt sich an, als hätte mir jemand Sandkörner unter die Lider gestreut. Nur mühsam kann ich den Blick zur Uhrzeit in der rechten oberen Ecke des Computerscreens bewegen. Ein Uhr morgens. In weniger als sieben Stunden muss ich wieder im Büro sein, um mit Leon die Kostenvoranschläge für die Getränke und das Barpersonal durchzugehen, die Maya uns geschickt hat.

Ich seufze, streiche mir über die schmerzenden Augen. So geht das schon die gesamte Woche. Arbeit, Arbeit, Arbeit. Leon, Leon, Leon. Jede Sekunde ist vollgepackt mit Event-Vorbereitungen. Die wenigen Momente, in denen meine Gedanken in eine unkollegiale Richtung wandern, kann ich an einer Hand abzählen. Und Leon? Reserviert. Mr Darcy war ein Ausbund an Fröhlichkeit dagegen.

Ich vermisse Mochi schmerzlich, als ich den Laptop zuklappe und die Datenbank Datenbank sein lasse, mit schweren Schritten ins Bett schlurfe. Entgegen Max' Anweisungen wollte ich mein Team bei einem Problem unterstützen, an dem sie bereits tagelang kauen. Nicht, dass ich in diesem schläfrigen Zustand eine große Hilfe bin.

Geduscht habe ich vor ein paar Stunden schon, habe die Zeit während des Aufwärmens der Kartoffelpuffer in der Mikrowelle optimal genutzt. Die habe ich dann im Stehen an Ort und Stelle weggeputzt, die Erschöpfung wie den Frotteeturban um mich gewickelt.

Gerade würde ich viel darum geben, an Mochi gekuschelt wegzudösen, die Hand in sein Fell vergraben. So falle ich einfach auf die weiche weiße Bettdecke, kann mich nicht mal mehr dazu überwinden, die Socken abzustreifen und von der Leggings in die kurze Pyjamahose zu schlüpfen. Ich strecke mich stöhnend aus, gähne, dann schlafe ich ein.

Ein Klingeln lässt mich in die Höhe schnellen. Mein Körper – völlig gerädert. Wie lange habe ich gedöst? Eine Stunde, zwei? Nein, länger, draußen ist es schon hell, es –

»Ohhhh nein«, zische ich, doch mein Schreck geht in einem herzhaften Gähnen unter. Ich habe verschlafen. So was von. Von der Uhrzeit, die mir mein Wecker verrät, wird mir schwindelig.

Noch ein Klingeln.

»Ich komme schon«, rufe ich und falle halb aus dem Bett, unwissend, ob überhaupt jemand vor der Tür steht oder unten ein Paketauslieferer etwas abgeben will. Die Familie aus der Wohnung neben mir ist vorgestern in den Urlaub gefahren, wenn ich mich richtig erinnere.

»Okay, kein Stress«, erklingt tatsächlich eine Stimme von draußen. Leon?! Was macht der denn hier?

Ich haste ins Bad, stoße mir in der Eile den kleinen Zeh an der Türkante an. Noch völlig von dem Tiefschlaf benommen schlüpfe ich in den hellrosa, seidigen Morgenmantel, knote ihn vor dem weißen Tanktop zu, das ich vor meiner Nachtschicht gegen die Arbeitsklamotten und BH getauscht habe, um es gemütlicher zu haben. Einen Blick in den Spiegel riskiere ich nicht, der würde die Panik garantiert nur verzehnfachen. Meine Haare fühlen sich nach Vogelnest an, mehr muss ich nicht wissen.

Ich laufe mit pochender Zehe zur Türe, luge durch den Spion.

»Kann ich noch so tun, als wäre ich nicht zu Hause?«, frage ich Leon laut durch die Tür hindurch. Ich lehne die Stirn an das kühle, leicht abgesplitterte Holz und fluche still.

Er antwortet mir mit einem Lachen. »Dafür ist es zu spät, Siebenschläfer. Aber du musst nicht aufmachen, keine Sorge. Wir waren nur besorgt, weil du heute Morgen nicht aufgetaucht bist. Hast du dein Handy ausgemacht oder ist dein Akku leer? Alle Anrufe wurden direkt auf die Mailbox umgeleitet. Da du die letzte E-Mail so spät geschickt und den Dateianhang vergessen hast, was normalerweise nur Jons Spezialität ist, habe ich schon vermutet, dass du einfach total fertig bist und verschlafen hast.«

Verdammt. Mit einem Seufzen schließe ich kurz die Augen. Vor dem Zu-Bett-Gehen wollte ich das iPhone an das Ladekabel hängen, habe das aber scheinbar vergessen. Das erklärt, warum ich bis kurz nach zwölf durchgeschlafen habe.

Ich drücke mich von der Tür ab und öffne sie einen Spaltbreit. »Das ist das erste Mal, dass ich verschlafen habe. Jemals.«

Leon lehnt sich nach links in mein Blickfeld, grinst. Heute trägt er keine Brille und hat das Anzugsakko gegen einen cremefarbenen Pullover eingetauscht, der unter der Lederjacke hervorblitzt. Dann erspähe ich die Jeans. Was kommt als Nächstes, fällt mir der Himmel auf den Kopf?

»Keine Angst, die Polizei lässt dich damit garantiert noch mal davonkommen.«

»Woher weißt du, wo ich wohne?«, entgegne ich.

»Ich war gerade bei Mayas Tante, weil die heute Morgen angerufen und gefragt hat, ob wir zusätzlich zu den Lichterketten noch etwas anderes von ihr mieten möchten. Sie hatte gerade eine neue Lieferung hereingekriegt. Ich hätte dich angerufen, um zu fragen, ob du mitwillst, aber ich konnte dich nicht erreichen. Da sich das Deko-Studio nur zwei Straßen weiter befindet, meinte Max, ich könnte mal bei dir vorbeischauen, und hat mir deine Adresse gegeben, hoffentlich ist das okay. Du bist also mein Mittagspausenentertainment.«

»So viel zum Thema Datenschutz bei *rdently*«, murmle ich und öffne die Tür, versuche, das Trommeln in der Brust zu ignorieren. Ich räuspere mich. »Wie du siehst, lebe ich noch.«

Leon nimmt mir das gedankliche Ringen um Fassung ab, hält eine Papiertüte so, dass ich sie sehen kann. »Pancakes? Hatte seit gestern Abend richtig Bock auf welche. Wir könnten kurz essen, bevor wir ins Office fahren.«

Heute habe ich es also mit Dr. Jekyll zu tun, nicht mit dem grantigen Mr. Hyde.

»Dafür haben wir Zeit?« Ich schlucke, ziehe den Morgenmantel enger um mich.

»Nein«, gibt Leon zu, was ein vorsichtiges Grinsen auf sein Gesicht lockt. »Aber wir haben heute so viel zu tun, dass eine Mahlzeit vorab echt okay ist. So viel Zeit muss sein, nachher denken wir eh nicht mehr dran.«

Ich nicke. Wenn auch widerwillig, da ich weiß, dass Pausen wichtig sind. Das schlechte Gewissen, den halben Tag unwissentlich blaugemacht zu haben, lässt mich noch immer nicht los. »Ich kann mich auch kurz fertig machen, wir fahren ins Büro und verstauen das Zeug im Kühlschrank bis –«

»Emmy.« Leons ernster Tonfall bringt mich zum Verstummen. Er lehnt sich an den Türrahmen. »Hast du Lust auf Pancakes? Ich habe alle Zutaten dabei.« Sein intensiver Blick bohrt sich in mich.

»Ja.«

»Dann würde es helfen, wenn ich reinkommen darf.«

Nach einem tiefen Atemzug trete ich zur Seite.

Er schließt die Wohnungstür hinter sich, stellt die Tasche ab, um aus der Jacke zu schlüpfen und sie in meiner Mini-Garderobe aufzuhängen.

Bis auf TJ war noch niemand aus dem Team hier und der nur, um einen Beistelltisch abzuholen, den ich ansonsten bei ebay-Kleinanzeigen inseriert hätte. Meine Wohnung ist eine … private Zone für mich. Neben der Familie kommt nur Kim regelmäßig vorbei. Jetzt steht Leon in der winzigen Nische, die sich Flur schimpft und nach nur zwei kurzen Schritten in das kaum größere Wohnzimmer mündet. Glücklicherweise war ich diese Woche so wenig daheim, dass nach der Quickie-Putzaktion letzten Dienstag alles weitgehend respektabel aussieht. Wäre Mochi zu Hause, hätte sich der Boden in das übliche Schlachtfeld verwandelt – vermint mit Spielzeug.

Leons Blick schweift zu meinem cremefarbenen Sofa mit den kuschligen Kissen in Lila- und Rosatönen darauf, über die Blumen-Bilderwand dahinter, zu den Topfpflanzen, die verstreut auf sämtlichen Oberflächen zu finden sind. Sogar die Keramiktöpfe der Blumenstöcke sind bunt bemalt, einer davon mit winzigen Dackeln auf hellblauem Hintergrund.

Meine Augen zucken zu dem Smut-Roman mitten auf dem Couchtisch, dessen Titel unmissverständlich über dem Sixpack am Cover prangt. Leon bemerkt den peinlich berührten Gesichtsausdruck und folgt meinem Blick.

Mein innerliches Kreischen kriegt er natürlich nicht mit. Als sich seine Mundwinkel auf diese spezielle Art nach oben kräuseln, will ich ihn am liebsten wieder aus der Tür schubsen. Oder mich einfach im Bad verstecken.

»Leichte Lektüre?«, fragt Leon. Sein neckisches Interesse entflammt das Feuer in meinen Wangen wie ein Kanister Benzin. Vorsicht, Stichflamme.

»Der Handlungsbogen ist sehr ausgeklügelt. Und die Charaktere –« Ich stocke.

Leon legt den Kopf schief. »Was ist mit ihnen?«

Ich schlucke. »Sie sind sehr … tiefgründig.«

Ha, genau. Dieser Roman ist purer Sex.

Das Schmunzeln, das ich ernte, verrät: Ich mache Leon nichts vor. Sein Sturmwetterblick zuckt zu dem Morgenmantel. Nur einen winzigen Moment, dann hängt er wieder an meinen Augen. Das letzte Stückchen blauer Himmel um seine Iriden nun gänzlich verschwunden. Das ist sie – die Sekunde, bevor das Gewitter losbricht.

Also flüchte ich. »Die Küche ist dort.« Unnötige Bemerkungen? Kann ich. »Bin gleich wieder da.«

Im nächsten Augenblick fällt die Schlafzimmertür hinter mir zu, und ich lehne mich dagegen. Die Spiegeltüren des Schranks werfen mir eine leicht nervöse Mimik zurück, die wirren Haare, die – verdammt. Rasch sammle ich ein paar Kleidungsstücke ein und haste damit ins Bad.

Im Eiltempo muss eine Katzenwäsche reichen, ich fahre mir mit den Fingern durch die Locken, trage Make-up und lilafarbenen Eyeliner auf. Kurz darauf sehe ich präsentabel aus. Dieses Wohlfühloutfit – ein lockerer, hellblauer Rollkragenpullover und ein langer Faltenrock in derselben Farbe – ist etwas züchtiger als das vorherige Outfit.

Ich öffne die Tür. Die Ärmel bis zu den Ellenbogen hochgeschoben steht er in meiner Küche und rührt in einer Schüssel. Seine sichtbaren Tattoos ziehen meinen Blick auf sich, und das pinke Geschirrtuch lässt mich grinsen. Es sieht völlig fehlplatziert auf seiner Schulter aus, aber gleichzeitig irgendwie auch nicht.

»Ich habe deinen Mixer nicht gefunden«, sagt er und wirft mir einen kurzen Blick zu.

»Das liegt vermutlich daran, dass ich keinen besitze. Kann ich dir helfen?«, antworte ich und schlurfe näher zu ihm.

Er schüttelt den Kopf. »Wie hast du dann die Kekse gebacken?«

Ich zucke mit den Schultern, lehne mich mit der Hüfte an die Küchenzeile. »Den Teig musste man nur kneten. Das geht auch mit bloßen Händen.« Bis jetzt ist mir nie aufgefallen, wie chaotisch die offenen Regale aussehen, die kunterbunten Keramiktassen darin, von denen ich keine doppelt besitze. Meine Wohnung platzt aus allen Nähten. »Ich bin nicht so die Küchenfee. Meine Superkraft ist das zweimalige Aufwärmen von Pasta.«

»Dafür bin ich eine.« Leon stellt die Schüssel ab und hält sich das Geschirrtuch gegen die Brust. »Total meine Farbe, oder?«

»Sag bloß, du willst auch in den *My Little Pony*-Club?«

»Kommt drauf an. Was wäre mein Einhornname?«, fragt Leon mit wackelnden Augenbrauen.

Ich starre ihn an, ehe ich in lautes Gelächter ausbreche. Hat er das gerade tatsächlich gefragt? »Grumpy Sparkles.«

»Und deiner?«

»Ich kann nicht sagen, dass ich mir darüber schon mal Gedanken gemacht hätte. Aber *wenn*, wäre ich ein Pegasus. Nur, um das mal klarzustellen.«

»Warte«, er hält einen Finger nach oben. »Lavender Pink Sunshine!«

»Gibt es nicht einen Taylor-Swift-Song, der so heißt?«

»*Lavender Haze*, Emmy. Das Lied heißt *Lavender Haze*.«

Ich schüttle grinsend den Kopf. Zuerst *Emily in Paris*, dann Elle Woods und jetzt das? »Großartige Namen.«

»Grumpy Sparkles, huh? Aber mir fehlt Glitzer.«

»Das können wir einrichten.« Ich ziehe die linke Augenbraue in die Höhe, während ich dabei zusehe, wie Leon etwas Öl in eine Pfanne tropft. Er scheint sich ja gut in meiner Küche zurechtzufinden. »Dabei hast du so eine funkelnde Persönlichkeit. Wenn du gut drauf bist.«

»Also eine Stunde pro Woche?«, hakt er nach, sieht mich nicht an. Eine Strähne fällt ihm in die Stirn, während er ein paar Tupfen des Teigs in dem mittlerweile blubbernden Öl platziert.

»Das habe ich nicht gesagt.«

»Musst du auch nicht. Ich bin reflektiert genug, um zu wissen, wann ich meine Launen habe.«

»Aber nicht genug, um sie zu kontrollieren?«, schieße ich zurück, ehe ich mich davon abhalten kann. »Sorry«, schiebe ich hinterher. »Das war extrem unhöflich.« Ich beiße mir auf die Unterlippe.

Leon sieht mich an. Meinen Mund, auf den ich vorher im Bad meinen liebsten rosa Lippenstift mit dem klingenden Namen *Blush like a Rose* getupft habe. Sein Adamsapfel hüpft. »Ich muss mich entschuldigen, der Stress …« Er strafft die Schultern. »Ich will, dass du mir sagst, wenn ich irgendetwas tue, das dich stört. Wenn du dich unwohl fühlst. Du weißt, ich mag Effizienz. Ein unpassendes Verhalten anzusprechen kann vielen Problemen vorbeugen. Das ist für mich dann quasi wie Ostern und Weihnachten zusammen.«

»Okay.«

»Okay?«

»Du warst extrem launisch diese Woche.« Ich löse mich von der Arbeitsfläche und beginne damit, den Tisch zu decken.

Dieses Szenario erinnert mich an die Konversation, die Leon und ich in Max' Küche geführt haben, als mich die beiden dazu überredet haben, bei der Eventplanung mitzuwirken.

»Ich kann nicht deuten, ob die Arbeit der Auslöser ist. Oder ich.«

Über den Tisch gebeugt, um zwei Servietten in Dreiecke zu falten, spüre ich seine Regungslosigkeit in meinem Rücken. Nur das Brutzeln der Pfannkuchen durchbricht die Stille.

Dann ein Schritt, ein zweiter, gefolgt von einer schweren, warmen Hand auf meiner Schulter. Ich richte mich auf, drehe mich um. Vergesse einen Moment lang, wie man atmet, weil Leon dicht vor mir steht.

»Was sagst du da?« Seine Stimme ist rau, als er auf mich herabsieht.

Ich verschränke die Arme vor der Brust. Wenn ich schon damit angefangen habe, kann ich Kims Theorie – die These von Leons potenziellen Gefühlen – auch gleich testen. Die möglichen Konsequenzen schießen durch meinen Kopf. Ich verdränge sie.

»Manchmal siehst du mich an, als …« Schulterzucken. Okay, das war doch nicht so gut durchdacht.

»*Wie*, Emmy?« Das ist er wieder – der Riss in Leons Schale, der den Blick auf den Feuersturm in seinem Inneren freigibt. Letztes Mal waren da nur eisig-kalte Flammen. Heute sind sie derart heiß, dass ich es kaum aushalte, so nahe bei ihm zu stehen.

»Als wäre ich dir irgendwie lästig. Oder die Zusammenarbeit mit mir«, verbessere ich mich kleinlaut, um den Kommentar zu entschärfen.

Manchmal könnte ich auch schwören, dass du mich küssen willst.

Der Sturm in Leons Blick legt sich, wird tödlich ruhig. Bin ich im Auge des Orkans angekommen? Werde ich jetzt gleich von den Beinen gerissen, in die Luft gewirbelt?

»Denk das bitte nie wieder«, sagt er leise. Berührt dabei kurz meinen Arm, als wollte er meine abweisende Haltung auflösen. Dann … lässt er seine Hand sinken. Er steckt sie in die Hosentasche, wendet sich ab. Weg von mir. Nein, nicht ganz, er hält inne. Die bedeutungsschweren Worte, die seine Miene in sich trägt, schluckt er hinunter.

Ich wünschte, er würde sie aussprechen.

Mit jeder Faser meines Herzens will ich hören, was er zu sagen hat.

Ein beißender Geruch dringt durch die plötzlich viel zu stickige Luft zu uns, und Leon beginnt zu fluchen.

»Verdammt!«, zischt er und springt zum Herd, schiebt die angekohlten Pancakes auf einen Teller, den ich rasch neben ihn auf die Anrichte stelle. »So viel zum Thema Küchenfee.« Sein Tonfall ist leicht, unverfänglich und trägt keine Spur von der vorigen Intensität mit sich. »Die nächsten werden besser, versprochen.«

Ich nicke, doch nun ist er ganz auf die Pancakes fixiert. Und sieht nicht, dass ich meinen Blick nicht von ihm lösen kann. Die harten Züge, die ihre Schärfe verlieren, sobald er lächelt. Der Platz unter dem Dreitagebart, an dem sich die Grübchen verstecken. Die starken Arme, von denen ich weiß, dass sie mich halten können.

Warum haben wir immer wieder solche Momente? Wird er den Mut finden, die Worte auszusprechen, die ihm auf der Zunge liegen.

Oder sollte ich mich endlich trauen, ihn danach zu fragen?

31

Leon

On how to not let desire
get the better of you

Die Arbeit stapelt sich vor mir, und alles, woran ich denken kann, ist Emmy in ihrem seidenen Morgenmantel, der sich um ihren Körper schmiegt. Ich räuspere mich, verlagere das Gewicht, schiele über das Chaos vor mir. Zu der Person, die ich gerade in Gedanken ausziehe. Ich rutsche ein Stück weit in dem zu kleinen Stuhl nach hinten. Spanne die Oberschenkel unter dem Tisch an, um die beginnende Erektion einzudämmen. Immer schön das Blut in andere, ungefährlichere Bereiche des Körpers lenken.

Zehn Sekunden später drückt mein Schwanz nicht mehr gegen die Naht der Jeans, und ich atme erleichtert aus.

»Alles gut?«, fragt Emmy und schaut mich vorsichtig an. Seit Wochenanfang sitzen wir Tisch an Tisch, damit wir nicht andauernd über die anderen hinweg kommunizieren müssen. In der hinteren Ecke des Büros stören wir niemanden.

»Viele Zahlen.« Ungefähr hundertsechzig Zentimeter, die uns trennen. Zehn Finger, die ich auf ihrer Haut tanzen lassen und ein Mund, den ich auf tausende Arten küssen will.

Fünf Atemzüge, bis ich diese Impulse in mir erstickt habe.

»War schon ein langer Tag heute«, murre ich, rolle die steifen Schultern. Mit Frida bewege ich mich mehrmals täglich, stehe vom Schreibtisch auf, komme weg vom PC. Emmy hat mich auf die Idee gebracht, die Hündin während dieser Hardcore-Arbeitswoche zu meinen Eltern zu geben. Als Resultat fühle ich meinen Arsch nicht mehr, was mich einmal mehr daran erinnert, eine Mitgliedschaft in einem Fitnessstudio abzuschließen, um nicht ganz aus der Sportroutine zu fallen, die ich bis vor wenigen Monaten in Dublin hatte.

Welches Körperteil ich allerdings sehr wohl fühle? Meinen Schwanz. Weil ich auf die selten absurde Idee gekommen bin, heute Mittag nach Emmy zu sehen, weil sie nicht zur Arbeit gekommen ist. Es hat sich intim angefühlt, in ihrer Wohnung zu sein. Zu sehen, wo sie ihre Zeit verbringt, wenn sie nicht im Büro ist. Und noch näher, sie so kurz nach dem Aufwachen zu sehen. Es ist hart, nicht daran zu denken, wie es wäre, wenn sie im Bett neben mir liegen würde. Einfach nur, um sie zu halten. Ihren gleichmäßigen Atem an meiner Haut zu spüren.

Ich schlucke. Zwinge mich, den Gedanken zu verwerfen.

»Nicht für mich.« Emmy schielt auf die Uhrzeit am Screen. »Durch meinen Dornröschenschlaf arbeite ich gerade mal sechs Stunden.« Sie schüttelt die Finger aus, wirft einen Blick in das leere Büro hinter sich. Die anderen sind schon vor einer Weile gegangen. Max war der Letzte, seine Miene beim Betreten des Aufzugs eisern. Lukas macht ihm gerade ordentlich Druck – die Zukunft dieses Unternehmens hängt an dem Event. »Ein Kaffee könnte allerdings nicht schaden. Meine Augen werden langsam müde.«

»Bist du nicht hungrig?« Emmy hat eine Pause eingelegt. Dafür ist das Pop-up nun in der App integriert, über das sich die Userschaft für das Event bewerben kann.

Sie zuckt mit den Schultern. »Ich habe zwar heute Mittag eine Tonne Pancakes verdrückt.« Sie zieht eine Schnute. »Allerdings könnte ich schon eine Kleinigkeit vertragen.«

Keine Minute später hängen wir gemeinsam über ihrem Laptop und sehen uns die unterschiedlichen Pizzen an, die der Lieferservice anbietet. »Oh, die da hört sich gut an.« Emmy deutet auf eine Pizza, auf der alle Toppings auf einmal zu finden sind.

Ich verziehe das Gesicht. »Ich bin heute eher ein Verdura-Typ, sorry. Mit extra Schinken.«

Dafür erhalte ich eine hochgezogene Augenbraue. Emmy gibt die Bestellung auf, und eine halbe Stunde später sitzen wir vor den geöffneten Pizzakartons, der Geruch von Käse und Teig deftig in der Luft. Die Laptops und die Papierstapel haben wir zur Seite geschoben, um Platz zu haben und die Unterlagen vor Fettflecken zu schützen.

»Ich habe mich gar nicht richtig für die Pfannkuchen bedankt«, meint Emmy nach ein paar Minuten Stille.

Ich winke ab. »Kein Ding.«

»Ist es schon. Danke dafür. Sie waren superlecker.« Sie seufzt, betrachtet die Pizzakruste in ihrer Hand. »Schade, dass ich keinen Butler habe, der mir die an einem Sonntagmorgen ans Bett serviert. So köstlich kriege ich die selbst auf keinen Fall hin.«

Du brauchst niemand anderen dafür. Nur mich, schießt es mir durch den Kopf. Ich hätte nichts dagegen, Emmy jeden Tag in dem Morgenmantel zu sehen. Der Gedanke, dass sie Single ist und irgendein Typ sie potenziell so zu Gesicht kriegen könnte … Darauf inhaliere ich ein gesamtes Pizzastück. Ob sie viel datet? Möglich wäre es, obwohl für die Arbeit ein Großteil ihrer Lebenszeit draufgeht. Vielleicht war dieser Arsch aus der Bar auch nur die Ausnahme. Was weiß ich schon?

Weniger, als dir lieb ist, antwortet eine Stimme in mir.

»Stärkung und gutes Essen sind wichtig, besonders in stressigen Zeiten.«

Emmy nimmt einen Bissen, kaut nachdenklich. »Stimmt, aber ich bin ja nicht die Einzige, die gerade rund um die Uhr arbeitet.« Jetzt fängt sie meinen Blick ein, ihrer schiefergrau unter dem Licht der Deckenlampe über uns. »Wie geht es *dir*, Leon? Wer macht *dir* Pancakes?«

»Niemand«, raune ich. Die halbe Pizza ist weg. In dem Tempo sitze ich in weniger als fünf Minuten vor dem allerletzten Krümel. Ich zwinge mich, langsamer zu essen. Ein Schwall Luft entweicht meinen Lungen, und ich sinke zurück gegen die winzige Stuhllehne, nehme einen Schluck aus meinem Wasserglas. »Aber das ist okay so.«

»Ist es das?«, fragt sie und blickt nachdenklich drein. Ausnahmsweise sind ihr ihre Emotionen nicht ins Gesicht geschrieben.

»Ich kann mich um mich selbst kümmern.«

»Was nicht heißt, dass man sich ab und an nicht jemanden wünscht, der sich um einen kümmert. Kann ja auch romantisch sein, so ein Frühstück im Bett.«

Ich verdrehe die Augen, obwohl sie ja irgendwie recht hat. »Nicht jeder Mensch kann hoffnungslos romantisch sein.«

»Streiche *hoffnungslos*. Romantik ist alles andere als das.«

»Dann klär mich mal auf.« Gefährliches Territorium.

Emmy räuspert sich, legt die Pizzaschnitte ab und wischt etwas Mehl von ihren Fingern. »Oh, wow.« Ihr Rücken ist nun pfeilgerade. »Ich habe nicht damit gerechnet, dass Leon Falk mit mir über die Liebe sprechen will. Freiwillig.«

Schnaubend fordere ich sie auf, loszulegen.

»Durch die Liebe wurde mir schon so oft wehgetan, und trotzdem …« Sie spricht zögerlich. »Trotzdem ist sie das, was die Welt zusammenhält. Was Menschen zum Träumen bringt, dazu, Risiken einzugehen, für sich oder eine andere Person. Sie löst Sehnsucht aus, eine Begleitung durchs Leben zu finden – freundschaftlich sowieso, aber eben auch romantischer Art. Um einen gemeinsamen Weg zu meistern. Oder hilft einem dabei, durch Selbstliebe und -akzeptanz der Mensch zu werden, der man sein möchte.« Sie legt den Kopf schief, schaut mich wieder an. »Das ist das Schönste an der Liebe – man kreiert wunderbare Dinge.« Sie zuckt mit den Schultern, ein Spiegel meiner vorigen Geste. »Das Herz ist ein Schöpfer, ein Träumer. Es spinnt die schönsten Geschichten. Solche, die wir nie vergessen.«

Der Schmerz in ihrer Stimme trägt jeden Funken Hoffnungslosigkeit mit sich, den sie vorhin abgestritten hat. Wer sind die Kerle, die sie verletzt haben? Wie viele waren es, und was haben sie ihr angetan? *Halt die Klappe*, befehle ich meinem Kopf. Vielleicht muss sich Emmy ein klein wenig mehr selbst von der Idee der Liebe überzeugen, als sie zugeben will.

Ich weiß nicht, was ich darauf antworten soll, deshalb bleibe ich still und warte, bis Emmy weiterspricht.

»Aber ich bin froh, von Männern umgeben zu sein, die mir zeigen, dass noch Hoffnung besteht.« Sie leckt sich über die Lippen. »Mein Vater, der Freund meiner Schwester, TJ, Jon, Chris, Max, du.«

Als der Name meines Bruders fällt, kann ich nicht anders, als bitter aufzulachen. Ein Fehler, denn Emmys Augenbrauen wandern nach oben.

»Was?«

Ich sollte die Frage nicht stellen, die mir auf der Zunge brennt. Sollte Emmy etwas für Max empfinden, bin ich am Arsch. »Du checkst nicht, was er macht, oder?«

»Wer?«

»Max.«

»Worauf willst du hinaus?«

Ich öffne den Mund, schließe ihn wieder. Denke einen Moment darüber nach, wie ich es formuliere. »Max schafft es, dass die Leute an seinen Lippen hängen, jedes Wort aufsaugen. Er hat das Charisma, das mir fehlt, und manchmal nutzt er diese Wirkung aus.«

Emmy blinzelt. »Bewusst?«, fragt sie.

»Jap.«

»Weil er … was genau will?« Emmy weiß ganz genau, wovon ich spreche, das sehe ich ihr an.

»Romantisches Interesse, Aufmerksamkeit, Hilfe, Unterstützung. Was weiß ich. Oder einfach einen Freifahrtschein, sich das eigene Leben etwas einfacher zu machen.«

Ich kann sie denken sehen. Sie bleibt völlig regungslos dabei, das letzte Stück Pizza in der Hand, von der ein paar Maiskörner auf den Karton rollen. »Sein Welpenblick.« Sie schüttelt den Kopf. »Manchmal dachte ich tatsächlich, dass er zu … absichtlich aussieht.« Emmy atmet tief ein. »Also fall ich in die Kategorie …?«

»Hat-was-drauf-sollte-in-der-Arbeit-auf-meiner-Seite-stehen?«, biete ich an. *Welpenblick.* Von dem Wort bluten mir die Ohren. »War es falsch, dich darauf aufmerksam zu machen?«, frage ich vorsichtig nach.

Emmy schüttelt den Kopf. »Nein. Ich hatte einfach nicht gedacht, dass er *so* ein Player ist.« *Dass er auch mit* mir *spielt*, steht in ihrem Blick.

Ein Schauer läuft mir über den Rücken, fährt mir bis ins Knochenmark. Aber ich tue mein Bestes, um locker zu bleiben, als ich erneut nach dem Wasserglas greife. »Und, ändert das etwas für dich?«, frage ich mit neutraler Miene.

Sie blinzelt. »Was sollte es für mich ändern?«

»Max und du … ihr kommt gut miteinander aus.« *Willst du ihn, Emmy?*

Sie schluckt. »Das tun wir.«

Etwas vibriert zwischen uns. Elektrizität sirrt in der Luft. Ich weiß, dass ich an der Grenze des Kollegialen kratze. »Ist da … mehr? Von deiner Seite?«

Emmy sieht aus, als ob sie abwägt, ob sie mir antworten oder mich wegen dieses Kreuzverhörs zum Teufel jagen soll. Ich bin heilfroh, dass sie sich nicht für Letzteres entscheidet.

»Vor ein paar Wochen … Ich hatte darüber nachgedacht, ja.«

»Hatte?«

»Ja.« Ihre Stimme ist fest, und sie nickt bestätigend. »Das ist Vergangenheit. Es ist kein Thema mehr.« Sie grinst.

Fuck, ich fühle mich, als hätte jemand einen Felsbrocken von meiner Brust gesprengt. Hundert Stangen Dynamit später. Eine Tonne Gestein leichter. »Danke für deine Ehrlichkeit.« Die Worte klingen rau. Weil ich eigentlich sagen will: *gut zu wissen*.

Irgendwie scheint Emmy das Ungesagte trotzdem in meinem Gesicht lesen zu können. Ihre linke Braue wandert kaum merklich in die Höhe, wie um zu fragen: *Ist es das?*

»Du musst mir nicht dafür danken«, flüstert sie zurück. »Nicht für Ehrlichkeit.«

Ich schlucke. Frage mich, wieso mir die Worte nicht über die Lippen kommen und warum Emmy sich ebenso zurückhält. Wartet sie darauf, dass ich den ersten Schritt gehe? Oder bilde ich mir das alles nur ein, weil ich es sehen will?

Würde ich nicht das Kribbeln auf meiner Haut spüren, das ihre Aufmerksamkeit auslöst, würde ich tatsächlich Letzteres vermuten. Sie fährt mit neckischer Stimme fort: »Aaaaber, so wie ich das sehe, schuldest du mir ein Geständnis.«

Dann ist der Moment vorbei. Doch das feste Pochen meines Herzens bleibt. »Von diesem Deal habe ich nichts mitgekriegt, sorry.«

Emmy sieht mich nur an, wartet geduldig.

»Was willst du wissen?« Lasse ich mich gerade echt darauf ein? Für dieses verbale Flaschendrehen bin ich zu alt.

»Was ist das nächste große Ding, auf das du dich freust? Oder die allerkleinste Sache, die dich am Morgen gerne aufstehen lässt?«

Kurz bin ich davor, abzublocken. Einen halb-sarkastischen Witz zu reißen, damit ich nicht über die Antwort nachdenken muss. Immerhin war ich seit der Sekunde, in der ich Laura und Kyle zusammen im Bett erwischt habe, im Überlebensmodus. Alle Bande nach Dublin kappen, umziehen, neu anfangen. Doch jetzt, in diesem Moment und mit Emmys aufmunterndem Lächeln direkt vor mir, erkenne ich, dass dieser Modus nicht mehr notwendig ist. Dass ich angekommen bin. Zwar mit einer harten Landung, aber ich bin … okay.

Und als ich das realisiere, tut alles etwas weniger weh. Meine Vergangenheit. Dieses Leben. Ich.

Wochenlang habe ich mich bei jeder Konfrontation mit diesem Thema davor gefürchtet, dass ich irgendwann die Kontrolle über das, was mit Laura passiert ist, verliere. Dass es mich definiert, wenn ich darüber spreche. Dabei war es genau andersherum – die Erinnerungen hatten diese Macht über mich, weil ich sie stets mit mir herumgetragen habe.

Plötzlich fällt mir wieder ein, welchen Gedanken ich heute direkt nach dem Aufwachen hatte: *Ich hoffe, Emmy lächelt mich an, wenn sie mich sieht. Denn fuck, wenn ihre Augen strahlen, fühle ich mich frei.* Stattdessen sage ich: »Ich schätze, das werde ich noch herausfinden.«

Nie hatte ich gedacht, dass ein Blick sich so nach einer Umarmung anfühlen kann. Aber das ist Emmy. Als sie ihre Hand über den Tisch streckt, zögere ich keine Sekunde, sie zu nehmen. »Du bist stark, Leon. Jedes Gefühl ist valide, und nicht jeder Tag ist gleich gut. Irgendwann findest du dein nächstes, großes Ding. Und wenn, dann wird es nicht bloß groß sein, sondern auch richtig, richtig gut.«

Ich halte ihre warme, schmale Hand. Präge mir jeden der Herzschläge ein, den ich an ihrem Gelenk fühle. Tatsächlich hatte ich gedacht, dass ich lange Zeit keine Lust mehr darauf haben würde, eine Frau zu berühren.

»Danke«, sage ich mit rauer Stimme.

»Kein Ding.«

Sie zieht ihre Hand zurück, und bedauernd tue ich das Gleiche.

Irgendetwas will Emmy noch sagen, das spüre ich über die kalte Pizza hinweg.

»Ja?«

»Du musst nicht antworten, falls ich zu neugierig bin, aber … War das Date, zu dem Max dich gezwungen hat, deshalb nicht so gut oder weil es einfach nicht gefunkt hat?«

Einen Moment denke ich darüber nach. »Beides, schätze ich.«

»Und du wolltest dich nicht noch mit jemand anderem treffen?«, fragt sie vorsichtig.

»Ich habe den Account direkt gelöscht, nachdem ich mich mit ihr getroffen habe. Ohne ein weiteres Mal in die App einzusteigen. Denke, das sagt etwas über meine Motivation.«

»Das soll kein Urteil sein … Aber das klingt, als hättest du diese Frau«, sie atmet tief ein, »geghostet.«

»Ich habe den Account gelöscht«, wiederhole ich.

»Hast du dich von ihr verabschiedet?«

»Nein.«

»Was, wenn sie sich mehr erhofft hat und nun geknickt ist, dass sie dich nicht erreichen kann? Hast du daran gedacht?«

»Nein«, gebe ich zu. »Ich war so fixiert auf die Sache mit Laura und den Job …« Seufzend atme ich tief aus. »Sorry, dafür gibt es keine Ausrede, das weiß ich.« Der Geschmack auf meiner Zunge ist bitter. Das letzte erste Date – vor der Beziehung mit Laura – ist Jahre her. Damals habe ich mir mehr Gedanken darüber gemacht, wie ich date und mich verhalten will. Fuck.

»Ghosting ist ein häufiges Problem«, fährt Emmy fort. Ich kann ihrem Tonfall anhören, wie scheiße sie das findet. »Leider. Heutzutage scheint es oft schwieriger, etwas zu beenden, als was miteinander anzufangen.«

»Das stimmt.« Ich schlucke. »Danke, dass du mich darauf aufmerksam gemacht hast. Das sollte nicht vorkommen.«

»Dann wünsche ich dir, dass du das beim nächsten Mal noch weißt.« Ein Schatten verdunkelt ihre Augen. Eine Sekunde später ist die Sonne darin wieder zurück.

»Ich auch.« Ich hole tief Luft. Nachdenklich mustere ich sie, doch sie weicht mir aus und räumt die Pizzaschachteln weg.

Fuck, sie hat mich mit dem Ghosten kalt erwischt. Ich beiße die Zähne zusammen. Sollte ich die App wieder installieren und Kimberly suchen, um mich zu entschuldigen?

Eine Frage, die mich begleitet, während ich mit einer Serviette über den Tisch wische und sie danach im Mülleimer versenke. Ich beobachte Emmy beim Händewaschen. Ihre Haare verdecken ihr Gesicht, doch ich kann an der Haltung ihrer Schulter erkennen, dass irgendetwas an ihr nagt.

Wer ihr wohl wehgetan hat? Ob ihr Herz noch dabei ist, zu heilen? Rasch sehe ich weg, klappe den Laptop auf.

Und versuche, diese Fragen zu verdrängen.

Weil ich einen Scheißrespekt davor habe, was ich mit den Antworten machen würde.

32

Emmy

Let the lights shine on you

Nach der gestrigen Nachtschicht haben Leon und ich diesen Freitag zur Homeoffice-Session auserkoren, und ich lehne mich in dieses Gefühl. Sitze sogar um halb zwei weiterhin im Pyjama herum, die Füße auf dem Couchtisch, eine Auswahl an feinsten Supermarktsüßigkeiten und übrig gebliebenen Pfannkuchen von gestern auf dem Tablett neben mir. Genug Gammelvibe, um die Spiegel in meiner Wohnung zu meiden.

Ohne Mochi ist es still um mich herum. Kein geräuschvolles Nagen auf einem Kauknochen oder Rumgrummeln, weil er neben mir sitzen, aber nicht auf die Couch springen will. Mich mal nur um mich selbst kümmern zu müssen ist eine nette Ausnahme, obwohl ich das kleine Fellknäuel vermisse.

Ich klappe den Laptop zu und lehne den Kopf gegen das Kissen in meinem Nacken. Schließe die Augen. Wenigstens bin ich ausgeruht, trotzdem werde ich heilfroh sein, wenn ich wieder zu meinem Code zurückkehren kann. TJ, Jon und Chris erledigen einen super Job, das sehe ich täglich. Und Max …

Leons Worte haben mich überrascht, doch nicht so sehr, wie

sie sollten. Dass Max allerdings denkt, dass er mir die Flirtversuche vor die Nase werfen kann wie einen Knochen, auf den ich mich stürze wie Mochi auf sein zweites Frühstück, stört mich. Klar weiß ich, dass ich verdammt gut in diesem Job bin – doch Max' Verhalten hat diese Selbstsicherheit beschmutzt. Da ist eine ordentliche Portion Ärger in meinem Bauch. Doch ich weiß, dass ich ab jetzt nicht mehr auf Max' Welpenblick reinfallen werde.

Irgendetwas ist gestern in Leon aufgebrochen, das konnte ich sehen. Hat den Riss vollständig geöffnet, den ich schon ein paarmal vor diesem Gespräch in seinem Schutzpanzer erspäht habe.

Was unter dieser Pein liegt, ist unendlich schön. Ehrlich. Zerbrechlich. Bitter. Leons Wahrheit, die er vor allen Menschen zu verstecken versucht. Ich bin dankbar, dass er mich immer öfter so nahe an sich heranlässt.

Kim hat sich bei mir dafür bedankt, dass ich das Ghosting gegenüber Leon angesprochen habe. Danach hat sie mir noch mal gesagt, was mir auch das aufgeregte Gefühl in meiner Magengrube verklickern will: Leon steht auf mich.

Er wehrt sich dagegen. Ein Kampf, den ich unter jedem Zentimeter Haut spüre, wenn er mich ansieht, und ich –

Ich schaffe es nicht, den Gedanken fertig zu denken. Schmetterlingsflügel streichen zärtlich an den Wänden meines Körpers, gleiten über jede angespannte Faser hinweg. Das Flattern in mir ist beschwingt. Eine Umarmung von innen heraus. Ich werde von etwas gehalten, dessen Berührung ich schon sehr lange nicht mehr gespürt habe – dem Willen, mich auf jemanden einzulassen. Nicht für andere. Nur für mich.

Diese Selbsterkenntnis bringt mich zum Zittern.

Zum Lächeln.

Zum Angstkriegen.

Alles auf einmal, aber keine dieser Emotionen bekommt mein Herz in den Griff, nicht permanent. Weil es okay ist, dass da dieses Gefühlschaos in mir ist. Leons Ehrlichkeit hat mich daran erinnert, dass nicht nur er Wände errichtet hat. Auch ich habe mich mit einem Schutzwall aus Fake Dates umgeben. Die menschlichen Interaktionen, die keine dauerhaften Eindrücke hinterlassen haben, weil keine von ihnen echt war, oder nur für die Frauen relevant, denen ich geholfen habe.

Es war ihre Realität.

Nicht meine.

Ein Gedanke, der mich wie ein Schwall eiskaltes Wasser trifft. Er rüttelt an mir. Weckt mich auf. Während ich daheim auf dem Sofa sitze. Im Pyjama, mit einem obszönen Berg an Süßkram neben mir. Ich lache über die Absurdität dieser Erkenntnis.

Die prägendsten Durchbrüche passieren nicht unbedingt in der Therapiestunde, höre ich meinen Vater. *Es ist der Alltag, der uns an den Punkt trägt, an dem wir uns entscheiden müssen. In diesen Momenten steckt das größte Potenzial zum Wandel.*

Mein Herz klopft vor Aufregung, das Pochen rauscht mir ohrenbetäubend in den Ohren. Will ich das wirklich? Romantik, Verlangen, Sex, Partnerschaft und nicht nur die Vorstellung davon? Mit allen Facetten und dem realistischen Potenzial für Schmerz und Enttäuschung? Wenn mir der Ghosting Service eines gezeigt hat: Es gibt keine Garantie dafür, dass alles glatt läuft.

Ein Gedanke, den ich in meinem Kopf hin- und herschiebe. Es gibt wirklich null Garantie dafür, dass eine Beziehung funktionieren wird.

Aber ebenso wenig muss sie den Bach runtergehen.

»Hm«, mache ich, genehmige mir eine Schokokugel mit Erdbeercremefüllung und mache mich wieder an die Arbeit, um meinem Kopf etwas Nützlicheres zu tun zu geben. Keine zwei Minuten später poppt ein Fenster auf.

Leon ruft an.

»Verdammt«, murre ich. Sehe an dem lila Pyjama mit der eingearbeiteten weißen Spitze herab. Videochat in diesem Outfit? Nie im Leben.

Ich hebe ab, ohne die Kamera anzuschalten. Leons Grinsen empfängt mich. »Hi, Emmy.« Er runzelt die Stirn, stützt sich auf der Tischoberfläche auf. Sein Bizeps sagt hallo. Ich winke zurück. »Ich sehe dich nicht.«

»Das ist Absicht.«

Er grinst. »Hast du dich schon in die Karibik verabschiedet? Wenn du am Strand liegst, musst du die Aussicht unbedingt mit mir teilen. Keinen Plan, wann ich das letzte Mal am Meer war, ohne dass es arschkalt war.«

»Ich muss dich enttäuschen, ich bin im Urlaubmachen genauso grottig wie du.« Das entlockt ihm ein leises Lachen, das meine Seele erblühen lässt. »Ich sitze auf dem Sofa. Im Pyjama. Vermutlich finde ich nachher ein paar Schokokrümel in den Haaren.«

Leon seufzt. »Was für ein Leben.«

»Oder?«, antworte ich mit einem Grinsen. Versuche das Herzklopfen auszublenden, als er sich durch die Haare fährt und nach links aus dem Fenster sieht. »Was gibt's?«

»Maya hat mir vorhin Feedback zu den Videoinstallationen gegeben, das sollten wir vor dem Wochenende noch besprechen. Aber bevor ich dir das nun schicke und wir darüber telefonieren … hast du schon was vor heute Abend?«, fragt er dann, die Miene kontrolliert.

Mein Herz flattert. Wohin, weiß ich nicht. »Nein, bis jetzt nicht. Wieso fragst du?«

»Du könntest zu mir kommen. Ich koche uns etwas, und wir

arbeiten die Änderungen gemeinsam ein. Geht am schnellsten.« Er pausiert. So etwas wie Unsicherheit schleicht sich in seine Gesichtszüge. Eine Sekunde später ist sie weg. »Aber ich verstehe, falls du im Pyjama bleiben willst.«

»Es gibt nicht viele Leute, für die ich den Pyjama ausziehen würde. Aber für dich schon«, sage ich, bevor ich richtig über die Worte nachdenke.

Erst Leons schelmisches Grinsen macht mich auf die Doppeldeutigkeit aufmerksam.

»So war das nicht gemeint«, stöhne ich mit einem Augenverdrehen. »Was ich damit sagen wollte: Wenn es der Arbeit hilft, schwinge ich mich natürlich in ein straßentaugliches Outfit.«

Leon senkt die Lider, sieht mich unter den langen Wimpern hervor an. »Okay, gut. Aber trotzdem …« Er schluckt. »Schade«, schiebt er hinterher. Dann zieht er einen Mundwinkel nach oben. Die Hitze seines Blicks kann ich sogar durch den Screen hindurch fühlen. Flirtet Leon gerade mit mir? »Also, hast du Lust, vorbeizukommen?«

Ich analysiere noch, was sein neckischer Kommentar mit mir anstellt – etwas in meiner Brust flattert, ein wunderschönes, leichtes Gefühl, das bis in meine Magengrube schwappt. Dann atme ich tief ein, den Blick auf Leons abwartendes Gesicht gerichtet. Auf die verwuschelten Haare, den sichtbaren Ansatz seiner heißen Tattoos, die blauen, nachdenklichen Augen. Mein Herz klopft schneller. Das hier ist mehr eine Einladung zum Arbeiten. Fragt sich nur … *wie viel* mehr?

»Wann soll ich da sein?«

33

Leon

On how to let love in again

Von dem Moment ihrer Zusage bis zum Türklingeln habe ich keine Sekunde still gesessen. Mir ist absolut bewusst, dass ich Emmy nicht nur eingeladen habe, weil die Arbeit ruft. Sondern weil ich sie bei mir haben will. Und nun steht sie vor mir, diesmal keine Weinflasche zwischen den Fingern. Ein lilafarbener Regenschirm baumelt von ihrer rechten Hand, die linke klammert sich um den Henkel des mit winzigen Corgis bedruckten Jutebeutels um ihre Schulter.

»Danke für die Einladung.« Ich trete zur Seite, um sie in den Flur zu lassen. Nehme ihr die Tasche ab, die ich neben der Garderobe platziere. Dann den Regenschirm, gefolgt vom fliederfarbenen Wollmantel.

»Gerne«, sage ich und verfluche mich für den rauen Tonfall. Ich räuspere mich und beobachte Emmy dabei, wie sie etwas umständlich aus einem Paar Sneaker mit Herzschnallen schlüpft, die ich noch nie an ihr gesehen habe. »Sind die neu?«

Emmy richtet sich wieder auf. »Heute geliefert bekommen. Schick, oder? Und super bequem. Auch, wenn die Schnallen noch etwas starr sind.«

»Ja. Das sind … schöne Schuhe.« *Mein Arsch, wo hast du denn gelernt, zu flirten?* »Passen zu deinem Shirt.«

Emmy nickt. Sie streicht sich das pinke Longsleeve mit zwei herzförmigen Ausschnitten über den Schultern glatt, das sie in die silber-glänzende Highwaist-Hose gesteckt hat, die sie trägt. Ein süßes Outfit, das sie vor ein paar Wochen schon mal im Office getragen hat. Jetzt gefällt es mir sogar noch besser als damals. Nun befingert sie die Träger der Stofftasche. *Ist sie nervös?* »Deine sehen auch gut aus.«

Sie ist nervös.

Irritiert blicke ich zu den alten Converse, die neben der Tür stehen und die ich nur trage, wenn ich mit Frida in einem Sauwetter unterwegs bin. »Die da? Bin sicher, dass der rechte schon mal als Kauknochen verwendet wurde, als ich nicht hingesehen habe.«

»Deine Klamotten, meinte ich.«

»Ah.« Ich sehe an mir runter. Dunkles Hemd mit hochgekrempelten Ärmeln. Schwarze Hose. Das absolute Gegenteil von ihr.

Emmy kommt einen Schritt näher. Betrachtet meinen tätowierten Arm. Sie löst eine Hand vom Riemen ihrer Tasche, als wolle sie die Tinte berühren, die Linien nachzeichnen. »Passen zu deinen Tattoos«, sagt sie mit einem schmalen Lächeln, das auf die Sache mit den Schuhen anspielt. Sie lässt die Hand sinken.

Diese Bewegung fühlt sich an, als wäre einer meiner größten Wünsche gestorben.

»Wann hast du die alle machen lassen? Haben sie eine Bedeutung? Das wollte ich dich schon immer mal fragen.«

»Einen Großteil davon habe ich, seit ich neunzehn, zwanzig bin. Und nein. Die meisten haben keine genauere Bedeutung, außer dass sie mir gefallen. Aber manche …« Ich schiebe den Ärmel nach oben, um ihr auch meinen Oberarm zu zeigen, und tippe auf die Vögel, die von meinem Ellenbogen bis zu meiner Schulter fliegen, einige davon vom Stoff verborgen. »Das hier habe ich mir machen lassen, bevor ich nach Dublin gezogen bin. Freiheit und so.« Dann drehe ich den Unterarm ein wenig. »Fridas Pfotenabdruck.« Daneben die Wörter *be present*.

Emmy betrachtet jedes einzelne Tattoo. Was, wenn sie die Tinte sehen könnte, die mein Shirt verbirgt? Würde sie sich trauen, sie zu berühren, nachzuzeichnen? Mit ihren Fingern auf meiner Haut, mit ihren Lippen?

»Sehen super aus«, haucht Emmy und sieht mir in die Augen. Unsere Blicke verhaken sich. Und shit … Plötzlich fühle ich alles gleichzeitig. Nähe. Interesse. Geborgenheit. Lust. Ich will ihr auf jede erdenkliche Art nahe sein.

Ein Instinkt, der mich auch dazu getrieben hat, beim Call mit ihr zu flirten und sie zu mir einzuladen. Ich mag Emmy. Nein, streich das: Ich bin fucking noch mal in sie verknallt, und ich habe keine Lust mehr, so zu tun, als wäre mein Interesse rein kollegial.

Dass auch sie etwas spürt, sehe ich in ihrem Blick. Ein Funkeln. Ein Feuer. Eine Weichheit, die ich an mich und wie eine Decke über mich ziehen und darunter einschlafen will.

Dann blinzelt Emmy. Scheint sich daran zu erinnern, warum sie hier ist. Genau wie ich.

Der magische Augenblick ist vorbei.

Ich wende mich ab und gehe in die Küche voraus. »Hunger?«, frage ich und checke mit einem Magen voller Emotionen meinen Herd, wo das angebratene Hühnerfleisch in der Süß-Sauer-Soße vor sich hinzieht. Der Basmatireis müsste auch jeden Moment fertig sein.

»Klar!«, höre ich hinter mir ihre Stimme.

Anstatt sich hinzusetzen, schlendert Emmy zum Fenster, lehnt sich an den Sims. Aus den Augenwinkeln schiele ich zu ihr. Erlaube mir, den Blick von ihrer wilden Mähne über ihren Körper wandern zu lassen. Ich trinke alles an ihr, ihre Persönlichkeit, ihre Sanftheit, ihre Attraktivität. Die Möglichkeiten.

»Fuck«, zische ich, bin beim Umrühren zu nahe an die noch heiße Herdplatte gekommen.

Emmy ist sofort an meiner Seite. »Alles gut?«, fragt sie und wirft einen besorgten Blick auf die feuerrote Stelle am Zeigefinger.

»Hab mich nur verbrannt. Halb so schlimm«, raune ich und lasse schnell kühles Wasser über die Hand laufen.

Sie rührt derweil in der Pfanne herum, und ich stelle fest, dass ich es genieße, mal nicht allein zu Abend essen zu müssen.

Doch heute Abend will ich sie verwöhnen, denn dass sie überarbeitet ist, sehe ich, ohne hinzusehen.

Und das, obwohl ich verdammt gerne hinsehe.

»Setz dich ruhig, es ist gleich fertig.« Damit scheuche ich sie zum gedeckten Esstisch.

Emmy schenkt uns Wein an, dann füllt sie die Wohnung mit Geplapper über die Arbeit und das Eichhörnchen, das Mochi heute scheinbar im Garten ihrer Eltern erfolglos gejagt hat.

»Er hält euch alle ziemlich auf Trab, was?«, frage ich mit einem Lachen. Beim letzten Schluck lege ich den Kopf ein wenig weiter in den Nacken. Emmys Blick brennt wie Feuer auf meiner Haut. Als ich das Glas absetze, sieht sie mich weiterhin an. Ihre Augen sind unlesbar. Beinahe, als würde sie auf etwas … warten.

»Ja«, sagt sie ein paar Sekunden zu spät und bricht dann mit einem Räuspern den Blickkontakt ab. Die Hitze in meiner Brust bleibt.

Ich lasse mich von dem folgenden Small Talk mittragen und bedauere, dass wir nach einer halben Stunde die Laptops aufklappen.

Warum zur Hölle kann das hier nicht einfach nur ein Date sein?

Sie, ich und … was immer heute Nacht zwischen uns passieren wird?

34

Emmy

Some sparks light wildfires

Ein Schauer durchläuft mich, als ich mit großen Augen den Weg vor uns betrachte. »Was ist das?«, hauche ich, mein Atem kaum mehr als eine weiße Wolke in der nachtkühlen Luft.

Leon sieht mich von der Seite an, ein zufriedenes Lächeln im Gesicht. Er bemerkt die Entzückung in meinem Blick, spürt das Staunen, das die abertausenden Lichter im Park hervorrufen. Die Bäume wirken verzaubert, und mit jedem weiteren Schritt komme ich mehr in dieser Fantasiewelt an, bis sogar die Geräusche Münchens verblassen.

Leon und ich konnten vorhin nicht mehr klar denken. Die Videos für den One-Night-Stand-Raum haben uns bis in den späten Abend beschäftigt, und nicht mal eine Tasse Espresso konnte die einfallende Müdigkeit vertreiben. Einen Spaziergang, das hat er stattdessen vorgeschlagen. Aber das hier? Damit habe ich garantiert nicht gerechnet.

»Heute Nachmittag habe ich zufällig das Plakat gesehen.« Er schiebt die Hände in die Taschen seiner dunklen Hose. »Das Lichterfestival findet das ganze Wochenende statt. Gefällt es dir?«

Ich nicke, noch immer völlig gefangen von dem Meer aus warmen, winzigen Lichtern, das gegen die Finsternis strahlt. Einige Menschen schlendern über die Kieswege, bleiben hin und wieder stehen, um den Anblick auf sich wirken zu lassen.

»Das ist«, presse ich hervor, komme aber nicht weit. Meine Stimmbänder sind verknotet. Selten überfällt mich die Sprachlosigkeit. »Können wir …« Ich nicke zu dem Schotterweg, und Leon schenkt mir ein Lächeln. Gemeinsam lassen wir den hohen Zaun, der den Eingang umgibt, zurück.

»Wie wunderschön«, hauche ich und bleibe unter den tief hängenden Ästen eines sternenbestückten Baumes stehen, den Kopf in den Nacken gelegt. »So stelle ich mir den Eintrittsbereich unseres Events vor«, murmle ich und betrachte die Lichterketten, die wie feiner Draht um die dunkle Rinde gewickelt wurden.

»Genauso wird er auch.« Leon stellt sich neben mich, den Blick ebenfalls zu den in der kühlen Brise wogenden Ästen gerichtet.

Ein älteres Pärchen geht an uns vorbei, und Leon macht einen kleinen Schritt zur Seite. Seine Finger streifen dabei meinen Handrücken. Die funkelnden Lichter drehen sich über mir und München gleich mit. So heftig, dass ich den Blick abwende.

Ich fühle mich wie in einem Märchen, und das liegt nicht nur an diesem Spektakel, das ich garantiert mein ganzes Leben lang nicht vergessen werde.

»Sollen wir weitergehen?«, fragt Leon, seine Stimme merkwürdig heiser. Da ist sie wieder, die Kontrolle, die sich in den sorgsam arrangierten Gesichtszügen spiegelt. Seine Augen haben allerdings nie gelernt, Lügner zu sein. Die Reflexion der Lichtperlen um uns wird von ihnen aufgefangen, in das nun tiefdunkle Blau gebettet wie in einen Sternenhimmel.

Sein Adamsapfel bewegt sich schwerfällig – etwas, das mir auch schon aufgefallen ist, als er den letzten Schluck von dem Wein getrunken hat. Ziemlich … heiß. Bevor mir die Intensität seiner ungesagten Worte erneut die Stimme rauben kann, flüstere ich: »Nichts lieber als das.«

Wir sprechen nicht, während wir langsam durch den beleuchteten Park schlendern. Vorbei an zwei Pärchen und einer Familie mit Kindern, die quietschend auf mehrere riesige Lichtkugeln deuten, die in der Wiese um eine kreisrunde Kiesfläche mit ein paar Bänken darauf verteilt wurden. Aus unsichtbaren Lautsprechern strömt sanfte Geigenmusik. Ein Cover von Taylor Swifts *Lover*.

Als sich der Weg nach dem Platz in drei verschiedene Pfade aufgabelt, sehe ich Leon an.

»Wir gehen lang, wo immer du möchtest, Emmy.«

Mein Name kommt ihm von den Lippen wie ein nicht ernstgemeintes Donnergrollen. Es lenkt mich in Richtung des kleinsten Pfades, auf dem nur eine Handvoll Menschen flanieren. Hier sind weniger Bäume beleuchtet, nur alle paar Meter werden wir von funkelnden Lichtern empfangen.

Nicht lange und wir sind allein. Nur wir und der knirschende Kies unter den Schuhen und die immer leiser werdende Geigenmelodie.

Ich erstarre, als ich bemerke, was zwischen zwei hohen Sträuchern am Ende des Weges sichtbar wird. Leon bleibt neben mir stehen. Aber er sieht nicht den von Lichterketten umhüllten Springbrunnen vor uns an.

Sondern mich. Das spüre ich deutlich, ohne überhaupt in seine Richtung schauen zu müssen, noch immer gebannt von dem Anblick vor mir.

Das türkise Wasser glitzert, verwandelt die auf der Wasseroberfläche treibenden Herbstblätter in kleine Boote, angeschubst vom sanften Wind, der meine Haarsträhnen ebenfalls zu einem trägen Tanz verführt.

»Das ist ... Ich weiß nicht, was ich sagen soll.« Erneut gehen mir die Worte aus, doch ich sehe ihn an.

Will ihn unbedingt ansehen.

»Du musst nichts sagen«, flüstert er.

Dann streckt er seine Hand nach mir aus. Zieht meine Finger in die seinen und umschließt sie mit einer Wärme im Blick, nach der sich mein Herz so lange gesehnt hat.

Wärme, die für *mich* bestimmt ist.

Nicht für Business-Emmy oder sexy Grunge-Emmy oder Kunst-Emmy oder Grüner-Daumen-Emmy.

Für mich.

Leon zieht mich in Richtung Springbrunnen, bis wir vor der plätschernden Fontäne anhalten. Er lässt mich nicht los, verstärkt den Druck sogar leicht, als wolle er sicherstellen, dass ich in seiner Nähe bleibe.

Weil wir die Grenze überschritten haben, weil die sichere Seite von Kollegialität und Freundschaft schon kilometerweit hinter uns liegt.

Ich weiß das. Und als sich unsere Blicke treffen, bin ich sicher, dass es ihm genauso geht.

»Emily«, fängt er an. Ich mag, wie er meinen Namen ausspricht. Voller Hingabe und Entschluss und Ungläubigkeit, die etwas in mir anstoßen, mich einen Schritt an ihn herantreten lassen. »Geht dir das hier zu nahe?« Die Worte fallen ihm schwer. Die Unsicherheit kann ich ihm ansehen.

Mittlerweile atme ich so flach, dass sich meine Atemzüge unsichtbar in der Nachtluft verlaufen. Ich kann mich hier und jetzt abwenden, und Leon würde mich ziehen lassen. Es akzeptieren, das weiß ich.

»Nicht nah genug«, wispere ich.

Leon verarbeitet meine Worte, dann tritt er einen Schritt auf mich zu. »Besser?«, raunt er. Ein sanftes Lächeln erblüht auf seinem Gesicht.

Ich kann mich nicht sattsehen, antworte mit einem Lächeln, das mein Herz zum Singen bringt. Dann schüttle ich den Kopf.

Noch ein Schritt.

Jetzt stehen wir so dicht beieinander, dass sich unsere Jacken fast berühren. Leon sieht auf mich herab, und ich muss den Kopf heben, um in seine funkelnden Augen blicken zu können. »Nah genug?«

Meine Mundwinkel biegen sich weiter nach oben. Garantiert spürt er den rasenden Herzschlag, wie er bis hinab in die Fingerspitzen pulsiert, die er umschlungen hält.

Ich beobachte seine vollen Lippen, das Lächeln darauf, ehe ich meine Aufmerksamkeit wieder zu dem Sturmblau hebe. Das Verlangen darin lässt mich erschaudern. »Noch immer nicht.«

Dann stelle ich mich auf die Zehenspitzen und küsse ihn.

35

Emmy

A kiss like yours

Jede unserer Bewegungen bringt mich zum Strahlen. Ich verschmelze mit den Lichtern um uns herum, bis ich von innen heraus leuchte. Ein kehliges Lachen entfährt mir und verschwindet zwischen Leons Lippen. Hätte er nicht seine Arme fest um mich geschlungen und ich nicht die Finger tief in seinem Haar vergraben, wäre ich schon längst auf den Pfad gekrümelt. Ich stürze mich kopfüber in diesen Kuss, in alles, was mein Körper dabei empfindet. In alles, was er verlangt.

Weiß nicht mal, ob ich noch atme, als er mir über die Unterlippe leckt und dabei leise knurrt, bevor er den Kuss vertieft. Der Tanz unserer Münder ist perfekt – nicht zu langsam, nicht zu hastig. Das Tempo fordert mich, doch ich stolpere nicht. Ich halte mit, bis sich Leon schwer atmend von mir löst, ein getriebener Blick in den Augen.

»Emmy«, keucht er, die Wangen leicht gerötet, die Lippen feucht.

Der Ausdruck in seinem Gesicht lässt mein Herz noch schneller pochen. »Geht es … geht es dir gut?«, flüstere ich. »Falls du das hier bereust, können wir –«

Leons Kopfschütteln unterbricht mich, dann lacht er. Der warme und beruhigende Ton schiebt mich zurück in ein wohliges Gefühl.

»Okay.« Ich räuspere mich, meine Stimme ist atemlos. »Dein … Tempo, Leon.«

Leon schluckt hörbar, nickt. »Du tust mir gut, Emmy.« Er verstärkt den Griff um meine Taille und legt seinen Kopf auf meinem ab. »Das hier tut mir gut.«

Ich lächle breit. Mein Herz funkelt. Die ganze Welt funkelt, weil es sich so verdammt richtig anfühlt, Leon zu küssen. »Und jetzt?«, flüstere ich, als er sich zu mir beugt und mir einen weiteren Kuss auf die Lippen haucht.

»Lass uns noch ein wenig rumlaufen«, murmelt er leise, und ich nicke an seiner Schulter, an die ich mich gekuschelt habe. Er legt den Arm um mich, und wir gehen zurück bis zur Weggabelung, schlendern den Mittelpfad entlang. Vorbei an einer Einhornfigur aus Lichtern. »Grumpy Sparkles«, sage ich, und Leon lacht darauf. Ich spüre den Laut unter meinen Fingern, einen Arm auf seiner Brust platziert und die andere um seine Taille geschlungen.

»Du hast dir meinen Einhornnamen gemerkt?« Überrascht schaut er mich an.

»Natürlich«, gebe ich zurück, und wir bleiben unter einem Lichterbogen stehen. Dann rümpfe ich gespielt die Nase. »Fast schon kitschig hier, oder?«

»Mhm.« Leon lässt mich los, streicht mir eine Haarsträhne hinters Ohr. Ich lehne mich in die Bewegung. »Aber irgendwie macht mir das gerade gar nichts aus.«

»Echt?«, frage ich.

Er beugt sich zu mir, ein verschmitztes Grinsen im Gesicht. »*Echt*«, raunt er und lässt seine Zunge über meine Unterlippe gleiten.

Ein leises Stöhnen entfährt mir, das ich nicht zurückhalten kann.

Leons Blick ist heiß, heiß, heiß. »Verdammt, Emmy«, knurrt er leise und küsst mich erneut.

Das hier … passiert gerade wirklich.

Ein Gedanke, der Feuerwerke in mir entzündet und sie gen Nachthimmel streben lässt, eine funkelnde Explosion nach der nächsten.

»Sollen wir zurück in meine Wohnung?«, fragt Leon leise, nachdem eine Minute vergangen ist. Oder eine Viertelstunde. Ein Jahrzehnt. Was weiß ich.

Ich nicke und dränge mich an seine Seite, als er erneut den Arm um mich legt. Ein Ort der Geborgenheit, den ich am liebsten nie wieder aufgeben will.

Wir verlassen den Park anders, als wir ihn betreten haben. Hand in Hand, die Lippen im Minutentakt durch Verlangen verbunden. Alles ist ein Rausch. Als wir in Leons Wohnung ankommen, fühlt es sich an, als hätten wir alle Sterne aus dem Park gestohlen und sie mitgenommen.

Kaum ist die Tür hinter uns zu, drängt mich Leon an die Wand. Ich stöhne auf, meine Hüften pressen sich seinen entgegen. Dieser Kuss schmeckt nach gelockerter Kontrolle, aber ich kann eine Spur der Zurückhaltung weiterhin auf seiner Zunge kosten. Deshalb schiebe ich ihn ein kleines Stück von mir weg.

»Noch immer okay?«, frage ich.

Leon nimmt meine Finger und drückt mir einen Kuss auf den Handrücken. »Ich würde sagen, mehr als okay.« Er zwinkert mir zu, aber die Geste ist vorsichtig.

Ich richte mich etwas auf, sehe ihm direkt in die Augen. »Ich will mit dir schlafen. Aber nur, wenn du das auch möchtest?«

Leon starrt mich an. Völlig regungslos. Fünf Sekunden vergehen, dann bricht er in schallendes Gelächter aus, tritt einen Schritt zurück. Keine Häme, nur ehrliche Belustigung erhellt sein attraktives Gesicht. »Fuck, Emmy. Hast du mich gerade wirklich gefragt, ob ich mit dir Sex haben will?«

Ich nicke ernst und beobachte, wie die Amüsiertheit zu Dankbarkeit abflacht.

»Natürlich will ich das. Du bist ....« Er rauft sich die Haare. »Und du? Was willst du?«, fügt er leise hinzu. Als hätte er Angst, dass ich ihn jeden Augenblick von mir schubse. Sieht er denn nicht, dass ich mich genauso an ihn klammere, wie er sich an mich?

»Ich will das hier. *Uns*.« Auf mein antwortendes Lächeln reagiert er nur mit einem leichten Drücken seiner Finger, zieht mich von der Wand zu sich.

Streift seine Lederjacke ab, ohne den Blick von mir zu nehmen. Dann gleitet auch schon der Mantel von meinen Schultern, und er hängt ihn auf. Er drückt mir den süßesten aller Küsse auf den Scheitel. »Ich liebe diese Schuhe, aber sie müssen weg.«

Ich nicke, völlig seiner Meinung, und bücke mich, um die Schnallen zu lösen. Meine Gedanken schwimmen mir davon, und irgendwie schaffe ich es nicht, das noch feste Leder durch die kleine Öse zu fädeln. »Was ...«, fange ich an.

Bevor ich einen weiteren Mucks der Frustration machen kann, kniet Leon bereits vor mir. »Halte dich an meiner Schulter fest«, murrt er, damit beschäftigt, eine Herzschnalle des linken Schuhs zu öffnen.

Ich folge seiner Anweisung und balanciere auf dem anderen Fuß. Dann wiederholt er die Handgriffe, platziert das Paar ordentlich neben seinen eigenen Schuhen, die er vorhin abgestreift hat.

Anstatt aufzustehen, legt er die Hände um meine Knöchel. Streicht mit festem Griff langsam nach oben, ohne dabei die Augen von mir abzuwenden. Zu sehen, wie Leon vor mir kniet, lässt das Verlangen in mir noch heißer brennen.

»Was magst du, Emmy?«, raunt er, und seine Finger erreichen meine Kniekehlen, dann die Rückseite der Oberschenkel.

Das leise Stöhnen kann ich nicht unterdrücken. Meine Lider schließen sich, und ich genieße die Berührung. Spüre, wie die Muskeln seiner starken Schultern unter meinen Fingerspitzen arbeiten, bis ich die Frage völlig vergessen habe.

»Emily?«, knurrt Leon irgendwann.

»Hm?«

Er erreicht meinen Hintern und massiert ihn mit langsamem, festem Griff. Ich winsle, reibe die Oberschenkel aneinander.

»Gibst du mir eine Antwort auf meine Frage?«

Jetzt sehe ich auf ihn herab. Das gierige Schillern in seinen Augen jagt mir winzige Stromschläge durch den gesamten Körper. »Wenn du mir deine Vorlieben sagst, erfährst du meine.« Ich lege den Kopf schief, lasse mich zu einem schelmischen Grinsen hinreißen. »Oder wir lassen die Effizienz mal beiseite und finden es gemeinsam heraus.«

Ein teuflisches Funkeln tritt in seine Augen, und er steht auf, nimmt mich mit sich. Ich kann gerade noch die Arme um seinen Hals winden, bevor er mich in die Höhe hebt. Die Beine um ihn geschlungen, trägt er mich ins Schlafzimmer. Im Gehen zieht er die Vorhänge zu, schaltet nur die Nachttischlampe an, die den Raum in warmes Licht hüllt.

Leon legt mich vorsichtig auf der Matratze ab, ehe er sich wieder aufrichtet, mich mit einer trägen Langsamkeit betrachtet, die mir die Hitze ins Gesicht schießen lässt.

»Ich wollte dir die Kleidung ausziehen, seit du zur Tür hereingekommen bist«, raunt er so leise, dass ich mir auf die Unterlippe beiße, um nicht vor Aufregung loszuquietschen. »Darf ich?«, fragt er, und ich nicke.

Ich mag das Hemd, das er trägt. Noch lieber würde ich es auf dem Boden sehen. Doch ich halte mich zurück. Spüre, wie wichtig es für ihn ist, ein klein wenig länger die Kontrolle zu behalten. Das ist kein Machttrip. Nur der Versuch, sich an etwas anzunähern, das mit einer schmerzenden Erinnerung verbunden ist. Und das ist in Ordnung.

Ich bewege mich nur, wenn er meine Hilfe benötigt. Sehe ihm zu, wie er das Oberteil bis unter meine Brust streift. Ich wölbe den Rücken, damit er es mir ausziehen kann. Strecke die Arme aus. Warme Luft küsst jeden Zentimeter der Haut, die gefangen in der Hitze unserer Berührungen nur mit einer Gänsehaut aufwarten kann.

»Emmy«, keucht Leon, mittlerweile über mir kniend. Seine Finger berühren meine Haut, bevor sie nach dem Träger des hellrosa Spitzen-BHs tasten. Spielen mit der winzigen Schleife, die zwischen den Brüsten sitzt. Der dünne Stoff tut wenig dagegen, den dunkleren Ton meiner Nippel zu verdecken, versteckt weder die Dehnungsstreifen noch die verstreuten Sommersprossen. »Du bist wunderschön.«

Ich schenke ihm ein sanftes Lächeln, erbettle mir mit den Augen eine Berührung seines Mundes, auf die ich nicht lange warten muss. Dann macht er sich daran, die Hose nach unten zu schieben, bis auch sie neben dem Bett landet.

Das tropfende Blau seiner Iriden wird zu einem ausgewachsenen Sturm, der mich droht, mitzureißen, als er meinen Slip betrachtet. Er schluckt schwer.

Dann, ganz langsam, öffne ich meine Knie und lasse ihn richtig hinsehen, wissend, dass die helle Spitze auch hier nichts verdeckt.

Leon zieht mein linkes Bein sanft zu sich und legt seine Lippen gegen mein Knie, atmet tief den Duft meiner Haut ein. Lässt den Blick über meinen halbnackten Körper wandern. Keine Ahnung, wie lange er neben mir sitzt, wie lange ich mich von ihm ansehen lasse. Irgendwann hebt er die Hand. Mit sanften Fingerspitzen verbindet er die Sommersprossen auf meinem Rippenbogen zu Konstellationen. »Eine Sternenkarte«, flüstert er. »Als hätte der Himmel dich ausgesucht, um alle Sternschnuppen aufzufangen und auf deiner Haut zu verewigen.«

Ich lächle sanft, gerührt von seinen Worten. »Ich möchte dich auch sehen …«

Leon wendet den Blick ab. Der Schatten, der über sein Gesicht zieht, lässt sich nicht verbergen. »Emmy …« Er räuspert sich. »Können wir es langsam angehen lassen?« Röte kriecht in seine Wangen. »Nicht, weil ich dich nicht attraktiv finde. Aber ich brauche … Zeit.« Die freie Hand vergräbt sich so fest im Laken, dass die Knöchel weiß hervortreten. »Es ist nur …«

»Lange her, dass es ein erstes Mal mit jemandem war?«, helfe ich aus, drücke mich in eine sitzende Position.

Leon nickt.

Mein Herz blüht, die Sympathie darin schlägt Wurzeln. »Bei mir auch«, flüstere ich. »Bis jetzt … ich hatte nur mit zwei Personen Sex.« Nach einem tiefen Einatmen zucke ich mit den Schultern. »Das letzte Mal ist einige Zeit her, und ehrlich gesagt, weiß ich nicht mal, was ich gerne mag. Lange Zeit waren es jetzt nur ich und mein Vibrator.«

»Und dreckige Romance-Bücher?«, fragt er, das Grinsen wieder schelmischer.

»*Smut* nennt sich das. Nur zur Info«, sage ich mich einem erleichterten Lächeln und stupse seine Schulter an. »Wir können es langsam angehen lassen. Und gemeinsam herausfinden, wie es sich gut anfühlt?« Ich schlage die Augen nieder. »Selbst wenn wir nicht miteinander schlafen … Ich würde zum allerersten Mal in meinem Leben auch mal gerne neben jemandem schlafen.«

Ein überraschter Ausdruck huscht über Leons Gesicht. Er nickt, dann überzieht Erleichterung sein Gesicht, und er lehnt sich näher zu mir. Wir küssen uns, wieder und wieder, und ich knöpfe sein Hemd auf.

»Welchen … Smut liest du am liebsten?«, fragt Leon, ohne mich aus den Augen zu lassen, und ich weiß sofort, was er wirklich wissen will.

Das simmernde Gefühl ist noch immer tief in meiner Magengrube verwurzelt. Egal, wohin sich diese Nacht entwickelt – sie wird gut, das spüre ich. »Die Chemie zwischen den Charakteren muss stimmen.«

»Und die ehrliche Ist-Mir-Egal-Was-Leon-Denkt-Antwort?«

Ich gebe ihm einen leichten Schlag gegen die Schultern. Die freche Mimik bleibt jedoch, wo sie ist. »Ich mag es, wenn er oben ist. Und wenn er sie leckt. Nicht gleichzeitig natürlich.«

Ein Schaudern fährt durch Leon, sobald ich seine nackte Haut berühre. Das Hemd verschwindet. Ich fahre die tätowierten Linien nach, die Schwingen der Vögel, die einzelnen Buchstaben, die er mich schon vorher studieren hat lassen. Jeder unentdeckte Zentimeter Tinte ist eine Karte für meine Berührung, ein Weg, an dem ich meine Fingerspitzen entlanggleiten lasse.

Leon erschaudert, ehe er sich löst und aufsteht, um die Hose abzustreifen. Gleich danach landen auch schon die schwarzen Boxershorts auf dem Boden.

Leon ist … pure Ästhetik. Definierte Muskeln, die ich unter der Haut erahnen kann. Die Sehnen seiner breiten Schultern. Die feine Haarlinie, die sich von seinem Nabel nach unten zieht, bis zu seiner Erektion.

Ich schlucke.

Treffe Leons Blick.

Das Erotischste an allem ist, dass das hier keiner der Leons ist, die ich bisher zu Gesicht bekommen habe. Vor mir steht die realste Version von ihm, ohne Kleidung, der Schutzwall zwischen uns vollständig niedergerissen.

Ich setze mich auf die Knie, halte seinen Blick fest, als ich meinen BH öffne. Er gleitet von meinen Schultern. Dann sinke ich wieder zurück auf das Kissen und warte, bis Leon neben mir liegt. Den letzten Schritt lasse ich ihn gehen, das scheint er zu verstehen.

Er sieht nicht weg, als er den Daumen unter die Spitze meines Slips hakt und ihn mir über die Hüften zieht. Er stützt sich auf einem Ellenbogen ab, beugt sich über mich. Küsst die Sterne auf meiner Haut, bis ich erschaudere.

»Leon«, keuche ich, was ihn dazu bringt, auch noch seine Zunge einzusetzen. »Und?«, frage ich heiser, als seine Hand von meiner Hüfte bis zu meinen Brüsten gleitet. »Welche Pornos siehst du am liebsten?«

»Wer sagt, dass ich Pornos gucke?« Er hält inne. Sein heißer Atem trifft meine Haut. Alles in mir wird eng und locker gleichzeitig. Der abschätzige Blick, den ich ihm zuwerfe, bringt ihn zum Lachen. »Es ist mir egal, wer oben ist. Solange die Chemie stimmt.«

Er rückt ein wenig ab, als ich mich aufsetze und ihm kurz die Zunge rausstrecke, weil er mir die Worte geklaut hat.

Wir küssen und streicheln uns, ich beobachte, wie er die Augen schließt und meine Berührungen genießt, so wie ich unter seinen ganz warm und weich werde.

Ich küsse eine Spur von seinem Mund bis zu seinem Beckenknochen. Finde Muttermale versteckt in der sanften Bräune. Dann übernimmt er erneut die Führung, und ich lasse mich von ihm küssen, berühren, streicheln, bis er mich behutsam wieder in die Kissen drückt. Ich halte es kaum aus, ihn nicht anzufassen, will ihm zeigen, wie sehr ich ihn begehre, doch er hält sanft meine Hand fest.

»Emmy«, haucht Leon. Mittlerweile ist er noch härter geworden. »Es würde mir helfen, ein wenig länger die Kontrolle zu haben, wenn das okay für dich ist.«

Anstatt einer Antwort lege ich lasziv meine Arme über den Kopf, begebe mich in eine passive Position. Gebe ihm die Zeit, die er braucht, um meinen Körper weiter zu erkunden. Genieße, dass er seinen Daumen über meine Brüste gleiten lässt. Ich reagiere auf jede Berührung. Seine Finger gleiten bis zu meinem Becken.

»Fuck«, flucht er leise und quält mich mit den langsamen Kreisen um meine Klitoris, als ich immer feuchter werde.

Als wir beide nach Luft schnappen, schiebt er mich sanft von sich und zieht die Lade des Nachttischs auf, fischt ein Kondom heraus. Wieder küssen wir uns.

»Ich habe die Spirale«, sage ich und schiebe ihn ein Stück weg, um ihm das Päckchen abzunehmen. Ich reiße es auf und senke meine Hände. »Nur, um dich das wissen zu lassen.«

Er schluckt und schaut an sich herab, beobachtet mich leise fluchend, wie ich ihm das Kondom überstreife, ehe er sich über mir platziert. Die Spitze testet die Feuchtigkeit zwischen meinen Beinen. Leon gleitet ein paar Zentimeter in mich, bis ich nach Luft schnappe. Sofort friert er in der Bewegung ein.

»Alles gut«, keuche ich und weiß, dass meine Augen ihn anleuchten. Leon so zu sehen und zu spüren raubt mir die Sinne. »Das bin ich nicht gewöhnt.«

»Noch nicht«, sagt er mit einem Zwinkern und verharrt in

der Position, bis ich mich an ihn angepasst habe. Meine Hände finden seinen Hintern, und ich führe ihn tief in mich ein. Ein Stöhnen entfährt mir. Der Druck in meiner Mitte lässt mich alles um uns herum vergessen. Da sind nur mehr Leon und ich, getaucht in sanftes Licht, das seine blauen Augen zum Funkeln bringt. Die Kontrolle, die er sich gewünscht hat, nimmt mir meine nicht weg. Ich bin mehr als bereit dafür.

»Zeig mir, wie du es willst«, fordere ich ihn auf.

Leons Blick wird glasig. »Sicher?«

Er schenkt mir einen hitzigen Kuss, als ich atemlos nicke und unsere Blicke sich verhaken. Seine Augen leuchten, spiegeln meine Lust in sich. Noch immer bewegt er sich nicht. Dann plötzlich führt er meine Handgelenke über meinen Kopf, hält sie mit einer Hand dort fest. Seine rechte Hand verschwindet zwischen uns, bis sie das Nervenbündel in meiner Mitte erneut massieren.

Ich stöhne, kann nicht fassen, dass er sich derart Zeit lässt. Und dann höre ich auf zu denken, kann nur mehr fühlen und atmen und wollen. Der Orgasmus schaukelt sich auf, doch Sekunden, bevor ich den Höhepunkt erreiche, hört die Berührung auf. Ersetzt wird sie von Leons langsamen Stößen. Aber ich bin schon so weit jenseits der Grenze, dass mich selbst diese genießerischen Bewegungen ein paar Minuten später über den Abgrund schieben. Ich komme. Laut. Winde mich dabei unter ihm, will ihm noch näher sein, ihn noch tiefer in mir spüren.

»Mhmm«, raunt Leon. »Das ist also eines der Dinge, die du magst.«

»Ja«, stöhne ich, ehe ich mir auf die Unterlippe beiße. »Hör nicht auf.«

»Denkst du, du kannst öfter zum Höhepunkt kommen?« Er küsst entlang meines Halses, spielt mit dem Tempo in mir. »Das könnte interessant werden.«

Mit jedem Wort stößt er einmal fest in mich, und ich sehe Sternchen, spüre, wie das Gefühl in mir sich wieder aufbaut. »Fünf… mal«, bringe ich heiser hervor. »Allein.«

»Oh, Emmy«, seufzt Leon. »Wir können heute Nacht noch einiges mehr versuchen.«

36

Leon

On how to let yourself fall in love

Wir schaffen drei Runden, bis wir beide völlig fertig sind. Drei Runden, in denen zuerst Emmy und dann ich alle Hemmungen fallen lassen. Langsam. Schnell. Zärtlich. Wild. Alles dazwischen. Alles auf seine Weise verdammt gut.

Sie hat sich umgedreht, als ich nach dem Entsorgen des letzten Kondoms wieder zurück ins Schlafzimmer komme. Ich schnappe mir eine Sweatpants aus dem Kleiderschrank. Mit einem riesigen Lächeln lasse ich mich vollkommen erschöpft neben sie fallen.

Doch ich kann nicht aufhören, sie zu berühren, kann den Blick nicht von ihr wenden.

Lasse meine Hände über ihren nackten, kühlen Körper wandern. Über ihre Brüste, weiter nach unten. Emmy zieht scharf die Luft ein. Sie reagiert sensibel auf jedes Kreisen, flüstert, wie sehr sie die Berührung liebt.

Und ich … *ich* bin in Emmy verliebt.

Eine einfache, effiziente Erkenntnis.

Ich bin in ihre Ehrlichkeit verliebt. In die Sanftheit ihrer Worte, ihren sexy Körper, die schrillen Outfits, ihr Orgasmus-

Gesicht und sogar in die tausenden unterschiedlichen Kopfbedeckungen, die sie daheim im Schrank haben muss.

Mit ihr kann ich so sein, wie ich mich fühle.

Ich bin in Emmy verliebt.

Die einzig richtige Schlussfolgerung, ohne versteckte Klausel, ohne Performancegarantie. So sehr ich mich gegen diese Art von Gefühl wehren wollte, es in den letzten Wochen belächelt habe, umso dankbarer bin ich, davon überrumpelt worden zu sein.

»Es ist so schön, dass du hier bist. Und bleibst.« Ich küsse ihre Stirn. »Willst du ein T-Shirt von mir? Zum Schlafen?«

Sie überlegt, nickt. »Wenn du mich trotzdem auch wärmst?«, fragt sie.

Ich lächle und hole ihr ein T-Shirt aus dem Kleiderschrank, das sie überzieht. Dann breite ich die Decke über uns aus. »Immer.« Emmy ist noch nie neben jemandem eingeschlafen, das hat sie gesagt. Eine kindische Freude überkommt mich, weil ich dieses erste Mal abkriege. Ich lösche das Licht. Möchte ihr die Welt zu Füßen legen. Doch vielleicht fangen wir mit einem gemeinsamen Wochenende an. »Wie wäre es, wenn ich dich morgen auf ein Frühstücksdate entführe?«, frage ich, drücke meine Wange gegen ihren Hinterkopf. Halte sie ganz fest bei mir.

»Das wäre wunderschön«, flüstert Emmy, die Stimme schon halb vom Schlaf verschluckt.

Ich lächle und bette meinen Kopf wieder an ihr Haar.

37

Leon

On how to give pieces of you
that seemed lost

»Also«, beginnt Emmy, fest entschlossen, den ultimativen Samstagsbrunch aus der riesigen Karte zusammenzustellen. »Ich hätte bitte gerne einen Cappuccino.«

Die Kellnerin nickt, tippt die Bestellung in ihr Gerät, das wie ein Smartphone aussieht.

Emmy studiert die Karte erneut, und ich kann mir ein Grinsen nicht verkneifen, ehe sie die Mundwinkel verzieht. »Du hattest unrecht. Es wird *nicht* einfacher, wenn man versucht, etwas spontan auszuwählen.«

»Brauchst du noch eine Minute?«, will die Kellnerin wissen, aber Emmy schüttelt den Kopf.

»Ich nehme den Avocadotoast«, erklärt sie, doch dann wirbeln ihre Finger durch die Luft. »Nein. Den Frühstücksburrito. Oder die Zimtschnecke?« Sie seufzt. »Ich kann mich nicht entscheiden.«

Ich überlege, dann klappe ich das Menü vor mir zu und sage zu der jungen Frau, die geduldig auf unsere Bestellung wartet: »Wir nehmen einmal alles, was sie gerade gesagt hat, mit zweimal Besteck zum Teilen, bitte.« Ich deute mit dem Kinn zu Emmy. »Und zusätzlich zu ihrem Cappuccino noch einen Espresso und zwei Gläser Orangensaft.«

Froh, endlich mit einer Entscheidung bedacht worden zu sein, schenkt mir die Kellnerin ein Lächeln und sammelt die Karten ein.

»Du bist gerade noch heißer geworden.« Emmy grinst mich mit dem süßesten aller Grinsen an.

»Glaube kaum, dass das möglich ist«, raune ich und lasse sie dabei jeden Funken Nähe und Lust sehen, den sie damit in mir auslöst. Dann zwinkere ich ihr zu.

Das beschert mir ein Augenverdrehen. »So bescheiden. Steht dir.« Sie bettet das Kinn in ihre Handfläche. »Genau wie dieser Ich-hatte-heute-schon-Geschlechtsverkehr-Look.«

Geschlechtsverkehr? Ich muss schmunzeln. »Welcher Look? Hast du unsere gemeinsame Dusche vergessen? Wir sollten doch eigentlich passabel aussehen.«

Sie hält drei Finger in die Höhe, mit jeder Aufzählung fährt einer davon nach unten. »Bettfrisur, T-Shirt, Sexblick.«

»Der letzte Punkt bedarf einer Erklärung.«

»Na, du weißt schon … *Unter halb-gesenkten Wimpern sah er sie voller Glut und prickelnder Wollust an.*«

Ich lache auf. »Dann ist durchaus was dran.« Emmy fängt meinen Blick auf und hält ihn. Eine Umarmung, ohne dass wir uns berühren. »Ich will dich«, sage ich leise und mit sanftem Tonfall zu ihr. »In meinen Armen, in meinem Bett, in meinem Leben, Emily. Ich will dich«, wiederhole ich.

Emmy antwortet mit einem Lächeln. »Du hast mich schon, Leon. Auf alle Arten, die du willst.«

Dass sie jetzt mit immer noch müden Augen vor mir sitzt und das Rosa ihrer Wangen das ganze Gesicht erstrahlen lässt, kommt mir surreal vor. Ihre Hände verschwinden in den Ärmeln des grauen Pullovers, den ich ihr geliehen habe und den sie anstatt ihres pinken Shirts über ihrer silbernen Hose trägt.

Kurz warte ich, bis die Kellnerin die Getränke abgestellt hat, dann strecke ich die Hand über den Tisch aus. Emmy legt ihre Finger in meine. Ich streife die Ärmel zurück zu ihrem Gelenk, an dem das goldene Armband baumelt. »Warum machst du das?«, frage ich sie sanft.

Emmy sieht zu den Ärmeln, zieht die Augenbrauen zusammen, als wäre ihr diese Geste noch nie bewusst aufgefallen. »Keine Ahnung.«

»Kann es sein, dass du etwas nervös bist? Alles ist gut. Das hier«, ich mache eine Geste mit der freien Hand, »fühlt sich gut an, oder?«

Ihr Blick wird weich, und sie atmet lange aus, entspannt die Schultern. »Ich hatte Angst, dass es merkwürdig werden würde.« Sie schüttelt den Kopf, betrachtet eingehend die Serviette vor sich. »Bei dir kann ich *ich* selbst sein. Das ist nicht selbstverständlich.«

Ich schenke ihr ein Lächeln, ziehe ihre Hand zu mir und beuge mich über den Tisch, um einen Kuss auf ihren Handrücken zu hauchen. »Das freut mich.«

Es ist, als hätte der erste Kuss im Park einen Schalter in meinem Gehirn umgelegt. Die Bitterkeit, die ich wochenlang an mir selbst und anderen ausgelassen habe, ist weg, wurde ersetzt von dem früheren Leon. Es wäre schön, mit Emmy die Offenheit von damals wiederzufinden.

Die Kellnerin erscheint erneut und platziert unsere Bestellung zwischen uns. Ich lasse Emmy entscheiden, womit sie beginnen will, und nehme den Avocadotoast, als sie zu der Zimtschnecke greift und sie in zwei Hälften schneidet.

»Vielleicht sollten wir«, fängt Emmy an, nachdem wir ein paar Minuten in Stille gegessen haben und nur die Geräusche der anderen Cafébesucher an uns vorbeigerauscht sind, »ein paar Regeln festlegen.«

»Regeln?« Ich richte mich etwas weiter auf.

»Handlungsanweisungen. Richtlinien. *Key Performance Indicators*. Such's dir aus.« Emmy grinst. Das, was jetzt kommt, kann also nicht so schlimm sein.

»Okay.«

Emmy zupft an einem Teigstück herum. »Nach dem, was du eben gesagt hast … war das gestern für dich keine … einmalige Sache?«

Meine linke Braue schießt nach oben. »Nein, das war kein One-Night-Stand. Ich habe das eben absolut ernst gemeint.«

Emmy räuspert sich, wird knallrot im Gesicht. »Ich wollte nichts voraussetzen. Nach allem …«

Ein heißer Stromschlag durchzuckt mich. Dankbarkeit. Emmy weiß offenbar genau, wie es in mir aussieht und was ich mit mir herumtrage. Sie will sicherstellen, dass ich mich auf jedem Schritt des Weges sicher fühle und meine Kontrolle behalte.

Ich könnte sie küssen.

»Danke, dass du das nicht tust. Aber ich will mehr als Sex. Was ist mit dir?«, frage ich. »Ich möchte nämlich auch nichts voraussetzen.«

»Ich habe das auch ernst gemeint.« Sie zögert etwas. »Aber du solltest wissen, dass …« Ihre Wangen röten sich. »Uff, okay … Ich hatte noch nie eine richtige Beziehung. Nichts, was länger als ein paar Wochen Hin- und Herschreiben bei einer Datingapp gehalten hätte.«

Keine Ahnung, was ich erwartet hatte, aber nicht das. »Okay«, antworte ich lang gezogen. »Und?«

»Ich werde im Frühjahr siebenundzwanzig und habe trotz meiner Liebe zur Liebe und vielen auf Datingapps verbrachten

Stunden eine ziemlich lahme Erfolgsbilanz. Mein Datingleben war sehr ineffektiv, wenn man so will.«

»Das beweist doch nur, dass sich noch nicht das Richtige für dich ergeben hat.« Ich schüttle den Kopf, lehne mich im gepolsterten Stuhl zurück. »Das ist eines der Dinge, die ich an dieser Art des Datens nicht mag, und der Hauptgrund, warum ich mich bei diesen Plattformen nicht anmelde – weil alles so schnelllebig ist, dass man nicht mal die Chance hat, sich richtig kennenzulernen.« Mein Blick gleitet über Emmys Gesicht, ihre zerzausten Haare, den Pullover, den ich ihr geliehen habe. »Lass uns diesen Fehler nicht machen, okay? Wir haben genügend Zeit, um zu sehen, was zwischen uns passiert.«

Nach einer quälenden Weile nickt Emmy, und das Lächeln auf ihrem Gesicht lässt mein Herz schneller schlagen. Offenbar ist es ihr genauso ernst wie mir. »Das hört sich gut an.« Sie legt den Kopf schief. »Wie sollen wir uns im Office verhalten?«

Einen Moment überlege ich, denke an die anderen Jungs, an Max. »Unauffällig.« Obwohl ich keine Ahnung habe, wie das funktionieren soll. »Oder wir können darauf scheißen, was die anderen denken.«

Emmy kichert. »Unauffällig klingt vorerst gut«, sagt sie. Obwohl das eindeutig die richtige Entscheidung ist, drückt sie auf meinen Magen. »Apropos Arbeit.« Das folgende Seufzen ist keines, das ich in diesem Moment hören möchte, denn es klingt echt genervt. »Ich habe keine Lust darauf.«

Ich lache auf. »Geht mir genauso. Aber wir haben keine Wahl, das Event findet in weniger als zwei Wochen statt.«

»Ich weiß. Trotzdem würde ich gerne dem süßen Nichtstun frönen.« So, wie sie mich erst anlächelt und dann mit den Augenbrauen wackelt, habe ich eine Ahnung davon, wovon sie spricht.

»Wenn es das mit den Regeln war, würde ich vorschlagen, wir genießen das Frühstück, ohne von der Arbeit zu sprechen. Die holt uns noch früh genug ein.«

»Deal.« Emmy und ich stoßen mit den Orangensaftgläsern an und machen uns wieder über das köstlich aussehende Essen her. Plötzlich hält sie inne, die Tasse schwebt zwischen Tisch und ihrem Mund. »Warte mal. Welcher Tag ist heute?«

Nach einem Blick auf meine Uhr kann ich ihr eine Antwort geben. »Wieso?«

Emmy stellt den weißen Keramikbecher ab und gibt einen grummelnden Laut von sich. »Verdammt!« Abwartend esse ich weiter. »Meine Eltern haben eine Praxis für Psychotherapie, das hab ich dir erzählt, oder? Heute ist siebzehnjähriges Jubiläum.«

»Und das wird gefeiert?«, hake ich nach.

»So in etwa«, murmelt Emmy und isst ebenfalls weiter. »Sie, *wir*, haben da so eine Tradition.«

»Rück mal raus mit der Sprache«, sage ich schmunzelnd, und Emmy sieht mich mit schiefem Grinsen an. »Das hört sich ja so an, als würdet ihr Menschenopfer darbringen.« Ich reiße gespielt die Augen auf. »Sollte ich mir um eine meiner Nieren Sorgen machen?«

»Wieso nur um eine?«, fragt sie und zwinkert mir zu. »Nein, es ist nur fast so wild. Wir basteln … Kastanienfiguren.«

Ein bellendes Lachen entfährt mir. »Erklärung, bitte.«

Mit einem Seufzen pikt Emmy eine Himbeere von der Garnierung auf die Gabel. »Meine Eltern hatten nicht sonderlich viel Zeit für uns, kurz vor der Eröffnung gab es einen Wasserrohrbruch in den frisch eingerichteten Praxisräumen. Sie haben uns eine Beschäftigungstherapie nach der anderen aufgehalst, darunter auch das Basteln von Kastanienfiguren. Niemand konnte wissen, dass das in eine Obsession ausartet.« Emmy lacht leise, in Gedanken versunken.

Ich stelle mir Emmy als kleines Mädchen vor, die Zunge voller Konzentration seitlich eingeklemmt, umgeben von Kastanienhunden. »Das heißt, du fährst später zu deinen Eltern?«

Emmy nickt. »Um sechs. Kann nicht glauben, dass ich das beinahe vergessen hätte.« Sie zögert. »Möchtest du mitkommen?«

»Zu deiner Familie? Als … was?«

»Kollege? Guter Freund? Liebhaber?« Erneut verschwinden ihre Finger in den Ärmeln des Pullovers. »Undefiniert? Oder alles zusammen?«

Letzteres gefällt mir. Das Potenzial dahinter. »Klar würde ich dich gerne begleiten.«

»Ich muss dich aber warnen – die geballte Psychotherapie-Kraft ist nichts für Schwächlinge. Neugierde ist deren Beruf.«

»Solange sie mich nicht nach meinen Bastelkünsten oder meinem *sonnigen* Gemüt bewerten, sehe ich kein Problem.«

»Leider kann ich für nichts garantieren«, entgegnet Emmy mit einem unschuldigen Zwinkern.

»Das Risiko gehe ich ein.«

38

Emmy

Oh, that sweet, sweet easy love

Mia ist ein glückliches, quietschendes und sehr schwangeres Einhorn, das mich mit einer Riesenumarmung beinahe zerquetscht. »Ich freue mich so, dass du hier bist!«, zwitschert sie, bevor wir uns loslassen. Interessiert wirft sie einen Blick hinter mich, wo Leon noch vor der Tür steht. »Und du hast jemanden mitgebracht, hi!« Sie zieht ihn am Arm zur Tür rein.

»Hallo, Mia«, sagt dieser und lässt sich ebenfalls kurz von ihr umarmen. »Hab schon viel von dir gehört.«

»Uiui, hoffentlich nur Gutes«, sagt meine Schwester auflachend und sieht zwischen uns beiden hin und her.

Ein guter Freund, so habe ich Leon angekündigt. Dass Mia uns auf den ersten Blick durchschaut, erkenne ich an dem wissenden Funkeln in ihren Augen.

»Du kannst deine Jacke hier aufhängen.« Ich deute in Richtung Garderobe, als ich meinen Mantel ausziehe.

»Gerne.« Er streift sich die Jacke ab und hängt sie neben meine. Hinter seinem Rücken werden Mias Augen tellergroß, als sie mich ansieht und breit angrinst. *So heiß*, formen ihre Lippen.

Ich lächle zurück. *Ich weiß*, antworte ich still, dann dreht Leon sich auch schon wieder zu uns um.

Sein Blick zuckt wischen uns hin und her, und ich frage mich, ob er an Max denken muss, weil er aus eigener Erfahrung weiß, wie Geschwister ticken können. Dass Mia und ich wie verschmitzte Füchse von einem Ohr zum anderen grinsen, lässt uns nicht weniger verdächtig wirken.

»Führt ihr zwei etwa schon wieder Geheimgespräche?«, fragt Georg, der unsere Gesichtsausdrücke viel zu gut deuten kann, nachdem er um die Ecke gekommen ist.

»Nein«, antworten Mia und ich unisono. Er legt Mia eine Hand um die Taille. Eine Geste, die mich ein Stück näher an Leon heranrücken lässt. Das hier ist Neuland für mich. Noch nie habe ich einen Mann meinen Eltern vorgestellt, aber weil wir uns dafür entschieden haben, alles ruhig angehen zu lassen, greife ich nicht nach Leons Hand. Doch allein seine Nähe schickt kleine Feuerwerke über meine Haut.

Ich stelle Georg und Leon einander vor. Die zwei wechseln ein paar Sätze über das Wetter und über die Arbeit, scheinen sich gut zu verstehen – beide sind ähnlich ruhig und besonnen, die ausgleichenden Gegenpole für meine quirlige Schwester und mich.

»Nina bringt heute übrigens ihren neuen Freund mit«, verkündet Georg. »Nachdem er letztes Mal so spontan in den Dienst gerufen wurde und nicht zur Babyparty kommen konnte.« Ach ja, richtig. Nina hatte damals am anderen Ende des Tischs bei ein paar von Mias Freundinnen gesessen, und ich habe mich ausführlich mit Georg über die Vor- und Nachteile von Welsh Corgi Pembrokes unterhalten, weshalb ich gar nicht dazu gekommen bin, mit ihr zu reden. Dass es keine Nachteile gibt, wollte er mir nicht abkaufen. Eine Konversation, die wir dringend fortsetzen sollten.

Als hätte dieser Gedanke Mochi heraufbeschworen, kündigen ihn die auf dem hellen Steinboden klackernden Krallen an. Er schießt um die Ecke und wuselt aufgeregt um mich herum, springt an mir hoch, bis ich ihn zu fassen bekomme und hochnehme. Ich bin gerührt, dass er sich so freut, und versuche vergeblich, seiner Zunge auszuweichen. Irgendwann beruhigt sich mein Fellknäuel und zieht misstrauisch den Kopf weg, als Leon ihm die Hand hinhält, ein breites Grinsen im Gesicht.

»Alles gut, Mochi«, sage ich leise, »wir mögen den.«

Leons Blick trifft meinen, das Blau ein sanftes Meeresrauschen gegen die Klippen seiner schwarzen Pupillen. *Wir mögen ihn richtig gern.*

Er will etwas sagen, doch die Türklingel unterbricht ihn.

»Das sind bestimmt Nina und Theo.«

Ich trete zur Seite, bringe Mochi wieder ins Wohnzimmer und schließe die Tür, damit er nicht entwischt.

»Hi, ihr Lieben!«, sagt Mia, die die Tür geöffnet hat, zur Begrüßung, die Hände über dem groben, hellblauen Stoff ihres Stickkleids auf ihrem Bauch platziert. Sie umarmt Nina innig und lobt ihren neuen Haarschnitt, ehe sie sich deren Freund zuwendet.

Ich gefriere. Der Schreck bringt mein Herz zum Stottern, ehe es sich am Riemen reißt und in einem ungesunden Tempo weitergaloppiert. Theo – Theodor, der Polizist, oh mein Gott – hat mich ebenfalls erkannt. Dem überraschten Gesichtsausdruck nach zu urteilen würde er am liebsten auf der Türmatte kehrtmachen. München ist scheinbar nicht groß genug, um einem Fake Date nicht zweimal über den Weg zu laufen.

Mein Gehirn knattert, doch es bringt keine intelligenten Gedanken zustande. Ich versuche, mich daran zu erinnern, was ich ihm alles erzählt habe – was Filmfreak-Emmy ihm auf die Nase gebunden hat. Mein Blick zuckt zu Leon, der die Anzeichen der aufwallenden Nervosität noch nicht mitgekriegt hat.

Es ist nur eine Frage von Sekunden. Die neuen Gäste begrüßen Georg und Leon. Ich bin eine Salzsäule.

»Emily«, sagt Theo, als es sich nicht mehr vermeiden lässt, reicht mir die Hand, lächelt nervös.

»Theo, hi«, entgegne ich.

Wir starren uns an, bis alle Blicke auf uns liegen.

»Schön, dass ihr Zeit hattet, zu kommen«, ruft meine kleine Schwester dazwischen, bevor die Situation noch merkwürdiger werden kann. »Nina, eure Eltern sind bereits im Wintergarten.« Sie versucht, Georg am Arm mitzuziehen, doch der bleibt wie angewurzelt stehen.

»Ihr kennt euch?«, will er wissen, hat die Situation nicht so fix interpretiert wie meine Schwester.

Jetzt bin ich das Zentrum der Aufmerksamkeit. Nur Nina sieht nachdenklich zu ihrem Freund. *Oh, verdammt.*

Besser jetzt mit der Sprache rausrücken, als diese Stille noch länger ertragen zu müssen. Ich seufze. »Da in diesem Haushalt sowieso niemand das Anrecht auf Geheimnisse hat … Theo und ich waren mal auf einem Date. Vor gut einem Jahr.« Ich suche Leons Blick – völlig neutral.

»Etwas weniger«, murmelt Theo. Er scheint sich noch genauso gut wie ich daran zu erinnern, wie das Date gelaufen ist – Autokino, mit ihm weinend im Fahrersitz. Seine Angst vor Bindung ist ganz ohne mein Zutun während des vertraulichen Gesprächs aus ihm herausgebrochen. Es war nicht mal nötig, Jennys Namen fallen zu lassen und ihn auf das Ghosting anzusprechen, weil er von sich aus darüber geredet hat. Den Hauptteil des Dates habe ich also damit verbracht, ihn zusammenzusetzen, anstatt ihn für Jenny auseinanderzunehmen. Dass Ghosting respektlos ist, habe ich dennoch einfließen lassen. Wie es scheint, hat diese Erfahrung gefruchtet, ansonsten wäre er jetzt nicht mit Nina hier.

»Schön, dass ihr euch gefunden habt«, schiebe ich etwas ungelenk hinterher und deute zu Nina. *Bitte lass mich nicht auffliegen. Bitte erwähne nichts, das mich in Schwierigkeiten bringt.*

Theo nickt lediglich. Sein Blick sagt mir, dass er nicht vergessen hat, dass ich vor Ende des Films gegangen bin.

Ich bin froh, als Mia die Situation mit unverfänglichem Geplapper aufgelöst bekommt und ich mit Leon hinter den anderen in Richtung Wintergarten hergehe. »Der da ist schon eher dein Typ als dieser Esel aus der Bar.«

Ich verziehe das Gesicht. Keine Ahnung, was ich sagen soll.

»Hey, alles gut. Ich habe meine Vergangenheit, und du hast deine«, flüstert er mir zu.

Ein Schwall Luft entweicht meinen Lungen, doch mein Herz pocht wie nach einer ordentlichen Adrenalinspritze auf Hochtouren weiter. Vorhin haben wir uns nicht an den Händen gehalten, doch jetzt greife ich nach Leons Fingern, verflechte sie mit meinen. Er lächelt. Ich lächle zurück.

Selbst, wenn Leon mit Theo kein Problem hat … Der Ghosting Service ist ein scharfkantigeres Kaliber. Ich hoffe inständig, dass das Thema nun ruht und ich nicht in die peinliche Situation komme, mehr zu erklären.

Meine Mutter werkelt an der Küchenzeile, rührt in einem riesigen Topf mit Kürbissuppe, während in einer Pfanne herrlich duftende Croutons brutzeln.

Wir begrüßen uns, dann stelle ich ihnen Leon vor.

»Es freut uns, dich kennenzulernen«, sagt Mama, als sie Leons Hand geschüttelt hat.

»Danke, dass ich heute hier sein darf.«

»Aber natürlich. Wir freuen uns immer, wenn Emmy uns jemanden aus ihrem Freundes- und Arbeitsumfeld vorstellt.«

»Immer? Ihr kennt mein Team doch nur von Fotos«, flüstere ich. Nur Papa kriegt mein eigenbrötlerisches Gemurmel mit, Mama hat Leon schon in eine Konversation verwickelt.

Mein Vater zieht eine buschige, graue Augenbraue bis unter den Haaransatz, während er eine Zitrone für einen Krug Wasser in Scheiben schneidet. Ich ziehe beide weniger buschigen, hellbraunen Augenbrauen als Antwort nach oben. Dann schmunzelt er und wendet sich ab.

Was mir in diesem Moment einfällt: Was, wenn meine Eltern Kim zur Sprache bringen? Sie fragen hin und wieder nach ihr. Darauf kann ich mich sowieso nicht vorbereiten, deshalb verwerfe ich diesen Gedanken nach ein paar Sekunden Grübeln. *Außerdem sitzt ein größeres Problem gleich mit am selben Tisch.*

Ich höre Leon und Mama nur mit einem Ohr zu. Währenddessen durchkämme ich meine Erinnerungen nach den Lügen und Halbwahrheiten, die ich Theo aufgetischt habe. Mama trägt mir auf, den Brotkorb zu nehmen, und ich folge meinen Eltern und Leon aus der Küche. Wenigstens hält Theo sogar am großen Holztisch im beheizten Wintergarten ordentlich Abstand zu mir und wählt einen Stuhl einige Plätze von mir entfernt aus, als wir uns alle setzen. Hoffentlich kommt er nicht plötzlich in einen Redefluss, der mir Schwierigkeiten beschert. Bis zum Supergau bleibt mir daher nur, alle Fluchtwege im Auge zu behalten.

Wenn das mit Leon und mir eine Zukunft haben soll, muss ich ihm früher oder später vom Ghosting Service erzählen. Aber das will ich auf meine Art machen und nicht durch eine unglückliche Begegnung erzwungen. Am liebsten würde ich diesen Moment Blockbuster-like mit einem Schnipsen einfrieren, bis ich einen klaren Kopf habe. Die Situation durchdacht habe.

Später, Emmy, ermahne ich mich erneut und benehme mich, als hätte ich kein dunkles Geheimnis. Was würden meine Eltern sagen? Ganz München?

Papa beobachtet mich über den Tisch hinweg. Mit schiefgelegtem Kopf hat er seinen Psychotherapeutenblick aufgesetzt. Er analysiert jede Regung, jeden Blick, den Leon und ich uns zuwerfen. Keine Sekunde zweifle ich daran, dass er sofort gecheckt hat, in welchem Limbo Leon und ich stecken.

Irgendwann legt ihm Mama eine Hand auf den Arm, eine scheinbar harmlose Geste, doch Papa hört auf, mich mit Adleraugen zu taxieren. Dann, in einem von ihm unbemerkten Moment, zwinkert Mama mir zu.

Die Konversation rauscht an mir vorbei, und ich lasse mich von ihr mittragen. Mochi weicht nicht von meiner Seite, liegt eingekuschelt zwischen meinen Beinen auf dem Boden. Sein vertrauter Körper erdet mich.

Allmählich entspanne ich mich. Als das Thema auf die anstehende Bastelrunde kommt, kläre ich Leon auf: »Den Ursprung der Bastelei kennst du ja schon, aber damals wollte ich tatsächlich damit ins Guinessbuch der Rekorde kommen.«

»Und, hast du es geschafft?«, will Leon wissen, die Augen nun sanft auf mir.

»Nein. Eines Tages waren nämlich alle Figuren, und das waren sicher weit über hundert, bis auf exakt zehn besonders schöne, verschwunden.« Ich verenge die Augen zu Schlitzen und starre meinen Vater an. »Die Eichhörnchen haben sie geholt. Hat man mir zumindest gesagt.«

»Jede freie Fläche war voll damit. Ich musste etwas tun«, verteidigt er sich lachend. »Wenn ich mich recht erinnere, war die gewonnene Zeit aber auch der Ursprung deines Interesses an Computern.«

Ich nicke. »Das stimmt. Hatte also was Gutes, dass die Eichhörnchen so unersättlich waren.« Ich zwinkere Papa zu, und er zwinkert zurück.

»Ich habe *einmal* gesehen, wie du codest, und habe mich bis heute noch nicht davon erholt«, sagt meine Schwester, eine Hand auf ihrem Bauch.

»Oh ja«, pflichtet Leon ihr bei. »Sie ist die beste Entwicklerin, die unser Start-up hat.«

Ich winke ab. »Die anderen sind auch toll.«

»Mag schon sein, aber du bist ein Naturtalent«, hält Leon dagegen. »Und die anderen sind auch deshalb toll, weil du sie anleitest. Da kann man nur stolz auf sie sein.« Er lächelt mich an. »Kann *ich* nur stolz auf *dich* sein«, fügt er etwas leiser hinzu. Dann nimmt er eine Hand vom Tisch und drückt einmal zärtlich meine Finger, die in meinem Schoß liegen.

Meine Eltern tun so, als hätten sie diesen Kommentar nicht gehört, um uns Privatsphäre zu geben, doch aus den Augenwinkeln sehe ich, wie Mia von einem Ohr zum anderen grinst.

»Danke«, antworte ich leise.

»Nur die Wahrheit«, gibt Leon zurück.

Wir essen auf, dann beginnen Mia und ich, die Teller zu stapeln. Leon will uns helfen, doch mein Vater bittet ihn, ihm beim Ausziehen des schweren Massivholztisches zu assistieren. Papas Ächzen begleitet meine Schwester und mich in die Küche.

Ich spüre die geballte Wucht an Fragen, die Mia mit einer Selbstbeherrschung in sich trägt. Kaum in der Küche angekommen quietscht Mia und holt tief Luft, um –

Theo kommt durch den Türrahmen.

Mia friert ein, die aufgeplusterten Backen lassen sie dabei wie ein Goldhamster nach einem richtig guten Snack aussehen.

»Hier.« Mehr sagt Theo nicht, als er Mia eine leere Glaskaraffe hinhält.

Ich wende mich ab, um den Geschirrspüler zu befüllen.

»Danke«, entgegnet Mia sanft, aber bestimmt. Er soll sich verkrümeln, damit sie mich zu Leon ausquetschen kann. Doch Ninas Freund bleibt, wo er ist.

»Hast du schon *Calgary Eyes 2* gesehen?«, fragt er mich. »Du liebst die Horrorfilmreihe doch, wenn ich mich recht erinnere.«

Ich erstarre, über den Geschirrspüler gebeugt.

Mias Blick hängt tonnenschwer auf mir.

Jenny hat mir erzählt, dass Theo jeden einzelnen Blutstreifen kennt, der jemals gedreht wurde. Die Recherche für dieses Fake Date war die schlimmste aller Zeiten. Glücklicherweise war der Film, den wir uns im Autokino angesehen haben halbwegs erträglich, zumindest, wenn man nicht genau hinsieht.

Ich suche meine Contenance und erhebe mich, schüttle gelassen den Kopf. »Noch nicht.«

Theo sieht irritiert aus, rollt die Schultern in dem dunkelblauen Longsleeve. »Okay. Dachte nur, weil dir der erste Teil so gut gefallen hat. War aber auch viel los im Autokino, wie immer, wenn *The Village* gezeigt wird. Ein Dauerbrenner.« Er zuckt mit den Achseln. »Möglicherweise erinnere ich mich falsch.«

»Ja, das kann sein.« Mehr sage ich nicht.

Er nickt. Öffnet den Mund. Klappt ihn zu. Dann macht er auf den Hacken kehrt und geht wieder in den Wintergarten.

»Was zur …« Mia schnappt mich am Arm und zerrt mich über die Treppe nach oben in ihr altes Zimmer. Im Gegensatz zu meinem sind die Wände hier nicht lila gestrichen, sondern in einem fröhlichen Dotterblumengelb. Ein paar *High School Musical*-Poster hängen noch über dem Bett.

Zac Efron lacht auf mich herab.

Die Tür fliegt hinter mir zu.

»Was. Ist. Los?«, will Mia mit in die Seiten gestemmten Händen wissen, die Augen voller Neugierde. »Du hast Theo so was von angelogen. Denn, *Schwesterchen*, wir wissen beide, wie sehr du blutrünstige Filme hasst. Du würdest eher deine Hutsammlung verbrennen, als freiwillig zwei Stunden deines Lebens in einer Horrorfilmvorstellung zu verbringen.«

Sie hat recht. Filmfreak-Emmy steht aber im Gegensatz zu mir total darauf.

»Er erinnert sich falsch.« Ich versuche, ihre Aufmerksamkeit abzuschütteln. Mission: gescheitert.

»Warst du etwa nicht mit ihm im Autokino?«

Noch eine Lüge bringe ich nicht übers Herz.

»Das ist schon so lange her, ich weiß nicht, warum wir dieses Date aufrollen müssen.«

Mia zuckt die Schultern und lässt sich auf das Bett plumpsen. »Du weichst mir aus«, stellt sie überrascht fest. Dann sieht sie mich nachdenklich an. »So kenne ich dich nicht, so … entgegenkommend den Anforderungen eines Mannes gegenüber. Vor allem, wenn du dich richtig, richtig, richtig gegen etwas sträubst.«

Das muss ich kurz gedanklich übersetzen. *Normalerweise legst du es nicht darauf an, Kerlen um jeden Preis zu gefallen.*

Ich öffne den Mund, aber die Worte bleiben mir im Hals stecken. Was soll ich auch sagen? Mia sieht mich wissend an, obwohl sie eigentlich keine Ahnung hat, was vor sich geht.

»Machst du das auch bei Leon?«, fragt sie sanft, tätschelt dann den Platz neben sich.

Seufzend setze ich mich auf die geblümte Tagesdecke.

Mia legt sich mit einem Ächzen auf den Rücken. »Uff, nein, das geht so nicht. Kannst du mir helfen, mich auf die Seite zu drehen?« Sie setzt sich wieder auf, und ich schiebe das Polster unter ihren Kopf, damit sie bequemer liegen kann.

»Ich bin *ich* mit Leon«, gestehe ich leise und lege mich so, dass wir uns ansehen können.

»Und aus welchem Grund hast du dich bei Theo verstellt?«

An diesem Punkt ist es zwecklos, mich weiter rauswinden zu wollen. Mia ist wie ein Bluthund, sobald sie mal auf einer Fährte ist, kann man sie nur schwer wieder abschütteln. Natürlich – ich könnte ihr so lange Halbwahrheiten auftischen, bis sie aufgibt, einschläft oder die Wehen kriegt. Was immer davon zuerst passiert.

Ich zögere.

Ich habe so teuflisch viel Energie darauf verwendet, diese Seite von mir geheim zu halten. Konnte mich bei meiner Familie immer erfolgreich herauswinden, wenn das Thema Dating zur Sprache gekommen ist. Immerhin ist das, was ich tue, moralische Grauzone. Ich helfe, ich gebe, aber meine Methoden …

Was ist nun mit deiner Zero-Bullshit-Philosophie? Oder ist das nur Gerede, will eine pikende Stimme in mir wissen. Meine Entscheidung fällt. Und sofort fühle ich mich erleichtert.

»Kannst du mir versprechen, dass du Georg nichts davon erzählst?«, frage ich und schaue sie ernst an.

Damit sie es *ernst nimmt*.

»Dieses Gespräch unterliegt der Schweigepflicht«, versichert Mia mir und rutscht enger an mich heran. Bettet ihren Kopf auf meine Schulter, wie damals, als wir Kinder waren, umgeben von den Kastanienfiguren in meinem Zimmer.

Und dann erzähle ich ihr alles.

39

Emmy

Stretching luck as far as I can

Ich atme tief, tief, tief durch. Versuche mich mental auf den Tag im Office vorzubereiten. Starre die geschlossenen Aufzugtüren vor mir an.

Heute ist der erste Tag im Büro, seitdem Leon und ich – ja, was eigentlich? – sind.

Seit dem Lichterfest haben wir jede Minute miteinander verbracht, und wir kommen nur deshalb getrennt auf die Arbeit, weil er vorher zu Hause duschen und sich umziehen wollte. Und damit wir nicht in den ersten fünf Minuten auffliegen.

Keinen Plan, wie das alles klappen soll.

Mein Handy piepst synchron mit dem Aufzug, der angekommen ist. Eine Nachricht von Mia, der ich vor zwei Tagen alles erzählt habe.

Schön ist, dass ich endlich mit jemandem darüber geredet habe und die Welt nicht implodiert ist.

Naja. Zumindest meine nicht.

Die von Mia? Das ist eine ganz andere Sache. Zuerst hat sie mir nicht geglaubt. Gedacht, ich scherze, und mich gezwungen, ihr eine Kurzzusammenfassung aller Fake Dates in chronologischer Reihenfolge zu geben. *Denkst du, dass das der richtige Weg ist*, hat sie mich nach meinem zehnminütigen Monolog gefragt, und *Es ist der Weg, der Gewissheit liefert*, war meine Antwort. Eine, die ihr natürlich nicht gereicht hat. Sie hat mich mit Fragen gelöchert. Die brennendste davon: *Weiß Leon Bescheid?*

Natürlich konnte ich ihr an der Nasenspitze ansehen, dass mein genuscheltes *noch nicht* wenig bis gar nicht zufriedenstellend für sie war. Als Mama uns dann zum Kastanienbasteln gerufen hat, war ich erleichtert.

Doch sobald ich Leon am ausgezogenen Tisch vor einem Berg Kastanien habe sitzen sehen, den Kopf über das Werkzeug und die Konstruktion in seinen schlanken Fingern gebeugt …

Sagen wir's mal so: Das *noch nicht* wiegt mittlerweile schwer wie ein Stein, der mir um den Hals hängt. Beim restlichen Abend mit meiner Familie und der anschließenden Heimfahrt konnte ich es verdrängen, auch, weil Theo keine weiteren Anstalten gemacht hat, ein Gespräch mit mir zu beginnen. Erst in Leons Armen habe ich das Thema dann tatsächlich ausblenden können.

Aber der Stein ist noch da, wo er vorgestern Abend war, und wird mit jeder Minute schwerer.

Und doch schweifen meine Gedanken zu Leon.

Ich hatte es vergessen.

Ich hatte vergessen, wie es ist, seine Zeit mit jemandem zu teilen. Die Tage, die Nächte, die Sekunden dazwischen. Das eigene Bett. Das Einschlafen und das Aufwachen, wenn sich beides wie in kuschelige Wärme gepackt anfühlt. Und genau deshalb muss ich Leon vom Ghosting Service erzählen.

Ich bin froh, dass das Büro leer ist und ich mich sammeln kann, bevor die anderen auftauchen. Keine zehn Minuten später kommt TJ durch die Lifttüren. Halt. Mit Jon im Schlepptau?

»Hi, liebe Emmy!« Ich blinzle, als TJ mit einem breiten Grinsen zu seinem Platz geht und Jon grummelnd erst mal den Weg zur Küchenzeile einschlägt.

»Hi?«, gebe ich zurück. »Ihr seid ja … früh dran?« Jon ist häufig der Letzte, der morgens im Büro auftaucht. Im Gegensatz zu TJ ist er die reinste Nachteule, der laut eigenen Angaben gleich nach dem allerersten Weckerklingeln einen Marathon laufen könnte, wenn seine Kondition mitmachen würde.

»Der frühe Vogel codet am besten, heißt es ja«, zwitschert TJ und fährt den Laptop hoch.

»Der frühe Vogel war aber auch nicht bis zwei Uhr morgens wach, weil der andere Vogel in seinem Nest schnarcht wie ein Presslufthammer«, murrt Jon. Seine Worte gehen beinahe im Rattern der Kaffeemaschine unter.

Das Gekabbel der beiden wäscht das flaue Gefühl in meinem Magen für eine Sekunde lang fort, als TJ und ich uns angrinsen.

Ich freue mich tierisch für die beiden und beschließe, die Zeit vor Leons Ankunft damit zu verbringen, mir einen Überblick über die Arbeit der Entwickler zu verschaffen. Gefühlt habe ich keine Ahnung mehr, was gerade läuft und welche Aufgaben bereits abgeschlossen sind. Da wir später ein Meeting haben, sollte ich mich auf den neuesten Stand bringen, bevor Leon und ich am Event weitermachen.

Eine halbe Stunde später stecke ich so tief in einer Dokumentation, dass ich das *Ding* des Aufzugs beinahe gänzlich ausblende.

»Hey, Le-«, fängt TJ an, doch bricht abrupt ab. »Ich halluziniere, oder? Ich *muss* einfach halluzinieren. Verdammt, Jonny, wie stark war der Espresso, den du mir gemacht hast?«

Der ungläubige Tonfall eist meinen Blick vom Screen los. Ich sehe TJ an, der in Richtung Lift starrt. Mit zusammengezogenen Augenbrauen wende ich den Kopf in Richtung Leon, der auf unsere zusammengeschobenen Tische zukommt.

Ich weiß, warum TJ mit offenem Mund dasitzt und dreinblickt, als hätte er eine Fata Morgana vor sich.

»Hi«, sagt Leon. Leon, der heute zum allerersten Mal, seit er hier angestellt ist, und vermutlich zum allerersten Mal in seinem ganzen Leben, in T-Shirt und Jeans auf der Arbeit auftaucht.

Ich blinzle. Blinzle noch ein wenig mehr.

Leon kann sich das Grinsen nicht verkneifen.

»Deine … Kleidung?« Mehr bringe ich nicht hervor. Natürlich habe ich Leon schon mehrmals in legeren Outfits gesehen, aber noch nie im Office.

»Ich habe mich dazu entschieden, heute mal wieder welche zu tragen, ja«, gibt er mit ruhiger Stimme zurück. Dann wirft er einen Blick über die Schulter, was TJ und Jon dazu bringt, schnellstmöglich so zu tun, als wären sie schon eifrig bei der Arbeit. »Mir wurde gesagt, dass du keine Anzugschnösel magst«, raunt er leise. Dann schiebt er die Hand in seinen Rucksack und stellt etwas auf meinen Tisch. Mit einem verschwörerischen Zwinkern wendet er sich ab, ehe ich reagieren kann. Zumindest äußerlich – mein Herz ist schon beim dritten Salto.

Der Rest des Vormittags ist eine Tortur. Obwohl es gerade mal Mittag ist, sehne ich mich nach der Hitze von Leons Körper zwischen meinen Laken, dem verschlafenen Ausdruck auf seinem Gesicht. Immer, wenn seine nachttrunkene Stimme ein *Guten Morgen* raunt, bin ich verloren.

Leons Geschenk, ein Kastanien-Corgi, der auf winzigen Zahnstocherbeinchen neben dem Monitor steht, bringt mich zum Lächeln, jedes Mal, wenn ich ihn ansehe.

Und ich sehe ihn oft an.

»Emmy, könntest du mal …« Jon stupst mich an, und ich zucke vom Screen zurück, streiche mir die Haare aus dem Gesicht, die ich als Vorhang zwischen der Welt und meinem riesigen Grinsen gezogen habe. In den letzten paar Stunden war es ein Leichtes, mein schlechtes Gewissen auf später zu vertagen. Leon und die mehr oder weniger anständigen Tagträume, die ich mit ihm als Hauptdarsteller habe, machen das mit mir.

Jon sieht zu seinem Computer und lächelt entschuldigend. »Irgendwo hakt es, und ich weiß nicht –«

TJ würgt ihn mit einem lauten Stöhnen ab und schießt aus dem Stuhl. »Ich übernehme das. Emmy arbeitet doch gerade an Event-Zeugs, vergessen, Jonnyboy?« Er huscht an Jons Seite, der sich wieder zu seinem Platz verzogen hat. Bevor er sich zu dem Screen runterbeugt, pflanzt er einen schnellen Kuss auf dessen Scheitel. Jon läuft knallrot an und wirft mir einen kurzen Seitenblick zu, doch ich schenke ihm ein beruhigendes Lächeln.

Leon fängt meinen Blick auf und grinst. *Das könnten du und ich sein.*

Ich tue alles, um nicht unnatürlich fröhlich auszusehen. Immerhin sind die Animationen vor mir, die ich gerade in Adobe After Effects bearbeite, kein Spaß.

»Immer diese Frühlingsgefühle«, brummt Chris in seinen Bart, und ich hebe den Kopf, um zu ihm zu gucken.

»Es ist Herbst«, entgegnet Leon und bringt TJ mit seinem trockenen Kommentar zum Kichern.

»Schlimm genug«, gibt Chris zurück, wobei er allerdings eher bärig als genervt klingt. Gespräch Ende. Weil ihn diese Konversation erschöpft hat, drückt er sich aus dem Stuhl und trottet zur Kaffeemaschine.

»Oh, fast vergessen«, schaltet sich Leon ein und greift nach dem Rucksack unter dem Tisch. »Die Bäckerei gegenüber meiner Wohnung hatte heute Morgen frisch gebackene Cookies.« Er steht auf und trägt die kleine Keksschachtel zur Küchenzeile, nimmt den Deckel ab. »Bedient euch.«

Jon lässt sich das nicht zweimal sagen, und auch Chris schnappt sich einen Keks, den er gleich isst, während er am Vollautomaten auf seinen Kaffee wartet.

Leon geht zurück zu seinem Platz, hält mit einem Blick auf meinen Platz allerdings inne. Er deutet mit dem Kopf auf das leere Wasserglas. »Du musst mehr trinken, sonst kriegst du wieder Kopfweh«, murmelt er und schnappt sich das Glas. Ah, ja. Meine Ausrede am Samstagabend für schweigsame Momente. Dann geht er zur Küchenzeile und füllt das Glas auf, ehe es erneut vor mir auf dem Tisch landet.

»Danke«, flüstere ich und trinke einen Schluck.

»Willst du deinen Bruder nicht auch davor bewahren, zu verdursten?«

Ich werfe einen Blick über die Schulter. Max wackelt mit einer leeren Glaskaraffe, die er immer auf seinem Tisch stehen hat. Der lockere Tonfall kann mich nicht darüber hinwegtäuschen, dass er die Anspannung zwischen Leon und mir durchschaut.

»Natürlich.« Leon macht kehrt und geht durch die offene Bürotür. Wenig später fragt er: »Noch jemand?«

Die anderen schütteln den Kopf, nur TJ sieht von seinem Screen auf. »Was essen wir heute? Außer Kekse, meine ich? Döner?«

»Nicht schon wieder«, murmelt Jon.

»Vegane Bowls vom Lieferservice?«, bietet TJ an.

»Sodbrennen«, kommt es von Chris.

Leon bleibt an meinem Tisch stehen, kratzt sich am Hinterkopf. Nach anfänglichem Getratsche – okay, TJs Monolog, als Leon auf der Toilette war – haben sich alle an Leons legeres

Auftreten gewöhnt. Immer mehr lässt er seine lockere Seite durchblitzen, und ich bin froh, dass er nicht mehr versucht, sie wegzusperren. Immerhin ist das ein verdammt liebenswerter Teil. »Ich hatte noch keine Chance, meinen Einstand zu feiern. Habt ihr Lust auf Pizza? Ich bezahle.«

»*Noch keine Chance?* Dude, du bist hier einmarschiert wie Darth Vader.« Neben mir versteift sich Leon kaum merklich. TJ klatscht in die Hände. »Aber natürlich habe ich Bock auf Pizza, Alter. Immer Hungi auf Funghi.«

»Das war der lahmste Wortwitz aller Zeiten«, sagt Leon mit einem Grinsen.

»Kaum ist der Anzug weg, wird er frech, *tsts*.« TJ verkneift sich ein teuflisches Lachen. »Gefällt mir, wenn Leute endlich den Stock aus ihrem Arsch ziehen.«

»TJ!«, rufe ich empört. Mein Blick schnappt zu Leon, der einen Moment lang nur dasteht und blinzelt, bis ihm ein lautes, bellendes Lachen entfährt.

»Ihr zwei«, zische ich und wirble einen Zeigefinger zwischen den beiden hin und her, »bleibt mir ja voneinander weg. Sonst wird das hier ein Zirkus.«

»Ich mag Zirkus«, entgegnet TJ und schenkt mir ein Zahnlückengrinsen.

»Ich auch«, meldet sich Leon trocken.

TJ hebt die Brauen. »Echt?«

»Scheiße, nein. Clowns sind creepy.« Dann zwinkert er mir zu. Eine Geste, die mir die Hitze in die Wangen schießen lässt, obwohl er schon wieder beim nächsten Thema ist. »Also, welche Pizzen wollt ihr? Oder muss ich mir eure Akzeptanz mit Schmiergeld erkaufen?«, will Leon wissen.

»Wenn du so fragst«, brummt Chris.

Ich seufze. »Mit Pizza kannst du jedes *rdently*-Herz im Sturm erobern. Für mich eine kleine Marinara, bitte.«

»Hast du Lust, eine große zu nehmen, und wir teilen sie uns?«, will Leon wissen. Bevor ich nicken kann, schaltet sich Max aus dem Büro ein.

»Salami für mich!« Dann deutet er TJ, dass er die Bestellung aufgeben soll. »Emmy, Leon, kommt ihr mal kurz?«

Ich muss mich dazu zwingen, Leon keinen verräterischen Blick zuzuwerfen. »Tür zu oder auf«, fragt Leon hinter mir, während ich schon in einem der Stühle vor Max' Schreibtisch sitze.

»Da sowieso alle mithören«, Max wirft einen raschen Seitenblick zu TJ, »kann sie wohl auch offen bleiben.« Er räuspert sich und wartet, bis Leon neben mir Platz genommen hat. »Vermutlich verdirbt euch das, was ich gleich sagen werde, den Appetit. Sorry dafür.« Seine Augen wandern zwischen mir und Leon hin und her.

Ich kann nichts dagegen tun, dass meine linke Braue nach oben zuckt.

Was kommt jetzt? Eine Lasst-die-Finger-voneinander-Rede? Waren wir heute doch nicht so professionell wie gehofft? Hat er mitgekriegt, dass Leon und ich …

»Müssen wir's selbst erraten oder kommt da noch was?«, fragt Leon. Seine Stimme hat etwas von seiner Leichtigkeit eingebüßt.

Max guckt ihn an, jetzt nachdenklich. »Es ist nicht genug.«

Kann er nicht mal mit der Sprache herausrücken, anstatt in Rätseln zu sprechen?

Leon denkt das Gleiche, das höre ich an dem Schnauben, das er zu unterdrücken versucht.

»Was meinst du?«, will ich wissen.

»Ich habe mir den Projektplan noch einmal angesehen und finde, dass das Event noch mehr an unseren Service gebunden werden muss.«

Dann klatscht er uns eine Liste mit Anmerkungen vor die Nase. Max ist der Einzige, der sich die meisten Dokumente ausdruckt, weil er keine Lust hat, sie am Bildschirm zu lesen – siehe Tech-Start-up und so. Mit einem pointierten Blick in Richtung seines Bruders nimmt Leon die Liste vom Tisch und hält sie so, dass ich sie mir ebenfalls ansehen kann.

Er ist der Erste, der Worte findet. Ich starre weiterhin auf das mit Max' Sauklaue vollgekritzelte Blatt Papier.

»Das hätten wir vorher besprechen sollen. Dein Feedback, das du beim Kick-off hattest, haben wir eingearbeitet. Jetzt etwas ändern … last minute fast unmöglich«, sagt Leon, Resignation schwer in seiner Stimme.

»Ich wusste gar nicht, dass das Wort *unmöglich* in deinem Wortschatz existiert.« Max funkelt ihn an. »Was ihr bis jetzt gemacht habt, ist großartig, aber es ist zu wenig *rdently*.«

Wovon redet er da? »Die Bedürfnisse der Userschaft in den Fokus des Events zu stellen könnte nicht besser zu unserer App passen.«

»Das sehe ich anders.«

»Aber –«

»Bist du der CEO oder ich, Emmy?«, fährt mich Max an.

Der Kiefer klappt mir auf. Ich muss aufpassen, dass nicht gleich die Hälfte meines Gesichts unter den Schreibtisch kullert. Diesen Tonfall hat er noch nie bei mir – oder dem Rest des Teams – benutzt.

»Sprich nicht so mit ihr«, knurrt Leon.

»Ich denke, das kann sie mir selbst sagen, oder?« Max starrt seinen Bruder an, die Augen verengt. Erst jetzt sehe ich meinen Boss richtig an. Bemerke die müden Augen, die Ringe darunter. Die Haare, die er in einem schlampigen Knoten trägt. Er ist überarbeitet, gestresst und lässt es an uns aus, das wird mir klar.

»Ich …« Dieses Wort bringt Leon aus der Schusslinie, doch

ich bin nicht auf die geballte Abschätzigkeit in Max' Blick vorbereitet. Zuvor hatte ich kein einziges Mal das Gefühl, dass Max den Chef heraushängen lässt. Bis jetzt.

»Vor zwei Wochen hättest du ihm eher den Kopf abgebissen, als dich von ihm verteidigen zu lassen.« Max zwängt seine Stimme in eine kontrollierte Form, die ich von Leon nur zu gut kenne. Seinem Bruder steht sie allerdings nicht. »Was ist passiert?«

Ich atme tief ein. Nehme all meinen Mut zusammen. *Jetzt oder nie, Emmy.* »Dein unpassender Tonfall ist passiert. Und mein Widerwille, ständig Boxsack für deine Launen zu spielen.« Max' Augen werden groß. Damit hat er nicht gerechnet. »Ich weiß, dass Lukas dich fordert. Dass es um viel Geld geht, um deine Firma, um diesen tollen Service, den du aufgebaut hast. Es ist menschlich, erschöpft zu sein, und das verstehe und respektiere ich.« Ein noch tieferer Atemzug folgt. »Aber wir tun bereits, was wir können. Und so gut wir können.«

Reicht es nicht, dass er mit mir geflirtet hat, um meine Motivation anzukurbeln? Mich bewusst auf diese Art vereinnahmt hat, die mir monatelanges Grübeln und Hoffnungen beschert hat? Muss er auch noch seinen Stress an uns auslassen? Jetzt sehe ich Max an und sehe … meinen Boss. Einen Menschen, der ein ganz schöner Arsch sein kann, wenn er es darauf anlegt.

Was sich geändert hat? Ich.

»Außerdem wolltest du, dass wir uns vertragen. Dass Leon in dieses Team findet. *Mission erfolgreich*, würde ich sagen. Wir verstehen uns gut.« Bevor Max auf die Idee kommen kann, mich zu unterbrechen, rede ich weiter. »Einen Teil der Ideen können wir sicher umsetzen, aber wir müssen priorisieren. Weil Leon und ich dieses Event auf die Beine stellen, werden *wir* die Entscheidung treffen, was wir machen und was nicht.« Ich halte Max' festem Blick stand.

Nach wenigen Sekunden Stille überrascht er mich: »Es tut

mir leid. Du hast recht, dieser Tonfall war unprofessionell.« Max betrachtet mich lange und eingehend. Als würde er analysieren, wann genau ich ihm abhandengekommen bin, seit wann es *Leon und Emmy* ist und nicht mehr *Leon und Max* oder *Max und Emmy*.

Ein paar Atemzüge später gibt er sich geschlagen. »In Ordnung. Dann priorisiert, aber wir brauchen mehr Persönlichkeiten, die unsere Community spannend findet und mit unserer Mission assoziiert. Dating Coaches, TikTok-Stars, was auch immer. Sagt mir bis morgen, welche ihr euch vorstellen könntet – und wie teuer sie sind.«

Leon atmet lange aus, sieht zu mir. Er überlässt mir die Entscheidung, ob Max' Anforderungen in Ordnung sind. Ich überlege, dann nicke ich.

»Okay. Ich bin noch gut«, Leon wirft einen Blick auf die Uhr, »eine Stunde da, dann muss ich zum Arzt, ein paar Impfungen auffrischen. Den Rest des Tages arbeite ich wie besprochen im Homeoffice.«

Max zieht einen Stapel an Post zu sich heran, nimmt das Wirtschaftsmagazin, das ganz oben liegt. *Conrad de Wit – vom Business-Erben zum Angel Investor* steht in großen Lettern auf dem Cover, direkt unter dem Bild eines jungen, attraktiven Mannes. Er lächelt verhalten in die Kamera. Max runzelt die Stirn, als er das Porträt mustert. »Alles klar. Sagt Bescheid, wenn die Pizza da ist.«

»Könnte der da nicht Lukas ersetzen?«, seufzt Leon. Er weiß, dass man Investierende nicht einfach so austauschen kann, das verrät der unglückliche Zug um seinen Mund. »Wenigstens wäre es gut, ihn als Kontakt zu haben. Wer weiß, was sich ergibt«, sagt Leon und nickt in Richtung des Magazins. »Was ich höre, soll er trotz seines Alters richtig gut drauf sein und wissen, wie Start-ups skalieren.«

»Und er codet selbst«, ergänze ich. Ich folge Conrad auf einigen Plattformen, sogar in ein paar deutschen Softwareentwicklungs-Foren ist mir sein Name schon untergekommen. Er ist Javascript-Autodidakt und gerade dabei, die Programmiersprache Swift zu lernen, allein deswegen fände ich es bereits spannend, ihn kennenzulernen. »Das heißt, er kann einschätzen, was wir hier eigentlich tun.«

»Wir bleiben bei Lukas«, sagt Max in einem nachdenklichen Tonfall und legt das Magazin zur Seite, ehe er zu den Kopfhörern greift.

Leon kratzt sich über das Kinn und schüttelt leicht den Kopf, als könne er nicht glauben, wie Max sich verhält. Er deutet mit dem Kinn zu den anderen. »Komm.« Er nimmt Max' Notizen mit. Leon legt sie auf seinem Tisch ab, ohne einen weiteren Blick darauf zu werfen. Überraschung grummelt in meiner Magengrube.

TJ und Jon sehen uns betreten an.

Leon bemerkt die gedrückte Stimmung. »Wann kommt die Pizza?«, fragt er, ein Grinsen mühevoll auf das Gesicht gekleistert. Mit dem Händeklatschen bringt er TJ zum Jubeln. Gänzlich verschwindet die dunkle Wolke über unseren Köpfen trotzdem nicht.

»Zwanzig Minuten?«, sagt TJ, und ich lasse mich wieder an meinem Schreibtisch nieder. Die Animationen sind gut genug so, wie sie sind. Zumindest beschließe ich das, wenn Max noch mehr in noch kürzerer Zeit will.

»Ich hoffe, du hast wie immer an wenig Knoblauch auf meiner Pizza gedacht«, füge ich hinzu, bevor ich das Glas für einen Schluck Wasser an die Lippen setze.

»Aye, aye!« TJ salutiert. »Hoffentlich hält er sich diesmal daran. Sonst siehts heute mit Herummachen schlecht bei dir aus, Emmy.« TJ zwinkert mir zu.

Ich verschlucke mich und muss so heftig husten, dass ein paar Tropfen vom Glas auf meinen Jeans landen. Mit kratzigem Hals taste ich nach einem leeren Zettel auf dem Tisch und schreibe TJs Namen und darunter *NEIN* darauf, ehe ich das Schild räuspernd hochhalte.

»Was?« Der zuckt unschuldig mit den Achseln, die Zahnlücke durch das schelmische Grinsen sichtbar. »Ich kenne dich viel zu gut, liebe Emmy. Heute hast du diesen Not-safe-for-work-Glow, den du sonst *nie* hast.« Er lehnt sich verschwörerisch vor, obwohl das ganze Büro mithört. »*Wer* ist der Glückliche?«

Mein Körper will sich an Leon festklammern, was ein todsicheres Zeichen wäre, wem ich mein Herz geschenkt habe.

»Und wehe, du leugnest es!«, schiebt TJ ein, während ich noch immer nach Worten suche. »Also, rück raus mit der Sprache!«

»Raus damit, Emmy«, raunt Leon mit amüsierter Sanftheit und lehnt sich neben TJs Schreibtisch an die Wand, die Arme verschränkt.

Mein Blick zuckt zu ihm. *Gar nicht verdächtig*, blitze ich ihm entgegen.

Jetzt lugt sogar Jon hinter seinem Bildschirm hervor. Der Einzige, der nicht haltlos an meinem Privatleben interessiert scheint, ist Chris. Auf den ist einfach immer Verlass. Gut, dass Max wenigstens Kopfhörer aufhat und nichts mitkriegt.

»Ihr seid ganz schön neugierig«, sage ich und seufze.

TJ kichert. »… und macht uns damit *noch* neugieriger.«

Oh Gott. Ich schüttle wild den Kopf. »Sagen euch persönliche Grenzen etwas?«

»Nein«, kommt es prompt von TJ.

»Noch nie gehört.« *Ernsthaft, Jon?*

Leon grinst noch breiter. »Erkläre es uns doch bitte.«

Verräter.

Ich funkle meine drei Kollegen an. »Es gefällt mir ganz und gar nicht, dass ihr euch gegen mich verschwört.« Die folgende Schnute beeindruckt keinen von ihnen. »Wenigstens ist Chris auf meiner Seite. Stimmt's?«

»*Schweiz*«, brummt der, ohne die Augen eine einzige Sekunde vom Bildschirm zu nehmen.

Danke für nichts.

»Raus damit«, zwitschert TJ. »Also? Wie sieht er aus? Sie?« Er stützt sich auf seinen Oberschenkeln ab, das Kinn in die Hände gelegt. »Warte – ist es noch immer aktuell, dass du hetero bist? Falls nicht, wollte ich dir mit meinen Mutmaßungen nicht zu nahe treten.«

»Ist noch aktuell«, gebe ich seufzend zurück. »Ihr gebt keine Ruhe, bis ihr eine Antwort habt, oder?«

Unisono schütteln Jon, TJ und – der kann was erleben – Leon den Kopf.

»Wir können auch ein Ja-Nein-Antwortspiel daraus machen«, schlägt TJ vor.

»Au, ja!« Jon grinst seinen Schwarm über den Bildschirm hinweg an.

Universum, bitte hab Mitleid mit mir. Welche höhere Macht auch über mich wacht, sie scheint allerdings *away from keyboard* zu sein.

»Ist er groß?«, will TJ wissen, ein fiebriger Glanz legt sich in seinen Blick. Super, ein Hai, der Blut gewittert hat.

Ich nicke.

»Ist er gut aussehend?«, wirft Jon ein.

Ich nicke noch mal.

»Hat er blonde Haare?«

Kopfschütteln.

»Hmmm«, schnurrt TJ und lässt sich mit der nächsten Frage Zeit. »Dunkelhaarig?«

»Yep.«

»Hat er was im Kopf?«

»Wenn ich ihm den vorher nicht abtrenne ...«, murmle ich.

»Witzig?«, führt TJ das Kreuzverhör fort.

Augenverdrehen. »Wenigstens glaubt *er* das.«

Leon legt den Kopf schief. »Klingt nach einem Wahnsinnstypen«, raunt er.

»Definitiv«, stimmt Jon zu.

Ich schieße ihm einen scharfen Blick zu. Na warte, dem helfe ich nie wieder, wenn sich ein Fehler in seinen Code schleicht.

»Also, Emmy.« Leons Grinsen dehnt sich langsam aus, lässt die Verschmitztheit in seinen Augen explodieren. »Ist er 'ne Zehn?«

Am liebsten würde ich laut auflachen.

Leon will spielen? Etwas in meiner Brust zieht sich auf köstliche Weise zusammen. Dann recke ich das Kinn in die Höhe und nagle ihn mit einem kühlen Blick an der Wand fest. Das Lächeln, das ich dazu passend auf mein Gesicht zaubere, könnte nicht unschuldiger sein. Das folgende Wort koste ich auf meiner Zunge wie ein himmlisches Schokobonbon. »*Nope*.«

TJ grölt. »Uh, *burn!* Unsere Code-Prinzessin lässt nichts anbrennen!« Er reckt die Hand in die Höhe und klatscht mit Jon ab. Dann dreht er sich zu Leon, der die Geste ignoriert.

Leon taxiert mich, die Augen nun ein unverhohlenes Sturmwetter. Sein linker Mundwinkel kräuselt sich weiter nach oben, und die Belustigung in dieser Geste färbt sich dunkler, wird zu einem Versprechen. *Später, Emmy,* scheint sie zu flüstern. *Später sprechen wir über diese Zahl. Ich denke, ich kann dich dazu bringen, sie weit, weit nach oben zu korrigieren.*

Die Luft wird mir aus den Lungen gedrückt. So ruckartig, wie sich Leons Blick klärt und er die Kontrolle über seine Züge zurückerhält. Die Schmetterlinge in meinem Bauch flattern derart aufgeregt hin und her, dass sie mich von innen heraus kitzeln, mir ein unbeschwertes Lachen abringen wollen. Aber ich schlucke den Laut hinunter.

»Gut für dich, Emmy.« Jon nickt mir zu, ein liebevolles Lächeln auf dem Gesicht.

»Dann gibt es hier drin nur mehr drei zu verkuppeln.« TJ spitzt die Lippen, tippt sich dabei ans Kinn. »Obwohl, um Max mache ich mir da keine Sorgen.« Er wackelt mit den Brauen. »Leon, was geht bei dir datingtechnisch?«

»Funktioniert bei mir nicht«, gibt dieser zurück, doch das Grinsen entwaffnet diese knappe Antwort.

TJ kneift die Augen zusammen. Nach reichlicher Überlegung lässt er ihn vom Haken.

Der Glückliche.

»Dann fehlt nur noch Chris«, schlussfolgert TJ.

»Verheiratet«, gibt dieser zurück.

TJ und ich starren uns an.

»Mit wem denn?«, frage ich.

»Gabriela«, folgt die knappe Antwort.

»Seit wann?«, entfährt es TJ.

Kein einziges Mal hat Chris eine – geschweige denn *seine* – Frau erwähnt.

»Neunzehn Jahren.« Dann fügt er hinzu: »Wilde Zeit.«

Als ich erneut den Mund öffne, schüttelt er in gemächlichem Bärentempo den Kopf. »Funktioniert bei mir nicht«, wiederholt er Leons Worte.

Ich versiegle meine Lippen und werfe den imaginären Schlüssel symbolisch über die Schulter. TJ fängt ihn auf und steckt ihn sich in die Brusttasche seines Leoparden-Blazers, die er daraufhin tätschelt.

Das Klingeln an der Tür kündigt die Blitzlieferung der Pizzeria an. »Ah, auf Ernesto ist Verlass!« TJ reibt sich die Hände. »Nicht mal Chuck Norris könnte so schnell Pizzas backen.«

»Pizz*en*«, bessern Leon und ich gleichzeitig aus, und ich muss mir ein Grinsen verkneifen.

»Ihr seid solche Klugscheißer«, murmelt TJ. Dabei grinst er mir ein wenig zu wissend zu, und ich frage mich, welchen Zweck diese Stichelei hatte. Klar, er ist neugierig, doch meistens lässt er mich in Ruhe, wenn ich abblocke.

Der Fahrradkurier steht binnen einer Minute in unserem Büro und überreicht Leon die Schachteln, kurz darauf sitzen wir alle mit den Pizzen in den Schößen in einem Kreis. Max bleibt in seinem Büro, die Kopfhörer weiterhin über den Ohren.

Die gute Nachricht: Ernesto hat meine Bitte erhört und entweder ganz auf den Knoblauch verzichtet oder nur den Hauch einer Prise verwendet. Dafür machen das auf die Tomatensoße geträufelte Olivenöl und die schwarzen Kleckse Balsamico die fehlende Knoblauchwürze wett.

TJ ist heute witzig drauf. Er reißt einen Joke nach dem anderen, einige davon auf Kosten meiner heutigen Hutwahl (rosa Ballonmütze mit Hahnentrittmuster), doch ich kann darüber lachen. Zu sehen, wie Leon mit TJ scherzt und anstatt eines grimmigen Blicks ein Lächeln zu seinem normalen Gesichtsausdruck geworden ist, bringt mich zum Schmunzeln. TJ nimmt ihm sogar das Versprechen ab, bald für eine Gaming-Session bei ihm vorbeizuschauen. Das Funkeln in Leons Augen verrät mir, dass er sich darauf freut.

Nach dem Essen stehe ich auf, um den leeren Karton auf die Anrichte zu stellen, als Leon und TJ hinter mir über mögliche Instagram- und TikTok-Größen spekulieren, die wir noch einladen könnten.

»Was ist mit dem Blog, haben wir dafür schon mal jemanden interviewt?«, will Leon von TJ wissen.

»Nicht, dass ich wüsste«, meint der. »Aber Q&As mit Fachmenschen hat immer die, deren Namen wir hier nicht mehr aussprechen, angeleiert. Der Großteil des Contents stammt ohnehin von der Userschaft. Ein paar Accounts schreiben echt gut.«

»Okay, welche haben die meisten Reaktionen?«, fragt Leon.

TJ zieht die Augenbrauen nach oben und wendet sich zu seinem Screen, tippt auf der Tastatur herum. Wahrscheinlich, um sich die Auswertungen anzusehen. Er runzelt die Stirn. »*teja92* und *ghostgirl*. Mit Abstand.«

Beinahe kracht mir das Wasserglas aus der Hand, das ich gerade auffülle. Mein Haaransatz wird feucht, als ich mich mit einem betont fröhlichen Grinsen umdrehe. »Wir sollten uns eher auf größere Namen konzentrieren. Coaches und so weiter, wie Max meinte. Mehr Wiedererkennungswert. Wir sind ja eine anonyme Plattform, da jemanden dazu zu bringen, nach außen zu treten …« Ich blase mir eine verirrte Strähne aus dem Gesicht. »Schwierig.«

Leon nickt. »Wahrscheinlich hast du recht, obwohl sich viele Leute vermutlich eher mit einer Person aus ihrer Mitte identifizieren können als mit jemandem, der auf TikTok irgendwelche Tänze aufführt, um bei den Likes abzucashen.«

»Dann lass uns nach Creator-Accounts suchen, die primär educaten, und dort fragen, ob sie Lust auf einen Talk haben.« *Richtig elegant von dir abgelenkt, Emmy.* Einen Schulterklopfer gebe ich mir lieber erst, wenn das Event vorbei ist.

Leon sieht auf die Uhr. »Shit!«, flucht er und springt auf die Beine. »Mein Termin.« Er schnappt sich seinen Kram vom Schreibtisch und verstaut ihn in seinem Rucksack.

»Ich komm kurz mit runter«, sage ich und löse mich von der Küchenzeile. »Hab da eine Idee, und Beinevertreten ist auch nicht übel«, lüge ich.

Leon nickt. Ein Lächeln zieht an seinen Mundwinkeln, doch er lässt es nicht durchbrechen. »Klar, warum nicht?«

»Bin in zehn Minuten wieder da!«, verkünde ich mit einem Winken über die Schulter, packe eine extra Portion Fröhlichkeit in meine Stimme, gucke nicht in Richtung Max' Büro. Soll der doch denken, was er will.

ghostgirl ... Mir schnürt sich die Kehle zu, wenn ich an mein Alter Ego denke. An die Frauen, denen ich geholfen habe. Nein, nicht *ich*. Die Versionen, die ich mir aus Persönlichkeiten zusammengepickt habe wie von einem All-You-Can-Eat-Buffet. Was, wenn mich die Geister meiner Vergangenheit doch einholen?

Das schlechte Gewissen springt wieder aus seinem Versteck, als hätte es nur auf diesen Moment gewartet. Ich muss es Leon sagen. Nachdem ich mir sehr, *sehr* gründlich überlegt habe, wie ich es ihm beichte. Wir sind wie zwei Magneten. Die Anziehung zwischen uns wird immer stärker, je näher wir uns kommen. Aber dieses Vertrauen ist auch fragil. Zerbrechlich auf eine Art, die mich jeden Schritt wie auf Eierschalen setzen lässt. Weil ich mich als Beschützerin seiner Leichtigkeit sehe, obwohl sie nicht in meiner Hand liegt und ich weiß, dass sie nicht nur von mir abhängt. Und das auch nicht sollte.

Was, wenn ich die Beiträge von der Plattform lösche? Das wäre die sicherste Variante. Aber: So viele Menschen schöpfen Kraft aus dem Wissen, nicht allein zu sein. Dass da jemand ist, dem es genauso ergangen ist, der etwas aus dieser Situation gelernt hat. Außerdem taucht das Pseudonym nur bei diesen Artikeln auf, kann also nicht mit meinem Account in Verbindung gebracht werden. Je mehr ich darüber nachgrüble, desto sicherer bin ich mir, dass mich niemand identifizieren kann.

Zumindest rede ich mir das ein.

Kaum hat Leon die Taste für das Erdgeschoss gedrückt, dreht

er sich zu mir um und zieht mich gegen seine Brust. Der Lift setzt sich in Bewegung.

»*Keine Zehn*, was?«, knurrt er in einem rauen Tonfall, der mir in einer Gänsehaut über den Rücken schießt. Dann senkt er den Kopf, entführt meine Lippen in einen gierigen Kuss.

Eine köstliche Anspannung stellt meinen gesamten Körper unter Strom, als ich gegen Leons Mund stöhne. Dieser Laut entlockt ihm ein zufriedenes, leises Lachen. *So ein Arsch.* Ich ziehe leicht an seiner Unterlippe, bis es Zunge an Zunge und Hitze an Hitze ist und ich im Schwindel und in diesem Kuss ertrinke.

Die Fahrstuhltür gleitet auf, und wir lösen uns voneinander, sehen uns an. Leons Brust hebt sich genau wie meine in einem rasend schnellen Tempo. Wir stehen einander so lange regungslos gegenüber, dass die Türen wieder zugleiten. Seine Hand schnellt vor, um sie aufzuhalten.

»Keine Zehn«, bestätige ich flüsternd. Meine Stimme betrügt mich, stolpert über die Silben, verheddert sich in diesen Gefühlen für Leon, die noch immer ungewohnt sind. »Weil du eine Hundert bist. Es gibt hundert Gründe, dich gern zu haben.«

»Die wären?« Leon legt den Kopf schief, die Intensität seines dunkelblauen Blicks bringt mein Herz erneut zum Rasen, als er mich aus dem Lift zieht.

Ich könnte ihm jeden Einzelnen dieser Gründe nennen. *Du stehst immer hinter mir und stärkst mir den Rücken. Du umarmst mich die ganze Nacht lang, ohne mich einmal loszulassen. Du küsst wunderbar. Du lässt deine Mauern fallen, weil es sich lohnt. Du siehst mich, so wie ich bin. Du feierst meine Macken, sogar meinen Schrank voller Kopfbedeckungen.* Nichts davon kann ich sagen, ohne ihm davor *alles* von mir gezeigt zu haben. Ich will, dass er weiß, dass jede Facette von mir in ihn verliebt ist.

Verliebt …

Ein Echo dieses winzigen Wortes hallt lauter als alles, was ich gerade aussprechen kann. Deshalb stehe ich nur da, lasse eine Sekunde vergehen, zwei, drei und dann –

Die Eingangstüre schwingt auf. »Ach, da bist du, Emmy!« Kims Blick zuckt zu der Person neben mir. Innerhalb eines Moments ist sie kreideweiß unter dem perfekten Make-up.

Und mir? Mir wird so unendlich schlecht.

Die ganze Welt dreht sich, die Zentrifugalkraft kickt.

Unsere monatliche gemeinsame Mittagspause, bei der Kim mich vom Büro abholt.

Das hatte ich völlig vergessen.

Denken, Emmy. Denke, denke, denke.

»Kimberly?«, entfährt es Leon. Er sieht zwischen ihr und mir hin und her. »Ihr kennt euch?«

Eine Faust schließt sich um meinen Magen, drückt so fest zu, bis es wehtut. »Ich …« Weiß nicht, was ich sagen soll.

Kim hat sich schneller von diesem Schock erholt als ich. »Wir sind befreundet.«

Wo ist eine Zombieapokalypse, wenn man sie braucht?

»Das kommt … überraschend?« Leon blickt mich von der Seite her an. »Warte – hast du gewusst, dass Kimberly und ich auf einem *rdently*-Date waren?«

Kim antwortet, bevor ich einen einzigen Mucks machen kann. »Hat sie nicht. Ich behalte meine Dates gerne für mich. Vor allem die missglückten.« Da ist keine Bitterkeit in ihrer Stimme. Stattdessen versucht sie sich an einem Lächeln.

Ich bin mir nicht sicher, ob ich sie für diese Lüge küssen oder schütteln soll.

»Aber ihr seid Freundinnen?« Leons Braue schießt nach oben. »Bis jetzt hatte ich den Eindruck, dass Dates unter Frauen häufig heiß diskutiert werden.«

Ich schlucke, fühle mich endlich dazu im Stande, etwas zu sagen, ohne mich dabei zu übergeben. »Es gibt andere Themen als Männergeschichten.« *Geht doch! Feste Stimme, Schultern und Boobies raus. Fake it till you make it.*

Niemals wollte ich in diese Situation kommen. Genau deshalb hatte ich Vorbehalte, Kim zu helfen. Mein richtiges Leben ist eine Sache, die Parallelexistenz aller anderen Emmys eine ganz andere.

»Alles cool«, beschwört Kim allerdings, streicht sich lässig über den geglätteten, glänzenden Bob. »War nett, dich wiederzusehen.« Sie legt mir fest die Hand auf den Arm. »Wollen wir?«

Ich nicke. Ihre Berührung katapultiert meine Fassung wieder in mich zurück.

Shit.

München ist nicht groß genug. Nicht für mich und Theo, nicht für mich und Kim, nicht für mich und meine tausend Persönlichkeiten plus Leon.

»Es …« Leon klappt den Mund zu, verzieht ihn. Zweiter Anlauf. Er wendet den Blick zu Kim. »Es tut mir leid, dass ich dich geghostet habe, Kimberly. Das war nicht meine Absicht.«

Meine beste Freundin hebt beide Brauen, ihre Augen zucken zu mir. »Danke für die Entschuldigung. Das ist nett von dir. Sollen wir?«, fragt sie mich erneut und deutet mit dem Kopf nach draußen.

Leon legt seine Hand auf meinen Arm, an die Stelle, an der eben noch Kims lag. »Warte, bitte. Gibst du uns vielleicht noch 'ne Minute?«, bittet er Kim.

»Ich muss meine Jacke noch holen«, sage ich zu Kim.

»Kein Ding, ich warte an der Ecke, okay?« Kaum ist sie nach draußen verschwunden, zieht Leon mich zu sich.

»Alles okay bei dir?«

»Eine verdammt kleine Welt«, biete ich an.

»Hast du ihr von uns erzählt? Dass du und ich …«, fragt er mich.

Ich zögere. »Sie ist nicht auf dem aktuellsten Stand, was mein Liebesleben angeht.« Dann schiebe ich ein schwaches Lächeln hinterher, um Leons Stimmung zu testen.

Als er es sichtlich erleichtert erwidert, bricht mein Herz aus dem Sprint in ein tiefes, erschöpftes Pochen.

»Ist es komisch für dich, dich mit mir zu treffen, wenn ich schon mit einer deiner Freundinnen aus war? Bricht das eine Art Kodex für dich oder so?« Seine Hand findet die meine, und er drückt sie einmal. »Du weißt ja, wie es mir mit dieser Verabredung ergangen ist. Ich habe keine Sekunde lang etwas für sie empfunden.«

»Das weiß ich. Wie du bei meinen Eltern zu mir gesagt hast: Du hast deine Vergangenheit, und ich habe meine.« Ich lasse Leons Hand los und rufe den Aufzug, dann lege ich meine Finger sanft an seine Wange. Male winzige Kreise dorthin, wo sich eines seiner Grübchen versteckt. »Alles ist gut.«

Eine Lüge, verpackt in eine Hoffnung. Dass alles in Ordnung sein *wird*. Nachdem ich ihm einen schnellen Kuss auf die Lippen gedrückt habe, betrete ich den Aufzug und lasse die Türen zugleiten, um nicht vor seinen Augen die Kontrolle zu verlieren.

40

Leon

On how to be able to take
another punch in the gut

»Fuck«, stöhne ich und reibe mir über das Gesicht. Ich schaffe es einfach nicht, mich auf Mayas letzte E-Mail zu konzentrieren, ohne abzuschweifen.

Nichts ist gerade gut. Das hat mir Emmys verkrampftes Lächeln verraten. Kimberly – ihre Freundin, *verdammt* – hat nicht angepisst gewirkt. Überrascht auch nicht, obwohl Emmy ihr nicht von mir erzählt hat. *Noch nicht,* verbessere ich mich selbst. Dieser ganze Tag war so absurd, dass ich mich am liebsten aufs Bett fallen lassen würde, um den Rest davon zu verschlafen.

Dass Max derart Druck macht, hebt meine Stimmung nicht gerade, obwohl ich nachvollziehen kann, wie er sich durch Lukas' Forderungen fühlen muss. Höchstwahrscheinlich hat er zudem gecheckt, dass zwischen Emmy und mir etwas läuft, und wartet darauf, dass ich es anspreche. Fuck, ich weiß doch, wie Emmy mich ansieht, obwohl sie es zu verstecken versucht. Und, Gott, ich liebe es, dass sie ihre Gefühle für mich nicht verbergen kann. Dass sie kein Pokerface draufhat.

Denn das will ich nicht. Sie soll keine Maske tragen. Nicht

bei mir. Sie hat mich aus der Finsternis gehoben, wie ein Sonnenstrahl jeden dunklen Gedanken von meinen Lippen geküsst. Mich nicht mitten im Fall aufgefangen. Sie hat mich dazu ermutigt, zu springen, und das hat den Unterschied gemacht. Zu sehen, dass die Landung nicht Genickbruch oder Knochensplitter bedeutet, sondern aufrechtes Stehen, den Boden fest unter den Füßen, das Gesicht zur Sonne gewandt.

Es gibt hundert Gründe, dich gernzuhaben.

Zu gerne hätte ich ihr jeden einzelnen davon vom Mund gepflückt. Sie dabei gehalten. Ihr danach hundertund*einen* Grund gegeben, mir nicht mehr von der Seite weichen zu wollen. In meinem Bett, in meinen Armen zu bleiben.

Genau deshalb habe ich keinen Bock auf kompliziert. Kimberly ist ein Unsicherheitsfaktor. Außerhalb meiner Kontrolle, auch wenn ich sicher bin, dass die beiden sich aussprechen können. »Überanalysiere es nicht«, maßregle ich mich selbst und antworte endlich auf Mayas E-Mail. Ich werfe einen Blick auf die Uhr – kurz vor halb acht. Mein Gehirn ist durch, aber da sind noch Max' Anforderungen, um die ich mich kümmern muss.

Emmy hat schon recht damit, dass bekannte Namen das Publikum mehr beeindrucken als jemanden, den sie nicht kennen. Aber einige der Influencer wollten eine Gegenleistung für ihr Auftauchen, was natürlich gerechtfertigt ist, doch nicht unbedingt gut für unser Budget.

Ich gehe auf die Webversion der App und steige über den generellen Testaccount ein, um mir den Blog anzusehen. Es gibt zahlreiche Einträge, das Feature wird trotzdem nicht so häufig genutzt, wie ich es angenommen hätte. Natürlich habe ich bereits vor meinem Start bei *rdently* einen Blick auf den Blog geworfen, allerdings nicht sonderlich ausführlich. Der aktuelle Beitrag ist von *teja92*. Der Eintrag mit dem Titel *Ar-*

beitskollegen angeln – zu NSFW in 5 einfachen Schritten hat ein paar Dutzend Kommentare, viele davon gehen auf den unterhaltsamen Schreibstil ein, der mich einige Male zum Grinsen bringt.

Ich scrolle mich durch weitere Artikel dieses Users. Dann klicke ich auf das kleine Briefsymbol neben dem Pseudonym und tippe eine kurze Nachricht an diese unbekannte Person. Dem Vernehmen nach ist es ein Mann, aber hundertprozentig sicher bin ich mir nicht, deshalb bleibe ich bei der Anrede neutral. Dann gehe ich wieder zurück zur Übersicht, sortiere nun nicht mehr nach Aktualität der Einträge, sondern nach Popularität.

Der Name *ghostgirl* springt mir mehrmals entgegen. Hunderte Kommentare, ebenso viele Upvotes. Wow. Ich klicke auf den meistgelesenen Artikel, der vor rund eineinhalb Jahren veröffentlicht wurde. Damit muss es sich um jemanden handeln, der die App von Anfang an genutzt hat. Wenn wir eine treue Seele wie diese nicht dazu bringen, beim Event aufzutauchen, wen dann?

Bevor ich zu lesen beginne, hole ich mir eine Flasche eisgekühlte Cola aus dem Kühlschrank – bei der anstehenden Nachtschicht mehr als verdient.

Ich schiele auf das iPhone am Wohnzimmertisch. Der Ton ist an, falls Emmy mich anruft. Sie hat sich den restlichen Nachmittag noch nicht gemeldet. Ich versuche, mich davon nicht nervös machen zu lassen, wahrscheinlich hat Jon sie wieder mal um Hilfe gefragt. Schon mehrmals habe ich beobachtet, wie Emmy im *rdently*-Code versinkt und nur schwer wieder daraus auftauchen kann. Ob sie sich außerdem mit Kim aussprechen konnte?

Ich will sie nicht stressen, obwohl ich es kaum erwarten kann, sie wiederzusehen. Verdammt.

»Konzentrier dich«, befehle ich meinem Gehirn, das nur schwerfällig gehorcht. Wenn das hier vorbei ist, brauche ich einen verdammten Urlaub. Ob Emmy auf einen Städtetrip Lust hat? Oder auf ein Airbnb, irgendwo, wo immer Sommer ist? Bevor ich mich in Tagträumen verlieren kann, beschäftige ich mich wieder mit dem Laptop in meinem Schoß, und beginne zu lesen.

Wann ist es Liebe? Und wann ist es nur die Hoffnung darauf? Wann darf man die drei magischen Worte aushändigen, auf die Gefahr hin, sie nie zurückzukriegen?

Ich verzichte auf das Es war einmal, *obwohl sich die ersten Treffen mit X nach einem Märchen angefühlt haben. Die über Pasta geteilten Lachen, der Sex, der mehr war als ein ausgelebter Hormoncocktail oder das Durchbrennen der Lust. Es war Nähe. Auf so vielen verschiedenen Ebenen. Die Abwesenheit von Scheu, das Vergessen aller schlechten Erfahrungen. X war nicht der erste* Der Eine *für mich. Aber er war derjenige, dem ich es am wenigsten zugetraut habe, sich plötzlich in einen Geist zu verwandeln. Mich aus seinem Leben auszuschließen, als hätte ich nie dazugehört. Als wäre das nicht mein Lippenstiftfleck auf seinem Sofa.*

Der Sog ihrer Worte zieht mich immer tiefer in ihre Geschichten. In die Welt der verschiedenen Männer, die sie mit X betitelt, als hätten sie keine eigene Identität – als wären sie tatsächlich nur Geister. Etwas, das keinen Namen verdient, weil es nicht existiert.

Ich kann mich nicht daran erinnern, wann ich das letzte Mal so gefesselt war. Ich lese einen *ghostgirl*-Artikel nach dem nächsten. Von dem Typen, der sie für eine andere Frau benutzt hat, über den älteren Mann, der sie nicht reif genug für die Art von Beziehung gehalten hat, die sie sich wünscht. *Manchmal glaube ich, ich bin ein Geist. Weil mich Männer an irgendeinem Punkt immer zu verlieren scheinen.* Diese Worte hallen lange in mir nach.

Ich mache mir eine mentale Notiz, diesen Artikel später an Emmy zu schicken. Sie muss das lesen. Der feinsinnige Stil und die Message dahinter gefallen ihr garantiert, nachdem sie selbst so eine reflektierte Sichtweise auf das Thema Ghosting hat.

*ghostgirl*s Reise verändert sich. Sie lernt eine Frau kennen, die sie bittet, mit dem Mann auszugehen, der sie geghostet hat. Gewinnt durch die neue Identität mehr Selbstvertrauen und eine neue Freundschaft.

Es tut weniger weh, schreibt sie, *zu wissen, dass alles nur fake ist. Dass ich das hier nicht für mich tue, nicht mein Herz auf dem Spiel steht, und ich die Regeln brechen kann, um für andere zu gewinnen. Damit sie die Antworten erhalten, die ich nie gekriegt habe. Ohne etwas riskieren zu müssen. Es ist ein Segen, nicht selbst zu fühlen. Die Neuerfindung, die Kleidungsstile, die erlogenen Interessen, ja, sogar die Frisuren, die ich beim Date trage – ein Schutzwall, um jedes Gefühl weit von mir weg zu halten.*

Ich lese mich durch die folgenden Fake Dates. Kann dabei nicht anders, als schockiert und nachdenklich zu werden. Mein eigenes Verhalten über die Jahre hinweg zu hinterfragen. Habe ich immer okay gehandelt oder war ich auch unbedacht einer dieser Ärsche? Bei manchen ihrer Dates stellt es mir die Haare auf. Wie bescheuert können Typen sein?

Ich will nicht daran denken, was es bei den Frauen ausgelöst hat. Bin mehr als beschämt, dass ich mir mit diesen Menschen ein Geschlecht teile.

Eine Stunde später brennen meine Augen. Das Getränk ist leer. Mittlerweile kenne ich alle Facetten von *ghostgirl*s Bemühen, die Bedürfnisse der Frauen, denen sie hilft, über ihre eigenen zu stellen. Genau wie Emmy hat sie Probleme, Grenzen zu ziehen. Nicht nur einmal scheint durch, dass sie sich bei den Fake Dates in die Enge getrieben und gleichzeitig so selbstbewusst wie sonst nie fühlt. Ein Widerspruch, den ich gut nachvollziehen kann. Das Wissen, dass man volle Kontrolle hat, an die man sich klammert, weil sie einem jeden Moment wieder entrissen werden kann.

Aber Catfishing? Emmy würde das nie tun.

Ich blicke auf die Uhr. Sie hat sich noch immer nicht gemeldet. Ein Artikel ist übrig. Sobald ich den gelesen habe, werde ich ihr schreiben und fragen, ob sie später vorbeikommen will.

Ich zwinge meine müden Augen, sich auf den letzten Blogeintrag zu konzentrieren. *Es gibt Menschen, die lieben die Vorstellung von sich selbst, wenn sie verliebt sind. Und dann sind da die, die diese Egozentrik ausbaden müssen. Die anstatt der Erfüllung ihrer Wünsche nur gebrochene Versprechen kriegen. X war einer dieser Menschen, der viel verspricht. Inspiration verlangt, ohne sich einer Muse zu verschreiben. Die Wahrheit hatte diesmal ein Preisschild. Noch immer frage ich mich, ob das ein fairer Tausch war. Die Antwort, auf die ich jedes Mal bei dieser Überlegung stoße: Nein.*

Etwas in mir verhärtet sich. Plötzlich ist mir kotzübel. Emmy taucht vor meinem inneren Auge auf. Dieser Arsch, der sich über sie beugt.

Verdammt, ich kann das nicht lesen. Ich klappe den Laptop zu, *will* ihn zuklappen, als mein Blick an einer Stelle im vorletzten Absatz hängen bleibt.

Du darfst niemals vergessen, egal, wie vielen Arschlöchern du über den Weg läufst: Die besten Dinge im Leben finden einen. Egal, ob man will oder nicht.

Ich lese den Absatz ein weiteres Mal. Und wieder. Und wieder. Die Buchstaben verändern sich nicht. Die Ohren dröhnen, ich kann nicht mal mehr meinen eigenen Herzschlag hören, geschweige ihn fühlen. Ich stiere das Datum an. Rechne zurück, dann noch mal. Fluche, wehre mich gegen die Erkenntnis, die mir die Kehle zudrückt.

Die besten Dinge …

Fuck, ich dachte, Emmy wäre dieses *Ding* – diese Person, diese Beziehung – für mich. Ein Satz, der mir seit ihrem Besuch in meiner Wohnung nicht mehr aus dem Kopf gegangen ist. Weil er verspricht, dass man nicht über alles Kontrolle haben kann. Nicht über das Schlechte. Nicht über das Gute. Ein verdammt befreiender Gedanke.

Aber nicht jetzt.

Plötzlich sehe ich das große Ganze.

»Fuck!«, fluche ich laut. Ich pfeffere den Laptop auf die Couch, springe auf. Mir wird verdammt heiß, ehe mein gesamter Körper eiskalt wird.

Das darf verdammt noch mal nicht wahr sein. Aber das ist es. Die Fakten beweisen es. Das Datum. Die Einstellung der anonymen Schreibenden, die sich mit der von Emmy deckt, genau wie die Persönlichkeit. Dieser eine Satz, der sie verraten hat.

Emmy ist *ghostgirl.*

Sie ist mit Kimberly befreundet. Der Frau, die ich geghostet habe. Haben alle von Emmys Fragen, ihre Nähe, nur darauf abgezielt, mir das *Warum*, wie sie es nennt, zu entlocken? War ich ein einziges, langes Fake Date für sie?

Ein Zittern fährt durch mich. Ich muss mich am Bücherregal abstützen, um meine Atmung wieder unter Kontrolle zu bringen.

Ist das zwischen uns nur ein Spiel für Emmy? Ein Auftrag von Kim? Will ich die Kalkulation hinter all dem einfach nur nicht sehen? Das kann ich nicht glauben, obwohl alle Alarmglocken schrillen. Als *ghostgirl* ist sie nie so weit gegangen, es war nie persönlich für sie. Was wir haben … Fuck, persönlicher geht's nicht.

Ich bin verdammt noch mal verliebt in Emmy. Sie würde mir nie einfach das Herz rausreißen, nur um Gerechtigkeit für ihre beste Freundin zu schaffen. Oder?

Was weißt du schon, wie sie ist? Sie hat all die anderen Kerle mit ihren Lügen um die Finger gewickelt, warum solltest du eine Ausnahme sein?

Und bei dem Aufeinandertreffen mit Kim ... Wie viel war Lüge, wie viel Wahrheit?

Mit einem zittrigen Atemzug öffne ich die Augen. Alles, was ich über die letzten Monate tief in mir versperrt habe, droht herauszubrechen.

Ich wanke zum Telefon, mache auf halbem Weg kehrt und gehe in Richtung Garderobe. Ich brauche Antworten. Von Angesicht zu Angesicht. Ich will, dass sie mir in die Augen blickt und mir die Wahrheit sagt. Dass sie mich ansieht, wenn sie das Messer in der Wunde dreht und mich zum Bluten bringt.

41

Emmy

When past and insecurities align

»Warum läufst du durch meine Wohnung, als hättest du Hunderte Hummeln im Hintern?« Minutenlang hat Kim still zugesehen, wie ich auf und ab tigere. Seit unserem kurzen Treffen heute Nachmittag hat sich an meinem aufgekratzten Gemütszustand rein gar nichts geändert. »Alles regelt sich.« Sie zieht die Beine an ihren Körper, ein Glas in der linken Hand. Meines steht unberührt auf dem Couchtisch.

»Das hoffe ich«, seufze ich. »Ich weiß nur nicht, wie.«

»Dann erklär's mir noch mal und nicht so wirr wie vorhin, bitte.« Sie schnippt mit den Fingern und tätschelt den Platz neben sich. »Ein paar Runden mehr, und ich habe Furchen in meinem Holzboden.«

Nun schnappe ich mir doch das langstielige Glas mit Goldrand, in dem ein paar Erdbeerstückchen in Rosenlimonade vor sich hin dümpeln, von dem schweren, hellen Steintisch und leere es in einem Zug.

»Schieß los.« Kim klopft erneut auf den Platz neben sich. Diesmal folge ich ihrer Aufforderung und plumpse auf die Couch.

Ich nehme einen tiefen Atemzug, schließe die Augen. »Erstens: Zum allerersten Mal in meinem Berufsleben habe ich mich krank gemeldet, ohne wirklich krank zu sein.« Fiese Bauchkrämpfe, die ich auf Ernestos Pizza geschoben habe. Minuskarmapunkte sind mir sicher. Aber ich brauchte dringend Abstand und Zeit zum Nachdenken.

Dass Leon weiß, dass Kim und ich befreundet sind ... Es ist dringend notwendig, ihm vom Ghosting Service zu erzählen. Selbst, wenn ich nicht weiß, wie er reagieren wird.

Wie kann ich ihm klarmachen, dass unser allererstes Treffen im Pub zwar ein abgekartetes Spiel war, aber der Rest, das zwischen uns, nicht echter sein könnte?

Kim lacht. »Du bist echt so verdammt heilig, Emmy. Leute machen das andauernd, du musst deswegen kein schlechtes Gewissen haben.«

Genau dieses schlechte Gewissen rebelliert gegen ihre Aussage, doch stattdessen spreche ich weiter: »Zweitens: Ich habe Leons Vertrauen missbraucht.« Die Tragweite dieser Tatsache hatte bisher keine Chance gegen die Blase, in der wir uns befunden haben, doch jetzt sickert sie bis ins Mark. »Was, wenn er mir das niemals verzeihen kann?«

»Du warst vor ihm bei *rdently*. Soll er doch gehen, wenn ihm etwas nicht passt.«

»Er ist der Bruder des Chefs«, zische ich. »Außerdem ist das nicht der Punkt.«

Kim hebt ergeben die Hände. »Okay, aber es läuft doch spitzenmäßig mit euch, hast du gesagt. Du magst ihn wirklich, oder?« Sie nippt ein weiteres Mal an der Limonade, ehe sie das Glas abstellt und meine Finger zwischen die ihren zieht. »Er hat dich angesehen, als wärst du ein verdammtes Himmelsgeschenk.« Sie seufzt. »Leon und ich, das hätte nie gut werden können. Ihr seid zwar so unterschiedlich wie die Schöne und das Biest, aber genau das scheint die Harmonie zwischen euch zu schaffen. Ihr gebt euch gegenseitig, was ihr braucht.«

»Grund Nummer drei«, fahre ich mit sanfter Stimme fort. »Ich bin in ihn verliebt. Richtig heftig sogar.«

Kim nickt stoisch, als wäre diese Info so alt wie ein fehlgekaufter Hut aus meinem Schrank.

Ich ignoriere sie. »Viertens: Was, wenn er denkt, dass ich mich nur für dich an ihn herangemacht habe? Was, wenn er nicht versteht, warum ich auf all diesen Fake Dates war? Was, wenn er sich deswegen nicht mehr mit mir treffen will?«

Kim drückt meine Hand, zwingt mich dazu, sie anzusehen. »Das sind verdammt viele *was, wenn's*.«

Ich klappe den Mund zu. Sie hat recht. *Viel zu viele.*

»Kannst du dich noch daran erinnern, was du mir vor jedem Date gesagt hast, wenn ich wieder mal vom krassesten Worst-Case-Szenario ausgegangen bin? Als ich davon überzeugt war, dass es so wie mit Daniel wird?«

»Du projizierst.«

»Genau! Du projizierst, Emmy. Ich bin nicht die Einzige, die Scheißerfahrungen damit gemacht hat, das eigene Herz zu verschenken.« Ihre grünen Augen funkeln, randvoll mit Sympathie. »Dass ihr zusammen arbeitet, hast du schon bei eurem ersten Kuss gewusst. Dir war klar, dass es aufgrund von Leons höchst mysteriöser Vergangenheit schwierig sein könnte, mit ihm über den Ghosting Service zu sprechen. Trotzdem hast du dich für ihn entschieden, für euch.« Sie streicht mir eine Haarsträhne über die Schulter, ehe ihre Hand beruhigend über meinen Arm kreist. »Was macht dir *wirklich* Angst?«

Die Antwort darauf kenne ich.

Dennoch will ich sie nicht aussprechen, sie nicht real werden lassen. »Ich bin so verdammt pathetisch«, sage ich seufzend und floppe ein wenig tiefer in die weichen Kissen, bette den Kopf gegen die Nackenstütze und schließe die Augen. Die Vergangenheit hat ihre Krallen fest um meinen Magen gelegt, drückt zu, drückt zu, drückt zu. »Ich helfe Frauen, über ihren Schmerz hinwegzukommen, und habe gleichzeitig Angst, diese Pein selbst ertragen zu müssen. *Du verdienst es, geliebt zu werden. Lass dir von einer schlechten Erfahrung nicht die Chance auf die große Liebe nehmen.* Alles leichter gesagt als getan, wenn das eigene Herz nicht in der Schusslinie steht. Außerdem ist das, was ich mache, nicht gerade *heilig*. Auch, wenn es den Frauen helfen soll.«

»Du meinst das Catfishing?«

»Moralische Grauzone.«

»Vielleicht.« Sie dehnt das Wort ewig in die Länge. »Aber du stylst dich ja nicht aus purer, sadistischer Freude vor jedem Date auf und hörst dir das Gelabere von diesen Typen an, oder?«

»Nein. Es …« Ich hebe eine Schulter. »Wenn ich jemand anderer sein kann, kommen die Gefühle nicht so nah an mich heran.«

»Die Vorbereitungen sind also nicht nur Erfolgsrezept, sondern Panzer«, schlussfolgert Kim.

Mein Blick trifft ihren, und wir wissen beide, dass ich an einem Punkt angelangt bin, an dem ich mich nicht mehr vor der Vergangenheit verstecken kann. Genauso wenig wie vor einer echten Liebe, die wärmt und hält und manchmal auch kratzt und auf wunde Stellen drückt. Niemand kann mir die Garantie liefern, nie wieder verletzt zu werden. Nur meine eigene Zurückhaltung, die mir gleichzeitig jede Chance auf Glück raubt. Ich kann entweder nichts fühlen oder mich dazu entscheiden, alle Gefühle anzunehmen.

»Wir zwei sind so verdammt unterschiedlich.« Kim bettet ihre Wange an meiner Schulter. »Menschen haben dir wehgetan, und du ziehst dich zurück, um dich zu schützen. Jemand tut mir weh, und ich schwinge den Rammbock, um alle Türen einzureißen. Zum Teufel mit Vorsicht und Warten. Ich will, dass ich schnellstmöglich entweder in Flammen aufgehe oder abkühle, weil ich keine Zeit auf etwas verschwenden will, das mir nicht dient.« Sie schüttelt den Kopf. »Ich habe immer gedacht, dass deine Verhaltensweise die klügere ist. Aber vielleicht hat sie dir auch ein bisschen den Mut geraubt, den man braucht, um sich in das Verliebtsein zu stürzen, wenn es richtig gut läuft. Oder man denkt, dass es richtig gut laufen *könnte.*« Nun sieht sie mich an. »Solange du tust, was du möchtest, und dabei mit dir und deiner Vergangenheit gut klarkommst, solltest du immer den mutigen Weg wählen. Nie den vorsichtigen, der führt nur im Kreis herum.«

Ich lasse Kims Worte tief in mich sickern. Natürlich hat sie recht. Meine eigene Vorsicht ist zu einem Modus Operandi geworden, den ich mir nicht ausgesucht habe.

Ich denke an Leon. Seine Berührungen werden in meiner Erinnerung wieder zum Leben erweckt. Seine Fingerspitzen, die an meiner Wirbelsäule entlanggleiten, über meine Haut in sinnlichen Umdrehungen tanzen. Das unbeschreibliche Gefühl, ihm nahe sein zu wollen, neben ihm einzuschlafen, überkommt mich erneut und drückt mich tiefer in Kims Sofa.

Du tust mir gut, Emmy.

Seine Worte schmecken bitter auf meiner Zunge. Weil er keine Ahnung hat, welche Lügen ich schon gelebt habe. Selbst, wenn ich sie mir mit der besten Intention aufgebürdet habe, werden sie davon nicht wahrer.

Ich will, dass Leon und ich eine Zukunft haben. Ich habe genug Identitäten in meinem Leben gebaut, um zu wissen, dass ein morsches Fundament früher oder später zusammenbricht.

»Danke fürs Zuhören.« Ich drücke Kim einen Schmatzer

aufs Haar. Die innere Ruhe wärmt mich, gibt mir sogar die Kraft, ihr ein Lächeln zu schenken. »Ich werde ihm vom Ghosting Service erzählen.« Heute. Jetzt. *Verdammt, was mache ich noch hier?* Ich kann mich nicht verstecken. Ich *will* mich nicht mehr vor der Liebe verstecken.

»Go, Girl!« Kim klatscht in die Hände, während sie mir beim Aufstehen zusieht.

»Ich bin stolz auf dich. Alles wird sich auflösen, du wirst sehen, Emmylein.«

Wir verabschieden uns voneinander, und auf dem Heimweg grüble ich darüber nach, wie ich ihm das alles am besten beibringen soll, entscheide mich allerdings dafür, der Situation zu vertrauen.

Zittrige Vorfreude macht sich in mir breit. Sobald dieser Felsbrocken aus dem Weg geräumt ist, gibt es nichts mehr, das zwischen uns steht. Ein irrsinniges Hochgefühl schäumt in mir. Was, wenn ich es ihm einfach sage? Ihm die Worte *ich bin in dich verliebt* schenke. Lange habe ich dieses Geständnis in schillerndes Papier und mit einer glänzenden Schleife verpackt in mir aufbewahrt. Aus Furcht, es an jemanden zu vergeben, der es nicht zu schätzen weiß. Der sich keine Zeit nimmt, die Mühe hinter der Verpackung zu sehen. Die Box stattdessen so lange schüttelt, bis das fragile Innere in tausend Splitter zerschellt.

Doch Leon … Er wird sanft mit meinem Herz umgehen. Weil er weiß, wie weh es tut, wenn es gebrochen wird.

Die Stufen der U-Bahn-Haltestelle fliege ich förmlich nach oben, angetrieben von Nervosität und dem, was ich für Leon empfinde.

Die letzten Tupfer bunter Abendfarben hängen am Horizont, färben sich langsam ein. Die solide Holztür an meinem Haus quietscht beim Öffnen, gefolgt von einem behäbigen

Knarren, kaum dass sie wieder ins Schloss fällt. Nur ein kurzer Zwischenstopp, um mich frisch zu machen, ehe ich zu ihm fahre. Ich haste die ausladenden Granitstufen des Altbaus nach oben, biege gerade um die letzte Drehung der Treppen, da erblicke ich Leon.

»Emmy.« Seine Stimme ist rau. Er drückt sich in die Höhe.

Mein Herz macht einen Satz. *Alles wird gut.*

Diese Worte singen zu meiner Seele, als ich die letzten Stufen nach oben renne und mich in Leons Arme werfe. Ich küsse ihn, der Tanz unserer Lippen wirbelt die Unsicherheit fort. Seine Finger graben sich in meine Hüften, halten mich fest an sich gedrückt. Jede Körperfaser streckt sich dieser Berührung entgegen, aber ich weiß, dass dieses Wollen warten muss.

Warum ist er hier? Warum hat er auf mich gewartet?

»Wir müssen reden«, flüstere ich und sehe hoch in seine Augen.

Er nickt, und ich stutze. Seine Augen … Da ist keine Spur von dem satten Meerblau, das von unseren Küssen üblicherweise eine Spur dunkler gefärbt wird. Ein Gewitter funkelt mir entgegen. »Müssen wir, Emmy«, raunt er. »Oder ist es dir lieber, wenn ich dich *ghostgirl* nenne?«

42

Leon

On how to not fall
into the same trap twice

Emmy hat die Mauer um mein Herz eingerissen.

Doch mit jeder fahrigen Handbewegung, jedem unsicheren Blick drückt sie mir einen neuen Ziegelstein in die Hand.

Und ich baue.

Weil ich nicht weiß, was ich sonst tun soll.

»Emmy«, sage ich nach einer Minute Stille in ihrer Küche. Uns trennt nur ein Meter, dabei könnte es ein ganzer Kontinent sein.

»Das Wasser ist noch nicht heiß«, entgegnet sie und starrt weiterhin den Teekocher an. Klar, der hat sie auch nicht völlig aus dem Konzept gebracht. Sie spielt mit den Etiketten der beiden Teebeutel, die sie in die bunten Keramiktassen gehängt hat.

Ich habe genug. Mit zusammengepresstem Kiefer drücke ich mich von der Küchenzeile ab und bin in zwei Schritten direkt vor ihr. Sanft drehe ich sie zu mir herum. Halte ihren Blick so fest in meinem, dass sie sich nicht mehr abwenden kann. »Sprich mit mir.«

Sag irgendetwas, bitte.

Emmy seufzt. Ihre hellgrauen Augen schimmern im Deckenlicht. »Ich …« Sie bricht ab, kneift eine Sekunde lang die Lider zusammen. »So hatte ich mir das nicht vorgestellt«, murmelt sie.

Ich mir auch nicht.

»Das ist zwar der schrecklichste Satz in der Geschichte der schrecklichen Sätze, aber es ist *wirklich* nicht so, wie du denkst.«

»Wie ist es dann?«, frage ich, ebenso verunsichert wie sie. Doch ich habe das bessere Pokerface.

Sie weicht meinem Blick aus.

Ziegelstein.

»Bist du nicht *ghostgirl*?«

Sie schluckt. Hebt das Kinn an. Ah, der Trotz kehrt zurück. Gut so, vielleicht spricht der mit mir. »Doch.«

Ich nicke, habe nichts anderes erwartet. »Okay.« Meine Gesichtszüge zwinge ich in kühle Neutralität. »Hast du dich für Kimberly mit mir getroffen? Unser Treffen im Pub war kein Zufall, oder?« Ein Detail schießt mir durch den Kopf, das ich längst vergessen hatte. »*Deshalb* kanntest du meinen Namen.«

Ein Ruck durchfährt ihren Körper.

Ziegelstein.

Wie konnte ich nur so blind sein? Jetzt kann ich nicht mehr so tun, als wäre alles in Ordnung. Ich bin angepisst, und das lasse ich Emmy sehen, weiche zwei Schritte zurück.

Die Veränderung in meiner Miene reißt sie endlich aus ihrer Lethargie, und sie kommt näher, um die Distanz zu schließen, die ich zwischen uns gerissen habe.

»Du warst keins meiner üblichen Fake Dates. Kim hat in der Vergangenheit ziemlich viel Scheiße erlebt und wollte lediglich wissen, ob du sie für jemand anderen sitzen gelassen hast. Es war nie geplant, dass ich mit dir spreche. Ich wollte die Lage checken, was trinken und wieder gehen.«

»Aber dann hast du dein Bier verschüttet.« Eine Ader an meiner Schläfe pocht.

»Aber dann habe ich mein Bier verschüttet und war heilfroh, dich nie wieder sehen zu müssen.«

»Nicht so gut gelaufen, oder?«, spotte ich mit bitterer Stimme. Ich mustere sie, ihr Gesicht, die verunsicherte Miene. Sehe ihr an, wie unangenehm ihr das alles ist.

Emmy lügt nicht. Obwohl … kann ich das mit Sicherheit sagen? Das ganze Team glaubt, sie sei ein offenes Buch, dabei bemerkt nur niemand die geheimen Botschaften zwischen den Zeilen.

»Habt ihr zusammen entschieden, das Spiel weiter zu treiben?« Ich würge den Kloß in meinem Hals hinunter. »Hast du deshalb meine Nähe gesucht?«

Emmys Augen weiten sich. »Glaub das keine Sekunde lang«, presst sie hervor. Ihre Hände finden meine Brust, wandern bis zu meinem Nacken. »Ich habe … hinter all deiner … deiner Arroganz … deinen Schmerz gesehen, und ich wollte dir helfen, obwohl ich nicht mal genau wusste, wie und nicht mal, wobei. Aber dass ich mich dann in dich …« Sie hält inne, schüttelt den Kopf. »Du warst der erste Mann seit langer Zeit, den ich *mir* mit vollstem Herzen ausgesucht habe.«

»Du meinst, nach dem Typen, der dich nach dem Sex einfach geghostet hat?« Das ist ein Schlag unter die Gürtellinie. Die Worte sind draußen, bevor ich sie aufhalten kann. Ich zwänge die Fäuste zu meiner Seite auf, strecke die Finger.

Emmy zuckt zusammen, lässt ihre Hände auf meine Brust heruntersinken. Ihre Berührung brennt sich durch bis zu meinen Knochen, feuert die Wut noch mehr an. »Marco ist Vergangenheit.«

Marco. »Sicher? All diese Typen waren doch der Auslöser, dass du mit diesem«, die Worte schmecken bitter, »*Ghosting Service* begonnen hast.«

Emmy hebt eine Schulter. »Vielleicht. Aber sie sind nicht der Grund, aus dem ich weitergemacht habe.« Damit lässt sie die Hände sinken, nimmt Abstand und bereitet den Tee zu, den sie mir vorhin angeboten hat. »Lass uns ins Wohnzimmer gehen.«

Sie nimmt die beiden Tassen, in denen nun das Wasser dampft. »Das oberste Ziel war immer die Antwort. Eine Antwort, mit der die verletzte Person weitermachen kann. Es hat mir nicht sonderlich viel Spaß gemacht, mich so zu verkleiden und zu verbiegen. Okay, vielleicht habe ich mich stark gefühlt, weil ich bei diesen Dates endlich einmal im Vorteil war. Weil ich nichts von *mir* investiert habe.«

»Der Zweck heiligt also die Mittel?« Ich verstehe das alles nicht. Mit einem Seufzen reibe ich mir über die Augen. Jeder verdammte Muskel in mir ist bis zum Zerbersten angespannt. Eine Frage bleibt. Früher oder später muss ich sie stellen.

»Leon, du hast die Artikel gelesen. Also kennst du die Geschichten zu den Fake Dates.« Sie nimmt ihre Tasse vom Couchtisch, hält sie fest. Doch jetzt, wo sie offen über alles spricht, sehe ich das alte Selbstbewusstsein in sie zurückkehren. »Ich wollte dir heute davon erzählen, weil ich dich wegen Kim nicht weiter anlügen möchte. Du bist mir zuvorgekommen. Sagst du mir, was mich verraten hat?«

»*Die besten Dinge im Leben finden einen. Egal, ob man will oder nicht*«, zitiere ich Emmy. »Das hast du zu mir gesagt, und so steht es in einem der Blogeinträge. Zusammen mit den Ansichten über das Ghosting …« Ich lehne mich vor, stütze die Ellenbogen auf den Knien auf. »Wenn man dich kennt, ist es eindeutig.«

»Da hab ich wohl mit einem Kalenderspruch zu viel um mich geworfen«, murmelt Emmy und trinkt einen Schluck.

»Waren da … mehr Männer, über die du nicht geschrieben hast? In der letzten Zeit?« *Fuck, Leon, red' nicht um den heißen Brei.* »Hast du dich mit jemandem auf ein Fake Date getroffen, seit wir uns kennen?«

Emmys Blick wird weich. Diese Sanftheit ist unerträglich, doch ich halte ihr trotzdem stand. »Laurent war der Letzte, und du hast gesehen, wie das ausgegangen ist. Aber das war vor … *uns*. Wenn ich mit jemandem zusammen bin, gibt es nur eine Person. Deshalb konnte ich ihnen helfen: Weil ich mit niemandem zusammen war, weil diese Rollen nur mich beeinflusst haben.« Sie verzieht die Lippen.

Der Tee dampft, und mein Gehirn mit ihm. *Du warst der erste Mann seit langer Zeit, den ich* mir *mit vollstem Herzen ausgesucht habe. Wenn ich mit jemandem zusammen bin …*

»Glaubst du mir das?« Emmy versucht, meinen Blick aufzufangen, doch ich weiche ihr aus.

»Ja.« Und wirklich, das tue ich. »Trotzdem hast du mich angelogen und mir Dinge verschwiegen«, füge ich leiser hinzu.

»Es tut mir leid«, sagt Emmy schlicht. »Hätte ich gewusst, dass sich die Dinge so zwischen uns entwickeln …«

»Was?«, unterbreche ich sie, obwohl ich verdammt noch mal nicht so aggressiv sein will. »Hättest du deiner Freundin etwa nicht geholfen? Das kann ich nicht glauben, sorry. Du hast es eben selbst gesagt. Du hast Mitleid mit den Menschen, die zu dir kommen, und du hattest Mitleid mit mir.« Sie will protestieren, das sehe ich ihr an, bleibt jedoch still. »Fuck, Emmy, die Änderungen in meinem Leben sind schon schwer genug, ohne sie von anderen Leuten gespiegelt zu bekommen.«

Und da ist sie, die eigentliche Wahrheit, vor der ich mich gedrückt habe. Es ist schwer für mich, zu lieben, weil ich mein

Herz nie geheilt habe. Stattdessen habe ich meine ganze Kraft dafür aufgewendet, eine Mauer zu bauen. Diese Mauer hat verhindert, dass ich meine Vergangenheit verarbeiten konnte. Die Beziehung zu Emmy war eine wunderschöne Ablenkung, ein kleines Fenster mit Ausblick auf all die Möglichkeiten. Aber das reicht nicht, das wird mir mit einem Schlag klar.

Diese kluge, atemberaubende, sexy Frau neben mir. Nichts will ich mehr, als sie an mich zu ziehen und zu küssen, bis ich vergesse, dass *Vergangenheit* überhaupt ein Wort ist. Doch ein Kuss von Emmy wäre bloß ein kurzer Augenblick mit weniger Schmerz. Etwas, das das Erlebte nicht wirklich erträglicher macht, aber für diesen einen Moment ausblendet.

Fuck. Fuck. Fuck.

»Leon.« Der liebevolle Ton von Emmys Stimme killt mich noch.

Ich schaue ihr dabei zu, wie sie die Tasse abstellt. Sie bleibt, wo sie ist, rutscht nicht zu mir. Dabei wünsche ich mir so sehr, dass sie näher kommt, damit ich sie in meine Arme ziehen kann. Etwas, das ich so sehr will. Etwas, von dem ich mir in diesem Moment allerdings wünschte, es *nicht* zu wollen.

»Leon, ich …« Der Satz verliert sich für einen Wimpernschlag. Das schillernde Grau ihrer Augen fängt alles auf, das sie nicht sagen kann. Aber da sind keine Tränen, kein ersticktes Schluchzen, obwohl ich genau sehe, dass sie ebenso betroffen ist wie ich. Sie ist gefasst. Für uns beide. »Es tut mir leid, dass ich Zweifel in dir gesät und dir wehgetan habe. Das war nie meine Absicht, bitte glaube mir das. Und ich verstehe, wenn du … wenn du mir nun nicht mehr trauen kannst.«

Ich schüttle den Kopf.

Ich bin es, dem ich keinen Meter weiter vertraue.

»Es ist viel zu verarbeiten.«

»Ich weiß. Wenn du reden willst, bin ich immer für dich da.« Sie holt tief Luft. »Aber solltest du auf Abstand gehen wollen, könnte ich auch das verstehen.«

Diesen Gedanken wälze ich vor und zurück. Das mit dem *Ghosting Service* muss ich verarbeiten, klar. Dass ich in Emmy verliebt bin, mit ihr zusammen sein möchte, check.

Aber nichts wird sich ändern, wenn ich meinen Blick nicht nach innen richte. Und da muss ich allein durch.

Auch wenn es mir in diesem Moment sehr schwerfällt, weiß ich, dass ich das Richtige tue. »Ich denke, das wäre gut.« Um keine Unklarheiten zu lassen, füge ich noch hinzu: »Ein bisschen Abstand.« Dass das im Job für uns verdammt schwer wird, wissen wir beide. Mit diesen Worten stehe ich auf, Emmy tut es mir gleich.

»Okay.« Ihre Stimme ist rau. »Lass mich wissen, wenn ich dir helfen kann, okay?«, fügt sie hinzu. Tapfer reckt sie das Kinn in die Höhe, doch ihre Arme hält sie fest um sich geschlungen. Da ist sie. Eine einzelne Träne, die in ihrem linken Augenwinkel sitzt.

Der Anblick trifft mich mitten ins Herz, und mir wird klar, dass ich das nicht nur für mich tue, sondern auch für Emmy. Sie hat eine ehrliche Beziehung verdient. Vielleicht würde ich sie nie ghosten, aber mit der Mauer um mich herum ihr früher oder später weh tun.

Sanft löse ich ihre verkrampfte Haltung und nehme ihre Hände in meine. »Ich muss nachdenken, Emmy. Danke für deine Ehrlichkeit«, sage ich, obwohl sie mich schon einmal darum gebeten hat, ihr nicht dafür zu danken. Jetzt verstehe ich auch, warum. Dann lehne ich mich nach vorne und drücke ihr einen Kuss auf die Stirn. Schließe die Augen. Atme ihr blumiges Parfüm ein. Spüre ihre Finger in meinen.

Es wäre so einfach, sie …

Alles in mir verkrampft sich.
Ich muss gehen. Jetzt.
Bevor ich es mir anders überlege.

43

Emmy

A tube of glue won't fix it,
I'm afraid

Ich bin in dich verliebt und will mit dir zusammen sein.

Das hätte ich sagen sollen.

Aber ich habe es nicht getan. Um Leon eine Chance zu geben, ohne den Druck dieser Gewissheit zu sich zu finden. Dass ich die letzten Nächte seit unserem Gespräch nicht sonderlich gut geschlafen habe, sieht man mir wohl an, da mir jemand ungefragt eine Tasse Espresso vor die Nase stellt.

Ich sehe hoch. Chris' Blick ist undurchdringlich, und etwas an seinem Gesicht ist völlig falsch, bis ich realisiere, was es ist.

Er lächelt.

Hinter dem Bart, fast unsichtbar. »Trink das«, brummt er, ehe er mit seiner eigenen Espressotasse zu seinem Platz geht.

»Danke«, rufe ich ihm hinterher. Wenn sich Chris zu solchen Gefühlsausbrüchen hinreißen lässt, muss es schlimmer um mich stehen als angenommen.

Mehrmals war ich in der letzten Stunde kurz davor, den Laptop samt Code in die Ecke zu werfen. Da steckt ein Fehler in den Zeilen, den ich einfach nicht finde. Ich seufze in die kleine Tasse. Der Espresso seufzt zurück.

Während ich einen winzigen Schluck von dem bitteren Gebräu trinke, kann ich nicht anders, als zu Leons Platz zu schielen. Er ist leer. Selbst Mochi, den ich vor lauter Einsamkeit und Frust wieder von meinen Eltern abgeholt habe, checkt, dass was nicht stimmt, und liegt vor seinem Schreibtisch, als würde Frida ganz sicher auftauchen.

Seit unserem Gespräch habe ich nichts mehr von ihm gehört. Ich rede mir ein, dass es das Richtige ist, ihm Raum zu lassen. Ihm die Chance zu geben, zu entscheiden, wann er sich bei mir meldet.

Trotzdem ist es mir wichtig, ihm zu zeigen, dass ich da bin. Schreibe ihm jeden Tag eine Nachricht, ohne eine Antwort darauf zu kriegen, ohne eine zu erwarten.

Vorgestern: ein Foto von Mochi in seiner neonpinken Regenjacke bei unserem Spaziergang, daneben meine Sonnenblumen-Gummistiefel. *Schade, dass Hunde keine heiße Schokolade trinken können – ich wette, Mo würde sie lieben.*

Gestern: ein Video von einem Kaffeebecher mit rosa Lippenstiftrand. *Die nette Barista, die mir ihre Nummer geben wollte, hat mittlerweile eine Freundin!* In der Aufzeichnung drehe ich den Becher herum, bis man den aufgezeichneten Smiley mit Bucket Hat sieht.

Heute: ein Morgenfrisur-Selfie, das meine abstehenden Haare zeigt. *Falls du dich noch einmal fragen solltest, warum ich* wirklich *Hüte trage. Denk an dich.*

Jede E-Mail, bei der mich Leon ins CC setzt, lässt mein Herz vor Vermissen zittern.

Hi, Team! Anbei der Ablauf für das Event und eine Liste der Influencer, die zugesagt haben. Meldet euch, wenn ihr Fragen habt.

Guten Morgen, Maya – danke für die Updates, klingen super.

Hey, thanks for your invoice, can't wait to hear your music at our event. Tell Katie hi.

Kollegen, Veranstalter, DJ. Kein *liebe Emmy*. Nicht mal ein *hi*, speziell für mich reserviert.

»Homeoffice«, war Max' Antwort, als TJ am Montag wissen wollte, wo Leon steckt.

Ich versuche erneut, mich wieder auf den Spaghetticode zu konzentrieren. Ziehe ich an dem einen Ende, wird irgendwo in diesem Knäuel, das Jon fabriziert hat, ein anderer Faden lose. Ich quetsche die Lider zusammen, als ob mir das den Bug schneller offenbaren würde. Nach wenigen Augenblicken verschwimmen die bunten Zeilen allerdings, nehmen Leons Gesicht beim Aufwachen an, die Polsterfalten auf seiner Haut. Ich vermisse ihn.

Ein entnervtes Stöhnen entfährt mir. »TJ, kannst du einen Blick drauf werfen?« Ich zeige auf den Screen. »Ich finde das Problem nicht.«

Sofort sind alle Augen auf mich gerichtet.

TJ sieht mich an, als hätte ich ihm eine reingehauen. »Du findest das Problem nicht?«, wiederholt er fassungslos meine Worte.

Mein Gesichtsausdruck ist ihm wohl Antwort genug.

»Okay, okay, okay. Time-out!«, TJ fuchtelt wild herum, ehe er sich meine Stuhllehne schnappt und mich zu sich dreht. Unisono wenden sich die anderen beiden mir ebenfalls zu.

»Was wird das?«, frage ich mit großen Augen.

»Eine Intervention«, wirft Jon ein, und Chris nickt grimmig, verschränkt die Arme.

Meine rechte Braue zuckt in die Höhe. Ernsthaft? »Was zur …«

TJ hebt gebieterisch eine Hand. »Wir wissen es, Emmy.«

Mein armes Herz quält sich mit zu wenig Schlaf, kann aber dennoch nicht anders, als fester und schneller zu pumpen. »Was genau?« *Der* Ghosting Service, *Leon, mein völlig verheddertes Privatleben, das diesem Spaghettiknoten vor mir gar nicht so unähnlich ist?*

Mein Mund wird staubtrocken, sobald ich in die ernsten Gesichter um mich herum blicke. Ich fühle mich eingekreist, obwohl ich weiß, dass das hier die allerliebsten Arbeitskollegen sind, die ich je hatte. Meine Freunde.

»Diese Doppelagentinnen-Rolle, die du wegen Max innehast, stresst dich. Heftiger, als du zugeben magst.« Jon ist mittlerweile um die Tischinsel herumgekommen und lehnt sich hinter TJ an die Wand, die Hände in den Hosentaschen vergraben. Chris hat sich etwas nach rechts gelehnt, damit er mich besser sehen kann.

Ich atme auf und lächle erleichtert.

Doch TJ zerkrümelt es mit einem diabolischen Grinsen. »Dass es Zoff bei dir und deinem Herzblatt gibt, ist diesem Stress auch nicht zuträglich.«

»Äh?« Mein Hirn setzt aus.

»Unser firmeninterner Kylo Ren.« Das darauffolgende Zwinkern ist nicht sehr subtil. Bald haben die alle *Star-Wars*-Figuren durch. »Es ist offensichtlich, dass ihr mehr als nur eine mentale Verbindung zueinander habt.«

Baby-Yoda, steh mir bei. »Ihr habt gewusst, dass …«

»Ihr was miteinander habt?« TJ entfährt ein tadelnder Laut. »*Bitte.*«

»Und ich habe euch zufällig vor Kurzem bei einem romantischen Frühstück in einem Café gesehen«, fügt Jon hinzu.

»Ja, das auch«, TJ schießt ihm einen scharfen Seitenblick zu. »Aaaaber ihr habt euch ein wenig zu wenig in die Haare gekriegt. Das war nur die züchtige Kirsche auf der Sahnehaube.«

»Menschen grinsen auf eine bestimmte Art, wenn sie verliebt sind.« Chris brummelt die Worte in seinen Bart. »Kenn ich von meiner Tochter und ihrer Freundin. Und von meiner Frau.« Er zieht die Augenbrauen zusammen. »So viel … Gelächle.«

»Okay.« Dann ist es also raus. Keine große Sache, oder? Wäre es zumindest nicht, wenn zwischen Leon und mir alles glattlaufen würde. Die Interventionsrunde wartet sichtlich auf eine ausführlichere Reaktion. »Wir haben uns gestritten«, kann man das so nennen? »… und Leon braucht Zeit, um nachzudenken.«

Nicht ganz die Wahrheit, nicht ganz eine Lüge.

»Das tut mir leid.« TJ tätschelt meine Schulter.

»Mir auch.«

Chris brummt etwas.

»Wir stehen hinter dir«, sagt TJ. »Klar, Leon ist auch irgendwie ganz okay, aber du bist unsere Yoda-Code-Queen. Wenn er dich ärgert, kann ich die Kaffeemaschine so einstellen, dass sein Kaffee extra bitter wird.«

Das teuflische Wackeln seiner Augenbrauen lässt mich keine Sekunde daran zweifeln, dass TJ das tatsächlich durchziehen würde – sein Draht zu Kaffeemaschinen und vermutlich anderen Heißgetränke zubereitenden Küchenutensilien kann nicht geleugnet werden.

»Das wird nicht nötig sein.« Ich schenke ihnen ein schmales Lächeln, obwohl mir die innere Unruhe das nicht so leicht macht. »Aber danke für eure Unterstützung.«

»Brauchst du etwas? Einen grünen Smoothie, einen Hundesitter, einen Abend mit einer gottlosen Anzahl an Koreanischen-Teenie-Drama-Folgen?«

Hach. »Könntest du dir den Code ansehen?«

TJ nickt, wobei er leicht enttäuscht aussieht. »Klar doch! Gib mir fünf Minuten, dann mache ich das hier kurz fertig.«

So schnell diese Intervention begonnen hat, ist sie auch wieder vorbei. Alle sitzen über die Arbeit gebeugt, und ich genehmige mir einen weiteren Espresso. Als ich erneut an meinem Platz bin, vibriert das Telefon.

»Hi, Emmy! Hier ist Maya.«

»Oh, hey! Wie läuft es?«

»Gut, Leon ist gerade gefahren. Wir haben vorhin alle Lichterketten aufgehängt, die meine Tante vorbeigebracht hat. Du wirst es lieben!«

Leons Name ist ein Stich in meinem Herzen, den ich mit schwachen Fingern wegzumassieren versuche. »Wie schön.«

»Das Event wird großartig, das spüre ich. Hättest du Zeit, noch kurz vorbeizukommen, bevor wir heute öffnen? Eine Animation macht merkwürdige Dinge, aber es ist am besten, du siehst dir das in Natura an. Sie … laggt? Sagt man das so?«

Ich habe noch eine Menge zu tun – nach der Auslosung der Tickets müssen wir ein paar Landing Pages in der App ändern, und kurz frage ich mich, warum sie nicht wie immer Leon anruft. Aber dann denke ich, es wird mir sicherlich guttun, etwas rauszukommen. Den Kopf auszulüften, anstatt Minute um Minute ineffizient vor dem Computer zu sitzen.

»Könnte ich jetzt vorbeikommen? Es würde gut passen.«

»Natürlich, perfekt, danke!«

Ich verabschiede mich von Maya und packe alle Sachen inklusive Corgi zusammen.

»Wo immer du hingehst: Bitte nimm mich mit«, sagt TJ aufstöhnend. »Dieser Code ist so chaotisch wie meine Sockenschublade. Weißt du, wie schwer es ist, ein gleichgemustertes Paar zu finden?« Das ist er also, der einzige Bereich, den TJ noch nicht seiner akkuraten Perfektion unterworfen hat.

Jon sinkt etwas tiefer in seinen Stuhl. »Sorry.«

»Kein Ding, Jonnyboy. Du hast andere Qualitäten.« TJ zwinkert Jon zu.

»Zu viele Details!« Fix und fertig und Leine in der Hand verabschiede ich mich nun auch von meinem Team. »Maya braucht Hilfe mit ein paar letzten Details. Ich schreib Max von unterwegs«, verkünde ich und verlasse das Office.

Draußen drückt die schwere Wolkendecke die Abgase und den Rauch aus den Schornsteinen nieder. Das Hochgefühl, mich endlich zu bewegen, hält nur kurz an. Samt Mochi in die volle U-Bahn zwischen eine Horde an Schülern gequetscht, sinkt meine Laune wieder. Es ist anstrengend, ihn auf dem Arm zu haben und mich mit der anderen Hand irgendwo festzuhalten.

Die Tür zum Innenhof der Speakeasy-Bar ist nur angelehnt. Ich ziehe sie schwungvoll auf, Mochi trottet hinterher. Sofort fallen mir die endlos vielen Lichterketten auf.

Maya läuft mit einer leeren Kiste unter dem Arm quer über den Hof und winkt, als sie mich entdeckt. »Warte nur, bis sie an sind!«, ruft sie, ehe sie den Karton abstellt und zu einem Kabelgewirr hastet.

Mit einem Mal erstrahlt der gesamte Innenhof in einem Meer aus Sternen, das selbst das Grau dieses Tages zum Funkeln bringt. »Oh, wow.« Meine Worte sind so leise, dass Maya sie garantiert nicht hören kann. Dennoch grinst sie mich breit an.

»Das habt ihr heute erledigt?«, frage ich, als ich bei ihr angekommen bin und mich mit großen Augen umsehe.

»Leon hat den Löwenteil davon angebracht. Später kommt noch einmal ein Fachmann vorbei, der schaut, ob wir alles richtig gemacht haben. Damit wir nicht versehentlich die Bude abfackeln.« Sie nimmt die Box wieder hoch und nickt in Richtung Eingang. »Lass uns lieber reingehen, saukalt hier draußen. Bin schon dabei erfroren, Leon zuzuschauen.«

Ich presse die Lippen aufeinander, lasse das unkommentiert und bin froh, dass Maya sofort Mochi in Beschlag nimmt, ehe sie ihn mit einer Erdbeere verwöhnt.

Wir gehen alle Installationen durch. Das meiste sieht echt gut aus, obwohl ich für die Animationen zu wenig Zeit hatte. Nur eine, die, die ich für den Raum mit dem Brief, den ihr Urgroßvater an ihre Urgroßmutter geschrieben hat, an der Wand angedacht hatte, macht Probleme.

»Ich denke, es ist am besten, wenn ich das Video noch mal neu abspeichere.« Keine Ahnung, warum mir die Verzögerung nicht früher aufgefallen ist. Das hat man davon, wenn man unter Druck arbeitet – Fehler passieren, obwohl sie nicht sollten.

An der Bar packe ich den Laptop aus. Noch herrscht Sperrstunde, weil die Bar erst abends öffnet, also kann ich mich ausbreiten.

Maya bietet mir einen Kaffee an, den ich ablehne. Ich will das mit dem Koffein nicht überstrapazieren, obwohl die Espressi enttäuschend wenig gegen meine Müdigkeit ausgerichtet haben. Stattdessen mixt sie mir einen antialkoholischen Cocktail, der wunderbar nach Honig und Basilikum schmeckt. Nach einiger Zeit wird ihr langweilig, das merke ich. Im Fünfminutentakt läuft sie hinter der Bar auf und ab, bläst sich den rötlichen Pony aus der Stirn, streichelt Mochi.

»Welche Content Creators kommen?«, fragt sie unvermittelt und lehnt sich mit der Hüfte gegen den Tresen.

Ich streiche eine verirrte Strähne hinter mein Ohr. »Leon hat eine Liste erstellt. Die kann ich dir weiterleiten, wenn du möchtest.«

Sie nickt, sieht mich nachdenklich an. »Das wäre toll.« Jetzt beißt sie sich auf die Lippe. Obwohl ich Maya kaum kenne, weiß ich, dass ihr etwas auf dem Herzen liegt. »Und was ist mit den Bloggenden, die er erwähnt hat? Kommt da jemand? *ghostgirl*, vielleicht?«

Was ist denn nun los? So lange bin ich unter dem Radar geflogen, und jetzt scheint es, als hätte jemand den Scheinwerfer auf mich gerichtet.

Schnell kratze ich meine Contenance zusammen. »Denke nicht.«

»Schade«, sagt sie dann. »Ich bin ein großer Fan von ihr. Sie hätte bestimmt einiges zu erzählen.«

»Mhm.«

Maya räuspert sich. »*ghostgirl* hat meiner Freundin Leyla geholfen. Der Typ, den sie damals gedatet hat, hat sie von einem Tag auf den anderen fallen gelassen. Er hat ihr nie eine Antwort gegeben, wieso sie uninteressant wurde.« Sie schüttelt den Kopf, Mitleid lässt ihr sommersprossiges Gesicht weich wirken. »Nun, wie versprochen hat sie diese Antwort noch bekommen, allerdings ist sie nach wie vor sehr misstrauisch.«

Die Haare in meinem Nacken stellen sich auf. Ich habe ein ungutes Gefühl, wohin dieses Gespräch führt. »Das tut mir leid. So was hinterlässt oft Narben.« Ich senke die Augen zum Laptop.

»Emmy.« Maya tritt näher an den Tresen, legt beide Hände darauf ab. »Bei eurem Besuch habe ich nicht Max erkannt, sondern zuerst dich.«

Langsam hebe ich erneut den Kopf. Ich kann mich nicht rühren, finde nicht ausreichend Kraft, um das Thema umzulenken. Heute ist einer dieser Tage, an dem mir die Dinge nur *passieren* und ich sie nicht früh genug kommen sehe, um noch rechtzeitig in Deckung gehen zu können.

Aber Maya hat etwas Sanftes, Warmes … Dankbares in ihren Augen, sodass ich mich augenblicklich entspanne.

»Leyla hat mich in die Bar geschickt, in der *ghostgirl* das Date mit diesem Typen hatte. Sie wollte, dass ich seine Reaktion beobachte. Auf andere Frauen. Auf … dich.«

Ich lache nervös auf. »Du wusstest es also.«

»Vom ersten Moment.« Maya nickt.

Einen Augenblick lang studiere ich ihr Gesicht, suche doch noch nach Anzeichen von Abscheu oder unverhohlener Neugierde, finde jedoch keine.

»Und, was war dein Fazit damals?«

Will ich das wirklich wissen?

Ich bin nicht sicher, aber nun ist es eh raus, und sie macht nicht den Eindruck, mich oder das, was ich für ihre Freundin getan habe, zu verurteilen.

Maya gibt ihren Händen etwas zu tun, nimmt zwei kleine Gläser von der Anrichte und greift nach einer rosafarbenen Flasche. »Du hattest dieses Blümchenkleid an. Sahst total unschuldig aus, romantisch, verspielt, ähnlich wie Leyla.« Sie lächelt mich an, während sie etwas Erdbeersirup in die Gläser gibt. »Aber dann habe ich es gesehen.«

»Was?« Nun bin ich neugierig.

»Das *dahinter*.« Maya wendet sich ab, um einen Behälter mit Schokosoße aus dem kleinen Kühlschrank hinter sich zu nehmen. »Als jemand, der seit Jahren in der Gastronomie arbeitet, erkenne ich ein professionelles Kundenservicegesicht aus fünfzig Meter Entfernung.« Sie sieht mich an und lächelt. Ein Lächeln, hinter dem Qual steckt – man muss genau hinsehen, aber sie ist da. »So ungefähr.«

Ein quietschrosa Getränk mit Schokosplittern garniert landet vor mir auf dem Tresen. Maya schneidet eine Erdbeere in zwei Hälften und lässt sie in die Dessertcreme plumpsen.

»Die Artikel auf dem *rdently*-Blog, über die Leyla dich gefunden hat, sind verdammt gut. Du solltest auf dem Event sprechen.«

»Ich habe nichts zu sagen.«

»Das stimmt nicht. *ghostgirl* hat ziemlich viele Geschichten auf Lager.«

»Wenn du die Artikel gelesen hast, weißt du auch, dass ich anonym bleibe.« Ich atme lange aus, drehe das ausladend geschwungene Glas zwischen den Fingern. »*Bleiben wollte*«, verbessere ich mich. »Ich wollte den Frauen helfen. Weil ich selbst auch schon fies geghostet wurde. Dieser verquere Altruismus scheint mir jetzt in den Hintern zu beißen«, füge ich hinzu und nehme einen Schluck. Fruchtige Süße explodiert auf meiner Zunge, doch der bittere Geschmack dieser Gewissheit kann nicht mal davon überlagert werden.

»Das kann nur passieren, wenn du es lässt.« Maya hebt ihr Glas. »Auf die Höhen und Tiefen der Servicearbeit.«

Wir stoßen an.

44

Leon

On how to get through it and out

Der letzte Bizeps Curl kostet mich alles.

Jeder einzelne meiner Muskeln schreit. Sie sind nicht mehr daran gewöhnt, eineinhalb Stunden im Gym gefordert zu werden. Und noch weniger bin *ich* es gewöhnt, mich auszupowern, weil ich sonst nicht weiß, wo ich mit meiner Energie hinsoll. Stretching, Laufband zum Warmwerden, Gewichte. Ich spüre jede Faser, aber die Bewegung tut so verdammt gut – genau wie die Anstrengung, die mich vergessen lässt, warum mein Herz so fucking wehtut.

Ich beiße die Zähne zusammen und lege die Hanteln ab. Meine Armfasern revoltieren, als ich ein paar Papiertücher aus dem Spender neben dem Regal ziehe und sie mit Desinfektionsmittel besprühe, um die Griffe abzuwischen. Mit dem mitgebrachten Handtuch reibe ich mir danach über das Gesicht und überlege, ob ich ein weiteres Gerät ausprobieren soll, während ich mich für eine kurze Pause gegen die Wand lehne. Kein Plan, wie ich es so lange ausgehalten habe, mich nicht auf diese Art zu bewegen. Meinen Körper nicht zu fordern.

Doch, eigentlich weiß ich es schon.

Aber daran denke ich nicht. Nicht jetzt, wenn mein Kopf bis vor einer Minute noch leer und voller Fokus auf jede meiner Bewegungen war.

Ich ziehe das iPhone aus der Tasche meiner Sportshorts, um das Lied zu wechseln, das mir durch die Kopfhörer ins Trommelfell donnert. Es ist fast zweiundzwanzig Uhr. Nur drei, vier andere Leute trainieren noch, und ich genieße es, fast allein hier zu sein.

Mein Finger schwebt über dem WhatsApp-Symbol. Keine Ahnung, wie oft ich mir Emmys tägliche Updates anschaue. Zwanzig Mal? Fünfzig Mal? Mehr? Die Bilder von Mochi, von ihr, Schnappschüsse aus ihrem Alltag gegriffen.

Ihrem Alltag.

Nicht *unserem*.

Mit einem tiefen Atemzug wechsle ich das Lied, wie ich es vorhatte, und schließe kurz die Augen, bette dabei den Hinterkopf an die Wand.

Ich kann Emmy nicht gegenübertreten. Noch nicht. Das liegt nicht an ihr. Klar, das mit dem Ghosting Service hat mir kurz die Beine weggekickt, aber sie hat es getan, um zu helfen. Das verstehe ich. So ist Emmy eben.

Doch was diese Erkenntnis in mir ausgelöst hat …

Du warst der erste Mann seit langer Zeit, den ich mir *mit vollstem Herzen ausgesucht habe.*

Das hier kann ich gut. Hinter der selbst errichteten Mauer sitzen. Niemanden an mich heranlassen.

Vielleicht bin ich noch sauer auf Emmy, weil sie mich angelogen hat, dabei knalle ich mir doch selbst eine Lüge nach der anderen rein.

Ich bin über Lauras Fremdgehen hinweg.

Kyle fehlt mir nicht.

In München wird alles besser.

Überstunden im Job sind kein Bewältigungsmechanismus.

Ich bin nicht in Emmy verliebt.

Es hat gut getan, weg von Dublin, weg von Laura zu sein. Neu anzufangen. Wenigstens das Umfeld hat sich geändert. Das in mir ist das Problem. Dublin, München – gleicher Scheiß. Ich könnte auf dem Mars sitzen und wäre noch immer ein unreflektierter Arsch. Mein Hals ist staubtrocken, und ich öffne die Augen, um nach der Trinkflasche zu greifen, die nahe meinen Füßen steht. Das Handtuch in meinem Nacken ist feucht, als ich den Kopf zurücklege und trinke.

Wenn ich das mit Emmy nicht versauen will, muss ich den Scheiß aus meiner Vergangenheit loslassen. Was nicht heißt, okay damit zu sein. Ein Gedanke, der mich vorhin das Tempo am Laufband hat erhöhen lassen. Aber … damit gebe ich der Zukunft eine Chance. Dieser sexy, sanften Frau, die die Bedürfnisse anderer über ihre eigenen stellt. Meine eingeschlossen, obwohl sie mehr an sich denken sollte und daran, was ihr guttut.

Vielleicht kann ich der sein, der Emmy so guttut wie sie mir.

Fuck, deshalb habe ich die letzte Zeit keinen Fuß ins Büro gesetzt – um den Schmerz nicht ertragen zu müssen, der bei unserer letzten Begegnung auf ihrem Gesicht zu sehen war. Ich kann nicht weniger als zwei Meter von ihr entfernt an meinem Schreibtisch sitzen und so tun, als wäre alles okay. Nicht, nachdem wir uns so schnell so nah waren.

Ich verlagere das Gewicht und spüre plötzlich, wie verdammt fertig ich bin. Körperlich. Geistig. Zeit, nach Hause zu gehen. Und endlich das zu tun, was zwischen mir und einer freien Zukunft steht.

Es ist wie Pflasterabreißen. Etwas, das man machen muss. Damit Luft an die Wunde kann und sie schneller heilt. Als mich draußen nach einer kurzen Dusche in der Umkleide und nun in frischer Kleidung die klamme Nachtluft empfängt, fühlt sich mein Plan nach einem Messer an, das noch in meinem Körper steckt. Zu heilen kann scheiß weh tun.

Ich ziehe das Smartphone aus der Hosentasche und scrolle durch die Anrufliste.

Da ist sie, diese eine Nummer, die ich erst vor ein paar Wochen aus meiner Kontaktliste gelöscht habe. Nun sind da nur noch Zahlen. Ein vergangener Anruf.

Mitten auf dem Gehweg halte ich inne. Bei diesem Sauwetter ist um diese Uhrzeit kaum noch jemand draußen. Ich stehe mitten in München und fühle mich verdammt einsam.

Das hier sollte ich in Ruhe machen, aber ich will diesen Schmutz nicht mit zurück in meine Wohnung nehmen.

Ich rufe mir in Erinnerung, warum ich das tun muss. Tun *will.* Denke an Emmys Worte.

Das oberste Ziel war immer die Antwort. Eine Antwort, mit der die verletzte Person weitermachen kann.

Fuck. Ich habe diese Antwort nie bekommen, nie gefordert. Und deshalb konnte ich nicht weitermachen.

Dann drücke ich auf *anrufen.*

Es läutet. Einmal, zweimal, dreimal.

Nach dem vierten Mal bin ich kurz davor, aufzulegen.

Fünfmal. Dann … Ihre Stimme. »Leon?« Laura hört sich an, als wäre ihr soeben Jesus erschienen.

Ich öffne den Mund, doch kein Laut kommt aus meiner Kehle. Atmen, Leon. Atmen.

»*Is it* …?«, fragt Kyle aus dem Hintergrund, die Stimme genauso verschlafen wie die von Laura. Mein Anruf hat sie aufgeweckt. Laura steht jeden Tag um sechs auf, um Pilates zu machen und früh in der Firma zu sein. Dafür ist sie spätestens um halb zehn im Bett.

Laura murrt zustimmend. »Leon? Talk to me.«

»Hi.«

»Wie geht es dir? Ist alles gut?« Laura klingt irritiert. Ein Geräusch. Die Schlafzimmertür.

Ich setze mich wieder in Bewegung. *Pflaster.* »Entschuldige, dass ich dich … euch geweckt habe. Aber … Warum habt ihr es getan?«

»Dafür rufst du einfach so an?« Sie lacht bitter auf.

»Du hast auch einfach so angerufen, weißt du noch?« Ich schnaube. Bitter kann ich auch.

»Okay. Warum jetzt?«, fragt sie dann. »Vor ein paar Wochen hast du mir gesagt, dass du nie wieder etwas mit mir zu tun haben willst.«

Ich laufe über einen Zebrastreifen, vorbei an ein paar wartenden Autos. Keine Ahnung, wohin mich meine Füße tragen. Hauptsache weiter. Hauptsache, nicht stehen bleiben.

»Ich habe jemanden kennengelernt.« Jetzt ist es raus. »Sie ist großartig, und ich will ihr alles von mir geben. Weniger verdient sie nicht. Deshalb muss ich wissen, was bei dir und mir falsch gelaufen ist. Damit ich abschließen kann. Für sie.« Ich trete in eine Pfütze, weil ich nicht aufpasse, wohin ich gehe. Regenwasser tränkt den Saum der Hosenbeine, die Sohlen meiner Schuhe. »Und für mich.«

»Das … freut mich für dich.«

Ich weiß nicht, ob sie das ernst meint. Es spielt aber auch keine Rolle. »Also?«

Das zwischen Kyle und Laura hat vor einem halben Jahr angefangen. So viel hatte sie offenbart. Ich muss daran denken, wie ich Laura das Wort abgeschnitten und meinen Koffer gepackt habe. Kann mich nicht mal mehr erinnern, in welches Hotel ich abgehauen bin. Die Tage zwischen diesem Schock und der Entscheidung, nach München zu ziehen, sind schwammig. Arbeit. Hotel. Takeaway. Ignorierte Anrufe. Wut. Trauer.

Laura ist so lange still, dass ich denke, sie antwortet nicht mehr.

»Ich habe viel darüber nachgedacht, warum ich nicht mehr so vernarrt in dich war wie zu Beginn unserer Beziehung.«

»Und, hast du es herausgefunden?«, erwidere ich.

»Anfangs nicht«, gibt sie zu. »Aber bei unserem letzten Anruf … Ich denke, zu hören, dass du noch immer so wütend auf mich bist und das zu Recht, hat mir gezeigt, was für ein Arsch ich war.« Sie atmet einmal tief ein. Dann: »Du warst da und auch nicht.« Ihre Stimme klingt zögerlich. Ein Knarzen im Hintergrund. Die Ledercouch. Ich kann Laura vor mir sehen. In einem ihrer beigen Seidenpyjamas, die üblicherweise akkurate Frisur vom Liegen zerzaust, die Beine angezogen. Draußen, jenseits des dreizehnten Stockwerks, ruht Dublin noch lange nicht.

Ich vermisse diese Stadt. Doch nicht, was mir in ihr geschehen ist.

»Erklär mir das.« Mit jedem Wort merke ich, dass ich ruhiger werde. Es ist ein Gespräch. Nichts davon wird mir so weh tun wie das, was geschehen ist. Und ich setze mich diesem Schmerz aus guten Gründen aus.

Auf der Boschbrücke bleibe ich stehen. Der beginnende Nieselregen sitzt mir unangenehm in den Haaren, doch die Nachtluft schärft meinen Fokus und gibt mir genug Beherrschung, mir anzuhören, was Laura zu sagen hat.

»Du hast so verdammt viel gearbeitet. Ich musste mir deinen Fokus immer teilen.« Laura redet weiter, schneidet meinen Einwurf ab. »Ich weiß, was du jetzt sagen willst«, fügt sie mit leiser Stimme hinzu. »Du hast die Stelle zu einem Großteil für mich akzeptiert. Ich habe dich da reingedrängt, und ich weiß, dass du dich genau genommen wegen mir verändert hast.«

Langsam kahl werdende Bäume säumen das Flussufer, geben den Blick auf die dahinterliegende Museumsinsel frei. Das Wasser ist halb in Schatten getaucht, lässt es reißend und bedrohlich wirken. Die klamme Kälte kriecht unter die Lederjacke.

»Wenn du voll fokussiert bist, kannst du ultrakühl sein.« Laura räuspert sich. »Aber das habe ich mit meinen Ansprüchen an dich selbst verschuldet.« Sie seufzt. »Du hast mir alles gegeben, was ich wollte, und trotzdem war es nicht genug.«

»Außer Aufmerksamkeit.« Die Worte schmecken verdammt bitter. Das wollte ich nie.

»Ja.« Laura verzieht das Gesicht, das kann ich hören. »Als wir so oft gestritten haben, habe ich mich noch einsamer gefühlt. Mit jedem Streit hast du dich mehr abgekapselt. Du warst misstrauisch, wenn wir mal eine gute Zeit hatten. Und wenn wir wieder in einer unserer Streitphasen waren, hast du abgeschaltet. Bis du ganz weit weg warst.«

Ganz weit weg.

Irgendetwas bricht in mir auf. Ein höllischer Schmerz durchzuckt bei ihren Worten meine Brust. Die Essenz dessen, was ich in den letzten Jahren mit Laura gefühlt habe. Doch ich war nicht nur weit entfernt von unserer Beziehung, sondern auch von mir selbst. Weil ich der Mann sein wollte, den sie sich gewünscht hat.

»Tut mir leid, wie es sich entwickelt hat.« Die Worte tun weh, doch ich meine sie ehrlich.

»Mir auch. Wirklich, Leon. Und … sorry für den Anruf vor ein paar Wochen. Ich hab mir Sorgen gemacht, weil du einfach verschwunden bist. Aber ich hab mich erst da … das Datum, weißt du. Es kam mir falsch vor, zu tun, als sei es ein Tag wie jeder andere.«

Ich starre auf das rauschende Wasser unter mir. Sehe im Augenwinkel einen jungen Kerl mit Hund und Regenschirm an mir vorbeigehen, dann bin ich wieder allein. »Warum Kyle?«

»Kyle ist Kyle.« Das Lächeln in ihrer Stimme tut nicht mehr weh.

Denn absurderweise ergibt das Sinn. Mein bester Freund und ich waren uns früher sehr ähnlich. Gleicher Humor, vergleichbare Lebenseinstellung. Als ich zu einem Workaholic wurde, haben auch wir uns immer weiter entfernt.

»Du fehlst ihm, weißt du? Uns beiden.«

»Das hier ist keine Absolution«, gebe ich zurück, doch meine Stimme hat schon längst ihren Biss verloren.

»Ja. Das weiß ich.« Eine Pause. »Denkst du, du kannst uns irgendwann verzeihen?«

»Keine Ahnung. Ihr habt euer Leben, ich hab meins.« Es hat damals zu weh getan, um wieder an irgendwas anzuknüpfen. Ich will die ganze Sache loslassen und nicht permanent daran erinnert werden.

»Okay«, sagt Laura. An ihrer Stimme höre ich, dass sie es hinnimmt. »Was ich damals gesagt habe, steht noch: Du bist mir wichtig. Es ist schön, dass du jemanden kennengelernt hast. Wie ist sie?«

»Anders.« *Als du, als ich.*

Das bringt sie zum Lachen. »Ich schätze, das ist nicht das Schlechteste, oder?«

»Sie ist ihr eigener Mensch«, sage ich leise. Bei diesen Worten zuckt ein neuer Schmerz durch meine Gliedmaßen: Sehnsucht.

Was mir noch auffällt: Diese Emotion hat Platz in mir. Irgendwann während dieses Gesprächs ist die heftige Last verschwunden, die ich seit Monaten mit mir herumgetragen habe.

»Du klingst traurig. Alles gut zwischen euch?«

»Ja«, antworte ich und beobachte die tänzelnden Lichter

der Stadt auf der Wasseroberfläche, vom Nieselregen weichgezeichnet.

Was ich meine: *Alles wird gut werden.*

45

Leon

On how to find the right timing

Jede Faser in meinen Armen brennt wie Feuer, als ich die letzte mit Flyern befüllte Box auf den Tresen hieve. Meine Muskeln tun mir von der letzten Trainingssession im Gym noch weh. Neben mir ächzt TJ, der mittlerweile Mühe hat, seine Schachtel so weit anzuheben, um sie auf das polierte Holz zu schieben.

»Ich kann nicht mehr«, schnaubt er. »Die Kisten wiegen eine Tonne.«

»Im Auto sind noch die Armbänder und das Werbematerial, das wir zugeschickt bekommen haben.« Ich schüttle die Finger aus. Tiefe Abdrücke ziehen sich durch die gerötete Haut an meinem Handballen. »Da müssen wir leider durch.«

»Bin ich froh, wenn dieser Abend vorbei ist«, murmelt TJ und fährt sich mit einer theatralischen Geste durch die Haare. Dann gähnt er herzhaft.

Da sind wir schon zwei.

»Warum kann Chris die Schlepperei nicht erledigen? Der kann garantiert einen vollbepackten Kühlschrank anheben, so groß, wie er ist.«

»Der hilft Emmy dabei, die Animationen an die Wand zu

projizieren. Einer der Beamer hat last Minute den Geist aufgegeben.«

TJ murrt, läuft aber ergeben in Richtung Ausgang, während ich die Kartons mit einer Schere öffne.

War klar, dass wenige Stunden vor dem Event irgendein Schwachsinn passieren musste. Es reicht ja nicht, dass sich Maya gestern eine fette Grippe eingefangen hat und heute Morgen nur kurz in der *Secret Starlight Bar* aufgekreuzt ist, um Tim, dem Barchef, alle nötigen Details zu erklären. Jetzt streikt auch noch das Equipment. Perfekt.

Davon, dass ich gehofft hatte, Emmy in einem ruhigen Moment allein zu erwischen, will ich gar nicht erst anfangen. Die letzten zwei Tage habe ich gebraucht, um mich zu sortieren. Aber jetzt will ich reden. So klar habe ich lange nicht mehr gesehen.

Dass sie mir aus dem Weg geht, bremst meinen Masterplan aus. Bei jedem flüchtigen Blick will ich sie an mich ziehen und küssen. Ihr sagen, dass ich bereit bin, nicht mehr alles zu kontrollieren. Das hat ohnehin nie wirklich funktioniert. Emmy vertraue ich genug, um mich bei ihr sicher zu fühlen.

Verdammt, am liebsten wäre ich jetzt mit ihr allein. In meiner Wohnung. Zwischen den Laken des Betts. Nicht mal, um mit ihr heißen Sex zu haben, sondern nur, um sie zu halten. Ihre kuschlige Geborgenheit aufzutanken.

Da ist ein neues Feuer in mir. Energie, die rausmuss. So etwas wie Leichtigkeit, nur … mitreißender.

»Sind das die Flyer?«

Emmy taucht so plötzlich neben mir auf, dass ich zusammenzucke.

Ich lächle sie an und nicke. Meine Stimme ist irgendwie … weg.

»Chris hat den Beamer zum Laufen gebracht. *Haben Sie*

schon versucht, das Gerät ein- und auszuschalten«, säuselt sie mit verstellter Stimme. »Hilft doch immer wieder. Schande über mich, dass ich das nicht als Allererstes versucht habe.« Sie weicht meinem Blick aus. »Die Armbänder sind auch schon hier? Ich kann sie auf die verschiedenen Räume aufteilen.«

»Nö, die hab ich!« TJ rumpelt durch die Tür, zwei Kartons aufeinandergestapelt. Nur der blonde Haaransatz blitzt dahinter hervor. »Die sind wenigstens nicht so –«

Zack. In hohem Bogen fliegen die Boxen aus seinen Händen, weil TJ stolpert. Emmy schnappt ihn am Arm, bevor er auf den Boden kracht. Einen der Kartons kann ich gerade noch auffangen, der andere landet zu meinen Füßen.

»Wow, TJ, alles gut?«, frage ich ihn. Emmy studiert ihn besorgt. Er nickt blass, und ich glaube, das ist das erste Mal, dass er keine Worte hat.

Jon und Chris kommen durch die Nebentür. »Beamer und Beleuchtung: check. Selfie-Wand, done«, schließt Jon und hängt sich eine Verteilersteckdose inklusive Kabel über die Schulter.

Allen steht die Müdigkeit ins Gesicht geschrieben. Das gesamte Team ist seit sieben Uhr morgens hier, um die Bar für das Event vorzubereiten. Maya hat uns erklärt, wo alles zu finden ist, und uns Tim vorgestellt. Der Barchef hat gecheckt, ob die Getränkelieferung vom Großhändler komplett ist, und räumt damit jetzt, außerhalb der Öffnungszeiten, herum.

Es ist auch nicht das ganze Team da – Max fehlt. Der ist auf einem längeren PR-Termin mit einem Magazin, das über die Veranstaltung und unsere App berichtet.

»Was steht noch an?«, will Emmy wissen. Sie sieht beinahe so zerknittert aus wie Jon, der sich heute früh über die unheilige Uhrzeit beschwert hat. Sobald die Geschäfte offen waren, hat Emmy uns allen Frühstück besorgt und danach die Security-Typen, die vor zwei Stunden zur Begehung hier waren, mit den notwendigen Infos versorgt. Wann immer sie Zeit hat, rotiert sie zwischen den Teammitgliedern und hilft, wo sie gebraucht wird. Sie ist auch hier die Team-Queen.

»Das da muss noch auf die Räume verteilt werden.« Ich nicke in Richtung der Schachteln und hebe die auf, die auf dem glänzenden, schwarzen Boden gelandet ist. »Du bist bereit für die Moderation?«, frage ich TJ.

»Ich habe gerade den Fall meines Lebens überlebt, da kann mir ein wenig Publikumsentertainment doch nichts anhaben.« Er grinst mich schief an.

Ich hebe eine Braue.

Dann verdreht er die Augen. »Okay, Mister Ich-will-klare-Ansagen: Das war ein *Ja*. Ich habe das Programm so oft vor dem Spiegel geübt, dass ich hoffe, on stage nicht spontan aus den Ohren zu bluten.«

»Bitte keine unvorhersehbaren medizinischen Zwischenfälle«, gebe ich stöhnend zurück, während ich die letzten Kartons öffne.

»Wie schön, dass du dich so um meine Gesundheit sorgst«, säuselt TJ.

»Gerne doch. Hast du noch mal was von *teja92* gehört?«

TJ nickt. »Er wird pünktlich zu seiner Präsentation da sein.«

»Dann ist alles geregelt.« Ich werfe einen Blick auf die Uhr.

»Sobald dieses Event vorbei ist, musst du etwas entspannter werden«, seufzt TJ. »Wehe, du kommst nicht zu meiner Gaming-Session am Sonntag, da kannst du ordentlich Dampf ablassen.«

Das bringt mich für ein paar Sekunden zum Grinsen. »Hast du derart Lust auf eine Niederlage?«

»*Bitte*. Ich wische den Boden mit dir«, sagt er mit einem Augenverdrehen.

»Der Verlierer zahlt die Pizza?«

TJ grunzt, sich seines Sieges ziemlich sicher. »Ich will *Frühlingsrollen*. Notier dir das am besten gleich mal.«

Ich fange Emmys Blick auf, die mir ein sanftes Lächeln schenkt. Klar froh darüber, dass ich mich besser mit dem Team verstehe als zu Beginn meiner Anstellung.

Ich räuspere mich und wechsle das Thema: »Einlass ist um einundzwanzig Uhr, nur zur Erinnerung. Jetzt ist es kurz nach drei. Ihr habt euch eine Pause verdient. Sollen wir uns um sieben wieder hier treffen?« Dann bleibt genug Zeit, um die Studentinnen, die wir zur Promo angeheuert haben, einzuweisen und die ersten Speaker willkommen zu heißen.

»Yes! Mein kostbarer Body benötigt ein ausgiebiges Schaumbad, bevor ich mich in Schale werfe.« TJ klatscht begeistert in die Hände, die anderen sehen ebenfalls erleichtert aus, eine Pause einlegen zu können.

Nur Emmy mustert mich. »Was ist mit dir? Du solltest dich auch ausruhen. Heute Abend wird anstrengend.«

Ich öffne den Mund, doch TJ fährt dazwischen. »Ihr Liebenden macht das mal schön unter euch aus. Wir sind weg.« Er zupft Jon am Hemdärmel, bis der TJ in Richtung Garderobe folgt.

Chris zögert einen Moment, betrachtet mich mit einem grimmigen Gesichtsausdruck, ehe er sich zu Emmy wendet. »Schreib, falls der *Beamer* wieder Probleme macht.«

Emmy verkneift sich ein Lächeln, nickt aber.

Chris wirft mir einen Blick zu, der klarmacht, dass ich mich von nun an als Beamer identifizieren sollte.

Wenige Momente später sind wir allein. Beim Boxenschleppen hatte ich genug Zeit, um mir meine Worte zurechtzulegen. Jetzt fällt mir keines davon mehr ein.

Emmy betrachtet mich mit einem nachdenklichen Blick,

dann wendet sie sich ab und macht sich an den Kisten zu schaffen.

»Emmy …«, will ich einen Einwand äußern, doch sie winkt ab.

»Wenn wir das eben erledigen, haben wir eine ruhigere Pause«, erklärt sie, ohne dass ich gefragt habe. »Außerdem ist Mochi wieder bei meinen Eltern, also habe ich Zeit«, murmelt sie und wischt sich kurz mit dem Ärmel ihres hellblauen *rdently*-Hoodies über die Stirn. Die Masse an Haaren trägt sie zu einem unordentlichen Knoten gebunden, aus dem einige Strähnen entwischt sind.

Ich muss lächeln, denn auch ich habe Frida bei meiner Mutter abgegeben, um mich ganz auf das Event fokussieren zu können.

»Danke.« Wir arbeiten so dicht nebeneinander, dass mein Arm mehrmals ihren streift, während wir die Flyer und Goodies auspacken. Die Hitze ihres Körpers blutet in meine, lässt die Stille zwischen uns unerträglich werden.

Ich überlege, wie ich sagen soll, was mir im Kopf herumschwirrt.

»Ist das alles?«, will sie nach gut zwei Minuten wissen.

»Nein.« Ich schüttle den Kopf und nicke zu einer kleineren Schachtel. »Da sind noch die Kondome drin.«

Emmy schnappt sich die Kiste und läuft zu den umfunktionierten Süßigkeitenspendern, die neben Ringen aus Zuckerperlen und Schokoherzen bereits mit winzigen Gleitgeltuben, Gutscheinkarten für eine Selbstliebe-App, Mini-Vibratoren, Affirmationsbooklets im Pocketformat und nun auch Verhütungsmitteln befüllt werden.

Take the love that you need steht quer über die Glasfront der Automaten geschrieben. Emmys Idee. Die Leute werden das lieben.

Ich ziehe die herzförmigen Sonnenbrillen aus ihrer Plastikverpackung, die uns ein mit Max befreundeter Spirituosenhersteller gesponsert hat, und verteile sie über die gesamte Location. Ziemlich basic, aber was soll's.

Als ich zurück an der Bar bin, ist Emmy schon dabei, die Knicklichtarmbänder nach Farben zu sortieren. »Rot ist One-Night-Stand, oder?«, fragt sie mich über die Schulter hinweg.

»Ja. Orange steht für Freundschaft, Gelb für *offen für alles*, Pink für etwaige vergebene Begleitpersonen, Lila für *suche nach der großen Liebe*.« Ich lasse den Blick über den Riesenhaufen an Armbändern gleiten. »Wenn du willst, kannst du dir gleich eines nehmen, bevor sie weg sind.« Das sollte leicht klingen, aber meine Stimme ist kratzig.

Emmys Blick zuckt zu mir. Die spärliche Beleuchtung macht es schwer, ihre Miene zu lesen. Ich lasse sie nicht aus den Augen, als sie sich nach vorne lehnt und mir eines der Knicklichter hinhält. »Kannst du es mir anlegen? Müsste die richtige Farbe sein.« Die Worte sind kaum mehr als ein Flüstern.

Ich starre sie an, sehe, wie sie den Ärmel nach oben streift.

Fuck. Tausende Emotionen schießen durch mich hindurch, sodass es unmöglich ist, einen klaren Gedanken zu fassen.

Dann fällt mein Blick auf das Licht in meinen Händen. Ich knicke es. *Pink*.

»Leon? Legst du es mir um?«, erinnert sie mich.

Durch die Erleichterung passen keine Worte. Obwohl ich weiß, dass nichts entschieden ist, dass wir so viel zu bereden haben. Aber in diesem Moment ist es wieder so wie damals, als ich Emmy den Anhänger geschenkt habe. Das Universum ist ein Vakuum, in dem nur wir zwei existieren. Eine Gänsehaut bricht auf meinem gesamten Körper aus. Der Drang, sie an mich zu ziehen, ist kaum auszuhalten.

»Emmy …«, hauche ich.

Sie hebt ihren Kopf. Lässt den Arm sinken. Das Knicklicht rutscht an ihrem Handgelenk hinab. Ihre Augen, mit denen sie tief in meine Seele schaut, schimmern. »Lass uns nach dem Event sprechen, okay?«

In ihrem Blick spiegelt sich eine Emotion zwischen Hunger und Furcht. Mein erster Instinkt ist es, sie zum Reden zu bringen, alles jetzt zu klären, die ungesagten Dinge aus dem Weg zu räumen … aber ich trete einen Schritt zurück und nicke.

»Okay«, entgegne ich, diesmal ist meine Stimme fester.

Emmy sieht erleichtert aus. »Wenn wir das jetzt tun – egal, was dabei herauskommt –, werde ich das Event nicht mehr hinkriegen.« Das Lächeln, das sie mir nun schenkt, ist zittrig, aber echt und voller Gefühl. »Bis später, Leon.«

Dann ist sie schon zur Tür raus. Mein eigenes erleichtertes Lächeln sieht sie nicht mehr. Ich seufze und greife ebenfalls zu einem pinkfarbenen Armband.

46

Emmy

All the best parts of me

Warmes Wasser läuft meinen Körper hinab. Durchtränkt die Strähnen, die aus der Haarklammer entwischt sind. Der Dampf lässt meine Lider schwer werden, und für ein paar Sekunden erlaube ich mir, die Augen zu schließen.

Eigentlich wollte ich ein Bad nehmen, doch ich bin froh, mich dagegen entschieden zu haben. Durch den Stress und die Anstrengungen dieses Tages würde ich garantiert in weniger als fünf Minuten in der Wanne einschlafen.

Ich liebe es, heiß zu duschen. So lange, bis meine Haut schrumpelig wird und ich rot wie ein Flusskrebs aus der Dusche steige. Heute hat diese kleine Wohlfühlroutine noch einen anderen Zweck: Um nicht daran zu denken, was ich bald tun werde. Verdrängungsmechanismus vom Feinsten.

Aber ich weiß, dass es keine Alternative gibt.

Ich muss das Chaos aufräumen, die Spaghetti entwirren.

Diesem Mount Everest aus Halbwahrheiten entgegentreten, bloß eine Schaufel in der Hand, und hoffentlich an der richtigen Stelle zu graben beginnen.

Bevor ich mich endgültig in eine Pflaume verwandle, steige

ich aus der Dusche. Auf Zehenspitzen tapse ich zum Handtuch, das an der gegenüberliegenden Wand auf einem Haken hängt. Der Spiegel ist angelaufen, und ich reibe mit dem weichen Frottee darüber, bis ich mir selbst gegenüberstehe.

Mit roten Wangen starre ich mir entgegen. Das ist nicht das Gesicht einer jungen Frau, die weiß, wohin ihr Leben führt. Doch eines ist gewiss: Ich will mich als *ich* der Liebe öffnen. Der Liebe und allem, was sie mit sich bringt.

Mit einem Ziel vor Augen trockne ich mich ab. Fokussiere mich auf die kleinen Dinge vor mir. Morgenmantel überziehen. Ins Schlafzimmer gehen. Auf das Bett floppen und mein gesamtes Leben überdenken.

Ich seufze, kuschle mich in die flauschige Tagesdecke. Nicht mal die heiße Dusche hat die Müdigkeit meiner Muskeln vertrieben. Dieser Tag war so heftig – und bleibt es. Nur auf andere Art. Die Decke unter mir verführt meine Augen dazu, zuzuklappen, doch ich kämpfe dagegen an.

Stattdessen drehe ich mich auf die Seite und spiele mit einem losen Faden des Morgenmantels, den Blick auf den Kleiderschrank gerichtet.

Langsam sollte ich mich fertig machen, wenn ich nachher nicht super gehetzt zur Location fahren will. Eine Minute bleibe ich noch liegen, ehe ich vom Bett rutsche und die linke Schrankhälfte öffne.

Dann die rechte.

Zwei unterschiedliche Welten. Original-Emmy und jede ihrer verschwommenen Kopien, in eine eigene Farbe getunkt. Als ich meinen Blick über die Kleiderbügel schweifen lasse, wird mir jedoch eines klar: Es waren nie ich und die fremden Versionen, die ich für *ghostgirl* und die Hilfe suchenden Frauen erschaffen habe.

Da war immer nur *ich*.

Ohne Trennung. Ich habe mich in mir selbst vor der Liebe versteckt, ohne es zu merken, und bin dabei selbst zu einem Geist geworden. Ein Bewältigungsmechanismus, der seine Aufgabe gut erledigt hat – mich so nah wie möglich an romantische Situationen heranzubringen, ohne wirklich selbst daran teilnehmen zu müssen. Die Emotionen anderer durchleben zu können, ohne meine eigenen in Gefahr zu bringen.

Mit einem ziehenden Gefühl im Magen hänge ich den Morgenmantel auf den Haken an der Schlafzimmertür. Danach schlüpfe ich in meine Lieblingsunterwäsche – fliederfarbene Spitze. Ich streiche über die fließenden und flauschigen Stoffe auf der linken Seite, doch irgendwie fühlt sich keines der Outfits passend an. Wenn ich das durchziehe, dann richtig – sich hinter einem Pullover zu verstecken, boostet mein Selbstvertrauen garantiert nicht. Also wende ich mich zur rechten Schrankseite hin. Lasse die Kleidungsstücke und Accessoires auf das Bett fallen, die sich richtig anfühlen.

Ein fließendes, violettes Kleid mit langen Ärmeln. *Kunststudentinnen-Emmy.*

Eine schimmernde Strumpfhose. *Papa-bezahlt-Emmy.*

Kleine Perlen-Ohrringe. *Business-Emmy.*

Doc Martens High Heels. *Filmfreak-Emmy.*

Eine Reihe silberner Ringe. *Lehrerin-Emmy.*

Leder-Harness. *Grunge-Emmy.*

Lila Flauschhut. *Original-Emmy.*

Das Knicklichtarmband, das ich vor der Dusche auf dem Nachtkästchen abgelegt habe. *Verliebte Emmy.*

Ich betrachte das auf dem Bett liegende Outfit. Die Stücke, die sich nicht nur über die Kleidung zusammenfügen, sondern auch in mir. Das rollende, schwere Gefühl in meiner Magengrube wird weniger, bis nichts mehr außer Entschlossenheit in mir ist.

Dann ziehe ich mich an. Der Rock des Kleides schwingt gegen meine Hüften, bis zu den Schienbeinen. Meine Haare leuchten gegen den tiefen Violettton des engen Oberteils, das im Licht der Deckenlampe beinahe dunkelblau wirkt und meine Haut am tiefen, herzförmigen Ausschnitt zum Schimmern bringt. Die Lederriemen des Harnisches, die über meine Brust bis zu den Schultern laufen, verleihen wie die Schuhwahl dem unschuldig-süßen Stoff etwas Kantiges, Rohes, und definieren meine Taille. Die winzigen Perlen an meinen Ohren glänzen dezent, genau wie die silbernen Ringe um meine Finger. Es ist, als hätte ich meine Facetten in ein Paket geschnürt und die Schleife darum ruckartig festgezurrt, um alles fest zusammenzuhalten.

Ich drehe mich einmal langsam um mich selbst, verfolge die Bewegung im Außenspiegel des Kleiderschranks. Nichts passiert. Keine Identitätskrise, kein Realitätsverlust, keine Angst vor der Liebe. Es gibt keine Geister mehr zu holen, keine Masken zu tragen.

»Gut siehst du aus«, sage ich zu der Emmy im Spiegel, und wir lächeln uns an.

Ich bin bereit.

47

Emmy

I'm counting my ghosts
like I count my wishes

Die nächtliche Kälte hat schon längst den Weg in meine Knochen gefunden. In ein paar Minuten erstarre ich garantiert zu einer Eissäule – die Finger auf dem Türknauf festgefroren. Sobald ich ihn herunterdrücke, den Innenhof der *Secret Starlight Bar* betrete, gibt es kein Zurück mehr. Dann muss ich den Plan durchziehen, der sich bis soeben eine Spur weniger bedrohlich angefühlt hat. Und jetzt? Die Panik peitscht durch mich hindurch, genauso unnachgiebig wie der abendliche Wind an meinem Kleiderrock zerrt.

Fehlt mir doch der Mut dazu? Noch könnte ich kehrtmachen, eine Migräne vortäuschen, die mich nach Hause zwingt. Ich könnte diesen Abend vergehen lassen, ohne meine Masken wie ein verlierendes Pokerkartendeck vor mir auszubreiten.

Nein. Mut ist nichts, das leichtfertig zu einem kommt. Man muss ihn aus der Furcht herausschälen.

Die gruselige Wahrheit ist: Ich weiß nicht, wie Leon reagieren wird. Oder mein Team. Oder das Publikum, in dem vielleicht oder vielleicht auch nicht Frauen sind, denen ich geholfen habe. Oder sogar ein paar der Fake Dates.

Keine dieser Reaktionen kann ich kontrollieren, aber ich kann entscheiden, was ich tun will. Mich länger zu verstecken gehört nicht dazu.

»Wow, Emmy! Gut siehst du aus!« Max taucht neben mir auf.

Wie von einem Stromschlag getroffen springe ich einen Schritt zurück.

»Hat die Tür dich gebissen?«, will er wissen und grinst mich an, die Hände in die Hosentaschen geschoben. Er sieht um einiges gechillter als die letzten Tage aus, der Charme blubbert wieder an die Oberfläche, nicht mehr vom Stress unterdrückt.

Ich ignoriere seinen Kommentar, räuspere mich. »Wie war das Meeting mit Lukas? Habe von Melanie gehört, dass er dich nach dem PR-Termin noch länger aufgehalten hat.« Nur unser Investor kommt darauf, am Wochenende vor einem Event den CEO so unter Druck zu setzen.

Max seufzt, kratzt sich im Nacken. »Wenn das Event gut läuft, ist er willens, uns die Investition zu geben.«

»Das sind gute Neuigkeiten.« Warum sieht er dann aus, als hätte Lukas seine linke Niere gefordert?

»Ja, er will aber auch einige Features, die wir erst für nächstes Jahr angedacht haben, schon recht bald eingebaut sehen.« Jetzt heitert sich seine Miene erneut auf. »Aber ich habe ihm gesagt, wir kriegen das hin. Immerhin haben wir ja dich. Du wirst doch wie immer dein Bestes geben, oder?«

Fast hätte ich ihm mit einem bereitwilligen *natürlich* geantwortet, hätte sich nicht in letzter Sekunde ein altbekannter Gesichtsausdruck auf seine Züge geschlichen. Einen, den ich lange nicht mehr gesehen habe.

Diesmal erweicht sein Welpenblick nicht mein Herz. Das Braun seiner Augen schimmert, bringt meinen Magen zum Verkrampfen.

»Max«, warne ich leise. Das Gefühl in meiner Brust ist tonnenschwer. Doch dann erinnere ich mich daran, dass ich heute gnadenlos ehrlich zu mir selbst bin – was auch bedeutet, gnadenlos ehrlich zu den Menschen um mich herum zu sein.

»Ja?« Das Lächeln verschwindet von seinem Gesicht.

»Du kannst so nicht mit mir umgehen. Mit Leon. Mit dem Team. Ich weiß, du stehst unter Druck.« Ich wiederhole, was ich ihm bereits im Büro gesagt habe. »Aber du kannst nicht im Sekundentakt von der Peitsche zum Zuckerbrot wechseln und erwarten, dass ich okay damit bin. Dass ich jede Emotion, egal, ob gerechtfertigt oder nicht, auffange und neutralisiere, bevor sie das Team erreicht. Ich bin ein Mensch und kein Mittel zum Zweck.« Ich hole tief Luft. »Und bitte sieh mich nicht so an, in der Hoffnung, dass dein Welpenblick mich einknicken lässt«, setze ich leiser hinzu.

Max blinzelt. »Es … es tut mir leid, Emmy. Ich wollte dich nie in eine Situation bringen, in der du dich unwohl fühlst.«

»Wirklich?«, hake ich nach. Nun mustern wir uns gegenseitig, wohl nicht gänzlich sicher, mit wem wir es gerade zu tun haben. Steht mir Max, der naive, junge Mann gegenüber, oder Max, mein kalkulierender Boss?

Ein Schwall Luft entweicht seinen Lungen. »Fuck. Du hast mich erwischt. Du bist gut, Emmy. Als CTO, als Teammitglied, als Mensch. Es ist bequem, mich auf dich zu verlassen. Und manchmal brauche ich bequem. Manchmal *will* ich es bequem. Es hat immer funktioniert, weißt du.« Er schluckt. »Aber mir ist bewusst, dass ich meinen Charme auch bei dir eingesetzt habe.« Zögern. »Sorry dafür. Es wird nicht mehr vorkommen.«

Ich betrachte ihn. Die braunen Augen, die zusammengebundenen Haare. Die Miene, die von seiner Ehrlichkeit spricht. »Okay«, sage ich. »Entschuldigung angenommen.« Dann wende ich mich ab und ziehe die Tür auf.

Bevor ich durch sie hindurchtreten kann, legt Max eine Hand auf meine Schulter. Ich drehe den Kopf zu ihm.

»Ich weiß nicht genau, was zwischen Leon und dir abgeht, aber ich hoffe, dass ihr euch aussprechen könnt.« Er schenkt mir ein weiteres, ehrliches Grinsen. »Ihr seid gut füreinander.«

Diese Worte quittiere ich mit einem ebenfalls ernstgemeinten Lächeln. »Ich weiß.«

Leon und ich … wir haben das Potenzial, gut zu sein. Aber nur, wenn endlich alle Wahrheiten aufgedeckt sind.

Max folgt mir durch den Innenhof und die derzeit noch unbeleuchteten Lichterkettenvorhänge bis in die Bar. *Einen Fuß vor den anderen*, denke ich und hebe das Kinn. Leon steht mit Tim hinter der Bar, über eine Liste gebeugt. TJ sitzt auf einem Hocker und flicht eine Strähne seines weißblonden Haares, ehe er sie sich mit einer Klammer zurücksteckt. Sein mit Pailletten besetzter Anzug strahlt unter dem dumpfen Licht in allen Regenbogenfarben.

»Hey«, begrüße ich meine Teamkollegen und entledige mich des Mantels, hänge ihn über den Arm. Hinter mir pfeift Max.

»Was für eine Location.«

»Ja, sie ist atemberaubend«, entgegnet Leon, der mittlerweile von dem Papierkram aufgesehen hat und mich taxiert. Das Meerblau seiner Augen scheint keinen Boden zu haben, als er mich von oben bis unten mustert. Sein Blick hinterlässt kleine Feuerwerke entlang meiner Haut, wärmt meine Wangen. Seine linke Hand, die auf dem Tresen liegt, ist zu einer Faust geballt.

Ich ziehe scharf die Luft ein, als ich das Knicklicht-Armband entdecke, das er trägt.

Pink.

»Du siehst wunderschön aus«, sagt er mit rauer Stimme, und ich löse den Blick von seinem Armband, darauf bedacht, mir so frühzeitig keine Hoffnungen zu machen – immerhin hat er noch nicht gehört, was ich zu sagen habe. Scheinbar war auch er kurz daheim, um die Klamotten zu wechseln. Das T-Shirt hat er gegen ein eng anliegendes, schwarzes Hemd getauscht, das sich an seinen Oberkörper schmiegt. An die Muskeln seiner Brust, an der mich sein Herzschlag in einen sanften Schlaf gezogen hat.

Ob ich jemals wieder neben ihm einschlafen werde?

»Danke«, hauche ich und bin mir der vielen Blicke bewusst, die auf uns beiden liegen. »Du siehst auch gut aus.«

Leons Mundwinkel wandert ein paar Millimeter nach oben. Eine kaum sichtbare Regung, doch für mich zersprengt sie mit einer Wucht die Anspannung zwischen uns.

Ich muss hier weg, bevor ich mich in seine Arme werfe.

TJ rettet mich. Er steht auf und deutet hinter sich. »Ich gehe mal die Getränke und Snacks für den Backstage-Bereich vorbereiten. Ist mir zu heiß hier drinnen«, bemerkt er mit einer hochgezogenen Augenbraue in meine Richtung.

»Ich helfe dir«, biete ich an und bin heilfroh, Leons Aufmerksamkeit zu entwischen.

Später. Später reden wir.

»Also«, fängt TJ in seiner üblichen Quasselmanier an, als wir den winzigen Raum hinter der kleinen Bühne betreten, in dem ein gemütliches Samtsofa, ein Bücherregal und ein Servierwagen stehen. »Ich liebe dieses Outfit.« Er deutet auf mich, und ich bin tierisch froh, dass er den Austausch zwischen Leon und mir nicht weiter kommentiert. »Aber es verwirrt mich. Seit wann trägst du sexy Ledergürtelteile?« Er zupft an dem Gurt, der um meine rechte Schulter liegt.

Ich wackle mit dem Kopf. »Es … ergibt Sinn, das wirst du später sehen.«

»Später?« TJ hebt beide Brauen.

»Wenn ich auf der Bühne stehe.«

»Was willst du dort? Hältst du auch einen Talk? Leon hat nur gesagt, dass Max kurz die Gäste begrüßt.«

Mit einem Räuspern strecke ich ihm die Hand entgegen. »Hi, ich bin Emmy.« Die nächsten Worte verlassen meine Lippen mit einem Hauch Zittern darin. *Komm schon, du kannst das. Das ist die Beta-Version der Wahrheit, die du austesten kannst, bevor sie publik geht.* »Bekannt als *ghostgirl.*«

TJ sieht geschockt aus. Er starrt mich an, ohne zu blinzeln. Ich überlege, vor seinem Gesicht zu schnipsen, um ihn aus der Starre zu lösen, als er endlich zu sich kommt und meine Finger in seine reißt. Er lacht, ein schallender, zutiefst amüsierter Laut. »Du? Die Rächerin der gebrochenen Herzen?« Er schüttelt so wild den Kopf, dass sich der geflochtene Zopf aus der Spange löst. »Emmy, Emmy, Emmy. Du hast es faustdick hinter den Ohren, das lass dir gesagt sein.«

Ich erröte. »Ähm, nun ja …«

»Du bist eine Ikone, weißt du das?« TJ lässt meine Hand los und klatscht aufgeregt. »Oh mein Gott, ich habe ja *so* viele Fragen an dich!« Plötzlich werden seine Augen groß. »Ist das der Grund, warum der Haussegen im Paradies schiefhängt? Weiß Leon davon?«

Ein Blick in mein zerknirschtes Gesicht scheint Bestätigung genug für ihn zu sein. Mitfühlend streicht er mir über den Arm.

»Kannst du mir einen Gefallen tun?« Er nickt eifrig. »Ich möchte tatsächlich auf die Bühne. Da sind so viele Dinge, die ich …« Meine Stimme zerkrümelt für einen Moment. »… die ich loswerden muss. Ich weiß, dass das deine ganze Moderation durcheinanderbringt, aber könntest du mich ankündigen, wann immer es passt?«

»Klar, ich rufe dich zwischen der Userin *kattkatt* und *teja92* auf.« Er schenkt mir ein breites Zahnlückengrinsen.

Ich nicke und bedanke mich, froh, nicht als einzige Userin auf der Bühne zu stehen. TJ und ich arrangieren die Snacks – Chips, Popcorn und ein paar vegane Energieriegel – und organisieren Gläser von der Bar. Leon ist mit Tim im Lager, und ich bin froh, als Chris mich um einen finalen Check der Installationen bittet. Der DJ ist bereits dabei, seine Geräte aufzustellen und an die Lautsprecher anzuschließen.

Kurz vor dem Einlass verschwinde ich aufs Klo. Ich schließe die Tür hinter mir und lehne mich dagegen. Das warme Deckenlicht bringt die schwarzen Fliesen zum Schimmern, und ich atme ein paarmal tief aus und ein, während ich die einzelnen Kacheln zähle. Wenn ich meinem Gehirn nichts zu tun gebe, flippe ich aus.

Draußen setzt die Musik ein. Mit geschlossenen Augen lausche ich der Melodie, die durch die Wände vibriert. Das schneller werdende Tempo gibt mir den Ruck, den ich brauche, um mich wieder zu bewegen. Nachdem ich mir die Hände gewaschen habe, trete ich aus der Toilette.

»*Oh lord, they are coming!*« TJ flitzt an mir vorbei zurück hinter die Bühne, die Nervosität ist ihm nun doch ins Gesicht geschrieben. Bevor ich ihn beruhigen kann, ist er schon verschwunden.

Mittlerweile sind die Promo-Girls angekommen und warten auf ihren Einsatz, genau wie das Bar-Personal. Dann entdecke ich Melanie. »Hi!«, grüße ich sie und erwidere die Umarmung.

»Ihr seid ja der Wahnsinn, das sieht richtig toll aus!« Sie schiebt sich die Brille zurecht und gestikuliert in den Raum. »Ich wollte dieses Event auf keinen Fall verpassen.«

Normalerweise freue ich mich, wenn unsere Buchhalterin nach München kommt, doch heute ist mir absolut nicht nach Small Talk. Bald geht es los, und ich … ich ziehe das wirklich durch, komme, was wolle.

Max entdecke ich an der Bar. »*rdently*-Team, kommt mal alle her!«, ruft er und winkt mich und die anderen zu sich.

Leon tritt aus einem der Nebenräume. Sofort wandert sein Blick zu mir. Mein Herz hüpft, doch gleichzeitig gerät dieses verräterische Organ in mir ins Stolpern, weil es keine Ahnung hat, wie das mit Leon und mir weitergeht. Das Armband müsste ihm klargemacht haben, dass ich mir eine Zukunft vorstellen kann. Bedeutet seins das Gleiche? Und will er die auch mit mir, sobald wir uns ausgesprochen haben? Nachdem ich mich auf der Bühne brachgelegt habe?

Max drückt jedem ein kleines Glas in die Hand und reißt mich damit aus meiner Grübelei. Ich schnuppere daran. Ein süßer Passionsfruchtduft unterlegt von stechendem Alkohol wabert mir entgegen. Ein Shot ist genau das, was ich brauche. Oder genau das, was ich nicht brauche. Wir werden sehen.

Mittlerweile stehen wir alle um Max versammelt, Chris und Jon neben mir, ein zappelnder TJ zwischen Leon und Melanie.

Max hebt sein eigenes Shotglas, lässt den Blick dabei durch die Runde gleiten. »Ihr habt hier echt Großes geleistet«, fängt er an. »Jeder von euch. Aber verdammt – Emmy und Leon, ihr seid Tiere. Das wird ein besonderer Abend für *rdently*. Etwas Geiles wartet auf uns, und ich rede nicht von TJs garantiert grandioser Bühnenperformance.«

TJ grinst dankbar, aber es erreicht seine Augen nicht. Mentale Notiz: Ihm nach dieser Ansprache einen kurzen Pep-Talk geben.

»Auf *rdently*!« Max prostet uns zu. »Auf einen richtig guten Abend.«

Schneller als der Rest meiner Kollegen setze ich das Shotglas an die Lippen und leere es in nur einem Zug. Die stechend-süße Flüssigkeit läuft so geschwind meinen Rachen hinunter, dass ich ein Husten kaum unterdrücken kann.

»Da hat's jemand eilig«, lacht Max, klatscht nach Abstellen des Glases in die Hände. »Das ist der Partygeist!«

Du hast doch gar keine Ahnung, welche Geister du heute noch zu Gesicht kriegst.

Leon wirft einen Blick auf seine Armbanduhr. Die Ärmel trägt er heute hochgekrempelt, die Tattoos voll sichtbar. »Es ist kurz nach halb neun. Lasst uns die Ruhe vor dem Sturm nutzen. TJ, wann kommen unsere Talk-Gäste?«

»Ich habe gesagt, sie sollen um zehn vor neun da sein.«

»Perfekt.« Leon nickt. »Ich denke, wir haben noch Zeit für ein weiteres Getränk. Was denkst du, Max?«

Der CEO schenkt seinem Bruder ein breites Grinsen. »Gefällt mir, wie du denkst.« Dann macht er sich mit einer Selbstverständlichkeit hinter der Bar zu schaffen, mit der man sich sonst nur am eigenen Kühlschrank bedient.

Ich nutze den Moment, um TJ zur Seite zu nehmen. »Alles okay?«, flüstere ich ihm zu, ziehe ihn ein paar Schritte von der lachenden Gruppe entfernt weg. Nur Leon beachtet uns, die Stirn in Falten gelegt.

TJ atmet tief ein und aus. »Ich habe die Ansprache tausendmal geübt.« Wildes Kopfschütteln. »Was, wenn ich abkacke? Wenn mich alle scheiße finden?«

Ich tätschle seinen Oberarm, die Pailletten kratzig auf meiner Handfläche. »Du rockst das, das weiß ich. Du hattest schon nervigeres Publikum.«

»Zum Beispiel?«

Ich lächle gequält. »Lukas bei unserer Quartalspräsentation im März.«

Jetzt stöhnt TJ laut auf. »Ich dachte, der grillt mich lebendig am Spieß.« Das Augenverdrehen hat Lukas verdient.

»Na siehst du.« Ich schenke ihm ein beruhigendes Grinsen, obwohl ich mich insgeheim genauso unruhig fühle wie er. »Easy-peasy lemon-squeezy.« *Hoffe ich.*

»Danke, Emmy.« Er beißt sich auf die Lippen. »Das ist noch nicht alles.«

Ich lege den Kopf schief. Was kommt jetzt? »Okay?«

»Ich … bin wie du.«

»Du meinst auf nicht näher definierter Beziehungsbasis mit einem Kollegen und mit einem fetten Geheimnis, das dir genau diese Unsicherheit eingebrockt hat?«

TJs Gesicht zerknautscht. »Jon und ich sind ein Paar, also muss ich unter Punkt eins einen Haken setzen.«

Also keine Beziehungsprobleme, aber ….

Meine Augen werden so groß wie Suppenteller. »Du bist *teja92?*«, quietsche ich. Wieso ist mir das nicht früher klar geworden?

»Shhh!« TJ reckt den Kopf an mir vorbei, doch die anderen sind so im Gespräch versunken, dass sie meinen Ausbruch nicht mitgekriegt haben. Ich schlage die Hände vor den Mund, kann den erstaunten Gesichtsausdruck trotzdem nicht ganz abwürgen.

»Oh mein Gott! Fangirl-Moment! Deine Beiträge sind so witzig und so genial.«

Jetzt tritt ein verschmitztes Grinsen auf sein Gesicht. »Dito.«

»Weiß Jon davon? Irgendjemand?«

»Nope.« Er kratzt sich am Hinterkopf, verzieht die Lippen dabei zu einer Schnute. »Wie meinst du, wird Jon reagieren, wenn er checkt, dass ich unser Flirten quasi täglich dokumentiert habe? Ich habe auf einen Livestream verzichtet, das muss man mir doch zugute halten, oder?«

»Keine meiner Gehirnzellen wäre darauf gekommen, dass die Beiträge von jemandem aus meinem Team handeln«, flüstere ich und kann nicht anders, als verschwörerisch über die Schulter zu blicken. Niemand beachtet uns, nicht mal Leon, der mit Melanie spricht. Es fällt mir schwer, nicht auf der Stelle zu hüpfen. Jeden seiner Beiträge habe ich gehyped, die Ehrlichkeit und den Witz darin. *Not safe for work but does it have to be* war der Titel seines ersten Eintrags, indem er die provozierte Doppeldeutigkeit mancher Situationen so bildlich beschrieben hat, dass ich vor Lachen fast vom Sofa gefallen wäre.

»Dito«, sagt TJ wieder, sichtlich stolz auf seine Diskretion.

»Aber TJ: Du weißt, dass du das nicht tun musst, oder? Nur weil ich es mache? Wenn du dich damit nicht wohlfühlst …

»Wir machen das doch beide mehr für uns als für die anderen.« Er zuckt mit den Schultern. »Ich will mich nicht mehr verstecken, sondern mein verdammtes Gesicht auf jedes Wort tackern. Die Leute sollen wissen, wie es ist, wenn man queer ist, wenn man wie *ich* ist.«

Ich lege TJ beide Hände auf die Schultern. »Ich bin so stolz auf dich«, sage ich und sehe ihm dabei fest in die Augen. »Du bist nicht nur verdammt gut in deinem Job, sondern auch ein fantastischer Mensch. Zeig das den Leuten. Jeder könnte etwas mehr TJ-Magie in seinem Leben brauchen.«

Mein Teammitglied grinst mich breit an. »Danke, Emmy.« Und dann: »Ich hoffe wirklich, dass sich das mit Leon klärt. Er war so locker in den letzten Wochen, ein völlig neuer Mensch.«

Mit einem zittrigen Lächeln tätschle ich nochmals TJs Schulter. »Ich hoffe das auch, glaub mir.«

Er lugt an mir vorbei. »Sieht aus, als würden die ersten Gäste doch schon früher kommen. Wir sehen uns auf der Bühne?«

Ich nicke, bevor er meine Seite verlässt und eine der Speakerinnen, eine Sexualtherapeutin, am Eingang begrüßt.

Ich bitte einen der nun gut beschäftigten Barkeeper um ein Glas Leitungswasser, das prompt auf dem Tresen vor mir landet. Mit einem Zug leere ich es und hoffe, dass der Knoten in meinen Stimmbändern mich später nicht verstummen lässt.

Minute um Minute füllt sich der Raum mehr. Leuchtende Armbänder brechen durch das Halbdunkel, Gelächter unterlegt die Musik, die aktuell noch leise genug ist, um sich unterhalten zu können. Binnen einer halben Stunde kriegen die Barkeeper richtig viel zu tun. Eine der Studentinnen kommt zu mir, um nach einem neuen Stoß Flyer zu fragen, und ich bringe ihr einen aus dem Lagerraum hinter der Bar. Gerade, als ich einmal durch die Nebenräume gehen will, um die Stimmung abzuchecken, ruft Kim meinen Namen.

»Hi, Emmy!«, quietscht sie betont fröhlich, doch ihre Augen sind weit aufgerissen und die Miene derart angepisst, dass ich gar nicht erst hinter sie sehen muss, um zu wissen, wer an ihre Seite schlendert.

»Ihr habt diesem Scheusal ein Ticket gegeben?«, murmelt sie kaum hörbar und zieht mich in ihre Arme.

»Zufallsprinzip«, flüstere ich in ihr Ohr. »Sorry.«

Ich rieche Elijah, bevor ich ihn sehe. Sein After-Shave war schon immer wie alles an ihm: etwas too much. Er kommt auf uns zu, und ich verstehe schlagartig Kims Genervtheit. Langsam löse ich mich von meiner Freundin. »Herzlich willkommen bei unserem Event.« Ich bemühe mich um eine neutrale Miene, Kim ist schon sauer genug. Bis jetzt bin ich ihrem Erzfeind nur ein-, zweimal bei Presseveranstaltungen über den Weg gelaufen, zu denen mich Kim wegen der kostenfreien Drinks geschleppt hat. An seinem unsympathischen Gesichtsausdruck hat sich seitdem nicht viel geändert. Kim verzieht die Lippen, die beiden liegen eindeutig nicht auf einer Wellenlänge.

»Wirklich … nett.« Elijah erhebt es zu einer Kunst, ein Kompliment wie eine Beleidigung klingen zu lassen.

»Ihr solltet euch Armbänder holen, die eure Motivation für heute Nacht zeigen«, schlage ich vor, und Kim wirft mir einen grimmigen Blick zu.

»Meine Motivation? Ich bin mir ziemlich sicher, dass ihr diese Farbe nicht dahabt«, murrt sie mir zu, und ich muss mir ein Grinsen verkneifen.

»Gib's zu, *Kimmy*, du bist doch froh, dass dank mir auch Männer mit Potenzial anwesend sind.«

Kim verdreht die Augen und zieht mich am Arm um die nächste Ecke. »Ich schwöre, der Typ stalkt mich! Kaum hatte ich einen Fuß in den Innenhof gesetzt, ist er aufgetaucht!« Sie schüttelt wild den Kopf. »Aber mit dem werde ich schon fertig. Wie immer.« Sie legt mir die Hände auf die Schultern, wobei die Trompetenärmel ihres sexy, engen Kleides bis zu ihren Ellenbogen rutschen. »Du ziehst das also durch?«

Ich nicke. »Ja, ich bin sicher. Ich muss das tun.«

»Okay.« Sie lächelt aufmunternd. »Du packst das. Und was immer auch passiert, ich bin hier, okay?«

»Danke«, krächze ich durch die verknoteten Stimmbänder und werfe erneut die Arme um Kim.

»Übrigens, dein *Outfit*«, wir lösen uns voneinander, »liebe es.« Kim verwickelt mich in belanglosen Small Talk, der mich tatsächlich von dem nahenden Auftritt ablenkt. Als die Location gesteckt voll ist und die Menschen uns Richtung Bar drängen, verabschiede ich mich von ihr.

Leon spricht mit dem DJ, wo der Rest unserer Truppe ist, weiß ich nicht. Ich schiebe mich durch die Masse. Kassiere ein paar resignierte Blicke von ein, zwei Typen, die das pinke Armband an meinem Handgelenk entdecken. Erst, als ich den Backstagebereich erreiche und TJ sich an mir vorbei mit einem

Mikro in der Hand in Richtung Bühne schlängelt, lasse ich der Nervosität freien Lauf. Und dann … Geht es los.

Ich wechsle ein paar Worte mit der Sexualtherapeutin und besorge *kattkatt*, der dritten *rdently*-Bloggerin, eine Serviette von der Bar, weil sie ihren Jumpsuit bekleckert hat. Dann werden beide nach Max' kurzer Willkommensrede und dem darauf folgenden Applaus von TJ aufgerufen.

Ich bin allein. Jetzt sinke ich auf die Couch und strecke alle Gliedmaßen von mir, bette den Kopf gegen die weiche Stütze. *Ein und aus. Ein und aus, ein und aus.* Meinen Atem zu kontrollieren beruhigt den Herzschlag. Zumindest rede ich mir ein, dass das Flattern in meiner Brust dem normalen Ruhepuls gleicht und nicht einer gut platzierten Wette auf das schnellste Rennpferd.

»Warum liegst du da wie ein überfahrenes Oppossum?«, will TJ wissen. »Wär ein echt schlechter Zeitpunkt, wenn du jetzt abkratzen würdest.« TJ floppt neben mir auf die Couch.

»Warum?«, frage ich mit weiterhin geschlossenen Augen.

»Weil du gleich dran bist.«

Ich reiße die Lider auf. »Was, schon?« Vergiss den Ruhepuls, in meiner Brust galoppiert ein Einhorn.

»Jede Person hat einen Slot von zehn Minuten, um das Ganze knackig zu halten, vergessen? Die Leute sind hier, um kurz- oder langfristig flachgelegt zu werden, da wollen wir sie doch nicht stundenlang volllabern.« Er wedelt mit seiner Hand vor meinem Gesicht herum, und ich lächle, weil mich das pinke Armband daran anstrahlt.

Sofort bin ich auf den Beinen. Ameisen rasen durch jede Ader. »Wie ist die Stimmung draußen? Sollte ich noch etwas trinken? Muss ich aufs Klo?« Jetzt kann ich nicht mehr stillsitzen, laufe im Raum auf und ab.

»Zehn Minuten.« TJ schnipst, um meine Aufmerksamkeit

aus dem Panikmodus heraus auf sich zu ziehen. Er lächelt mich an. »Das kriegst du hin, ohne zu verdursten oder dir in dieses göttliche Kleid zu machen.«

Ich verziehe die Lippen. »Sicher?«, frage ich ihn.

»Sicher, Miss Miniblase.« Dann drückt er sich hoch. »Wir sehen uns in gut einer Minute draußen. Wenn ich nicht noch spontan in Ohnmacht falle.« Ein hysterisches Lachen folgt auf diese Worte. TJ ist im Angesicht seines eigenen Auftritts doch nicht die Coolness in Person. Er ist schon halb zur Tür raus, als er sich noch mal in meine Richtung dreht. »Wie soll ich dich vorstellen?«

»Emmy.«

»Okay.« Sein Abschiedslächeln nimmt nichts von dem aufbrausenden Gefühl in mir mit. Ich tapse zur Tür und lausche seinen Worten, als er *kattkatt* ablöst und eine *ganz besondere Gästin* ankündigt.

Null Druck.

Null Komma null.

Ich atme tief durch.

Applaus brandet auf. Ein Zeichen. *Mein* Zeichen. Ich setze einen Fuß vor den anderen. Eine Stufe. Zwei. Drei.

TJ, der die Hand nach mir ausstreckt, doch anstatt sie zu nehmen, drückt er mir das Mikrofon zwischen die Finger. Ein paar Leute reden miteinander, ihre Stimmen werden zu einem einzigen, allumfassenden Rauschen in meinen Ohren. Das Licht blendet mich, und ganze vier Sekunden lang bin ich blind, bevor sich meine Augen an das grelle Weiß gewöhnen. So, so viele Menschen stehen vor mir. Schwarze Umrisse mit leuchtenden Ringen um die Handgelenke. Abwartend.

Mein Herz stolpert. *Mach kehrt, mach kehrt, mach kehrt* flüstert jeder wilde Schlag, aber meine Füße sind fest mit dem dunklen Holzboden der Bühne verwurzelt.

Ich öffne den Mund, doch ich kann keine Worte sprechen, mein Gehirn hat vergessen, wie man Sätze formt, wie man …

Was für eine Schnapsidee.

Doch dann spüre ich ein warmes Gefühl im Bauch, fühle Leons Blick auf mir, bevor ich ihn in der Menschenmasse entdecke. Keine drei Meter von der Bühne entfernt lehnt er an der spärlich beleuchteten Bar, aufgerichtet und mit wachsamen Augen, die selbst im Halbdunkel Funken sprühen. Einen Nanomoment lang, der genauso Jahrtausende dauern hätte können, sehen wir uns an. Er nickt, ruhig, besonnen.

Eine winzige, verständnisvolle Geste.

Eine Bekräftigung, ein *du kannst das.*

Und dass dieser Mensch, dieser Mann in all dieser Unsicherheit an mich glaubt, gibt mir die Kraft, meine Zunge endlich von dem Dach der Kehle zu lösen.

»Sorry.« Ein raues Wort. Das war … doch gar nicht so schlimm. »Lampenfieber.« Dann grinse ich entschuldigend.

Verhaltenes Lachen aus dem Publikum. Sie schlafen noch nicht. Prima.

Ich bemühe mich um eine lockerere Haltung, bewege mich ein paar Schritte nach links, dann wieder nach rechts. Suche nach den richtigen Worten und endlich, endlich scheine ich sie gefunden zu haben. »Hi. Ich bin Emmy, eine der Entwicklerinnen hinter *rdently.*«

»*Die* Entwicklerin!«, brüllt TJ von der Seite der Bühne. Ich schicke ihm einen verdutzten Gesichtsausdruck, was die Menge erneut zum Lachen bringt. Diesmal richtig.

Dieser Laut richtet mir die Wirbelsäule auf, lässt mich das Lächeln erwidern. »Danke, TJ. Wenn ihr die App liebt, habe ich sie gecoded. Wenn nicht …« Ich deute mit dem Kinn in TJs Richtung, der mir die Zunge rausstreckt. »Ihr wisst schon. Aber darum geht es heute nicht.«

Ich lasse meinen Blick über die Schemen gleiten, die immer mehr Form annehmen, bis ich Leon finde. Noch immer sieht er mich unverwandt an, ein Meeresrauschen in all der Aufregung. »Viele von euch kennen mich unter einem anderen Namen. *ghostgirl.*«

Da. Es ist raus.

Niemand bewirft mich mit Knickbändern oder Kondomen, zumindest noch nicht, doch da ist so viel mehr, das gesagt werden muss. »Falls euch dieses Alter Ego nichts sagt, mit dem ich Dutzende Blogartikel auf der *rdently*-Plattform veröffentlicht habe, hier die Kurzfassung für euch: *ghostgirl* bietet geghosteten Frauen die Möglichkeit, zu erfahren, *warum* sie geghostet worden sind. Wie ich das gemacht habe?« Ich zucke mit den Schultern. »*Catfishing.*«

Ein Raunen geht durch den Saal. Nur Leons fester Blick lässt mich weitersprechen. »Ich habe diesen *Broken Hearts Ghosting Service*, wie meine beste Freundin ihn nennt, ins Leben gerufen, weil es verdammt schmerzt, geghostet zu werden. Verlassen. Ignoriert. Nach einem einzigen Date, nach einer monatelangen Freundschaft, nach dem fünften Mal Sex.« Ich tippe mir auf die Brust. »Nennt mir ein Szenario, ich habe es höchstwahrscheinlich durchlaufen. Und verdammt, das hat wehgetan. Deshalb wollte ich den Frauen, die mich angeschrieben haben, das Warum liefern, wenn auch mit fragwürdigen Mitteln. Weil ich dieses Warum selbst nie gekriegt habe. Egal, wie viele Nachrichten ich geschickt habe.« Mit jedem Wort beruhigt sich mein Puls weiter. »Dabei habe ich nicht gemerkt, dass ich die wichtigste Person in meinem Leben ghoste.«

Ich atme tief ein und aus. Lasse die Augen über die Gesichter schweifen, die immer mehr aus dem Dunkel treten. Die meisten davon habe ich noch nie gesehen, doch ein paar sind darunter, die ich kenne. *Leyla, Jon, Kim, Claudia, Mick.*

Freundschaften, geghostete Frauen, Fake Dates.

Und: Leon. Der mich mit einer heißen Konzentration betrachtet.

»*Mich.*« Das Wort rutscht flüsternd über meine Lippen. Doch egal, wie leise ich es ausspreche, es reißt mit einer ungeahnten Macht die Schwere von meinen Schultern. Zersplittert jede Maske, bis ich das Kratzen des Scherbenregens auf meiner Haut fühle. Plötzlich kann ich atmen, atmen, atmen. »Meine Eltern führen eine glückliche Beziehung, genau wie meine Schwester. Für sie war eine gesunde Liebe scheinbar einfach, während ich mir regelmäßig wegen irgendeines Typen die Augen aus dem Kopf geheult habe. Weil ich die Beziehungen, die ich mein ganzes Leben lang tagtäglich gesehen habe, hochstilisiert habe. Die Liebe auf den ersten Blick, die Seelenverwandtschaft, die man sofort bei der ersten Begegnung spürt …« Ich schüttle den Kopf. »Ich bin einem Ideal nachgejagt, bis es einfacher war, nicht mehr mein eigenes Herz aufs Spiel zu setzen. Aber verdammt …« Ich sehe kurz zur Decke hoch, schließe einen Moment lang kopfschüttelnd die Augen. »Das ist alles Bullshit.«

Jemand im Publikum klatscht, eine Frauenstimme ertönt aus der hinteren Ecke: »*Yes*, girl!«

»Der Job der Liebe ist nicht, permanent jede kleinste Erwartung zu erfüllen. Sie muss echt sein. Das heißt auch, Schwächen und Probleme zuzulassen und sich ihnen zu stellen.« Schweiß läuft mir den Rücken hinunter. »Ich habe vielen Frauen geholfen, hat man mir gesagt. Bei den Männern, die ich verärgert oder denen ich wehgetan habe, möchte ich mich entschuldigen. Catfishing ist kein Stück besser als Ghosting, das ist mir klargeworden. Selbst, wenn ich dabei nur helfen wollte. Doch eines gilt für alle von uns: Lasst uns eine neue Beziehung erst beginnen, wenn wir wissen, dass wir auch stark und willens genug sind, uns auf humane Weise von ihr zu verabschieden. Jeder hat das verdient.«

Diesmal applaudieren mehr Leute, und ein paar gellende Pfiffe ertönen.

Die nächsten Worte richte ich direkt an Leon, die Finger um das Mikrofon gekrallt. »Ich will keine Masken mehr. Kein Verstecken vor der Liebe. Damit bin ich fertig.« Das letzte Wort bricht mir entzwei, und es braucht einen beruhigenden Atemzug, um weitersprechen zu können. »Ich habe mir selbst genug Raum gegeben, um das zu erkennen. Das macht man so, wenn man jemanden liebt. Ich liebe mich – mit allen Vergangenheitsdämonen und Zukunftsängsten. Und …« Ich schlucke. »Und ich liebe jemanden, der genau diese Version von mir verdient: die echte Emmy und nicht *ghostgirl*.« Ich lege mir die Hand auf die Brust. Alles in mir ist weit und eng zugleich, rau und sanft, und so sehr bereit dafür, Leon jedes Molekül von mir zu geben. »Du hast mein Herz, wenn du es willst. Ich liebe dich, egal, wie schön, unsicher, aufregend, ruhig, kontrolliert oder völlig chaotisch wir zusammen sind. Ich will dich. Ich will *uns*.«

Dann lasse ich das Mikrofon sinken und laufe zu TJ, der die Hand ausstreckt und danach greift. Tränen sitzen in seinen Augenwinkeln, er trägt ein berührtes Lächeln. Eine Sekunde lang schauen wir uns an, verbunden, doch ich bleibe nicht stehen. Nicht mal, als tosender Applaus um mich herum ausbricht, der mich unterlegt von Gejubel zu Leon trägt. Völlig atemlos stehe ich vor ihm.

Es bedarf nur eines kurzen Blickes, wir greifen gleichzeitig nach unseren Händen und drehen uns in dieselbe Richtung. Die klatschenden Menschen machen einen Weg für uns frei. Ein paar davon sagen etwas zu mir, doch es rauscht an mir vorbei.

Im Hintergrund übernimmt TJ wieder die Moderation, und nach der Reaktion des Publikums zu urteilen lässt er sofort die nächste Bombe platzen. Und er schafft, wofür ich dankbar bin: Er lenkt die Aufmerksamkeit von uns weg.

Im Innenhof empfangen uns Abertausende Lichter. Die kühle Nachtluft raubt meiner Haut die überschüssige Hitze. Mit jedem Schritt durch die Leuchtvorhänge werde ich mir Leons Präsenz bewusster, als würden wir uns gemeinsam entfalten, doch noch sehe ich ihn nicht an. Erst in der hinteren Ecke des Innenhofs, in der sich die funkelnden Lichtvorhänge verdichten und uns damit etwas Privatsphäre bieten, mache ich halt.

Ich lasse seine Hand los, drehe mich langsam zu ihm um. Keine Ahnung, was ich erwarte, doch sein sengender Blick reißt mir den Boden unter den Füßen weg. Für einen Moment fühlt es sich an, als würde ich fallen.

Leons blaue Augen sind Sturmwasser und ruhige See zugleich, pures Verlangen und die Zarteste aller Berührungen. »Emmy.« Mein Name verlässt roh und ungeschliffen seine Lippen, und ich erschaudere, obwohl ich die Kälte der Nacht kaum fühle. »Du …« Sein Adamsapfel bewegt sich langsam auf und ab. »Du liebst mich?«

Mit einer Brust voller Gefühle nicke ich. »Ja, das tue ich.«

Er reagiert nicht, schaut mich nur mit schwerem Blick an. Ein Hauch Unsicherheit krabbelt meine Wirbelsäule hoch.

»Falls es dir zu schnell geht oder du Bedenkzeit brauchst …«, wispere ich, doch Leon schüttelt den Kopf und tritt einen Schritt an mich heran.

»Nein.« Er legt seine Hand unter mein Kinn und hebt es an, bis ich seiner Aufmerksamkeit nicht mehr ausweichen kann. »Du hast mir schon ausreichend Zeit gegeben, um klarzusehen. Um zu wissen, dass die Vergangenheit schon lange genug die

Realität überschattet hat«, sagt er, ein schmales Lächeln auf den Lippen. Noch ist kein einziges Grübchen in Sicht. »Was du auf der Bühne gesagt hast, bedeutet mir sehr viel. Nein. Es bedeutet mir *alles*.« Seine Finger wandern in mein Haar, während seine andere Hand auf meiner Taille ruht. »Ich bin nicht der umgänglichste Typ, das weiß ich. Ich habe meine Macken, meine schlechten Angewohnheiten. Fuck, ich muss mich erst an die Liebe gewöhnen. Daran, dass ich nicht misstrauisch sein muss und wie leicht es mit dir ist. Es tut mir leid, dass ich die letzten Wochen abwesend war. Aber ich habe jeden Tag an dich gedacht. An uns.« Er lehnt sich so nah zu mir, dass die Luft zwischen uns kribbelt wie die unsichtbare Anziehungskraft zweier Magneten.

Gänsehaut überzieht jeden Zentimeter Haut. »In dir steckt wohl doch ein Romantiker«, hauche ich.

Leon beugt sich ein Stück weit zu mir herunter. Die Lichter um uns zeichnen goldene Sprenkel auf sein Gesicht – jeder davon ein funkelndes Mosaikstück. Ich müsste mich nur auf die Zehenspitzen stellen, um die Distanz zwischen uns zu schließen.

Leon lacht leise, sein Atem streift dabei meine Wange. »Dann pass besser mal auf, dass dich mein nächstes Geständnis nicht umhaut, Emily Graf.« Seine Nase streichelt über meine Schläfe, und ein wohliges Seufzen entwischt mir. »Ich liebe dich nämlich auch«, flüstert er in mein Haar, bevor er sich wieder von mir löst. Das Grinsen, das in seinem Gesicht auf mich wartet, ist atemberaubend. »Ganz ohne Erwartungen, die nicht unsere sind. Das alles brauchen wir nicht. Weil wir *uns* haben.«

Leichtigkeit explodiert in meiner Brust. Ich verpacke sie in ein riesiges Lächeln, das ich Leon schenke. Dann, endlich, überbrückt er die letzten Zentimeter zwischen uns. Seine weichen Lippen schmecken nach Versprechen und Potenzial und allen Gefühlen, die ich so lange vor mir versteckt habe.

Nach tausenden Lichtern und Feuerwerken und unserer Zukunft.

Unsere Zukunft …

Ein wunderschöner Gedanke.

Epilog

Emmy

Fünf Monate später

Leons Hitze vibriert in meinem Körper. Ich kuschle mich in seine Umarmung, der Höhepunkt ebbt ab. Die Sanftheit der geteilten Berührungen lassen mich glücklich seufzen. Morgensex ist zu einer Routine geworden, seit wir vor einem Monat in unsere gemeinsame Wohnung gezogen sind. Es fängt immer langsam an – Leon, der mich mit Schmetterlingsküssen aufweckt. Körper, die sich nachts keine zehn Zentimeter voneinander entfernt haben. Lächeln, ein geflüstertes *guten Morgen*, bevor wir uns mit einer genießerischen Langsamkeit lieben.

»Wir sollten allmählich aufstehen«, flüstere ich gegen seine warme Haut. »Wir müssen ins Büro.«

»Und die Kinder wollen Frühstück und einen kurzen Spaziergang.« Als hätten Leons müde Worte sie angelockt, tappen vor der geschlossenen Schlafzimmertüre unruhige Krallen auf und ab. Zwei von drei Paaren – vermutlich Mochi und Hank, der Zwergdackel, den wir gemeinsam aus dem Tierheim adoptiert haben, weil die Besitzerin keine Geduld für den Senioren mit nur einem Geschwindigkeitsgang aufbringen konnte.

Eigentlich wollten Leon und ich das Tierheim gleich nebenan nur beim Gassigehen unterstützen, doch als wir Hank getroffen haben … Ich habe mich Hals über Kopf in seine sanfte Art und das seidige Fell verliebt. Frida war sofort entzückt, Mochi hat etwas länger gebraucht, um mit Hank warm zu werden – dass er nicht mehr der Kleinste im Bunde ist, scheint ihm jedoch zu gefallen.

»Bist du aufgeregt?«, frage ich Leon und stütze mich auf dem Ellenbogen auf, um ihm besser ins Gesicht sehen zu können.

»Ehrlich? Ja. Aber es war der richtige Schritt.« Er zieht mich wieder in seine Arme, und sein Bartansatz kratzt auf meiner Haut, als er spricht. Eine angenehme Gänsehaut kriecht über meinen Körper. Das hier habe ich mir immer gewünscht. Ohne zu wissen, dass es dafür keine perfekte Liebe braucht, sondern nur eine echte. Eine, die Fehler zulässt und Ängste anerkennt und sie nicht bewertet. Eine, in der alles Platz hat – die Vergangenheit, die Gegenwart, aber vor allem die Zukunft.

»Finde ich auch. Hauptsache, wir gehen ihn gemeinsam.« Ich drücke ihm einen Schmatzer auf die Brust, streichle dabei über seine Muskeln.

»Wenn du damit weitermachst, schaffen wir es garantiert *nicht* ins Büro«, knurrt Leon gegen meinen Haaransatz. »In einer dreiviertel Stunde haben wir das erste Meeting.«

»Gut, dass wir uns die Pendelei sparen können, oder?« Ich wackle mit den Augenbrauen, ehe ich mich vorlehne, und Leon küsse. Diesmal ist es kein langsamer Kuss, sondern einer voller Aufregung und Vorfreude.

Das hier … das wird richtig gut. Das spüre ich.

Ich rolle mich aus dem Bett, während Leon mit hinter dem Kopf verschränkten Armen liegen bleibt und mich beobachtet. Die aktuelle Kistensituation ist kaum besser als in Leons alter Wohnung. An der freien Wand neben einem Standspiegel stehen Boxen mit unserer Kleidung gereiht. Der bestellte Schrank, der groß genug für alles ist, wird hoffentlich morgen Nachmittag geliefert.

Es dauert eine Weile, bis ich ein passendes Outfit finde, mit dem ich im angrenzenden Bad verschwinde. Die Spiegel-Emmy, nein, *ich* grinse, als ich einen Teil der Haare in einen kleinen Knoten fasse, und mir danach etwas Make-up auftrage. Mit jedem Tag habe ich mehr das Gefühl, tiefer in mich zu sinken, meine eigene Identität zu finden. Ich lerne, Grenzen abzustecken. Leon hilft mir dabei, genau wie ich ihn dabei unterstütze, sich sicher und gehalten zu fühlen. Wir reden viel – über die Vergangenheit, aber noch öfter über das, was vor uns liegt.

Als ich das Bad verlasse, kommt Leon gerade durch die Wohnungstür, die drei hechelnden Hunde im Schlepptau. Er zieht die Schuhe aus und hängt das Sport-Sweatshirt auf einen Haken, nun wieder oberkörperfrei.

Alle drei Hunde folgen ihm in die Küche und beobachten ihn dabei, wie er auf der Anrichte Futter in ihre Schüsseln füllt. Hank drängt sich beim Fressen dicht an Mochi, und garantiert kuscheln sich beide nachher wieder an Frida, wenn sie ein Schläfchen auf dem Balkon einlegt. Sie liebt das Zwitschern der Vögel im Innenhof und die ersten Sonnenstrahlen des Frühlings.

Als ich von den Hunden aufsehe, bemerke ich, dass Leon mich beobachtet. Er lächelt mich an, dann dreht er sich um und hält mir eine Tasse Kaffee mit Milchschaum hin.

»Solltest du dir kein T-Shirt anziehen? Oder ein Hemd?«, frage ich und deute auf seine tief sitzende, graue Jogginghose.

Leon schlendert langsam auf mich zu, die Hände in den Hosentaschen. »Es gibt also einen Dresscode in dieser Firma?«, fragt er mich mit einem Lächeln in der Stimme. »*Boss?*«

Ich nehme einen langsamen Schluck von dem perfekt zubereiteten Cappuccino, ohne den Blick von ihm zu wenden. Immer schön den Händen etwas zu tun geben …

»Kein Dresscode«, sage ich mit schiefgelegtem Kopf. »Aber die arme Frau Meier kriegt garantiert einen Herzinfarkt, wenn sie dich so sieht.«

Leon legt den Kopf in den Nacken und lacht. »Den pro bono Termin mit dem Tierheim haben wir doch erst am Nachmittag. Bis dahin habe ich ein Shirt an, versprochen.« Ich liebe die Gelassenheit, die er in den letzten Monaten immer mehr für sich entdeckt hat. Wie schön es ist, wenn sich Menschen sicher genug fühlen, um sich voll zu entfalten – mein Herz flattert bei diesem Gedanken.

»Und Max?« Ich ziehe die Augenbrauen hoch. Unser Ex-Chef ist gerade auf einer Konferenz in Dublin, mit ihm haben wir den Video-Call. Kim hat sich ebenfalls für die Veranstaltung beworben, sie und Max haben zufällig den gleichen Flug genommen.

»Der ist mein Bruder. Aber keine Sorge, ich ziehe mir was an.«

Als Leon und ich vor zwei Monaten gekündigt haben, war Max wenig überrascht. Die Veranstaltung ist so toll gelaufen, dass *rdently* die Investition bekommen hat. Lukas hat darauf bestanden, das Event jährlich zu wiederholen, sogar in verschiedenen deutschen Städten. Dass ich es mit meiner Ansprache in ein paar Zeitungen geschafft habe und sie sogar von Onlinemedien aufgegriffen wurde, hat dem Hype zusätzlich geholfen. Wie versprochen war für uns alle ein toller Bonus drin, doch je mehr ich wieder im Code versunken bin, desto mehr hat mir die Kombination aus Programmieren und Kreativität gefehlt, die ich bei dem Dating-Event für mich entdeckt habe.

Dass Leon nicht jahrelang für Max arbeiten wollte, wurde schnell klar. Zu Silvester letzten Jahres hat er mich zwei Dinge gefragt – ob ich mit ihm zusammenziehen möchte und ob ich Lust habe, mich mit ihm gemeinsam selbstständig zu machen, und eine digitale Event-Agentur gründen will.

Und jetzt sind wir hier: Am ersten Tag unseres neuen, gemeinsamen Jobs.

Leon geht an mir vorbei in Richtung Schlafzimmer, doch ich halte ihn am Handgelenk zurück. »Ich liebe dich«, sage ich und stelle mich auf die Zehenspitzen, um ihm einen federleichten Kuss auf die Wange zu drücken.

Das Blau in seinen Augen schimmert wie ein Ozean im Sommerlicht. »Ich dich auch, Emmy.« Wir umarmen uns, ehe sich Leon auf den Weg macht, um sich etwas überzuziehen.

Ich tapse in Richtung des einzigen fertig eingerichteten Raums. Die Tür ist zu, und ich öffne sie, den Kaffee in der anderen Hand. Strahlender Sonnenschein bricht durch die deckenhohen Fenster, erleuchtet die zwei weißen Tische in der Mitte des Raums. Aneinandergestellt warten die darauf platzierten Macs auf ihren ersten Einsatz. An der Wand hinter Leons Platz hängen ein paar Schnappschüsse vom *rdently*-Event, einer davon zeigt mich auf der Bühne, ein riesiges, erleichtertes Lächeln auf dem Gesicht.

Ich gehe zu meinem Schreibtisch und nehme die kleine Fernbedienung, die neben der Tastatur platziert ist, und knipse den neonlila Schriftzug auf der Wand hinter mir an. Augenblicklich leuchtet der Name unserer Agentur auf, die geschwungenen Buchstaben verteilen ein sanftes, lila Licht im Raum – *fmh digital event agency* – kurz für Frida, Mochi und Hank. Mein Herz platzt vor Vorfreude und vor Stolz.

Dass uns nicht nur Max für die kommenden Events angeheuert hat, sondern uns auch vier von Leons LinkedIn-

Kontakten gebucht haben, ist irre. Niemals hätte ich mit einem solchen Interesse für unsere App-gestützten Veranstaltungen gerechnet.

Ich lasse den Blick durch den Raum schweifen. Das hier … Das hier fühlt sich so verdammt richtig an. So ich. So *wir*. Ich bin hundertprozentig Emmy, ganz ohne Masken, ohne Geister. Das alles habe ich zurückgelassen, der *rdently*-Account ist gelöscht, die Artikel vom Blog genommen. Stattdessen habe ich mich dazu entschieden, auf andere Weise helfen zu wollen. Beispielsweise dem Tierheim, in dem wir Hank getroffen haben. Wir greifen der Leiterin, Frau Meier, unentgeltlich bei einem App-gestützten Adoptionsevent unter die Arme. *Meet Your Fluffy Soulmate* wird ein großartiges Projekt, das hoffentlich hilft, viele Hunde, Katzen, Meerschweinchen und andere Tiere aus dem leider überfüllten Heim an neue Besitzer zu vermitteln.

Neben ein paar Content Creators haben sogar Münchner Business-Größen wie der Junginvestor Conrad de Wit, der ein bekennender Katzenliebhaber und unserem E-Mail-Verkehr nach mega-sympathisch obendrauf ist, zugesagt. *Was ihr macht, klingt innovativ und absolut großartig*, hat er geschrieben. *Ich freue mich darauf, Leon und dich beim Event kennenzulernen, immerhin mochte ich deine Arbeit für* rdently *schon sehr und würde es toll finden, wenn du mir ein paar Coding-Tipps geben könntest. Lass uns gerne vorab telefonieren, wenn ich von der Konferenz in Dublin zurück bin.*

Und das war nur eine der positiven Rückmeldungen, die wir gekriegt haben.

Hinter mir knarzt das Stäbchenparkett.

»Na, bereit?« Leon küsst mir eine Gänsehaut in den Nacken.

Ich nicke und freue mich darauf, Max und TJ – den neuen *rdently* CTO – gleich in einem Call wiederzusehen. »Das hier fühlt sich so groß an«, flüstere ich.

Leon streckt die Hand nach mir aus. Ich verflechte meine Finger mit seinen, und gemeinsam lassen wir den Blick durch das Büro schweifen. Ein paar Momente später sehe ich mit einem prall gefüllten Herzen wieder zu Leon.

»Das ist es auch, Emmy.« Seine sanfte Stimme legt sich über mich wie eine warme Decke, die mir Sicherheit gibt. Mein Herz explodiert in tausende Sterne. Manchmal braucht es gar nicht viel, um die Bedeutung von Liebe für sich zu dekodieren. Nur das Gefühl, angenommen zu werden.

Leon drückt meine Hand.

Und ich weiß, dass er sie nie wieder loslassen wird.

Danke

Meiner tollen Agentin Kathrin Nehm von der Literaturagentur Schlück. Danke, dass du an meinen Weg als Autorin glaubst und mir mit deiner grandiosen Arbeit zur Seite stehst. Wie Emmy es ausdrücken würde: Agentinnen-Yoda du bist.

Dem LYX-Team, das mich bei meinem Großverlagsdebüt nicht besser hätte unterstützen können: Danke an meine Lektorin Alexandra Panz für die angenehme Zusammenarbeit, die durchdachten Verbesserungsvorschläge und die gemeinsame (Weiter-)Entwicklung des Manuskripts. Ich fühle mich auf diesem Weg unendlich gut von dir begleitet. Danke an Stephanie Bubley, Sandra Krings, Cigdem Bilge und alle beteiligten LYX-MitarbeiterInnen dafür, dass »Love, decoded« so wunderbar geworden ist.

Danke an die Lektorin Tatjana Weichel, die mich schon seit meinen Schreibanfängen begleitet. Ich freue mich wahnsinnig darüber, dass »Love, decoded« auch durch deine Hände – und deinen wortgewandten Feinsinn – gegangen ist.

Danke an meine Testleserinnen für eure Beobachtungen, euren Hype und lieben Kommentare – ich bin euch unendlich für eure Zeit und euren Einsatz dankbar. Besonderen Dank an P.J. und Sophie für euer Feedback!

Dem Amt der Oö. Landesregierung Direktion Kultur und Gesellschaft (Land Oberösterreich) für die Förderung, die ich für dieses Projekt erhalten habe.

mit Unterstützung von Kultur ober österreich

Meiner lieben Freundin und Schreibenden Sara Fabian Gerner für deinen unerschütterlichen Glauben in mich und die Worte, die in mir stecken. Jeder Bizeps in diesem Buch ist nur für dich! Danke auch an meine Freundinnen Elisabeth, Lisa, Andrea, Sabrina und Melanie für eure Unterstützung. Danke an Lisi und Vicky, meinen allerliebsten Buchclub, für euer Interesse an meinem Schreiben und für jede Menge therapeutischer Elriel-vs-Gwynriel-Diskussionsrunden. Ihr alle macht mein Leben bunt!

Meiner Familie: Mama, Papa und Oma. Danke dafür, dass ihr mich so nehmt, wie ich bin, und mir dabei helft, zu werden, wer ich sein will. Ohne euch wäre ich nicht die Person und Autorin, die ich jetzt bin. Hab euch wahnsinnig lieb. Genau wie meine schwedische Familie: Ni är bäst, ingen protest!

Last but not least: Thank you, Alex, for being the reason why I find writing love stories so easy. Thank you for always being by my side, for believing that I am a writer more than anything else, for picking my heart back up, when it grows heavy, because I am doubting myself. I love you so much – which is why this book, this success, this dream coming true, is for you.

Contenthinweis

(Achtung Spoiler!)
Dieses Buch enthält potenziell triggernde Inhalte
und behandelt folgende Themen:
Alkohol, sexuell übergriffiges Verhalten, Ghosting, Catfishing

Bonuskapitel

Our own little pack

Mochi: Och Hund, jetzt knutschen meine Emmy und Leon schon wieder auf dem Sofa herum! Dabei ist es längst Zeit fürs Abendessen.

Frida: Awww, die beiden sind so niedlich zusammen. Mach dir keine Sorgen, sie werden sicher bald daran denken, uns zu füttern. Unser Nachmittagssnack ist ja noch nicht sooo lange her.

Mochi: Noch nicht so lange? Fühlt sich nach zehn Hundejahren für mich an. Vielleicht sollte ich bellen? Aber dann ist Leon wieder so streng mit mir, dieser Grummelmensch.

Frida: Lass sie doch noch ein bisschen. Seit die zwei zusammen sind … Ich habe Leon noch nie so glücklich gesehen. Er *riecht* sogar happy.

Mochi: Das ist Emmys Erdbeershampoo, das er hin und wieder heimlich klaut. Ist meiner feinen Nase schon ein paarmal aufgefallen – immerhin ist sie *meine* Bestie, ich kenne sie und jeden Duft, den sie trägt, in- und auswendig. Warte, denkst du, dass Leon weiß, dass ich Emmys wahres Herzblatt bin? Ist er deswegen mit den Hundekeksen so knausrig, wenn wir spazieren gehen? Heute hat er mich mit zwei Leckerlis abgespeist. *Zwei.*

Frida: Vielleicht wäre er weniger knausrig, wenn du häufiger bei Fuß gehen würdest? Ich verstehe gar nicht, was du dagegen hast. Neben Leon zu laufen ist das Beste! Ach, ich liebe unser kleines Rudel. Meinst du nicht, Mo?

Mochi: Ja. Klar. Obwohl die Sache mit dem Abendessen … Warte, was war das denn für ein Geräusch? Was, *jetzt* können die zwei plötzlich aufhören, sich zu küssen? Für die Türklingel? Hallo, ich verhu–

Frida: Oh, riecht wie … Kim! Ich gehe sie gleich mal begrüßen!

Hank: Gääääähn, was habe ich verpasst?

Mochi: Nichts, unsere Näpfe sind noch immer leer. War das Nickerchen wenigstens gut?

Hank: Vorzüglich. Emmy hat mich sogar zugedeckt.

Frida: So, die drei haben sich nun wieder ins Wohnzimmer verzogen. Kim ist immer so zögerlich mit ihren Streicheleinheiten. Glaubt ihr, sie hat Angst vor mir? Dabei hab ich sie so lieb!

Mochi: Vor dir? Wenn, dann sollte sie vor *mir* Angst haben. Ich bin der taffe Typ in unserem Rudel.

Frida: Vielleicht fürchtet sie sich eher wegen der Körpergrö-

Mochi: Wunder Punkt, Frida. Wunder Punkt!

Hank: In meiner Jugend habe ich viele Menschen wie Kim getroffen. Leute, die uns zwar leiden können, aber eher … Katzen bevorzugen. Obwohl es unsere Vorfahren waren, die sich zu den treuesten Begleitern der Menschen entwickelt haben. Kurios. Wirklich kurios.

Frida: Meinst du echt? Ich habe noch nie ein anderes Haustier an ihr gerochen, und schon gar keine Katzen. Meistens riecht Kim nach … Parfüm und Stress, aber manchmal auch … traurig. Meistens, wenn sie von irgendwelchen *Dates* erzählt. Keine Ahnung, was das sein soll. Ach, jetzt erinnere ich mich! Leon hat zu Emmy auch mal was von einem Date gesagt, dann waren sie den ganzen Abend lang weg.

Mochi: Glaubst du, die gehen zusammen in den Park? Oder an Büschen riechen?

Hank: Ich denke nicht, dass Menschen das tun. Obwohl, die Jugend heutzutage …

Frida: Vielleicht ja doch, immerhin ist es sooo toll! Denkst du, Kim wünscht sich jemanden, mit dem sie auch an Büschen schnuppern kann?

Mochi: Wenn sie so viel Stress hat, sollte sie vielleicht lieber an Kamillenblüten riechen. Büsche … manchmal erfahre ich durch die Gerüche Dinge, die ich echt nicht wissen will. Urgh.

Frida: Am besten sie geht mit jemandem in den Park, der sie dann auch noch krault. Und liebhat. Und der ruhig ist. Einen Zweibeiner mit einem großen Herz, mit dem sie ihr eigenes Rudel gründen kann.

Hank: Schönes Fell ist auch ganz wichtig! Wie das von dem jungen Herrn auf dem Magazin, das Max Leon vor einiger Zeit geliehen hat. Ich hatte auch mal so grandioses Haar.

Frida: Oh, guckt! Emmy kommt! Schnell an die Näpfe!

Mochi: Ach, endlich! Meine Emmy hat mich doch nicht vergessen! Uns, meine ich.

Frida: Dann lasst uns jetzt kurz essen und wieder ins Wohnzimmer, oder, Jungs? Damit das Rudel vereint ist!

Mochi: Klaro! Eine rein theoretische Frage natürlich, aber … Wir alle wissen doch, wer dieses Rudel anführt, oder?

Frida: Leon.

Hank: Emmy, definitiv.

Mochi: Uff, wisst ihr was? Essen wir lieber.